명주와 보월의 인연

명주 보월빙 ❶

원전으로 읽는 우리 고전 5

명주와 보월의 인연

명주보월빙 ❶

장시광 옮김

이담북스

역자 서문

　이제 <쌍천기봉>(전 9권, 2017-2020, 이담북스), <이씨세대록>(전 13권, 2021-2024, 이담북스)에 이어 세 번째로 대하소설 역주본을 낸다. <명주보월빙> 장서각본은 총 100권 분량이다. 이를 세 권씩 묶어 전체 33권으로 펴낸다. 앞의 작업과 마찬가지로, 각 권당 2부로 나누어 2부에서는 원문 탈초, 한자 병기, 주석 작업의 결과물을 싣고, 1부에서는 2부의 작업을 바탕으로 현대어역본을 싣는다. 현대어역본이 1부에 나오지만, 2부의 작업이 오히려 작업의 강도가 훨씬 세고 시간도 오래 걸린다.

　이러한 작업을 하는 이유는 앞의 두 작품을 할 때도 밝혔듯이 아직까지도 대하소설의 기초 작업이 충분히 되어 있지 않기 때문이다. 1969년에 정병욱 선생님에 의해 낙선재에 소장된 대하소설의 존재가 밝혀진 이후, 많은 연구가 진행되었지만 아직도 한자 병기나 주석 등의 작업이 이루어지지 않은 작품이 적지 않다. 다행히도 삼대록계 소설의 역주물이 일찍이 완간되었고, <완월회맹연>의 역주본과 현대어역본이 간행되고 있으며 다른 대하소설의 역주 작업물도 속속 나오고 있지만 아직도 갈 길이 멀다.

　누군가는 해야 하지만 학계의 현실이 녹록지 않아 선뜻 그러한 작업을 맡을 연구자가 별로 없다. 강사 시절에는 전임교원이 되기 위해 논문을 쓰는 데에 집중해야 한다. 많은 대학에서 번역서는 업적으로 인정하지 않고 있기 때문이다. 운 좋게 전임교원이 되어도 조교수와 부교수 시절에는 역시 논문에 집중할 수밖에 없다. 필자가 재직 중인 대학은 다행히 번역서를 업적으로 인정하고 있지만, 아직도 몇몇 학교에서는 그렇지 않기 때문이다. 정교수가 된 이후에는 번역서를 논문과 대등하게 인정하지 않는 학계의 풍토 때문에 번역 작업에 소홀할 수밖에 없다.

사실 번역 작업은 지루하기 짝이 없다. 특히 주석과 번역을 탈고하여 출판사에 보낸 이후의 작업이 그러하다. 두 번, 세 번 반복되는 교정 작업을 하다 보면 연구자로서의 존재 의의에 회의감이 들 때가 적지 않다. 오로지 기계적인 작업에 몰두하게 되기 때문이다.

그러나 대하소설의 기초 작업은 반드시 이루어져야 한다. 분량이 방대하다 하여 손을 놓을 수 없디. 분량이 방대할수록 기초 작업이 선행되어야 한다. 연구자는 어차피 원문 해독 능력이 있으니 기초 작업이 필요 없다고 할 수 있다. 그러나 해 놓은 기초 작업은 연구자뿐 아니라 중고등학생부터 대학원생, 우리의 이야기에 관심을 가진 각종 분야의 종사자들까지 두루 이용할 수 있다. 작업을 하다 보면 오류는 반드시 생기고 자신의 밑천도 드러날 수밖에 없다. 그래도 그러한 점을 감수하고 일단 진행시켜야 한다.

필자가 타고난 자질이 비루하고 학식이 천박함에도 불구하고 기초 작업을 진행하는 것은 이러한 이유 때문이다. 필자가 해 놓은 작업에 오류가 있다면 후속 작업자가 수정을 하면 될 일이다. 그렇게 해서 탄탄하게 마련된 한 편의 고전소설은 현대의 연구자와 일반 독자에게 훌륭한 독서물이 될 수 있을 것으로 기대한다.

필자가 작업한 이 <명주보월빙>은 최길용 선생님에 의해 역주 작업이 한 차례 이루어진 바 있다. 특히 장서각본과 박순호본의 원문을 비교해 실어 놓은 것은 이본 연구의 초석을 다졌다는 점에서 큰 의미가 있다. 선생님에 의해 작업이 이처럼 꼼꼼하게 진행되었음에도 불구하고 필자가 굳이 다시 한 이유는, 필자에 의해 작품의 구체적인 면모가 좀 더 밝혀지지 않을까 하는 기대 때문이다. 기존 작업에 더해서 필자는 모든 한자어에 한자 병기를 하였고 주석 역시 더 보완을 하였다. 교감 작업을 기존 연구에 비해 더욱 정밀하게 수행하였다. 현대어역의 경우, 중고등학생들도 쉽게 읽을 수 있을 정도로 하였다. 현대어역은 필자가 1차 작업을 한 이후, 필요한 부분은 AI의 윤문을 거쳤다.

이 작업을 수행하며 감사를 드려야 할 분들이 많다. 작고하신 일평(一平) 조남권(趙南權) 선생님으로부터는 대학원에 다니면서 온지서당(溫知書堂)에서 한문을 배웠고, 권우(卷宇) 홍찬유(洪贊裕) 선생님에게서는 유도회(儒道會) 한문연수원에서 사서삼경 등을 배웠다. 뒤늦게 배운 터라 실력이 어쭙잖지만 그나마 한자를 더듬더듬 읽기라도 하고, <명주보월빙>의 한자 병기를 하게 된 것은 선생님들 덕분이다. 선생님들이 그립다. 학부 때부터 지금까지 학문적으로, 인간적으로 가르침을 주고 계신 정원표 선생님과 박일용 선생님께는 감사하다는 말씀 외에는 드릴 말씀이 없다. 대학원에서 고전소설 원문을 읽고 연구하는 데 길을 터 주신 이상택 선생님께 감사드린다. 필자의 지도교수이신 선생님께서 박사논문의 대상으로 삼으셨고 그 이후에도 꾸준히 애정과 관심을 갖고 계시는 이 작품을 필자가 번역하고 주석을 가하게 되어 기쁘다. 원문 탈초본 및 주석 파일을 아무조건 없이 내주신 최길용 선생님께 이 자리를 빌려 감사의 말씀을 드린다. 선생님 덕분에 원문 탈초의 고통을 한결 덜 수 있었다. 끝으로 동지인 아내 서경희에게 감사의 마음을 전한다.

차례

1. 번역의 저본은 제2부에서 행한 주석 및 교감의 결과 산출된 텍스트이다.

2. 원문에는 소제목이 없으나 내용을 고려하여 권별로 적절한 소제목을 붙였다.

3. 주석은 인명 등 고유명사나 난해한 어구, 전고가 있는 어구에 달았다.

4. 주석은 제2부의 것과 중복되는 것은 가급적 삭제하거나 간명하게 처리하였다.

명주보월빙 제1권

세 가문의 남자가 명주와 월패를 얻고
윤현은 자원해 금나라에 사신으로 가다

중국 송나라 진종(眞宗)[1] 시대에 홍문관 태학사 이부상서 금자광록태우 명천 선생 윤 공은 이름이 현이고 자는 문강이다. 윤씨 집안은 대대로 벌열의 가문으로 국가와 운명을 같이하는 집안이었다. 공은 사람됨이 겸손하고 어질며 충성과 효도가 남보다 뛰어났다. 문장은 이두(李杜)[2]와 같고, 몸을 닦고 집안을 다스리는 것이 금옥(金玉)과 같아 이웃, 친척과 당대의 선비들이 공경하며 우러러보았다.

윤 공은 일찍이 용의 비늘[3]을 받들고 봉황의 날개[4]를 붙좇아 궁궐에서 어향(御香)을 쏘이고 월궁(月宮)의 월계나무를 꺾어 도성에서 벼슬을 하면서 위대한 호걸로서 당대의 사람들을 놀라게 했다.

윤 공이 일찍이 형제가 많지 않아 오직 남동생 한 명만 있었다. 남동생의 이름은 수요, 자는 명강으로 벼슬은 태중태우였다. 사람됨

---

1) 진종(眞宗): 중국 송(宋)나라의 제3대 황제(생몰 968-1022, 재위 997-1022). 이름은 조항(趙恒). 태종의 셋째 아들.
2) 이두(李杜): 이백(李白, 701-762)과 두보(杜甫, 712-770)를 아울러 이르는 말. 모두 중국 성당(盛唐) 때의 시인. 중국의 최고 시인들로 꼽히며 이백은 시선(詩仙)으로, 두보는 시성(詩聖)으로 칭하여짐.
3) 용의 비늘: 천자나 영웅의 위엄(威嚴)을 비유적으로 이르는 말.
4) 봉황의 날개: 임금을 보좌하는 사람을 이르는 말.

이 충성스럽고 시원스러워 이름을 당대에 떨쳤다. 형제 두 사람이 태부인을 지극한 효성으로 함께 섬기면서 형은 동생에게 우애 있고 동생은 형에게 공손하며 옛사람을 본받았다.

상서는 전 부인 황 씨 소생이고 태우는 후 부인 위 씨 소생이었는데, 윤 노공과 황 부인은 세상을 떠났고 위 부인은 살아 있었다. 상서의 부인 조 씨는 개국공신 조빈(曹彬)5)의 딸이고, 태우 부인 유 씨는 이부상서 유환의 딸이다. 조 부인은 얼굴과 덕성이 곤륜산의 아름다운 옥과 같았고, 유 씨는 모습은 매우 빼어났으나 성품과 도량이 매섭고 굳세었으며 악한 마음을 감추고 착한 척하며 어진 사람을 시기하고 능력 있는 사람을 질투했다. 위 태부인은 시기심이 많고 포악해 상서가 자기가 낳은 자식이 아니라 해 조금의 사랑도 주지 않았다. 유 씨가 그윽이 위 태부인에게 아첨해 날카로운 칼을 뱃속에 감추고서 시어머니의 악한 행동과 도리에 어긋난 짓을 가만히 도우며 계교를 만들어 태부인을 도왔다. 그러나 유 씨가 두려워하고 어려워하는 사람은 바로 태우였다.

태우는 매사에 형을 공경하고 우러러 바라는 것이 태부인과 다름이 없고 효성스럽고 우애 있는 마음이 고쳐지거나 변하지 않았다. 혹 모친의 편협한 모습을 보면 울며 조언하고 음식을 먹지 않으며 진정으로 슬퍼했다. 그래서 위 씨가 태우를 괴로워하고 유 씨가 악한 행동을 드러내지 못했으니, 태우가 여러 세월을 보내며 온화한 기운을 잃지 않았다.

상서는 조 부인과 10여 년을 함께 보내며 애정이 가득해 부부의 즐거움을 지극히 했으나 슬하에 자식이 많은 모습을 보지 못하고 몇

---

5) 조빈(曹彬): 중국 북송(北宋) 초의 명장(931~999). 자는 국화(國華)고 시호는 무혜(武惠)임. 북송이 남당(南唐)을 공략할 때 전훈을 세워 소훈각(昭勛閣) 24공신 중의 한 명으로 봉해짐.

년 전에 한 명의 딸을 낳았다. 태우는 유 부인과 혼인한 지 10년 만에 두 딸을 두었으나 태우의 성품이 엄숙했으므로 부인과 서로 화합하지 못해 부부의 윤리를 폐하지는 않았으나 금슬의 깊은 정은 없었다. 그래서 형제가 매양 서당 백화헌에 있으면서 넓은 이불과 긴 베개를 함께 하며 즐김을 다했다.

태부인이 태우의 행동을 골똘히 애달파해 모자와 부부의 마음이 다 제각각이었다. 다만 태우가 세세한 일을 알려고 하지 않고 성품이 꼼꼼하지 않아 집안의 일을 살피지는 않았다. 그래서 그 모친과 부인의 사나움을 알지 못한 채 형제가 서로 보호하는 것이 지극했다.

위 씨가 겉으로는 자애로운 어머니로서의 도리를 잃지 않았으나 조 부인에게 고생을 많이 시켰으므로 조 부인은 한 순간도 편히 지낼 수 없었다. 하지만 조 부인은 타고난 효부였다. 공경하고 삼가는 모습을 하고서 위 씨에게서 냉대를 받으면서도 조금의 원망도 없이 한결같은 정성으로 위 씨를 섬겼다. 조 부인은 계절에 맞춰 차고 더운 음식을 준비하고, 추운 겨울이나 더운 여름에 맞는 옷을 세심하게 위 씨에게 갖추어 드렸다. 그러나 위 씨는 조 부인의 이러한 어진 행동이 마음에 들지 않아 유 씨와 뜻을 함께해 종가의 맏아들 혈통을 빼앗으려 했다.

유 씨는 두 딸을 둔 이후 더 이상 자식을 낳을 수 없을 것 같아 밤낮으로 아들을 낳고 싶은 마음이 매우 간절했다. 그래서 산천 곳곳에 자신의 소원을 빌며 기도했으니 악한 사람이 이처럼 하늘의 뜻을 알지 못했다.

상서의 서모(庶母)인 구파는 승상 구준(寇準)6)의 서매(庶妹)다. 구

---

6) 구준(寇準): 중국 북송 초기의 재상(961~1023). 자는 평중(平仲)이고 시호는 충민(忠愍)임. 태종의 신임을 받았으나 강직한 성격으로 좌천되었다가 진종 대에 관직에 복귀한 후 거란의 침입

파는 성격이 시원시원하고 어진 마음이 가득해 여중군자라 할 만했다. 나이 열다섯에 윤 노공을 섬겨 사랑을 받았으나, 운명이 기구하여 남녀 자식이 없이 남편을 잃는 고통을 겪고서 적자(嫡子) 형제를 바라보는 마음이 태산과 같았다. 상서가 또한 태부인 못지않게 구파를 정성껏 대우하자, 구파가 더욱 감격하고 조 부인의 큰 덕을 흠모하며 각별한 정성을 보였다. 이러한 모습에 유 씨는 속으로 기뻐하지 않았다.

위 씨는 상서가 자식이 없는 것을 기뻐했으나 겉으로는 염려하는 척하며 말했다.

"너희 형제 부부가 함께 산 지도 오래되었다. 그런데 형은 딸 하나를 두고 아우는 딸 둘을 두고서 아직 아들을 낳지 못해 걱정이구나."

상서 형제가 대답했다.

"저희는 아직 삼십이 되지 않았으니 아들을 낳기에 늦지 않았습니다. 조 씨와 유 씨 두 사람 모두 자식을 가질 수 있으니 곧 아들을 낳게 될 것입니다. 그러니 어머님께서는 걱정하지 마십시오."

이처럼 어머니를 위로했지만, 마음 한편으로는 여전히 아들을 낳지 못하는 것에 대한 걱정이 컸다.

태우는 매번 말할 때마다 깊은 한숨을 내쉬며 말했다.

"비록 지금은 형제 모두가 아들을 두지 못했지만, 형님과 형수님처럼 두터운 덕과 정성된 마음을 가지신 분들이라면 하늘이 감동할 것이라 후손이 없을까 걱정되지 않습니다. 오래지 않아 형님께서는 훌륭한 아들을 낳으셔서 가문을 일으키게 할 것입니다. 그러니 형님께서 아들을 늦게 얻는 것에 대해 저는 걱정하지 않습니다. 다만 저

___

때 공을 세워 내국공(萊國公)에 봉해져 후에 구래공(寇萊公)으로도 불림.

처럼 덕이 부족한 사람이 뒤를 이을 자식을 두지 못할까 걱정됩니다. 그러니 형님께서 연이어 아들을 낳으신다면, 그중 한 명을 제가 후사로 삼을 것이니 형님은 아들이 없을까 걱정하지 마십시오.”

상서가 웃으며 말했다.

“내가 만약 아들을 낳을 수 있다면, 어찌 아우가 먼저 낳지 못할 것이라고 여겨 계후(繼後)[7]를 의논하는 것이냐?”

형제가 이러한 대화를 나눈 후, 이날 밤 저녁 문안을 마치고 상서는 해월루로 향했다. 부인이 등불 아래에서 바느질을 하고 있다가 상서를 보고 공손하게 맞이해 부부가 동서로 자리를 잡고 앉았다. 상서는 딸을 무릎 위에 앉히고 사랑스럽게 어루만지며 애정이 가득하다가 갑자기 한숨을 내쉬며 말했다.

“딸아이가 특출난 것을 볼 때마다 이 아이가 아들이 되지 못한 것이 한스럽구려. 우리 부부가 이제 삼십이 다 되었는데도 아들을 낳지 못했으니, 내가 종장(宗長)[8]의 중요한 몸으로서 어찌 근심이 적겠소? 더욱이 어머님께서 걱정하시는 것을 생각하면 애가 타지 않겠소?”

부인이 탄식하며 말했다.

“첩의 잘못 때문에 군자께서 후사가 많지 않은 것이 아닌가 합니다. 군자께서는 아직 장년이 저물기 전에 어진 가문에서 숙녀를 맞아 자손(子孫)이 번성하도록 하소서.”

상서가 한숨을 쉬고 말했다.

“모든 일은 다 운수에 달려 있다오. 생은 원래 번거로운 일을 구하지 않으니 설령 항아(姮娥)와 같은 숙녀가 있다 해도 남자로서 하늘이 주신 운명을 어찌 바꿀 수 있겠소?”

---

7) 계후(繼後): 양자로 대를 잇게 함. 또는 그 양자.
8) 종장(宗長): 종가 계통의 장자(長子).

하루는 상서 부부가 한 꿈을 꾸었다. 동남쪽으로부터 오색의 구름이 집을 두르고 상서로운 기운이 공중에 어려 있는데 한 선관(仙官)이 학을 타고 내려와 상서 부부를 향해 말하는 것이었다.

"그대가 어버이를 지성으로 섬기고 정성스러운 마음과 어진 덕을 가진 덕분에, 신명께서 감동하셔서 그대에게 귀한 자식을 주었네. 태허진군(太虛眞君)과 영허도군(靈虛道君)을 쌍으로 윤씨 집안에 내려 주셨으니, 이 아이들은 가문을 일으킬 뿐만 아니라 송나라의 공신이 될 것이네. 이는 일세에 보기 드문 일이라네. 하지만 그대의 수명이 짧아 내년이면 천궁으로 돌아갈 것이며, 몸은 만리타국에서 목숨이 끊어질 것이네. 두 옥동의 얼굴도 모를 것이니 어찌 슬프지 않은가?"

조 부인은 고개를 숙인 채 아무 말이 없고 상서는 사례해 말했다.

"인생이 사는 것은 손님 같고 죽는 것은 돌아감 같으니, 비록 제 수명이 짧더라도 무엇이 슬프겠습니까? 다만 집에 홀로 계신 어머님께 불효하게 되는 것이 안타까울 뿐입니다. 하지만 아들이 생긴다면 이는 마치 죽어도 죽지 않은 것과 같으니, 하늘의 운수가 정해진 것을 면할 수야 있겠습니까?"

선관이 웃으며 깃털로 만든 부채를 들어 채색 구름을 흩어지게 하자, 문득 두 마리의 큰 용이 나타났다. 빛이 제각각인데 하나는 금빛을 띠어 길이가 만여 장이나 되었고, 다른 하나는 옥빛을 띠어 여의주를 끼고 산처럼 웅장한 기세를 드러냈다. 황룡은 앞에, 백룡은 뒤에 서서 동시에 조 부인 품속으로 들어오는 것이었다. 이때 여러 별들이 쌍룡을 앞뒤에서 호위했다.

선관이 말했다.

"황룡은 열 명의 아들과 열다섯 명의 딸을 두게 될 것이고, 옥룡은 일곱 명의 아들과 세 명의 딸을 두게 될 것이네. 쌍룡의 앞뒤로 호위한 별들은 다 자녀 별들이라네. 윤씨 집안의 자손은 번성할 테지만 그대는 그것을 살아서 보지 못할 것이니 참으로 슬픈 일이로다!"

상서가 한숨을 쉬며 말했다.

"제가 천명(天命)을 안타까워한다 해도 어찌할 수 없습니다. 다만 자식들이 오래 살고 복이 많기를 바랄 뿐입니다. 저는 딸 하나를 먼저 얻어 골육의 정을 알았습니다. 두 아들과 한 딸이 모두 아비 없는 아이들이지만 잘 자라만 준다면 그것만큼 다행한 일이 어디 있겠습니까?"

선관이 탄식하며 말했다.

"그대의 자녀 세 명은 초년에 위 씨의 해를 받아 큰 고생을 겪을 것이네. 그러나 길흉화복은 모두 하늘이 정해 준 운수라 흉악한 사람이 마음대로 그들을 죽이지는 못할 것이네. 그대는 내년에 천궁으로 돌아오겠지만 난월성은 자녀들의 영광과 효도를 볼 것이네. 그러니 난월성은 남편이 죽는 슬픔을 잘 견디고 훗날을 보도록 하게. 태허진군은 인연이 여러 곳에 매여 있고, 원비(元妃)는 명주(明珠)로 혼례 예물을 삼게. 영허도군의 원비도 명주 임자네. 이제부터 삼 일 만에 명주를 자연스럽게 얻게 될 것이니, 깊이 간직해 두었다가 두 이들의 혼례 예물로 사용하게."

부인은 상서의 수명이 짧다는 말을 듣자 놀라서 아무 말도 못 하고, 상서는 선관의 말에 하나하나 대답했다. 이에 선관이 작별을 고하며 말했다.

"서로 모일 날이 가까우니 천당(天堂)에서의 즐거움은 인간 세상에 비길 것이 아니라네. 다만 그대가 만리타국에서 생을 마감하게 되는 것이 안타까울 뿐이나, 그것은 사람의 힘으로 바꿀 수 있는 것이 아니네. 그러니 그대는 한스러워하지 말게나."

말을 마치고 한참을 허리를 숙여 인사한 후, 학을 타고 한번 공중으로 솟구치자 순식간에 어디로 갔는지 알 수 없었다. 쌍룡이 부인의 품속으로 들어오며 상서로운 기운이 감돌자, 부인이 놀라서 깼고 상서도 함께 깼다. 부인이 꿈에서 깬 후 두 사람이 서로 꿈속에서 있었던 일을 이야기하다가 상서가 말했다.

"꿈속 일을 어찌 믿을 수 있겠소?"

이렇게 말했으나 속으로는 부인이 잉태할까 바랐다.

이러구러 며칠이 지났다.

하루는, 공의 벗인 어사태우 하진과 대사도 정연이 남강에서 뱃놀이를 하자고 청하는 것이었다. 그들은 강의 가을 물결을 감상하고 산 숲의 단풍을 보려 했는데, 이때는 가을 구월이었다.

공의 형제가 어머니에게 말미를 얻어 하와 정 두 사람과 함께 남강에 가서 화려하게 색칠된 배를 타고 술을 마시며 한가하게 놀았다. 정연의 자(字)는 윤보로 그의 문장과 재주는 당대에 명성이 자자했고, 하진의 자는 퇴지로 박학다식한 군자였다. 이들은 윤 공 형제와 마음을 나누는 친구로 서로 친하게 지냈는데 나이도 비슷했다. 하 공은 서른이 채 되지 않았지만 자식이 많아 윤 공 형제가 항상 부러워했다.

이날 이들은 뱃놀이하며 술을 마시고 시를 주고받았다. 그런데 갑자기 안개가 사방을 둘러싸고 강풍이 불어오더니 비가 억수같이 쏟아졌다. 배가 뒤집힐 것 같자 뱃사람들은 당황하여 두려움에 떨며 각자 살려달라고 빌었으나 안개가 배를 둘러싸 칠야처럼 어두웠으므로 모두 어찌할 바를 몰랐다. 그러나 오직 윤, 정, 하 삼 공만은 전혀 동요하지 않았다.

갑자기 길이가 만여 장이나 하는 붉은 용이 바로 강 속에서 솟아 올라 배에 다가왔다. 그 기세는 산악과 같았고 우레 같은 소리는 천지를 진동시켰다. 배에 있던 사람들이 두려워해 정신을 못 차리고 넋을 잃을 지경이었다. 그러나 윤, 정, 하 세 사람은 단정히 앉아 눈길을 돌리지 않았다. 붉은 용은 바로 윤 상서에게 달려들어 입에서 네 개의 명주(明珠)를 뱉어 그의 비단 도포 앞에 놓고, 정, 하 두 공의 앞에 나아가 보월패(寶月佩)를 한 줄씩 뱉어내고는 세 사람에게 세 번 머리를 조아린 후 배에서 내려 즉시 강 속으로 들어가는 것이었다. 그러자 맑은 바람이 일어나고 안개가 걷히며 붉은 해가 하늘 한가운데 한가하게 떠올랐다.

이때 배에 있던 사람들이 비로소 정신을 차렸다. 윤 공은 명주를 얻자 꿈속 일이 맞은 것을 신기하게 여겨 네 낱의 명주를 자세히 살펴보았다. 크기는 오얏만 하고 광채가 찬란하여 태양의 정기를 머금은 듯했다. 네 개의 명주에 각각 '진군빙', '도군빙'이라는 글자가 한 쌍씩 적혀 있었다. 하, 정 두 공이 보월패를 보니 모양이 또렷하여 보름달 같고 광채가 찬란해 밝은 해와 같은데 오색으로 장식되어 있어 인간 세상의 보물이 아니었다. 하, 정 두 공이 기이함을 이기지 못해 다시 보니 보월패 가운데 글자가 있었는데 '빙물(聘物)' 두 글자가 각각 적혀 있었다. 두 공이 괴이하게 여겨 윤 공에게 말했다.

"우리가 오늘 뱃놀이를 하다가 이런 보배를 얻었으니 참으로 이상하지 않은가?"

윤 공이 말했다.

"명주와 월패는 모두 여자들이 몸치장하는 데 쓰는 물건이라 장부가 가까이할 것이 아니네. 그러니 우리에게 긴요한 물건이라 할 수는 없네. 다만 '빙물'이라는 글자가 적혀 있으니 반드시 범상한 물건은 아닌가 하네."

태우가 축하하며 말했다.

"형님께서 지금까지 남자아이를 낳는 경사가 없어 온 집안이 걱정했는데 명주를 얻으셨으니 반드시 아들을 낳아 이것으로써 빙물을 삼을 수 있을 것입니다. 정, 하 두 형도 월패를 얻었으니 역시 각각 아들들의 빙물로 삼으면 될 것입니다. 그러니 이것들은 우리 세 집안의 비상한 보배인가 합니다."

하 공이 대답했다.

"우리는 월패를 얻었지만 자네가 명주를 얻은 것이 참으로 기이한 일이네. 명주를 빙물로 할 아들을 얻을 것이니 두고 보면 알 것이네."

윤 공이 말없이 미소를 지었다.

상서가 말했다.

"장부가 구슬을 몸에 지니고 있을 법하지 않은데 아우는 어찌 간직하려 하는 것이냐?"

태우가 웃으며 말했다.

"형님 말씀이 맞지만 이는 평범한 보배가 아니니 우리 집 귀한 빙물로 삼을 것입니다. 그러니 어찌 중요하게 여기지 않을 수 있겠습니까?"

말을 마치고는 비단 주머니를 꺼내 명주를 소매에 넣었다. 하, 정 두 공이 또한 웃으며 말했다

"윤 형이 명주를 저렇게 귀한 보배로 아니 우리도 용이 준 것이라 가져다가 아들의 빙물로 삼아야겠네."

이렇게 말하며 소매에 넣자, 윤 태우가 웃으며 말했다.

"퇴지는 아들이 여럿이니 월패를 빙물로 할 임자가 누구인지 알겠는가?"

하 공이 웃으며 말했다.

"아들이 여럿 있어도 큰아들은 내 집에 대대로 전하는 빙물이 있으니 월패를 줄 수 없고, 사랑하는 자식을 골라 이 보배를 빙물로 삼을 것이네."

윤 태우가 웃으며 말했다.

"형이 사랑하는 아들이 누구인고?"

하 공이 웃으며 대답했다.

"넷째아들 원광이가 아직 서너 살 된 아이지만 이 아이의 생김새가 비상하니 내가 천륜 밖의 각별한 사랑이 있다네."

윤 상서가 웃으며 말했다.

"이런 아이들이 다 아들을 여럿 두었으나 우리는 지금까지 슬하에 한 명의 아들이 없으니 어찌 한스럽지 않은가?"

하 공이 웃으며 말했다.

"자식도 그 아비 하는 일에 따라 생겨나는 법이네. 내가 나이는 형보다 적지만 사람됨으로 말한다면 형의 스승 되는 것을 사양하지 않을 것이네. 내가 사람의 부형이 될 만하므로 15살 때부터 아들을 연이어 낳아 옥동이 슬하에 넘쳐 가문의 번성함을 도왔으니 형의 사람됨으로 우리를 따라오려면 멀었네."

상서가 웃으며 말했다.

"자신을 너무 자랑하지 말게나. 퇴지의 어리석음을 자식이 닮는다면 무엇에 쓰겠는가?"

이처럼 서로 웃으며 즐기다가 날이 저물자 각각 집으로 돌아갔다.

하부와 윤부는 도성 옥루항에 담과 대문이 이어져 있고 정 사도 집은 동문 밖 취운산 운수동에 있었다. 날이 저물어 정 사도가 미처 취운산으로 가지 못해 윤 상서 형제와 함께 바로 윤부로 가 등불을 밝히고 대화하다가 다음 날 아침에 헤어졌다.

태우가 조 부인을 보고 명주를 전했다. 태부인은 침상에 기대어 졸고 있어서 이를 알지 못했고 유 씨 또한 자신의 방에 있었다. 오직 구파만이 명주를 보고 그 찬란한 모습을 신기하게 여겨 출처를 물었다. 그러자 태우가 말했다.

"바닷속의 명주인데 남강에 가서 얻었습니다."

구파가 이를 기이하게 여기고, 조 부인은 더욱 명주가 비상한 줄을 알고 깊이 보관했다.

조 부인이 신기한 꿈을 꾼 후에 잉태하고 네다섯 달이 지났다. 해가 바뀌어 신춘이 오자 상서와 태우의 기쁨은 비할 데가 없었으나 위 태부인과 유 씨는 기뻐하지 않았다.

이때 정 공의 부인 진 씨는 두 아들을 두고 또 잉태한 지 네다섯 달째였다. 정 공이 이에 말했다.

"남강에서 보월(寶月)을 얻었는데 장손의 빙물로 삼으려 하오."

모친 순 태부인이 보월을 얻은 이야기를 듣고는 기특하게 여겨 장손 천흥을 어루만지며 말했다.

"나의 기린은 언제나 커서 숙녀를 얻을꼬?"

그러자 공이 대답했다.

"소자의 벗 중에서 아름다운 아이를 가려 천흥이의 배필로 미리 정하려 합니다."

하루는 정 공이 옥루항 윤부에 이르러 윤 공 형제와 대화했다. 이때 소저 명아가 태우의 차녀 현아와 함께 시녀에게 안겨 외헌으로 나오다가 손님을 보고 도로 들어갔다. 정 공이 그 모습을 보고 웃으며 말했다.

"형의 딸을 내 한번 구경하고 싶네."

윤 공이 웃으며 시녀에게 명령해 두 아이를 데려오라 했다. 시녀가 소저 두 사람을 데리고 오니 이때 명아는 네 살이고 현아는 세 살이었다. 신장이 약간 차이가 났으나 비상한 기질과 빼어난 모습은 당대에 보기 드물었다.

태우가 웃고 정 공을 가리키며 인사를 하라고 했다. 두 아이가 부끄러워 얼굴을 붉히고 절을 했다. 눈썹과 눈에는 천지의 정기를 머금었고 얼굴에는 오색의 상서로운 빛이 가득해 빼어난 기질이 막상막하여서 차등을 정하기 어려웠다. 정 공이 아이들을 한번 보고는 깜짝 놀라 낯빛이 흐뭇해지면서 칭찬했다.

"두 아이가 비범하여 겨룰 상대가 없으니 비록 딸을 두었으나 쓸모없는 열 아들을 부러워하지 않을 것이네. 그런데 이 아이는 누구의 딸인가?"

태우가 웃으며 말했다.

"형이 어찌 어린아이를 가지고 이처럼 찬양하는가? 키가 큰 아이는 형님의 딸이고 작은 아이는 내 딸이라네."

정 공이 끊임없이 칭찬하며, 속으로 자기 아들 천흥의 짝으로 삼으려 했다.

문득 하 어사가 기별하지 않고 들어왔다. 원래 하부는 지척에 있어 서로 아침저녁으로 왕래했으므로 기별하지 않고 다니던 사이였다.

윤 공 형제가 하 어사를 보고 웃으며 말했다.

"정 윤보가 오니 형이 보러 온 것이로구나. 참으로 잘 왔네."

하 어사가 마루에 올라 정 공과 인사를 나눈 후 소저들을 보고 놀라서 말했다.

"이 아이는 윤 형의 천금과 같은 자식이 아니던가?"

상서가 말했다.

"그렇네만 형이 어찌 과도하게 칭찬하는 것인가?"

하 어사가 아이들을 매우 사랑하며 말했다.

"옥은 곤륜산에서 나고 진주는 푸른 바다에서 나는 법이니 두 형이 낳은 아이가 어찌 평범하겠는가? 이처럼 기특한 아이들은 본 중에 처음이네. 이곳에 아침저녁으로 왕래했으나 일찍이 형의 이 같은 딸들을 못 보았더니 정 형의 덕으로 항아를 보네그려."

윤 태우가 웃으며 말했다.

"어린아이들의 어리석은 모습을 보고 형들이 이처럼 지나치게 칭찬하니 평소 고산(高山) 같던 안목이 이처럼 낮아진 것인가?"

하, 정 두 공이 즐겁게 담소하며 눈을 떼지 못하다가 정 공이 먼저 말했다.

"내가 영녀(令女) 등을 보니 외람되게 내 아들들로 주진(朱陳)의 아름다운 인연9)을 기약하려 하네. 두 아이가 자라기를 기다려 혼례를 시키려 하는데 문강10) 형의 뜻은 어떠한가?"

상서 형제가 미처 답하기 전에 하 어사가 웃음을 머금고 말했다.

"정 형이 두 규방의 아이를 다 눈여겨보고 자기 두 아들로 좋은 인연을 맺으려 하나, 하나는 내가 결단코 얻을 것이니 정 형은 두 아이를 다 바라지는 말게."

정 공이 즐거운 빛을 띠고 웃으며 말했다.

"내 큰아들은 다섯 살이고 둘째아들은 세 살이네. 두 소저를 다 얻을 마음이 있었는데 퇴지가 이처럼 이르니 애달픔을 이기지 못하겠네."

---

9) 주진(朱陳)의 아름다운 인연: 두 집안이 통혼함을 이르는 말. 당나라 때 서주(徐州) 고풍현의 주진이라는 마을에 주씨와 진씨 두 성씨만 살면서 대대로 혼인을 하며 화목하게 지냈다고 한 데서 유래함.
10) 문강: 윤현의 자(字).

윤 공 형제가 정, 하 두 사람의 말을 듣고 도리어 가소롭게 여겨 말했다.

"젖먹이를 면치 못한 것을 두고 혼인을 의논할 것이 아니네. 훗날 이 아이들이 자란 후에 우리가 지극한 정분으로 다시 혼인의 의리를 맺는 것이 옳을 것이네."

정, 하 두 공이 마음이 매우 급해 웃으며 말했다.

"영아(令兒) 등의 생김새가 복이 있어 수명이 길고 영화로울 것이며, 우리 자식들이 비록 어리석으나 자라면 거의 숙녀의 평생을 더럽히지 않을 만하네. 문강 형 형제가 우리 아들들을 보았으니 우리를 더럽게 여기지 않는다면 혼사를 허락해 주게."

상서와 태우가 웃으며 말했다.

"정 형의 첫째아들은 다섯 살이라 우리 딸과 혼인을 기약하는 것이 괜찮지만 하 형의 첫째아들은 거의 열 살이나 되어 우리 딸들과 나이가 맞지 않으니 혼인을 구하는 것이 옳지 않네."

하 어사가 웃으며 대답했다.

"구태여 큰아이로 구혼하는 것이 아니라 영아 등과 나이가 서로 걸맞은 아이로 정하려 하는 것이네."

정 공이 명아 소저의 나이를 물어 자기 아들 천흥과 정혼할 것을 청했다. 하 어사는 현아 소저의 나이를 물어 세 살인 줄 알고 자기의 넷째아들 원광이 동갑이므로 굳은 언약을 두어 두 아이가 무사히 자라면 끝내 뜻을 변치 말자고 청했다. 윤 상서는 미소를 지으며 단정히 앉아 있고 태우가 웃으며 말했다.

"장부의 한마디는 천 년이 지나도 고칠 수 없는 법이니 한번 허락한 후에야 어찌 뜻을 고치겠는가? 나는 딸아이를 허락해 원광이와 정혼할 것이니 두 아이가 자라는 사이에 혹 대단한 일이 있어 두 집

안의 형세가 지금과 같지 않아도 나 윤 명강의 마음은 변하지 않을
것이네."

하 어사가 속이 시원해 급히 사례했다. 그런데 정 공은 시원한 대
답을 듣지 못해 계속 보채자 상서가 웃으며 천천히 말했다.

"아우가 혼인을 확고히 정하면서 딸이 아직 어리다는 것을 깨닫
지 못한 것이 가소로운데 형도 결혼을 앞둔 아들을 둔 것 같으니 내
가 어찌 허락하지 않겠는가? 다만 천흥이는 젖먹이를 면치 못한 아
이지만, 호탕하여 용과 호랑이의 모습이 있어 훗날 영웅호걸이 될
터이니 우리 딸처럼 어리석고 약한 아이에게 어울리는 배필이 아닐
까 싶네."

정 공이 상서의 허락을 얻고 기뻐하며 감사의 뜻을 전했다.

"형이 나같이 어리석은 사람을 버리지 않고 천금처럼 귀한 딸을
선뜻 허락해 주어 내 아들을 사위로 삼을 수 있게 해 주니 감사함을
이루 말할 수 없네. 내 아들이 훗날 호방해 삼가지 못하는 일이 있다
면 내 각별히 살펴 영아가 일생을 편안하게 살게 할 것이네."

하 어사가 문득 말했다.

"혼인을 굳게 정했으니 반드시 표식을 두어 서로의 뜻을 바꾸지
못하게 해야겠네."

윤 공 형제가 웃으며 말했다.

"그것도 형의 뜻대로 할 것이나 표식을 두지 않는다 해도 우리 네
사람은 마음을 서로 비추는 사이라 끝내 어찌 마음을 바꾸겠는가?"

하 공이 웃으며 말했다.

"모든 일은 굳건한 것이 으뜸이라네."

이렇게 말하고 앵혈(鶯血)11)을 구했다. 태우가 시녀에게 명령해
앵혈을 가져오게 하자 하 공이 상서의 앞에 붓을 던지며 말했다.

"영아를 '정씨 집안의 종부(宗婦)'라 쓰고, 명강은 자네의 딸로써 '하씨 집안의 며느리'라 해 팔 위에 쓰게."

상서가 미미하게 웃으며 말했다.

"하 퇴지는 공경하고 삼가는 사내로서 자잘한 생각이 없더니 어찌 오늘은 아녀자의 마음이 있는 것인가?"

하 공이 웃으며 쓸 것을 재촉하자 태우가 웃으며 말했다.

"팔뚝 위에 표식을 남기겠다면 구태여 형님에게 청하지 말고 그 시아버지 될 사람이 각각 쓰도록 하게."

정 공이 마땅하다 일컫고 친히 명아 소저를 나아오라 해 글을 쓰려 했다. 그러자 명아는 부끄러워 상서의 앞에 앉아 팔을 내밀지 않았다. 나이가 어려 혼사를 정하는 일을 알지는 못했으나 예전에 보지 못한 어른을 대했으므로 부끄러워한 것이다. 상서가 사랑을 이기지 못해 친히 딸의 팔을 빼어 정 공에게 쓰라고 재촉했다. 정 공이 앵혈을 듬뿍 찍어 '정가종부(鄭家宗婦)' 네 글자를 뚜렷이 쓰고, 물러나 태우에게 현아 소저의 팔을 빼라고 했다. 하 공이 '하가자부(河家子婦)'라 쓰니 네 명의 공이 마음이 각별해 서로 자녀가 자라기를 기다렸다. 이에 태우가 웃으며 말했다.

"형님이 지금까지 아들을 두지 못해 절박한 근심이 없지 않으시더니 이제 형수께서 잉태하신 지 대여섯 달입니다. 혹 아들을 낳으신다면 가문의 큰 행운이라 하, 정 두 형 중 부인이 혹 잉태하시는 분이 있다면 양가의 아이들이 나기를 기다려 또 혼인을 정할 것입니다."

정 공은 조 부인이 임신했다는 말을 듣고 상서를 향해 축하하며

---

11) 앵혈(鶯血): 장화(張華)의 『박물지』에서 그 출처를 찾을 수 있음. 근세 이전에 나이 어린 처녀의 팔뚝에 찍던 처녀성의 표시를 말하는 것으로 도마뱀에게 주사(朱沙)를 먹여 죽이고 말린 다음 그것을 찧어 어린 처녀의 팔뚝에 찍으면 첫날밤에 남자와 잠자리를 할 때에 없어진다고 함.

자기 부인이 잉태한 지 대여섯 달임을 이르고 아이가 나기를 기다렸다가 남녀를 보아 혼인을 정하자고 했다. 그러자 하 공이 웃으며 말했다.

"형의 부인만 잉태했는가? 나도 아내가 임신한 지 네다섯 달째니 해산하는 것을 보아 정할 것이네."

태우가 매우 기뻐하며 세 집안에서 아이가 나기를 기다려 정혼하자고 했다. 종일토록 즐기다가 석양에 자리를 파했다.

형제가 조용히 이야기할 때, 태우가 두 아이의 정혼을 기뻐하며 정과 하 두 공의 부인이 출산할 때까지 기다렸다가 형이 낳은 아이와 결혼시켜 겹겹으로 혼인의 두터움을 맺는 것이 좋겠다고 말하며 매우 기뻐했다. 그러자 상서가 갑자기 눈썹을 찡그리고 깊은 탄식을 내뱉었다.

"자녀를 혼인시켜 그들로부터 효도를 받는 것이 참으로 기쁘지만 내 마음이 어지러워 오래 살지 못할까 하는구나."

태우가 놀라고 의아해 형을 위로하면서 말했다.

"제가 아직 아들을 두지 못했으니 형님께서 만일 쌍둥이를 낳으신다면 그중 하나를 양자로 삼아 제 후사를 이으려 합니다."

상서가 미소를 지으며 말했다.

"아우는 나이가 젊고 유 제수께서 출산을 멈출 때도 아니니, 자녀가 몇 명이나 될지 어찌 알겠느냐? 그러니 괴이한 말은 하지 마라."

태우가 문득 탄식하며 말했다.

"저는 실로 유 씨의 출산을 원하지 않습니다. 현아는 다행히 제 어미의 모습이 없으나 경아는 그 어미를 많이 닮아 그 위인이 우리 집안 사람의 성품이 아니므로 애달픕니다."

상서가 정색하며 말했다.

“네 어찌 괴이한 소리를 하는 것이냐? 유 제수께서는 총명하고 슬기로우시니 만일 아들을 낳으신다면 영웅의 재목이 나와 자녀가 번성할 것이다. 더욱이 아직 이와 터럭도 자라지 않은 어린 경아를 두고 어머니의 모습이 있다 하니 말마다 괴이하구나.”

태우가 이 말에 탄식하고 대답하지 않았다.

이때 금나라 오랑캐 호삼개가 여러 대에 걸쳐 조공을 받들지 않고 군량과 장수를 모아 천조(天朝)에 맞서려 했다. 그 세력이 강성해 맞서기가 매우 어려웠다. 천자께서 이를 걱정하셔서 용상에 계시면서도 숙식이 불안하셨다.

그래서 금령문에서 크게 조회를 여시고 호삼개를 처치할 방법을 물으셨다. 만조백관의 의논이 분분했는데 어떤 이는 군대를 일으켜 죄를 묻자고 하고, 어떤 이는 덕이 가득한 사신을 보내 타이르자 하여 논의를 결정하지 못했다. 삼공(三公)12)은 천사(天使)13)를 보내는 것이 마땅하고 군대를 일으키는 것은 매우 어렵다고 하고, 천자께서도 이를 옳게 여기셨다. 그러나 삼공 이하의 관리들은 위험한 땅에 가기를 꺼려 서로 눈치만 보며 결정을 내리지 못했다. 이때 상서 윤공이 선뜻 신하의 무리에서 나와 엎드려 아뢰었다.

“신 윤현이 나라의 은혜를 입어 외람한 벼슬이 이부상서와 광록태우를 겸하고 있어 성은(聖恩)을 만분의 일이나 갚을까 원했으나 조금도 은혜를 갚지 못했습니다. 그러나 어찌 마음을 놓고 게으르게 있을 수 있겠나이까? 지금 금나라 천사를 의논하시니 외람하나 신을 보내 주시기를 바라나이다.”

---

12) 삼공(三公): 중국에서, 최고의 관직에 있으면서 천자를 보좌하던 세 벼슬로, 시대별로 벼슬의 명칭이 달랐음.
13) 천사(天使): 천자의 사자(使者).

천자의 얼굴이 밝아지셨으나 수족과도 같은 어진 신하를 멀리 보내는 것을 꺼려 하셨다. 삼공 이하의 신하들이 윤 공을 천사로 보내는 것이 마땅하다고 아뢰자 임금께서 마지못해 말씀하셨다.

"금나라는 위험한 땅이라 천사를 보내더라도 사나움과 용맹을 두루 갖춘 무신을 보내고 문관은 보내지 않으려 했도다. 그런데 이제 윤현이 충성을 다해 자원하니 짐이 마지못해 허락하나 금나라처럼 험한 땅에 가면 목숨이 위태로울까 염려하노라."

상서가 고개를 조아리고 아뢰었다.

"폐하께서 미천한 신하를 이처럼 대우해 주시니 황공하여 아뢸 바가 없나이다. 삶과 죽음은 운명에 달려 있으니 오랑캐가 비록 흉악하고 모질지만 천조(天朝)의 사신을 마음대로 해치지는 못할 것입니다. 엎드려 바라오니, 폐하께서는 염려하지 마소서."

임금께서 칭찬하셨다.

"이제 금나라의 변란 덕에 경의 한결같은 충성과 큰 절개를 새로이 알겠도다. 나라를 위해 몸을 바치려 하니 참으로 아름답도다."

상서가 임금의 말씀을 감당하지 못하겠다고 아뢰었다. 임금께서 즉시 사신을 정하셔서 전전태학사 정 사도를 부사로 정하고 어서 행장을 차려 길을 나서라 하셨다.

윤, 정 두 공이 조회에서 물러나 귀가하니 일가친척과 상하노소가 놀라지 않는 이가 없었다. 정부 일가 사람들은 오히려 놀라움과 염려가 적었으나 윤씨 집안의 친척들은 다 위험하게 여기고 상서가 천사(天使)로 자원한 것을 애달프게 여겼다. 윤 태우가 매우 놀라 상서에게 고했다.

"형님은 제사를 받들고 어버이를 모셔야 할 귀한 몸이고 국가의 기둥인데 어찌 금나라 위험한 땅에 나아갈 수 있겠습니까? 내일 제가 폐하 앞에서 아뢰고 형님 대신 금나라에 사신으로 가겠습니다.”

상서가 정색하고 말했다.

“금나라가 위험하지만 죽을 곳이 아니고 호삼개가 사나우나 사람 죽이는 칼이 아니다. 천조의 사신이 오랑캐 땅에 가는 것은 영화롭고 벼슬은 점점 높아질 것인데 무엇이 위태롭다 하는 것이냐? 비록 사지(死地)라 해도 내가 이미 마음을 정해 다시 고칠 길이 없는데 아우가 어찌 소임을 감당하려 하느냐?”

태우가 몹시 놀라 말했다.

“제가 오늘 몸이 좋지 않아서 조회에 참석하지 못했습니다. 형님께서 금나라에 가실 줄은 생각하지 못했더니 천만뜻밖에 위험한 땅에 좋은 길 나아가듯 하실 줄 어찌 알았겠습니까?”

상서가 염려하는 태우를 위로하고 함께 경희전에 들어가 태부인에게 자신이 금나라에 나아간다는 사실을 고했다. 위 씨는 늘 상서가 집안에 없을수록 기뻐하고 죽기를 밤낮으로 원하는 터여서 속으로 매우 기뻤으나 겉으로는 놀라고 슬픈 빛을 지어 눈물을 흘리며 말했다.

“금나라 위험한 땅을 어찌 자원해 나아가는 것이냐? 만일 흉악한 도적에게 해를 입는다면 노모가 그리워하는 마음을 어찌하려 하느냐?”

상서가 부드러운 말과 온화한 기운으로 위로했다. 태우가 형을 대신해 가려는 뜻을 고하자 위 씨가 진심으로 놀라서 말했다.

“형은 재주와 덕이 갖춰져 오히려 흉악한 도적을 타일러 무사히 돌아올 것이지만 너는 형에게 도저히 미치지 못하는데 어찌 이런 말을 하는 것이냐?”

태우가 낯빛을 바로 하고 자신의 손을 맞잡아 공손한 자세로 대답했다.

"형님께서는 집안과 나라에 중요한 몸이라 가지 않으실 만하지만 소자는 집에서 둘째아들이라 중요하지 않습니다. 그러니 길하든지 흉하든지 간에 형을 대신해 집안과 나라를 위하는 것이 신하의 도리에 옳습니다. 어머님께서 마땅히 소자에게 형님을 대신하라고 권하실 만한데 어찌 이처럼 말씀하시는 것입니까?"

위 씨가 몹시 놀라 팔을 내저으며 말했다.

"노모가 부질없이 살아 너희의 이런 모습을 보니 바삐 죽는 것이 소원이다. 나랏일을 부자 사이인들 대신하는 법이 있더냐?"

상서가 정색하고 태우를 돌아보아 말했다.

"내 이제 어머님 곁을 떠나게 되어 마음이 베이는 듯한데 어찌 괴이한 말로 어머님의 놀라시는 마음을 부추기고 나의 마음을 어지럽게 하는 것이냐? 이는 내가 평소에 너를 믿던 모습이 아니다."

태우가 모친의 말과 행동이며 상서의 준엄한 말을 듣자 자기 마음을 펼 길이 없고, 슬픔을 이기지 못해 마음을 향할 곳이 없었다. 상서는 나라를 위해 사사로운 일을 돌아보지 못하는데 아우가 과도하게 염려하며 슬퍼하는 모습을 보니 어찌 마음이 좋을 수 있겠는가. 이에 길이 탄식하고 말했다.

"예로부터 충신이 효자가 되지 못한다 한 말이 나를 두고 이른 것이구나. 내 이제 나라를 위해 신하의 도리를 다하려 하는데 이것이 어머님께 불효를 끼치게 되었구나. 또 아우가 슬퍼하는 모습을 보니 동기를 저버림이 많구나."

태우는 회포가 무궁했으나 어머니 앞이라 모친의 사나운 뜻을 모르고 그 슬픔을 도울까 두려워해 낯빛을 고쳐 슬픔을 한껏 참았다. 곁에서 모시고 있다가 외헌에 나와 상서의 손을 잡고 눈물을 금하지 못한 채 말했다.

“형님께서 무사히 돌아오시면 매우 다행이지만 그렇지 못한다면 저의 마음을 어찌하겠습니까?”

상서가 또한 처연한 빛으로 태우의 팔을 어루만지고 탄식하며 말했다.

“아우처럼 밝은 안목을 가진 사람이 어찌 형의 운명과 수명을 지금까지 알지 못하는 것이냐? 금년은 반드시 내가 목숨을 마칠 해니 타국에 가지 않아도 천명(天命)을 어찌 도망할 수 있겠느냐? 성현도 오는 액을 면하지 못하시고 안자(顔子)14)께서도 단명하셨으니 나처럼 재주 없고 덕이 부족한 사람이 하늘의 운수를 어찌 도망하겠느냐? 이제 이 길이 아득하나 이는 모두 운명이다. 하늘과 귀신이 지휘하고 있으니 어찌 운명을 모면하겠느냐? 아우는 모름지기 슬퍼하지 말고 어머님을 효성으로 받들 것이며 일가 사람들과 우애 있고 화목하게 지내 윤씨 가문을 일으키라.”

태우가 상서의 말을 듣고는 눈물이 비단 도포를 적실 따름이었다.

상서 역시 매우 슬퍼하며 밤낮으로 형제가 마주 보아 헤어지는 회포를 일렀다. 그 지극한 정이 비할 데가 없어 사람들에게 본받게 할 만했다. 슬프다! 인간 세상의 일을 마음대로 하지 못하는 것이 이와 같은 것인가.

이러구러 천사가 떠날 날이 점점 가까워지자 태우가 말했다.

“이제 만리타국에 나아가시게 되었습니다. 금나라는 예사로운 작은 나라와 달라 위험한 나라라서 돌아오실 기약을 정할 수 없습니다. 청컨대 해월루에 들어가셔서 형수님의 갈 곳 없으신 마음을 위로하소서.”

---

14) 안자(顔子): 중국 춘추시대의 유학자 안회(顔回, B.C.521~B.C.490)를 높여 부른 이름. 자는 자연(子淵). 공자의 수제자로 학덕이 뛰어났다고 전해짐.

상서가 미소를 지으며 말했다.

"아우가 이르지 않아도 내 또 부부의 정을 가지고서 사별(死別)을 위로하지 않을 수 있겠느냐?"

태우가 형의 이런 말을 들을수록 마음이 베이는 듯했다.

이날 밤에 상서가 해월루에 들어갔다. 부인은 상서가 금나라에 사신으로 간다는 말을 들은 후로 마음이 베이고 깎이는 듯해 꿈속 일이 이상하게 맞는 것을 보고 경황 없는 마음을 이기지 못했다. 그러나 사람됨이 얼음과 금옥(金玉)처럼 견고함을 가졌으므로 억지로 참아 낯빛을 온화하게 하고 말을 보통 때처럼 침착하게 하며 상서의 옷을 다스려 행장(行裝)을 차리고 있었다. 그런데 상서가 들어오는 것을 보고 공손히 맞이해 자리를 잡고 앉았다. 상서는 부인이 수고롭게 바느질을 해 몸이 고단함을 돌아보지 않는 것을 염려해 웃으며 말했다.

"부인이 생의 옷을 친히 만들지 않아도 천조 사신의 행차라 지나가는 고을에서 옷과 음식을 갖추어 생의 뜻에 맞게 영접할 것이오. 그런데 어찌 임신한 중에 수고로움을 생각지 않는 것이오?"

부인이 묵묵히 말이 없다가 천천히 대답했다.

"금나라는 위험한 땅이라 합니다. 군자께서 어버이를 받드는 몸으로서 자원해 사신이 되어 사사로운 일을 돌아보지 않으셨으니, 충성의 의리에는 수긍이 되나 효도의 의리로 보면 지극한 효성은 아닌가 합니다."

상서가 말했다.

"흉한 땅에 나아간다 해도 수명이 길다면 자연히 위태로운 땅을 벗어날 것이고, 정해진 운수상 만일 목숨을 마칠 것이면 위태로움이 팔구분이나 할 것이오. 부인은 복(僕)15)이 다시 산 얼굴로 돌아오지

못해도 지극한 슬픔을 너그러이 억눌러 어머님을 효성으로 받들고
슬하의 어린아이를 불쌍히 여기고 어루만져 복의 뒤를 잇도록 하는
것이 복이 믿는 바요. 뱃속의 아이는 반드시 한 쌍의 기린이 될 것이
오. 생이 비록 없더라도 아들이 이와 같다면 생이 죽어도 죽지 않은
것과 같으니 무엇을 슬퍼하겠소? 딸아이는 정 윤보의 아들과 정혼해
피차 굳은 약속이 금석과 같소. 정씨 집안에서 딸아이를 버리지 않
는다면 우리 집안에서 또 약속을 어길 수 없을 것이오. 인간 세상의
일이 혹 괴이함이 있어 혼인에 마장(魔障)16)이 있어도 딸아이는 곧
정씨 집안 사람이니 다른 집안과는 혼인을 의논하지 마시오."

부인이 비록 태연한 척하려 했지만 상서의 말을 듣고 나니 심장이
찢어지는 듯했다. 부인이 별 같은 눈에는 구슬 같은 눈물이 맺히고
분을 바른 아리따운 얼굴에는 근심이 가득한 채 슬픈 표정으로 대답
했다.

"명공께서 첩에게 차마 사람이 견뎌 듣지 못할 말씀을 하셔서 아
녀자의 마음을 마디마디 끊어지게 하시는 것입니까?"

부인이 말을 마치자 끊임없이 오열했다. 상서가 나아가 부인의 손
을 잡아 맥박을 확인하고 웃으며 말했다.

"이렇게 막다른 상황에서도 요행히 살길이 생겼으니 이 어찌 하
늘이 무심하시다 하겠소? 이제 부인의 맥을 보니 반드시 아들을 낳
을 것이오. 이는 가문의 큰 경사이자 우리 부부의 복이 아니겠소? 여
자에게는 삼종지의(三從之義)가 있소. 집에서는 아버지를 따르고, 다
른 사람에게 시집을 가면 남편을 따르며, 남편이 죽으면 아들을 따
르는 법이오. 부인은 장인어른께서 늦은 나이에 낳으신 막내딸로서

---

15) 복(僕): 남편이 아내에게 자신을 낮추어 부르는 말.
16) 마장(魔障): '귀신의 장난'이라는 뜻으로, 일의 진행에 나타나는 뜻밖의 방해를 이르는 말.

혼인한 후에 곧바로 장인어른 내외께서 세상을 떠나셨으나 복(僕)이 있어 부인의 바라는 사람이 되었소. 이제 복이 죽을 땅에 나아가지만 딸아이가 하나 있고 후사를 이을 남자아이가 태어날 것이니 삼종지의(三從之義)는 없어지지 않을 것이오. 스스로 마음을 잘 다스려 천만 명이 죽으라 해도 남편의 오늘 유탁(遺託)[17]을 저버리지 말고 몸을 보호해 살길을 찾도록 하시오. 그것이 남편의 후사를 끊지 않고 조상의 제사를 이어가는 도리요. 생은 몸을 국가에 허락했기에 사사로운 일을 돌아보지 못해 어머님께 불효가 가볍지 않소. 그러나 부인은 세상에 남아 어머님을 받들어 불효를 면하고 자녀를 길러 조상에 공이 있는 며느리가 되어 주시오. 그리하면 생이 훗날 저승에서 서로 보아도 기쁜 웃음을 머금고 같은 무덤의 티끌이 되어 백만 년 동안 무궁한 정을 위로하며 인간 세상에서의 느꺼운 즐거움을 지하에서 나눌 것이오. 나의 자녀를 아름답게 혼인시켜 어진 며느리와 훌륭한 사위를 얻는다면 어둠 속에서도 즐거운 혼백이 부인의 큰 덕을 하례할 것이니 어찌 즐겁지 않겠소? 그런데 부인은 자질구레하게 눈물을 흘려 생의 가는 마음을 흐트러뜨리고 스스로 몸을 상하게 하는 것이오?”

　조 부인이 남편의 이 같은 당부를 듣자, 슬픈 마음이 겹겹이 쌓였다. 집안의 형세를 헤아리니 상서가 없으면 자기 몸을 지키기가 더욱 어려울 것이므로 차라리 자기 숨을 끊어 망극한 지경을 모르려 해 머리를 숙이고 대답하지 못했다. 그러나 오장이 끊어질 듯했으니 낯빛이 몹시 슬펐다. 상서가 시녀에게 이불을 펴라 한 후 침상에 나아가 등불을 물리고 부인과 함께 한 침상에서 태산과 바다 같은 깊

---

17) 유탁(遺託): 죽을 때 남긴 부탁.

은 정을 나누었다. 백 년의 깊은 뜻이 있었으니 16년을 함께 지낸 세월이 봄날의 꿈처럼 느껴졌다.

상서가 다시 일렀다.

"부인이 생을 보고 살겠다고 하지 않고 조금이라도 생이 돌아오기를 바라는 것은 사정이 절박해서 그런 것이겠지만 생은 한 번 가면 다시 돌아올 기약이 없소. 부인이 어찌 한마디 말로 허락하지 않아 생의 가는 마음을 위로하지 않는 것이오? 예로부터 여자가 지아비를 따라 죽는 것을 절부(節婦), 열녀(烈女)라 일컬었소. 하지만 형세가 정말 어쩔 수 없는 자는 죽는 것이 괴이하지 않으나 부인 같은 경우는 다르오. 뱃속의 아이는 말할 것도 없고 딸아이가 있는 데다 남편이 이렇게 부탁을 하니, 혹 생이 죽고 집안에 어지러운 일이 생기더라도 부인이 몸을 보전하기 어렵다면 권도(權道)[18]와 곡례(曲禮)[19]가 있으니 구차하게라도 목숨을 이어가도록 힘쓰시오. 백 사람이 죽으라 하고 만 사람이 꾸짖어 살지 말라 해도, 생의 오늘 말을 생각해 작은 일로 마음이 흔들리지 말고 뱃속의 아이를 무사히 낳고 명아를 아름답게 길러 자녀를 보호하는 데 집중해 주시오. 남편이 죽은 슬픔을 무릅써 누군가 부인을 무지하고 모질다고 해도 개의치 말고 뜻을 굳게 잡아 천도가 흘러가는 것을 보시오. 나의 죽음 소식을 듣고 부인이 내 뒤를 따라 세상을 버린다면 부인은 긴 세월 슬픔을 잊겠지만 비록 아들을 낳아도 살리지 못할 것이고 명아도 보전하지 못할 것이니 이는 부인 손으로 자녀를 죽이는 일이 되는 것이오. 생의 후사를 부인이 잇지 않으려 해도 윤씨 후사를 잇는 것은 전적으로 부인의 손에 달려 있소. 그러니 부디 한마디 약속을 해 생의 바

---

18) 권도(權道): 목적 달성을 위하여 그때그때의 형편에 따라 임기응변으로 일을 처리하는 방도.
19) 곡례(曲禮): 곡례. 예를 굽힘.

라는 바를 끊지 말아 주시오."

부인은 가슴이 무너지고 찢어지는 것 같았으나 상서가 예를 갖춰 하는 말에 대답하지 않을 수 없어 길게 탄식하며 말했다.

"군자께서 이렇게 말씀하시니 명심하겠습니다. 그러니 군자께서는 염려하지 마시고 충성스러운 마음을 굳게 잡으시고 목숨을 상하지 않게 하십시오. 소무(蘇武)[20]가 북해에서 모진 고생을 견디고 돌아온 것처럼 길이 절월(節鉞)[21]로 돌아올 것을 본받으소서."

공이 깊은 한숨을 내쉬며 말했다.

"인심이 예전과 달라졌고, 생이 소무의 굳센 기운이 없으니 19년은 고사하고 몇 년도 견디지 못할 것이오. 형세를 보아 흉악한 도적의 욕이 닥치지 않아서 내 스스로 도적의 마음을 격동시키고 시원하게 죽을 것이오. 그러니 부인은 생이 돌아오기를 바라지 말고 몸을 보전하여 남은 세월을 누리고 훗날 같은 무덤에서 구천 티끌이 되어 신위(神位)가 한 집에서 모이기를 기다리시오."

부인은 상서의 가는 마음을 흔드는 것이 부질없음을 느끼고 순순히 대답했다.

"첩은 집에 편히 머무를 것이니 하늘과 귀신이 첩을 죽이지 않는다면 스스로 죽지는 않을 것입니다. 그러니 군자께서는 첩을 염려하지 마시고 만 리 길을 무사히 가소서."

상서가 기뻐하며 말했다.

"부인이 남편에게 이처럼 말하고서 몸을 저버리지는 않을 것이니

---

20) 소무(蘇武): 중국 한나라의 충신(B.C.140-B.C.60). 자는 자경(子卿). 무제 때인 기원전 100년에 중랑장으로서 흉노에 사신으로 갔다가 잡혀 항복을 강요받았으나 절의를 굽히지 않고 19년간 있으면서 끼니를 제공받지 못해 눈을 녹여 먹으며 기갈을 이겨내다가 귀국함.
21) 절월(節鉞): 절부월(節斧鉞). 관리가 지방에 부임할 때에 임금이 내어 주던 물건. 절은 수기(手旗)와 같이 만들고 부월은 도끼와 같이 만든 것으로, 군령을 어긴 자에 대한 생살권(生殺權)을 상징함.

생은 죽더라도 근심이 적을 것이오. 후사를 염려하지 않고 어머님을 봉양할 도리는 다시 당부하지 않겠으니 부인은 며느리로서의 도리를 각별히 하시오. 뱃속의 아이는 반드시 쌍둥이일 것이오. 해산하거든 큰아이를 광천이라 하고 자(字)를 사원이라 할 것이며 둘째아이는 희천이라 하고 자를 사빈이라 하시오.”

부인이 처연히 말을 잇지 못했지만 상서는 밤이 새도록 몸을 잘 보전하라는 당부를 계속했다.

다음 날 일가친척과 이웃, 친구들을 모두 초대해 연회를 열고 술잔을 날렸다. 정 사도도 윤 상서와 함께 갔는데 모든 일이 상관에게 달려 있어 사람들이 정 사도 염려하는 것은 윤 상서 다음이었다. 정 공은 아들 천흥을 데리고 윤부에 와서 상서를 보도록 하며 말했다.

“형이 천흥이를 전에 익히 보았으나 정혼 후에는 보지 못했네. 내 아들놈이 나이가 어리지만 장인이 만 리 길을 가는데 와 보지 않을 수가 없어 데려왔네.”

상서가 웃고 천흥을 나오게 해 그 뛰어난 모습을 사랑해 벗들과 손님들에게 자랑하며 말했다.

“어린아이와 정혼을 맹약할 것은 아니나 정 형이 몹시도 급히 청혼하고 내가 천흥이의 비범한 모습을 특히 사랑해 발 빠른 자에게 빼앗길까 봐 정혼을 했네. 오늘 두 아이를 한데 앉혀서 보니 기쁜 마음을 비길 데가 없네.”

태우는 슬픔에 잠겨 말을 잇지 못하고 구파가 애처롭게 말했다.

“상공께서 어찌 불길한 말씀을 하십니까? 금나라를 잘 타이르고 영화롭게 돌아오셔서 그사이 뱃속의 아이가 나온 것을 보시고 소저를 아름답게 길러 사위를 맞으셔야지요.”

상서가 웃으며 대답했다.

"서모(庶母)의 말씀대로만 된다면 저의 수명과 복이 흠이 없을 것입니다."

모두 두 아이의 기특함을 칭찬하는 가운데 태부인이 말했다.

"너희가 명아와 현아는 정혼시켰다만, 경아는 두 아이보다 나이가 많은데 어찌 정혼시키지 않는 것이냐?"

태우가 대답했다.

"현아와 명아는 소자 등이 구혼하려 한 것이 아니라 하와 정 두 사람이 직접 보고 구혼했기에 마지못해 허락한 것입니다. 그러니 경아까지 미리 정할 수야 있겠습니까? 다만 경아의 기질은 현아만 못한 것 같습니다."

위 씨가 웃으며 말했다.

"경아는 노모(老母) 손안의 구슬과 같은데 어찌 현아보다 못할 리가 있겠느냐? 부디 훌륭한 사위를 가려 경아의 쌍이 빛나도록 하라."

태우가 절하며 위 씨의 명령을 들었다.

상서가 천흥을 데리고 나왔을 때 명아는 정혼에 대해 알지 못했지만 천흥은 알아챘다. 천흥이 밖으로 나오자 여러 이름난 재상들이 물었다.

"누구를 보러 온 것이냐?"

천흥이 웃으며 대답하지 않자 소년 명사들이 계속해서 귀찮게 물었다.

"윤 공 집안의 일가친척으로 온 것이냐?"

천흥이 매우 괴롭게 여겨 대답했다.

"일가친척은 아니지만 우리 대인께서 정혼했다 하시고 윤 공께서 장인어른이시니 와서 뵈라 하셨습니다."

여러 사람들이 물었다.

"장인어른이 무엇이냐?"

천흥이 괴롭게 여겨 대답하지 않자 상서가 웃으며 말했다.

"네 장인어른이라 한 말이 무슨 뜻이냐?"

천흥이 대답했다.

"어린아이가 어찌 알겠습니까? 아버님께서 장인어른이라 하시니 그저 들었을 뿐입니다. 여기 계신 분 중에 장인어른이 없는 사람이 누구며, 아내가 없는 사람이 누가 있다고 저에게 물으시는 것입니까?"

좌중의 사람들이 어이없어 크게 웃고, 상서가 그 머리를 쓰다듬으며 사랑하는 마음을 감추지 못했다.

해가 지자, 정 공이 천흥을 데리고 돌아가고 손님들이 각각 흩어졌다.

다음 날은 상서가 길을 떠나는 날이라 태우는 마음을 둘 곳이 없어 술에 취한 듯, 미친 듯했다. 상서가 그를 위로하고 집안의 모든 일을 부탁하며 일렀다.

"조 씨가 뱃속의 아이를 낳으면 반드시 쌍둥이일 것이다. 내가 죽어도 아우가 있으니 아이들에게 학문을 가르치며 매사에 아버지로서의 소임을 다할 것이라 조금도 염려할 것이 없다. 다만 아우의 성격이 꼼꼼하지 못해 자잘한 생각이 너무 없으니 이는 내가 어찌할 비기 아니다. 내가 떠난 뒤에는 자상하고 어질게 행동하도록 하고 혹시 아우가 불행히도 자식을 두지 못할 경우, 나에게 쌍둥이 아들이 생기면 여러 해를 두고 보아 그중 하나를 양자로 삼되 너무 서두르지는 말거라."

태우가 이런 말에 이르러서는 앞이 어둡고 가슴이 막혀 눈물을 드리운 채 명령을 들었다. 형제가 밤이 새도록 손을 잡고 팔을 나란히 한 채 마음을 진정하지 못했다.

닭이 새벽을 알리자 군관들이 이미 분부를 기다리고 있었다. 상서 형제가 일어나 세수하고 내당에 들어가 태부인께 아침문안을 드리고 모셔 수숙(嫂叔)이 한데 모였다. 경아 등 세 소저가 위아래로 넘나들며 노니 상서가 두 조카와 딸아이를 나오게 해 앞에 앉히고 어루만지며 사랑하는 정을 참지 못하고 말했다.

"다른 사람들은 딸이 그다지 중요하지 않다고 하나 이 아이는 처음으로 얻은 천륜의 사랑이라 다른 누구보다 소중하다. 내 이제 이 아이들이 장성하는 것을 보지 못하게 되어 참으로 슬프구나. 그러나 명아는 위로 조모가 계시고 아저씨와 어미가 있으니 아비가 있는 것과 다르지 않을 것이다."

자리에 있던 사람들이 상서의 말을 듣고 슬퍼하며 눈물을 흘렸다. 유 씨와 위 씨는 속으로는 기쁨이 가득했으나 겉으로는 거짓으로 슬퍼하는 빛을 지으니 사람들이 알아볼 정도였다. 상서는 총명함이 귀신과 같아 그윽이 한심하게 여기고 집안 일을 염려해 슬퍼할 뿐이었다. 태부인에게 조 부인 모녀를 부탁하지 않은 것은 자신이 불효를 저지른 것을 서러워하고, 사람의 자식이 되어 처자를 홀어머니에게 보호해 달라는 말이 가당치 않아서였다. 그래서 묵묵히 곁에서 모시고 앉아 있을 뿐이었다.

날이 늦어지자 아침밥을 다 먹고 하직을 고했다. 오늘의 이별이 천고의 영결(永訣)이라 조금이라도 인심이 있다면 어찌 슬프지 않겠는가마는 행여 상서가 돌아올까 염려하는 사람은 위 씨와 그 며느리였다. 두 사람이 사람들의 눈을 의식해 눈물을 뿌리고 상서가 무사히 돌아오기를 일컬었다. 상서가 좌우의 사람들에게 옥술잔에 술을 부으라 해 위 씨에게 바치며 말했다.

"소자가 훗날 어머님을 모실 기약이 없어 한 잔 술로 저의 정을 고합니다.”

위 씨가 잔을 받아 술을 마시고는 상서의 손을 잡아 거짓으로 슬픈 표정을 지어 말했다.

“어찌 나를 두고 불길한 말을 하는 것이냐? 금나라를 타이르고 영화롭게 돌아와 노모에게 다시 잔을 올리기를 바란다.”

상서가 다시 구파에게 잔을 올리며 말했다.

“제가 아버님과 친어머님을 여의었지만 어머님과 서모가 계셔서 길이 작은 정성이라도 다하려 했습니다. 그런데 이제 제가 곁을 떠나게 되어 생사를 알 수가 없게 되었습니다. 서모께서는 남은 세월을 평안히 보내시고 행복하게 보내소서.”

구파가 경황없이 잔을 받자 눈물을 일 천 줄이나 흘리며 얼굴을 가리고 오열했다.

“노신(老臣)이 어르신과 부인을 여의고 슬픔이 극에 달해 오장이 무너질 듯했으나 태부인과 상공 형제를 의지해 세월을 보내고 있었습니다. 그런데 이제 상공이 만 리 험한 땅으로 향하시니 이 마음을 장차 어찌 참을 수 있겠습니까?”

상서가 은근히 위로하고 태부인에게도 재삼 평안히 지내시어 만수무강하시길 바란다고 했다. 그러고 나서 일어나 하직을 고했다. 부부와 수숙(嫂叔)이 작별할 때, 유 부인에게는 오직 어머니를 잘 모셔 길이 무탈하기를 일컫고 조 부인에게는 다만 탄식하고 부탁한 말을 저버리지 말라고 당부하며 서로 이별의 인사를 했다. 그리고 발길을 돌려 밖으로 나갔다.

명아가 아버지의 뒤를 따라 외헌까지 나오며,

“아버님은 어디로 가시는 것이어요?”

하며 재차 물었다. 상서가 딸을 지극히 사랑하는 마음에 이 모습을 보고 애련함을 이기지 못해 두 손을 펴서 명아를 안고 머리칼을 쓰다듬으며 눈물을 흘렸다. 한참을 어루만지다가 잘 있으라 당부하고 명아를 내려놓았다. 명아가 울음을 그치지 않자 상서가 유모를 불러 아이를 데려가라 했다.

날이 늦어져 상서가 대궐에 가 하직하려 하자 태우가 성문 밖까지 나가 상서를 이별하려 했다.

임금께서 윤과 정 두 공을 불러서 보시고 옥술잔에 어온(御醞)[22]을 따르시며 군신의 정을 표하시고, 위험한 땅에서 무사히 돌아올 것을 이르며 큰 은혜를 베푸셨다. 윤과 정 두 공이 뼈에 사무치도록 임금의 은혜에 감동해 사은숙배(謝恩肅拜)[23]를 올렸다. 그러자 임금께서 직접 윤 공의 손을 잡고 말씀하셨다.

"경의 우국충정은 참으로 귀신을 감동시킬 만하도다. 공(功)을 이루고 목숨을 보전하여 짐이 국가를 떠받치는 신하를 잃고 탄식하는 일이 없도록 하라."

윤, 정 두 공이 감동의 눈물을 흘리며 임금께 절하고 하직해 대궐 문을 나섰다.

만조백관이 벼슬 순서에 따라 자리를 잡고 술잔을 나누며 이별의 시를 지어 윤, 정 두 공과 헤어지는 회포를 일렀다. 이에 두 공이 사람들의 얼굴을 보며 감사의 말을 전했다. 이때 윤 태우는 형의 곁에 앉아 슬픈 눈물을 흘리며 좌석을 적셨다. 정 공이 탄식하고 말했다.

"명강은 슬퍼 말게. 영백씨(令白氏)[24]가 비록 떠나지만 형이 있으니 태부인을 모시는 일에 근심이 없고, 집안 일도 염려할 것이 없네.

그런데 나는 팔자가 형과 같지 않아서 한 명의 형제도 없네. 이제 나가면 집안의 홀어머님을 모실 사람이 없으니 자식으로서 마음이 절박하여 견딜 수가 없네."

윤 상서가 태우를 돌아보아 말했다.

"윤보의 말이 실로 옳으니 너는 자질구레한 일로 마음을 상하게 하지 마라. 천수(天數)가 정해진 것을 알고 내가 돌아오지 못할수록 네 몸이 중하다는 것을 생각하라."

말을 마치고는 형제가 손을 잡아 무궁한 정을 나누었다. 날이 저물어 만조백관과 일가친척들과 각각 얼굴을 보며 이별했다. 형제는 손을 나누며 이별의 아쉬움이 끝없어 장부의 눈물이 비단 도포에 연이어 떨어져 차마 손을 놓지 못했다. 윤부의 모든 친척이 위로하며 손을 나눈 후에 상서가 길을 떠났다.

상서가 정 공과 함께 옥부절월(玉斧節鉞)25)을 앞세우니 위엄 있는 행렬은 햇빛에 찬란하여 영광이 무궁했다. 그러나 윤 태우는 형에 대한 근심이 뱃속에 가득했다. 말에 올라 상서의 행차를 따라 사오 리를 가자 상서가 머리를 돌려 태우에게 말했다.

"슬픈 회포를 이르려고 하면 천 리를 함께 가더라도 다 말할 수 없을 것이니 너는 다만 나의 부탁을 잊지 말거라. 날이 이미 저물었으니 이만하고 돌아가거라."

태우가 이에 슬픈 마음을 억누르지 못하고 상서에게 가까이 다가가 그 손을 잡고 목이 쉬도록 오열하며 말했다.

"제가 아버님을 여읜 후 형님만을 의지하며 우러러보아 잠시도

---

25) 옥부절월(玉斧節鉞): 절(節)과 옥으로 만든 부월(斧鉞). 절부월(節斧鉞). 관리가 지방에 부임할 때에 임금이 내어 주던 물건. 절은 수기(手旗)와 같이 만들고 부월은 도끼와 같이 만든 것으로, 군령을 어긴 자에 대한 생살권(生殺權)을 상징함.

형님 곁을 떠나지 않았습니다. 그런데 오늘 집으로 돌아가면 백화헌에서 누구와 함께 베개를 나란히 하고 잠을 잘 수 있겠습니까?"

상서가 깊이 탄식하며 말했다.

"내 길을 떠나는 마음이 어지럽구나. 아우는 슬픈 마음을 잘 억제해 나의 마음을 돕지 마라. 네 외롭고 슬픈 마음을 이르지 않아도 내가 어찌 모르겠느냐? 너는 효도하고 화목하게 지내며 집안일을 온화하게 처리하도록 하라."

말을 마치고는 태우를 재촉해 성안으로 들어가라 했다. 태우가 겨우 슬픈 마음을 억지로 누르며 말머리를 돌렸다. 상서가 비로소 수많은 무리를 거느리고 금나라로 향하니 웅장한 행렬이 찬란하여 햇빛을 가릴 정도였다.

이때 본부의 위 태부인과 유 씨는 상서가 길을 떠나고 조 부인이 외로이 남게 되자 평생의 소원을 이루어 선부인 황 씨의 씨를 없애려는 마음을 먹었다. 상서가 나간 후에는 갑자기 조 부인을 사랑하며 명아를 황홀히 아끼는 모습을 보이며 말끝마다 일렀다.

"제 아비가 있을 때는 오히려 무심하여 세세히 염려하지 않았는데 현이가 떠나고 나니 조 씨 며느리 모녀가 마음에서 각별히 떠나질 않는구나. 하물며 며느리는 태아를 가진 몸이라 현이의 만 리 길을 염려하며 마음이 편치 않을 것이니, 몸을 고단하게 말고 스스로를 힘껏 보호하거라."

그리고서 맛있는 음식을 때때로 정답게 먹였다. 그런데 조 부인은 귀신 같은 총명을 가진 사람이라 위 씨가 갑자기 자기 모녀를 사랑하는 것이 반드시 좋은 의도가 아님을 알아차렸다. 마치 바늘 위에 앉은 것처럼 두려웠으나 온화하고 부드러운 얼굴로 황공하게 감사의 말을 전했다. 그리고 명아를 더욱 염려해 독수(毒手)에 해를 입을까 살피고 근심하며 잠시도 마음을 놓지 못했다. 태우는 어머니와 아내의 흉악한 속셈은 전혀 알지 못하고 그들이 조 부인 모녀를 저렇듯 어루만지고 사랑하는 모습을 보고 속으로 기뻐하고 때때로 조 부인의 안부를 묻고 위로해,

"뱃속의 아이를 보호하소서."

라고 하였다.

조 부인은 시동생의 두터운 마음에 깊이 감사했으나 상서의 행차를 생각하면 심장이 놀라 흉한 소문을 듣지 않았는데도 오장이 갈기갈기 끊어지는 듯했다.

하루는 위 씨가 점심밥을 준비해 조 부인 모녀를 불러 기쁜 얼굴로 밥을 먹으라 했다. 부인은 영리했으므로 매우 놀라 점심밥을 보자마자 머리뼈를 때리는 듯해 밥을 먹을 생각이 없었다. 그러나 억지로 참아 젓가락을 들었고 위 씨는 명아를 밥상 아래에 앉혀 먹였다. 이윽고 밥상을 물리자 위 씨의 심복시녀 계월과 계년이 조 부인의 밥상과 소저가 먹던 것을 다 거두어 가지고 멀리 가는 것이었다.

조 부인이 더욱 의심을 품은 채 천천히 딸을 데리고 자기 침소로 물러갔다. 그런데 뱃속이 어수선하고 정신이 아득한데, 명아가 또한 낯빛이 찬 재와 같이 되어 입에서 먹은 것을 다 토하고 혼미해지는 것이었다. 부인이 몹시 놀라 상서가 주고 간 약상자를 급히 열고 보니 모두 해독하며 몸을 회복하고 원기를 돕는 것들이었다. 급히 해독환을 풀어 딸과 함께 먹었다.

구파가 와서 이 모습을 보고 명아가 위급한 것에 얼굴이 창백해져 한편으로는 환약을 풀어 입에 넣었다. 이윽고 모녀가 다 먹은 것을 토하자 독기가 코를 거스르고 명아와 부인의 모습이 위태로웠다. 구파가 지극히 구호해 날이 거의 황혼이 되어서야 조 부인 모녀가 정

신을 차렸다. 구파가 다행으로 여기며 뜻밖에 위태롭게 된 이유를 물었고 부인은 묵묵히 한참을 있다가 말했다.

"우연히 정신이 아득하고 먹은 것이 거슬려 정신을 차리지 못한 것입니다."

구파가 좌우의 사람들을 돌아보아 상황을 물으니 모두 한 입에서 나온 것처럼 존당에서 점심밥을 먹고 나서 그렇게 된 것이라 대답했다. 구파가 어찌 위 씨의 속마음을 알지 못하겠는가. 조 부인을 붙들고 눈물을 흘리며 말했다.

"상서가 나가신 후 부인과 어린 소저의 위태로움이 쌓아 놓은 계란과 같으니 이를 어찌하겠습니까? 하물며 부인이 태아를 둔 가운데 독을 만나 뱃속을 범한다면 아이가 무사하지 못할 것이니 부인은 스스로 보호할 방법을 생각하십시오."

부인이 탄식하고 말했다.

"한때 음식을 가리지 못해 탈이 난 것이니 괴이한 일로 의심할 것은 아닙니다. 이 일에 대해 서모께서는 입을 다물고 묵묵히 계시고 첩을 불효한 죄인으로 만들지 말아 주십시오."

구파가 더욱 슬퍼하며 말했다.

"부인께서는 첩에게 아직도 마음을 숨기고 계시는군요. 태부인께서 전에는 부인께 하시는 일이 다 인정 밖이더니 근래 사랑하시는 것은 진심이 아니라서 첩이 늘 염려하던 터였습니다. 상서께서 나가신 지 몇 십 일이 되지 않아서 이런 일이 있을 줄 어찌 알았겠습니까?"

부인은 길게 탄식할 뿐 더는 말을 하지 않았다. 구파가 곁을 떠나지 않고 간호하며 태우에게 조 부인 모녀에게 병이 있음을 일렀지만 음식을 토한 일은 말하지 않았다. 태우는 우연한 증세로만 알고 잘 구호해 줄 것을 당부했다.

위 씨와 그 며느리는 조 부인 모녀가 끝내 죽을 것이라 서로 말하며 기뻐했으나 누가 도리어 해독제를 써서 독기를 씻어 낼 줄 알았겠는가.

이후에는 부인이 병을 핑계로 밖에 나가지 않고 명아를 일절 내어 놓지 않으며 자기의 해산 때 급한 재앙이나 막으려 했다.

위 씨와 유 씨는 조 부인 모녀가 죽기를 몹시 바랐는데 계교를 쓴지 한 달이 지나도 병이 심하다는 소식이 없자 크게 의아하게 여겼다. 그래서 유 씨가 문병하러 자주 해월루에 가서 동정을 살폈다.

조 부인은 유 씨의 마음속을 잘 알았으므로 자기가 오래 누워 있으면 끝내 자기를 일어나도록 할 것임을 알았다. 그래서 스스로 일어나 다니는 것이 옳겠다 생각하고서 세수하고 경희전에 가 아침문안을 드렸다. 위 씨가 한스럽고 미워하는 마음을 이기지 못한 채 독약을 먹여도 죽지 않은 까닭을 몰라 하자 유 씨가 말했다.

"조 씨가 의심하고 해독제를 먹은 것이니 죽이는 것이 쉽지 않을까 합니다."

위 씨가 화를 내며 말했다.

"내 어찌 저를 못 죽이겠는가? 이제는 몰래 하지 말고 알게 해서 스스로 죽도록 몰아세울 것이야."

이후로 위 씨는 조 부인 앞에서 억지로 꾸미던 사랑을 거두고 마치 사나운 승냥이나 호랑이처럼, 모진 독사와 전갈처럼 바로 삼킬 듯이 했다. 그러다가도 태우가 보는 데서는 상서의 행차를 염려하고 조 씨가 아들 낳기를 바라는 척했다. 태우는 본래 마음이 너그럽고 세심하지 못한 남자였다. 형의 당부를 명심해 집안일을 살피기는 했지만 애초에 집안 일 아는 것을 괴로워했다. 형을 위험한 땅에 보낸 후에는 경황이 없고 마음이 찢어질 듯해 일에 더욱 흥미가 없었다.

어머니에게 아침저녁으로 문안하고 조 부인의 안부를 물은 후에는 외헌에 나가 하 어사를 청해 대화를 나누었다. 외롭고 울적한 회포를 풀 곳이 없어 벗들을 찾아가 집에 드는 때가 적었으니 어찌 형수가 온갖 고초를 겪고 있을 줄을 꿈에나 생각했겠는가. 이러므로 조 부인의 슬픈 마음을 알 리가 없었다.

조 부인은 비록 금과 옥처럼 견고한 마음을 지녔으나 남편의 목숨이 어찌 될까 하여 밤낮으로 심장이 무너지고 찢어질 듯했다. 극악한 시어머니는 금세 자신을 죽이려 하니 뱃속의 아이를 보전하지 못할까 두려워 갈수록 효도를 극진히 하여 조금도 원망하는 마음을 품지 않았다. 상서의 부탁을 생각해 고초를 감내한 결과 꽃 같은 얼굴은 초췌해지고 옥 같은 골격은 날아갈 듯해 몸이 세상에서 마감할 것만 같았다. 이에 구파가 초조해 하며 마음이 급했으나 조 부인을 보호할 방법을 찾지 못해 마음이 타들어 갔다.

재설. 윤 상서가 옥부금절(玉斧金節)26)을 앞세우고 금나라로 향했다. 그는 맑은 명성과 재주로 조정 안팎에서 칭송받는 재상으로서 나라를 위한 충성심으로 기꺼이 죽을 땅에 자원해 나아갔다. 그래서 그가 지나가는 고을마다 지방의 자사 등이 황급히 나와 그를 맞이하며 그의 충성과 덕행을 공경하지 않는 이가 없었다.

상서가 길을 가던 중 형주에 이르러 평생의 벗인 화 도사를 만나자 반가움을 이기지 못했다. 그래서 형주의 객관에 들지 않고 별도의 장소에 자리를 잡아 밤늦게까지 조용히 대화를 나누었다. 화 도사의 이름은 천이고, 자(字)는 연지로 항주 사람이었다. 윤 공의 부친이 벼

---

26) 옥부금절(玉斧金節): 옥으로 만든 부월(斧鉞)과 금색 절(節). 절은 수기(手旗)와 같고, 부월은 도끼같이 만든 것으로 생살권(生殺權)을 상징함.

슬을 버리고 항주 고향으로 내려갔던 까닭에 화천과 윤 공은 이웃으로 지내며 어릴 때부터 깊은 우정을 쌓았다. 그러나 두 사람은 뜻이 같지 않았다. 화 도사는 세속의 명예를 헌신짝처럼 여기고 부귀를 뜬구름처럼 알아 나이가 겨우 열 살이 넘으면서 천태산 아래의 진청 도사를 따랐다. 그는 천문지리와 상법(相法), 사람의 길흉화복을 점치는데 신묘하지 않음이 없어서 앉아서도 만 리 밖을 내다볼 수 있는 눈을 가졌다. 세상에서 자취를 감추고 신선의 도를 배우고 있었으니 상서가 화 도사의 이런 선택을 못마땅하게 여겨 말했다.

"군자라면 마땅히 공문(孔門)27)의 도학을 배워 입신양명해 부모님의 이름을 세상에 드러나게 하는 것이 옳지 않겠는가? 그런데 어찌 재주를 품고서도 내보이지 않으며 자연 속에서 은거해 목숨을 초목과 같이 썩게 하려 하는가? 게다가 선도(仙道)는 허탄한 것이 심한데 진청 도사의 제자가 되어 불에 익힌 음식을 멀리하고 선도를 배우려 하는 것인가? 진시황(秦始皇)과 한무제(漢武帝)28)의 위엄으로도 신선을 만나지 못했는데 화 연지가 무슨 사람이기에 신선이 될 수 있겠는가?"

그러자 화 도사가 웃으며 말했다.

"비록 신선은 되지 못하더라도 사방에 노닐면서 명산을 두루 다니며 풍경을 감상하고 있으니 형의 벼슬로 얻는 영화로움과는 비교도 할 수 없을 정도라네."

---

27) 공문(孔門): 공자의 문하. 공자는 공구(孔丘, B.C.551~B.C.479)를 높여 부른 말. 중국 춘추시대 노나라의 사상가·학자로 자는 중니(仲尼). 인(仁)을 정치와 윤리의 이상으로 하는 도덕주의를 설파하여 덕치 정치를 강조하여 유학의 시조로 추앙받음.
28) 진시황(秦始皇)과 한무제(漢武帝): 중국 진(秦)나라 시황제(始皇帝, B.C.259~B.C.210)와 한(漢)나라 무제(武帝, B.C.156~B.C.87). 두 황제 모두 신선을 추구해 영생을 하려 함.

명주보월빙 제2권

화 도사가 웃고 말했다.

"신선은 되지 못하더라도 사방을 다니면서 명산에서 놀며 풍경을 감상하니 형의 벼슬로 얻는 영화로움과는 비교도 할 수 없을 정도라네."

원래 화 도사의 부모는 일찍 세상을 떠났으나 그에게 형이 있어 조상의 제사를 이었다. 그래서 화 도사는 나이가 서른이 되도록 아내를 얻지 않고 도인의 길을 따르며 세속 생각을 끊고 일가친척도 만나지 않았는데, 윤 상서가 만리타국에서 외로운 귀신이 될 것임을 밝게 알아 한번 몸을 움직여 구름을 타고 형주에 이르러 서로 만난 것이었다. 상서가 화 도사의 손을 잡고 기뻐하며 말했다.

"인륜을 끊은 도사를 이별한 지 3년이 넘었더니 오늘이 무슨 날이기에 자네가 이곳에 이른 것인가?"

도사가 웃으며 말했다.

"문강이 나에게 인륜을 끊었다 해도 나는 앞날의 운수를 밝게 알기에 형을 위해 올해의 길흉을 점쳤더니 형은 이미 목숨이 끊어질 운명이네. 그래서 죽마고우로서 한번 영결하러 이른 것이네."

상서가 말했다.

"형이 이르지 않아도 내가 위험한 땅을 향해 가고 있으니 살아 돌아올 것이라 믿겠는가?"

도사가 문득 슬픈 빛을 띠고 말했다.

"형처럼 인자하고 너그러운 덕행을 지닌 사람이 천수를 누리지 못하고 슬하에 아들을 보지 못해 쌍룡의 영화를 보지 못하게 되었으니 어찌 한스럽지 않은가?"

윤 공이 놀라 말했다.

"내 수명이 짧을 것임은 거의 짐작하고 있었지만 형이 말한 쌍룡은 무엇을 이르는 것인가?"

도사가 말했다.

"형이 어찌 나에게 숨기는 것인가? 지난 가을에 형이 반드시 신몽(神夢)을 꾸고 쌍룡을 보았을 것이네. 태허진군과 영허도군은 윤씨 집안의 뛰어난 아이들이니 형의 후사가 빛날 것이네. 명강 형이 끝내 아들이 없어 영허도군이 형 아우의 양자가 될 것이네. 다만 쌍룡의 초년이 곤궁해 변고가 많겠으나 각각 팔자가 크게 길할 것이네. 아버지의 얼굴을 모르는 것은 흠이지만 어린 나이에 높은 벼슬에 올라 귀하게 되고 수명도 길 것이네. 형이 아들을 보지 못하고 세상을 버리더라도, 마음으로는 크게 귀하게 될 두 아들을 둔 것이나 다르지 않을 것이네."

공이 화 도사가 전후(前後)의 일을 본 듯이 이르는 것을 듣자 또한 신선의 도가 없다고 못 할 것이었다. 이에 의심하고 괴이하게 여겨 말했다.

"내가 지난 가을에 기이한 꿈을 꾸어 쌍룡을 보았으나 꿈은 허황된 것이라 무슨 믿을 것이 있겠는가?"

도사가 웃으며 말했다.

"형이 꿈을 허황되다 말하지만 명주를 얻은 것과 형이 천사(天使)로 나가게 된 것이 하나라도 이루어지지 않은 것이 있던가? 내가 지금 온 것은 형과 길이 작별하고 형의 화상(畵像)을 만들어 두었다가 후에 형의 아들에게 주려 해서일세."

말을 마치고는 소매에서 한 필의 흰 비단을 꺼내 등불 아래에서 채색붓을 들어 윤 공의 화상을 그렸다. 상서는 이 광경을 기이하게 여겨 바라볼 뿐이었다. 이윽고 화 도사가 그림을 다 그려 벽에 걸고 보았다. 완연히 윤 상서가 정신을 머금고 말을 하는 듯, 옥 같은 얼굴에 호방한 풍채를 하고서 넓은 옷에 큰 띠를 한 채 단정히 앉아 있었으니 상서와 조금도 다름이 없었다.

상서가 화 도사를 향해 칭찬하며 말했다.

"형이 선견지명을 가지고서 미래의 일을 이처럼 알아 나의 화상을 만들어 자식에게 전해 주려 하니 어찌 감사하지 않을 수 있겠는가? 다만 쌍룡이 아들임은 분명하다 하지만, 나에게는 딸아이 하나가 있어 금년에 다섯 살이라네. 타고난 것이 맑고 약해 수명을 누리지 못할까 걱정이네. 내가 죽더라도 뱃속의 아이가 무사히 태어나고 딸이 잘 자랄 수 있겠는가?"

도사가 웃으며 말했다.

"형은 그런 염려는 하지 말게. 영애(令愛)는 정씨 집안과 만년의 연분이 깊고 귀한 복록을 누릴 것이니 초년의 소소한 재앙은 이를 것이 아니네. 쌍룡은 한갓 형의 집안을 일으킬 뿐만 아니라 국가를 보좌하고 조정의 그릇이 될 것이니 형이 그 모습을 보지 못하는 것이 안타깝네. 그러나 그 외에는 흠이 될 것이 없으니 초년의 고생이야 설마 어찌하겠는가?"

공이 화 도사가 하는 말마다 고개를 끄덕이고 자신의 화상 아래 두어 줄 글을 적어 도사의 두터운 인정에 감사를 표했다. 그러자 도사가 말했다.

"형이 화상에 친필을 남겨 두는 것은 더욱 형의 아들이 분명히 알게 하려고 하는 것이로군."

말을 마치고는 화상을 거둬 소매에 넣고 그날 밤을 함께 지냈다. 상서가 쌍룡의 연분이 어느 곳에 있는지 묻자, 도사가 말했다.

"황룡은 인연이 여러 곳에 매여 있는데 원비는 정연의 딸이 될 것이고, 옥룡은 두 곳에 연분이 있는데 원비는 하진의 딸 외에는 나지 않을 것이네."

이처럼 두 사람은 밤이 새도록 대화를 했다.

닭 우는 소리가 들려 상서가 화 도사와 길이 이별하게 되자 서로 서운한 마음에 갑자기 눈물이 흘러내렸다. 서로 이별의 회포를 참지 못하고 저승에서 서로 볼 것을 이르며 손을 나누었다.

다음 날 정 공이 객관에서 나와 말했다.

"어제 저녁에 형이 객관으로 들어오지 않고 사사로이 숙소를 잡아 화 도사와 밤을 지냈으니, 화 도사에게서 무슨 신이한 소식을 들었으며 우리가 가는 길에 위태로움은 없다고 하던가?"

윤 공이 화 도사의 말을 대강 전하며 말했다.

"나를 마지막으로 이별하러 온 것이니 무슨 길한 일이 있겠는가? 다만 아내가 임신 중인데 반드시 쌍둥이 아들을 낳게 될 것이며 그 인연이 형의 딸과 하 퇴지 딸에게 있다 하네. 내가 죽은 후에라도 이 말을 아우에게 전해 주게."

정 공이 상서의 불길한 말에 놀랐으나 내색하지 않고 좋은 말로 위로했다.

길을 나서 며칠 만에 금나라에 다다랐다.

금나라의 국왕 호삼개가 바야흐로 용맹하고 굳센 군졸을 모았다. 대장군 알률취는 만 명이 대적하지 못할 용맹과 비바람을 부리는 재주가 있어 금왕을 부추겨 천조(天朝)에 항거할 뜻을 가졌다. 이에 금왕이 군신(君臣)의 대의를 차리는 일이 없이 조공을 끊은 지 오래된 상태였다. 알률취가 금왕에게 계책을 올렸다.

"소신이 듣기로 천사(天使)가 오고 있다고 합니다. 그 천사가 들은 바와 같이 아름답다면 죽이지 말고 다만 그 아랫사람은 잡아 가두고 천사와 부천사 두 사람은 전하께 엎드려 절하도록 하겠습니다. 우리나라의 웅장한 기세를 보이고 군병과 무기로 둘러싸 항복할 것을 재촉하겠습니다. 만일 그들이 순응한다면 우리 조정의 대신으로 삼고 조금이라도 공손하지 않다면 젓갈로 만들어 버릴 것입니다."

이에 금왕이 고개를 끄덕이자 알률취가 즉시 군병을 거느려 천사가 오는 길을 막으려 했다. 그러자 승상 한침이 말했다.

"부천사를 아울러 가두고 상사(上使) 한 명만 남겨 전하께 산호배무(山呼拜舞)[1]를 시켜 항복한다면, 부사 이하는 다 상관에게 달려 있으므로 자연히 우리나라의 위세를 두려워해 모두 항복할 것입니다."

호삼개가 말했다.

"한 경의 말이 옳으니 알 장군은 그대로 하라."

알률취가 명령을 받들어 성 남문 밖으로 가 천사가 오는 길을 막았다. 멀리서 보니 두 천사의 수려한 용모와 시원스러운 풍채는 완연히 학의 깃옷을 입은 신선과 같았다. 그리고 그를 따르는 군관과

---

1) 산호배무(山呼拜舞): 산호만세(山呼萬歲)와 배무. 산호만세는 나라의 중요 의식에서 신하들이 임금의 만수무강을 축원하여 두 손을 치켜들고 만세를 부르던 일. 중국 한나라 무제가 숭산(嵩山)에서 제사 지낼 때 신민(臣民)들이 만세를 삼창한 데서 유래함. 배무는 엎드려 절하고 춤을 추는 행위로서 조정에서 절을 하는 예식임.

아전의 무리는 오랑캐 인물에 비하면 천 배나 나았다.

알률취가 말을 안 하고 군병으로 겹겹이 에워싸 천사의 좌우를 모신 군관과 아전을 일제히 잡아 함거(檻車)2)에 가두었다. 그리고 큰 칼과 긴 창으로 부천사를 잡아 함거에 넣으라 했다. 윤, 정 두 공이 이 광경을 보고는 어이없어 소리를 엄정히 해 꾸짖었다.

"너희가 비록 오랑캐의 풍속을 지녀 예의를 알지 못한다고는 하나 천조 대신을 이처럼 곤욕하니 네 나라가 무사하겠느냐? 호삼개가 머리를 보전하고 싶다면 너희에게 이렇게 시키지는 않을 것이다. 대국 사신을 성문 밖에 나와 맞이하지 않고 이 무슨 행동이냐?"

알률취가 들은 체하지 않고 부사를 잡아 함거에 넣었다. 정 공이 팔 척 장부로서 힘이 없지 않았으나 혼자 몸으로 오백 군사를 어찌 당하겠는가. 부질없이 함거에 갇히자 몹시 분하고 한스러워 분한 기운이 하늘을 뚫을 듯했으나 하릴없어 윤 공을 향해 소리쳤다.

"나는 용렬해 오랑캐에게 잡혔으나 형은 장부의 날카로운 기운을 끝까지 꺾지 말게."

윤 공이 미처 답하기도 전에 오랑캐 군사들이 회오리바람과 소나기처럼 급히 내달려 갔다.

윤 공이 자기를 잡아가지 않는 것에 벌써 뜻이 있음을 알고 조용히 단신으로 금나라 도성에 이르러 금왕의 궁실로 향했다. 승상 한침 이하가 다 나와서 말했다.

"천사가 우리 전하께 조회하려 한다면 우리 조정의 옷을 입고 산호배무해야 할 것이니 송나라 옷을 바꿔 입으라."

이렇게 말하고, 금왕이 출입하는 문을 막고 문무 관료가 출입하는

---

2) 함거(檻車): 예전에, 죄인을 실어 나르던 수레.

문으로 들어가라 하며 금나라 옷을 가져와 입으라 했다. 윤 공이 대로해 조정 옷을 차 버리고 꾸짖었다.

"대국의 천사가 이곳에 왔으면 네 임금이 멀리까지 나와 조칙(詔勅)[3]을 맞으며 천사를 공경하는 것이 오랑캐 신하의 도리일 것이다. 그런데 간사한 말로 나의 뜻을 엿보려 하다니 이처럼 억세고 사납게 굴고서 신명이 두렵지 않으냐?"

한침 등이 공을 위협하며 어서 왕을 알현하라 했다. 상서가 잠깐 지체해 주머니에서 붓과 벼루를 꺼내고 소매에서 종이를 꺼내 한 통의 상소를 황상께 올렸다. 그 문장은 팔두(八斗)[4]를 기울이고 필법은 왕희지(王羲之)[5]를 업신여길 정도였다. 글을 순식간에 다 써서 소매에 넣고 금왕이 출입하는 문으로 나아갔다. 그리고 누에눈썹을 치켜세우고 봉황 같은 눈을 부릅떠 문지기에게 물러나라 꾸짖으니 그 위풍이 늠름했다.

문지기가 두려워해 감히 막지 못하고 공을 들여보냈다. 금왕은 천사가 공손하지 않다는 말을 듣고는 위엄 있는 모습을 웅장하게 벌여 놓고 문무 관료를 일제히 모았다. 또 군병과 무기를 성대히 베풀고 형벌 기구를 갖추었으며 칼과 창을 눈과 서리처럼 벌이고 공이 들어오기를 기다렸다. 윤 공이 친히 황칙(皇勅)[6]을 받들어 가볍게 걸어 나아오자 그 늠름한 신장에 빼어난 풍채는 일만 버들이 봄바람을 맞은 듯했다. 금관은 둥근 이마에 비스듬히 얹혀 있고 신선의 풍채는 이백(李白)[7]의 허랑함을 비웃을 정도였다. 이는 천고에 드문 어진

---

3) 조칙(詔勅): 임금의 명령을 일반에게 알릴 목적으로 적은 문서.
4) 팔두(八斗): 여덟 말이라는 뜻으로 문장이 뛰어남을 이름. 중국 남조(南朝)의 사령운(謝靈運)이 삼국시대 위(魏)의 조식(曹植)을 두고 한 말.
5) 왕희지(王羲之): 중국 동진(東晉)의 서예가(307~365)로 자는 일소(逸少)이고 우군 장군(右軍將軍)을 지냈으며 해서·행서·초서의 3체를 예술적 완성의 영역까지 끌어올려 서성(書聖)이라고 불림.
6) 황칙(皇勅): 황제의 명을 적은 문서.

군자였고, 당대의 이름난 현인이었다.

호삼개가 공을 한번 보고 깜짝 놀라 몸을 움직여 공을 가볍게 대접할 마음이 없고 다만 부디 그에게서 항복을 받아 내려 했다. 공이 만일 항복하지 않는다면 무사히 돌려보내지 않아 송조 어진 신하를 온전히 있게 하지 않으리라 마음먹었다. 그래서 승상 한침을 시켜 천자의 칙지를 받아 의자 위에 놓으라 했다. 그리고 윤 공에게 명령해 예의를 차려 절하라 했다. 윤 상서가 칙지를 받아 의자 위에 놓으니 오히려 마음이 편안해져 자기가 죽는 것을 대수롭지 않게 여겼다. 잠깐 눈을 들어서 보니 칼과 창이 전후좌우로 빽빽이 늘어서 있었고 사납게 생긴 군사들이 넓은 곤장과 긴 매를 무수히 잡고 있었다. 쇠를 달구고 온갖 괴이한 형벌 도구를 베풀었으니 자기를 두렵게 하려 하는 것이었다. 공이 몹시 분하게 여기고 놀라 바로 당에 오르며 가운데 섭돌을 디뎠다. 그러자 한침 등이 달려와 막으며 섭돌 아래에서 전하에게 절을 올리라 하고, 무기를 든 군사와 쇠를 달구는 군사가 전후로 가까이 오는 것이었다. 이에 공이 개연히 냉소하고 말했다.

"네가 창칼과 형벌로 천조의 대신을 시험하려 하나 대장부가 이 정도의 위협에 두려워할 것 같으냐? 너희에게 할 말이 있으니 어서 호삼개를 이리로 나아오라 하라."

이때 금왕은 용상에 앉아 주렴 사이로 윤 천사를 보고 매우 기특하게 여기고 있었으나 천사가 끝까지 항복하지 않는다면 그를 죽이려 했다. 그가 시신(侍臣)을 시켜 주렴을 높이 들라 하고 윤 상서를

---

7) 이백(李白): 중국 성당(盛唐) 때의 시인(701~762). 호는 청련(靑蓮)이고 자(字)는 태백(太白)임. 젊어서 여러 나라를 돌아다니고, 뒤에 출사(出仕)하였으나 안녹산의 난으로 유배되는 등 불우한 만년을 보냄. 칠언절구에 특히 뛰어났으며, 이별과 자연을 제재로 한 작품을 많이 남겼음. 시성(詩聖) 두보(杜甫)에 대하여 시선(詩仙)으로 칭하여짐.

향해 말했다.

"자고로 천하는 한 사람의 천하가 아니요, 천하 사람의 천하라 마땅히 덕이 있는 자에게 돌아가는 법이다. 송나라는 원래 고아와 과부를 속여 얻은 나라[8]니 정도(正道)로 얻은 나라가 아니다. 이제 과인이 하늘에 응하고 사람들의 마음을 좇아 만리강산을 손에 넣으려 하자 인심이 스스로 기뻐하니 이는 물이 동쪽으로 흐르는 것과 같다. 좋은 날짐승은 나무를 가리고 어진 신하는 임금을 가린다고 했다. 과인이 이제 그대의 풍채와 얼굴을 보니 결코 용렬한 사람이 아니로다. 그대가 마음을 돌이켜 어질지 않은 송나라를 버리고 과인과 스승과 제자의 의리를 맺어 함께 천하를 얻는 날에는 내가 강산을 반으로 나누어 줄 것이니 어찌 영화롭지 않겠는가? 그대가 비록 송 천자를 위해 충성을 빛내려 하나 혈혈단신이라 목숨이 과인의 손바닥 안에 있도다. 그대가 끝내 굴복하지 않는다면 머리는 동쪽 저자에 달리고 몸은 젓갈이 될 것이니 그대는 잘 생각해 보라."

윤 공이 이 말을 듣자 분노가 백 길이나 치밀어올라 도리어 차가운 웃음을 짓다가 금왕의 낯에 침을 뱉고 꾸짖었다.

"오랑캐 나라의 반역한 신하가 용상에 비스듬히 앉아 천조 대신에게 이처럼 무도한 말을 하는 것이냐? 지금 천자께서는 요순탕무(堯舜湯武)[9]의 덕(德)을 이으셔서 그 교화가 널리 퍼져 사방의 오랑캐들이 귀순하지 않는 이가 없다. 그런데 홀로 너 극악무도한 자만이 천조를 비방하고 몇 년 동안 조공을 바치지 않으면서 군신의 도

---

8) 고아와-나라: 중국 송(宋)나라 태조 조광윤(趙匡胤, 927-976)이 절도사(節度使)로 있을 적에 후주(後周)의 세종(世宗)이 병사해 황태자 시종훈(柴宗訓, 953-968)이 7살에 제위에 오르고 황태후가 섭정을 하자, 반란을 일으켜 공제(恭帝), 즉 시종훈으로부터 황위(皇位)를 선양받아 송나라를 건국한 일을 두고 이른 말임.
9) 요순탕무(堯舜湯武): 중국 고대의 임금들. 요와 순 임금은 하(夏)나라 이전의 전설상의 임금들로 알려져 있고, 탕(湯)임금은 은(殷)나라를 건국하고 무(武)임금은 주(周)나라를 건국한 사람임.

리를 저버렸다. 황상께서 군대를 일으켜 죄를 물으실 줄을 모르시겠느냐? 다만, 맹자께서 이르시기를 땅 안의 모든 사람이 왕의 신하 아닌 사람이 없고 너른 하늘 아래가 왕의 땅이 아닌 것이 없다[10]고 하셨다. 사방의 모든 나라에 어느 누가 우리 성스러운 임금의 백성이 아니겠느냐? 그러므로 네 목숨을 아껴서 하는 말이 아니라 대국의 정예병이 이른다면 금나라의 애매한 백성들은 옥석을 가리지 않고 어육(魚肉)이 될 것이다. 성스러운 임금께서 지극하신 덕을 가져 백성들이 도탄(塗炭)[11]에 빠지는 것을 염려하셔서 나를 보내 칙지를 너희에게 전하고 너희를 타일러 개과천선하도록 하셨다. 잘못을 고치는 것이 귀하다는 것은 성인의 가르침이다. 비록 네가 처음에는 어질지 못했더라도 후에 잘못을 뉘우치고 착한 길로 나아간다면 한갓 대국만 기쁜 것이 아니라 네 나라에도 큰 복이 될 것이며 백성들은 도탄을 면하게 될 것이다. 이제 네가 한 말과, 천사를 대접하지 않아 더러운 모욕을 준 것은 오히려 둘째 문제다, 임금의 천사를 성문 밖에서 영접하지 않아 공경하지 않고 방자하게 행동한 죄가 이와 같으니 그 죄는 만 번 죽어 마땅하다. 그러니 하늘 아래 있는 것이 두렵지 않으냐? 네가 조그마한 칼 숲과 괴이한 것들을 좌우로 벌여 두었으나 쓸쓸하고 가냘픈 것이 대국의 재상 집안 것만도 못하니 이것을 두려워할 사람이 어디에 있겠느냐? 하물며 네가 나를 보고 외람한 생각을 내어 삼척동자를 달래듯 무도한 말을 하니 이는 군자가 바로 볼 것이 아니라, 무례하고 망측해 보기 힘들구나. 이 한 몸이 네 섬돌 아래 있다 한들 내 목숨은 유한하니 내 이곳에 와 죽으려 마음먹었으면 내 스스로 죽을 뿐 어찌 너의 더러운 형벌을 받겠느

---

10) 땅 안의~없다: 『맹자(孟子)』, 「만장(萬章) 상」에 나오는 구절.
11) 도탄(塗炭): 진구렁에 빠지고 숯불에 탄다는 뜻으로, 몹시 곤궁하여 고통스러운 지경을 이르는 말.

냐? 대국에는 우리 같은 자가 이루 셀 수 없이 많다. 우리 폐하의 미미한 신하 한 명을 없애는 것은 큰일이 아니다. 다만 네가 잘못을 뉘우치지 않아 천병만마가 기세 있게 나아와 정벌하는 날에는 네가 비록 갑옷을 벗고 살기를 도모해도 네 머리를 보전하지 못할 것이니 참으로 금나라 백성들이 불쌍하지 않으냐?”

상서의 말은 당당하고 얼굴빛은 엄숙하고 위엄이 있으며 가을 하늘 같은 기품과 보름달 같은 얼굴은 볼수록 기이했다. 호삼개가 더욱 황홀해 상서를 자기 신하로 삼으려는 마음이 강해져 독한 형벌을 쓰다가 자기 말을 듣지 않으면 죽이려 했다. 그래서 좌우의 군졸에게 명령해 상서를 쇠사슬로 결박하라 했다. 그러나 상서는 개연히 웃고 주머니에서 환약을 꺼내 입에 넣었다. 군졸이 가까이 오자 공이 봉황 같은 눈을 부릅뜨고 크게 꾸짖었다.

“더러운 오랑캐 군졸이 감히 천조 대신을 욕되게 하는 것이냐? 마땅히 호삼개를 결박하라.”

말을 마치고서 팔을 들어 군사를 밀치고 조용히 서 있다가 약이 목을 넘자 피를 토하고 쓰러지니 이미 숨이 끊어졌다. 이때 상서의 나이는 스물여덟이었다. 아 슬프구나, 윤 이부 명천공이여! 문장과 덕행, 맑은 명망으로 선비 무리들에게 추앙받는 이로 충성심을 가득 품고 만리타국에 가서 목숨을 마쳤구나.

호삼개가 윤 공을 위협하려 하다가 그 숨이 끊어지는 것을 보자 눈이 또렷해지고, 대궐에 있던 수풀 같은 관료와 모든 군사들은 낯빛을 고쳐 눈물을 흘리지 않는 이가 없었다. 승상 한침이 급히 달려가 윤 상서의 시신을 살펴보니 이미 하릴없었다. 그는 눈물이 떨어지는 줄도 깨닫지 못한 채 호삼개를 향해 고했다.

“천사의 빼어난 모습을 보고 우리나라의 신하로 삼으려 했던 것인데 뜻밖에 죽었으니 이런 놀랍고 참혹한 일이 어디에 있겠습니까? 실로 천사의 말과 같아서 중국의 군대가 한번 우리나라를 짓밟는다면 우리나라는 종묘사직을 보전하지 못하고 전하께서는 용납받을 땅이 없을 것입니다. 즉시 향안(香案)12)을 배설해 황칙(皇勅)을 받들고 부천사를 풀어 줘 잘못을 사죄하시며, 몇 년 동안의 조공을 차려 대신과 세자를 천조에 보내 죄를 청하십시오. 송 천자는 너그럽고 도량이 큰 임금이라 우리나라를 정벌하는 일은 없을까 하나이다."

호삼개는 매사에 한침의 말대로 하는 터라 뉘우치는 마음이 있었으므로 천조를 받들겠다는 마음을 정했었다. 그런데 눈앞에서 윤 공이 참혹히 죽는 모습을 보고는 놀라고 불쌍히 여겨 자신도 모르게 달려가 시신을 붙들고 목이 쉬도록 통곡했다. 문무 관료들도 다 소리가 나는 줄 깨닫지 못한 채 크게 슬퍼하며 마치 가족의 상을 맞은 것처럼 했다. 이는 상서의 풍채와 얼굴을 보고 항복하던 차에 상서가 충성과 절개를 잡아 곧바로 죽는 것을 보고 슬퍼하는 마음을 멈출 수 없어서였으니 그들의 통곡 소리가 천지에 진동했다.

금왕이 슬픔을 이기지 못하다가 천천히 눈물을 거두고 자신을 모시는 신하에게 명령하여 윤 상서의 시신을 객관으로 옮기라고 했다. 그리고 부천사 이하를 다 풀어 주라 하고, 모든 신하를 거느려 자신의 잘못을 사죄하고 윤 상서의 초상을 치르려 했다.

알률취는 정 사도와 여러 군관, 아전들을 함거에 실어 바야흐로 그들을 더러운 감옥에 가두고는 정 사도를 온갖 말로 달래어 옥중에서 고초를 겪지 말고 항복하라고 했다. 정 사도가 몹시 억울한 마음을 참지 못해 비록 자기는 죽더라도 알률취는 없애고 죽으려 했다.

---

12) 향안(香案): 제사 때에 향로나 향합(香盒)을 올려놓는 상.

그래서 몸을 함거 밖으로 내어 자신의 손발을 놀리게 하자 용맹을 떨쳐 일으켜 차고 있던 칼을 빼어 알률취를 죽이려 했다. 알률취가 별 생각 없이 옥문 밖에 서 있더니 사도가 날쌔게 옥문을 차 버리고 알률취의 배를 재빨리 찔렀다. 칼이 비록 크지는 않았으나 기특한 보배라서 알률취를 향하여 쓰는 것이 나는 듯했다. 알률취는 만 명이 대적하지 못할 용맹이 있었으나 정 사도를 한낱 문사로 여겨 사도가 자신에게 항거해 해치지 못할 것이라고 생각했다. 그런데 천만뜻밖에 칼날이 배에 깊이 꽂히자 귀신의 술법도 쓸 데가 없고 용맹도 드러낼 길이 없었다. 한갓 에고 소리만 진동할 뿐이었다. 알률취가 점점 숨을 쉬지 못하고 오장육부가 터지며 거꾸러졌으니, 주검이 가로놓이고 피가 흘러 옥문 밖에 가득했다.

정 공이 시원스럽게 행동하자, 거느린 군관과 아전 30여 명이 차차 옥문을 차고 나오니, 정 공이 이들을 거느리고 윤 공을 찾아가려 했다. 풍채가 늠름해 눈썹 사이에 서릿기운을 띠고 눈빛이 맹렬해 곧바로 사람을 죽일 듯한 모습이었으므로 옥문을 지킨 관리가 넋이 몸에 붙어 있지 않아 쥐 숨듯 달아났다.

정 공이 다시 군관을 시켜 알률취의 머리를 베어 들리고 30여 보는 가더니, 알률취의 오백 군졸이 길을 막고 율취가 오기를 기다리다가 그 머리를 보고 크게 놀랐다. 그리고 일시에 정 공과 군관 등을 에워싸고 다시 잡아 금왕에게 바치려 했다.

이때 문득 금왕의 명령이 하달되었다. 상천사 윤 공의 시신을 객관으로 옮겨 두었으니 부천사와 아전들을 다 객궁에 들게 하고 알 장군을 부른다는 것이었다. 정 공이 윤 상서의 흉문을 듣고 심장이 미어지는 듯했다. 자신은 굳센 기운을 지닌 장부였지만 자질구레하게 살아 있음을 면치 못했으니 놀라서 팔을 내저으며 말했다.

"한나절 내에 이미 유명(幽明)13)이 달라졌으니 호삼개 흉악한 도적놈이 반드시 윤 형을 해친 것이다."

말을 마치고는 알률취의 머리를 던져 군관에게 크게 외치도록 했다.

"네 알 장군의 머리를 가져다가 금왕에게 주어라."

금위장 학도승이 금왕의 명령으로 정 공을 맞아 객궁으로 들이러 왔다가 사도가 알률취의 머리를 내던지는 것을 보고 혼비백산해 급히 돌아갔다. 그리고 부천사가 하던 말과 알 장군의 오백 군졸이 부천사와 군관을 에워싸고 알률취의 원수를 갚으려 하다가 객궁으로 들이라고 하는 명령을 듣고 어찌할 줄 몰라 처치할 방법을 아뢴다고 했다. 호삼개는 객궁을 청소하고 윤 상서의 시신을 옮기며 부천사가 객궁으로 들면 주인과 손님의 예로 가서 보고 극진히 사죄하려 했다. 그런데 알률취가 죽었다는 말을 듣고 몹시 놀라 좌우를 돌아보며 말했다.

"송나라 조정의 상사(上使)는 나라를 위한 충성이 죽는 것을 돌아가는 것처럼 여기고, 부사(副使)는 알률취 같은 용맹하고 굳센 영웅을 썩은 풀을 베어내듯 했으니 천조의 신하들은 하나하나 이처럼 비상하구나. 만일 천조(天朝)에서 상사의 원수를 갚으려 한다면 우리나라는 도륙이 날 것이니 이를 장차 어찌할꼬?"

한침이 대답했다.

"전하께서 이제 친히 나아가 부천사를 맞이해 객궁으로 들이시고 상사의 죽음은 우리 탓이 아님을 말씀하십시오. 알률취가 이미 죽었으니 죄를 다 율취에게 돌리시고, 부사 이하를 잡아 온 것은 대왕의 뜻이 아니었음을 밝히고 사죄하신다면 부사가 감동해 구태여 원수

---

13) 유명(幽明): 어두움과 밝음이라는 뜻으로 저승과 이승을 말함.

를 갚으려 하지 않을 것입니다.”

왕이 이 말을 옳게 여기고 문무 관료들을 거느려 부사를 맞이할 때, 수레를 갖추어 정 공이 오르도록 청하고 객관으로 들어오게 했다.

정 공이 만사가 즐겁지 않고 금왕의 대접도 기쁘지 않아 윤 공이 죽은 것을 생각하면 뼈에 사무치도록 슬펐다. 객궁으로 들어와서는 곧바로 윤 공의 시신을 붙들고 목 놓아 통곡하며 말했다.

“만리타국에 함께 왔다가 오늘날 형이 순수한 충성과 큰 절개로 세상을 떠나 나만 홀로 돌아가도록 하면 임금께서 기다리시는 마음을 어찌할 것이며 이 슬픔을 어찌할 것인가?”

말을 마치자 기운이 막힐 듯했다. 윤 공의 아전과 종들이며 군관 등이 하늘을 보며 울부짖어 통곡하니 슬픈 곡성이 천지를 진동시키고 초목마저도 이들을 위해 슬퍼하는 듯했다. 금왕의 군신들이 모두 눈물을 참지 못하고, 처음에 이들을 극진히 대접하지 않은 것을 뉘우쳤다. 정 공에게 눈물을 그치도록 청하고 잠시 진정되자 금왕이 자리를 떠나 정 공을 향해 말했다.

“작은 나라가 감히 큰 나라를 배반할 생각이 있었겠습니까? 다만 본디 땅이 너르지 못하고 여러 해 가뭄이 들어 조공을 받들지 못해 오랑캐 나라가 천조를 섬기지 못했습니다. 과인이 성글고 무식해 대장 알률취의 패악을 막지 못해 천사의 행차를 망령되게 침범하고 존공을 욕되게 했습니다. 상천사께서 분한 마음이 심해 스스로 괴이한 약을 삼켜 잠깐 사이에 세상을 버리셨으니 이는 과인의 죄가 아닙니다만 놀라고 참혹한 마음을 비할 데가 없습니다. 작은 나라가 천사께서 이르신 것을 들었다면 멀리 나아가 영접해 황지(皇旨)14)를 공

____

14) 황지(皇旨): 황제의 명령.

경하고 주객의 예를 갖추는 것이 마땅했습니다. 그런데 과인이 사리에 밝지 못해 임금과 신하의 의리를 알지 못하고 예법을 차리지 않아 죄를 지은 것이 많습니다. 명공께서는 과인이 잘못을 뉘우치고 스스로 꾸짖는 것을 생각해 유감의 마음을 두지 마십시오.”

정 사도가 겨우 두어 마디 답하고는 다시 윤 상서의 시신을 붙들고 목 놓아 통곡했다. 윤 상서의 소매에는 아직도 소봉(疏封)15)이 넣어진 채 있었다. 정 공이 그것을 꺼내어 보고 슬픔을 더욱 이기지 못하고, 돌아가면 황상께 올리려 해 상자 속에 넣었다. 습렴입관(襲殮入棺)16)할 때 상사에 드는 모든 것은 다 경사에서 준비한 것이었고, 단 하나의 물건도 금나라 것을 쓰지 않은 채 빨리 돌아가려 했다.

금왕이 정 공을 만류하지 못하고 다만 조공을 갖추고 대신(大臣) 서너 명과 세자를 함께 천조에 보내 성상께 사죄했다. 그리고 표문(表文)17)을 올려 대대로 대국을 섬길 것이며 다시는 방자한 행동을 하지 않을 것임을 고하고 부사와 이별하기 위해 잔치를 베풀려고 했다.

그러자 정 사도가 이를 엄히 물리치고 금나라에 이후에는 죄를 짓지 말라 당부하고는 영구를 모시고 돌아갔다. 일행의 망극한 마음은 이를 것도 없고 도중에 구경하는 자들 가운데 슬퍼하지 않는 이가 없었다.

이때 윤부에서 상서가 금나라에 간 지 네댓 달이 되자 위험한 땅에서 생사가 어찌 되었는지 밤낮으로 슬픔에 잠긴 이들은 조 부인과 태우, 그리고 구파였다. 그러나 태부인과 유 씨는 흉한 소식이 더디게 오는 것을 근심해 혹 상서가 살아 돌아올까 염려했다. 부인이 점

---

15) 소봉(疏封): 임금에게 올린 글.
16) 습렴입관(襲殮入棺): 초상이 났을 때, 시신(屍身)을 씻긴 뒤 수의를 갈아입혀 베로 싸 묶고 관(棺) 속에 넣음.
17) 표문(表文): 마음에 품은 생각을 적어서 임금에게 올리는 글.

점 만삭이 되어 몸을 이기지 못할 듯해 모습이 수척해졌는데, 열한 달이 되도록 해산하지 않아 태우가 몹시 근심했다.

부인이 가을 7월 기망(既望)[18]을 맞아 늦더위가 매우 심한 가운데 태부인의 보챔을 당해 한 몸이 한가함을 얻지 못하다가 이날은 기운이 불안해 위 씨가 불러도 들어가지 못하고 해월루에 고요히 누워 있었다. 마음이 놀라고 다급해 아스라이 금나라를 향해 상서의 몸이 어찌 되었는지 가슴이 미어질 듯해 한 술의 물도 마시지 못했다. 밤이 되어 보름달은 만방에 밝았고 사방이 고요했다. 오직 딸의 머리를 쓰다듬으며 하늘을 우러러 슬픈 마음을 이기지 못하다가 사창(紗窓)[19]에 기대어 졸고 있었다.

그런데 갑자기 상서가 부인의 손을 잡고 위로하며 말하는 것이었다.

"생은 천명을 벗어날 수 없어 몇 달 전에 세상을 버리고 혼백은 옥청궁(玉淸宮)[20]에서 부귀를 누리고 있소. 그러나 어머님께 불효한 것이 가볍지 않고 처자에게 지극한 고통을 드린 것을 생각하면 슬픔을 이기지 못하겠소. 부인은 슬픔을 억제하고 몸을 스스로 보전하기 바라오."

부인이 목이 메어 오열하자 상서가 말리며 말했다.

"유명(幽明)이 길이 다르고 지금 해산이 임박했으니 부인은 크게 귀하게 될 아들을 얻어 망극한 마음을 위로받으시오."

부인이 그 말을 듣고 느꺼워하다가 줄곧 소리를 내자 시녀가 부인을 깨웠다. 어느새 닭이 꼬끼오 하고 울며 새벽을 알리고 있었다. 부인이 정신이 혼미한데 복통이 급해지자 시녀가 급히 구파를 불러 구

---

18) 기망(既望): 음력으로 매달 열엿샛날.
19) 사창(紗窓): 사붙이나 깁으로 바른 창.
20) 옥청궁(玉淸宮): 도교에서, 천제(天帝)가 살고 있다고 하는 궁.

호하게 하고 태우에게 아뢰니 태우가 약을 연속해서 썼다.

날이 밝아 오면서 붉은 해가 동쪽 고개에 떠오르려 할 때 부인이 옥 같은 쌍둥이 남자아이를 낳았다. 태우는 기쁜 마음이 아름다운 눈썹에 어렸으나 상서가 이 경사를 함께 보지 못하는 것이 애달파 구파에게 갓난아이를 볼 것을 청했다.

위 씨와 그 시어머니는 조 부인이 남자아이를 낳았다는 말을 듣고 미움을 이기지 못했으나 태우 앞에서는 의심을 사지 않으려고 모두 해월루에 모여 아이를 보며 조 부인을 보호하는 척했다. 태우가 신생아를 보니 해와 달이 떨어진 듯 산천의 정기가 모여 귀한 골격을 이루어 세속의 평범한 아이들과는 달랐다. 태우가 한번 보고 매우 기뻐하며 말했다.

"하늘이 우리 형님의 충성과 형수님의 착한 덕행을 갚느라 이런 두 명의 기린을 주셨습니다."

위 씨와 유 씨는 갓난아이를 보자 악한 마음이 발작해 아이가 미워 칼로 찌르고 싶었으나 사람됨이 교활하고 간사했으므로 밖으로는 매우 어진 낯빛을 지었다. 이들은 갓난아이의 비상한 모습을 보고 조 부인에게 치하하며 극진히 구호하는 체하니 태우가 의심하지 않았다. 태우가 유 씨에게 당부해 서모와 함께 형수를 구호하라 하고 즉시 나왔다.

이날 절도사의 주문(奏文)이 이르렀다. 상천사 윤현이 금나라에 나아가 굴복하지 않고 자결했다는 소식이었으며, 호삼개가 놀라 부천사 정연 등을 주객의 예로 대접하여 조공을 받들고 세자와 대신(大臣) 등을 상사의 영구와 함께 보낸다는 내용이었다. 그러고서 선성(先聲)[21]이 있었다.

이날 임금께서 조회를 파하지 않고 계시다가 주문을 들으시고는 몹시 놀라 용루(龍淚)를 어의(御衣)에 떨어뜨리며 말씀하셨다.

"윤현 같은 충성스러운 사람이 만리타국에서 그 목숨이 끊어졌으니 황천(皇天)이 짐의 부족한 덕을 벌하신 것이로다."

이처럼 슬퍼하시니 문무백관 중에 누가 슬퍼하지 않겠는가.

임금께서 태중태우 윤수를 부르셨다. 태우가 조 부인이 순산하고 쌍둥이 아이가 비상한 것을 매우 기뻐했으나 형이 함께 보지 못하는 것을 슬퍼하다가 임금의 명령에 따라 입궐했다. 임금께서 절도사의 주문을 전하며 말씀하셨다.

"경의 형은 짐이 죽였도다. 나라를 위해 목숨을 끊었으니 이 절통함을 어찌 참겠는가? 알지 못하겠도다. 경의 형에게 아들이 있는가?"

태우가 임금의 말씀을 듣자 가슴이 미어지는 듯했다. 애통함이 망극해 하늘과 땅이 막혀 기운이 끊어지는 듯하고 가슴이 막혀 즉시 대답하지 못하고 눈물만 비단 도포에 연이어 떨어졌다. 이에 엎드려 아뢰었다.

"신의 형이 만리타국에 가 죽어 신하 된 자의 직분을 다해 성은을 만분의 일이나 갚았으니 어찌 목숨을 아끼겠나이까? 다만 운명이 기박해 자란 자식이 없고 겨우 서너 살 된 어린 딸을 두었고, 형수 조씨가 쌍둥이 유복남을 오늘에서야 낳았나이다."

임금께서 말씀하셨다.

"비록 자란 아들이 없으나 이제 쌍둥이 아들을 낳았으니 하늘이 유의하여 충성과 절개를 지닌 신하의 후사를 잇도록 했도다. 크게 다행하지 않은가? 약물을 보내 산모를 구호하도록 하라."

이렇게 말씀하시고 윤 상서의 상구(喪柩)가 오는 날 백관이 나가

---

21) 선성(先聲): 미리 보내는 기별.

맞이하라고 하셨다. 그리고 윤부 태부인에게 예관(禮官)을 보내 슬픔을 억제하라 이르라고 하셨다. 윤 태우가 성은에 황공하여 은혜에 감사하고 총총히 대궐 문을 나서 집으로 돌아갔다.

이미 예관이 부음(訃音)22)을 윤부에 전하고 교지(敎旨)23)를 일렀다. 이때 위 씨는 상서의 흉음(凶音)을 밤낮으로 기다리다가 이 소식을 듣고 기쁨을 이기지 못했으나 거짓 눈물과 울음으로 사람들의 의심에서 벗어나려 했다.

태우가 천천히 울음을 그치고 조 부인 시녀들에게 잠시도 조 부인의 곁을 떠나지 말라고 당부했다. 그리고 나서 온 집안이 비로소 발상(發喪)24)하고 통곡했다. 태우의 끝없는 원통함은 마치 한 몸이 가루가 되는 것 같아 친상(親喪)과 다르지 않았다. 집안 사람들이 위아래 없이 저마다 슬피 통곡하며 서러워하지 않는 이가 없었다. 그런데 오직 위 씨 고식과 그 심복 몇몇 시비는 슬퍼하는 마음이 없어 거짓으로 슬퍼하며 남의 이목을 가렸으니 이를 알 사람이 누가 있겠는가.

태우는 통곡 소리가 자주 끊기고 기운이 끊어질 듯했으나 스스로 슬픔을 서리담고 모친을 위로하며 묽은 죽을 권하고 친히 해월루로 갔다.

이때 부인은 하늘이 무너지고 땅이 갈라지는 흉음(凶音)을 듣고 해산 후에 약해진 몸이 어찌 살기를 기약할 수 있겠는가마는 천신이 보호해 비록 국과 밥을 물리치고 죽을 내어오는 일이 없었으나 자연히 눈을 감고 인사를 아는 듯 모르는 듯 슬피 통곡하며 슬픔이 뼈마

---

22) 부음(訃音): 사람이 죽었다는 것을 알리는 말이나 글.
23) 교지(敎旨): 황제가 관리에게 주는 명령서.
24) 발상(發喪): 죽은 사람의 혼을 부르고 나서 상제가 머리를 풀고 슬피 울어 초상난 것을 알림.

디에 사무쳤다. 태우가 창밖에서 위로하며 말했다.

"흉음을 들으니 이 지극한 슬픔을 무엇과 비교할 수 있겠습니까? 다만 가문의 운수가 불행해 벌어진 일이고 생사는 운명에 달려 있으니 설마 어찌하겠습니까? 형님께서 길을 떠나며 하신 부탁을 생각하시고 명아 삼 남매를 돌아보아 지극한 슬픔을 억누르고 갓난아이를 돌보신다면 이는 우리 집의 후사를 끊지 않는 일입니다. 원컨대 형수님은 여러 가지로 헤아리셔서 속절없이 지나치게 슬퍼하지 마소서."

부인이 하늘을 향해 부르짖으며 슬피 통곡하고 말이 없었다. 태우가 이에 구파를 향해 말했다.

"서모는 슬픔을 잊으시고 쌍둥이를 보호하시며 형수님 곁을 떠나지 마십시오."

구파도 마음이 무너지고 찢어지는 듯했으나 상서를 따라 죽지 못하고 부인과 쌍둥이를 태부인 버금으로 보호하며 받들었다. 부인이 이에 깊이 감사했다. 그리고 집안의 형세를 헤아리면 살 마음이 없었으나 상서의 간절한 부탁을 저버릴 수 없고 자기가 죽으면 쌍둥이와 명아가 목숨을 보전하지 못할 것이라 여겨 슬픈 마음을 누르고 잠자코 피눈물을 흘릴 뿐이었다.

며칠 후에 상구가 문 밖에 이르렀다. 태우가 조 부인의 산실(産室)을 떠나지 못하고, 의약을 다스리고 있어 미리 나아가 맞지 못하고 강정으로 가 영구를 맞아 즉시 항주 선산으로 내려가려 했다.

부인이 영구를 한번 보고 통곡으로써 영결할 것을 고하자 태우가 실질적인 이유를 들어 고했다.

"만일 빈연(殯輦)25)을 대하신다면 오장이 찢어지실 뿐이고 조금도 유익한 일이 없으실 것입니다. 또 형수님께서는 해산하신 지 삼칠일

(三七日)26)이 넘지 않으셨으니 나가신다면 반드시 위중한 질환을 얻으실 것입니다. 그러니 부질없이 너무 슬퍼하지 마십시오."

부인이 이에 다시 청하지 못하고 가슴이 막혀 자주 기운이 끊어졌다.

태우가 만조백관과 함께 성문 밖으로 나가고 강정의 종들에게 분부해 집안을 정돈하라 했다. 그리고 자신은 다른 사람들보다 삼사 리를 앞서 갔다. 상구가 오고 있는데 같이 오는 명정(銘旌)27)은 가을바람에 나부끼고 허다한 행렬은 가던 때와 다르지 않았다. 군관과 아전의 무리는 다 예전처럼 돌아왔으나 황제의 명령으로 갔던 상서만 홀로 유명(幽明)이 달라졌으니 네다섯 달 사이에 사람의 일이 바뀔 줄 뜻했겠는가.

상서가 자줏빛 도포와 오사모(烏紗帽)28) 차림으로 옥부(玉斧)29)를 앞세워 수레 가운데 단정히 바로 앉아 갔다가 돌아올 때는 검은 관이 꽃상여에 실려 장사를 지내게 되었으니 빼어난 풍채가 속절없고 아름다운 맑은 목소리를 얻어들을 길이 없게 되었다. 따라갔던 노복의 무리가 하늘을 향해 부르짖으며 통곡하니 이 모습을 보면 아무런 감정이 없는 사람이라도 슬픔을 참기가 어려웠다.

이때 윤부 친척이 이곳에 와 기다리고 있다가 상구를 맞아 애통함을 이기지 못했다. 태우는 크게 한 소리를 지르고 거꾸러져 정신을 잃었고 주변 사람들은 태우를 구호하며 상구를 강정으로 모시라 했다.

태우가 한참이나 지난 후에 정신을 차려 강정에 들어갔는데 친척

---

25) 빈연(殯輦): 영구(靈柩)를 실은 수레.

26) 삼칠일(三七日): 아이가 태어난 후 스물하루 동안. 또는 스물하루가 되는 날. 대개는 이날 금줄을 거둠.

27) 명정(銘旌): 죽은 사람의 관직과 성씨 따위를 적은 기. 일정한 크기의 긴 천에 보통 다홍 바탕에 흰 글씨로 쓰며, 장사 지낼 때 상여 앞에서 들고 간 뒤에 널 위에 펴 묻음.

28) 오사모(烏紗帽): 관복을 입을 때 머리에 쓰던 검은 사(紗)로 만든 모자.

29) 옥부(玉斧): 옥으로 된 부월. 부월은 도끼와 같이 만든 것으로, 군령을 어긴 자에 대한 생살권(生殺權)을 상징함.

들이 벌써 영구를 집안에 모신 상태였다. 태우가 바로 형의 관을 붙들고 통곡하니 눈물은 강물을 보태고 처절한 곡성은 산천을 움직일 정도였다. 한나절을 목 놓아 통곡하고 가까운 친척과 벗 들이 영연(靈筵)30)을 어루만지며 슬피 울었다. 모두 상서의 충성에 감탄하고 그 위인을 아까워해 저마다 눈물을 흘리지 않는 이가 없었던 것이다.

부사 정 공이 대궐에 나아가 절하고 싶은 마음이 급했으나 태우를 보지 않을 수 없어 잠시 강정에 내려 태우의 손을 잡고 서로 한바탕 통곡했다. 태우가 목이 쉬도록 눈물을 흘리며 말했다.

"우리 형님과 형이 함께 금나라로 갔는데, 네다섯 달 사이에 사람 일이 이렇게 바뀌어 형님이 모습을 감춰 속절없는 영구만 돌아왔으니 이는 모두 나의 가운(家運)이 불행해 형님이 몸을 보전하지 못한 것이네. 절도사의 주문이 당도해 대강을 얼핏 들었으나 원래 형님이 돌아가실 때 무슨 말씀을 하셨으며 금나라 도적에게 모욕이나 당하시지는 않았는가?"

정 공이 가슴을 어루만지며 말했다.

"말을 하고 싶으나 앞이 어둡고 가슴이 막혀 말을 다 못 하니 조용히 전하겠네. 영백(令伯)이 임종할 때는 보지 못했으므로 또한 알지 못하겠네. 구태여 금나라 도적에게 보채이는 모욕은 당하지 않고 스스로 약을 먹어 목숨을 마쳤다네. 이 때문에 금왕이 크게 감동하고 두려워해 우리를 다 놓아 보낸 것이라네. 그렇지 않았다면 일행이 다 물고기 밥이 되었을 것이니 상구인들 어찌 고국에 돌아오기를 바랐겠는가?"

그러고서 자기는 알률취에게 잡혀 군관의 무리가 다 함거에 들어

---

30) 영연(靈筵): 죽은 사람의 영궤(靈几)와 그에 딸린 모든 것을 차려 놓는 곳.

있었고 윤 상서가 단신으로 들어가 죽은 것을 이야기하며 눈물을 비 오듯 흘렸다. 정 공의 화려한 얼굴이 완전히 몰라보게 되어 네다섯 달 사이에 몸이 마치 옷을 이기지 못할 것 같았다. 윤 공의 죽음을 슬퍼하는 마음은 결코 태우보다 덜하지 않았다. 이에 태우가 장례를 어떻게 치렀는지 물었다.

"입관 등에 쓰인 모든 물품은 다 경사에게 가져간 것으로 썼고 금나라 것은 조금도 쓴 것이 없네."

정 공이 말을 마치고는 총총히 대궐로 향했다. 금나라 세자와 대신(大臣)을 거느리고 대궐에 다다르니, 조정의 문무백관이 윤 공의 영연(靈筵) 앞에서 울고 정 공을 맞이해 임금께 고했다.

임금께서 금나라 세자와 대신은 밖에 머무르라 하시고 정 공만 불러서 보셨다. 천안(天顔)에 슬픔을 머금어 용루(龍淚)를 흘리시고 가고 올 때의 인사가 변해 윤 상서가 죽은 것을 크게 슬퍼하셨다. 그리고 금나라 세자와 대신을 다 죽이고 정예병을 일으켜 금나라를 짓밟아 윤 공의 원수를 갚을 것을 의논하셨다. 정 공이 윤 공의 유표(遺表)31)를 드리고 금나라를 정벌하는 것이 옳지 않음을 고하자 임금께서 말씀하셨다.

"금나라를 정벌하지는 않을 것이나 호삼개의 아들을 죽여 윤 경의 한을 풀어 줄 것이로다."

그러고 나서 윤 상서의 유표(遺表)를 어람(御覽)32)하셨다. 유표에서 대개 국가를 위해 몸이 만리타국에 와서 죽을 것을 결단하면 호삼개가 감동하는 것이 있을 것이니 황상께서 덕화를 베풀어 자신이 죽은 것을 금나라에 연좌시키지 말고 세자와 대신을 무사히 돌려보

---

31) 유표(遺表): 신하가 죽을 즈음에 임금에게 올리는 글.
32) 어람(御覽): 임금이 봄을 높여 이르던 말.

내실 것을 간절히 아뢰었다. 또 만 리 밖에 군대를 일으키는 것이 옳지 않음을 두루 밝혔으니 격렬한 충성과 임금의 덕을 돕는 마음이 절절해 그 사람을 다시 보는 듯했다. 현란한 문장은 은하의 근원 같았고 시원스러운 필체는 구슬과 옥을 흩어 놓은 듯 종이 위에 광채가 어렸다. 천자께서 글을 반기시면서도 매우 슬퍼 두어 대신을 불러 윤 공의 유표를 보여 주며 말씀하셨다.

"짐의 마음으로는 금나라 세자와 대신을 모두 죽여 한을 풀려고 했더니 윤 공의 유표가 이와 같으니 어찌할 것인가?"

신하들이 이에 모두 간했다.

"호삼개는 군신의 큰 의리를 모르고 여러 해 조공을 받들지 않았습니다. 하물며 폐하께서 윤현으로써 저의 무도한 죄를 밝히셔서 칙지(勅旨)[33]를 내리셨거늘 호삼개가 하늘을 거역하는 죄를 지어 천사가 몸을 마치기에 이르렀습니다. 그 죄를 생각하면 세자와 대신을 주륙(誅戮)하고 금나라를 정벌하는 것이 마땅합니다. 그러나 윤현은 죽음으로써 스스로 충절(忠節)을 빛냈고 호삼개는 군병을 쓰지 않았습니다. 또한 오랑캐 무리가 윤현의 충성과 격렬한 말에 놀라고 감동해 잘못을 뉘우치고 스스로를 책망했습니다. 뿐만 아니라 윤현은 그 사람됨이 범상치 않아 국가를 떠받치는 인재입니다. 죽음을 맞이해 간곡한 유표가 폐하의 덕을 도왔으니, 윤현의 유표를 저버리시고 한갓 한을 풀 생각만 하신다면 이는 윤현의 상소를 저버리시는 것입니다. 신 등의 어리석은 소견으로는 불가한가 하나이다."

임금께서 다시금 분노해 주저하며 결정을 내리지 못하셨다. 그리고 금나라 세자와 대신을 함께 입궐하라 하셨다.

---

33) 칙지(勅旨): 임금이 내린 명령.

세자가 대신을 거느려 대궐에 절하고 몸을 굽히자, 임금께서 천안(天顔)에 분노의 기운을 띠고 옥음(玉音)을 엄하게 해 하교하셨다.

"너희 조그만 오랑캐 무리가 대국과 군신의 의리가 천지처럼 현격한 줄을 알지 못하고 천명을 어기고 도리에 어긋난 못된 말을 해 천사가 분노를 머금어 죽게까지 했다. 내가 너희를 다 주륙하고 삼개가 머리를 보전하지 못할 줄을 아느냐?"

세자는 지은 죄가 너무 심했으므로 온몸이 떨려 식은땀이 나와 등을 적셨다. 아뢸 바를 알지 못하고 다만 죽기를 청하고, 가져온 표문을 올리니 신하들이 표를 읽었다. 임금께서 들으셨는데 뜻이 간곡하여 먼저 조공을 폐해 방자한 일을 기록하고 천사를 대접하지 않아 하늘을 거역하고 도리에 어긋난 짓을 한 죄와 천사처럼 충성심이 있는 사람이 스스로 죽음에 이른 데에 항복하고 자신들이 무도했음을 밝힌 죄가 이루 형언할 수 없었다. 금나라를 가르치고 타이르고 감동시켜 대대손손 대국을 섬겨 다시 방자하지 않을 것임을 두루 아뢰었다. 임금께서 다 듣고는 삼개가 착하게 된 것을 분명히 알았다. 윤 공의 표를 다시 보시고 윤 공이 타국에 가 오랑캐의 마음을 감동시킨 것을 생각하시며 절로 슬퍼해 신하들을 돌아보고 말씀하셨다.

"호삼개가 큰 죄를 지었으나 짐은 윤 경의 유표를 따를 것이다. 저자가 잘못 뉘우친 것을 보아 용서하니 세자와 그 나라 대신에게 형벌을 주지 말고 돌려보내라."

신하들이 임금의 명령을 그대로 좇아 금나라 사람들을 돌려보냈다.

임금께서 일을 결단하여 끝마치고 나자 슬픔이 더해지셨다. 윤현을 더욱 아까워하셔서 추증해 충무공에 봉하셨다. 두 아들이 자라면 즉시 벼슬을 시켜 아비의 뒤를 잇게 하라 말씀하시는데 용루(龍淚)가 떨어지는 것을 면치 못하셨다. 만조백관이 윤 상서의 죽음을 안타까워하고 그를 칭찬하는 가운데 윤 상서를 매우 아끼고 그 충의에 감탄하지 않는 이가 없었다.

임금께서 대사도 정 공이 알률취를 죽여 중국의 위엄을 빛냈다 하셔서 그를 금평후에 봉하셨다. 정 사도가 진심으로 굳이 사양했으나 임금께서 허락하지 않으셨다. 정 사도가 마지못해 후작을 받았으나 온 마음에 윤 공을 생각하고 슬퍼했다.

태우가 장사 지내는 달이 다가오자 항주의 명당 자리를 가려 충무공의 영궤를 안장하려 했다. 임금의 명령을 받아 충무공의 비석을 높이고 윤 상서의 온갖 사적을 찬양해 어서(御書)로 메웠으니 충신의 이름이 돌 위에 뚜렷하여 길 가는 사람이 가던 길을 멈추고 칭찬하며 탄복하지 않는 이가 없었다.

윤 태우가 형의 영구를 지하에 영결하게 되자 착잡한 심정으로 애를 태우고 처절히 부르짖으며 느끼는 소리를 내니 하늘에서는 구름이 머물고 땅에서는 강물이 오열하며 산새는 슬피 울어 곡성에 응하고 들판의 원숭이는 휘파람을 불어 슬픔을 도왔다. 이를 듣고 장부의 굳센 마음이 부스러져 사라지는 듯해 태우가 거친 팔을 어루만지며 한바탕을 통곡했다. 목주(木主)를 모시고 경사로 돌아올 때 태우가 일품 재상의 지위를 지녔으므로 각 고을이 진동하여 장례에 참여하는 화려한 행렬이 온 길에 진동했다.

반혼(返魂)[34]하여 경사에 이르자 문밖에 이름난 관리와 제후, 황친이 모여 그 수를 헤아리지 못할 정도였다. 이에 일가친척과 벗 들이 새로이 통곡했다.

옥루항에 들어와 목주를 모시자 온 집안 사람들의 애통함이 끝이

---

34) 반혼(返魂): 장례를 지낸 뒤에 신주(神主)를 집으로 모셔 오는 일. 반우(返虞).

없어 갈수록 더했다. 그러니 조 부인의 하늘에 사무치는 원통함이야 어찌 형용하여 이를 수 있겠는가.

태우와 구파의 서러움이 작지 않았으나 흉악한 위 씨와 그 며느리 유 씨는 근심 없이 기뻐하는 마음이 형언하지 못할 지경이었다. 그러나 겉으로는 거짓으로 서러워하는 빛을 지었다. 태우는 모친의 사나움과 유 씨의 악독한 마음을 알지 못하고 매양 모친을 위로하며 조 부인을 지성으로 받들었다. 태우의 성글고 시원스러운 성품이 조 부인에게 미쳐서는 자상하고 차분해 아침저녁으로 음식을 살피며 날마다 기운을 물어 정성으로 보살폈다. 명아를 귀하게 여기는 마음은 자기의 두 딸보다 위에 있고 쌍둥이를 사랑하는 마음도 비할 데가 없었다.

태부인이 유 씨와 함께 조 부인을 없애려고 꾀했으나 태우가 자상하게 살피는 것이 전날과 달라 조 부인 보채는 것을 뜻과 같이 못했다. 오직 태우 안 보는 데서만 위 씨가 친히 와서 조 부인을 조르고 보채며 꾸짖었다. 상서가 참혹히 죽었으나 슬픈 줄을 모르고 날로 음식 먹는 것만 일삼고 자기를 원망한다 하며 차마 못 할 말과 꾸짖는 말이 비할 데가 없었다. 그러나 부인은 바다로 심지를 삼고 천지로 도량을 삼아 서러운 마음을 서리담고 가군의 간절한 부탁과 시동생의 지극한 뜻을 저버리지 않으려 마음을 정했다. 그래서 세 명의 어린아이를 보호하는 것을 일삼고 구태여 죽을 뜻을 두지 않아 위 씨의 험악한 꾸지람을 좋은 말을 듣는 듯이 하여 위 씨에게 오직 나직이 사죄할 뿐이고, 평생에 옳으며 그른 것을 따지지 않았다. 그러자 위 씨가 그 위인을 대하는 것이 어려움을 더욱 미워해 조 부인을 속히 해치려 했으나 좋은 계책을 생각하지 못했다.

금평후 정 공의 부인이 딸을 낳아 기이한 것이 바다의 명주(明珠)

같았고 그윽한 골짜기의 난초가 향기를 토하는 것 같아 온갖 자태가 한 군데도 무심히 생긴 곳이 없었다. 금평후가 돌아와 모친이 평안히 계시고 딸이 비상한 것이 바란 것 이상이라 다행으로 여기고 기뻐했다. 그러나 윤 공이 죽은 것을 날이 오랠수록 잊지 못해 슬픔이 가슴에 맺혔다.

하루는 옥루항에 가 태우와 조용히 담화하다가 상서의 쌍둥이를 내어오도록 해 보았다. 이 아이들은 세상을 안 지 불과 대여섯 달이었으나 몸이 큰 것이 네다섯 살이나 된 아이 같았고 풍채가 빛나 가을 달이 산 위에 오르고 흰 태양이 하늘에 있는 듯했다. 두 아이의 얼굴 모양이 한 판에 박은 듯 조금도 다름이 없어 용의 눈썹과 봉황의 눈에 흰 이와 붉은 입술이며 옥 같은 얼굴과 연꽃 같은 뺨이 두루 시원스러웠고 영리한 기운은 사람을 움직였다. 정 공이 한번 보고 기특함을 이기지 못해 처연히 슬퍼하며 이와 같은 아들을 상서가 보지 못한 것을 탄식하고 아이들을 매우 칭찬했다. 그 난 달과 날, 때를 묻고는 공교롭게 자기 딸과 같은 달, 같은 날에 났으므로, 도사의 말을 윤 상서가 이르던 것을 생각하고는 문득 두 줄기 눈물을 금치 못하며 태우에게 말했다.

"금나라에 갈 때 형주에서 영백(令伯)이 화 도사를 만나 하룻밤을 지냈네. 그런데 화 도사가 영백에게 이리이리 하더라 하고 나에게 그 말을 옮겨 형에게 이르라 했네. 그래서 그 말을 들었는데 이제 영질(令姪)의 난 달과 날, 때를 들으니 내 딸과 같은 달, 같은 날에 났으므로 하늘이 유의해 낸 것인가 하네. 죽은 벗의 뜻을 저버리지 못할 것이니 양가의 자녀가 자라기를 기다려 혼사를 이루도록 하세."

태우가 슬피 탄식하고 말했다.

"우리 형님이 쌍둥이를 낳을 줄 아셨던 것이니 화 도사의 말은 대개 미래의 일을 알고 한 것이네. 형과 하 퇴지가 내 집을 버리지 않는다면 내가 어찌 잊겠는가? 하 형도 딸을 낳았다고 했으나 내가 흥이 없어 이런 말을 안 했던 것이네.”

정 공이 말했다.

“내가 두 아이 중 하나를 사위로 삼겠네.”

태우가 슬피 눈물을 머금으니 정 공이 위로하며 명아를 내어오게 해 보았다. 명아가 점점 화려하고 빼어나 신장이 더 자란 듯하니 정 공이 죽은 벗을 생각하고 친딸이나 다르지 않게 여겼다. 소저가 모친을 한시도 떠나지 않고 있다가 정 공을 보고는 부끄러워 들어가려 하자 태우가 앞에 앉히고 말했다.

“금평후는 네게 남이 아니니 부끄러워 말거라.”

소저가 이 말을 듣고 대답하지 않았다.

정 공이 돌아간 후에 즉시 어머니 침소에 들어가니 부인이 물었다.

“외헌에서 누구를 보았느냐?”

명아가 대답했다.

“전날에 정 사도라 하고 다니던 손님이 와서 소녀를 불러 보았습니다.”

부인이 슬피 울며 탄식하고, 정 사도가 위험한 땅에서 무사히 돌아와 제후에 봉해지는 명령을 받은 것을 그윽이 부러워했다.

세월이 흰 망아지가 달리는 것을 문틈으로 보듯이 지나 상서의 삼년상을 마쳤다. 조 부인은 지극한 슬픔이 뼈에 사무쳐 아침저녁으로 올리는 제사를 그치자 남편의 신위가 없어 설움을 이기지 못했다. 태우는 슬픈 한이 구곡간장에 맺혀 백화헌에 혼자 앉으며 누울 때 슬피 눈물을 흘리지 않은 적이 없었다. 그리고 조 부인 받드는 정성이 한결같아 덜한 적이 없었으니 부인이 감격한 마음을 이기지 못했다.

쌍둥이 아이가 서너 살이 되자 스스로 유모를 물리치고 태우를 따라 외헌에 있으려 했다. 공이 귀하고 소중하게 여기는 정이 시시로 더해 조 부인에게 아이 이름을 정해 달라고 청했다. 그러자 상서가 지어 준 것을 따라 큰아이를 광천이라 하고 둘째아이를 희천이라 했다.

공이 아이들을 데리고 외헌에 있으면서 밤이 되면 좌우로 안아 품고 어루만지며 아이들이 날로 기특해지는 것을 다행으로 여겼다.

두 아이가 공에게 말했다.

"소자 등이 어미를 따라 이웃집에 가면 아이들이 부모를 함께 모시고 앉아 있는데 대인께서는 어찌 모친과 함께 사랑하지 않으시고 매양 각각 계시나이까?"

공이 이 말을 듣고 가슴이 미어지는 듯해 소매를 들어 눈물을 거두고 말했다.

"나는 네 부친이 아니라 작은아버지니 이제는 계부(季父)라고 부르거라."

두 아이가 깜짝 놀라서 말했다.

"그러면 우리 대인께서는 어디에 계시나이까?"

태우가 말했다.

"어린아이는 이런 말을 하지 않는 법이니 잠자코 있다가 자란 후에 알거라."

그러자 광천이 말했다.

"아무리 어린아이라 해도 아비가 있으며 없음을 묻지 못하겠습니까?"

희천이 재삼 묻자 공이 더욱 슬퍼하며 말했다.

"너희 부친은 안 계시나 내가 있으니 아비와 다름이 없다."

그러고서 다른 말로 달랬으나 두 아이가 속으로 좋아하지 않았다.

두 아이가 책을 가지고 와서 글 가르쳐 줄 것을 청하자 공이 아이

들이 매사에 조숙하고 기이한 것을 기뻐했으나 너무 비상했으므로
혹 장수하는 데 해로울까 두려워 꾸짖고 가르치지 않았다. 그리고
밤낮으로 데리고 있으면서 집안일을 염려해 꼼꼼하지 못한 성품을
고쳐 자상하고 현명해지려 했으나 유 씨의 사나움은 깨닫지 못했다.

태부인과 유 씨가 밤낮으로 도모해 조 부인 모자녀(母子女)를 없
애려고 했으나 조 부인과 세 아이는 성인(聖人)이라 악한 짓을 부릴
길이 없어 분노를 서리담았다.

세월이 자주 바뀌어 광천 형제가 여덟 살이 되었다. 신장이 크고
옥과 같은 얼굴과 헌걸찬 풍채가 늠름하고 시원스러워 반악(潘岳)35),
두목지(杜牧之)36)의 풍채를 우습게 여겼다. 세속에 물들지 않아 가
을 물결 같은 정신과 가을 하늘 같은 기상이 엄숙해 누에눈썹에는
강산의 정기를 거두었고 높은 코와 붉은 두 뺨에 붉은 복숭아꽃 같
은 입술을 가지고 얼음과 옥처럼 흰 이를 지녔다.

형제의 화려한 얼굴과 풍채가 한 판에 박은 듯했으나 점점 자라면
서 성품과 타고난 바탕이 잠깐 달랐다. 첫째공자는 영웅의 기상과
호걸의 풍모로 하늘을 꿰뚫을 듯한 굳센 기운을 호탕하게 떨쳐 용과
호랑이의 품격을 지녔고, 둘째공자는 온화하고 정대하여 성현군자의
풍모가 드러났으니 기린과 봉황의 기질을 지녔다.

형제가 다섯 살 때부터 계부에게 학문을 배워 나서부터 아는 총명
이 있었으므로 한 글자를 들으면 열 글자를 통했다. 공이 더욱 사랑
했으나 장수하는 데 해로울까 해 가르치는 것을 금지했다. 그러나

---

35) 반악(潘岳): 중국 서진(西晉)의 문인(247~300)으로 자는 안인(安仁), 하남성(河南省) 중모(中牟)
   출생. 용모가 아름다워 낙양의 길에 나가면 여자들이 몰려와 그를 향해 과일을 던졌다는 고사
   가 있음.
36) 두목지(杜牧之): 중국 당(唐)나라 때의 시인인 두목(杜牧, 803~853)으로 목지(牧之)는 그의 자
   (字). 호는 번천(樊川). 이상은과 더불어 이두(李杜)로 불리며, 작품이 두보(杜甫)와 비슷하다
   하여 소두(小杜)로도 불림. 미남으로 유명함.

공자 등이 스스로 학문의 의미를 깨달아 일취월장해 붓을 들면 천 마디를 서서 이루고 시를 지으면 귀신을 울렸으니 보는 사람들이 박수 치며 칭찬했다. 이에 공이 두 아이를 귀중하게 여기는 마음이 비할 데가 없었다. 속으로 둘째공자를 자기 밑으로 입양하려 했으나 아직 드러내 말하지는 않았다.

유 씨를 향한 은정은 꿈만 같아서 내당에서 잠을 자는 것은 일 년에 한 번도 억지로 참고 할 정도였다. 이는 혹 부인이 임신하여 경아 같은 아들이 나올까 근심해서였으니 어찌 조금이라도 자식 낳기를 바라겠는가. 위 씨는 태우가 내당에 드물게 가는 것을 꾸짖었다.

차설. 유 씨의 장녀 경아는 오로지 어머니의 풍모를 이어받아 용모는 절세했으나 마음은 간사하고 요망했다. 모친과 함께 부친의 정이 박절한 것을 원망하고 부친이 광천 등을 지나치게 사랑하는 것을 시기하고 명아를 까닭 없이 미워했다. 현아는 열 살이라 총명하고 조숙하며 인자하고 온화해 모친과 형의 어질지 않은 행동을 보면 매우 애달파 눈물을 흘리며 간했으나 유 씨는 그러한 현아를 꾸짖었다. 유 씨는 현아가 경아와 뜻이 다르고 마음이 각각이었으므로 현아를 진심으로 대하지 않아 매사에 속이는 일이 많았다.

광천 형제가 대여섯 살이 되도록 그 부친이 만리타국에 가 별세한 줄을 몰랐다가 비로소 계부에게서 자세히 들어 알았다. 어버이를 모실 수 없는 것을 지극히 슬퍼하며 형제가 손을 잡고 눈물을 흘리며 아버지의 얼굴을 알지 못하는 것을 뼈에 사무치도록 슬퍼했다.

하루는 태우가 그러한 기색을 알고 아이들을 더욱 불쌍히 여겼다. 숙질의 정이 부자보다 더해 태우가 천성이 엄숙했으나 두 아이에게 이르면 황홀히 사랑했다. 밤을 맞으면 품고 자는 것을 여러 세월에 한결같이 했다. 형제가 학문을 권하지 않아도 행실을 닦으며 계부 앞에서는 조카의 도리를 다하고 모친을 받들어 정성을 다했다. 그 효성은 가득한 그릇을 받들거나 옥을 잡은 것처럼 조심해서 예를 다해 마치 노성한 어른이 하듯이 어버이를 사랑하고 어른을 공경하는 도리를 다했다. 그래서 태우가 더욱 가르칠 것이 없었다.

광천은 기운이 하늘을 꿰뚫을 듯하고 태산을 넘으며 천 명의 사람을 압도하고 만 명의 사람들을 업신여겨 일찍이 사람을 나무라지 않는 적이 없었다. 손오양저(孫吳穰苴)37)의 굳셈을 흠모하며 말마다 삼가고 걸음마다 조심하는 도행을 답답하게 여겼다. 마음이 굳세며 기상이 준엄해 여덟 살 아동 같지 않아 천고에 희한한 영웅호걸이었다. 태우가 광천의 거리낌 없는 기질을 누르기 어려울까 염려했으나 광천이 자기 앞에서는 행동거지가 평안하고 엄부(嚴父) 섬기는 도리를 다했으므로 가르칠 것이 없었다. 자기가 미처 생각지 못할 일을 깨닫게 하고 기이한 것을 생각해 냈으니 범사에 자기의 요구에 응하는 것과 편지를 대신 쓰는 것이 민첩해 태우의 마음에 찼다. 종일토록 그 허물을 잡으려 유의했으나 미진한 곳이 없었다.

둘째공자는 검소하고 겸손하여 공맹안증(孔孟顔曾)38) 등 성인의 학문과 큰 도리를 가슴에 품었으나 덕을 자랑하지 않았다. 기쁘거나 화난 감정을 얼굴에 드러내지 않고 말을 경솔히 내지 않았으며 나아가면 무엇에 걸릴 듯이 조심하고, 세상일을 아는 듯 모르는 듯한 가운데 자연히 신성한 품격이 속세의 보통 사람과 차이가 컸다. 온갖 행실이 정숙하고 법도가 있어 대군자의 남은 풍모가 뚜렷이 있었다.

---

37) 손오양저(孫吳穰苴): 중국 춘추전국시대의 병법가인 손무(孫武), 오기(吳起), 사마양저(司馬穰苴)를 아울러 이르는 말.
38) 공맹안증(孔孟顔曾): 유가(儒家)의 성현(聖賢)들인 공자(孔子), 맹자(孟子), 안자(顔子), 증자(曾子)를 이름.

태우가 말마다 일컬어 '내 집을 일으킬 대군자다.'라 하며 광천에게 말했다.

"형이 아우를 배울 것은 아니나 희천이는 훗날 성인의 학문을 밝힐 학자가 될 것이니 너는 또한 선비로서의 행실을 희천이와 같이 하라."

첫째공자가 사례해 명령을 들었으나 마음속으로는 차이가 컸다. 그 성품은 고칠 길이 없었으나 아버지의 얼굴을 모르는 것이 하늘에 사무치는 고통이 되어 가슴에 설움이 박혀 있으니 오히려 기운이 퍽 줄어드는 듯했다. 그러나 호방한 기운을 타고났으므로 입에서 말이 나오면 흐르는 듯하고 소견을 펴면 시원하고 활달하여 소소한 예절을 거리끼지 않았다. 매사에 강직하고 분명한 결단이 있고 성품이 탁 트여 있어 자잘한 일을 알려고 하지 않았다. 그러나 밝은 것이 귀신 같았으며 여덟 살 어린아이로서 헤아리지 못할 지략과 뛰어난 재주가 있었다. 조 부인이 두 아들이 비상한 것을 다행으로 여겨 가문을 일으킬까 바라는 것이 깊었다.

딸이 점점 자라 열한 살에 미치자 빛나는 얼굴과 바탕이 시원스러워 더욱 화려한 태도며 효성스러운 성품이 숙녀의 꽃다운 향기를 흠모했다.

부인이 자녀가 이처럼 아름답게 자랐으나 그 부친이 보지 못하는 것을 서러워해 맑은 눈물이 방울져 떨어져 옷깃을 적셨다. 두 공자와 소저가 모친이 슬퍼하는 것을 대하면 더욱 마음이 마디마디 찢어지는 것을 형용하지 못할 정도였으나 낯빛을 온화하게 해 모친을 간절히 위로했다. 두 공자는 더욱 말이 흐르는 듯해 보고 들은 기이하고 아름다운 이야기를 전했다. 부인이 비록 만 가지 소회가 있어도 광천의 봄볕 같은 온화한 기운과 능란한 담소에 한번 웃는 것을 면치 못했고, 희천의 화창한 바람 같은 기상과 겨울날의 아지랑이 같은 모습을 보면 사람 된 마음으로서 즐겁고 화평해 근심과 염려를 물리칠 만했다. 부인은 두 아들이 지극한 효성으로 받드는 정성을 보면 어여쁘고 소중한 것이 비할 데가 없었으나 매양 단엄한 모습으로 경계했다.

"너희 형제가 세상에 나서 아버지의 얼굴을 알지 못하고 가르침을 듣지 못해 약한 어미와 어진 계부의 사랑만 받으니 두려워하는 것과 거칠 것이 없어, 만일 행실을 삼가지 않고 유학을 힘쓰지 않으면 경박한 사람이 되는 것을 면치 못할 것이다. 희천이는 오히려 기운이 나직하고 처신이 검소하며 정대해 그 마음이 금옥처럼 견고함이 있어 염려할 것이 없다. 그런데 광천이는 호방함이 많아 스스로 기운을 제어하지 못하니 이것이 네 어미가 근심하는 일이다. 모름지기 공자와 맹자의 가르침을 본받아 남이 다 아비 없는 자식이라도 행실이 엄숙하다 말한다면 내 어찌 기쁘지 않겠느냐?"

말을 마치고는 길이 탄식하니 공자가 슬픈 빛으로 두 번 절해 명령을 들었다. 광천은 하늘을 꿰뚫을 만한 굳센 기운을 많이 누그러뜨렸으나 희천의 단엄하고 진중한 데에는 미치지 못했다.

태우의 장녀 경아가 나이가 열셋에 이르니 재주와 용모가 절세했다. 붉은 매화가 납설(臘雪)³⁹⁾을 무릅쓴 듯, 곤륜산의 아름다운 옥을 공교히 다듬어 채색을 메운 듯, 별 같은 두 눈과 초승달 같은 눈썹에는 슬기로운 재주를 감추고, 복숭아꽃 같은 두 뺨과 앵두처럼 붉은 입술을 가져 그 자태가 황홀해 보는 자들이 사랑하는 마음을 이기지 못할 정도였다. 다만 경아의 한 조각 마음이 어질지 못해 악한 마음

---

39) 납설(臘雪): 납일(臘日)에 내리는 눈. 납일은 동지 뒤의 셋째 술일(戌日)로, 이날 조상이나 종묘, 사직 등에 제사를 지냄.

을 감추고 착한 척하며 어질고 능력 있는 사람을 질투해 안팎이 같지 않았다. 그 부친 윤 태우는 딸이 어질지 못한 것을 알지 못했으나 매양 나무라며 말했다.

"너는 용모와 행동이 조금도 우리 집 가풍을 닮지 않았다."

이렇게 말하며 사랑이 현아만 못했다.

경아가 이미 장성하자 위 씨가 아름다운 사위를 택하라고 재촉했다. 태우가 명령을 받들어 추밀사 석화의 셋째아들 준과 혼인시켰으니 이 사람은 곧 개국공신 석수신(石守信)[40]의 손자였다.

---

40) 석수신(石守信): 중국 후주(後周)와 송초(宋初)의 무장(武將)으로서 송의 개국공신(928-984). 송 태조(太祖) 조광윤(趙匡胤)을 도와 북송(北宋)을 세운 공신으로 금위군(禁衛軍) 장수를 지냄.

명주보월빙 제3권

이때 윤 태우가 어머니의 명령을 받들어 경아를 추밀사 석화의 셋째아들 준과 혼인시키니 이 사람은 곧 개국공신 대장군 석수신의 손자였다. 사람됨이 기개가 굳세며 작은 일에 얽매이지 않고 풍채가 늠름하고 시원스러우며 문장이 빼어나고 성품이 매섭고 엄숙했다. 태우가 마음에 찬 사위를 얻자 온 마음이 기쁘고 석부에서도 며느리를 보고는 그 빼어난 미모를 사랑했다.

그런데 석생은 윤 소저와 은정이 흡족하지 못해 처음에는 오히려 부부의 의리를 폐하지 않다가 해가 바뀌고 달이 오래 되자 점점 윤 소저를 싫어해 길 가는 사람 보듯이 했다. 석 추밀 부부가 이를 꾸짖었으나 부부의 은정을 억지로 하지 못했다.

윤부에서 소저를 데려와 신방을 배설하고 석생을 청하면 석생이 사양하지 않고 순순히 이르러 그 장인, 광천 등과 함께 외당에 머무르다가 신방으로 들어가라 하면 웃으며 대답했다.

"소생이 외람되게 장인어른의 사위가 되어 여덟아홉 달 사이에 혼인의 도리를 다해 이미 공경하고 삼갔습니다. 해가 바뀌었는데 장인어른을 의지하고 우러러보는 정이 범상치 않고 장인어른께서도 소생을 지극히 사랑하시므로 소생이 그 후의에 감격하니 어찌 제 마음을 숨기겠습니까? 소생의 나이가 겨우 삼오(三五)요, 아내는 이칠(二七)이어서 청춘의 검은 머리칼이 나이 들려면 아직 멀었으니 긴 세월에 화락이 무궁할 것입니다. 그런데 아직은 옛사람이 말한 혼인할 나이가 아니고 소생이 여색에 생각이 없어 부부의 은정을 알지 못하니 이는 반드시 소생의 나이가 어린 까닭일 터입니다. 그러니 장인어른께서는 신방의 즐거움을 권하지 마소서."

태우가 석생이 장성한 남자로서 부부의 정을 모를 것이 아니었으나 반드시 딸을 싫어해서인 줄 깨달아 다시 신방에 들어가라 권하지 않았다. 그리고 석생을 자주 청해 외헌에서 함께 머무르며 사랑하는 것을 친아들처럼 했다. 석생이 그 장인이 너그럽고 어진 어른인 줄 마음으로 복종해 나이가 어울리지는 않았으나 뜻이 서로 맞아 지극히 사이 좋은 장인과 사위가 되었다. 그러나 석생은 그 장모를 보면 전혀 윤 씨와 같아서 어진 체하는 행동과 안팎이 다른 모습을 보는 것이 괘씸해 속으로 탄식하고, 그 자식이 열 달 태교를 받고 태어나 태우의 어짊과는 반대로 그 부인과 딸이 어질지 않음을 한스러워했다.

유 부인은 경아를 혼인시키고서 사위의 풍채가 준수했으나 사위가 그 아내를 싫어하는 데다 그 위인이 살가움이 없어 장모를 대접하는 것에 조금도 정이 없어, 외헌에 와서 여러 날 머물 때도 내당에 뵙기를 청하지 않고 내당에 들어오라 하면 잠시 들어와 겨우 몇 마디 말로 문답하고 즉시 나가니, 자신이 원하는 바와 크게 달라 애달프고 분한 마음을 이기지 못했다. 경아가 시가에 드물게 왕래하고 친정에 있으면서 석생의 박대를 원망하고 슬퍼해 피눈물이 버들 같은 눈썹에 잠겼다. 위 부인이 태우를 꾸짖어 사위를 잘못 골랐다며 한스러워하면 태우는 도리어 웃고 고했다.

"부부 사이의 정은 마음대로 못 합니다. 이 아이들이 아직 어린아이들이니 나중에 나이가 차고 헤아림이 생기면 자연히 화락할 것입니다. 그러니 어머님은 이런 일에 번거롭게 염려를 하지 마십시오."

위 씨가 이에 기분이 몹시 좋지 않았다.

하루는 위 씨가 며느리와 서로 마주해 조 부인과 그 자녀를 없앨 계교를 의논할 적에 위 씨가 말했다.

"어떻게 하면 며느리가 훌륭한 아들을 낳아 윤씨 집안의 종통(宗統)을 잇게 하고, 조 씨와 그 자식들을 모두 없애 버린 후에 며느리를 윤씨 가문의 종부(宗婦)로 삼아 일가(一家)의 신망이 온전하게 하고, 십만 재산을 조 씨의 자손들이 나누는 일이 없게 해 부자가 안락하게 살게 할 수 있을꼬? 노모는 젊었을 때부터 황 씨 아래 있으면서 둘째부인으로서 굴욕을 참았는데 황 씨가 현이를 먼저 낳고 노모가 몇 년 뒤에 아들 수를 낳았다. 선군의 사랑이 간격이 있지는 않았으나 현이는 종장(宗長)[1]이라는 중요한 위치에 있었으므로 선군이 늘 현이를 더 소중하게 여기고 일가 사람들도 귀하게 여기는 것은 현이의 몸에 있었다. 노모가 분하고 미워 친히 칼로 찌르고 싶었으나 마음과 같지 않았다. 선군과 황 씨가 세상을 떠난 후 현이와 수만 남았으니 수의 뜻이 조금이나 노모와 같았다면 현이가 금나라에 가기 전에 이미 한을 풀었을 것이다. 그러나 수는 어리석고 마음이 편해 어미 눈치를 모르고 강직한 성품에 주변머리 없이 현이를 엄부처럼 어질게 섬기다가 현이가 죽자 서러워하는 것이 마치 효자가 부모상을 만난 것처럼 했다. 간악한 조 씨를 나에게 하는 것처럼 섬기고,

---

1) 종장(宗長): 한 집안에서 종통 계열의 적장자.

광천이 등을 사랑하는 것을 보면 실로 현이가 살아 있어도 그렇게는 안 했을 것이다. 노모가 뜻을 드러내지 못해 나의 이런 말을 들으면 수가 죽으려 할 것이다. 다만 우리 두 사람이 정을 펴고 마음을 서로 비추니 힘을 다하고 계교를 의논해 조 씨 모자를 함께 젓갈을 만들어 평생에 맺힌 분을 시원하게 풀자꾸나. 며느리가 불행해 아들을 두지 못한다면 일가에서 아름다운 아들을 얻어 수의 양자로 삼으면 이는 곧 수의 아들이요, 나의 손자가 될 것이다. 황 씨 소생의 자손이 사라진다면 어찌 통쾌하지 않겠느냐?"

유 씨가 슬픈 얼굴로 탄식하고 대답했다.

"어머님께서 가군을 위해 하시는 염려와 첩을 사랑하시는 큰 덕이 갈수록 더해지니 첩은 그 은혜에 감동하여 뼈에 새겨 정성과 힘을 다해 어머님의 가르침을 받들려 합니다. 그런데 일이 뜻대로 되지 않으니 한갓 심력만 허비할 뿐입니다. 하물며 가군은 첩의 모녀를 길 가는 사람 보듯이 하고 마음을 기울이는 것은 오로지 광천 형제와 조 씨 모녀뿐입니다. 경아를 혼인시켜 석랑의 박대가 놀라운데도 경아를 조금도 불쌍히 여기는 마음이 없으니 이는 인정이 아닌 데 가깝습니다. 그런데 석랑을 사랑하고 경아를 본디 미워하니 천하에 그런 인정이 어디에 있단 말입니까? 어머님께도 오히려 조 씨 모자를 향한 마음만 못해 원래 조 씨는 여중군자로 알고 어머님은 사리를 모르는 편으로 치부하니 이는 실로 어머님을 업신여겨서 그러한 것입니다. 어머님께서 가군을 집안에 두시고는 아무 일도 마음대로 못 하실 것입니다. 가군을 나랏일로 멀리 나가게 하시고 거리낄 것이 없게 된 후에 조 씨와 그 자식들을 죽이는 것이 마땅할까 합니다."

위 씨가 극악한 몹쓸 사람이었지만 태우는 떠나보내고 싶지 않았고, 상서가 나랏일로 나가서 죽었으므로 태우를 내보내기가 꺼림칙

해 말했다.

"현이가 금나라에 가서 목숨을 잃는 것을 보니 수는 아무 데도 보내지 않고 집에 두고서 조 씨와 그 자식들을 없애려 한다."

유 씨가 대답했다.

"상공이 집에 있은 후에는 천 년이 지나도 어머님의 마음을 펴실 길이 없을 것입니다. 그러니 무슨 수로 조 씨와 그 자식들을 없앨 계교를 만들겠습니까? 아주버니는 금나라 위험한 땅에 갔으므로 돌아가셨지만 가군이야 평안한 고을을 가려서 간다면 무슨 염려할 것이 있겠습니까? 아무 길로나 금은을 들이고 가군을 멀리 보내는 것이 옳을 것입니다."

위 씨가 이 말을 받아들이지 않고 다만 머뭇거리며 다시 의논한 후에 그렇게 하자고 했다.

화표(話表)2). 이에 앞서 태우 하진의 벼슬이 높아져 병부상서 문연각 태학사에 이르렀다. 기이한 절개와 뛰어난 명망을 지녀 당시의 선비들이 우러러보는 사람이었으며 임금의 총애가 깊어 만조백관 중에서도 두각을 나타냈다. 하 공은 원래 기개가 남보다 빼어나 임금 앞에서 자신의 생각을 숨기는 일이 없고, 악을 원수처럼 미워해 임금을 섬기는 도리가 한나라의 어사 급암(汲黯)3)과 당나라의 재상 위징(魏徵)4)과 같은 모습이 있었다. 그래서 어진 자는 하 공을 따랐

---

2) 화표(話表): 단락을 새로 시작할 때 쓰이는 말. 화설(話說).
3) 급암(汲黯): 중국 전한(前漢) 무제(武帝) 때의 간신(諫臣, ?-B.C.112). 자는 장유(長孺). 성정이 엄격하고 직간을 잘하여 무제로부터 '사직(社稷)의 신하'라는 말을 들음.
4) 위징(魏徵): 중국 당나라 태종 때의 재상, 학자(580~643). 자는 현성(玄成). 수(隋)나라 말기 혼란기에 이밀(李密)의 군대에 참가하였으나 곧 당고조(唐高祖)에게 귀순하여 고조의 장자를 도움. 황태자 건성이 아우 세민(世民, 후의 太宗)과의 경쟁에서 패하였으나 위징의 인격에 끌린 태종의 부름을 받아 후에 재상이 됨. 직간(直諫)한 신하로 유명함.

고 악한 자는 많이 꺼려 해 하 공을 해치려고 도모했다. 금평후 정 사도와 윤 태우가 이를 알고 하 상서에게 너무 강직하고 엄격하니 사람의 해를 입지 말라고 했다. 그러면 하 상서는 개연히 웃으며 말하는 것이었다.

"장부가 간사한 사람의 모해를 두려워해 소견을 감추고 임금 앞에서 아첨할 수는 없네."

이에 윤, 정 두 공이 말했다.

"사람에게 허물이 있어도 과도하게 허물을 삼아 살육을 권하는 것은 임금을 요(堯)와 순(舜) 임금5)이 되도록 하는 도리가 아닌가 하네."

하 상서가 또한 웃고 그렇게 여기며 태우 윤 공과의 정이 매우 깊었다.

윤 상서가 세상을 떠난 후로는 태우가 마음을 정하지 못해 하 공이 윤부에 가지 않는 날은 태우가 하부에 가 담소했다. 정부는 사이가 멀어 날마다 함께하지 못했으므로 정 공이 며칠에 한 번씩 윤, 하 두 집에 왕래했다. 광천 등이 점점 자라 크게 비상한 것을 사랑해 정 사도는 광천을 사위로 삼고, 하 상서는 희천과 정혼하여 죽은 벗의 뜻을 저버리지 않으려 했다.

하 상서의 부인 조 씨가 여러 자녀를 낳아 하나하나가 옥나무와 옥꽃 같았다. 큰아들 원경의 자는 자건이요, 둘째아들 원보의 자는 자상이요, 셋째아들 원상의 자는 자종이니 원경은 열일곱 살이요, 원보는 열다섯 살이요, 원상은 열 살이었다. 금년 봄에 원경 형제가 과거에 급제하니 풍채가 당당해 관옥승상(冠玉丞相)6)과 같았다. 신

---

5) 요(堯)와 순(舜) 임금: 모두 중국 고대의 성군(聖君)으로 불리는 인물들임.
6) 관옥승상(冠玉丞相): 중국 한나라 고조 때의 승상인 진평(陳平)처럼 아름다움. 관옥은 관(冠)의 앞을 꾸미는 옥을 가리키는 말로 남자의 아름다운 얼굴을 가리킴. 진평이 관옥과 같다 하여 이와 같이 불림.

장이 커서 팔척장부의 기상이 있었고 글솜씨가 넉넉해 자건(子建)[7]의 칠보시(七步詩)[8]와 이백(李白)[9]의 청평사(淸平詞)[10]를 눈 아래 업신여겼다. 임금의 총애가 매우 깊어 하 상서의 복록이 두터움을 이르시고 원경을 시강원 태학사로, 원보를 한림학사로, 원상을 금문직사로 임명하셨다. 하생 등이 나이가 어리고 재주가 부족해 벼슬이 맞지 않는다며 사양했으나 임금께서 허락하지 않으셨다. 이들이 마지못해 은혜에 사례하고 관직을 살피니 경악(經幄)[11]에서 임금 곁에서 모시면서 임금 앞에서도 의리에 입각해 직간하며 논쟁해 간관(諫官)의 풍모가 가득했으니 소인의 간사한 무리가 하 공 부자를 미워하며 해칠 틈을 엿보았다.

하 공은 간사한 무리가 자신을 꺼리는 것을 모르지는 않았지만 자신의 성품을 바꾸지 못했다. 하생 등도 아버지의 기풍을 이어받아 맑은 명망과 기이한 절개를 지녔다. 원경은 이부시랑 임경의 딸을 아내로 맞이했는데 임 씨는 성품과 행실이 온순하고 아름다운 외모를 지녔으며 부녀자의 네 가지 덕목[12]을 모두 갖추었다. 그녀는 시부모를 효도로 모시고 남편의 뜻을 잘 이해하여 순종하며 매사에 착하고 훌륭했다. 그래서 시부모는 임 씨를 사랑했고 학사인 남편도

---

7) 자건(子建). 조식(曹植, 192~232)을 이름. 자건은 조식의 자. 조식은 중국 삼국시대 위나라 조조의 셋째아들로 문장이 뛰어났음.
8) 칠보시(七步詩): 조식이 지은 시. 형 문제(文帝)가 일곱 걸음을 걷는 사이에 시 한 수를 짓지 못하면 대법(大法)으로 다스리겠다고 하자, 곧바로 칠보시를 지었다 함.
9) 이백(李白): 중국 성당(盛唐) 때의 시인(701~762). 호는 청련(靑蓮)이고 자(字)는 태백(太白). 젊어서 여러 나라를 돌아다니고, 뒤에 출사(出仕)하였으나 안녹산의 난으로 유배되는 등 불우한 만년을 보냄. 시성(詩聖) 두보(杜甫)에 대하여 시선(詩仙)으로 칭하여짐.
10) 청평사(淸平詞): 이백이 지은 사(詞). 당 현종(唐玄宗)이 침향정(沈香亭)에 작약(芍藥)을 심어 놓고 양 귀비(楊貴妃)와 함께 만발한 꽃을 구경하다가 당시 한림학사(翰林學士)였던 이백(李白)을 불러 악부를 짓게 하자 이백이 청평조사(淸平調詞) 3편을 지어 올림.
11) 경악(經幄): 임금이 학문이나 기술을 강론·연마하고 더불어 신하들과 국정을 협의하던 일. 경연(經筵).
12) 부녀자의 네 가지 덕목: 사덕(四德). 마음씨[婦德], 말씨[婦言], 맵시[婦容], 솜씨[婦功]를 이름.

그녀를 매우 소중하게 대했다. 하 공은 원보 등을 장가보내 재미를 보고 싶어해 며느리를 고르는 일에 신중을 기했다. 그래서 명망 있는 공이나 재상 중에 딸 둔 이들이 다투어 구혼했지만 공이 쉽게 허락하지 않았다.

상서가 김 귀비의 아버지 김탁이 방자하게 거리낌 없이 행동하는 것을 임금 앞에서 아뢰니 그 말이 준엄했다. 이에 임금께서 김 국구(國舅)13)의 1년치 봉급을 거두고 국구를 엄히 꾸짖으셨다. 국구가 자신이 저지른 불법을 하 상서가 임금께 아뢴 것에 대해 원한을 품고 간사한 사람들과 무리를 지었다. 황상의 종제(從弟)인 초왕은 하 상서가 어사로 있을 적에 자신의 지나친 사치를 임금께 아뢰었던 일로 또한 분노했다. 그래서 김탁과 뜻을 같이해 안으로 귀비를 사주하고 밖으로는 간악한 무리들과 협력하니 어찌 계교를 이루지 못하겠는가. 하 공을 헐뜯는 말이 이어져 하 공이 반역하려는 마음을 두었다고 아뢰었으나 임금께서 곧이듣지 않으셨다. 그런데 귀비가 요망한 말로 참소하자 임금께서 의아하게 여기셨지만 또한 알은체하지 않으셨다.

이때, 하남과 하북 지방이 혼란스러워 도처에서 도적이 일어났고 백성들은 굶주려 임금께서 근심하셨다. 이에 하 공이 어사로 나가기를 자원하니 임금께서 이를 허락하시고 은혜로 두 지방에 공을 파견하셨다.

상서가 임금께 절을 올리고 집을 떠날 때 원상과 원보 두 아들의 혼사가 이루어지지 않아 원경에게 당부했다.

"내가 돌아오려면 불과 일 년 정도 걸릴 것이니 너는 어머님과 네

---

13) 국구(國舅): 임금의 장인.

아우들과 함께 잘 지내도록 하거라."

그리고,

"원상이의 혼인을 구하는 사람이 있더라도 내가 돌아올 때까지 기다리라."

라 말했다.

학사 등이 십 리 밖까지 나가 아버지를 이별하며 슬픔을 이기지 못했다. 그러나 원경은 온화한 얼굴로 나랏일을 잘 마무리하고 빨리 돌아오시기를 청했다. 하 공 역시 마음이 좋지 않아 원광의 머리를 쓰다듬으며 유학에 힘쓰라 하고, 세 아들의 손을 잡고 말했다.

"네 아비가 너희를 떠나는 것이 서운하나 오래 걸려도 1년이고, 빨리 돌아오면 여덟아홉 달이니 너희가 어찌 이토록 슬퍼하는 것이냐?"

학사 등이 슬피 울며 대답했다.

"저희가 세상에 난 이후로 처음으로 대인 슬하를 떠나는 것이기에 슬픔을 참지 못해 그런 것입니다."

공이 재삼 당부했다.

"윤, 정 두 공을 자주 찾아뵙고 조카처럼 지내라."

학사 등이 두 번 절하며 명령을 듣고 이별하니, 부자 다섯 사람의 정이 서운했다.

공이 이에 말머리를 돌렸다.

학사 등은 서운함을 이기지 못했으나 어쩔 수 없이 돌아가 모친을 뵈었다. 관청 일을 본 여가에는 윤, 정 두 공을 자주 찾아뵈었다. 두 공은 늘 그 사람됨을 사랑해 학사 등을 가까운 친척처럼 대우했다.

이때 하 공이 하남 순무사로 부임한 지 네다섯 달 만에 도적이 변하여 양민이 되고 그 지역 사람들이 하공의 덕을 우러러보아 복종했다.

이 소문이 경사에 전해지자 초왕과 김탁이 더욱 하 공을 미워하여 하씨 집안을 어육을 만들려고 했다. 그래서 참소하고 이간하는 말이 끊이지 않았고, 하진이 하남에 가서 크게 인심을 얻어 대군을 이끌고 대국의 경계를 침범할 뜻이 있다고 하며, 원경 등도 흉악한 일을 꾀한다고 했으나 임금께서는 듣고도 못 들은 척하셨다.

김탁이 마음이 급해져 원경 등 세 사람이 입번(入番)14)한 날에 개용단(改容丹)15)을 삼켜 원경의 모습이 되고 내시 주석, 오하를 원보, 원상의 모습이 되게 꾸며 모두 비수를 끼고 임금께서 취침하신 때를 틈타 소리를 지르며 달려들어 임금을 해치려 하는 모습을 사람들이 보게 했다. 임금께서 무심결에 크게 놀라 급히 보시니, 이는 곧 하씨 집안의 세 형제였다. 숙직하던 내시에게 그들을 잡으라 명하셨으나 내시가 놀라고 당황하여 미처 손을 놀리지 못하는 사이에 그들은 나는 듯이 달아났다.

임금께서 분노가 그치지 않으셔서 밤이 새기를 미처 기다리지 못하고 급히 심문하는 장소를 마련하여 원경 등을 엄히 심문하려 하셨다. 금위관과 숙직하던 관원이 일제히 모여 학사 등 세 사람을 잡아왔다. 학사 등이 입번하여 깊이 잠들어 있다가 자신들을 잡으라는 명령이 급히 내려지고 대궐에 큰 화가 일어났다는 말을 들었지만 자신들은 백옥처럼 하자가 없었으므로 마음이 평안하고 여유로웠다. 다만 금문직사 원상은 열세 살 어린아이였기에 놀라고 두려운 마음이 극에 달해 하늘을 우러러 탄식하며 말했다.

"하늘이 위에서 비추시고 별들이 펼쳐져 있으니 우리의 지극한 원통함을 살피시어 하씨 집안이 멸망하지 않도록 해 주소서."

말이 끝나기도 전에 위사가 학사 등을 오랏줄로 결박해 임금 앞으

---

14) 입번(入番): 관아에 들어가 차례로 숙직함.
15) 개용단(改容丹): 먹으면 자신이 원하는 사람의 얼굴이 되도록 하는 환약.

로 데려가니 이미 형벌 도구가 마련되어 있었다. 세 사람을 대궐 아래에 꿇리자 임금께서 물으셨다.

"네 아비가 이전 조정에서 과거에 급제하여 임금의 큰 은혜를 입고, 짐이 네 아비를 총애하는 것이 만조백관 중에서도 두드러졌다. 또 너희가 과거에 급제한 지 일고여덟 달 만에 짐이 너희를 사랑하는 것이 아비와 아들 같았다. 네 아비가 하남의 병마를 거두어 경계를 침범하려 한다 해도 짐이 믿지 않았더니, 너희가 한밤중에 칼을 들고 와 짐을 해치려 하였으니 너희는 만고에 둘도 없는 역적이다. 어찌 다시 물을 것이 있겠는가마는, 알지 못하겠구나, 네 아비가 시킨 것이냐, 너희가 스스로 한 것이냐?"

원경이 임금의 말씀을 듣고 담담하게 아뢰었다.

"신의 집안은 대대로 나라의 은혜를 입어 벼슬이 높았습니다. 신의 아비는 이칠(二七)에 이전 조정에서 은혜를 입고 두 조정에서 성은을 입었으니 그 은혜는 하늘이 좁고 땅이 옅을 지경입니다. 그래서 이른 아침과 저녁으로 두려워하며 나라의 은혜를 어떻게 갚아야 할지 못했습니다. 비록 사람들에게 미움을 받고 폐하께서 직간을 기뻐하시지 않더라도 소견을 굽히지 않고 임금의 잘못을 바로잡아 고치게 하며, 임금을 섬기고 나라의 은혜를 갚아 신하로서의 직분을 다하려 했습니다. 신 등 삼 형제는 나이가 어리고 재주가 부족하지만 외람되게도 폐하의 큰 은혜가 한 몸에 넘쳐 벼슬을 사양했으나 받아들여지지 않았습니다. 벼슬에 임하여 공무를 수행했으나 밤낮으로 복이 없어질까 두려워, 어리석고 고지식한 충성으로써 몸이 가루가 되도록 나라의 은혜를 갚으려 했습니다. 그런데 오늘 밤 망극한 말씀을 들으니 뼈가 놀라고 마음이 서늘해 아뢸 바가 없습니다. 신 등이 만약 반역의 마음을 품었다면 반드시 치밀하게 하고 경솔하게 하지 않았을 것인데 폐하의 일월과 같은 밝으심으로써 어찌 이를 살피지 못하시는 것입니까? 신 등이 항우(項羽)[16]처럼 대단한 힘이 있고, 형가(荊軻)[17]와 섭정(聶政)[18]처럼 날램이 있다 해도 감히 지엄한 용상 아래에 칼을 들고 돌입할 수 있겠나이까? 무리를 만들지 않으면서 삼 형제가 잡힌다는 것은 세 살 어린아이라도 알 것입니다. 더욱이 신의 아비가 하남을 순무하여 인심을 진정시키고 백성을 어루만졌는데 이를 가지고 역모의 마음을 두었다고 하신다면 나라를 위해 이름을 역사에 남길 자가 없을 것입니다. 폐하처럼 일월과 같은 밝은 식견을 가지신 분이 소인(小人)을 믿고 덕을 잃으신 것을 애통해 하옵니다.”

한림학사 하원보가 이어서 아뢰었다.

“신 등이 망극한 죄명을 무릅쓰고 애매한 아비가 역모의 뜻을 두었다 하오니, 한갓 신 등 부자와 온 집안이 어육이 되는 것을 슬퍼할 뿐 아니라, 성상의 일월과 같은 밝으심을 간사한 자들이 가리고 변란을 이와 같이 지어 폐하께서 이처럼 덕을 잃으신 것을 슬퍼합니다. 신 등은 경연 자리에서 임금을 모시는 신하로서, 신 등 세 명이 각각 입직해 잠이 깊었는데 폐하께서 대궐에 돌입했다고 하시니 이는 반드시 도깨비의 조화인 듯합니다. 폐하께서 만일 적확한 실상을 알고자 하신다면 시강원과 한림원이며 대궐에 입번했던 신하들을

---

16) 항우(項羽): 중국 진(秦)나라 말기의 무장(B.C.232~B.C.202). 이름은 적(籍)이고 우는 자(字)임. 숙부 항량(項梁)과 함께 군사를 일으켜 유방(劉邦)과 협력하여 진나라를 멸망시키고 스스로 서초(西楚)의 패왕(霸王)이 됨. 그 후 유방과 패권을 다투다가 해하(垓下)에서 포위되어 자살함. 힘이 세기로 유명함.

17) 형가(荊軻): 중국 전국시대의 자객(?-B.C.227). 위나라 사람으로, 연나라 태자인 단(丹)의 부탁(付託)을 받고 진시황을 암살하려 하였으나 실패하고 죽임을 당함.

18) 섭정(聶政): 중국 전국시대 제(齊)나라의 협객. 한(韓)의 애후(哀侯)를 섬기던 엄중자(嚴仲子)가 재상 협루(俠累)와 사이가 나빠 백정이던 섭정을 찾아 협루를 죽여 달라고 하나 섭정은 어머니를 봉양해야 하므로 청을 들어 줄 수 없다 함. 그후 자신의 어머니가 죽자 엄중자를 찾아가 협루를 죽여 주겠다고 해 협루를 죽이고 자신의 눈알을 빼고 창자를 드러내 자결함.

불러 신 등이 움직인 일이 있는가 하문(下問)[19]해 보십시오. 그리하
시면 바로 아실 것입니다.”

금문직사 하원상이 강개해 엎드려 아뢰었다.

“신은 나이 이륙(二六)을 갓 넘어 세상일을 알지 못합니다. 그러나
어려서부터 아비가 충효를 일러 자식을 경계하며, 반점도 의리가 아
닌 것과 불법을 용납하지 않았습니다. 신 등이 천성이 지극히 어리
석으나 반역의 일은 차마 듣지 못했습니다. 그러니 어찌 몸소 행하
겠으며 열세 살 어린아이가 무슨 용기와 힘으로 칼을 잡고 폐하를
범할 생각을 했겠습니까? 신 등이 다만 주륙을 당하는 재앙을 서러
워하는 것이 아니라, 폐하의 일월과 같은 밝으심이 어두워지신 것을
안타깝게 여기고, 아래로 신의 아비처럼 거짓 없는 충성심을 지닌
이가 문득 대역(大逆)의 이름을 얻은 것을 애달파 하나이다.”

임금께서 세 사람의 말을 들으시고 즉시 세 곳에 입번한 신하들을
부르셔서 세 사람의 거취를 물으셨다. 그러자 모두 한 입에서 나온
듯이 그들이 작은 발걸음도 움직이지 않았다고 고했다.

임금께서 여러 사람의 의견이 한결같고, 평소 하 공의 해를 꿰뚫
을 만한 충성을 깊이 총애하셨으나 전날 밤에는 친히 보셨으므로 원
경 등의 변명을 예사로이 여겨 세 사람을 엄히 심문하셨다. 매마다
따져 반역한 일을 다 고하라 하셨으나 세 사람은 말하는 것이 무익
함을 깨달아 말을 하지 않고 모두 형벌에 임했다. 학사와 한림은 좋
은 일처럼 안색이 변하지 않았으나 원상은 참혹한 형벌을 당해 옥
같은 얼굴이 찬 재와 같이 되어 흐르는 별 같은 눈을 뜨지 못해 살
아 있는 사람의 모습이 없었다. 한 치[20]를 다 못 해서 한 소리 탄식

---

19) 하문(下問): 윗사람이 아랫사람에게 물음.
20) 치: 매질. 죄인을 신문할 때 공포감을 주어 자백을 강요할 목적으로 한바탕 가하는 매질. 또는

하는 소리와 함께 목숨이 다했으니 슬프고 슬프며 안타깝고 안타깝구나. 열세 살에 처신하기를 한 조각 허물이 없이 하였으나 엄한 형벌 아래 목숨을 마쳤으니 어찌 참혹하지 않은가.

학사 형제가 이미 한 차례 형벌을 받았는데 셋째아우가 참혹히 죽는 것을 보자 오장이 마디마디 끊어지는 듯하고 천지가 어두워져 함께 정신을 잃었다. 임금께서 이 광경을 보시고는 그 죄를 의논한다면 천 번 죽어도 오히려 가볍고 만 번 죽어도 아깝지 않았으나 세 사람의 풍채와 재주로 조정의 죄수가 되어 신체가 붉은 피 속에 잠겨 있는 것을 보시자 친히 심문하는 것을 비위 상하게 여기셔서 원상의 시신을 내어주라 하셨다. 그리고 학사 등을 하옥하라 하시니 날이 벌써 밝아 있었다.

만조백관이 천문(天門)에 조회할 적에 나졸이 하 직사의 시신을 붙들어 내고 학사와 한림을 구호해 대리시(大理寺)21)에 가두었다.

초왕과 김탁은 일을 이루었으면 끝이 있어야 했는데 임금께서 다스리기를 그치고 하옥하신 것을 기뻐하지 않아 가장 강한 독약을 차에 타 나졸에게 주며 말했다.

"하 학사 등이 한때 운수가 나빠 대리시에 빠졌으나 애매한 것이 백옥과 같으므로 오래지 않아 억울함을 풀 것이다. 너희에게 이 차를 맡기니 하 학사 등에게 마른 목을 축이도록 하라."

옥리 등이 지극히 어리석은 천한 무리였으나 학사 등의 위인을 아껴 눈물을 흘리다가 이 말을 듣고는 참말로 믿고 형제에게 떠먹여 한 그릇을 다 먹였다. 그러자 학사 등이 독약을 견디지 못해 오장육부가 끊어지며 육맥(六脈)22)이 다 상해 갑자기 세상을 버렸다. 슬프

그러한 매질의 횟수를 세는 단위.
21) 대리시(大理寺): 형옥(刑獄)을 맡아보던 관아.

고 슬프구나, 혹 고금에 원통하게 죽은 이가 한둘이 아니나 어찌 이 세 사람처럼 하룻밤 사이에 비명횡사한 자가 있겠는가. 가슴 아프고 안타까우며 아쉽고 슬프구나! 그 부형은 이를 것도 없이 우연한 타인이라도 눈물이 나는 것을 면치 못할 일이었다.

옥리가 학사 등이 나이 어린 귀한 골격으로서 중형을 받아 죽은 줄만 알고 차에 탄 독약을 먹고 죽은 줄은 몰랐다. 즉시 임금께 학사 등이 죽었음을 고했다.

임금께서는 바야흐로 조회에 임하셔서 원경 등의 전날 밤 일을 이르시며 분노를 이기지 못하셨다. 만조백관이 경악하여 하 공의 강직한 절개를 꺼리던 자는 참혹히 여기는 빛이 없이 말을 안 했다. 그러나 하 공 부자의 충의(忠義)를 아는 자는 슬프고 놀라 일시에 아뢰어 임금의 처치가 너무 준엄하고 급해 밝게 다스리는 덕이 전날과 다르심을 아뢰었다. 그런데 문득 원경 등의 물고(物故)23)를 고하니 임금께서 신하들의 주사(奏辭)를 보고 많이 후회하시던 차에 두 사람의 물고를 들으시고는 매우 놀라고 슬퍼하여 말씀하셨다.

"원경 등의 죄는 주륙을 하는 것이 마땅하나 다시 조용히 처치하려 했더니 어찌 그리도 급히 목숨을 마친 것인가?"

그리고 하 공을 잡아 올 일을 의논하시자, 승상 조순이 하진의 충성과 절개를 힘써 간해 죄명이 애매함을 두루 아뢰었다. 금평후 정공과 태중태우 윤수가 여러 신하들 가운데에서 나아와 아뢰었다.

"신 등은 하진과 문경지교(刎頸之交)24)를 맺은 사이로, 그 위인을

---

22) 육맥(六脈): 한의학에서 말하는 여섯 가지 맥박으로, 부(浮), 침(沈), 지(遲), 삭(數), 허(虛), 실(實)의 맥을 이름.
23) 물고(物故): 죄를 지은 사람이 죽음. 또는 죄를 지은 사람을 죽임.
24) 문경지의(刎頸之交): 친구를 위해 목을 베어 줄 정도의 친한 사귐. 중국 전국시대 조(趙)나라 염파(廉頗)와 인상여(藺相如)의 고사.

잘 아옵니다. 하진의 충성은 해를 뚫을 정도이고 강직한 기운이 남
달라 국가를 위해 사사로운 일을 돌아보지 않고 악한 사람을 원수처
럼 미워했습니다. 그래서 폐하께 어진 신하를 가까이하고 소인을 멀
리하시기를 아뢰어 조금도 도리에 어긋나는 일을 용납하지 않았습
니다. 대개 너무 매섭고 엄했으므로 간사한 무리의 미움을 받은 것
은 묻지 않아도 아실 것입니다. 그런데 해와 달처럼 밝으신 성상(聖
上)께서 충성스럽고 어진 사람을 죄 없이 죽이실 줄은 참으로 뜻밖
입니다. 신 등이 하진을 위해 놀란 것이 아니라 성상의 실덕(失德)이
이에 미치신 것을 참으로 애달파 하는 것입니다. 하원경 등 세 명의
어진 사람을 아깝게 죽였으니 이 어찌 국가의 불행이 아니며 원경
등이 참혹하게 죽은 것이 측은하지 않겠습니까? 이제 하진을 잡아
올 일을 의논하시니 신 등이 벼슬을 버리고 하진의 한 목숨을 사 폐
하의 호생지덕(好生之德)25)을 돕겠습니다. 신 등이 비록 충성스럽지
않고 사리를 알지 못하오나 하진의 평소 행동에 만일 조금이라도 의
심되는 일이 있었다면 밝게 다스리시는 세상에 거짓말을 아뢰어 반
역자를 보호한 죄를 면치 못할 것입니다. 하진이 역모를 꾀한 일이
틀림없다면 신 등이 또한 그 죄를 감당하겠습니다."

이 말이 강개하고 격렬하였으니 충성스럽고 절개 있는 사람이 재
앙에 빠지는 것을 참혹히 여기고 슬퍼해서였다. 임금께서 머뭇거리
며 결정하지 못하시고 오랫동안 생각하다가 말씀하셨다.

"경 등이 하진을 힘써 구하는도다. 짐이 또한 그 모반하는 것을
보지 못했으나 원경 등 역신(逆臣)이 칼을 들고 돌입해 임금을 시해
할 뜻이 뚜렷했으니 이는 만고에 드문 역적이로다. 하진이 비록 충

---

25) 호생지덕(好生之德): 사형에 처할 죄인을 특사하여 살려 주는 제왕의 덕.

성과 절개가 있다 하나 세 반역자의 연좌를 면치 못할 것이다. 짐이
또한 하진 부자를 저버린 일이 없는데 하 씨 도적이 이제 감히 하남
군을 몰아 황성을 범하려 한다니 참으로 괘씸하다. 마땅히 하늘을
거역한 도적을 베어 뒤의 사람을 징계할 것이다.”

그러자 정, 윤 두 공이 또 아뢰었다.

“성상께서 비록 흉한 반역자를 친히 보셨으나 이는 반드시 도깨
비가 원경 등을 해치려고 매장된 뼈다귀를 빌려 폐하의 마음을 격동
시킨 것입니다. 원경 등은 결단코 그럴 리가 없으니 저들의 죽음도
폐하의 부끄러운 일인데 어찌 하진에게 연좌를 쓰려 하십니까?”

임금께서 이 말을 듣고 낯빛이 변한 채 말씀하셨다.

“경들이 원경 등을 이처럼 비호해 짐이 친히 본 것을 도깨비의 짓
이라 미루니 이는 짐이 경들을 평소에 믿던 바가 아니로다.”

두 공이 임금께서 진노하신 것을 보았으나 조금도 얽매이지 않고
원경 등의 무죄와 하진의 충성을 다투며 굴복하지 않았다. 그러자
임금의 마음이 좋지 않아 조회를 파하셨다.

두 공이 하릴없이 물러나 원경 등의 시신을 찾아 목 놓아 통곡하
니 슬픈 눈물이 천 줄이나 흘렀다. 원경 등의 시신을 내어주라는 명
령이 아직 없으셨기에 윤, 정 두 공이 더욱 슬퍼했다.

이부상서 김후는 김탁의 첫째아들이다. 윤 상서가 죽은 후 이부천
관에 있으면서 사람을 쓰는 것이 사리에 맞지 않아 사사로운 정으로
무리를 쓰며 어진 사람과 군자를 까닭 없이 미워했다. 하물며 하 공
이 자기 아버지를 성가시게 해 손해를 끼쳤으니 죽이고 싶은 마음이
없겠는가. 원경 등이 죽은 것을 틈타 하씨 집안을 없애려 하고 초왕
과 힘을 합치기로 했다.

김후가 초왕과 서로 의논하고 조회가 파한 후 즉시 임금께 뵙기를

청했다. 임금께서 그들을 불러서 보시니 김후와 초왕이 아뢰기를, 하진이 지금 하남의 군병을 거두어 황성을 엿보고 있으며, 원경 등이 비록 죽었으나 내응(內應)하여 그를 돕는 무리가 무수해 국가가 위태하다고 말했다. 그리고 이어서 말했다.

"하진이 미처 방비하지 못한 틈에 잡아 오고 그 집을 어림군(御臨軍)[26]으로 에워싸 사람이 왕래하지 못하게 하십시오. 진의 막내아들 원광이 열 살이나 그 생김새가 비상해 우뚝 솟은 왼쪽 이마와 둥글게 솟구친 눈썹뼈를 보면 뚜렷이 제왕이 될 기상이고 신하의 상이 아니라고 합니다. 하진이 그 말을 매우 옳게 여겨 오로지 원광을 위해 병사를 일으킨다 하니 원광을 바삐 잡아 엄히 가두소서."

이에 임금께서 비록 현명하셨으나 참소하고 이간하는 말이 예로부터 어진 사람을 함정에 빠뜨렸으니 증자(曾子) 어머니가 베틀의 북을 내던진 것[27]을 어찌 면하시겠는가. 즉시 원광을 대리시에 가두라 하시고 하남에 위사(衛士)를 보내 하진을 잡아 오라 명하셨다. 김후 등이 또 아뢰었다.

"원경 등이 비록 죽었으나 그 흉악한 반역자의 머리를 동쪽 저잣거리에 달고 손발을 나누어 버림이 마땅합니다."

임금께서 허락하시니 나졸이 두 사람의 신체를 내어 참하려고 했다.

정, 윤 두 공이 첫 번째 반열에 있는 명사 30여 명과 함께 대궐에 나아가 임금께 뵙기를 청했다. 임금께서 들어오라 해 보시니 윤, 정

---

26) 어림군(御臨軍): 임금을 호위하는 군대.
27) 증자(曾子)~내던진 것: 같은 말을 계속 들으면 현혹된다는 말. 증자의 어머니가 베를 짜고 있는데 어떤 사람이 와서 '증자가 사람을 죽였다'고 하자 증자의 어머니는 '내 아들이 사람을 죽였을 리 없다'고 말하고 태연히 베를 짬. 잠시 후 또 다른 사람이 달려와서 같은 말을 했으나 증자의 어머니는 여전히 태연하게 베를 짬. 그러나 한 사람이 또 와서 같은 말을 하자 증자의 어머니는 두려워 베를 짜던 북을 내던지고 담을 넘어 달려가 보았다고 함. 이는 증삼과 동명이인인 사람의 일을 사람들이 잘못 알고 전한 것인데 증자와 같은 현인의 어머니도 계속해서 같은 말을 들으면 이에 현혹될 수밖에 없었다는 고사임.

두 공이 옥계(玉階)에 머리를 두드려 하진의 원통함을 아뢰었다. 그리고 원경 등이 이미 죽었는데 그 목을 베는 것은 임금께서 덕을 잃으시는 것임을 간곡히 아뢰었다.

"하진이 정말로 모반했다면 위사(衛士)가 가도 전지(傳旨)[28]를 따르지 않고 위관(衛官)을 죽이고서 황성을 침범할 것입니다. 만일 그렇게 된다면 신 등이 함께 주륙을 당하겠습니다."

임금께서 이 두 사람을 지극히 총애하셨으나 아뢰는 말이 이처럼 간절하여 원경 등의 시신을 참하지 말라고 곡진히 간하자 매우 불쾌해 말씀하셨다.

"경들이 전날 가졌던 충성으로써 대역을 이처럼 비호함은 뜻밖이로다. 원경 등이 짐의 용상(龍床) 아래에 칼을 빼고 돌입했으니 이는 만고의 흉악한 역적이라 무엇을 아까워해 이토록 하는 것인가?"

정, 윤 두 공이 임금께 아뢰었다.

"원경 등의 대역이 성상께서 이르시는 것과 같다면 신 등이 함께 주륙을 청할 것이나 원경 등이 결단코 그럴 리가 없습니다. 또 원경 등이 간악한 무리를 남달리 피했으므로 전후에 사람들에게 많이 미움을 받았을 것입니다. 하씨 집안 사람들을 미워하는 사람이 성상을 속여 변형하는 약을 삼켜 이러한 일을 벌였을 것입니다. 세상에 요망한 것들이 있어 괴이한 약물을 삼켜 사람의 얼굴을 바꾸는 단약을 만들어 팔아 많은 돈을 번다고 합니다. 신 등의 소견은 이러하여 원경 등을 원통해 하니 폐하께서는 그 시신을 온전히 내어주셔서 신 등이 맞아 시체를 입렴(入殮)[29]하도록 해 주소서. 하진이 만일 폐하의 명령을 순순히 받들지 않아 하남에서 변란을 일으킨다면 신 등의

머리를 베어 반역자를 비호한 죄를 엄정히 하시고 원경 등을 부관참시(剖棺斬屍)30)하셔도 늦지 않을 것입니다.”

임금께서 두 공이 간절히 간하므로 원경 등의 시체를 참하지 말라 하시고 하씨 집안을 밤낮으로 에워싸고 원광을 다시 잡아 가두라 명하셨다.

두 공이 다시 다투는 것이 옳지 않아 명사들과 함께 물러나 학사 등의 시체를 찾아 입렴하려 했다. 나졸이 바야흐로 참하려 하다가 폐하의 명령이 급히 내려졌으므로 시신을 두 공에게 맡겼다.

이때 하부에서는 조 부인이 세 아들이 입번(入番)하자, 학사 부인 임 씨와 딸 영주와 함께 밤을 지내다가 갑자기 눈물을 금치 못하며 일렀다.

“오늘 내 마음이 불안하여, 밤을 맞이해도 한 점 졸음이 없어 미칠 듯하니 어찌 이리 괴이한가?”

임 소저가 슬픈 빛으로 대답했다.

“소첩이 또한 회포가 어지러우니 까닭 없이 괴이합니다.”

영주 소저가 모친과 임 소저를 위로하며 날이 밝도록 잠을 이루지 못했다.

그런데 학사 등의 하리(下吏)가 밖에 와 원광 공자에게 학사 등의 참변(慘變)을 고하고 직사는 벌써 죽었음을 고하는 것이었다. 공자가 놀라서 마른하늘에 날벼락이 쳐 한 몸을 가루로 만드는 듯, 원통함이 망극해 해와 달이 막히고 천지가 다 닫힌 듯해 손으로 가슴을 치고 한 소리 긴 통곡을 한 후 피를 토하고 엎어졌다. 이에 시노(侍奴)와 서동(書童)의 무리가 바삐 붙들어 구호하며 이 소식이 차차 전

---

30) 부관참시(剖棺斬屍): 죽은 뒤에 큰 죄가 드러난 사람을 극형에 처하던 일. 무덤을 파고 관을 꺼내어 시체를 베거나 목을 잘라 거리에 내걺.

해져 내당에 이르니, 온 집안의 위아래 사람들이 놀라고 경황이 없어 천지가 어두워 서러운 줄도 깨닫지 못했다. 부인은 한마디 말을 못 하고 칼을 빼어 가슴을 찌르려 했다. 임 소저와 영주가 급히 칼을 빼앗고 모녀와 고식(姑媳)이 서로 하늘을 향해 부르짖으며 통곡했다. 원광이 정신을 차리고 들어와 모친과 형수, 누이에게 울음을 그치라 하고 말했다.

"재앙과 변란이 예측할 수 없는 곳에 있어 한갓 셋째형님이 참혹히 죽은 것뿐만 아니라 큰형님과 둘째형님도 흉한 재앙에 빠졌습니다. 대인께서 망극한 참변 때문에 위태로우실 것이니 가문이 순식간에 멸망할 수 있습니다. 일의 기미를 보아 목숨을 끊으려니와 저 하늘이 어찌 이 지극한 원통함을 살피지 않으시는 것입니까? 어머님과 형수님께서는 슬픔을 누그러뜨리시고 일이 되어 가는 것을 보소서. 소자는 셋째형님의 시신을 찾으러 가겠습니다."

부인이 가슴을 쳐 피가 나고, 머리를 두드려 깨어질 때까지 원상을 부르다가 혼절했다. 공자가 형수, 누이와 함께 구호하니 경황이 없어 즉시 시신을 찾으러 가지 못하고 노복 무리와 서동을 보내 직사의 시신을 찾으라 했다.

문득 학사와 한림이 죽었다는 소식이 또 알려지자 부인이 잠깐 정신을 차렸다가 이 말을 듣고 죽으려 했다. 공자 남매가 한마디 울음을 내지 못하고 모친을 붙들어 구호했다. 임 씨가 시어머니를 모시고 있다가 이 일을 듣고 천천히 일어나 휘장 밖으로 나와서 차고 있던 옥장도를 빼어 스스로 목을 찔렀으니 집안이 다 어두워 임 소저가 죽은 것을 알지 못했다. 슬프다! 임 씨는 이팔청춘에 새로 뜬 달이 뚜렷하고 연못에 붉은 연꽃이 활짝 핀 듯한 얼굴로 부녀의 사덕(四德)31)에 조금도 흠될 것이 없이 지냈다. 그러나 홀로 그 운명이

기박하고 수명이 짧아 혼인한 지 3년에 한 점 혈육을 두지 못하고 남편이 참혹히 죽자 스스로 목을 찔러 죽어 뒤를 따랐다. 열렬한 절개는 옛사람을 압도했으나 하씨 집안의 참혹한 변란이 이토록 하여 세 아들과 총부(冢婦)32)가 하루 사이에 목숨을 마칠 줄 알았겠는가.

영주가 모친을 구호하다가 임 씨가 간 데가 없음을 보고 원광을 보며 말했다.

"언니가 어디 가셨습니까?"

공자가 놀라 말했다.

"누이가 잠깐 형수님을 찾아보라."

영주가 일어나 휘장 밖으로 나오니 임 씨가 거꾸러져 있는 것이었다. 잠깐 정신을 잃은 줄 알고 붙들어서 보니 비린내 나는 피가 가득하고 삼 척의 칼이 비스듬히 찔려 이미 절명한 상태였다. 손발이 얼음 같고, 옥 같은 얼굴은 비록 변하지 않았으나 이미 혼백이 없어진 시신이었다. 영주가 비록 조숙했으나 나이는 아홉 살이라 사람이 이처럼 죽은 것을 어디에서 보았겠는가. 놀라고 슬퍼 한 소리를 지르고 엎어졌다.

부인 모자가 급히 이르러 이 모습을 보니 천지간에 다시 없을 광경이었다. 부인이 바야흐로 못 죽어 한스러워하다가 임 씨가 벌써 목숨을 마친 것을 보고 목 놓아 통곡하며 말했다.

"며느리는 결단이 시원해 열절(烈節)이 뚜렷하나 나는 며느리의 시원함을 따르지 못해 이토록 설움을 겪고 있으니 어찌 모질지 않으냐?"

---

31) 사덕(四德): 부녀자가 지녀야 할 네 가지 덕. 마음씨[婦德], 말씨[婦言], 맵시[婦容], 솜씨[婦功] 를 이름.
32) 총부(冢婦): 종자(宗子)나 종손(宗孫)의 아내. 곧 종가(宗家)의 맏며느리.

공자가 모친에게 울음을 그치시게 하고 누이를 구호했다. 누이가 일어나 앉자 서로 말이 나오지 않아 혼백이 날아갈 듯해 어찌할지 알지 못했다. 이때 위사가 이르러 공자를 나오라 하고 어림군이 집을 겹겹이 에워싸니 공자가 경황없이 모친에게 하직하고 말했다.

"소자를 마저 잡아가는 것이 하씨 집안을 마치려 하는 것입니다. 그러나 세 형님이 목숨을 마친 것도 세상에 없는 지극히 원통한 일인데 어찌 소자가 마저 죽을 리가 있겠습니까? 대인의 해를 꿰뚫는 충성이 해와 달로 빛을 다툴 것이니 신명께서 한번 살피심이 있을 것입니다. 그러니 어머님께서는 끝까지 일을 다 보시고 목숨을 결단하셔도 늦지 않을 것입니다. 마음을 굳이 잡으시고 지극한 고통을 모르는 듯이 하여 일이 되어 가는 것을 보시고 급히 서두르지 마소서."

그리고 몸을 돌려 영주에게 말했다.

"형수님은 임 시랑이 습렴(襲殮)33)할 것이고 세 형님은 노복 등과 서숙(庶叔)이 정성으로 할 것이다. 그러니 누이는 오직 모친을 보호하여 결말을 보라."

그리고서 부인과 통곡하며 서로 붙들고 있으니 부인은 기운이 막힐 듯했다. 공자가 재삼 간청하며 나중을 보시라고 할 때 위관이 재촉하므로 공자가 다시 말을 못 하고 나와서 잡혀 갔다.

부인이 죽으려는 생각에 칼과 노를 가져와 목숨을 끊어 설움을 모르려 했다. 영주가 시녀와 함께 모친을 붙들고 피눈물을 흘리며 애걸하며 말했다.

"나중을 보고 결단하셔도 늦지 않으신데 어찌 이토록 급히 구시는 것입니까?"

---

33) 습렴(襲殮): 시신을 씻긴 뒤 수의를 갈아입히고 염포로 묶는 일.

부인이 통곡하고 말했다.

"종말을 볼 것이 무엇이 있겠느냐? 세 아들이 한꺼번에 죽고 막내마저 잡아갔으니 틀림없이 막내도 죽일 것이다. 이런 망극한 슬픈 광경을 보고 잠시나마 살 수 있겠느냐? 네가 차라리 약과 칼을 가져와 나에게 이런 참혹한 광경을 보지 않게 하고 너도 함께 죽는 것이 옳은데 어찌 나에게 살라고 하는 것이냐?"

영주가 슬피 울며 말했다.

"하늘이 어찌 우리 집안을 멸망케 하시겠나이까? 넷째형은 벼슬하지 않은 몸이니 무엇하러 죽이겠습니까? 대인께서 참혹한 화를 받으신다면 우리 모녀가 함께 죽어 망극한 화를 보지 않을 것이지만 아직 일이 어찌 될지 모르는데 지레 목숨을 끊을 것은 아닙니다."

부인이 온몸을 부딪쳐 피가 나도록 상했다. 영주가 뭇 시비와 함께 부인을 붙들고 앉아 간장이 마디마디 사라지는 것을 깨닫지 못했다.

차설. 정, 윤 두 공은 원경 등 세 사람이 참혹히 죽은 것에 놀라고 슬퍼하며 시신을 찾아 수의와 관을 갖추어 염습하려 했다. 하 공의 서종제 하운과 노복 등이 이르러 통곡을 그치지 않자 두 공이 눈물을 금치 못하며 말했다.

"자안 등 삼 형제가 하룻밤 사이에 참혹한 재앙에 빠져 이리될 줄이야 꿈에나 생각했겠느냐? 이는 다 하 형 집안의 운수가 망극해서이다. 이후에나 무사하기를 바라니 무익하게 슬퍼해도 소용이 없다. 다만 조 부인께서 뼈에 사무치도록 슬퍼하시는 중에 원광이마저 잡혀 보냈으니 마음을 진정하지 못하실 것이다. 우리가 비록 도리를 알지 못해도 죽기를 돌아보지 않고 힘써 노력했으나 일이 어찌 될지 모르겠구나. 부인 여자의 마음은 풀어 생각하기 어려우니 하생은 돌아가 집안을 지켜 상하 인심을 진정하고 부인께 우리의 말씀을 고해 '너무 슬퍼하지 마시고 결말을 보소서.'라 하라. 자안 등의 장례 절차는 우리가 정성을 다할 것이니 그대가 염려할 것이 없다."

하운이 눈물을 흘리며 절하고 사례해 말했다.

"두 분 상공께서 하씨 집안을 이처럼 불쌍히 여기시고 지극한 원통함을 살펴 주시니 이는 망극한 은혜입니다. 소생이 돌아가 부인께 은혜를 고하고 가르치심대로 집을 지키겠나이다."

정, 윤 두 공이 슬피 탄식하며 말했다.

"우리가 하 형과의 정이 관포(管鮑)34)에 비기니 서로 환난을 당했을 때 못 본 체하겠느냐? 우리는 세 사람의 시신을 입렴해 성문 밖 적당한 곳에 두었다가 성복(成服)35)하도록 할 것이니 그대는 돌아가라."

운이 절하며 명령을 듣고 갔다.

정, 윤 두 공이 상의해 말했다.

"원경 등에게 조금이라도 죄가 있었다면 우리가 반역자를 두둔한 죄를 감당하겠으나, 우리는 그들이 몸을 닦고 행실을 가다듬은 것이 얼음과 옥 같은 줄을 알고 있네. 그러니 비록 다른 사람들이 우리가 반역자를 두둔한다 한다 한들 무슨 부끄러움이 있겠는가? 마땅히 비단으로 입렴하고 초상의 절차를 잘해 퇴지가 자식들이 죽음을 보지 못한 참혹한 원통함을 하나라도 위로해 주어야겠네."

---

34) 관포(管鮑): 관중(管仲, ?~B.C.645)과 포숙아(鮑叔牙, ?~?). 관중은 중국 춘추시대 제(齊)나라의 재상으로 이름은 이오(夷吾). 환공(桓公)이 즉위할 무렵 환공의 형인 규(糾)의 편에 섰다가 패전하여 노(魯)나라로 망명하였는데, 당시 환공을 모시고 있던 친구 포숙아의 진언(進言)으로 환공에게 기용되어 환공을 중원(中原)의 패자(霸者)로 만드는 데 일조함. 관중과 포숙아는 잇속을 차리지 않은 사귐으로 유명하여 이로부터 관포지교(管鮑之交)라는 말이 나옴.
35) 성복(成服): 초상이 나서 상인(喪人)들이 처음으로 상복(喪服)을 입는 일. 보통 입관(入棺)을 마친 후에 입음.

그러고서 삼사일을 집에 가지 않고 밥상을 물리치며 흐르는 술로 목을 적시며 세 학사가 참혹히 죽은 것을 슬퍼하니, 이는 일가친척의 죽음을 대하는 것과 다름이 없었다. 습렴과 입관을 모두 직접 집행하고 성문 밖으로 나가 세 사람의 영구를 적당한 장소에 머물러 두고 하부의 부지런하고 믿음직한 노복을 시켜 영구 곁을 지키게 했다.

하운은 나와서 성복(成服)했으나 하 공과 원광이 성복하지 못했으므로 훗날 다시 모여 복제(服制)를 차리기를 원했다. 죽은 자는 이미 끝났으니 하 공과 공자가 무사하기를 축원했다.

윤, 정 두 공이 영구를 편안히 두고 바로 하부로 가니 군병이 겹겹이 에워싸고 있었다. 이에 두 공이 말했다.

"우리가 이 집을 다녀 가까운 친척과 같이 지내는 것을 폐하께서도 알고 계시니 너희는 막지 마라."

군사들이 정, 윤 두 공이 임금에게서 총애 받는 것과 덕망을 익히 알고 있었으므로 감히 막지 않았다.

두 공이 외당으로 가니 임 시랑이 딸을 입관하고 관을 두드리며 통곡하고 있었다. 두 공이 임 공을 청해 위로할 적에, 시랑이 다른 자녀는 혼인시키지 않고 딸을 처음으로 혼인시킨 지 겨우 삼 년 만에 사위 삼 형제가 참혹히 죽고 딸이 스스로 목을 찔러 죽은 것을 매우 슬퍼하며 가슴이 뛰노는 듯했다. 임 공은 군사들이 하부를 둘러싼 것을 겨우 헤치고 들어와 딸을 습렴하고 입관한 것이다. 시랑은 윤, 정 두 공이 마음을 다해 학사 등 세 사람의 상을 다 치러 주고 이곳에 이른 것을 보고 그 신의에 감탄해 눈물을 흘리며 사례하기를 마지않았다. 이에 두 공이 슬피 말했다.

"자안 형제의 시신 거둔 것을 형이 어찌 우리에게 사례할 일이겠는가? 다만 하씨 집안의 화란이 어느 지경까지 갈 줄을 알지 못하니 참혹하고 놀라운 마음을 참지 못하겠네.”

드디어 시녀 등을 불러 부인의 기력과 소저 소식을 묻고 부인에게
말을 전했다.

“소생 등이 존수(尊嫂)께 말씀을 고하는 것이 미안하오나 참혹한
재앙을 당해 미처 예의를 차리지 못합니다. 참혹한 변란을 생각하면
오장이 무너지고 끊어지는 줄을 깨닫지 못하니 존수께서는 행여 괴
이하게 여기지 마소서. 자안 등의 참혹한 죽음에 대해서는 무슨 말씀
을 아뢸 수 있겠습니까? 하늘이 무심하시고 신명이 살피시지 않은 것
을 몹시 한스러워합니다. 그러나 죽은 사람은 이미 끝난 사람들이라
슬퍼해도 소용이 없습니다. 이제는 퇴지 형의 부자나 무사하기를 바
라야 할 것입니다. 원광이가 잡혀간 지 사오일에 심문받은 일이 없
고 하남에 위사가 갔으나 조정 의논이 하 형의 충절을 저마다 칭찬
해 진심을 다해 구하려는 뜻이 있으니 간악한 무리가 마음대로 어진
사람을 다 무찌르지 못할 것입니다. 그러니 존수께서는 하늘에 사무
치는 고통을 참으시고 끝까지 일이 되어 가는 모습을 보시고 목숨을
가볍게 하지 마시며 소저가 어린 나이에 죽는 것을 염려하소서.”

조 부인이 밤낮으로 죽을 것을 생각하던 와중에도 세 아들의 신체
를 온전히 수습한 것이 윤, 정 두 공의 태산과 바다 같은 큰 은혜임
을 알았다. 또 두 공이 습렴과 입관을 극진히 하고 하부를 에워싼 것
을 헤치고 들어와 이처럼 묻는 은혜에 뼈에 새길 정도로 감동해 피
눈물을 흘리며 대답했다.

“우리 집안의 운수가 망극하게도 참혹하여 천고에 드문 화란을
불의에 당해 가문이 망하는 것이 계란을 쌓아 놓은 듯합니다. 세 아
이를 참혹하게 보내고 며느리가 스스로 목을 찔러 죽었으니 이 모습
은 돌이나 나무 같은 심장을 지녔어도 참지 못할 일입니다. 첩이 목

숨이 질기고 무지해 사오일을 지냈으니 천지에 자욱한 원통하고 억울한 슬픔을 어찌 다 형언하겠나이까? 세 자식의 신체를 온전히 하고 습렴한 것은 두 분 상공의 태산과 바다 같은 큰 은혜 덕분이니 몸이 부서지고 뼈가 가루가 되어도 다 갚지 못할 것입니다. 원광이는 열한 살 어린아이입니다. 더러운 감옥에서 오래 견딜 리가 없으니 살기를 기약하지 못할 것입니다. 위사가 하남으로 떠난 지 오래지 않아 상경할 것이니, 만일 흉한 일이 있다면 첩이 먼저 알게 해 주시기를 청하나이다. 위험한 곳에 오셔서 친히 물어 주시는 후의에 더욱 감격합니다.”

두 공이 몸을 굽혀 다 듣고, 충성스럽고 행동을 삼가는 유모 네다섯 명을 불러 부인과 소저를 보호해 맑은 죽을 드시게 하라 하며 남녀노복을 다 불러 일렀다.

“너희 어르신이 몇 십 일 후에는 올라오실 것이고 끝내는 상공과 공자가 무사하실 것이다. 여종들은 안을 지키고 남종들은 밖을 지켜 요란하고 방자한 일이 없도록 하라.”

비복들이 비록 어리석은 하류의 천민이었으나 두 공의 은덕에 감동해 눈물을 드리워 명령을 들었다.

두 공이 각각 헤어져 집으로 돌아갈 때 세 사람의 영구를 노복 등에게 지키도록 해 집안을 떠나지 말라 당부하니 하운이 두 공의 명령대로 했다.

윤 공이 집에 돌아가 어머니에게 사오일 동안의 건강을 묻고 조부인에게 기운을 물은 후 외헌으로 나와 넓은 소매로 얼굴을 덮고 누워 슬픈 회포를 억제하지 못했다. 원광이 죽는 날이면 현아를 의리를 폐한 사람으로 만들 것이었다. 자기가 두 명의 딸을 두어, 첫째 딸은 석생이 점점 박대해 차마 대면해 볼 수 없을 지경이고, 둘째딸은 사위 될 사람이 대리시 죄인이 되어 생사가 결정되지 않았으며 하씨 집안의 화란을 보면 사돈이 살기를 기약하지 못할 것이었다. 한갓 붕우의 의리로서뿐 아니라 딸의 일생이 하씨 집안에 달려 있었으므로 앞으로 어찌 될지 근심으로 눈썹을 펴지 못했다. 광천 등 두 공자가 좌우에서 모셔서 역시 하씨 집안 때문에 매우 염려했다.

저녁문안을 맞아 사람들이 경희전에 모이자, 태우가 탄식하고 말했다.

"현아의 팔자가 길하다면 하원광이 사지(死地)에서 벗어나겠지만 그것을 기약하지 못하니 절박한 염려가 비할 곳이 없구나."

유 씨가 낯을 붉히고 말했다.

"현아는 꽃 중의 왕이요 옥 중의 박옥(璞玉)[36]입니다. 성품과 기질이 예로부터 지금까지 보아도 독보적이니 명공의 형세로 사위를 어디에 가서 못 얻는다고 화란을 당하고 살아난 삶이 무사하다 한들 차마 어떻게 결혼시키려는 마음이 들겠습니까? 첩이 일생 데리고 있더라도 현아를 하씨 집안에는 보내지 않을 것입니다."

공이 바야흐로 마음이 어지러운데 이 말을 듣자, 평생 부녀의 당돌함을 미워했고 큰일에 부녀가 말하는 양하는 것을 매우 괘씸하게 여겼으므로 한스러움을 이기지 못해 성난 눈을 흘려 떠 유 씨를 뚫어질 듯이 보다가 냉소하고 말했다.

"내가 비록 용렬하나 부인의 남편이고 현아의 아비요. 큰일을 내 마음대로 주관할 것인데 어찌 이 일에 간여해 말이 많은 것이오? 그대가 비록 현아를 데리고 있으려 하지 않아도 하원광이 죽는다면 의리를 폐한 사람이 어디로 가겠소? 자연히 부모의 슬하를 지킬 것이

---

36) 박옥(玉中璞玉): 아직 다듬지 않은 천연 그대로의 순수한 옥.

니 공교로운 언참(言讖)37)을 마시오. 내가 죽으면 그대가 마음대로 할 것이나, 내가 살아 있을 때는 마음대로 못 할 것이오."

그러고서 분노 때문에 목소리가 엄숙하고 안색이 준엄해 북풍이 세차게 불고 눈서리가 뿌리는 듯했다. 유 씨가 본래 악한 심성을 감추고 착한 척해 남편에게 공손하지 않은 말을 하지 않았으므로 공의 성품이 엄숙했지만 서로 다투는 일이 없었다. 그런데 오늘 본성을 지키지 못해, 남편이 참화에 빠진 하씨 집안을 위해 옥 같은 딸을 선뜻 폐륜의 대상으로 삼으려는 것에 개탄해 눈물을 뿌리며 말했다.

"명공께서 원래 타고난 자애가 남과 같지 않아 경아를 시집보내고서 석랑의 박대를 받게 하고, 현아를 대역(大逆)의 집과 정혼시켰으나 한때의 희롱하는 말을 신의 있는 체하시고 공연히 하씨 집안을 위해 자식을 폐륜의 사람으로 만들려 하십니다. 첩의 모녀가 차라리 한 칼에 죽어 명공의 마음을 통쾌하게 할 것입니다."

공이 성난 빛으로 대로해 말했다.

"내 어찌 타고난 자애가 부족하겠는가마는, 진실로 두 아이가 그대의 소생임을 기뻐하지 않소. 두 아이가 행여 어미의 모습을 보인다면 불행이 적지 않을 것이오. 그러니 죽으나 놀랍지 않을 것이니 마음대로 하시오. 석랑이 박대하는 것을 무슨 염치로 잘 대우하라 하겠소? 그대의 말이 능란한데 어찌 권하지 못하는 것이오? 현아가 폐륜의 사람이 되는 것은 나도 보기 싫으니 그대가 현아를 죽이기는 할 수 있어도 그대는 도부수(刀斧手)38)가 아닌데 사람을 손으로 죽이려 하는 것이오? 독사와 전갈의 모짊과 이리의 사나움을 가졌으니 대면해 말하기 괴롭고 심화(心火)가 나오. 실로 나의 마음을 어지럽

---

37) 언참(言讖): 미래의 사실을 꼭 맞추어 예언하는 말.
38) 도부수(刀斧手): 큰 칼과 큰 도끼로 무장한 군사.

히고 괴이하고 독한 말을 이처럼 하다가는 내가 무슨 일을 내고 그칠 것이니 그대는 잠자코 있으시오.”

이처럼 말을 하고는 소매를 떨치며 밖으로 나갔다.

유 씨가 울며 태우를 원망하니 태부인이 말리며 말했다.

“하씨 집안이 아직 멸망하지 않았고 결말을 보아 현아를 다른 곳에 시집보낼 것이니 너무 성급히 굴지 마라. 일의 기미를 살펴 현아의 일생을 시원하게 할 것이니 며느리는 염려하지 마라.”

유 씨가 눈물을 흘리며 대답했다.

“어머님의 큰 덕 덕분에 첩의 모녀가 이 집안에 머무르는 것입니다. 가군의 마음은 진실로 첩의 모녀가 집안에서 없었으면 해서 저희를 원수처럼 여기고 있습니다. 부부와 부녀 사이가 이러하고 무슨 온화한 기운이 있겠습니까?”

태부인이 위로하며 말했다.

“이 아이가 성품이 본디 넉넉하지 못하고 잔염려가 없다. 부녀의 사정을 몰라 괴롭거니와 어찌 자식을 원수처럼 여길 것이며 그대가 없었으면 하고 여기겠느냐? 아직 하씨 집안을 위해 저렇게 하지만 하씨 집안이 멸망하면 딸의 인륜을 폐하지 못할 것이고, 노모가 현아를 위해 혼인을 재촉할 것이니 그대는 염려하지 마라.”

유 씨가 애달프고 분했으나 시어머니가 이처럼 일렀으므로 어쩔 수 없이 말을 삼갔다. 현아는 열 살이 넘은 나이로 모든 일에 조숙했다. 그윽이 모친의 모습을 바라보며 모친이 자기의 절개를 방해할까 봐 한심함을 이기지 못했으나 두 눈을 내리깔고서 묵묵히 단정히 앉아 있었다.

윤 공이 정 공과 상의하여 하 공을 구하려 했지만 계교가 없고 간사한 사람들의 꾀가 셀 수 없이 많아 구할 뜻을 세우지 못하고 하늘의 이치가 순환하기만을 바랐다.

위사가 하남에 가 하 공을 잡을 적에, 백성들이 공의 덕화(德化)에 감격하다가 이 광경을 보고는 슬퍼하지 않는 이가 없었다.

공이 하남을 평정하고 막 하북으로 향하려 하다가 자신을 잡으라는 명령을 듣고 선뜻 몸을 묶도록 해 나아갔다. 세 아들이 죽었다는 소식을 위관이 전하지 않다가 경사에 온 후에야 세 아들의 참혹한 부음을 전하는 것이었다. 공이 철과 쇠 같은 몸과 마음을 지녔으나 어찌 뼈마디가 녹지 않겠는가. 자기가 죄수로 올라오며 통곡하는 것이 가당치 않아 마음을 굳게 잡고 아무 소리도 내지 않은 채 대궐에 다다랐다.

위사가 하진을 잡아왔다는 보고에 임금께서는 마침 며칠 동안 몸이 좋지 않아 즉시 다스리지 못하고 대리시에 가두라고 하셨다.

나졸이 공을 가두었는데 원광이 갇힌 곳과는 사이가 멀었으므로 부자가 서로 얼굴을 보지 못했다.

정, 윤 두 공이 하 공이 왔다는 소식을 듣고 마음이 더욱 급했으나 하 공을 구할 계책이 없어 근심했다.

재설. 정 공자 천흥의 나이가 열셋이 되자, 풍채가 빼어나고 당당해 용의 눈썹과 봉황의 눈에 호랑이 코와 붉은 입술을 가져 무리 중에서 두드러졌다. 그는 학문에 박식하고 재주가 많아 문장은 이두(李杜)[39]를 업신여기고 필법은 종왕(鍾王)[40]을 압도했다. 또한 위로

---

39) 이두(李杜): 이백(李白, 701~762)과 두보(杜甫, 712~770)를 아울러 이르는 말. 모두 중국 성당(盛唐) 때의 시인. 중국의 최고 시인들로 꼽히며 이백은 시선(詩仙)으로, 두보는 시성(詩聖)으로 칭하여짐.
40) 종왕(鍾王): 종요(鍾繇)와 왕희지(王羲之). 종요는 중국 삼국시대 위(魏)나라의 대신·서예가(151~230). 자는 원상(元常). 조조를 도운 공으로 위나라 건국 후 태위(太尉)가 됨. 해서(楷書)에 뛰어나 후세에 종법(鍾法)으로 일컬어짐. 왕희지는 중국 동진(東晉)의 서예가(307~365)로

는 천문(天文)⁴¹⁾에 달통하고 아래로는 지리에 통달해 손오(孫吳)⁴²⁾의 병법을 훤히 알지 못하는 데가 없었으며 세상을 구제하고 백성을 평안히 할 계책을 품었다. 하늘을 꿰뚫을 만한 군센 기운이 넘쳐 진중하고 단엄함이 적었으니 금평후가 매양 엄하게 다잡았다.

하루는 아버지에게 여쭈었다.

"하 숙부를 해치려 한 자가 누구입니까?"

공이 말했다.

"구태여 누구인 줄은 모르겠으나 이부상서 김후 등이 원경 등의 시신을 참하기를 청했단다. 예전에 하 형이 김탁의 탐욕스럽고 불법적인 일을 논핵(論劾)⁴³⁾한 적이 있어 원한이 생겨 퇴지를 죽이려 하는 것 같다."

공자가 다시 물었다.

"김후의 집은 어디입니까?"

공이 무심히 일렀다.

"도성 십자가 거리에 가장 크고 웅장한 집이 그 사람 집이다."

공자가 이를 새겨들었다.

그리고 물러나 둘째아우 인흥에게 말했다.

"내 잠깐 저녁문안 후에 다녀올 곳이 있으니 너는 서동을 데리고 있으라."

자는 일소(逸少)이고 우군 장군(右軍將軍)을 지냈으며 해서·행서·초서의 3체를 예술적 완성의 영역까지 끌어올려 서성(書聖)이라고 불림.

41) 천문(天文): 우주와 천체의 온갖 현상과 그에 내재된 법직성.

42) 손오(孫吳): 중국 춘추전국시대의 병법가인 손무(孫武, B.C.545경~B.C.470경)와 오기(吳起, ?~B.C.381). 손무는 중국 춘추시대의 병법가로, 자는 장경(長卿)임. 오나라 왕 밑에서 초나라, 진나라를 위압하고 절도와 규율 있는 군사를 양성함. 저서로 병서 『손자(孫子)』가 있음. 오기는 중국 전국시대의 병법가로, 증자(曾子)에게 배우고 노(魯)나라, 위(魏)나라에서 벼슬한 뒤에 초(楚)나라에 가서 도왕(悼王)의 재상이 되어 법치적 개혁을 추진하였음. 저서에 병서 『오자(吳子)』가 있음.

43) 논핵(論劾): 잘못이나 죄과를 논하여 꾸짖음.

둘째공자가 가는 곳을 묻자 천흥이 웃으며 말했다.

"이웃집에 가서 밤 담소를 하고 올 것이니 대인께서 모르시게 하라."

그렇게 말하고는 성을 넘어갔다. 순라군이 곳곳마다 있었으나 공자의 발걸음이 빠르고 처신이 귀신과 같아 아무도 알아차리지 못했다.

천흥이 김후의 집으로 가니 문루에 '김 상서 창현궁'이라 쓰여 있었다. 공자가 의기를 드러내 하 공을 사지에서 구하려 했다. 두루 돌아보니 담이 아스라이 높은데 유리를 밀어 놓은 듯했으며, 때는 한밤중이라 사방이 쥐 죽은 듯 고요했다.

공자가 몸을 솟구쳐 담을 넘으니 차차 담과 문이 있었다. 공자가 이에 무인지경처럼 들어갔다. 김후가 외당에서 자고 있었는데 광활한 집에 비단 휘장이 드리워져 있었다. 공자가 휘장을 들고 들어가니 숙직하던 서동 네다섯 명이 깊이 잠들어 있었고 김후는 침상 위에서 우레처럼 코를 골고 있었다. 공자가 분노를 이기지 못해 곧바로 죽이고 싶었으나 살인을 마음대로 해 스스로 그 재앙을 취하겠는가 하고 눈을 들어서 살피니 벽에 철편이 걸려 있었다. 철편을 손에 쥐고 비단이불을 헤치고는 그 머리를 누르고 앉아 철편으로 힘을 다해 두드렸다. 김후가 놀라 깼지만 아파서 죽을 것 같고 갑갑해 터질 듯했기에 소리를 지르지 못했다. 공자가 그의 등에 앉아 죄를 하나하나 따지며 말했다.

"간악한 도적놈아. 네 죄상을 들어 보라. 네가 덕이 부족하고 재주가 없는 놈으로서 외람되게도 이부천관 벼슬을 과분히 차지했는데, 만족을 모르고 어진 선비를 저버리고 간사한 사람들과 무리를 지었다. 사람을 쓰고 정사를 하는 데 도리를 몰라 재주와 덕을 갖추었어도 네게 미움을 받은 이는 임금께 벼슬을 추천하지 않고, 재주가 적고 배운 것이 없어도 다만 너에게 아첨해 네 뜻에 맞추면 천거를 못

미칠 듯이 해 악한 무리와 당을 만들어 어진 사람을 끝까지 모해했다. 네가 이렇게 하고도 하늘의 벌이 없지 않을 것이다. 잘못한 줄을 깨달아 지금 이후에나 개과천선한다면 내가 용서할 것이다. 그러나 하진 같은 충성스럽고 어진 신하를 모해하며 원경 등을 모함해 죽이고도 오히려 부족해 시신 참할 것을 청해 성스러운 임금의 다스림을 잘못되게 한 것은 오로지 너 간악한 도적의 죄다. 만일 네가 하진을 살리지 않고 성스러운 임금께 부끄러운 덕을 만든다면 한칼로 네 머리를 참하고 집을 무찌를 것이다.”

김후가 사치스러운 집에서 자라고 부귀한 집에서 나 차고 더울 때 몸이 잠시라도 평안하지 않으면 각별히 치료하고 남달리 아픈 것을 견디지 못했다. 그런데 전혀 예상하지 못했던 중벌을 만나 피비린내가 가득해 이곳이 인간 세상인지 분간하지 못했다. 자신의 행동이 본디 아름답지 않아 천신이 자기를 벌 주시는 것인가 하여 겁을 내고 두려워하며 똥을 싸고 고개를 끄덕이며 애걸해 말했다.

“저의 죄를 알고 있으니 천신께서는 큰 덕을 드리워 한 목숨을 빌려 주시면 개과천선하여 사람을 쓰고 정사를 펼칠 때 의리를 공정하게 하여 사사로운 정을 멀리하겠습니다. 하진을 어떻게든 살릴 것이니 이만하여 용서해 주십시오.”

공자가 헤아리기를,

‘이놈이 결단코 하 공을 모해할 것이니 자세히 알아야겠다.’

라 하고 더 많이 치며 말했다.

“너의 악한 일이 하늘에 비추고 지부(地府)에 올라와 있으니 물을 것이 없다. 네가 만일 마음을 고쳐 착한 길에 나아간다면 전에 지은 악한 일을 뉘우칠 것이다. 그런데 너는 무슨 일을 더욱 뉘우치는 것이냐?”

김후가 말했다.

"정신이 어지러우니 치는 것을 그치시면 고하겠습니다."

공자가 잠깐 치는 것을 그치며 말했다.

"하원경 등을 해친 것을 네가 차마 어떻게 한 것이냐?"

김후가 대답했다.

"어찌 사나운 줄 모르겠습니까? 다만 하진이 가친의 허물을 폐하 앞에서 아뢰어 폐하께서 가친의 일 년치 봉급을 거두고 엄히 꾸짖으셔서 저에게 한스러움이 맺혀 있었습니다. 그런데 하진이 어사로 있으면서 초왕을 논핵하자 성상께서 초왕을 그릇된 사람으로 여기셨습니다. 그래서 하진을 미워하는 마음이 가슴에 맺혀 하씨 집안을 무찌르려 한 것입니다. 하원상 등이 입번한 때를 타 초왕이 환관 주석, 오하와 함께 개용단을 삼켜 원상 등의 모습이 되어 칼을 빼어 용상 아래에 나아가 소란을 피우고 원상 등을 죽였으니 실로 못할 짓을 했습니다."

공자가 철편으로 그의 등을 울리며 말했다.

"내가 반드시 네가 지은 죄뿐 아니라 극악한 짓을 다 알고 있으니 자세히 고하라."

후가 울며 말했다.

"사람을 쓰며 정사를 하는 데 도리 없이 한 것은 천신께서 아시는 일이니 다시 고하지 않겠습니다. 다만 원상은 제 수명이 아닌데 원통히 죽었고, 원경과 원보는 매를 한 차례 맞았으나 죽지는 않았는데 가친과 초왕이 옥리에게 이리이리 이르고 술에 독을 타서 주었습니다. 옥리 등이 모르고 먹여 원경 등이 즉사했습니다."

공자가 일일이 복초(服招)⁴⁴⁾를 받자 매우 괘씸하고 놀라워 죽이고

---

44) 복초(服招): 문초를 받고 순순히 죄상을 털어놓음.

싶었으나 꾹 참고 허리에서 칼을 빼어 그 가운뎃손가락을 베어 주머니 속에 넣으며 김후를 팽개쳐 눕힌 채 입에 똥을 누고 꾸짖었다.

"나는 하늘에 있지 않고 땅에도 있지 않아 구름과 물 사이에 있다. 네가 이런 마음을 지니고 다시 어진 사람을 해친다면 주검을 만 조각을 내고 네 아비까지 젓갈을 만들 것이니 조심하라."

말을 마치고서 일어나니 숙직하던 서동이 깨어나서 보고 떨며 한 구석에 웅크리고 앉아 있었다. 공자가 발로 서동을 박차며 말했다.

"네 주인 놈의 죄상은 만 번 죽어도 아깝지 않다. 지금 기절했으니 깨거든 구호하고 아직은 내버려두라."

말을 마치고는 문을 밀치고 훌쩍 담과 문을 넘어가니, 밤이 오히려 새지 않았다.

한걸음에 취운산에 돌아와 집에 이르렀다. 둘째공자가 아직도 자지 않고 기다리고 있다가 맞이하며 말했다.

"형님께서 가시는 곳을 이르지 않고 가셔서 의아했으나 급히 가시기에 묻지 못하고 기다렸습니다. 어디에 가셨던 것입니까?"

큰공자가 크게 웃고 주머니에서 사람의 손가락을 내어 보이며 말했다.

"내가 이것을 베러 갔던 것이다."

둘째공자가 경악하며 말했다.

"이게 어찌 된 일입니까?"

큰공자가 호탕하게 웃고 김후의 집에 가 그놈을 실컷 볼기를 치고 똥을 누었다고 말했다. 그리고 원상 등이 참혹히 죽은 것이 초왕 등에게 모해를 입어서 그런 것임을 안타까워하고 슬퍼해 오열하며 말했다.

"지금은 김후의 말이 이러해도 내 여남은 살 어린아이로서 남의 일에 참견해 원통함을 벗겨 주려 하나 형세가 되지 못할 것이라 그 손가락을 베어 와 훗날 증거로 삼으려 한다."

인홍이 정색하고 대답했다.

"형님의 행동은 예상 밖입니다. 이는 참으로 장부의 통쾌한 일이라 하겠지만 일이 공명정대하지 않습니다. 사람이 없는 심야에 지위가 재상인 사람을 그렇게 한 것은 진중하지 못한 일이라 재앙을 취하기 쉬울 것입니다. 앞으로는 조용히 처신하십시오."

천흥이 웃으며 말했다.

"내 일이 조용하지 못한 것을 알지만 하 공을 구할 도리가 없어 그랬던 것이다. 김후를 놀라게 하면 요행히 다시 해치는 일이 없을까 해서였다. 대인께서 아시면 꾸짖으실 것이니 고하지 마라."

인홍이 웃고 누우려 하는데 먼 고을에서 닭 우는 소리가 들렸다. 첫째공자가 웃으며 말했다.

"삼십 리를 왕래해 흉악한 놈을 다스렸더니 밤이 다 지나갔구나."

둘째공자가 웃으며 함께 세수하고 아침문안을 올렸다.

정 공이 아들이 한 일은 모르고 하 공을 위한 염려가 비길 데가 없어 탄식하며 말했다.

"내 일찍이 마음을 열어 형제처럼 여긴 벗이 하 퇴지와 윤 명강 형제였다. 문강이 금나라에 가서 참혹히 죽는 것을 보고 친형제의 상사와 다르지 않게 여겼다. 세월이 흘러 자연히 잊었더니 지금 하 퇴지의 화란이 밤낮으로 마음에 맺힌 병이 되었구나. 그런데 구할 길이 없으니 어찌 슬프지 않으냐?"

첫째공자가 김후의 말을 고하려 했으나 아버지가 자신을 꾸짖으실까 두려워 입밖으로 꺼내지 못하고 김후가 하 공을 구하기를 은근히 기다렸다.

이때 김후가 반쯤 죽었다가 스스로 깨어나니 서동의 무리가 내당에 이 일을 아뢰었다.

제2부

주석 및 교감

• 일러두기 •

A. 원문

1. 저본은 한국학중앙연구원 장서각 소장본(100권 100책)으로 하였다.
2. 면을 구분해 표시하였다.
3. 한자어가 들어간 모든 어휘는 한자 병기를 원칙으로 하였다.
4. 음이 변이된 한자어 및 한자와 한글의 복합어는 원문대로 쓰고 한자를 병기하였다.
   예) 고이(怪異). 겁칙(劫-)
6. 현대 맞춤법 규정에 의거해 띄어쓰기를 하되, 소왈(笑曰)처럼 '왈(曰)'과 결합하는 1음절 어휘는 붙여 썼다.

B. 주석

1. 다음과 같은 경우에 각주를 통해 풀이를 해 주었다.
   가. 인명, 국명, 지명, 관명 등의 고유명사
   나. 전고(典故)
   다. 뜻을 풀이할 필요가 있는 어휘
2. 현대어와 다른 표기의 표제어일 경우, 먼저 현대어로 옮겼다.
   예) 츄쳔(秋天): 추천.
3. 주격조사 'ㅣ'가 결합된 명사를 표제어로 할 경우, 현대어로 옮길 때 'ㅣ'는 옮기지 않았다. 예) 긔위(氣宇ㅣ): 기우.

C. 교감

1. 교감을 했을 경우 다른 주석과 구분해 주기 위해 [교]로 표기하였다.
2. 원문의 분명한 오류는 수정하고 그 사실을 주석을 통해 밝혔다.
3. 원문의 의미가 분명하지 않은 경우, 박슈호본(36권 36책)과 한국학중앙연구원 장서각 소장본2(2권 1책)을 참고해 수정하고 주석을 통해 그 사실을 밝혔다.
4. 알 수 없는 어휘의 경우 '미상'이라 명기하였다.

D. 참고한 문헌

1. 국립국어원 표준국어대사전(https://stdict.korean.go.kr)
2. 한국고전종합DB(https://db.itkc.or.kr/)
3. 한어대사전(전 13권), 중국 상해사서출판사, 1994.
4. 고려언어연구원, 『조선말 고어사전』, 흑룡강 조선민족출판사, 2006.
5. 박재연 편, 『고어사전』, 이회문화사, 2001.
6. 서대석 외 엮음, 『고전소설독해사전』, 태학사, 1999.
7. 삼대록계 소설 사전(미간행)

명쥬보월빙(明珠寶月聘) 권지일(卷之一)

1면

　대숑(大宋) 진종됴(眞宗朝)[1]의 홍문관(弘文館) 태혹ᄉ(太學士) 니부상셔(吏部尚書) 금ᄌ광녹태우(金紫光祿大夫) 명쳔 션싱(先生) 윤(尹) 공(公)의 명(名)은 현이오 ᄌ(字)ᄂ 문강[2]이니, 딕〃잠영(代代簪纓)[3]이오 교목세개(喬木世家ㅣ)[4]라. 공(公)의 위인(爲人)이 겸공ᄌ인(謙恭慈仁)[5]ᄒ고 튱회(忠孝ㅣ) 과인(過人)ᄒ며 문당(文章)은 니두(李杜)[6] ᄀᆺ고 슈신제가(修身齊家)[7]의 금옥(金玉) ᄀᆺᄒ니 닌니친쳑(隣里親戚)[8]과 일시ᄉ유(一時士類)[9]의 경앙(敬仰)[10]ᄒᄂ 비러라.

---

1) 진종됴(眞宗朝): 진종조. 진종의 조정. 진종은 중국 송(宋)나라의 제3대 황제(생몰 968-1022, 재위 997-1022). 이름은 조항(趙恒). 태종의 셋째 아들로, 1004년 요나라가 쳐들어왔을 때에 직접 싸웠으나 굴욕적인 '전주(澶洲)의 맹(盟)'을 맺고 화의함.

2) 강: [교] 원문에는 '경'으로 되어 있으나 뒤에 일관되게 '강'으로 나와 있으므로 이와 같이 수정함.

3) 딕〃잠영(代代簪纓): 대대잠영. 대대로 고귀한 벼슬을 함. 잠영(簪纓)은 비녀와 갓끈이라는 뜻인바, 이것들은 관(冠)에 다는 장식으로 고귀한 벼슬을 비유함.

4) 교목세개(喬木世家ㅣ): 교목세가. 여러 대에 걸쳐 중요한 벼슬을 지내 나라와 운명을 같이하는 집안.

5) 겸공ᄌ인(謙恭慈仁): 겸공자인. 자기를 낮추고 남을 높이며 자애롭고 인자함.

6) 니두(李杜): 이두. 이백(李白, 701-762)과 두보(杜甫, 712-770)를 아울러 이르는 말. 모두 중국 성당(盛唐) 때의 시인. 중국의 최고 시인들로 꼽히며 이백은 시선(詩仙)으로, 두보는 시성(詩聖)으로 칭하여짐.

7) 슈신제가(修身齊家): 수신제가. 몸을 닦고 집안을 가지런히 함. 『대학(大學)』에 나오는 표현.

8) 닌니친쳑(隣里親戚): 인리친척. 이웃과 친척.

9) 일시ᄉ유(一時士類): 일시사류. 당시의 선비 무리.

10) 경앙(敬仰): 공경해 우러러봄.

일즉 농닌(龍鱗)[11]을 밧들고 봉익(鳳翼)[12]을 붓좃ᄎ 농뎐(龍殿)의 어향(御香)을 ᄲᅩ이고 셤궁(蟾宮)[13]의 월계(月桂)를 썻거 쳥운ᄌᆞ맥(靑雲紫陌)[14]의 늉듕호걸(隆重豪傑)[15]노 일셰(一世)를 경동(驚動)[16]ᄒ더라.

일즉 안항(雁行)[17]이 번셩(繁盛)치 못ᄒ여 오직 일(一) 뎨(弟) 이시니 명(名)은 슈오, ᄌᆞ(字)ᄂᆞᆫ 명강이니 벼

2면

슬이 태듕태위(太中大夫ㅣ)라. 위인(爲人)이 듕후쇄락(忠厚灑落)[18]ᄒ여 명칭일셰(名稱一世)[19]라. 형뎨(兄弟) 냥인(兩人)이 ᄒᆞᆫ가지로 태부인(太夫人)을 지효(至孝)로 셤기며 형우뎨공(兄友弟恭)[20]이 고인(古人)을 효측(效則)[21]ᄒ더라.

상셔(尙書)ᄂᆞᆫ 젼부인(前夫人) 황 시(氏) 쇼싱(所生)이오, 태우(大夫)ᄂᆞᆫ 후부인(後夫人) 위 시(氏) 쇼싱(所生)이니, 윤(尹) 노공(老公)과 황 부인(夫人)은 기세(棄世)[22]ᄒ고 위 부인(夫人)은 ᄌᆡ셰(在世)ᄒ니 상셔(尙書) 부인(夫人) 조(曹) 시(氏)ᄂᆞᆫ 개국공신(開國功臣) 조빈(曹

---

11) 농닌(龍鱗): 용린. 용의 비늘이라는 뜻으로 천자나 영웅의 위엄(威嚴)을 비유적으로 이르는 말.
12) 봉익(鳳翼): 봉황의 날개라는 뜻으로 임금을 보좌하는 사람을 이르는 말.
13) 셤궁(蟾宮): 섬궁. 월궁(月宮)의 다른 말. 달에 두꺼비가 산다 하여 붙여진 이름.
14) 쳥운ᄌᆞ맥(靑雲紫陌): 청운자맥. 도성에서 벼슬을 함. 청운은 푸른 구름이라는 뜻으로 높은 지위나 벼슬을 비유적으로 이르는 말이고, 자맥은 도성의 큰길이라는 뜻으로 벼슬길을 비유적으로 이르는 말임.
15) 늉듕호걸(隆重豪傑): 융중호걸. 위대한 호걸.
16) 경동(驚動): 놀라서 움직임.
17) 안항(雁行): 기러기의 항렬이라는 뜻으로 형제를 이름.
18) 듕후쇄락(忠厚灑落): 충후쇄락. 충직하고 인정이 두터우며 성품이 시원스러움.
19) 명칭일셰(名稱一世): 명칭일세. 당대에 명성을 떨침.
20) 형우뎨공(兄友弟恭): 형우제공. 형은 동생을 사랑하고 동생은 형을 공경함.
21) 효측(效則): 효칙. 본받아 법으로 삼음.
22) 기세(棄世): 기세. 세상을 떠남.

彬)23)의 녜(女ㅣ)오, 태우(大夫) 부인(夫人) 뉴 시(氏)는 니부상셔(吏部尙書) 뉴환의 녜(女ㅣ)라. 조(曹) 부인(夫人)의 용안덕셩(容顔德性)24)은 곤산미옥(崑山美玉)25) 굿고, 뉴 시(氏)는 애용(愛容)이 절세(絶世)ᄒ나 셩되(性度ㅣ)26) 초강(楚剛)27)ᄒ고 은악양션(隱惡佯善)28)ᄒ며 투현질능(妬賢嫉能)29)ᄒ고, 위 태부인(太夫人)은 싀험패악(猜險悖惡)30)ᄒ여 상셔(尙書)를 긔츌(己出)이 아니라 ᄒ여 일호(一毫) ᄌ익(慈愛) 업고 뉴 시(氏) 그윽이 아유31)쳠녕(阿諛諂佞)32)

<h2 align="center">3면</h2>

ᄒ여 포댱니검(包藏利劍)33)ᄒ고 존고(尊姑)의 악ᄉ(惡事)와 패힝(悖行)34)을 ᄀ마니 도으며 획계(劃計)35)를 찬조(贊助)ᄒ되 두리고 어려이 넉이는 배 태위(大夫ㅣ)라.

태위(大夫ㅣ) 범ᄉ(凡事)의 형(兄)을 공경(恭敬)ᄒ고 우러〃 바라미 태부인(太夫人)으로 다르미 업고 효우지심(孝友之心)이 곳치며 변(變)ᄒ미36) 업ᄉ니, 혹ᄌ(或者) 모친(母親)의 일편되믈 보면 울고

---

23) 조빈(曹彬): 중국 북송(北宋) 초의 명장(931~999). 자는 국화(國華)고 시호는 무혜(武惠)임. 북송이 남당(南唐)을 공략할 때 전훈을 세워 소훈각(昭勛閣) 24공신 중의 한 명으로 봉해짐.
24) 용안덕셩(容顔德性): 용안덕성. 얼굴과 덕성.
25) 곤산미옥(崑山美玉): 곤산에서 나는 아름다운 옥. 곤산은 곤륜산(崑崙山)으로, 중국 전설상의 높은 산. 중국 서쪽에 있으며 옥이 많이 난다고 함.
26) 셩되(性度ㅣ): 성도. 성품과 도량.
27) 초강(楚剛): 매섭고 굳셈.
28) 은악양션(隱惡佯善): 은악양선. 악한 마음을 숨기고 착한 체함.
29) 투현질능(妬賢嫉能): 어진 이를 시기하고 능력 있는 이를 질투함.
30) 싀험패악(猜險悖惡): 시험패악. 시기심이 많고 엉큼하며 도리에 어그러지고 흉악함.
31) 유: [교] 원문에는 '요'로 되어 있으나 문맥을 고려해 박순호본(1:2)을 따름.
32) 아유쳠녕(阿諛諂佞): 아유첨녕. 남의 환심을 사거나 잘 보이려고 알랑거림. 아첨함.
33) 포댱니검(包藏利劍): 포장이검. 마음속에 날카로운 칼을 감춤.
34) 패힝(悖行): 패행. 사람으로서 마땅히 하여야 할 도리에 어긋나는 행동.
35) 획계(劃計): 계획.
36) 변ᄒ미: [교] 원문에는 '변홀 길'로 되어 있으나 문맥을 고려해 박순호본(1:2)을 따름.

간(諫)ᄒ여 식음(食飮)을 폐(廢)ᄒ고 진정(眞情)으로 슬허ᄒ니 위 시(氏) 태우(大夫)를 괴로와하고 뉴 시(氏) 악힝(惡行)을 발37)뵈지38) 못ᄒ니 여러 세월(歲月)을 보닉여 화긔(和氣)를 일치 아녓ᄂᆞᆫ지라.

상셔(尙書)ᄂᆞᆫ 조(曹) 부인(夫人)으로 동낙(同樂) 십여(十餘) 년(年)의 은정(恩情)이 흡연(洽然)39)ᄒ여 관져지낙(關雎之樂)40)을 극진(極盡)이 ᄒ되 슬하(膝下)의 댱옥(璋玉)41)이 션〃(詵詵)42)ᄒ믈 보디 못ᄒ고 슈년(數年) 전(前)의 일(一) 녀(女)를 싱(生)ᄒ고, 태우(大夫)ᄂᆞᆫ 뉴 부인(夫人)으로 더브러

4면

결발(結髮)43) 십(十) 지(載)의 냥(兩) 녀(女)를 두어시되 태우(大夫)의 성정(性情)이 엄슉(嚴肅)ᄒ기로 부인(夫人)으로 더브러 상합(相合)지 못ᄒ여 부〃뉸의(夫婦倫義)를 폐(廢)치 못ᄒ나 금슬(琴瑟)의 듕(重)ᄒᆫ 바ᄂᆞᆫ 업셔 형뎨(兄弟) 미양 셔당(書堂) 빅화헌의 쳐(處)ᄒ여 광금댱침(廣衾長枕)44)의 즐기믈 다ᄒ니,

태부인(太夫人)이 태우(大夫)의 힝ᄉ(行使)를 골돌이 애둘나 모ᄌ(母子) 부〃(夫婦)의 ᄆᆞᄋᆞᆷ이 다 각〃(各各)이로되 다만 태위(大夫ㅣ) 셰〃지ᄉ(細細之事)를 알녀 아니ᄒ고 소활(疎闊)45)ᄒ여 닉ᄉ(內事)

---

37) 발: [교] 원문에는 이 글자가 없으나 문맥을 고려해 박순호본(1:2)을 따라 삽입함.
38) 발뵈지: 잠깐 드러내 보이지.
39) 흡연(洽然): 매우 흡족한 모양.
40) 관져지낙(關雎之樂): 관저지락. '관저'는 물수리가 우는 소리를 말하는바, 관저지락은 관저의 즐거움이라는 뜻으로 부부가 함께 누리는 즐거움을 이름. '관저(關雎)'는 『시경(詩經)』의 작품 이름임.
41) 댱옥(璋玉): 장옥. 구슬이라는 뜻으로 아들을 이름. 예전에, 중국에서 아들을 낳으면 규옥(圭玉)으로 된 구슬의 덕을 본받으라는 뜻으로 구슬을 장난감으로 주었다는 데서 유래함.
42) 션〃(詵詵): 선선. 많은 모양.
43) 결발(結髮): 상투를 틀고 쪽을 쪄서 정식으로 혼인함.
44) 광금댱침(廣衾長枕): 광금장침. 넓은 이불과 긴 베개.

를 슬피디 아니후니, 그 모친(母親)과 부인(夫人)의 수오나오믈 아디
못후고 형뎨(兄弟) 보호(保護)후미 디극(至極)후다라.

위 시(氏) 것츠로 주모(慈母)의 도(道)를 일치 아니나 조(曹) 부인
(夫人)긔는 고싱(苦生)이 만아[46] 일시[47](一時)도 편(便)치 못후나 츌
텬디효(出天之孝)[48]로 동 〃 쵹 〃 (洞洞屬屬)[49]후여 위 태부인(太夫人)
의 인졍(人情)

5면

밧 거조(擧措)를 당(當)후나 조곰도 원심(怨心)이 업셔 흔갈곳치 졍
셩(精誠)을 다후여 감디(甘旨)[50]의 온닝(溫冷)과 의복(衣服)의 한셔
(寒暑)를 못 밋츨 드시 밧드니 위 시(氏) 그 어질믈 아쳐[51]후여 뉴
시(氏)로 동심(同心)후여 종통(宗統)[52]을 앗고져 후는지라.

뉴 시(氏), 냥(兩) 녀(女)를 두고 다시 싱산(生産)이 묘연(杳然)후니
쥬야(晝夜) 싱남(生男)후기를 착급(着急)[53]히 바라는 고(故)로 산쳔
(山川)의[54] 두로 튝원(祝願)후여 긔도(祈禱)후니 악인(惡人)이 텬의
(天意)를 아디 못후미 이러틋 후다라.

---

45) 소활(疏闊): 꼼꼼하지 못하고 어설픔.
46) 긔는 고싱(苦生)이 만아: [교] 원문에는 '의 을이'로 되어 있으나 문맥을 고려해 박순호본(1:3)
  을 따름.
47) 시: [교] 원문에는 '사'로 되어 있으나 문맥을 고려해 박순호본(1:3)을 따름.
48) 츌텬디효(出天之孝): 출천지효. 하늘이 낸 효자라는 뜻으로, 지극한 효자나 효성을 이르는 말.
49) 동 〃 쵹 〃 (洞洞屬屬): 동동촉촉. 공손하고 공경하며 삼가는 모양. 『예기(禮記)』, 「제의(祭義)」에
  "효자는 옥을 잡은 듯이 하고 가득 찬 것을 받든 듯이 하여 공경하고 삼가 감당하지 못할 듯
  이 하며 그것을 잃을 듯이 여긴다. 孝子如執玉, 如奉盈, 洞洞屬屬然, 如不勝, 如將失之."라는
  구절이 있음.
50) 감디(甘旨): 감지. 맛이 좋은 음식.
51) 아쳐: 싫어함.
52) 종통(宗統): 종가(宗家) 맏아들의 혈통.
53) 착급(着急): 몹시 급함.
54) 의: [교] 원문에는 '악'으로 되어 있으나 문맥을 고려해 박순호본(1:3)을 따름.

상셔(尙書)의 셔모(庶母) 구파(寇婆)는 승상(丞相) 구쥰(寇準)[55]의
셔미(庶妹)라. 위인(爲人)이 쾌활(快闊)ㅎ고 일단현심(一團賢心)[56]이
녀듕군지(女中君子ㅣ)라. 나히 삼오(三五)의 윤(尹) 노공(老公)을 셤
겨 통힝(寵幸)[57]ㅎ되 명되(命途ㅣ)[58] 긔박(奇薄)ㅎ여 남녀간(男女間)
긔츌(己出)이 업시 붕셩지통(崩城之痛)[59]을 당(當)ㅎ니 뎍즈(嫡子)
형뎨(兄弟)를 바라미 태산(泰山) ᄀᆞᆺ트니 상셰(尙書ㅣ) 쏘흔 정셩우되
(精誠優待)[60]ㅎ믈 태부인(太夫人) 버금으로 ㅎ니, 구패(寇婆ㅣ) 더옥
감격(感激)ㅎ고 조(曹) 부인(夫人) 셩덕(盛德)[61]

6면

을 흠복(欽服)[62]ㅎ여 각별(恪別)ㅎᆫ 정셩(精誠)이 이시니 뉴 시(氏) 그
으이 깃거 아니ᄒᆞ더라.

위 시(氏)는 상셔(尙書)의 무즈(無子)ㅎ믈 깃거ᄒᆞ되 것츠로 념녀
(念慮)ㅎ여 왈(曰),

"너의 형뎨(兄弟) 부뷔(夫婦ㅣ) 동쥐(同住ㅣ) 오릭되 형(兄)은 일
(一) 녀(女)를 두고 아은 이(二) 녀(女)를 두어시나 싱남(生男)이 느져
시니 민망(憫惘)ㅎ도다."

---

55) 구쥰(寇準): 구준. 중국 북송 초기의 재상(961~1023). 자는 평중(平仲)이고 시호는 충민(忠愍)
임. 태종의 신임을 받았으나 강직한 성격으로 좌천되었다가 진종 대에 관직에 복귀한 후 거란
의 침입 때 공을 세워 내국공(萊國公)에 봉해져 후에 구래공(寇萊公)으로도 불림. 백거이(白居
易), 장인원(張仁願)과 위남삼현(渭南三賢)으로 불림.
56) 일단현심(一團賢心): 가득한 어진 마음.
57) 통힝(寵幸): 총행. 특별히 총애를 받음.
58) 명되(命途ㅣ): 운명과 재수를 아울러 이르는 말.
59) 붕셩지통(崩城之痛): 붕성지통. 성이 무너질 만큼 큰 슬픔이라는 뜻으로, 남편이 죽은 슬픔을
이르는 말.
60) 졍셩우되(精誠優待): 정성우대. 정성을 다해 대접함.
61) 셩덕(盛德): 성덕. 큰 덕.
62) 흠복(欽服): 마음속 깊이 존경하여 복종함.

상셔(尚書) 형뎨(兄弟) 디왈(對曰),

"블쵸♀(不肖兒) 등(等)이 아딕 삼십(三十)이 못ᄒᆞ엿ᄉᆞ오니 싱남
(生男)이 늣지 아니ᄒᆞ온지라. 조(曹)·뉴 이(二) 인(人)이 싱산(生産)
길흘 여러시니 싱남(生男)ᄒᆞ오미 잇ᄉᆞ올지라 ᄌᆞ위(慈闈)63)는 믈우
(勿憂)ᄒᆞ소셔."

이64)러툿 모친(母親)을 위로(慰勞)ᄒᆞ나 쏘흔 ♀들이 느ᄌᆞ믈 우려
(憂慮)ᄒᆞ더라.

태위(大夫ㅣ) 미양 언닉(言內)의 탄왈(嘆曰),

"형뎨(兄弟) 다 목금(目今)의 ♀들을 두지 못ᄒᆞ나 형댱(兄丈)과
슈〃(嫂嫂)의 후덕셩심(厚德誠心)65)이 텬심(天心)을 감동(感動)ᄒᆞ리
니 반드시 무후지탄(無後之嘆)66)이 업셔 블구(不久)의 긔ᄌᆞ(奇子)를
싱(生)ᄒᆞ샤 문호(門戶)를 흥긔(興起)67)ᄒᆞ리니 형댱(兄丈)의 싱ᄌᆞ(生
子) 느ᄌᆞ믈 근심치 아니나, 다

7면

만 쇼뎨(小弟)의 박덕(薄德)으로뻐 신후(身後)를 니을 ᄌᆞ식(子息) 두
믈 긔약(期約)디 못ᄒᆞ니 형댱(兄丈)이 년(連)ᄒᆞ여 싱ᄌᆞ(生子)ᄒᆞ실딘
디 쇼뎨(小弟) ᄒᆞ나흘 계후(繼後)68)코져 ᄒᆞᄂᆞ니 믈우(勿憂)ᄒᆞ쇼셔."

상셰(尚書ㅣ) 쇼왈(笑曰),

"우형(愚兄)이 만일(萬一) ♀들을 나흘진디 엇디 현뎨(賢弟) 미리

---

63) ᄌᆞ위(慈闈): 자위. 어머니를 높여 이르는 말.
64) 이: [교] 원문에는 '여'로 되어 있으나 문맥을 고려해 박순호본(1:4)을 따름.
65) 후덕셩심(厚德誠心): 후덕성심. 후한 덕과 정성된 마음.
66) 무후지탄(無後之嘆): 후사가 없어서 하는 탄식.
67) 흥긔(興起): 흥기. 세력이 왕성해짐.
68) 계후(繼後): 양자로 대를 잇게 함. 또는 그 양자.

낫치 못홀 줄 아라 계후(繼後)를 의논(議論)ᄒ리오?"

이러툿 형데(兄弟) 담화(談話)ᄒ다가 ᄎ야(此夜)의 혼뎡(昏定)[69]을 파(罷)ᄒ고 상셰(尚書ㅣ) 희월누의 니르미, 부인(夫人)이 쵹하(燭下)의셔 침션(針線)을 다ᄉ리다가[70] 공경디영(恭敬祗迎)[71]ᄒ여 동셔뎡좌(東西定坐)[72]ᄒ매 상셰(尚書ㅣ) 녀ᄋ(女兒)를 슬샹(膝上)의 교무(嬌撫)[73]ᄒ여 ᄉ랑이 탐혹(耽惑)[74]ᄒ더니 홀연(忽然) 탄왈(嘆曰),

"녀ᄋ(女兒)의 특츌(特出)ᄒ믈 본 젹마다 ᄋ들이 되디 못ᄒ미 한(恨)이로다. 우리 부뷔(夫婦ㅣ) 삼십(三十)이 거의로ᄃᆡ 싱남(生男)ᄒ믈 엇디 못ᄒ니 복(僕)[75]이 종댱(宗長)[76]의 듕(重)ᄒ므로 엇디 근심이 젹으며 더옥 ᄌ정(慈庭)[77]의 우려(憂慮)ᄒᄉ미 민박(憫迫)[78]티 아니리오?"

부인(夫人)

8면

이 탄식(歎息) 왈(曰),

"쳡(妾)의 여앙(餘殃)[79]으로 군ᄌ(君子)의 종ᄉ(宗嗣ㅣ) 션〃(詵詵)치 못ᄒ가 ᄒᄂ니 군ᄌ(君子)ᄂ 댱년(壯年)이 져무지 아녀셔 현문(賢

---

69) 혼뎡(昏定): 혼정. 잠자리에 들 때에 부모의 침소에 가서 잠자리를 살피고 밤 동안 안녕하기를 여쭘.
70) 가: [교] 원문에는 '아'로 되어 있으나 문맥을 고려해 이와 같이 수정함.
71) 공경디영(恭敬祗迎): 공경지영. 공손한 모습으로 맞이함.
72) 동셔뎡좌(東西定坐): 동서정좌. 남자와 여자가 동쪽과 서쪽으로 자리를 잡음.
73) 교무(嬌撫): 어여뻐해 어루만짐.
74) 탐혹(耽惑): 어떤 사물에 마음이 빠져 정신이 흐려짐.
75) 복(僕): 남자가 자신을 낮추어 부르는 말.
76) 종댱(宗長): 종장. 종가 계통의 장자(長子).
77) ᄌ정(慈庭): 자정. 어머니.
78) 민박(憫迫): 애가 탈 정도로 걱정스러움.
79) 여앙(餘殃): 남에게 해로운 일을 많이 한 값으로 받는 재앙.

門)의 슉녀(淑女)를 취(娶)ᄒᆞ샤 댱옥(璋玉)이 번셩(繁盛)ᄒᆞ믈 구(求)
ᄒᆞ쇼셔.”

상셰(尙書ㅣ) 탄왈(嘆曰),

“만ᄉᆞ(萬事ㅣ) 다 명(命)이니 싱(生)이 본(本)딕 번ᄉᆞ(繁事)를 구
(求)치 아닛ᄂᆞᆫ디라 비록 션ᄋᆞ(仙娥) ᄀᆞ흔 슉녜(淑女ㅣ) 이신들 남ᄌᆞ
(男子)의 쳔슈80)(天數)를 엇디 변(變)ᄒᆞ리오?”

하더라.

일〃(一日)의 상셔(尙書) 부뷔(夫婦ㅣ) 흔 ᄭᅮᆷ을 어드니, 동남간(東
南間)으로좃ᄎᆞ 오ᄉᆡᆨ(五色) 치운(彩雲)이 집을 두루고 셔긔(瑞氣) 반
공듕(半空中)81)의 일위(一位) 션관(仙官)이 흑(鶴)을 ᄐᆞ고 나려와 상
셔(尙書) 부〃(夫婦)를 향(向)ᄒᆞ여 닐너 왈(曰),

“그딕 ᄉᆞ친셩효(事親誠孝)82)와 셩심인덕(誠心仁德)83)이 신명(神
明)을 감동(感動)ᄒᆞ샤 귀ᄌᆞ(貴子)를 주어 태허진군(太虛眞君)과 녕허
도군(靈虛道君)을 ᄡᅡᆼ(雙)으로 윤가(尹家)의 ᄂᆞ리샤 문호(門戶)를 흥
긔(興起)케 ᄒᆞᆯ ᄲᅮᆫ 아니라 송죠84)(宋朝) 공훈(功勳)85)이 되리니, 일셰
(一世)의 희한(稀罕)ᄒᆞ려니와 군(君)의 쉬(數ㅣ) 단(短)ᄒᆞ여 명년(明
年)이면 텬궁(天宮)의

9면

도라올 거시오, 몸이 만리타국(萬里他國)의 졀명(絶命)ᄒᆞ리니 ᄲᅡᆼ개옥

---

80) 슈: [교] 원문에는 ‘구’로 되어 있으나 문맥을 고려해 박순호본(1:5)을 따름.
81) 반공듕(半空中): 반공중. 땅으로부터 그리 높지 아니한 허공.
82) ᄉᆞ친셩효(事親誠孝): 사친성효. 어버이를 섬기며 효성을 다함.
83) 셩심인덕(誠心仁德): 성심인덕. 정성스러운 마음과 어진 덕.
84) 죠: [교] 원문에는 ‘요’로 되어 있으나 문맥을 고려해 박순호본(1:5)을 따름.
85) 공훈(功勳): 나라나 사회를 위하여 두드러지게 세운 공로.

동(雙個玉童)의 얼골도 모를디라 엇디 츄연(惆然)치 아니리오?"

조(曹) 부인(夫人)는 져두무언(低頭無言)[86]이오, 상셰(尚書ㅣ) 샤례(謝禮) 왈(曰),

"인싱(人生)이 슬기는 손 굿고 죽기는 도라감 굿흐니 비록 단명(短命)ᄒ나 므어시 슬프리오마는 당(堂)의 편뫼(偏母ㅣ) 계시니 블효(不孝)를 탄(歎)ᄒ거니와 ᄋ돌이 〃실진딗 ᄉ이블식(死而不死ㅣ)[87]라 텬슈(天數)의 뎡(定)ᄒ믈 면(免)ᄒ리오?"

션관(仙官)이 웃고 우션(羽扇)[88]을 드러 치운(彩雲)을 헷치더니 믄득 ᄲ앙개(雙個) 댱뇽(長龍)이 빗치 각〃(各各)이라 ᄒ나흔 금빗(金-) 굿ᄐ여 기릭[89] 만여(萬餘) 댱(丈)이나 ᄒ고 ᄒ나흔 옥빗(玉-) 굿ᄐ여 여의쥬(如意珠)를 끼고 산악(山岳) 굿튼 긔세(氣勢)를 발(發)ᄒ여 황뇽(黃龍)은 알플 당(當)ᄒ고 빅뇽(白龍)은 뒤흘 당(當)ᄒ여 일시(一時)의 조(曹) 부인(夫人) 품 ᄉ이로 들식, 여러 셩신(星辰)이 ᄲ앙뇽(雙龍)을 젼후(前後)로 옹호[90](擁護)[91]ᄒ엿더라.

션관(仙官) 왈(曰),

"황뇽(黃龍)은 십오ᄌ오녀(十五子五女)를 둘 거시

10면

오, 옥뇽(玉龍)이 칠ᄌ삼녀(七子三女)를 둘 거시니 그 젼후(前後)로 옹호(擁護)ᄒ엿는 빅 다 ᄌ녀셩(子女星)이라. 윤가(尹家)의 ᄌ손(子

---

86) 져두무언(低頭無言): 저두무언. 고개를 숙이고 말이 없음.
87) ᄉ이블식(死而不死ㅣ): 사이불사. 죽었어도 죽지 않음.
88) 우션(羽扇): 우선. 새의 깃으로 만든 부채.
89) 기릭: 길이.
90) 호: [교] 원문에는 '후'로 되어 있으나 문맥을 고려해 이와 같이 수정함.
91) 옹호(擁護): 두둔하고 편들어 지킴.

孫)이 번셩(繁盛)ᄒ려니와 다만 ᄉ라셔 아지 못ᄒ리니 가(可)히 참연
진(慘然哉ㄴ)92)져!"

상셰(尚書ㅣ) 탄왈(嘆曰),

"텬명(天命)을 한디블급(恨之不及)93)이오, 져의 슈복(壽福)94)이 댱
원(長遠)ᄒ미 원(願)이라. 일(一) 녀(女)를 몬져 어더 골육지졍(骨肉
之情)을 아라시니 이ᄌ일녜(二子一女ㅣ) 다 무부지익(無父之兒ㅣ)95)
나 됴히 댱셩(長成)ᄒᆯ진듸 엇디 텬힝(天幸)이 아니리오?"

션관(仙官)이 탄왈(嘆曰),

"군(君)의 ᄌ녀(子女) 삼(三) 인(人)이 초년(初年)은 위 시(氏)의 히
(害)로뼈 곡경(曲境)96)이 비상(非常)ᄒ려니와 길흉화복(吉凶禍福)이
다 텬명지쉬(天定之數ㅣ)97)니 흉인(凶人)이 간듸로98) 죽이지 못ᄒᆯ지
라. 군(君)은 명년(明年)의 텬궁(天宮)의 도라오려니와 난월셩은 ᄌ
녀(子女)의 영효(榮孝)를 볼지니 붕셩디통(崩城之痛)을 관억(寬抑)99)
ᄒ고 타일(他日)을 보라. 태허딘군(太虛眞君)은 인연(因緣)이 여러
곳의 믹이엿고 원비(元妃)

11면

ᄂ 명쥬(明珠)로뼈 빙폐(聘幣)100)를 삼고 녕허도군(靈虛道君) 원비
(元妃)노 명슈(明珠) 님지니 이후(以後) 삼(三) 일(日) 만의 명쥬(明

---

92) 참연진(慘然哉ㄴ): 참연재. 슬프구나.
93) 한디블급(恨之不及): 한지불급. 한스러워해도 미치지 못함.
94) 슈복(壽福): 수복. 오래 살고 복을 누리는 일.
95) 무부지익(無父之兒ㅣ): 무부지아. 아버지가 없는 아이.
96) 곡경(曲境): 몹시 힘들고 어려운 처지.
97) 텬명지쉬(天定之數ㅣ): 천정지수. 하늘이 정한 운수.
98) 간듸로: 마음대로.
99) 관억(寬抑): 분노 따위를 너그러운 마음으로 억제함.
100) 빙폐(聘幣): 결혼할 때 신랑이 신부의 친정에 주던 재물. 빙물(聘物).

珠)를 주연(自然) 어들지니 깁히 간수ᄒᆞ엿다가 냥(兩) 주(子)의 빙폐(聘幣)를 삼으라."

부인(夫人)이 상셔(尚書)의 단슈(短壽)ᄒᆞᆷ믈 드르미 경악(驚愕)ᄒᆞ여 혼 말을 못 ᄒᆞ고 상셔(尚書)ᄂᆞᆫ 언〃(言言)이 되답(對答)ᄒᆞ더니, 션관(仙官)이 작별(作別) 왈(曰),

"셔로 모드미 갓가오니 텬당(天堂)의 즐거오미 인셰(人世)의 비길 비 아니로되 만니타국(萬里他國)의 맛츰믈 한(恨)ᄒᆞ나 인력(人力)으로 밋출 비 아니라 한(恨)치 말나."

언파(言罷)의 기리 읍(揖)ᄒᆞ고 혹(鶴)을 인(因)ᄒᆞ여 혼번(-番) 공듕(空中)의 소스니 경긱(頃刻)101)의 간 바를 아디 못ᄒᆞ고, 썅뇽(雙龍)이 부인(夫人) 픔속의 드러 셔긔(瑞氣) 쏘이니 부인(夫人)이 놀나 ᄭᆡ니 상셰(尚書ㅣ) 쏘흔 ᄭᆡ엿더라. 부인(夫人)이 ᄭᅮᆷ을 ᄭᆡ여 셔로 몽ᄉᆞ(夢事)를 답논(答論)ᄒᆞ니 상셰(尚書ㅣ) 왈(曰),

"몽ᄉᆞ(夢事)를 엇디 취신(取信)102)ᄒᆞ리오?"

ᄒᆞ나 그윽이 잉퇴(孕胎)ᄒᆞᆯ가 ᄇᆞ라더라.

이러구러 슈일(數日)이 지

12면

낫더니,

일〃(一日)은 공(公)의 친붕(親朋) 어ᄉᆞ태우(御史大夫) 하딘과 대ᄉᆞ도(大司徒)103) 뎡연이 남강(南江)의 션유(船遊)ᄒᆞ기를 쳥(請)ᄒᆞ여

---

101) 경긱(頃刻): 경각. 눈 깜빡할 사이. 또는 아주 짧은 시간.

102) 취신(取信): 취신. 어떤 사람이나 사실 따위에 신뢰를 가짐.

103) 대ᄉᆞ도(大司徒): 관직의 이름. 중국 주(周)나라 때 관직에 대사도가 있었는데 국가의 토지와 백성을 다루는 일을 맡음. 한나라 애제(哀帝) 때 승상 벼슬을 없애고 대신 대사도, 대사마(大司馬), 대사공(大司空)을 두어 삼공(三公)이라 부름.

강호(江湖)의 츄슈(秋水)를 보고 산님(山林)의 단풍(丹楓)을 보려 ㅎ
니 츠시(此時)는 츄구월(秋九月)이라.

공(公)의 형뎨(兄弟) 모친(母親)긔 슈유(受由)[104]ㅎ고 하(河)·뎡(鄭)
양인(兩人)으로 더브러 남강(南江)의 니르러 치션(彩船)을 투고 쥬호
(酒壺)[105]를 닛그러 한유(閒遊)[106]홀시, 뎡연의 ᄌ(字)는 윤뵈니 문
댱ᄌ명(文章才名)[107]이 일셰(一世)를 기우리고 하진의 ᄌ(字)는 퇴지
니 박흑군ᄌ(博學君子ㅣ)라, 윤(尹) 공(公)의 형뎨(兄弟)로 더브러 디
긔상친(知己相親)[108]ㅎ고 년긔상뎍(年紀相適)[109]ᄒ 듕(中) 하(河) 공
(公)은 삼십(三十)을 디나지 못ᄒ여시ᄃ 슬하(膝下)의 댱옥(璋玉)이
션〃(詵詵)ㅎ니 윤(尹) 공(公) 형뎨(兄弟) 미양 흠션(欽羨)[110]ㅎ더라.

이날 션유(船遊)ㅎ여 시듀(詩酒)를 창화(唱和)[111]ㅎ더니, 홀연(忽
然) 운뮈(雲霧ㅣ) 스싁(四塞)[112]ㅎ며 광풍(狂風)이 대작(大作)ㅎ여 급
(急)ᄒ 비 븟드시 오고 쥬즙(舟楫)[113]이 업칠 듯ㅎ니 션인(船人)이
대황숑구(大遑悚懼)[114]ㅎ여 각〃(各各) 슬기를 특

13면

원(祝願)ㅎ나 운뮈(雲霧ㅣ) 션창(船窓)을 둘너 어둡기 칠야(漆夜) ᄀᆺ
튼지라, 아모리 홀 줄 모로ᄃ 오딕 윤(尹)·뎡(鄭)·하(河) 삼(三) 공(公)

---

104) 슈유(受由): 수유. 말미를 얻음.
105) 쥬호(酒壺): 주호. 술과 술병.
106) 한유(閒遊): 한가로이 노닒.
107) 문댱ᄌ명(文章才名): 문장재명. 문장을 잘하고 재주가 있다는 명성.
108) 디긔상친(知己相親): 지기상친. 속마음을 잘 알아주는 친구로서 서로 친함.
109) 년긔상뎍(年紀相適): 연기상적. 나이가 서로 비슷함.
110) 흠션(欽羨): 흠선. 우러러 공경하고 부러워함.
111) 창화(唱和): 한 사람이 시를 짓고 다른 사람이 운을 맞춰 지음.
112) 스싁(四塞): 사색. 사방을 둘러싸 막음.
113) 쥬즙(舟楫): 주즙. 배와 삿대라는 뜻으로, 배 전체를 이르는 말.
114) 대황숑구(大遑悚懼): 대황송구. 몹시 황급해 하고 두려워함.

이 조곰도 요동(搖動)치 아니ᄒ더니,

믄득 기릐 만여(萬餘) 댱(丈)이나 흔 젹뇽(赤龍)이 바로 강듕(江中)으로 소스 션창(船窓)의 드니 그 셰(勢) 산악(山岳) ᄀᆞᆺ고 우레 소릐 텬디(天地) 진동(震動)ᄒᄂᆞᆫ디라. 션창(船窓) 제인(諸人)이 창황숑구(倉黃悚懼)115)ᄒ여 넉슬 일코 인ᄉᆞ(人事)를 모로ᄃᆡ 윤(尹)·뎡(鄭)·하(河) 삼(三) 인(人)이 단연위좌(端然危坐)116)ᄒ여 눈을 옴기디 아니터니, 젹뇽(赤龍)이 바로 윤(尹) 샹셔(尚書)의게 다라드러 입 가온ᄃᆡ로셔 네 낫 명쥬(明珠)를 토(吐)ᄒ여 샹셔(尚書)의 금포(錦袍) 알픠 노코 ᄯᅩ다시 뎡(鄭)·하(河) 냥(兩) 공(公)의 알패 나아가 보월픠(寶月佩) 흔 줄식 버117)왓고118) 삼(三) 공(公)을 향(向)ᄒ여 세 번(番) 머리 좃고 션챵(船窓)의 나려 즉시(卽時)

14면

강듕(江中)으로 드러가니 쳥풍(淸風)이 니러나고 운뮈(雲霧 |) 소삭(消索)119)ᄒ며 홍일(紅日)이 듕텬(中天)의 한가(閑暇)ᄒ디라.

듀듕(舟中) 제인(諸人)이 비로소 졍신(精神)을 슈습(收拾)ᄒ고 윤(尹) 공(公)은 명쥬(明珠)를 어드미 몽ᄉᆞ(夢事)의 마ᄌᆞᆷ을 신긔(神奇)히 넉여 네 낫 명쥬(明珠)를 ᄌᆞ시 보니 크기 외얏120)만 ᄒ고 광치(光彩) 찬난(燦爛)ᄒ여 바로 태양(太陽)의 졍광(精光)을 아ᄉᆞᆫ디라. 네 낫치 각〃(各各) 글지 이시니, '진군빙(眞君聘)', '도군빙(道君聘)'이라

---

115) 창황숑구(倉黃悚懼): 창황송구. 허둥지둥 당황하며 두려워함.
116) 단연위좌(端然危坐): 단정한 모습으로 몸을 바르게 하고 앉음.
117) 버: [교] 원문에는 '비'로 되어 있으나 문맥을 고려해 박순호본(1:6)을 따름.
118) 버왓고: 뱉고.
119) 소삭(消索): 점점 줄어들어 다 없어짐.
120) 외얏: 오얏.

ᄒᆞ여 ᄒᆞᆫ 빵(雙)식 쓰이고, 하(河)·뎡(鄭) 냥(兩) 공(公)이 ᄯᅩ 보픠(寶佩)를 보니 모양(模樣)이 두렷ᄒᆞ여 명월(明月) ᄀᆞᆺ고 광ᄎᆡ(光彩) 현요(眩耀)[121]ᄒᆞ여 ᄇᆡᆨ일(白日) ᄀᆞᆺᄐᆞ니 오ᄎᆡ(五彩)[122]로 댱식(裝飾)ᄒᆞ여 인간(人間)의 보믈(寶物)이 아니라. 하(河)·뎡(鄭) 냥(兩) 공(公)이 긔이(奇異)ᄒᆞᄆᆞᆯ 니긔디 못ᄒᆞ여 보니 보패(寶貝) 가온ᄃᆡ 글지 이셔 '빙믈(聘物)[123]' 두 ᄌᆞ(字ㅣ) 각〃(各各) ᄢᅥ여시니 괴이(怪異)히 넉여 윤(尹) 공(公)을 향(向)ᄒᆞ여 왈(曰),

"우리 금일(今日) 선유(船遊)ᄒᆞᄆᆡ 이런 보화(寶貨)를 어드니 엇디

15면

이상(異常)치 아니ᄒᆞ리오?"

윤(尹) 공(公) 왈(曰),

"명쥬(明珠ㅣ) 월패(月佩) 다 녀ᄌᆞ(女子)의 댱염(粧匲)[124]이라, 댱부(丈夫)의 갓가이 홀 빅 아니〃 가장 블관(不關)[125]ᄒᆞ거니와 '빙믈(聘物)'이라 글지 이시니 반ᄃᆞ시 범상(凡常)ᄒᆞᆫ 거시 아닌가 ᄒᆞ노라."

태위(大夫ㅣ) 칭하(稱賀) 왈(曰),

"형댱(兄丈)이 지금(至今) ᄉᆡᆼ남디경(生男之慶)[126]이 업ᄉᆞ니 일가(一家)의 근심이러니 명쥬(明珠)를 어드시니 반ᄃᆞ시 ᄉᆡᆼᄌᆞ(生子)ᄒᆞ샤 일노ᄡᅥ 빙믈(聘物)을 삼을디라. 뎡(鄭)·하(河) 냥(兩) 형(兄)도 월패(月佩)를 어든 거시 ᄯᅩᄒᆞᆫ 각〃(各各) 그 ᄋᆞ들의 빙폐(聘幣)[127]를 삼

---

121) 현요(眩耀): 눈부시고 찬란함.
122) 오ᄎᆡ(五彩): 오채. 다섯 가지 채색. 즉 파랑, 노랑, 빨강, 하양, 검정의 다섯 가지 색.
123) 빙믈(聘物): 빙물. 결혼할 때 신랑이 신부의 친정에 주던 재물.
124) 댱염(粧匲): 장염. 몸을 치장하는 데 쓰는 물건.
125) 블관(不關): 불관. 중요하지 않음.
126) ᄉᆡᆼ남디경(生男之慶): 생남지경. 남자아이를 낳는 경사.
127) 빙폐(聘幣): 결혼할 때 신랑이 신부의 친정에 주던 재물. 빙물(聘物).

을디니 우리 삼가(三家)의 비상(非常)흔 보빈가 흐느이다."

하(河) 공(公)이 답왈(答曰),

"우리는 월픽(月佩)를 어덧거니와 형(兄)이 명쥬(明珠)를 어드미 가장 긔이(奇異)흔디라. 명쥬(明珠)를 빙폐(聘幣)홀 ᄋ들을 어들 거시니 두고 보면 알니라."

윤(尹) 공(公)이 미쇼무언(微笑無言)이러라.

상셰(尚書ㅣ) 왈(曰),

"댱뷔(丈夫ㅣ) 쥬옥(珠玉)을 신변(身邊)의 머므럼 죽디 아니〃 현뎨(賢弟) 엇

16면

지 간수[128]코져 흐느뇨?"

태위(大夫ㅣ) 쇼왈(笑曰),

"형댱(兄丈) 말ᄉ이 맛당ᄒ시나 심상(尋常)흔 보비 아니라 우리 집 귀(貴)흔 빙믈(聘物)을 숨으리니 엇디 블관(不關)ᄒ리잇고?"

언파(言罷)의 금낭(錦囊)을 집어 ᄉ매의 너흐니, 하(河)·뎡(鄭) 냥(兩) 공(公)이 역쇼(亦笑) 왈(曰),

"윤(尹) 형(兄)이 명쥬(明珠)를 져리 귀(貴)흔 보비로 아니 우리도 눙(龍)이 준 비라 가져다가 ᄋ들의 빙폐(聘幣)를 삼으리라."

ᄒ고 ᄉ미의 너흐니, 윤(尹) 틱위(大夫ㅣ) 쇼왈(笑曰),

"퇴지는 ᄋ들이 여러히니 월픽(月佩)를 빙(聘)홀 님ᄌ 뉜동[129] 알니오?"

하(河) 공(公)이 쇼왈(笑曰),

"여러 ᄋ들이 〃시나 댱ᄋ(長兒)ᄂ 내 집의 셰젼(世傳)ᄒᄂ 빙믈(聘物)이 이시니 월패(月佩)를 줄 거시 아니오, 쇼이ᄌ(所愛子)130)를 갈히여 ᄎ보(此寶)로뼈 빙믈(聘物)을 삼으리라."

윤(尹) 태위(大夫ㅣ) 우어 왈(曰),

"형(兄)의 쇼이지(所愛子ㅣ) 뉘오?"

하(河) 공(公)이 답쇼(答笑) 왈(曰),

"뎨ᄉᄌ(第四子) 원광이 아직 슈삼(數三) 세(歲) 히지(孩子ㅣ)나 져의 작인(作人)이 비상(非常)ᄒ니 쇼뎨(小弟) 텬뉸(天倫) 밧

17면

긔 ᄌ별(自別)131)ᄒ ᄌ의(慈愛) 잇노라."

윤(尹) 상셰(尚書ㅣ) 쇼왈(笑曰),

"져런 ᄋ희(兒孩)들이 다 여러 ᄋ들을 두어시ᄃᆡ 우리ᄂ 지금(至今) 슬하(膝下)의 일괴(一塊) 업스니 엇지 한(恨)홉지 아니리오?"

하(河) 공(公)이 쇼왈(笑曰),

"ᄌ식(子息)도 그 아비 인ᄉ(人事)132)로조ᄎ 삼기ᄂ니 쇼뎨(小弟) 년긔(年紀)ᄂ 형(兄)만 못ᄒ나 위인(爲人)〃즉 형(兄)의 스승 되기를 ᄉ양(辭讓)치 아니리니 사름의 부형(父兄)이 되염 즉ᄒ 고(故)로 십오(十五) 세(歲)브터 ᄋ들을 나하 년(連)ᄒ여 옥동(玉童)이 슬하(膝下)의 넘노라 셩번(盛繁)ᄒ믈 도으니, 형(兄)의 인ᄉ(人事)로ᄂ 우리를 밋출 날이 머러시리라."

---

130) 쇼이ᄌ(所愛子): 소애자. 사랑하는 아들.
131) ᄌ별(自別): 자별. 남다르고 특별함.
132) 인ᄉ(人事): 인사. 사람의 하는 일.

상셰(尙書ㅣ) 쇼왈(笑曰),

"너모 과장(過獎)133)치 말나. 퇴지의 용녈(庸劣)ᄒᆞᆯ믈 ᄌᆞ식(子息)이 달마시면 므어시 쓰리오?"

셔로 환쇼(歡笑)134)ᄒᆞ다가 날이 져믈믹 각″(各各) 집으로 도라올 식,

하부(河府)와 윤부(尹府)ᄂᆞᆫ 도셩(都城) 옥누항의 연댱ᄃᆡ문(連墻帶門)135)ᄒᆞ엿고, 뎡(鄭) 스도(司徒) 부듕(府中)은 동문(東門) 밧 ᄎᆔ운산 운슈동의 이시니 날이 어두어

18면

뎡(鄭) 스되(司徒ㅣ) 밋쳐 ᄎᆔ운산으로 가지 못ᄒᆞ여 윤(尹) 상셔(尙書) 곤계(昆季)와 ᄒᆞᆫ가지로 윤부(尹府)로 오니, 하(河) 어싀(御史ㅣ) 부듕(府中)의 가 셕식(夕食) 후(後) 즉시(卽時) 윤부(尹府)의 와 쵹(燭)을 니어 담화(談話)ᄒᆞ다가 명됴(明朝)의 허여지니라.

태위(大夫ㅣ) 조(曹) 부인(夫人)을 보고 명쥬(明珠)를 젼(傳)ᄒᆞᆯ식, 태부인(太夫人)은 상(床)을 비겨 조을믹 아디 못ᄒᆞ고, 뉴 시(氏) 쏘ᄒᆞᆫ 스침(私寢)의 잇고 오딕 구패(寇婆ㅣ) 보고 그 찬난(燦爛)ᄒᆞᆷ믈 긔이(奇異)히 넉여 츌쳐(出處)를 므르니 태위(大夫ㅣ) 왈(曰),

"힝듕명쥬(海中明珠)로셔 남강(南江)의 가 어덧ᄂᆞ이다."

구패(寇婆ㅣ) 긔이(奇異)히 넉이고 조(曹) 부인(夫人)이 더옥 비상(非常)ᄒᆞᆷ믈 알고 깁히 장(藏)ᄒᆞ니라.

신몽(神夢) 어든 후(後)로브터 조(曹) 부인(夫人)이 잉틱(孕胎) 스

---

133) 과장(過獎): 지나치게 칭찬함.
134) 환쇼(歡笑): 환소. 웃고 즐김.
135) 연댱ᄃᆡ문(連墻帶門): 연장대문. 담과 대문이 서로 잇대어 있음.

오(四五) 삭(朔)이 되고, 히 밧괴여 신츈(新春)을 만나니 샹셔(尙書)
와 태우(大夫)의 깃브믄 비길 곳이 업스되, 위 태부인(太夫人)과 뉴
시(氏)는 깃거 아니ㅎ더라.

이쩍 뎡(鄭) 공(公)의 부인(夫人) 딘 시(氏)는 이(二) ᄌ(子)를 두고
ᄯᅩ 잉틱(孕胎) ᄉ오(四五) 삭(朔)이라. 뎡(鄭) 공(公)이

"남강(南江)

19면

의 보월(寶月)을 어더시니 맛당이 댱손(長孫)의 빙폐(聘幣)를 삼고져
ㅎ노라."

ㅎ니 모친(母親) 슌 태부인(太夫人)이 보월(寶月) 어든 곡졀(曲折)
을 듯고 긔특(奇特)이 넉여 댱손(長孫) 텬흥을 어로만져 왈(曰),

"나의 긔린(騏驎)136)이 언제 댱셩(長成)ㅎ여 슉녀(淑女)를 취(娶)
ㅎ리오?"

공(公)이 딕왈(對曰),

"쇼ᄌ(小子)의 친우(親友) 듕(中)의 옥녀(玉女)를 골히여 텬흥의 빅
필(配匹)을 미리 뎡(定)ㅎ리이다."

ㅎ더라.

일ᄱ(一日)은 옥누항 윤부(尹府)의 니르러 윤(尹) 공(公) 형뎨(兄
弟)로 담화(談話)ᄒᆞᆯ식, ᄋ쇼져(兒小姐) 명이 태우(大夫)의 ᄎ녀(次女)
현ᄋ로 더브러 시녀(侍女)의게 안겨 외헌(外軒)의 나오다가 긱(客)을
보고 도로 드러가거늘, 뎡(鄭) 공(公)이 쇼왈(笑曰),

---

136) 긔린(騏驎): 기린. 전설 속의 동물. 모양은 사슴을 닮았고, 머리에 뿔이 있고 전신에 비늘 모
양의 껍질이 있으며 꼬리는 소꼬리를 닮음. 옛사람들이 어질거나 상서로운 짐승을 가리킬 때
칭함. 비유하여 영리한 아이를 가리킬 때 쓰임.

"형(兄)의 녀ᄋ(女兒)를 쇼뎨(小弟) 흔번(-番) 귀경코져 ᄒ노라."

윤(尹) 공(公)이 웃고 시녀(侍女)를 명(命)ᄒ여 냥(兩) ᄋ(兒)를 다려오라 ᄒ니, 시녜(侍女ㅣ) 쇼져(小姐) 냥인(兩人)을 밧드러 오니, 명ᄋ는 ᄉ(四) 셰(歲)오 현ᄋ는 삼(三) 셰(歲)라. 신댱(身長)이 잠간(暫間) 층등(層等)137)ᄒ나 비상(非常)흔 긔딜(氣質)과 졀셰이용(絶世愛容)138)이 일셰(一世)의 희한(稀罕)ᄒ더라.

태위(大夫ㅣ) 웃고

20면

뎡(鄭) 공(公)을 가르쳐 녜(禮)ᄒ라 ᄒ니, 냥(兩) 인(兒ㅣ) 능(能)히 붓그러온 줄 아라 옥면(玉面)을 붉히고 졀흔딕 미목(眉目)의 텬디졍화(天地精華)139)를 거두엇고, 면모(面貌)의 오치상광(五彩祥光)140)이 이〃(靄靄)141)ᄒ여 슈츌(秀出)142)흔 긔픔(氣稟)143)이 막상막하(莫上莫下)ᄒ니 츠등(差等)을 뎡(定)키 어려온디라. 뎡(鄭) 공(公)이 일견(一見)의 번연경동(翻然驚動)144)ᄒ여 상연(爽然)145)이 낫빗츨 곳쳐 칭찬(稱讚) 왈(曰),

"냥(兩) ᄋ(兒)의 비범(非凡)ᄒ미 무쌍(無雙)ᄒ니 비록 쏠을 두어시나 무상(無狀)146)흔 십(十) ᄌ(子)를 블워 아니리로다. 원간(元間)147)

---

137) 층등(層等): 서로 같지 않음.
138) 졀셰이용(絶世愛容): 절세애용. 빼어난 사랑스러운 얼굴.
139) 텬디졍화(天地精華): 천지정화. 천지의 깨끗하고 순수한 기운.
140) 오치상광(五彩祥光): 오채상광. 다섯 빛깔의 상서로운 빛.
141) 이〃(靄靄): 애애. 안개나 구름, 아지랑이 따위가 짙게 끼어 자욱함.
142) 슈츌(秀出): 수출. 뭇사람들 속에서 두드러지게 빼어남.
143) 긔픔(氣稟): 기품. 타고난 기질과 성품.
144) 번연경동(翻然驚動): 놀라 몸을 움직임.
145) 상연(爽然): 시원스러운 모양.
146) 무상(無狀): 아무렇게나 함부로 행동하여 버릇이 없음.
147) 원간(元間): 원래.

이 ᄋᆞ희 뉘 녀익(女兒ㅣ)뇨?"

태위(大夫ㅣ) 쇼왈(笑曰),

"형(兄)이 엇디 치녀(稚女)[148]를 가져 이리 찬양(讚揚)ᄒᆞ시ᄂᆞ뇨? 신댱(身長)이 큰 ᄋᆞ희ᄂᆞᆫ 샤곤(舍昆)[149]의 녜(女ㅣ)오, 젹은 ᄋᆞ희(兒孩)ᄂᆞᆫ 쇼뎨(小弟)의 녀익(女兒ㅣ)라."

뎡(鄭) 공(公)이 칭찬(稱讚)ᄒᆞ미 긋지 아니ᄒᆞ고 그윽이 ᄋᆞ즉(兒子) 텬흥의 빅우(配偶)를 뎡(定)코져 ᄒᆞ더라.

믄득 하(河) 어ᄉᆡ(御史ㅣ) 와시나 통(通)치 아니코 드러오니, 원닉(元來) 하부(河府)ᄂᆞᆫ 지척(咫尺)이라 피ᄎᆞ(彼此ㅣ) 됴왕모릭(朝往暮來)[150]

21면

ᄒᆞ니 통(通)치 아니코 단니더라.

윤(尹) 공(公) 형뎨(兄弟) 하(河) 어ᄉᆞ(御史)를 보고 우어 왈(曰),

"뎡(鄭) 윤뵈 왓시믹 형(兄)이 뵈오라 왓도다. 가장 잘 왓ᄂᆞᆫ지라."

하(河) 어ᄉᆡ(御史ㅣ) 승당(昇堂)ᄒᆞ여 뎡(鄭) 공(公)으로 녜필(禮畢)의 쇼져(小姐) 등(等)을 보고 경문(驚問) 왈(曰),

"이 아니 윤(尹) 형(兄)의 쳔금옥쉬(千金玉樹ㅣ)[151]냐?"

상셰(尚書ㅣ) 왈(曰),

"년(然)ᄒᆞ거니와 형(兄)이 엇디 과찬(過讚)ᄒᆞᄂᆞ뇨?"

히(河) 어ᄉᆡ(御史ㅣ) 심익(甚愛)[152] 왈(曰),

---

148) 치녀(稚女): 어린 딸.

149) 샤곤(舍昆): 사곤. 남에게 자기의 맏형을 겸손하게 이르는 말.

150) 됴왕모릭(朝往暮來): 조왕모래. 아침저녁 할 것 없이 왕래가 빈번함.

151) 쳔금옥쉬(千金玉樹ㅣ): 천금 같은 자식. 옥수는 전설 속에 등장하는 선수(仙樹)인바, 아름답고 뛰어난 자식을 비유함.

"옥(玉)이 곤산(崑山)의 나고 진쥬(眞珠ㅣ) 벽히(碧海)의셔 나ᄂ니 냥(兩) 형(兄)의 싱이(生兒ㅣ) 엇디 범연(凡然)[153]ᄒ리오? 여ᄎ(如此) 긔특(奇特)ᄒ미 본 바 쳐음이라. 이곳의 됴왕모릭(朝往暮來)ᄒ나 일죽 형(兄)의 이 ᄀ흔 농쥬(弄珠)[154]를 못 보앗더니 뎡(鄭) 형(兄)의 덕(德)으로 션ᄋ(仙娥)를 보괘라."

윤(尹) 태위(大夫ㅣ) 쇼왈(笑曰),

"쇼ᄋ(小兒) 등(等)의 우미(愚迷)[155]ᄒ믈 보고 형(兄) 등(等)이 〃러틋 과찬(過讚)ᄒ니 평일(平日) 고산(高山) ᄀ튼 안견(眼見)이 〃러틋 나즈뇨?"

하(河)·뎡(鄭) 냥(兩) 공(公)이 흔〃담쇼(欣欣談笑)[156]ᄒ며 눈을 옴기지 아니코 뎡(鄭) 공(公)이 몬져 굴오디,

"쇼뎨(小弟) 녕녀(令女) 등(等)을 보미 외

22면

람(猥濫)이 미돈(迷豚)으로뼈 쥬딘(朱陳)의 호연(好緣)[157]을 긔약(期約)ᄒ여 냥(兩) 이(兒ㅣ) ᄌ라기를 기ᄃ려 셩녜(成禮)코져 ᄒᄂ니 문강[158] 형(兄)의 ᄯᆺ이 하여(何如)오?"

---

152) 심이(甚愛): 심애. 매우 사랑함.
153) 범연(凡然): 평범함.
154) 농쥬(弄珠): 농주. 희롱하는 구슬이라는 뜻으로, 한고(漢皐)의 두 신녀의 고사. 정교보(鄭交甫)가 남쪽의 초(楚)에 가 한고의 누대 아래에 이르러 두 여자를 만났는데, 두 여자가 두 개의 구슬을 차고 있었는데 크기가 계란만 했다 함. 『문선(文選)』, 장형(張衡), 「남도부(南都賦」 주(註).
155) 우미(愚迷): 어리석음.
156) 흔〃담쇼(欣欣談笑): 흔흔담소. 즐겁게 담소함.
157) 쥬딘(朱陳)의 호연(好緣): 주진의 호연. 주씨와 진씨 집안의 좋은 인연이라는 뜻으로 두 집안이 통혼함을 이르는 말. 당나라 때 서주(徐州) 고풍현의 주진이라는 마을에 주씨와 진씨 두 성씨만 살면서 대대로 혼인을 하며 화목하게 지냈다고 한 데서 유래함. 『백씨장경집(白氏長慶集)』, 「주진촌(朱陳村)」.
158) 문강: 윤현의 자(字).

상셔(尚書) 형뎨(兄弟) 미급답(未及答)의 하(河) 어시(御史ㅣ) 우음을 먹음고 글오디,

"뎡(鄭) 형(兄)이 두 규ᄋ(閨兒)를 다 유의(有意)ᄒ여 ᄌ긔(自己) 냥(兩) ᄌ(子)로 호연(好緣)을 긔약(期約)ᄒ나 ᄒ나흔 쇼뎨(小弟) 결단(決斷)ᄒ여 구(求)ᄒ리니 뎡(鄭) 형(兄)은 냥(兩) ᄋ(兒)를 다 바라지 말나."

뎡(鄭) 공(公)이 흔〃(欣欣)이 우어 왈(曰),

"쇼뎨(小弟) 댱ᄌ(長子)ᄂ 오(五) 셰(歲)오 ᄎᄌ(次子)ᄂ 삼(三) 셰(歲)니 두 쇼져(小姐)를 다 구(求)ᄒ 의ᄉ(意思ㅣ) 잇더니 퇴지 이러 틋 니르니 잇들오믈 니긔지 못ᄒ리로다."

윤(尹) 공(公) 형뎨(兄弟) 뎡(鄭)·하(河) 냥인(兩人)의 말을 듯고 도로혀 가쇼(可笑)로이 넉여 글오디,

"유하(乳下)를 면(免)치 못ᄒ 거슬 의혼(議婚)[159]ᄒ 비 아니라, 타일(他日) 져의 ᄌ란 후(後) 우리 디극(至極)ᄒ 정분(情分)으로 다시 인아(姻婭)[160]의 〃(義)를 미ᄌ미 가(可)ᄒ니라."

뎡(鄭)·하(河) 냥(兩) 공(公)이 착급(着急)ᄒ여 쇼왈(笑曰),

"녕ᄋ(令兒) 등(等)

23면

이 작인(作人)이 젼(專)혀 복덕(福德)으로 슈한(壽限)이 댱원(長遠)ᄒ여 영귀(榮貴)ᄒ 비오, 미돈(迷豚) 등(等)이 비록 용우(庸愚)[161]ᄒ나

---

159) 의혼(議婚): 혼인을 의논함.
160) 인아(姻婭): 결혼으로 맺어진 친척. 인(姻)은 사위의 아버지를 말하고, 아(婭)는 사위들이 서로를 부르는 말임.
161) 용우(庸愚): 용렬하고 어리석음.

주라면 거의 슉녀(淑女)의 평싱(平生)을 욕(辱)지 아닐 만ᄒ니, 문강 형(兄)의 곤계(昆季) 돈ᄋ(豚兒) 등(等)을 보는 비라, 쇼뎨(小弟) 등(等)을 더러이 아니 넉이거든 혼ᄉ(婚事)를 허(許)ᄒ라.”

상셔(尚書)와 태위(大夫ㅣ) 쇼왈(笑曰),

“뎡(鄭) 형(兄)의 댱ᄌ(長子)는 오(五) 셰(歲)니 ᄋ녀(阿女)와 혼ᄉ(婚事)를 긔약(期約)ᄒ미 가(可)ᄒ거니와 하(河) 형(兄)의 댱지(長子ㅣ) 거의 십(十) 셰(歲)나 되여시니 ᄋ녀(阿女) 등(等)과 년긔(年紀) 브뎍(不適)162)ᄒ니 혼인(婚姻)을 구(求)ᄒ미 블가(不可)ᄒ디라.”

하(河) 어ᄉ(御史ㅣ) 답쇼(答笑) 왈(曰),

“굿ᄐ여 댱ᄋ(長兒)로뻐 구혼(求婚)홀 비 아니라 녕ᄋ(令兒) 등(等)과 년긔(年紀) 상뎍(相適)163)ᄒ ᄋ히(兒孩)로뻐 뎡(定)코져 ᄒ노라.”

뎡(鄭) 공(公)이 명ᄋ 쇼져(小姐)의 나흘 므러 ᄌ긔(自己) ᄋᄌ(兒子) 텬흥과 뎡약(定約)기를 쳥(請)ᄒ고, 하(河) 어ᄉ(御史ㅣ) 현ᄋ 쇼져(小姐)의 나흘 므러 삼(三) 셴(歲ㄴ) 줄 알고 ᄌ긔(自己) 뎨ᄉᄌ(第四子) 원광과 동년(同年)이라 구든 언약(言約)을 두어 냥(兩) ᄋ(兒ㅣ) 무ᄉ(無事)히 ᄌ랄진딕 죵닉(從乃)164) 쓰을 변(變)치 아

24면

니키를 쳥(請)ᄒ니, 윤(尹) 상셔(尚書)는 미쇼단좌(微笑端坐)오, 태위(大夫ㅣ) 쇼왈(笑曰),

“댱부일언(丈夫一言)이 쳔년블개(千年不改)165)라 한번(-番) 허락

---

162) 브뎍(不適): 부적. 맞지 않음.
163) 상뎍(相適): 상적. 서로 잘 맞음.
164) 죵닉(從乃): 종내. 끝내.
165) 댱부일언(丈夫一言)이 쳔년블개(千年不改): 장부일언이 천년불개. 남자의 말 한마디는 천 년 이 지나도 고치지 않음.

(許諾)흔 후(後) 엇디 뜻을 곳치리오? 쇼뎨(小弟)는 녀ᄋ(女兒)를 허(許)ᄒ여 원광과 뎡혼(定婚)ᄒ니 냥(兩) 이(兒ㅣ) ᄌ랄 ᄉ이 혹ᄌ(或者) 딕단 ᄉ괴(事故ㅣ) 잇셔 냥개(兩家ㅣ) 형세(形勢) ᄀᆺ지 못ᄒ미 잇셔도 윤(尹) 명강의 ᄆᄋᆷ이 변(變)치 아니리라.”

하(河) 어ᄉᆡ(御史ㅣ) 쾌활(快闊)ᄒ여 년망(連忙)166)이 칭샤(稱謝)흔디, 뎡(鄭) 공(公)이 쾌락(快諾)167)을 듯디 못ᄒ여 보치기를 마지아니〃, 상셰(尙書ㅣ) 날호여168) 쇼왈(笑曰),

“ᄉ뎨(舍弟) 혼인(婚姻)을 뇌뎡(牢定)169)ᄒ여 쫄의 어리믈 씌둣디 못ᄒ니 가쇼(可笑)롭거니와 형(兄)이 쏘 당혼(當婚)170)흔 ᄋ들을 둠 ᄀᆺ트니 쇼뎨(小弟) 엇디 허락(許諾)지 아니리오? 다만 텬흥은 유하(乳下)를 면(免)치 못흔 ᄋ히(兒孩)로딕 호〃발양(浩浩發揚)171)ᄒ여 농호지습(龍虎之習)172)이 〃시니 타일(他日) 영쥰호걸(英俊豪傑)이 될디라 ᄋ녀(阿女)의 용잔(庸孱)173)ᄒ미 맛당흔 빅필(配匹)이 아닌가 ᄒ노라.”

뎡(鄭) 공(公)이 상셔(尙書)의 허락(許諾)을 엇고

---

166) 년망(連忙): 연밍. 급한 모양.
167) 쾌락(快諾): 흔쾌히 허락함.
168) 날호여: 천천히.
169) 뇌뎡(牢定): 뇌정. 굳게 정함.
170) 당혼(當婚): 혼인할 나이가 됨.
171) 호〃발양(浩浩發揚): 마음, 기운, 재주 따위를 크게 떨쳐 일으킴.
172) 농호지습(龍虎之習): 용호지습. 용과 호랑이와 같은 기상.
173) 용잔(庸孱): 용렬하고 잔약함.

영힝(榮幸)ᄒ여 샤례(謝禮) 왈(曰),

"형(兄)이 쇼뎨(小弟)의 용우(庸愚)174)ᄒ믈 ᄇ리디 아니코 쳔금옥녀(千金玉女)로뼈 가연이175) 허(許)ᄒ여 돈ᄋ(豚兒)의 동상(東床)176)을 긔약(期約)ᄒ니 감샤(感謝)ᄒ믈 니긔디 못ᄒᄂ니 돈ᄋ(豚兒 ㅣ) 타일(他日) 호방(豪放)ᄒ여 삼가지 못ᄒᄂ 일이 잇셔도 쇼뎨(小弟) 각별(恪別) 슬펴 녕ᄋ(令兒)의 일싱(一生)을 편(便)토록 ᄒ리라."

하(河) 어ᄉ(御史 ㅣ) 믄득 글오듸,

"혼ᄉ(婚事)를 뇌뎡(牢定)ᄒ니 반두시 표적(表迹)177)을 두어 셔로 ᄯᆺ을 곳치디 못ᄒ게 ᄒ리라."

윤(尹) 공(公) 형뎨(兄弟) 쇼왈(笑曰),

"이도 형(兄)의 ᄆᆞ음듸로 ᄒ려니와 표적(表迹)을 두지 아니나 우리 ᄉ(四) 인(人)이 심담(心膽)이 상됴(相照)178)ᄒ니 종늬(從乃) 엇디 곳치리오?"

하(河) 공(公)이 쇼왈(笑曰),

"범ᄉ(凡事 ㅣ) 구든 거시 웃듬이라."

ᄒ고 잉혈(鶯血)179)을 구(求)ᄒ니, 태위(大夫 ㅣ) 시녀(侍女)를 명(命)ᄒ여 잉혈(鶯血)을 닉여오ᄆ 하(河) 공(公)이 상셔(尙書)의 알패

---

174) 용우(庸愚): 용렬하고 어리석음.

175) 가연이: 선뜻.

176) 동상(東床): '동쪽 평상'이라는 뜻으로, '사위'를 달리 이르는 말. 중국 진(晉)나라의 극감(郗鑒)이 사위를 고르는데, 왕도(王導)의 아들 가운데 동쪽 평상 위에서 배를 드러내고 누워 있는 왕희지를 골랐다는 고사에서 유래함.

177) 표젹(表迹): 표적. 겉으로 드러난 자취.

178) 상됴(相照): 상조. 서로 비춤.

179) 잉혈(鶯血): 앵혈. 장화(張華)의 『박물지』에서 그 출처를 찾을 수 있음. 근세 이전에 나이 어린 처녀의 팔뚝에 찍던 처녀성의 표시를 말하는 것으로 도마뱀에게 주사(朱沙)를 먹여 죽이고 말린 다음 그것을 찧어 어린 처녀의 팔뚝에 찍으면 첫날밤에 남자와 잠자리를 할 때에 없어진다고 함.

붓슬 더져 왈(曰),

"녕ᄋ(令兒)를 '뎡가(鄭家)의 종뷔(宗婦ㅣ)'라 ᄒ고, 명강이 농

26면

쥬(弄珠)로 '하가(河家)의 ᄌ뷔(子婦ㅣ)'라 ᄒ여 폴 우희 쓰쇼셔."

ᄒ니 상셰(尚書ㅣ) 미〃(微微)히 우어 왈(曰),

"하(河) 퇴지 흔〃댱부(忻忻丈夫)[180]로 호의(狐疑)[181] 업더니 엇디 금일(今日) 당(當)ᄒ여 ᄋ녀ᄌ(兒女子)의 ᄆᆞᆷ이 잇ᄂᆞ뇨?"

하(河) 공(公)이 웃고 쓰기를 지쵹ᄒ니 태위(大夫ㅣ) 쇼왈(笑曰),

"비상(臂上)의 표젹(表迹)을 둘진딘 굿ᄐ여 샤곤(舍昆)긔 쳥(請)치 말고 그 엄구(嚴舅) 되리 각〃(各各) 쓰라."

뎡(鄭) 공(公)이 맛당ᄒ믈 일ᄏᆞᆺ고 친(親)히 명ᄋ 쇼져(小姐)를 나오혀 글을 쓰려 ᄒ니, 명이 붓그려 상셔(尚書)의 압히 안ᄌ 팔흘 ᄂᆡ디 아니〃 나히 어려 혼ᄉ(婚事) 뎡(定)ᄒᄂᆞᆫ 일은 아디 못ᄒ나 전일(前日) 보디 못ᄒ던 어룬을 디(對)ᄒ여 슈괴(羞愧)[182]ᄒ미라. 상셰(尚書ㅣ) ᄉᆞ랑을 니긔디 못ᄒ여 친(親)히 녀ᄋ(女兒)의 폴흘 ᄲᅢ혀 뎡(鄭) 공(公)의 쓰기를 지쵹ᄒ니, 뎡(鄭) 공(公)이 잉혈(鶯血)을 흐억히 직어 '뎡가종부[183](鄭家宗婦)' 네[184] ᄌ(字)를 두려시 쓰고 믈너 태우(大夫)로 ᄒ여곰 현ᄋ 쇼져(小姐)의 폴흘 ᄲᅢ히라

---

180) 흔〃댱부(忻忻丈夫): 흔흔장부. 시원스러운 남자.
181) 호의(狐疑): 여우의 의심이라는 뜻으로 자잘한 생각을 말함.
182) 슈괴(羞愧): 수괴. 부끄러워함.
183) 뎡가종부: [교] 원문과 박순호본(1:14)에 모두 없으나 문맥을 고려해 이와 같이 추가함.
184) 네: [교] 원문에는 '열네'로 되어 있으나 문맥을 고려해 박순호본(1:14)을 따름.

ᄒ니, 하(河) 공(公)이 '하가ᄌ뷔(河家子婦ㅣ)'라 쓰믹, ᄉ(四) 공(公)이 ᄆ음이 각별(恪別)ᄒ여 셔로 ᄌ녀(子女)의 ᄌ라기를 기ᄃ릴식 태위(大夫ㅣ) 웃고,

"샤곤(舍昆)이 지금(至今)의 ᄋ돌을 두디 못ᄒ시니 졀박(切迫)흔 근심이 업디 못ᄒ더니, 샤쉬(舍嫂ㅣ)185) 잉틱(孕胎) 오륙(五六) 삭(朔)이라, 혹ᄌ(或者) 싱남(生男)ᄒ시ᄂ 일이 잇거든 문호(門戶)의 대힝(大幸)이니 하(河)·뎡(鄭) 냥(兩) 형(兄) 듕(中) 혹ᄌ(或者) 부인(夫人)이 잉틱(孕胎)ᄒ시니 잇거든 냥가(兩家) ᄋ희(兒孩) 나기를 기ᄃ려 또 친ᄉ(親事)186)를 뎡(定)ᄒ리라."

뎡(鄭) 공(公)이 조(曹) 부인(夫人)의 유신(有娠)187)ᄒ믈 듯고 상셔(尚書)를 향(向)ᄒ여 칭하(稱賀)188)ᄒ며 ᄌ긔(自己) 부인(夫人)이 잉틱(孕胎) 오뉵(五六) 삭(朔)이믈 닐너 ᄋ희(兒孩) 나기를 기ᄃ려 남녀(男女) 분변(分辨)ᄒ여 혼인(婚姻)을 뎡(定)ᄒᄌ 흔딕, 하(河) 공(公)이 쇼왈(笑曰),

"형(兄)의 부인(夫人)닉만 잉틱(孕胎)ᄒ랴? 쇼뎨(小弟)도 실인(室人)이 잉틱(孕胎) ᄉ오(四五) 삭(朔)이니 분산(分産)189)ᄒ믈 보아 뎡(定)ᄒ리로다."

태위(大夫ㅣ) 가장 깃거 삼가(三家)의 ᄋ희(兒孩) 나기를 기ᄃ려 뎡혼(定婚)ᄒ믈 일쿳고 종일(終日) 즐기다가 셕

---

185) 샤쉬(舍嫂ㅣ): 사수. 형수(兄嫂).
186) 친ᄉ(親事): 친사. 혼사(婚事).
187) 유신(有娠): 임신.
188) 칭하(稱賀): 축하함.
189) 분산(分産): 아이를 낳음. 해산.

양(夕陽)의 파(罷)ᄒ여,

형뎨(兄弟) 죵용(從容)이 말슴ᄒᆞᆯ시, 태위(大夫ㅣ) 냥(兩) ᄋᆞ(兒)의 뎡혼(定婚)ᄒ믈 깃거ᄒ고, 뎡(鄭)·하(河) 냥(兩) 부인(夫人)의 분산(分産)ᄒ믈 기ᄃᆞ려 형댱(兄丈) 싱ᄋᆞ(生兒)와 결혼(結婚)ᄒ여 겹〃 인아(姻婭)의 둣터오믈 미ᄌᆞ미 묘ᄒ믈 일ᄏ라 깃거ᄒ믈 마지아니ᄒ니, 상셰(尚書ㅣ) 홀연(忽然) 미우(眉宇)를 ᄲᅥᆼ고고 기리 탄왈(嘆曰),

“ᄌᆞ녀(子女)를 셩취(成娶)[190]ᄒ여 영효(榮孝)를 보미 극(極)히 두굿거오나[191] 내 스스로 ᄆᆞ음이 위황(危慌)[192]ᄒ니 댱원(長遠)ᄒ기를 ᄇᆞ라디 못ᄒᆞᆯ가 ᄒ노라.”

태위(大夫ㅣ) 경아(驚訝)[193] 위로(慰勞) 왈(曰),

“쇼뎨(小弟) 다만 ᄋᆞ들을 두지 못ᄒ여시니 형댱(兄丈)이 만일(萬一) ᄡᅶᆼ틱(雙胎)를 싱(生)ᄒ실진ᄃᆡ ᄒ나흘 계후(繼後)[194]ᄒ려 ᄒᄂ이다.”

상셰(尚書ㅣ) 미쇼(微笑) 왈(曰),

“현뎨(賢弟) 나히 져멋고 뉴쉬(-嫂ㅣ) 단산(斷産)[195]ᄒ실 ᄶᅵ 아니라 ᄌᆞ녜(子女ㅣ) 몃치 될 줄 알니오? 괴이(怪異)ᄒᆞᆫ 말 말지어다.”

태위(大夫ㅣ) 믄득 탄식(歎息) 왈[196](曰),

“쇼뎨(小弟) 실(實)노 뉴 시(氏) 싱산(生産)을 원(願)치 아니ᄒᄂ니 현ᄋᆡ 낫ᄎᆞᆷ 모풍(母風)[197]이 업거니와 경ᄋᆞ는 만히

---

190) 셩취(成娶): 성취. 혼인시킴.
191) 두굿거오나: 기쁘나.
192) 위황(危慌): 위험하고 매우 급함.
193) 경아(驚訝): 놀라고 의아해 함.
194) 계후(繼後): 양자로 들여 후사를 이음.
195) 단산(斷産): 자식 생산이 끊김.
196) 왈: [교] 원문에는 없으나 문맥을 고려해 박순호본(1:15)을 따라 삽입함.
197) 모풍(母風): 어머니의 모습.

그 어미를 달마 그 위인(爲人)이 우리 집 픔딜(稟質)이 아니 〃 이들
와 ᄒᆞᄂᆞ이다."

상세(尙書]) 뎡ᄉᆡᆨ(正色) 왈(曰),

"네 엇디 괴이(怪異)ᄒᆞᆫ 말을 ᄒᆞᄂᆞ뇨? 뉴쉬(-嫂]) 총명ᄌᆞ혜(聰明慈
惠)198)ᄒᆞ신디라, 만일(萬一) 싱ᄌᆞ(生子)ᄒᆞ실진딕 영걸지직(英傑之
材)199) 되리라, ᄌᆞ녜(子女]) 번셩(繁盛)ᄒᆞᆯ 거시오, 더옥 티발(齒髮)
이 미댱(未長)ᄒᆞ고 유치(幼稚) 경ᄋᆞ를 모풍(母風)이 잇다 ᄒᆞ니200) 말
마다 괴이(怪異)ᄒᆞ도다."

태위(大夫]) 탄식브답(歎息不答)이러라.

이적의 금국(金國) 오랑키 호삼개201) 여러 딕(代) 됴공(朝貢)을 밧
드디 아니코 군량202)(軍糧)과 댱ᄉᆞ(將士)를 모화 텬됴(天朝)를 항형
(抗衡)203)코져 ᄒᆞ니 그 셰(勢) 강댱(强壯)204)ᄒᆞ여 크게 용이(容易)치
아닌디라, 텬직(天子]) 근심ᄒᆞ샤 옥톄(玉體) 뇽상(龍床)의 슉식(宿
食)이 블안(不安)ᄒᆞ시니,

금령문의 크게 됴회(朝會)를 여르샤 호삼기 쳐치(處置)ᄒᆞᆯ 도리(道
理)를 므르시니, 만됴(滿朝)의 의논(議論)이 분 〃(紛紛)ᄒᆞ여 혹(或)
흥ᄉᆞ문죄(興師問罪)205)ᄒᆞ

---

198) 총명ᄌᆞ혜(聰明慈惠): 총명자혜. 총명하고 어질며 지혜로움.
199) 영걸지직(英傑之材): 영걸지재. 영특하고 기상이 뛰어난 인재.
200) 니: [교] 원문에는 '여'로 되어 있으나 문맥을 고려해 이와 같이 수정함.
201) 개: [교] 원문에는 '괴'로 되어 있으나 뒷부분에 계속 '개'로 나오는 것을 고려해 이와 같이 수
정함.
202) 량: [교] 원문에는 '병'으로 되어 있으나 문맥을 고려해 박순호본(1:16)을 따름.
203) 항형(抗衡): 서로 지지 아니하고 맞섬.
204) 강댱(强壯): 강장. 강성함.
205) 흥ᄉᆞ문죄(興師問罪): 흥사문죄. 군대를 일으켜 죄를 물음.

즈 ᄒᆞᄂᆞ니도 잇고, 혹즈(或者) 덕(德)이 가즉ᄒᆞᆫ206) 샤신(使臣)을 보닉여 교유(教諭)207)ᄒᆞᆫ즈 ᄒᆞᄂᆞ니도 잇셔 의논(議論)을 뎡(定)치 못ᄒᆞ더니, 삼공(三公)208)의 ᄯᅳᆺ이 텬샤(天使)를 보닉미 맛당ᄒᆞ고 병혁(兵革)을 니르혀미 듕난(重難)209)타 ᄒᆞ니, 텬직(天子ㅣ) 올히 넉이시나 삼공(三公) 이히(以下ㅣ) 위지디(危之地)의 가기를 원(願)치 아니ᄒᆞ여 면〃상고(面面相顧)210)ᄒᆞ여 결(決)치 못ᄒᆞ더니, 상셔(尚書) 윤(尹) 공(公)이 가연이211) 반부(班部)212) 듕(中)의 몸을 ᄲᅢ혀 브복(俯伏) 듀왈(奏曰),

"신(臣) 윤현이 국은(國恩)을 닙ᄉᆞ와 외람(猥濫)ᄒᆞ온 작딕(爵職)213)이 니부텬관(吏部天官)214)과 광녹태우(光祿大夫)를 겸(兼)ᄒᆞ와 홍문관(弘文館)의 요금흑시(腰金學士ㅣ)215) 되오니, 슉야우구(夙夜憂懼)216)ᄒᆞ와 성은(聖恩)을 만분디일(萬分之一)이나 갑ᄉᆞ올가 원(願)ᄒᆞ오딕 쳑촌(尺寸)도 국은(國恩)을 갑습지 못ᄒᆞ오나 엇디 방심희틱(放心解怠)217)ᄒᆞ리잇고? 방금(方今) 금국(金國)의 텬

---

206) 가즉ᄒᆞᆫ: 고루 갖춘.

207) 교유(教諭): 가르치고 타이름.

208) 삼공(三公): 중국에서, 최고의 관직에 있으면서 천자를 보좌하던 세 벼슬로, 주나라 때는 태사(太師)·태부(太傅)·태보(太保)가 있었고 진(秦)나라, 전한(前漢) 때는 승상(丞相)·태위(太尉)·어사대부(御史大夫), 또는 대사마(大司馬)·대사공(大司空)·대사도(大司徒)가 있었으며 후한(後漢), 당나라, 송나라 때는 태위(太尉)·사도(司徒)·사공(司空)이 있었음.

209) 듕난(重難): 중난. 매우 어려움.

210) 면〃상고(面面相顧): 아무런 의견도 내놓시 못하고 서로 얼굴만 바라봄.

211) 가연이: 선뜻.

212) 반부(班部): 신하의 무리.

213) 작딕(爵職): 작직. 벼슬.

214) 니부텬관(吏部天官): 이부천관. 이부상서(吏部尚書).

215) 요금흑시(腰金學士ㅣ): 요금학사. 허리에 금대(金帶)를 두른 학사.

216) 슉야우구(夙夜憂懼): 숙야우구. 이른 아침부터 밤늦게까지 걱정하며 두려워함.

217) 방심희틱(放心解怠): 방심해태. 마음을 풀어 놓아 버리고 나태함.

샤(天使)를 의논(議論)ᄒ시니 외람(猥濫)ᄒ오나 신(臣)을 보ᄂ실가
ᄇ라ᄂ이다."

텬안(天顔)이 셕연돈오[218](釋然頓悟)[219]ᄒ샤 슈족(手足) ᄀᆺ튼 현
냥(賢良)[220]을 먼니 보ᄂ기를 어려이 넉이시니, 삼공(三公) 이히(以
下ㅣ) 다 맛당ᄒᆷ믈 듀(奏)ᄒᄃ 샹(上)이 마지못ᄒ샤 ᄀᆯ오ᄉᄃ,

"금국(金國)은 위험지디(危險之地)라, 텬샤(天使)를 보ᄂ여도 강용
(强勇)[221]이 겸젼(兼全)ᄒ 무신(武臣)을 보ᄂ고 문관(文官)은 보ᄂ지
아니려 ᄒ더니, 이제 윤현이 튱셩(忠誠)을 다ᄒ여 ᄌ원(自願)ᄒ니 딤
(朕)이 마지못ᄒ여 허(許)ᄒ거니와 금국(金國) 흉디(凶地)의 가미 셩
명(性命)이 위틱(危殆)ᄒᆯ가 념녀(念慮)ᄒ노라."

상셰(尙書ㅣ) 돈슈(頓首) 듀왈(奏曰),

"셩샹(聖上)이 미신(微臣)으로뼈 이러틋 ᄒ시니 황공(惶恐)ᄒ와 알
외올 빅 업습ᄂ이다. 스싱(死生)이 유명(有命)ᄒ오니 이젹(夷狄)이
비록 흉완(兇頑)[222]ᄒ오나 간딕로[223] 텬됴(天朝) 샤신(使臣)을 히(害)
치 못

ᄒ오리니 복원(伏願) 폐하(陛下)ᄂ 셩녀(聖慮)[224]치 마르쇼셔."

---

218) 오: [교] 원문에는 '유'로 되어 있으나 문맥을 고려해 박순호본(1:17)을 따름.
219) 셕연돈오(釋然頓悟): 셕연돈오. 밝히 깨달음.
220) 현냥(賢良): 현량. 어질고 착한 사람.
221) 강용(强勇): 굳셈과 용맹함.
222) 흉완(兇頑): 흉악하고 모짊.
223) 간딕로: 마음대로.
224) 셩녀(聖慮): 셩려. 임금이 염려함.

샹(上)이 칭찬(稱讚) 왈(曰),

"이제 금국(金國)의 변(變)이 〃시미 경(卿)의 뎡튱대졀(精忠大節)225)을 시로이 알 비라. 망신슌국(亡身殉國)226)ᄒᆞ니 가(可)히 아름답도다."

ᄒᆞ시니, 상셰(尚書ㅣ) 블감(不堪)227)ᄒᆞ오믈 듀달(奏達)228)ᄒᆞ오니 즉시(卽時) 샤신(使臣)을 뎡숑(定送)229)ᄒᆞ실ᄉᆡ, 젼뎐태흑ᄉ(殿前太學士) 뎡(鄭) ᄉᆞ도(司徒)로 부샤(副使)를 뎡(定)ᄒᆞ여 일즉 티힝(治行)230)ᄒᆞ여 발힝(發行)케 ᄒᆞ시니,

윤(尹)·뎡(鄭) 냥(兩) 공(公)이 퇴됴(退朝) 귀가(歸家)ᄒᆞ니, 일가친쳑(一家親戚)과 샹하노쇼(上下老少ㅣ) 놀나디 아니리 업ᄉᆞᄃᆡ, 오히려 뎡부(鄭府) 일문(一門)은 경악(驚愕)ᄒᆞᆫ 념녀(念慮) 젹으나 윤가(尹家) 친쳑(親戚)은 다 위틴(危殆)히 넉이고 텬샤(天使)를 ᄌᆞ원(自願)ᄒᆞᆷ믈 이들니 넉이며 윤(尹) 태위(大夫ㅣ) 대경ᄎ악(大驚嗟愕)231)ᄒᆞ여 상셔(尚書)긔 고왈(告曰),

"형댱(兄丈)은 봉ᄉᆞ봉친(奉祀奉親)232)의 듕(重)ᄒᆞᆫ 몸이오, 국가(國家)의 쥬셕동냥(柱石棟樑)233)이라 ᄎᆞ마 금국(金國) 위험지

---

225) 뎡튱대졀(精忠大節): 정충대절. 순수하고 한결같은 충성과 큰 절개.
226) 망신슌국(亡身殉國): 망신순국. 나라를 위해 목숨을 바침.
227) 블감(不堪): 불감. 감당하지 못함.
228) 듀달(奏達): 주달. 임금에게 아룀.
229) 뎡숑(定送): 정송. 정해 보냄.
230) 티힝(治行): 치행. 행장을 차림.
231) 대경ᄎ악(大驚嗟愕): 대경차악. 몹시 놀람.
232) 봉ᄉᆞ봉친(奉祀奉親): 봉사봉친. 제사를 받들고 어버이를 모심.
233) 쥬셕동냥(柱石棟樑): 주석동량. 기둥과 주춧돌, 마룻대와 들보라는 뜻으로, 집안이나 나라를 떠받치는 중대한 일을 맡을 만한 인재를 이르는 말.

디(危險之地)의 나아가리잇가? 명일(明日) 쇼뎨(小弟) 탑젼(榻前)234)의 듀달(奏達)ᄒ고 금국(金國) 샤신(使臣)을 쇼뎨(小弟) 밧고와 가리이다.”

상셰(尚書ㅣ) 뎡싁(正色) 왈(曰),

“금국(金國)이 위험(危險)ᄒ나 ᄉ디(死地) 아니오, 호삼기 ᄉ오나오나 사름 죽이는 칼이 아니〃 텬됴(天朝) 샤신(使臣)이 번국(蕃國)235)의 가민 길히 영화(榮華)롭고 작픔(爵品)236)이 졈〃(漸漸) 놉흘디라 므어시 위틱(危殆)타 ᄒᄂ뇨? 비록 ᄉ디(死地)라도 내 임의 뎡(定)ᄒ여시니 요개(搖改)237)ᄒ 길히 업거놀 현뎨(賢弟) 엇디 소임(所任)을 당(當)ᄒ리오?”

태위(大夫ㅣ) 추악경심(嗟愕驚心)238) 왈(曰),

“쇼뎨(小弟) 금일(今日) 신긔(身氣) 블평(不平)ᄒ여 됴참(朝參)239)치 못ᄒ고 형댱(兄丈)이 금국(金國)의 가실 줄은 긔약(期約)디 아녓더니, 천만쯧밧(千萬--) 위험지디(危險之地)를 됴흔 길의 나아가ᄃᆺ ᄒ실 줄 엇디 아라시리잇고?”

상셰(尚書ㅣ) 태우(大夫)의 념녀(念慮)ᄒ믈 위로(慰勞)ᄒ고 ᄒ가지로 경희뎐의 드러가 태부인(太夫人)긔

---

234) 탑젼(榻前): 탑전. 임금의 의자 앞.
235) 번국(蕃國): 오랑캐 나라.
236) 작픔(爵品): 작품. 벼슬과 품계.
237) 요개(搖改): 흔들어 고침.
238) 추악경심(嗟愕驚心): 차악경심. 매우 놀람.
239) 됴참(朝參): 조참. 조회에 참석함.

금국(金國)의 나아가믈 고(告)ᄒ니, 위 시(氏) 미양 상셔(尙書)ᄂ 가ᄂᆡ(家內)의 업ᄉ록 깃거ᄒ고 죽기를 쥬야(晝夜) 튝원(祝願)ᄒᄂ 비라, 심니(心裏)의 대희(大喜)ᄒ나 것ᄎ로 경참(驚慘)[240]ᄒ 빗츨 지어 눈믈을 흘녀 왈(曰),

"금국(金國) 위험지디(危險之地)를 엇지 ᄌ원츌샤(自願出使)[241]ᄒ뇨? 만일(萬一) 흉젹(凶賊)의 희(害)를 맛날진디 노모(老母)의 그리ᄂ 심ᄉᆞ(心思)를 엇디코져 ᄒᄂ뇨?"

상셰(尙書ㅣ) 이셩화긔(怡聲和氣)[242]로 위로[243](慰勞)ᄒ며 태위(大夫ㅣ) 형(兄)을 ᄃᆡ신(代身)코져 ᄒᄂ 뜻을 고(告)ᄒ니, 위 시(氏) 진졍(眞情)으로 놀나 왈(曰),

"형(兄)은 ᄌᆡ덕(才德)이 졔미(齊美)[244]ᄒ니 오히려 흉덕(凶賊)을 교유(敎諭)ᄒ여 무ᄉ(無事)히 도라오려니와 너는 형(兄)을 만블급(萬不及)[245]ᄒ리니 더옥 엇디 이런 말을 ᄒᄂ뇨?"

태위(大夫ㅣ) 낫빗츨 뎡(正)히 ᄒ고 공슈(拱手) ᄃᆡ왈(對曰),

"형댱(兄丈)은 가국(家國)의 듕(重)ᄒ 몸이니 아니 가셤 즉ᄒ거니와 쇼ᄌ(小子)ᄂ 집의 ᄎᆞ직(次子ㅣ)라 블관(不關)[246]ᄒ오니 길흉간(吉凶間) 형(兄)을 ᄃᆡ신(代身)ᄒ여 가

---

240) 경참(驚慘): 놀라고 슬퍼함.
241) ᄌ원츌샤(自願出使): 자원출사. 자원해 사신으로 나감.
242) 이셩화긔(怡聲和氣): 이성화기. 부드러운 말과 온화한 기색.
243) 위로: [교] 원문에는 없으나 문맥을 고려해 박순호본(1:19)을 따라 삽입함.
244) 졔미(齊美): 제미. 두루 아름다움.
245) 만블급(萬不及): 만불급. 어림없이 미치지 못함. 천만불급(千萬不及).
246) 블관(不關): 불관. 중요하지 않음.

국(家國)을 위(爲)ᄒ오미 인신디도(人臣之道)의 올ᄉ온디라. ᄌ정(慈
庭)이 맛당이 쇼ᄌ(小子)로뼈 가형(家兄)을 되신(代身)ᄒ라 권(勸)ᄒ
셤 즉ᄒ옵거늘 어이 〃되도록 ᄒ시ᄂ니잇고?“

　위 시(氏) ᄎ악발비(嗟愕拔臂)[247] 왈(曰),

　“노뫼(老母ㅣ) 브졀업시 ᄉ라 너희 이런 거동(擧動)을 보니 밧비
죽으미 원(願)이라. 국ᄉ(國事)를 부ᄌ간(父子間)인들 되신(代身)ᄒᄂ
규귀(規矩ㅣ)[248] 잇ᄂ냐?”

　상세(尙書ㅣ) 뎡ᄉᆨ(正色)고 태우(大夫)를 도라보아 왈(曰),

　“내 이제 ᄌ전(慈殿) 좌측(座側)을 쎠나오미 하정(下情)[249]의 버히
ᄂ 듯ᄒ거늘 엇디 괴이(怪異)ᄒᆫ 말노뼈 ᄌ위(慈闈)[250]의 놀나시믈 돕
습고 나의 ᄆᆞ음을 살난(散亂)케 ᄒᄂ뇨? 평일(平日) 너를 밋던 빅 아
니로다.”

　태위(大夫ㅣ) 모친(母親) 말ᄉᆷ과 거동(擧動)이며 상셔(尙書)의 쥰
졀(峻截)[251]ᄒᆫ 의논(議論)을 드르미 ᄌ긔(自己) ᄆᆞ음을 펼 길히 업ᄂ
디라, 비열(悲咽)[252]ᄒ믈 니긔디 못ᄒ여 능(能)히 디향(指向)치 못ᄒ
ᄂ디라. 상세(尙書ㅣ) 나라흘 위(爲)ᄒ여 ᄉ〃(私事)를 도라보디

못ᄒᄂ디라 아이 과도(過度)히 념녀(念慮)ᄒ며 슬허ᄒ믈 보미 엇디

---

247) ᄎ악발비(嗟愕拔臂): 차악발비. 몹시 놀라 팔을 내저음.
248) 규귀(規矩ㅣ): 걸음쇠와 곱자라는 뜻으로 일상생활에서 지켜야 할 법도를 이르는 말.
249) 하정(下情): 하정. 어른에게 대하여, 자기 심정이나 뜻을 겸손하게 이르는 말.
250) ᄌ위(慈闈): 자위. 어머니.
251) 쥰졀(峻截): 준절. 매우 위엄이 있고 정중함.
252) 비열(悲咽): 슬피 오열함.

심회(心懷) 됴흐리오. 기리 탄식(歎息) 왈(曰),

"주고(自古)로 튱신(忠臣)이 효주(孝子ㅣ) 되디 못혼다 흐미 날을 두고 니르미로다. 내 이제 나라흘 위(爲)ᄒ여 인신(人臣)의 도리(道理)를 ᄒ고져 ᄒ미 주위(慈闈)긔 블효(不孝)를 깃치옵고 아이 슬허ᄒ믈 보니 동긔(同氣)를 져ᄇ리미 만토다."

태위(大夫ㅣ) 회푀(懷抱ㅣ) 무궁(無窮)ᄒ나 모젼(母前)이라 모친(母親)의 수오나온 ᄯᅳᆺ을 모로고 슬허ᄒ시믈 도을가 두려 수식(辭色)을 곳쳐 십분(十分) 강인(强忍)253)ᄒ여 시좌(侍坐)타가 외헌(外軒)의 나와 상셔(尚書)의 손을 잡고 눈믈을 금(禁)치 못ᄒ여 글오듸,

"형댱(兄丈)이 무ᄉ(無事)히 도라오시면 텬힝(天幸)이어니와 블연(不然)즉 쇼뎨(小弟)의 심ᄉ(心思)를 엇지ᄒ리잇고?"

상셰(尚書ㅣ) ᄯᅩᄒᆫ 츄연주상(惆然自傷)254)ᄒ여 태우(大夫)의 폴흘 어로만져 탄왈(嘆曰),

"현뎨(賢弟)의 명감(明鑑)255)으로뼈 엇디 우형(愚兄)의 명도(命途)256)와 슈요댱단(壽夭長短)257)을

37면

지우금(至于今)258) 아지 못ᄒᆞᄂᆈ? 반ᄃ시 금년(今年)이 나의 명년(命年)259)이라 타국(他國)의 가지 아니나 텬명(天命)을 엇디 도망(逃亡)ᄒ리오? 성현(聖賢)도 오는 익(厄)을 면(免)치 못ᄒ시고 안직(顔子

---

253) 강인(强忍): 억지로 참음.
254) 츄연주상(惆然自傷): 추연자상. 처량한 빛으로 스스로 슬퍼함.
255) 명감(明鑑): 밝은 감식안.
256) 명도(命途): 운명과 재수를 아울러 이르는 말.
257) 슈요댱단(壽夭長短): 수요장단. 목숨의 길고 짧음.
258) 지우금(至于今): 지금까지.
259) 명년(命年): 목숨을 마칠 나이.

ㅣ)260) 단명(短命)ᄒ시니 우형(愚兄)의 부지박덕(不才薄德)261)으로 텬슈(天數)262)를 엇디 도망(逃亡)ᄒ리오? 이제 이 길히 망연(茫然)ᄒ나 도시(都是)263) 명애(命也ㅣ)라 하늘과 귀신(鬼神)이 지휘(指揮)ᄒ느니 엇디 면(免)ᄒ리오? 현뎨(賢弟)ᄂ 모로미 슬허 말고 ᄌ위(慈闈)를 효봉(孝奉)264)ᄒ고 일가(一家) 효우돈목(孝友敦睦)265)ᄒ여 윤시(尹氏) 문호(門戶)를 흥긔(興起)ᄒ라.”

태위(大夫ㅣ) 상셔(尚書)의 말ᄉ므로조ᄎ 누쉬(淚水ㅣ) 금포(錦袍)를 젹실 ᄯᄅ름이라.

상셰(尚書ㅣ) 역시(亦是) 슬허ᄒ믈 마지아냐 듀야(晝夜) 형뎨(兄弟) 상딕(相對)ᄒ여 니회(離懷)266)를 니르고 디극(至極)ᄒ 졍(情)이 비길 ᄃᆡ 업셔 사름으로 ᄒ여곰 본바들 비라. 의(哀)라, 인간셰ᄉᆡ(人間世事ㅣ) 임의(任意)치 못ᄒ미 여ᄎ(如此)ᄒ고!

이러구러 텬샤(天使)의 발ᄒᆡᆼ일지(發行日子ㅣ)267) 졈〃(漸漸) 갓가오니

38면

태위(大夫ㅣ) 왈(曰),

“이제 만니타국(萬里他國)의 나아가시ᄆᆡ 예ᄉ(例事) 쇼국(小國)과 달나 위험지국(危險之國)의 환귀지속(還歸遲速)268)을 뎡(定)치 못ᄒ

---

260) 안ᄌᆡ(顏子ㅣ): 안자. 중국 춘추시대의 유학자 안회(顏回, B.C.521~B.C.490)를 높여 부른 이름. 자는 자연(子淵). 공자의 수제자로 학덕이 뛰어났다고 전해짐.
261) 부지박덕(不才薄德): 부재박덕. 재주가 없고 덕이 부족함.
262) 텬슈(天數): 천수. 하늘이 내려준 운수.
263) 도시(都是): 모두.
264) 효봉(孝奉): 효도로 받듦.
265) 효우돈목(孝友敦睦): 효도하고 우애로우며 화목함.
266) 니회(離懷): 이회. 이별의 회포.
267) 발ᄒᆡᆼ일지(發行日子ㅣ): 발행일자. 길을 떠나는 날짜.

ᄂ니 쳥(請)컨디 희월누의 드러가샤 슈슈(嫂嫂)의 디향(指向) 업ᄉ신 심ᄉ(心思)를 위로(慰勞)ᄒ쇼셔."

상셰(尚書ㅣ) 미쇼(微笑) 왈(曰),

"아이 니르지 아니나 내 또 부〃(夫婦)의 졍(情)으로뼈 ᄉ별(死別)을 위로(慰勞)치 아니랴?"

태위(大夫ㅣ) 샤곤(舍昆)의 이런 말ᄉᆷ을 드를ᄉ록 ᄆ음이 버히ᄂ 듯ᄒ더라.

ᄎ야(此夜)의 상셰(尚書ㅣ) 희월누의 드러가니, 부인(夫人)이 상셔(尚書)의 금국(金國) 샤힝(使行)을 드른 후(後)로 심담(心膽)이 여할여삭(如割如削)269)ᄒ여 몽ᄉ(夢事)의 이상(異常)이 마ᄌ믈 보미 황〃망극(遑遑罔極)270)ᄒ믈 니긔지 못ᄒ디, 사름되오미 어름과 금옥(金玉)의 견고(堅固)ᄒ믈 가져시니 강인(强忍)ᄒ여 ᄉ식(辭色)을 화(和)히 ᄒ고 말ᄉᆷ을 ᄌ약(自若)271)히 ᄒ여 상셔(尚書)의 〃복(衣服)을 다ᄉ려 힝거(行車)를 츌히더니, 상셰(尚書ㅣ) 드러오믈 보고 디영좌뎡(祗迎坐定)272)ᄒ미 상셰(尚書ㅣ) 부인(夫人)의 슈고로이 침션(針線)을 다ᄉ려 몸이 갓브믈273) 도라보지 아니믈 념녀(念慮)

39면

ᄒ여 웃고 굴오디,

"ᄉᆼ(生)의 의복(衣服)을 부인(夫人)이 친집(親執)274)지 아니나 텬됴

---

268) 환귀지쇽(還歸遲速): 환귀지속. 돌아올 기약.
269) 여할여삭(如割如削): 베이고 깎이는 듯함.
270) 황〃망극(遑遑罔極): 갈팡질팡 어쩔 줄 모르게 매우 급함.
271) ᄌ약(自若): 자약. 큰일을 당해서도 놀라지 아니하고 보통 때처럼 침착함.
272) 디영좌뎡(祗迎坐定): 지영좌정. 공손히 맞이해 자리를 잡음.
273) 갓브믈: 고단함을.
274) 친집(親執): 친히 만듦.

(天朝) 샤신(使臣)의 힝치(行次ㅣ)라 쇼과쥬현(所過州縣)275)이 〃복(衣服)과 찬션(饌膳)을 ᄀ초와 싱(生)의 쯧을 맛초와 영접(迎接)ᄒ리니 엇디 유틱지듕(有胎之中)276)의 슈고로오믈 싱각지 아니ᄒ시ᄂᆞ뇨?"

부인(夫人)이 믁연(黙然)이 말이 업더니 날호여 디왈(對曰),

"금국(金國)이 위험지디(危險之地)라 ᄒ오니, 군ᄌ(君子ㅣ) 봉친지하(奉親之下)277)의 ᄌ원텬샤(自願天使)ᄒ여 ᄉ〃(私事)를 도라보지 아니샤 튱의(忠義)ᄂᆞ 항복(降服)되오나 효의(孝義)ᄂᆞ 지회(至孝ㅣ) 아닌가 ᄒᄂ이다."

샹셰(尚書ㅣ) 왈(曰),

"흉디(凶地)의 나아가나 슈복(壽福)이 댱원(長遠)ᄒ진디 ᄌ연(自然) 위디(危地)를 버셔날 거시오, 뎡(定)ᄒ 쉬(數ㅣ)278) 만일(萬一) 맛ᄎ라 ᄒ면 위틱(危殆)ᄒ미 팔구(八九) 분(分)이나 ᄒ니, 부인(夫人)은 복(僕)의 다시 산 얼골노 도라오지 못ᄒ나 디통(至痛)279)을 관억(寬抑)280)ᄒ여 ᄌ위(慈闈)를 셩효(誠孝)로 밧드옵고 슬하유치(膝下幼稚)를 무휼(撫恤)281)ᄒ여 복(僕)의 신후(身後)를 니으미 나의

40면

밋ᄂᆞ 비라. 복듕이(腹中兒ㅣ) 반ᄃ시 일(一) 빵(一雙) 긔린(麒麟)이 되리니, 싱(生)이 비록 업ᄉ나 ᄋ들이 여ᄎ(如此)ᄒ면 ᄉ이블ᄉᆞ(死而不死ㅣ)282)라 므어슬 슬허ᄒ리오? 녀ᄋ(女兒)ᄂᆞ 뎡(鄭) 윤보283)의 ᄋ

---

275) 쇼과쥬현(所過州縣): 소과주현. 지나는 고을.
276) 유틱지듕(有胎之中): 유태지중. 임신한 가운데.
277) 봉친지하(奉親之下): 봉친지하. 어버이를 모신 중에.
278) 쉬(數ㅣ): 수. 운수.
279) 디통(至痛): 지통. 지극한 슬픔.
280) 관억(寬抑): 너그러이 억제함.
281) 무휼(撫恤): 사랑하여 어루만지고 위로함.

둘과 뎡혼(定婚)ᄒ여시니 피ᄎ(彼此ㅣ) 구든 밍약(盟約)이 금셕(金石)
ᄀᆺᄐ니 뎡개(鄭家ㅣ) ᄇ리지 아니면 오개(吾家ㅣ) ᄯ 빅약(背約)²⁸⁴⁾
지 못ᄒᆯ디라. 인심셰ᄉ(人心世事ㅣ) 혹ᄌ(或者) 괴이(怪異)ᄒ미 잇셔
혼인(婚姻)의 마장(魔障)²⁸⁵⁾이 잇셔도 녀ᄋ(女兒)는 곳 뎡시(鄭氏)의
사ᄅ이라 타쳐(他處)의 〃혼(議婚)치 마르쇼셔.”

　부인(夫人)이 비록 타연(妥然)²⁸⁶⁾ᄒ기를 위쥬(爲主)ᄒ나 당ᄎ지시
(當此之時)ᄒ여 상셔(尙書)의 말ᄉᆷ을 드르미 더옥 심장(心臟)이 최열
(摧裂)²⁸⁷⁾ᄒ여 셩안(星眼)의 쥬뤼(珠淚ㅣ) 어리고 아황(蛾黃)²⁸⁸⁾의 슈
운(愁雲)²⁸⁹⁾이 쳑〃(慼慼)²⁹⁰⁾ᄒ여 쳑연(惕然)²⁹¹⁾ 딕왈(對曰),

　“명공(明公)이 쳡(妾)을 딕(對)ᄒ샤 ᄎ마 사ᄅ의 견딕여 듯지 못ᄒᆯ
말ᄉᆷ을 ᄒ샤 ᄋ녀ᄌ(兒女子)의 심담(心膽)을 촌할(寸割)²⁹²⁾케 ᄒ시ᄂ
니잇고?“

　언파(言罷)의 오열(嗚咽)ᄒ믈 마지아니〃 상셰(尙書ㅣ) 나아가 부인

41면

의 옥슈(玉手)를 잡아 믹후(脈候)²⁹³⁾를 보고 우어 왈(曰),

　“이 진실(眞實)노 졀쳐봉싱(絶處逢生)²⁹⁴⁾이라 이 엇지 텬되(天道

---

282) ᄉ이블ᄉ(死而不死ㅣ): 사이불사. 죽었으나 죽지 않음.
283) 윤보: 정연의 자(字).
284) 빅약(背約): 배약. 약속을 배신함.
285) 마장(魔障): ‘귀신의 장난’이라는 뜻으로, 일의 진행에 나타나는 뜻밖의 방해를 이르는 말.
286) 타연(妥然): 편안한 모양.
287) 최열(摧裂): 꺾이고 찢어짐.
288) 아황(蛾黃): 예전에, 여자들이 발랐던 누런빛이 나는 분으로, 분 바른 얼굴을 이름.
289) 슈운(愁雲): 수운. 근심스러운 기색.
290) 쳑〃(慼慼): 척척. 근심하는 빛이 있음.
291) 쳑연(惕然): 척연. 슬퍼하는 모양.
292) 촌할(寸割): 마디마디 끊어짐.
293) 믹후(脈候): 맥후. 맥이 움직이는 상태.
294) 졀쳐봉싱(絶處逢生): 절처봉생. 오지도 가지도 못할 막다른 판에 요행히 살길이 생김.

ㅣ) 무심(無心)ᄒ신 비리오? 이졔 부인(夫人)의 믹후(脈候)를 보건딕 벅〃이295) 싱남(生男)ᄒᆯ지라 문호(門戶)의 대경(大慶)이오, 우리 부〃(夫婦)의 복(福)이 아니리오? 녀직(女子ㅣ) 삼죵의탁(三從依託)296)이 〃시니 직가죵부(在家從父)ᄒ고 뎍인죵부(適人從夫)ᄒ고 부ᄉ죵직(夫死從子ㅣ)297)라. 부인(夫人)이 악댱(岳丈)의 만닉(晚來) 필ᄋ(畢兒)로셔 셩인(成姻)298)ᄒ여 즉시(卽時) 악댱(岳丈) 닉외(內外) 기셰(棄世)ᄒ시나 복(僕)이 〃셔 부인(夫人)의 바라미 되고, 이제 복(僕)이 ᄉ디(死地)의 나아가나 ᄒ 낫 녀익(女兒ㅣ) 잇고 복(僕)의 후ᄉ(後嗣)를 니을 남익(男兒ㅣ) 나리니 삼죵지의(三從之義) 멸(滅)치 아니〃 스ᄉ로 관억(寬抑)ᄒ고 쳔만인(千萬人)이 죽으라 ᄒᆯ지라도 가부(家夫)의 오날늘 유탁(遺託)299)을 져바리지 말고 부인(夫人)의 몸을 보호(保護)ᄒ여 슬기를 구(求)ᄒᄂ 거시 가부(家夫)의 혈쇽(血屬)300)을 긋지 아니ᄒ미오,301) 조션봉ᄉ(祖先奉祀)302)를 념녀(念慮)ᄒᄂ 도리(道理)라. 싱(生)은 몸을 국가(國家)의 허(許)ᄒ여시미 ᄉ〃(私事)를

---

295) 벅〃이: 반드시.

296) 삼죵의탁(三從依託): 삼종의탁. 예전에 여자가 따라야 할 세 가지 도리를 이르던 말. 결혼하기 전에는 아버지를, 결혼해서는 남편을, 남편이 죽은 후에는 자식을 따라야 한다고 하였음. 삼종지도(三從之道).

297) 직가죵부(在家從父)ᄒ고~부ᄉ죵직(夫死從子ㅣ): 재가종부하고 적인종부하고 부사종자. 집에 있을 적에는 아버지를 따르고 다른 사람에게 시집을 가면 남편을 따르고 남편이 죽으면 아들을 따름. 삼종지도에 대해서는 『예기(禮記)』 등에도 몇 군데 보이는데, 이 구절은 『소학(小學)』, 「명륜(明倫)」에서 가져온 것임.

298) 셩인(成姻): 성인. 혼인함.

299) 유탁(遺託): 죽을 때 남긴 부탁.

300) 혈쇽(血屬): 혈속. 피붙이.

301) 오: [교] 원문에는 이 글자가 없으나 문맥을 고려해 삽입함.

302) 조션봉ᄉ(祖先奉祀): 조선봉사. 선조의 제사를 받듦.

도라보지 못ᄒᆞ여 ᄌᆞ졍(慈庭)의 블회(不孝ㅣ) 비경(非輕)303)ᄒᆞ거니와 부인(夫人)은 셰샹(世上)의 머므러 ᄌᆞ졍(慈庭)을 밧드러 블회(不孝)를 면(免)ᄒᆞ며 ᄌᆞ녀(子女)를 길너 조션(祖先)의 유공(有功)ᄒᆞᆫ 며ᄂᆞ리 될진ᄃᆡ, 싱(生)이 타일(他日) 구쳔(九泉)304) 하(下)의 셔로 보나 깃븐 우음을 먹음고 동혈(同穴) ᄡᆞᆺ글305)이 되여 빅만(百萬) 년(年)의 무궁(無窮)ᄒᆞᆫ 졍(情)을 위로(慰勞)ᄒᆞ여 인셰(人世)의 늣거온306) 화락(和樂)을 디하(地下)의 지으며 나의 ᄌᆞ녀(子女)를 아름다이 셩취(成娶)ᄒᆞ여 현부쾌셔(賢婦快壻)307)를 어들진ᄃᆡ 명〃지듕(冥冥之中)308)의 즐거온 녕빅(靈魄)이 부인(夫人)의 셩덕(盛德)을 하례(賀禮)ᄒᆞ리니 엇디 즐겁지 아니리오? 부인(夫人)이 셜〃(屑屑)이309) 눈믈을 나리와 싱(生)의 가는 심ᄉᆞ(心思)를 허틀고310) 스스로 몸을 샹(傷)케 ᄒᆞ시ᄂᆞ뇨?”

조(曹) 부인(夫人)이 댱부(丈夫)의 이 ᄀᆞᆺ튼 당부(當付)를 드르ᄆᆡ 비회(悲懷)311) 층쳡(層疊)ᄒᆞ고 가듕형셰(家中形勢)를 혜아리건ᄃᆡ 샹셰(尙書ㅣ) 업ᄉᆞ면 ᄌᆞ긔(自己) 더옥 보젼(保全)키 어려온지라

ᄎᆞᆯ하리 ᄌᆞ긔(自己) 몸이 엄졀(掩絶)312)ᄒᆞ여 망극(罔極)ᄒᆞᆫ 경계(境界)

---

303) 비경(非輕): 가볍지 않음.
304) 구쳔(九泉): 구천. 저승.
305) ᄡᆞᆺ글: 티끌.
306) 늣거온: 느꺼운. 어떤 느낌이 마음에 북받쳐서 벅찬.
307) 현부쾌셔(賢婦快壻): 현부쾌서. 어진 며느리와 훌륭한 사위.
308) 명〃지듕(冥冥之中): 명명지중. 어두운 가운데라는 뜻으로 저승을 말함.
309) 셜〃(屑屑)이: 설설히. 자질구레하게 부스러지거나 보잘것없이.
310) 허틀고: 흐트러뜨리고.
311) 비회(悲懷): 슬픈 회포.
312) 엄졀(掩絶): 엄절. 완전히 끊음.

를 모로고져 ᄒ여 머리를 숙이고 능(能)히 답(答)디 못ᄒ나, 오ᄂᆡ(五內)313) 꼿쳐질 듯ᄒ니 ᄉᆞᆨ(辭色)이 참연비졀(慘然悲絶)314)ᄒ더라.

상셰(尚書ㅣ) 시녀(侍女)로 침금(寢衾)을 포셜(鋪設)315)ᄒ라 하고 상요(牀-)316)의 나아갈 식, 쵹(燭)을 믈니고 부인(夫人)으로 더브러 일침지하(一寢之下)의 여산약ᄒᆡ(如山若海)317)ᄒᆫ 듕졍(重情)을 니으ᄆᆡ 빅(百) 년(年)의 늣거온 ᄯᅳᆺ이 잇거든 십뉵(十六) 년(年) 화락(和樂)이 츈몽(春夢) ᄀᆞᆺᄐᆞᆫ지라.

상셰(尚書ㅣ) 다시 ᄀᆞᆯ오ᄃᆡ,

"ᄉᆡᆼ(生)을 ᄃᆡ(對)ᄒ여 살기를 니르지 아니코 일분(一分)이나 ᄉᆡᆼ(生)의 도라오기를 ᄇᆞ라니 ᄉᆞ졍(事情)이 졀박(切迫)ᄒᆞ므로ᄡᅥ 그러ᄒ거니와 ᄉᆡᆼ(生)이 ᄒᆞᆫ 번(番) 가ᄆᆡ 다시 도라올 비 업ᄉᆞᆫ지라, 부인(夫人)이 엇디 한 말 허락(許諾)을 아니ᄒ여 ᄉᆡᆼ(生)의 가ᄂᆞᆫ ᄆᆞ음을 위로(慰勞)치 아니ᄒᆞ시ᄂᆞ뇨? ᄌᆞ고(自古)로 녀ᄌᆡ(女子ㅣ) 지아비를 ᄯᆞ라 죽ᄂᆞᆫ 거시 사름의 일

44면

ᄏᆞ라 졀부녈녜(節婦烈女ㅣ)라 ᄒ거니와 형세(形勢) 만분브득이(萬分不得已)318) 홀일업ᄂᆞᆫ ᄌᆞ(者)ᄂᆞᆫ 죽으ᄆᆡ 괴이(怪異)치 아니ᄒᆞ거니와 지어(至於) 부인(夫人) ᄀᆞᆺᄐᆞ니ᄂᆞᆫ 복듕ᄋᆞ(腹中兒)ᄂᆞᆫ 니르디 말고 녀이(女兒ㅣ) 잇고 가부(家夫)의 부탁(付託)을 이ᄀᆞᆺ치 니르니, ᄉᆡᆼ(生)이

---

313) 오ᄂᆡ(五內): 오내. 오장(五臟). 간장, 심장(心臟), 비장, 폐장, 신장의 다섯 가지 내장을 통틀어 이르는 말.
314) 참연비절(慘然悲絶): 참연비절. 매우 슬픈 모양.
315) 포셜(鋪設): 포설. 펴서 베풂.
316) 상요(牀-): 침상(寢牀)에 펴 놓은 요.
317) 여산약ᄒᆡ(如山若海): 여산약해. 태산과 같고 바다와 같음.
318) 만분브득이(萬分不得已): 만분부득이. 참으로 어쩔 수 없음.

혹(或) 죽고 가닉(家內) 어즈러온 일이 잇셔도 부인(夫人)이 보젼(保全)키 어렵거든 권도(權道)319)와 곡녜(曲禮)320) 이시니 비록 구추(苟且)히 도모(圖謀)홀디라도 목슘 술기를 위쥬(爲主)ᄒ고, 빅(百) 인(人)이 죽기를 니르고 만인(萬人)이 꾸지져 스지 말나 ᄒ나 싱(生)의 금일(今日) 말을 싱각ᄒ여 적은 일의 ᄆ음을 요동(搖動)치 말고 복ᄋ(腹兒)를 무ᄉ(無事)히 분산(分産)321)ᄒ여, 명ᄋ를 아롬다이 길너 ᄌ녀(子女)를 보호(保護)ᄒ기를 착념(着念)322)ᄒ여 붕셩지통(崩城之痛)323)의 슬픈 거슬 므릅뼈 남이 부인(夫人)을 무지흉완(無知凶頑)324)타 니르리 이시딕325), 아

45면

른 체 말고 ᄯᆺ 잡기를 쳘셕(鐵石) ᄀᆺ치 ᄒ여 텬도(天道)의 되여 가믈 보고, 나의 죽은 소식(消息)을 듯고 부인(夫人)이 뒤흘 ᄯ라 셰샹(世上)을 바릴진딕 부인(夫人)은 긴 셰월(歲月) 슬프믈 닛거니와 비록 ᄋ들을 나하도 슬니지 못홀 거시오, 명ᄋ도 보젼(保全)치 못홀다. 이ᄂᆫ 부인(夫人)의 손으로 ᄌ녀(子女)를 죽이미니 싱(生)의 후ᄉ(後嗣)를 부인(夫人)이 ᄯᆺ고져 아니홀디라도 윤시(尹氏) 후ᄉ(後嗣)를 니으미 젼(專)혀 부인(夫人)긔 이시니, 원(願)컨딕 혼 말 언약(言約)을 ᄒ여 싱(生)의 ᄇ라는 바를 ᄯᆺ지 마르쇼셔."

---

319) 권도(權道): 목적 달성을 위하여 그때ᅳ그때의 형편에 따라 임기응변으로 일을 처리하는 방도.
320) 곡녜(曲禮): 곡례. 예를 굽힘.
321) 분산(分産): 아이를 낳음. 해산(解産).
322) 착념(着念): 무엇을 마음에 두고 생각함.
323) 붕셩지통(崩城之痛): 붕성지통. 성이 무너질 만큼 큰 슬픔이라는 뜻으로, 남편이 죽은 슬픔을 이르는 말.
324) 무지흉완(無知凶頑): 무식하고 흉악하며 모짊.
325) 딕: [교] 원문에는 '디'로 되어 있으나 문맥을 고려해 이와 같이 수정함.

부인(夫人)이 심담(心膽)이 붕녈(崩裂)326)ᄒ나 상셔(尙書)의 녜도(禮度)로온 말ᄉᆞᆷ을 아니 답(答)지 못ᄒᆞ여 기리 탄왈(嘆曰),

"군ᄌᆞ(君子)의 니르시미 여ᄎᆞ(如此)ᄒᆞ시니 천만명심(千萬銘心)ᄒ오리니 군ᄌᆞ(君子)ᄂᆞᆫ 믈우(勿憂)ᄒᆞ시고 튱의(忠義)를 굿게 잡으시고 셩명(性命)을 상(傷)히오디 마르샤

46면

소무(蘇武)327)의 븍ᄒᆡ샹(北海上)의 풍상(風霜)을 비영(比映)328)ᄒᆞ여 기리 졀월(節鉞)329)노 도라오믈 효측(效則)ᄒ쇼셔."

공(公)이 탄왈(嘆曰),

"인심(人心)이 고금(古今)이 다르고 싱(生)이 소무(蘇武)의 댱긔(壯氣)330) 업ᄉᆞ니 십구(十九) 년(年)을 니르디 말고 슈삼(數三) 년(年)이라도 견듸지 못ᄒᆞ리니 ᄉᆞ세(事勢)를 보아 흉젹(凶賊)의 욕(辱)이 님(臨)치 아냐셔 내 스ᄉᆞ로 젹(賊)의 ᄆᆞ음을 요동(搖動)ᄒᆞ고 쾌(快)히 죽으리니, 부인(夫人)은 싱(生)의 도라오기를 ᄇᆞ라지 말고 몸을 보젼(保全)ᄒᆞ여 남은 세월(歲月)을 누리고 구쳔(九泉) 타일(他日)의 동혈(同穴) ᄯᅳᆺ글이 되며 신위(神位) ᄒᆞᆫ 집의 못기를 기다리쇼셔."

부인(夫人)이 상셔(尙書)의 가는 ᄆᆞ음을 요동(搖動)ᄒᆞ미 브졀업셔 슌〃(順順) 되왈(對曰),

---

326) 붕녈(崩裂): 붕렬. 무너지고 찢어짐.
327) 소무(蘇武): 중국 한나라의 충신(B.C.140-B.C.60). 자는 자경(子卿). 무제 때인 기원전 100년에 중랑장으로서 흉노에 사신으로 갔다가 잡혀 항복을 강요받았으나 절의를 굽히지 않고 19년간 있으면서 끼니를 제공받지 못해 눈을 녹여 먹으며 기갈을 이겨내다가 귀국함.
328) 비영(比映): 견줌. 비조(比照).
329) 절월(節鉞): 절월. 절부월(節斧鉞). 관리가 지방에 부임할 때에 임금이 내어 주던 물건. 절은 수기(手旗)와 같이 만들고 부월은 도끼와 같이 만든 것으로, 군령을 어긴 자에 대한 생살권(生殺權)을 상징함.
330) 댱긔(壯氣): 장기. 굳센 기운.

“쳡(妾)의 몸은 집의 편(便)히 머므니 하늘과 귀신(鬼神)이 죽이지 아니면 스스로 죽지 아니ᄒᆞ오리니, 군ᄌᆞ(君子)ᄂᆞᆫ 쳡(妾)을 념녀(念慮)치 마르시고

47면

만(萬) 니(里) 힝거(行車)를 무ᄉᆞ(無事)히 ᄒᆞ쇼셔.”

상세(尙書ㅣ) 깃거 왈(曰),

“부인(夫人)이 가부(家夫)를 ᄃᆡ(對)ᄒᆞ여 이러틋 니르고 져바리지 아니리니 ᄉᆡᆼ(生)이 죽으나 근심이 젹은지라. 후ᄉᆞ(後嗣)를 념녀(念慮)치 아니ᄒᆞ고 ᄌᆞ위(慈闈)를 봉양(奉養)ᄒᆞᆯ 도리(道理)ᄂᆞᆫ 다시 당부(當付)치 아니ᄒᆞᄂᆞ니, 부인(夫人)은 ᄌᆞ부(子婦)의 도리(道理)를 각별(恪別)이 ᄒᆞ고 복ᄋᆞ(腹兒ㅣ) 반ᄃᆞ시 ᄡᅡᆼ남(雙男)이리니 분산(分産)ᄒᆞ거든 댱ᄋᆞ(長兒)로ᄡᅥ 광텬이라 ᄒᆞ고 ᄌᆞ(字)를 ᄉᆞ원이라 ᄒᆞ며, ᄎᆞᄋᆞ(次兒)로 희텬이라 ᄒᆞ며 ᄌᆞ(字)를 ᄉᆞ빈이라 ᄒᆞ쇼셔.”

부인(夫人)이 쳐연(悽然)이 말을 못 ᄒᆞ나 상셔(尙書)ᄂᆞᆫ 죵야(終夜)토록 당부(當付)ᄒᆞᄂᆞᆫ 말이 다 보젼(保全)ᄒᆞ기를 니르더니,

명일(明日) 일가친쳑(一家親戚)과 닌니붕당(隣里朋黨)을 다 모화 ᄇᆡᆨ작(杯酌)을 날녀 굉쥬교착(觥籌交錯)[331]ᄒᆞᆯ식, 뎡(鄭) ᄉᆞ되(司徒ㅣ) 윤(尹) 상셔(尙書)와 ᄒᆞᆫ가지로 가ᄂᆞᆫ지라 범식(凡事ㅣ) 샹관(上官)의게 이시므로 인〃(人人)이 뎡(鄭) ᄉᆞ도(司徒) 념녀(念慮)ᄒᆞ미 지ᄎᆞ(之次) 되

---

331) 굉쥬교착(觥籌交錯): 굉주교착. 벌로 먹이는 술의 술잔과 잔 수를 세는 산가지가 뒤섞인다는 뜻으로, 연회가 성대함을 비유적으로 이르는 말.

는디라. 뎡(鄭) 공(公)이 ᄋᆞᄌᆞ(兒子) 텬흥을 다리고 윤부(尹府)의 와 상셔(尚書)를 보게 ᄒᆞ여 ᄀᆞᆯ오디,

"형(兄)이 텬ᄋᆞ(-兒)를 젼일(前日) 닉이 보아시나 뎡혼(定婚) 후(後) 보지 못ᄒᆞ여시니 돈ᄋᆞ(豚兒ㅣ) 나히 어리나 빙악(聘岳)332)의 만(萬) 니(里) 힝도(行途)의 아니 와 보지 못홀 거시미 다려왓ᄂᆞ이다."

상셰(尚書ㅣ) 웃고 텬흥을 나호여 그 츌범특이(出凡特異)333)ᄒᆞ믈 ᄉᆞ랑ᄒᆞ여 졔친빈ᄀᆡᆨ(諸親賓客)의게 ᄌᆞ랑 왈(曰),

"유치쇼ᄋᆞ(幼稚小兒)로 뎡혼밍약(定婚盟約)334)홀 거시 아니로디 뎡(鄭) 형(兄)이 착급(着急)ᄒᆞ여 쳥혼(請婚)ᄒᆞ고 쇼뎨(小弟) 텬흥의 비상(非常)ᄒᆞ믈 특이(特愛)335)ᄒᆞ여 질죡ᄌᆞ(疾足者)336)의게 아일가 뎡혼(定婚)ᄒᆞ엿더니 금일(今日) 두 ᄋᆞ히(兒孩)를 ᄒᆞᆫ디 안쳐 보니 두굿거오미337) 비길 디 업도다."

태위(大夫ㅣ) 츄연(惆然)338)ᄒᆞ여 능(能)히 말을 못 ᄒᆞ며 구패(寇婆ㅣ) 슬허 왈(曰),

"상공(相公)이 엇지 블길(不吉)ᄒᆞᆫ 말ᄉᆞᆷ을 ᄒᆞ시ᄂᆞ니잇고? 금국(金國)을 교유(教諭)ᄒᆞ시고 영화(榮華)로

---

332) 빙악(聘岳): 빙모(聘母)와 악장(岳丈)이라는 뜻으로, 장인과 장모를 아울러 이르는 말.
333) 츌범특이(出凡特異): 출범특이. 보통 사람보다 뛰어나고 재주가 기이함.
334) 뎡혼밍약(定婚盟約): 정혼맹약. 정혼을 굳게 약속함.
335) 특이(特愛): 특애. 특별히 사랑함.
336) 질죡ᄌᆞ(疾足者): 질족자. 발이 빠른 자.
337) 두굿거오미: 몹시 기쁨이.
338) 츄연(惆然): 추연. 슬퍼하는 모양.

이 도라오샤 그스이 복ㅇ(腹兒)의 분산(分産)ㅎ시믈 보시고 쇼져(小姐)를 아름다이 길너 셔랑(壻郞)339)을 마즈쇼셔."

상세(尚書]) 쇼이딕왈(笑而對曰),

"셔모(庶母)의 말슴 갓흘딘딕 즈(子)의 슈복(壽福)이 무흠(無欠)340)ㅎ리로소이다."

모다 냥(兩) ㅇ(兒)의 긔특(奇特)ㅎ믈 일콧고, 태부인(太夫人) 왈(曰),

"너희 명ㅇ와 현ㅇ를 뎡혼(定婚)ㅎ여시딕 엇디 경ㅇ는 두 ㅇ희(兒孩)게 우히어늘 뎡혼(定婚)치 아니ㅎ뇨?"

태위(大夫]) 딕왈(對曰),

"현ㅇ와 명ㅇ는 쇼즈(小子) 등(等)의 구혼(求婚)코져 ㅎ오미 아니라 하(河)·뎡(鄭) 냥위(兩位) 친(親)히 보고 구(求)ㅎ니 마디못ㅎ여 허락(許諾)ㅎ엿거니와 경ㅇ조츠 미리 뎡(定)ㅎ리잇가? 다만 경ㅇ의 긔질(器質)341)이 현ㅇ만 못혼가 ㅎㄴ이다."

위 시(氏) 쇼왈(笑曰),

"경ㅇ는 노모(老母)의 장니구슬(掌裏--)342)이라 엇지 현ㅇ만 못홀 니(理) 이시리오? 브딕 특이(特異)혼 셔랑(壻郞)을 갈희여 경ㅇ의 썅(雙)이 빗나게 ㅎ라."

태위(大夫]) 비샤슈명(拜謝受命)ㅎ고,

상

---

339) 셔랑(壻郞): 셔랑. 사위.
340) 무흠(無欠): 흠이 없음.
341) 긔질(器質): 기질. 타고난 재능이나 성질.
342) 장니구슬(掌裏--): 장리구슬. 손바닥 안의 구슬이라는 뜻으로 매우 귀한 손녀임을 이르는 말.

세(尙書ㅣ) 텬흥을 다리고 나올시, 명ᄋᆞᆫ 뎡혼(定婚)ᄒᆞᆫ 일을 아지 못ᄒᆞᄃᆡ 텬흥은 능(能)히 씨다라 밧긔 나와 여러 명공(名公)이 므르ᄃᆡ,

"눌을 보라 온다?"

텬흥이 웃고 답(答)지 아니ᄒᆞ더니 쇼년명뉴(少年名流ㅣ) 가장 지리(支離)히 무러,

"윤(尹) 공(公) 집 일가친쳑(一家親戚)이라 왓ᄂᆞ냐?"

텬흥이 가장 괴로이 넉여 답(答)ᄒᆞᄃᆡ,

"일가죡친(一家族親)은 아니로ᄃᆡ 우리 대인(大人)이 뎡혼(定婚)ᄒᆞ엿다 ᄒᆞ시고 빙악(聘岳)이니 와셔 뵈오라 ᄒᆞ시더이다."

제인(諸人)이 문왈(問曰),

"빙악(聘岳)이 무엇고?"

텬흥이 괴로이 넉여 답(答)지 아니〃 상셰(尙書ㅣ) 쇼왈(笑曰),

"녜 빙악(聘岳)이라 니르ᄂᆞᆫ 말이 엇진 ᄯᅳᆺ고?"

텬흥이 ᄃᆡ왈(對曰),

"쇼ᄋᆡ(小兒ㅣ) 엇지 알니잇고? 야얘(爺爺ㅣ) 빙악(聘岳)이라 ᄒᆞ시니 듯ᄌᆞ올 ᄯᅵ니라, 좌듕(座中)의 뉘 빙악(聘岳)이 업ᄉᆞ며 뉘 안히 업ᄂᆞᆫ 사름이 〃실 거시라 날다려 므르시리잇가?"

좌위(左右ㅣ)

어히업셔 대쇼(大笑)ᄒᆞ고 상셰(尙書ㅣ) 그 머리를 쓰다듬아 ᄉᆞ랑ᄒᆞ믈 니긔지 못ᄒᆞ더니,

일모(日暮)의 뎡(鄭) 공(公)이 텬흥을 다리고 도라가고 제긱(諸客)
이 각산(各散) 후(後),

명일(明日)은 상셔(尚書ㅣ) 츌힝(出行)ᄒᆞᄂᆞᆫ 날이라 태위(大夫ㅣ) 심
ᄉᆞ(心思)를 디향(指向)치 못ᄒᆞ여 〃취여광(如醉如狂)[343]ᄒᆞ니, 상셰(尚
書ㅣ) 위로(慰勞)ᄒᆞ여 가듕만ᄉᆞ(家中萬事)를 부탁(付託)ᄒᆞ고 니르딕,

"조(曹) 시(氏), 복ᄋᆞ(腹兒)를 분산(分産)ᄒᆞ면 반ᄃᆞ시 빵싱(雙生)이
리니[344] 우형(愚兄)이 죽으나 아이[345] 〃시니 ᄋᆞ히(兒孩)를 혹문(學
問)을 가르치며 범ᄉᆞ(凡事)의 엄부(嚴父)의 쇼임(所任)을 다ᄒᆞᆯ디라
조곰도 념녀(念慮) 업거니와, 현뎨(賢弟) 셩졍(性情)이 소활(疎闊)[346]
ᄒᆞ여 잔곡졀(-曲切)[347]이 너모 업ᄉᆞ니 우형(愚兄)의 밋츨 빅 아니라.
나의 간 후(後)로ᄂᆞᆫ ᄌᆞ상(仔詳)[348]ᄒᆞ고 관인(寬仁)ᄒᆞ기로뼈 힘쓰고
혹ᄌᆞ(或者) 블힝(不幸)ᄒᆞ여 ᄌᆞ식(子息)을 두지 못ᄒᆞ거든 빵ᄌᆡ(雙子ㅣ)
날진딕 맛당이 여러 세월(歲月)의 두고 보아 ᄒᆞ나흘 계후(繼後)ᄒᆞ려

52면

니와 급(急)히 거조(擧措)치 말나."

태위(大夫ㅣ) 이런 말의 다ᄃᆞ라는 압히 어둡고 가슴이 막혀 눈믈
을 드리워 명(命)을 밧고 쳘야(徹夜)[349]토록 형뎨(兄弟) 집슈년비(執
手聯臂)[350]ᄒᆞ여 ᄆᆞ음을 뎡(定)치 못ᄒᆞ더니,

---

343) 〃취여광(如醉如狂): 여취여광. 취한 듯하고 미진 듯함.
344) 니: [교] 원문에는 '나'로 되어 있으나 문맥을 고려해 박순호본(1:30)을 따름.
345) 아이: 아우.
346) 소활(疎闊): 꼼꼼하지 못하고 어설픔.
347) 잔곡졀(-曲切): 잔곡절. 자잘한 생각.
348) ᄌᆞ상(仔詳): 자상. 찬찬하고 자세함.
349) 쳘야(徹夜): 철야. 잠을 자지 않고 밤을 보냄.
350) 집슈년비(執手連臂): 집수연비. 손을 잡고 어깨를 나란히 함..

금계(金鷄)351) 식비352)를 보(報)ᄒ니 발셔 하리군관(下吏軍官)의 무리 디후(待候)353)ᄒ엿ᄂ디라. 상셔(尚書) 형뎨(兄弟) 니러나 관셰(盥洗)354)ᄒ고 ᄂ당(內堂)의 드러가 태부인(太夫人)긔 신셩(晨省)355)ᄒ고 뫼셔 슈슉(嫂叔)이 ᄒᆞᆫ디 모들시, 경ᄋ 등(等) 삼(三) 쇼제(小姐ㅣ) 상하(上下)의 넘노니 상셰(尚書ㅣ) 냥(兩) 딜ᄋ(姪兒)와 녀ᄋ(女兒)를 나오혀356) 압히 안치고 어로만져 년이(戀愛)ᄒᄂ 졍(情)을 ᄎᆞᆷ디 못ᄒ여 글오디,

"남은 ᄯᆯ이 블관(不關)타 ᄒ디 쳐음으로 어든 텬뉸ᄌᄋᆡ(天倫慈愛)357)라 타인(他人)도곤 더ᄒ더니, 내 이졔 ᄎᆞᄋ(此兒) 등(等)의 댱셩(長成)ᄒᄆᆯ 보디 못ᄒ게 되여시니 졍(正)히 슬프디 명이 우ᄒ로 조뫼(祖母ㅣ) 계시고 아ᄌᆞ비와 어미 이시니 아비 이심과 다르지 아니리라."

53면

일좌제인(一座諸人)이 상셔(尚書)의 말노조ᄎ 참연(慘然)이 비루(悲淚)를 나리오디, 뉴 시(氏)와 위 시(氏)의 깃거ᄒ미 듕심(中心)의 가득ᄒ나 거즛 슬허ᄒᄂ 빗츨 지으니 사ᄅᆷ이 아라볼 비라358). 상셔(尚書)ᄂ 춍명(聰明)이 여신(如神)ᄒ디라 그윽이 한심(寒心)ᄒ여 가ᄉ(家事)를 념녀(念慮)ᄒ여 슬허ᄒᆯ ᄯᆞ름이오, 태부인(太夫人)긔 조(曹)부인(夫人) 모녀(母女)를 부탁(付託)지 아니믄 ᄌᄀᆡ(自己) 블효(不孝)

를 설워ᄒ고 위인ᄌ(爲人子)ᄒ여 쳐ᄌ(妻子)를 편모(偏母)긔 보호(保護)ᄒ쇼셔 말이 가(可)치 아냐 믁″(黙黙) 시좌(侍坐)러니,

날이 느ᄌ미 됴반(早飯)을 파(罷)ᄒ고 하딕(下直)을 고(告)ᄒ쇠, 금일(今日) 니별(離別)이 천고영결(千古永訣)이라 일분(一分) 인심(人心)이 ″시면 엇지 슬프지 아니리오마ᄂ 힝(幸)혀 ᄉ라 도라올가 념녀(念慮)ᄒᄂ 빈 위 시(氏) 고식(姑息)359)이라. 방인(傍人)의 이목(耳目)을 위(爲)ᄒ여 눈믈

54면

을 쓰리고 무ᄉ(無事)히 도라오믈 일ᄏ르니, 상세(尙書ㅣ) 좌우(左右)로 ᄒ여곰 옥빈(玉杯)의 술을 브으라 ᄒ여 위 시(氏)긔 헌(獻)ᄒ고 왈(曰),

"쇼ᄌ(小子ㅣ) 타일(他日) ᄌ전(慈殿)의 뫼시기를 긔필(期必)360)치 못ᄒ오리니 일(一) 빈(盃)로 하졍(下情)을 고(告)ᄒᄂ이다."

위 시(氏) 잔(盞)을 바다 마시고 그 손을 잡아 거즛 슬허 왈(曰),

"엇디 날을 두고 블길(不吉)ᄒ 말을 ᄒᄂ뇨? 금국(金國)을 교유(敎諭)ᄒ고 영화(榮華)로이 도라와 노모(老母)의게 다시 헌슈(獻壽)361)ᄒ기를 브라노라."

상세(尙書ㅣ) 다시 구파(寇婆)의게 잔(盞)을 밧드러 굴오딕,

"엄졍(嚴庭)362)과 ᄌ위(慈闈)를 여희오나 태″(太太)363)와 셔뫼(庶母ㅣ) 계시니 기리 엿든 정성(精誠)을 펼가 ᄒ엿더니 이제 ᄯ나미 ᄉ

---

359) 고식(姑息): 시어머니와 며느리.
360) 긔필(期必): 기필. 꼭 이루어지기를 기약함.
361) 헌슈(獻壽): 헌수. 장수를 비는 뜻으로 술잔을 올림.
362) 엄졍(嚴庭): 엄정. 아버지를 높여 이르는 말.
363) ″태(太太): 어머니.

싱(死生)을 졈복(占卜)364)지 못ᄒ리

55면

니 셔모(庶母)ᄂᆫ 남은 셰월(歲月)의 셩톄(盛體) 안길(安吉)365)ᄒ쇼셔.”

구패(寇婆ㅣ) 황망(慌忙)이 잔(盞)을 바드ᄆᆡ 눈믈이 일(一) 쳔(千) 줄이라, 엄읍오열(掩泣嗚咽)366) 왈(曰),

“노신(老身)이 션노야(先老爺)367)와 션부인(先夫人)을 여희옵고 망극지통(罔極之痛)이 오ᄂᆡ분붕(五內分崩)368)ᄒ오나 태부인(太夫人)과 상공(相公) 곤계(昆季)369)를 의앙(依仰)370)ᄒ와 셰월(歲月)을 보ᄂᆡ옵더니, 이제 상공(相公)이 만(萬) 니(里) 흉디(凶地)의 향(向)ᄒ시니 이 심ᄉ(心思)를 쟝ᄎᆞᆺ(將次ㅅ) 엇디 ᄎᆞᆷ으리잇고?”

상셰(尙書ㅣ) 은근(慇懃)이 위로(慰勞)ᄒ고 태부인(太夫人)긔 ᄌᆡ삼(再三) 셩휘(盛候ㅣ)371) 안강(安康)372)ᄒ샤 만슈무강(萬壽無疆)ᄒ시믈 원(願)ᄒ고 니러 하딕(下直)ᄒᄆᆡ 부〃슈슉(夫婦嫂叔)이 작별(作別)ᄒᆯᄉᆡ, 뉴 부인(夫人)을 향(向)ᄒ여 오딕 ᄌᆞ위(慈闈)를 뫼셔 기리 무양(無恙)373)ᄒ시믈 일ᄏᆞᆺ고 조(曹) 부인(夫人)을 ᄃᆡ(對)ᄒ여ᄂᆞᆫ 다만 탄식(歎息)고 부탁(付託)ᄒᆫ 말을 져ᄇᆞ리지 말나 당부(當付)ᄒᄆᆡ 셔로 녜(禮)ᄒ고 거름을 두루

---

364) 졈복(占卜): 점복. 미리 점침.
365) 안길(安吉): 평안하고 길함.
366) 엄읍오열(掩泣嗚咽): 얼굴을 가리고 오열함.
367) 션노야(先老爺): 선노야. 돌아가신 어른.
368) 오ᄂᆡ분붕(五內分崩): 오내분붕. 오장(五臟)이 찢어지고 무너짐.
369) 곤계(昆季): 형제.
370) 의앙(依仰): 의지하고 우러러봄.
371) 셩휘(盛候ㅣ): 성후. 어른의 건강.
372) 안강(安康): 평안하고 건강함.
373) 무양(無恙): 몸에 탈이 없음.

혀374) 밧그로 나아갈식,

명이 야〃(爺爺)의 뒤흘 쏠와 외헌(外軒)가지 나오며,

"야애(爺爺ㅣ) 어듸로 가시는고?"

지삼(再三) 뭇는디라. 상셰(尚書ㅣ) 지극(至極)흔 즈익지정(慈愛之情)의 이 거동(擧動)을 보고 익련(哀憐)흐믈 니긔지 못흐여 썅슈(雙手)를 펴 안고 운환(雲鬟)375)을 쓰다듬아 함누(含淚)흐고 이윽이 교무(嬌撫)376)흐다가 됴히 이시믈 당부(當付)흐고 나리와노흐니, 명이 울기를 마지아니커늘 유모(乳母)를 블너 ᄋ히(兒孩)를 다려가라 흐고,

날이 느즈믹 궐하(闕下)의 나아가 하딕(下直)흘식, 태우(大夫)는 문외(門外)의 가 빅별(拜別)흐려 흐더라.

샹(上)이 윤(尹)·뎡(鄭) 이(二) 공(公)을 인견(引見)377)흐샤 옥비(玉杯)의 어온378)(御醞)379)으로 군신(君臣)의 정(情)을 표(表)흐시고 위험지디(危險之地)의 무스환됴(無事還朝)380)흐믈 니르샤 텬은(天恩)이 호셩(豪盛)381)흐시니, 윤(尹)·뎡(鄭) 이(二) 공(公)이 각골감은(刻骨感恩)382)흐여 셩은(聖恩)을 슉사(肅謝)383)흐온딕 샹(上)이 어슈(御手)로 윤(尹) 공(公)의 손을 잡

---

374) 두루혀: 돌려.

375) 운환(雲鬟): 여자의 탐스러운 쪽 찐 머리.

376) 교무(嬌撫): 어여쁘게 여겨 어루만짐.

377) 인견(引見): 임금이 관리를 만나 봄.

378) 온: [교] 원문에는 '은'으로 되어 있으나 문맥을 고려해 이와 같이 수정함.

379) 어온(御醞): 임금이 마시는 술.

380) 무스환됴(無事還朝): 무사환조. 무사히 조정으로 돌아옴.

381) 호셩(豪盛): 호성. 크고 성대함.

382) 각골감은(刻骨感恩): 뼈에 사무치도록 은혜에 감사함.

383) 슉사(肅謝): 숙사. 숙배(肅拜)와 사은(謝恩)을 아울러 이르는 말로, 새 벼슬에 임명되어 처음으로 출근할 때 먼저 대궐에 들어가서 임금의 은혜에 감사하며 공손하고 경건하게 절을 올리던 일.

으샤 골오수딕,

　"경(卿)의 우국뎡튱(憂國精忠)384)이 족(足)히 귀신(鬼神)을 감동(感動)홀디라, 공(功)을 일우고 셩명(性命)을 보젼(保全)ᄒ여 딤(朕)으로 ᄒ여곰 괴공듀셕(魁公柱石)385)을 일는 탄(嘆)이 업게 ᄒ라."

　ᄒ시니, 윤(尹)·뎡(鄭) 이(二) 공(公)이 감누(感淚)를 드리워 비샤하딕(拜謝下直)고 궐문(闕門)을 나민,

　만됴문뮈(滿朝文武ㅣ) 작츠(爵次)386)로 좌(座)를 일워 쥬빅(酒杯)를 날니며 별댱(別章)387)을 가져 윤(尹)·뎡(鄭) 이(二) 공(公)으로 쎠 나는 회포(懷抱)를 니르니, 냥(兩) 공(公)이 면〃ᄉ샤(面面謝辭)388)ᄒ고 윤(尹) 태위(大夫ㅣ) 그 형댱(兄丈) 졋틱 안즈 슬픈 안쉬(眼水ㅣ)389) 좌셕(坐席)의 괴이니, 뎡(鄭) 공(公)이 탄왈(嘆曰),

　"명강은 슬허 말나. 녕빅시(令白氏)390) 비록 나아가나 형(兄)이〃시니 태부인(太夫人)을 뫼시미 근심 업고 가ᄉ(家事)를 념녀(念慮)홀 빅 업거니와, 쇼뎨(小弟)는 팔지(八字ㅣ) 형(兄)과 ᄀᆞᆺ디 못ᄒ여 흔 낫 안항(雁行)391)이 업ᄉ니 이제 나가민 당(堂)의 편친(偏親)392)을 시봉(侍奉)393)홀 사람이 업ᄉ니 인ᄌ지졍(人子之情)의 졀

---

384) 우국뎡튱(憂國精忠): 우국정충. 나라를 근심하는 마음과 순수하고 한결같은 충성.
385) 괴공듀셕(魁公柱石): 괴공주석. 나라의 가장 중요한 자리에 있는 우두머리 신하.
386) 작츠(爵次): 작차. 작위(爵位)에 따른 차례.
387) 별댱(別章): 별장. 이별의 정을 나타낸 시문(詩文).
388) 면〃ᄉ샤(面面謝辭): 면면사사. 얼굴을 보면서 고마운 뜻을 나타냄.
389) 안쉬(眼水ㅣ): 안수. 눈물.
390) 녕빅시(令白氏): 영백씨. 남의 형(兄)을 높여 이르는 말.
391) 안항(雁行): 기러기의 행렬이란 뜻으로, 남의 형제를 높여 이르는 말.
392) 편친(偏親): 홀어버이.
393) 시봉(侍奉): 모시고 봉양함.

박(切迫)ᄒᆞ믈 니긔디 못ᄒᆞ노라.”

윤(尹) 샹셰(尚書ㅣ) 태우(大夫)를 도라보아 왈(曰),

“윤보의 말이 실(實)노 올흐니 셜〃(屑屑)이 심회(心懷)를 샹(傷)히오지 말고 텬슈(天數)의 뎡(定)ᄒᆞᆫ 거슬 아라 우형(愚兄)이 도라오디 못ᄒᆞᆯᄉᆞ록 현뎨(賢弟)의 몸이 듕(重)ᄒᆞ믈 싱각ᄒᆞ라.”

언파(言罷)의 형뎨(兄弟) 집슈(執手)ᄒᆞ여 무궁(無窮)ᄒᆞᆫ 졍(情)을 금(禁)치 못ᄒᆞᄃᆡ 일ᄉᆡᆨ(日色)이 기우러시므로 만됴문무(滿朝文武)와 일가친쳑(一家親戚)을 각〃(各各) 면〃(面面)이 니별(離別)ᄒᆞ고 형뎨(兄弟) 분슈(分手)[394]ᄒᆞᆯᄉᆡ 니회만단(離懷萬端)[395]이라. 댱부(丈夫)의 눈믈이 금포(錦袍)의 년낙(連落)[396]ᄒᆞ여 ᄎᆞ마 손을 노치 못ᄒᆞ니, 윤부(尹府) 모든 친쳑(親戚)이 위로(慰勞)ᄒᆞ여 분슈(分手)ᄒᆞᄆᆡ 샹셰(尚書ㅣ) 힝거(行車)의 오를ᄉᆡ,

뎡(鄭) 공(公)으로 더브러 옥부졀월(玉斧節鉞)[397]을 압셰오고 위의(威儀) 일광(日光)이 휘황(輝煌)ᄒᆞ여 영위(榮威) 무궁(無窮)ᄒᆞ나 윤(尹) 태우(大夫)의 형(兄)을 위(爲)ᄒᆞᆫ 근심이 만복(滿腹)ᄒᆞ니 샹마(上馬)ᄒᆞ여 상셔(尚書)의 힝거(行車)를 ᄯᆞᆯ와 ᄉᆞ

오(四五) 니(里)를 가니, 샹셰(尚書ㅣ) 머리를 두로혀 굴오ᄃᆡ,

---

394) 분슈(分手): 분수. 손을 나눈다는 뜻으로 이별을 이름.
395) 니회만단(離懷萬端): 이회만단. 떠나는 회포(懷抱)가 끝없음.
396) 년낙(連落): 연락. 연이어 떨어짐.
397) 옥부졀월(玉斧節鉞): 절(節)과 옥으로 만든 부월(斧鉞). 절부월(節斧鉞). 관리가 지방에 부임할 때에 임금이 내어 주던 물건. 절은 수기(手旗)와 같이 만들고 부월은 도끼와 같이 만든 것으로, 군령을 어긴 자에 대한 생살권(生殺權)을 상징함.

"니회(離懷)를 니르려 ᄒ면 쳔(千) 니(里)를 ᄒᆞᆫ가지로 가나 다 못 ᄒᆞᆯ 거시니 다만 소탁(所託)398)을 닛디 말나. 임의 일셰(日勢)399) 느져시니 그만ᄒᆞ여 도라가라."

태위(大夫ㅣ) 슬프믈 금(禁)치 못ᄒᆞ여 갓가이 나아가 상셔(尚書)의 손을 잡고 실셩오열(失聲嗚咽)400) 왈(曰),

"쇼뎨(小弟) 엄졍(嚴庭)을 여희온 후(後) 형댱(兄丈)을 의앙(依仰)ᄒᆞ여 일시(一時)도 ᄯᅥ나지 못ᄒᆞ더니 금일(今日)노브터 도라가 빅화헌 가온ᄃᆡ 눌노 더브러 년침년슈(連枕連睡)401)ᄒᆞ리잇고?"

상셰(尚書ㅣ) 댱탄(長歎) 왈(曰),

"우형(愚兄)의 가ᄂᆞᆫ 심ᄉᆞ(心思ㅣ) 어즈러온지라, 현뎨(賢弟)ᄂᆞᆫ 비회(悲懷)를 관억(寬抑)ᄒᆞ여 우형(愚兄)의 심ᄉᆞ(心思)를 돕지 말나. 너의 외롭고 슬픈 소회(所懷)를 니르지 아니나 내 엇지 모로리오? 모로미 효우돈목(孝友敦睦)ᄒᆞ여 가ᄉᆞ(家事)를 화(和)히 ᄒᆞ라."

언흘(言訖)402)의 태우(大夫)를 ᄌᆡ쵹ᄒᆞ여 입셩(入城)ᄒᆞ라 ᄒᆞ니, 태위(大夫ㅣ) 계오 심회(心懷)를 강작(强作)403)

60면

ᄒᆞ여 믈혁(-革)404)을 두로혀니 상셰(尚書ㅣ) 비로소 허다(許多) 위의(威儀)를 거ᄂᆞ려 금국(金國)으로 향(向)ᄒᆞᆯ식, 웅댱(雄壯)ᄒᆞᆫ 위의(威儀) 휘황(輝煌)ᄒᆞ여 일식(日色)을 가리오더라.

---

398) 소탁(所託): 부탁한 것.
399) 일셰(日勢): 일세. 날.
400) 실셩오열(失聲嗚咽): 실성오열. 목이 쉬도록 오열함.
401) 년침년슈(連枕連睡): 연침연수. 베개를 나란히 하고 함께 잠듦.
402) 언흘(言訖): 말을 마침.
403) 강작(强作): 억지로 기운을 냄.
404) 믈혁(-革): 말혁. 말안장 양쪽에 장식으로 늘어뜨린 고삐.

어시(於時)의 본부(本府) 위 태부인(太夫人)과 뉴 시(氏), 상셰(尙書ㅣ) 나아가고 조(曹) 부인(夫人)이 외로이 〃시니, 평싱지원(平生之願)을 일워 션부인(先夫人) 황 시(氏)의 뼈를 업시 ᄒᆞ려 뎡(定)ᄒᆞ는 디라. 상셰(尙書ㅣ) 나간 후(後)로는 홀연(忽然) 조(曹) 부인(夫人)을 ᄉᆞ랑ᄒᆞ며 명ᄋᆞ를 황홀탐ᄋᆡ(恍惚耽愛)405)ᄒᆞ는 거동(擧動)이 〃셔 언간(言間)의 니르ᄃᆡ,

"제 아비 이실 제는 오히려 무심(無心)ᄒᆞ여 셰〃(細細)히 념녀(念慮)치 아니터니 현이 나가ᄆᆡ 조(曹) 현부(賢婦)의 모녜(母女ㅣ) 각별(恪別) 못 닛치이는지라. ᄒᆞ믈며 현뷔(賢婦ㅣ) 유ᄐᆡ지듕(有胎之中)이라, 현의 만(萬) 니(里) 힝도(行途)를 념녀(念慮)ᄒᆞ며 두로 심ᄉᆡ(心思ㅣ) 편(便)치 못ᄒᆞ리니 몸을 닛비406) 말고 쳔만ᄌᆞ보(千萬自保)407)ᄒᆞ라."

ᄒᆞ고 진찬(珍饌)408)을 쩨〃 졍(情)다히 먹이나 조(曹) 부인(夫人)의 여신(如神)ᄒᆞᆫ 춍명(聰明)

61면

으로ᄡᅥ 위 시(氏)의 블시이듕(不時愛重)409)ᄒᆞ미 반ᄃᆞ시 됴흔 ᄯᅳᆺ이 아니믈 혜아리ᄆᆡ, 공구(恐懼)410)ᄒᆞ미 여좌침샹(如坐針上)411)이나 온화유열(溫和柔悅)412)ᄒᆞᆫ ᄉᆞᆨ(辭色)으로 황공ᄉᆞ샤(惶恐謝辭)413)ᄒᆞ고 명ᄋᆞ를 더옥 념녀(念慮)ᄒᆞ여 독슈(毒手)를 닙을가 슬피고 근심ᄒᆞ미 일

---

405) 황홀탐ᄋᆡ(恍惚耽愛): 황홀탐애. 황홀히 사랑에 빠짐.
406) 닛비: 고단히게.
407) 쳔만ᄌᆞ보(千萬自保): 천만자보. 스스로 몸을 힘껏 보호함.
408) 진찬(珍饌): 맛있는 음식.
409) 블시이듕(不時愛重): 불시애중. 때도 없이 사랑이 깊음.
410) 공구(恐懼): 몹시 두려워함.
411) 여좌침샹(如坐針上): 마치 바늘 위에 앉은 듯함.
412) 온화유열(溫和柔悅): 온화하고 부드러움.
413) 황공ᄉᆞ샤(惶恐謝辭): 황공사사. 두려워하며 감사의 뜻을 표함.

시(一時) 방하(放下)[414]치 못ᄒ딕, 태위(大夫ㅣ) 모쳐(母妻)의 흉심
(凶心)은 전(全)혀 아지 못ᄒ고 져러틋 무익(撫愛)ᄒ믈 그윽이 깃거
ᄒ고, 씌〃 조(曹) 부인(夫人) 긔후(氣候)[415]를 문후(問候)ᄒ고 심긔
(心氣)를 위로(慰勞)ᄒ여,

"복ᄋ(腹兒)를 보호(保護)ᄒ쇼셔."

ᄒ니, 조(曹) 부인(夫人)이 슉〃(叔叔)의 후의(厚意)를 깁히 감샤
(感謝)ᄒ나 상셔(尚書)의 힝거(行車)를 싱각ᄒ면 심담(心膽)이 경악
(驚愕)ᄒ여 흉문(凶聞)을 듯디 아냐셔 오닉촌졀(五內寸絶)[416]ᄒ더라.

일〃(一日)은 위 시(氏) 오반(午飯)을 바다 조(曹) 부인(夫人) 모녀
(母女)를 블너 흔연(欣然)이 먹으라 ᄒ니, 부인(夫人)은 영니(怜悧)ᄒ
지라 가장 놀나고 오반(午飯)을 딕(對)ᄒ니 두골(頭骨)이 쓸히는 듯
ᄒ여 ᄉ식(事食)[417]이 념(念)이 업스딕 강인(强忍)ᄒ여 햐져(下箸)[418]
ᄒ믹 위 시(氏), 명ᄋ를 상ᄒ(床下)의

62면

안쳐[419] 먹이더니, 이윽고 상(床)을 물니믹 위 시(氏)의 심복시녀(心
腹侍女) 계월과 계년이 조(曹) 부인(夫人) 상(床)과 ᄋ쇼져(兒小姐)
먹던 거슬 다 거두어 가지고 먼니 가ᄂ지라.

조(曹) 부인(夫人)이 더옥 의심(疑心)ᄒ여 날호여 녀ᄋ(女兒)를 다
리고 ᄉ침(私寢)의 믈너오니 복듕(腹中)이 궤란(潰亂)[420]ᄒ고 정신

---

414) 방하(放下): 마음을 놓음.
415) 긔후(氣候): 기후. 몸과 마음의 형편.
416) 오닉촌졀(五內寸絶): 오내촌절. 오장(五臟)이 마디마디 끊어지는 듯함.
417) ᄉ식(事食): 사식. 밥을 먹음.
418) 햐져(下箸): 하저. 젓가락을 댄다는 뜻으로, 음식을 먹음을 이르는 말.
419) 안쳐: [교] 원문에는 없으나 문맥을 고려해 박순호본(1:36)을 따라 삽입함.
420) 궤란(潰亂): 어수선하고 뒤숭숭함.

(精神)이 어득훈 바의 명이 또훈 신싴(身色)이 찬 지 굿투여 입으로
조추 먹은 거슬 다 토(吐)ᄒ고 혼미(昏迷)ᄒᄂ지라. 부인(夫人)이 경
황(驚惶)ᄒ여 상셔(尙書)의 주고 간 약궤(藥櫃)를 밧비 열고 보니 젼
(專)혀 ᄒᆡ독(解毒)ᄒ며 복신보긔(復身補氣)[421]ᄒᆯ 지류(材類)들이라,
급(急)히 ᄒᆡ독환(解毒丸)을 프러 녀ᄋ(女兒)와 즈긔(自己) 먹을싀,

구패(寇婆ㅣ) 나아와 이 경싴(景色)을 보고 명ᄋ의 위급(危急)ᄒᄆᆯ
실싴(失色)ᄒ고 일변(一邊) 환약(丸藥)을 프러 너ᄒ니 이윽고 모녜
(母女ㅣ) 다 먹은 거슬 토(吐)ᄒᄆᆡ 독긔(毒氣) 코ᄒᆯ 거스리고 명ᄋ와
부인(夫人)의 형싴(形色)이 위〃(危危)[422]ᄒ니 구패(寇婆ㅣ) 지극(至
極) 구호(救護)ᄒ여

63면

날이 거의 황혼(黃昏)의야 비로소 정신(精神)을 뎡(定)ᄒᄂ지라. 구
패(寇婆ㅣ) 힝열(幸悅)[423]ᄒ여 블의위악(不意危惡)[424]던 연고(緣故)
를 므르니, 부인(夫人)이 믁〃냥구(默默良久)[425]의 글오듸,

"우연(偶然)이 정신(精神)이 아득ᄒ고 먹은 거시 거슬녀 인ᄉ(人
事)를 출히지 못ᄒ엿ᄂ이다."

구패(寇婆ㅣ) 좌우(左右)를 도라보[426]와 곡졀(曲折)을 므르니 일츌
여구(一出如口)[427]히 존당(尊堂)의셔 오반(午飯)을 진식(趂食)[428]ᄒ

---

421) 복신보긔(復身補氣): 복신보기. 몸을 회복하고 원기를 도움.
422) 위〃(危危): 어떤 형세가 몹시 위태로워 보임.
423) 힝열(幸悅): 행열. 다행하고 기쁘게 여김.
424) 블의위악(不意危惡): 불의위악. 뜻밖에 몸이 매우 나빠짐.
425) 믁〃냥구(默默良久): 묵묵양구. 오래도록 말이 없음.
426) 보: [교] 원문에는 이 글자가 없으나 문맥을 고려해 삽입함.
427) 일츌여구(一出如口): 일출여구. 말이 한입에서 나온 것과 같이 한결같음.
428) 진식(趂食): 밥을 먹음.

시고 나오시며 그러흐믈 답(答)ㅎ는디라, 구패(寇婆ㅣ) 엇지 위 시(氏)의 심폐(心肺)를 아디 못ㅎ리오. 조(曹) 부인(夫人)을 붓들고 눈믈을 흘녀 왈(曰),

"상셰(尙書ㅣ) 나가시고 부인(夫人)과 ᄋ쇼제(兒小姐ㅣ) 위틱(危殆)ㅎ오미 누란(累卵) ᄀ᷈튼니 이를 장ᄎᆞᆺ(將次ㅅ) 엇디ㅎ리오? ㅎ믈며 부인(夫人)이 유틱(有胎) 듕(中) 독(毒)을 만나샤 복듕(腹中)을 범(犯)ㅎ면 복ᄋ(腹兒ㅣ) 보전(保全)치 못ㅎ리니 부인(夫人)은 ᄌ보지도(自保之道)429)를 싱각ㅎ쇼셔."

부인(夫人)이 탄식(歎息) 왈(曰),

"일시(一時) 음식(飮食)을 굴히지 못흔 고(故)로 거ᄉ리미니

64면

괴이(怪異)흔 일노 의심(疑心)홀 빈 아니라. 일노뼈 셔모(庶母)ᄂᆞᆫ 함믁(含黙)ㅎ샤 쳡(妾)으로 ㅎ여곰 블효(不孝)의 죄인(罪人)이 되게 마ᄅ쇼셔."

구패(寇婆ㅣ) 더옥 슬허 왈(曰),

"부인(夫人)이 쳡(妾)을 딕(對)ㅎ여 오히려 심ᄉ(心思)를 은닉(隱匿)ㅎ시거니와 태부인(太夫人)이 전일(前日)은 부인(夫人)을 향(向)ㅎ여 ㅎ시ᄂᆞᆫ 빈 다 인졍(人情) 밧기러니, 근간(近間) ᄌ익(慈愛)ㅎ시ᄂᆞᆫ 거시 진심(眞心)이 아니라 쳡(妾)이 ᄆᆡ양 념녀(念慮)ㅎ던 빈나 엇지 상셰(尙書ㅣ) 나가션 지 미급슈슌(未及數旬)430)의 이런 일이 〃실 줄 ᄯᅳᆺㅎ여시리잇고?"

---

429) ᄌ보지도(自保之道): 자보지도. 스스로를 보호할 방도.
430) 미급슈슌(未及數旬): 미급수순. 수십 일도 되지 않음.

부인(夫人)이 기리 탄(嘆)홀 쓴이오 다시 말이 업스니, 구패(寇婆
ㅣ) 쩌나지 아니ᄒᆞ여 구호(救護)ᄒᆞ고 태우(大夫)긔 조(曹) 부인(夫人)
모녜(母女ㅣ) 유질(有疾)ᄒᆞᆷ믈 고(告)ᄒᆞ고 음식(飲食)을 토(吐)ᄒᆞ던 바
ᄂᆞᆫ 니르지 아니ᄒᆞ니,

태우(大夫)ᄂᆞᆫ 오딕 우연(偶然)ᄒᆞᆫ 통세(痛勢)[431]로 아라 잘 구호(救
護)ᄒᆞ기를 당부(當付)ᄒᆞ며, 위 시(氏) 고식(姑息)은 셔로 의논(議論)ᄒᆞ
여 필경(畢竟)[432] 죽으리라 깃거ᄒᆞ더니 뉘 도로혀 ᄒᆡ독졔(解毒劑)를

65면

쎠 독긔(毒氣)를 뼈셔 닌 줄 알니오.

이후(以後) 부인(夫人)이 칭병블츌(稱病不出)[433]ᄒᆞ고 명우를 일졀
(一切) 닉여노치 아냐 ᄌᆞ긔(自己) 분산(分産)ᄒᆞᆯ 급(急)ᄒᆞᆫ 화(禍)나 졔
방(制防)[434]코져 ᄒᆞ니,

위 시(氏) 고식(姑息)이 조(曹) 부인(夫人) 모녀(母女)의 죽기를 고
딕(苦待)[435]ᄒᆞ딕 ᄒᆡᆼ계(行計)[436] 월여(月餘)의 병(病)이 듕(重)탄 말이
업스니, 크게 의아(疑訝)ᄒᆞ여 뉴 시(氏) ᄌᆞ로 문병(問病)ᄒᆞ라 ᄒᆡ월누
의 와 동졍(動靜)을 슬피ᄂᆞᆫ지라.

조(曹) 부인(夫人)이 뉴 시(氏)의 심폐(心肺)를 슬피믹, ᄌᆞ개(自家
ㅣ) 오릭 누어시면 브딕 니러나도록 홀 거시니 스스로 니러나 ᄃᆞᆫ니
ᄂᆞᆫ 거시 올타 ᄒᆞ고 소셰(梳洗)ᄒᆞ고 경희뎐의 신셩(晨省)[437]ᄒᆞ니 위

---

431) 통세(痛勢): 통세. 상처나 병의 아픈 형세.
432) 필경(畢竟): 끝내.
433) 칭병블츌(稱病不出): 칭병불출. 병을 핑계로 밖으로 나가지 않음.
434) 졔방(制防): 제방. 제어하여 막음.
435) 고딕(苦待): 고대. 몹시 기다림.
436) ᄒᆡᆼ계(行計): 행계. 계교를 행함.
437) 신셩(晨省): 신성. 아침 일찍 부모의 침소에 가서 밤사이의 안부를 살피는 일.

시(氏) 통한(痛恨)[438]코 믜오믈 니긔지 못ᄒ여 독약(毒藥)을 먹여도 죽지 아닌 연고(緣故)를 몰나 ᄒ니, 뉴 시(氏) 왈(曰),

"조(曹) 시(氏) 반ᄃ시 의심(疑心)ᄒ고 희독제(解毒劑)를 먹으미니 죽이미 용이(容易)치 아닐가 ᄒᄂ이다."

위 시(氏) 분연(憤然)[439] 왈(曰),

"내 엇지 져를 못 죽이리오? 이제

66면

ᄂ 암밀(暗密)이[440] 말고 알개 ᄒ여 즈딘(自盡)[441]토록 보ᄎ리라."

ᄒ고, 이후(以後)ᄂ 위 시(氏) 기젼(其前) 작위(作爲)[442]ᄒ던 ᄉ랑이 업고 싀호(豺虎)의 ᄉ오납기와 ᄉ갈(蛇蝎)의 모질기를 힘뼈 고ᄃ 삼킬 ᄃ시 ᄒ다가도 태우(大夫) 보ᄂ ᄃᄂ 상셔(尚書)의 힝거(行車)를 념녀(念慮)ᄒ고 조(曹) 시(氏)의 싱남(生男)ᄒ믈 바라ᄂ 체ᄒ니, 태우(大夫)ᄂ 휴〃(休休)[443]ᄒ 댱뷔(丈夫ㅣ)라 본(本)ᄃ 소활(疏闊)ᄒ 지라, 형댱(兄丈)의 당부(當付)를 명심(銘心)ᄒ여 가ᄉ(家事)를 술피나 원간(元間) ᄂᄉ(內事) 알기를 괴로와ᄒ고 형(兄)을 위디(危地)의 보ᄂᆡ미 창망(悵惘)[444]ᄒ 심ᄉ(心思ㅣ) 여할(如割)[445]ᄒ니 흥미(興味) 업셔 모친(母親)긔 신혼성졍(晨昏省定)[446]ᄒ고 조(曹) 부인(夫人) 긔

---

438) 통한(痛恨): 몹시 한스러워함.
439) 분연(憤然): 화를 내는 모양.
440) 암밀(暗密)이: 남몰래.
441) 즈딘(自盡): 자진. 스스로 죽음.
442) 작위(作爲): 의식적으로 함.
443) 휴〃(休休): 마음이 너그럽고 편안함.
444) 창망(悵惘): 근심과 걱정으로 경황이 없음.
445) 여할(如割): 베는 것 같음.
446) 신혼성졍(晨昏省定): 신성(晨省)과 혼정(昏定). 곧 밤에는 부모의 잠자리를 보아 드리고 이른 아침에는 부모의 밤새 안부를 묻는다는 뜻으로, 부모를 잘 섬기고 효성을 다함을 이르는 말.

운을 므른 후(後)ᄂᆞᆫ 외헌(外軒)의 나와 하(河) 어ᄉᆞ(御史)를 쳥(請)ᄒᆞ여 담화(談話)ᄒᆞ며 외롭고 울젹(鬱寂)ᄒᆞᆫ 회포(懷抱)를 븟칠 곳이 업셔 낫은 친우붕비(親友朋輩)를 ᄎᆞᄌᆞ 집의 든 ᄯᅴ 젹으니 엇지 형슈(兄嫂)의 만단곡경(萬端曲境)[447]

67면

을 몽니(夢裏)의나 ᄉᆡᆼ각ᄒᆞ리오. 이러므로 조(曹) 부인(夫人)의 슬픈 졍니(情理)를 알 니(理) 업더라.

조(曹) 부인(夫人)이 비록 금옥(金玉)의 견고(堅固)ᄒᆞ미 이시나 가군(家君)의 ᄉᆞᄉᆡᆼ(死生)이 엇디 될고 듀야(晝夜) 심담(心膽)이 붕녈(崩裂)[448]ᄒᆞ고 존고[449](尊姑)의 지흉극악(至凶極惡)[450]ᄒᆞ미 경긱(頃刻)[451]의 죽이고져 ᄒᆞ니 복ᄋᆞ(腹兒)를 보젼(保全)치 못ᄒᆞᆯ가 두려 가지록 셩효(誠孝)를 갈진(竭盡)[452]ᄒᆞ여 조곰도 원(怨)ᄒᆞᄂᆞᆫ 의ᄉᆡ(意思ㅣ) 업ᄉᆞ나 상셔(尙書)의 부탁(付託)을 ᄉᆡᆼ각ᄒᆞ여 감ᄂᆡ[453](堪耐)ᄒᆞ니 화용(花容)이 초췌(憔悴)[454]ᄒᆞ고 옥골(玉骨)이 표연(飄然)[455]ᄒᆞ여 풍진(風塵)의 븟칠 둣ᄒᆞ니, 구패(寇婆ㅣ) 초조착급(焦燥着急)[456]ᄒᆞ나 보호(保護)ᄒᆞᆯ 도리(道理) 업셔 심담(心膽)을 녹이더라.

ᄌᆡ셜(再說). 윤(尹) 상셰(尙書ㅣ) 옥부금졀(玉斧金節)[457]을 압셰오

---

447) 만단곡경(萬端曲境): 온갖 고초.
448) 붕녈(崩裂): 붕렬. 무너지고 찢어짐.
449) 고: [교] 원문에는 없으나 문맥을 고려해 박순호본(1:40)을 따라 삽입함.
450) 지흉극악(至凶極惡): 지극히 흉악함.
451) 경긱(頃刻): 경각. 매우 짧은 시간.
452) 갈진(竭盡): 다하여 없어짐.
453) ᄂᆡ: [교] 원문에는 'ᄋᆡ'로 되어 있으나 문맥을 고려해 이와 같이 수정함.
454) 초췌(憔悴): 초췌. 병, 근심, 고생 따위로 얼굴이나 몸이 여위고 파리함.
455) 표연(飄然): 가뿐한 바람에 나부끼는 모양이 가벼움.
456) 초조착급(焦燥着急): 애가 타서 마음이 조마조마하고 급함.
457) 옥부금졀(玉斧金節): 옥부금절. 옥으로 만든 부월(斧鉞)과 금색 절(節). 절은 수기(手旗)와 같

고 금국(金國)으로 향(向)호니 청명(淸名)458)과 지덕(才德)이 됴야(朝野)의 일컷는 지상(宰相)이라, 호믈며 위국졍튱(爲國精忠)이 가연이459) 스디(死地)를 즈원(自願)호여 나아가니 쇼과(所過)의

68면

쥬현(州縣) 즈스(刺史) 등(等)이 황〃지영(遑遑祗迎)460)호여 그 튱의덕화(忠義德化)461)를 아니 공경(恭敬)호리 업는디라.

힝(行)호여 형462)쥐 니르러 윤(尹) 공(公)의 평싱고우(平生故友)화 도스(道士)를 만나니 반가오믈 니긔지 못호여 형듀 긱관(客館)의 드지 아니호고 별쳐(別處)의 햐쳐(下處)463)호여 밤을 당(當)호여 죵용(從容)이 담화(談話)홀식, 화 도스(道士)의 명(名)은 쳔이오 즈(字)는 연디니 항쥐인(杭州人)이라. 윤(尹) 공(公)의 부친(父親)이 기딕(棄職)464)호고 항듀(杭州) 본향(本鄉)으로 나려갓던 고(故)로 화쳔과 닌니(鄰里)의 잇셔 ᄋ시(兒時)로브터 졍의(情誼) 지극(至極)호되 쯧이 곳지 아냐 화 도스(道士)는 공명(功名)을 헌신곳치 넉이며 부귀(富貴)를 부운(浮雲)곳치 아라 나히 십(十) 셰(歲)를 계오 지나며 텬태산(天台山) 하(下)의 진쳥 도스(道士)를 쏠와 텬문디리(天文地理)와 상법(相法)의 슐(術)과 사름의 길흉화복(吉凶禍福)을 졈복(占卜)호미 신묘(神妙)치 아니미 업셔 안즈셔 만(萬) 니(里)

<hr>

고, 부월은 도끼같이 만든 것으로 생살권(生殺權)을 상징함.
458) 청명(淸名): 청명. 맑은 명망.
459) 가연이: 선뜻.
460) 황〃지영(遑遑祗迎): 허둥지둥하며 급히 공경하여 맞이함.
461) 튱의덕화(忠義德化): 충의덕화. 충성과 의리를 지니고 덕행으로 감화함.
462) 형: [교] 원문에는 '셩'으로 되어 있으나 뒤에 계속 '형'으로 나오는 것을 감안해 이와 같이 수정함.
463) 햐쳐(下處): 하처. 손님이 길을 가다가 묵음. 또는 묵고 있는 그 집. 사처.
464) 기딕(棄職): 기직. 관직을 버림.

를 보는 총(聰)이 〃시며, 셰상(世上)의 즈최를 피(避)ㅎ고 션도(仙道)를 빈ㅎ니 샹셰(尙書ㅣ) 이런 일을 아쳐[465]ㅎ여,

 "군지(君子ㅣ) 당〃(堂堂)이 공문(孔門)[466]의 도흑(道學)을 빈화 닙신양명(立身揚名)ㅎ여 이현부모(以顯父母)[467]ㅎ미 올커늘, 엇디 지조(才操)를 품고 발(發)치 아냐 님하(林下)의 은ᄉ(隱士)로 셩명(性命)이 초목(草木)과 ᄀᆞ치 석으리오? ㅎᄆᆞᆯ며 션도(仙道)ᄂᆞᆫ 허탄(虛誕)키 심(甚)ㅎ니 진쳥 도ᄉ(道士)의 뎨지(弟子ㅣ) 되여 화식(火食)[468]을 믈니치고 션도(仙道)를 빈ㅎ려 ㅎ니, 진황한무(秦皇漢武)[469]의 위엄(威嚴)으로도 신션(神仙)을 만나지 못ㅎ엿거든 화 연지 므슴 사름이 완딕 신션(神仙)이 되리오?"

 ㅎ니 화 도ᄉ(道士ㅣ) 웃고,

 "비록 신션(神仙)은 되지 못ㅎ나 ᄉ히(四海)의 오유(遨遊)[470]ㅎ여 명산(名山)을 편답(遍踏)[471]ㅎ며 풍경(風景)을 완상(玩賞)[472]ㅎ니 형(兄)의 벼슬ㅎᄂᆞᆫ 영귀(榮貴)로 비(比)치 못ㅎ리라."

 ㅎ더라.

---

465) 아쳐: 꺼림.

466) 공문(孔門): 공자의 문하. 공자는 공구(孔丘, B.C.551-B.C.479)를 높여 부른 말. 중국 춘추시대 노나라의 사상가·학자로 자는 중니(仲尼). 인(仁)을 정치와 윤리의 이상으로 하는 도덕주의를 설파하여 덕치 정치를 강조하여 유학의 시조로 추앙받음.

467) 닙신양명(立身揚名)ㅎ여 이현부모(以顯父母): 입신양명하여 이현부모. 몸을 세우고 이름을 떨쳐 부모를 드러냄. 『효경(孝經)』, 「개종명의(開宗明義)」에 나오는 말.

468) 화식(火食): 불에 익힌 음식을 먹는 것으로, 세속인의 삶을 뜻함.

469) 진황한무(秦皇漢武): 중국 진(秦)나라 시황제(始皇帝, B.C.259-B.C.210)와 한(漢)나라 무제(武帝, B.C.156-B.C.87). 두 황제 모두 신선을 추구해 영생을 하려 함.

470) 오유(遨遊): 재미있고 즐겁게 놂.

471) 편답(遍踏): 두루 다님.

472) 완상(玩賞): 즐겨 구경함.

명듀보월빙(明珠寶月聘) 권디이(卷之二)

1면

션시(先時)의 화 도시(道士ㅣ) 쇼왈(笑曰),

"신션(神仙)은 되지 못ㅎ나 ᄉ희(四海)를 오유(遨遊)ㅎ고 명산(名山)의 노라 풍경(風景)을 완상(玩賞)ㅎ니 즐거오미 형(兄)의 샤환(仕宦)[1]ㅎᄂᆞᆫ 영귀(榮貴)로 비(比)치 못ᄒ리라."

원ᄂᆡ(元來) 화 도스(道士)[2] 부뫼(父母ㅣ) 일즉 기셰(棄世)[3]ㅎ시나 빅시(伯氏) 잇셔 조션향화(祖先香火)[4]와 혈식(血食)[5]을 니으니, 즈긔(自己)ᄂᆞᆫ 나히 삼슌(三旬)이로ᄃᆡ 죵시(終是) 취실(娶室)[6]치 아니ㅎ고 도인(道人)을 조ᄎ 진념(塵念)[7]을 ᄯᅥᆺ쳐시므로 일가친쳑(一家親戚)도 만나지 못ᄒ더니, 윤(尹) 상셰(尙書ㅣ) 만니타국(萬里他國)의 외로온 귀신(鬼神)이 될 줄 소연(昭然)[8]이 알매 ᄒᆞᆫ번(一番) 몸을 화(化)ᄒ여 구름을 ᄐᆞ고 형[9]쥐 니르러 셔로 만나니, 상셰(尙書ㅣ) 집슈희열(執

---

1) 샤환(仕宦): 사환. 벼슬살이를 함.
2) 원ᄂᆡ 화 도스: [교] 원문에는 없으나 문맥을 고려해 박순호본(1:41)을 따라 삽입함.
3) 기셰(棄世): 기세. 세상을 떠남.
4) 조션향화(祖先香火): 조선향화. 선조의 제사를 지내기 위해 향불을 피움.
5) 혈식(血食): 제사. 종묘의 제사에서 신을 내려오게 하기 위해 가축을 잡아 그 피를 바쳐 고한 데서 유래함.
6) 취실(娶室): 취실. 아내를 얻음.
7) 진념(塵念): 세속 생각.
8) 소연(昭然): 밝은 모양.
9) 형: [교] 원문에는 '신'으로 되어 있으나 앞의 예를 따라 이와 같이 수정함.

手喜悅)10) 왈(曰),

"무륜(無倫)11)호 도亽(道士)를 니별(離別)ᄒ연 지 삼(三) 년(年)이 남앗더니 금일(今日)은 하일(何日)이완ᄃᆡ 이의 니르럿ᄂᆞ뇨?"

도亽(道士ㅣ) 쇼왈(笑曰),

2면

"문강이 날다려 무륜(無倫)타 ᄒ여도 전졍운슈(前程運數)12)를 ᄇᆰ히 알므로 금년(今年)의 형(兄)을 위(爲)ᄒ여 길흉(吉凶)을 츄졈(推占)13)ᄒ니 임의 대명(大命)14)이 긋쳐졋ᄂᆞᆫ디라, 듁마(竹馬)의 고우(故友)15)로 ᄒᆫ번(-番) 영결(永訣)코져 니르괘라."

상셰(尚書ㅣ) 왈(曰),

"형(兄)이 니르지 아니나 위디(危地)를 향(向)ᄒ니 스라 도라오기를 미드리오?"

도亽(道士ㅣ) 믄득 츄연(惆然)16) 왈(曰),

"형(兄)의 인ᄌ화홍(仁慈和弘)17)ᄒᆫ 덕힝(德行)으로 텬록(天祿)18)을 누리지 못ᄒ고 슬하(膝下)의 ᄋᆞ들을 보지 못ᄒ여 썅농(雙龍)의 영화(榮華)를 보지 못ᄒᆯ 빅 엇지 한(恨)홉지 아니리오?"

윤(尹) 공(公)이 경왈(驚曰),

"쇼뎨(小弟)의 단슈(短壽)ᄒ믄 거의 짐작(斟酌)ᄒ거니와 형(兄)의

---

10) 집슈희열(執手喜悅): 집수희열. 손을 잡고 서로 기뻐함.
11) 무륜(無倫): 사람 사이에 차려야 할 윤리가 없음.
12) 젼졍운슈(前程運數): 전정운수. 앞날의 운수.
13) 츄졈(推占): 추점. 앞으로 닥칠 일을 미루어서 점을 침.
14) 대명(大命): 타고난 운명. 천명(天命).
15) 듁마(竹馬)의 고우(故友): 죽마의 고우. 어렸을 때 대나무말을 타고 함께 놀던 벗.
16) 츄연(惆然): 추연. 슬퍼하는 모양.
17) 인ᄌ화홍(仁慈和弘): 인자화홍. 인자하고 온화함.
18) 텬록(天祿): 천록. 하늘이 주는 복록.

니른바 썅농(雙龍)은 므어슬 니르미뇨?"

도〻(道士ㅣ) 왈(曰),

"형(兄)이 엇지 쇼뎨(小弟)를 은닉(隱匿)ᄒᄂ뇨? 거츄(去秋)의 형(兄)이 반ᄃ시 신몽(神夢)을 인(因)ᄒ여 냥(兩) 농(龍)을 보아실

3면

거시니 태허진군(太虛眞君)과 녕허도군(靈虛道君)이 윤가(尹家)의 쳔니긔린(千里麒麟)[19]이라. 형(兄)의 후〻(後嗣ㅣ) 빗나고 명강 형(兄)이 맛ᄎᆷ닉 ᄋ들이 업〻리니 녕허도군(靈虛道君)은 계시(季氏)[20] 양지(養子ㅣ) 될지라. 다만 냥(兩) 농(龍)이 초년(初年)이 곤궁(困窮)ᄒ여 간익(艱厄)[21]이 비상(非常)ᄒ나 각〻(各各) 팔ᄌ(八字ㅣ) 대길(大吉)ᄒ여 엄안(嚴顔)[22]을 모로미 흠〻(欠事ㅣ)로ᄃᆡ 됴달영귀(早達榮貴)[23]ᄒ여 슈한(壽限)[24]이 댱원(長遠)ᄒ니 형(兄)이 ᄋ들을 보지 못ᄒ고 세샹(世上)을 ᄇ릴지라도 ᄆᆞᆷ의 대귀(大貴)ᄒᆯ 냥(兩) ᄌ(子)를 둠과 다르지 아니리라."

공(公)이 화 도〻(道士)의 전후(前後)를 본 ᄃ시 니르믈 드르니 ᄯᅩ흔 션되(仙道ㅣ) 업다 못 ᄒᆯ지라, 의괴(疑怪)[25] 왈(曰),

"쇼뎨(小弟) 거츄(去秋)의 긔몽(奇夢)을 어더 썅농(雙龍)을 어더 보앗거니와 몽〻(夢事ㅣ) 허탄(虛誕)[26]ᄒ다라 므슴 ᄎᆔ신(取信)[27]ᄒᆯ ᄇ

---

19) 천니긔린(千里麒麟): 천리기린. 하루에 천 리를 달릴 만큼 뛰어난 기린이라는 뜻으로, 재주가 남보다 뛰어난 이이를 이르는 말.
20) 계시(季氏): 계씨. 동생.
21) 간익(艱厄): 간액. 위기와 변고.
22) 엄안(嚴顔): 아버지의 얼굴.
23) 됴달영귀(早達榮貴): 조달영귀. 어린 나이에 높은 벼슬에 올라 귀하게 됨.
24) 슈한(壽限): 수한. 수명.
25) 의괴(疑怪): 의아하고 괴이하게 여김.
26) 허탄(虛誕): 거짓되고 미덥지 아니함.

이시리오?”

도식(道士ㅣ) 쇼왈(笑曰),

4면

“형(兄)이 몽亽(夢事)를 허탄(虛誕)타 ᄒ거니와 명듀(明珠)를 어듬과 형(兄)의 텬亽(天使)로 나가미 ᄒ 일이나 어긔미 이시리오? 이제 오믄 형(兄)을 영결(永訣)ᄒ고 형(兄)의 화상(畫像)을 일웟다가 후릭(後來)의 형(兄)의 ᄋ들을 주고져 ᄒ노라.”

언파(言罷)의 亽미 가온뒤로셔 ᄒ 필(疋) 빅능(白綾)[28]을 닉여 촉하(燭下)의셔 ᄎ필(彩筆)[29]을 드러 윤(尹) 공(公)의 화상(畫像)을 일우ᄂ디라. 상셰(尚書ㅣ) 긔이(奇異)히 넉여 볼 ᄯᆞᆫ이러니, 이윽고 그리기를 맞ᄎ미 벽샹(壁上)의 걸고 본즉 완연(宛然)이[30] 윤(尹) 상셰(尚書ㅣ) 졍신(精神)을 먹음고 말을 ᄒᄂ 듯 옥면호풍(玉面豪風)[31]의 광의대ᄃᆡ(廣衣大帶)[32]로 단정(端正)이 안ᄌ시니 일분(一分)도 다르미 업ᄂ디라. 상셰(尚書ㅣ) 화 도亽(道士)를 향(向)ᄒ여 칭샤(稱謝)왈(曰),

“형(兄)이 션견디명(先見之明)이 미릭지亽(未來之事)를 이러ᄐ시 아라

---

27) 취신(取信): 취신. 신뢰를 가짐.
28) 빅능(白綾): 백릉. 흰 비단.
29) ᄎ필(彩筆): 채필. 채색할 때에 쓰는 붓.
30) 완연(宛然)이: 뚜렷이.
31) 옥면호풍(玉面豪風): 옥면호풍. 옥 같은 얼굴과 큰 풍채.
32) 광의대ᄃᆡ(廣衣大帶): 광의대대. 너른 옷에 넓은 띠.

나의 화상(畫像)을 일워 ᄌᆞ식(子息)을 주려 ᄒᆞ니 엇디 감샤(感謝)치
아니리오마ᄂᆞᆫ 다만 냥(兩) 뇽(龍)이 ᄋᆞ둘일 시 분명(分明)ᄒᆞ며, 쇼뎨
(小弟) 흔 낫 녀ᄋᆞ이(女兒 l) 잇셔 금년(今年)이 오(五) 셰(歲)라 작인
(作人)이 청약(淸弱)33)ᄒᆞ니 능(能)이 향슈(享壽)34)치 못ᄒᆞᆯ가 두려ᄒᆞ
ᄂᆞ니 쇼뎨(小弟) 죽으나 복ᄋᆞ이(腹兒 l) 무ᄉᆞ(無事)히 나고 녀식(女息)
이 됴히 댱셩(長成)ᄒᆞ랴?"

도ᄉᆡ(道士 l) 쇼왈(笑曰),

"형(兄)은 이런 일을 념녀(念慮) 말나. 녕ᄋᆞ이(令愛) 뎡가(鄭家)의 만
년연분(萬年緣分)35)이 잇고 귀복(貴福)36)이 당〃(堂堂)ᄒᆞ니 초년(初
年) 쇼〃직앙(小小災殃)은 니를 빅 아니라. 냥(兩) 뇽(龍)은 흔갓 형
(兄)의 집을 흥긔(興起)ᄒᆞᆯ ᄲᆞᆫ 아니라 국가(國家)를 보좌(輔佐)37)ᄒᆞ고
낭묘(廊廟)38)의 그릇시 되리니 형(兄)의 보지 못ᄒᆞ미 참연(慘然)ᄒᆞᆯ지
언졍 그 밧 흠ᄉᆡ(欠事 l) 업셔 초년(初年) 곤익(困厄)39)이야 현마 엇
지ᄒᆞ리오?"

공(公)이 언〃(言言)이 졈두(點頭)40)ᄒᆞ고 이의

ᄌᆞ긔(自己) 화상(畫像) 아릭 두어 줄 글을 뼈 도ᄉᆞ(道士)의 후의(厚

---

33) 청약(淸弱): 청약. 기품이 맑고 약함.
34) 향슈(享壽): 향수. 오래 사는 복을 누림.
35) 만년연분(萬年緣分): 죽을 때까지 함께 있을 인연.
36) 귀복(貴福): 귀하게 살 복.
37) 보좌(輔佐): 도와 일을 처리함.
38) 낭묘(廊廟): 조정의 정무(政務)를 돌보던 궁전.
39) 곤익(困厄): 곤액. 딱하고 어려운 사정과 재앙이 겹친 불운.
40) 졈두(點頭): 점두. 고개를 끄덕임.

意)41)를 칭샤(稱謝)ᄒ니, 도ᄉᆞ(道士ㅣ) 왈(曰),

"형(兄)의 화상(畫像)의 친필(親筆)을 머므러 두ᄂᆞ 거시 더옥 형(兄)의 ᄋᆞ들노 ᄒᆞ여곰 분명(分明)ᄒᆞᆫ 줄 알게 ᄒᆞ미로다."

언필(言畢)의 화상(畫像)을 거두어 ᄉᆞᄆᆡ의 너코 밤을 ᄒᆞᆫ가지로 지닐ᄉᆡ, 상셔(尙書ㅣ) 냥(兩) 뇽(龍)의 연분(緣分)이 어ᄂᆡ 곳의 인ᄂᆞᆫ고 므르니, 도ᄉᆞ(道士ㅣ) 왈(曰),

"황뇽(黃龍)은 인연(因緣)이 여러 곳의 ᄆᆡ이고 원비(元妃)ᄂᆞᆫ 뎡연의 녜(女ㅣ) 될 거시오, 옥뇽(玉龍)은 두 곳 연분(緣分)이 〃시니 원비(元妃)ᄂᆞᆫ 하진의 ᄯᆞᆯ 밧근 나지 아니ᄒᆞ리라."

이러틋 냥인(兩人)이 쳘야(徹夜)토록 담화(談話)ᄒᆞ여 계셩(鷄聲)이 동(動)ᄒᆞ니, 화 도ᄉᆞ(道士ㅣ) 기리 니별(離別)ᄒᆞᆯᄉᆡ 피ᄎᆞ(彼此ㅣ) 의〃(依依)42)ᄒᆞ여 엄연슈루(奄然垂淚)43)ᄒᆞᆷ믈 면(免)치 못ᄒᆞᄂᆞᆫ지라. 셔로 니회(離懷)44)를 춤지 못ᄒᆞ여 쳔ᄃᆡ지하(泉臺之下)45)의 셔로 보기

7면

를 닐너 분슈(分手)ᄒᆞ니라.

명일(明日) 뎡(鄭) 공(公)이 긱관(客館)으로셔 나와 굴오ᄃᆡ,

"작셕(昨夕)의 형(兄)이 관읍(館邑)으로 드러오지 아니ᄒᆞ고 ᄉᆞ〃하쳐(私私下處)46)를 잡아 화 도ᄉᆞ(道士)와 밤을 지닉니 므슴 신이(神異)ᄒᆞᆫ 소식(消息)을 드르며 우리 길히 위틱(危殆)ᄒᆞ미나 업다 ᄒᆞ더냐?"

---

41) 후의(厚意): 남에게 두터이 인정을 베푸는 마음.

42) 의〃(依依): 헤어지기가 서운함.

43) 엄연슈루(奄然垂淚): 엄연수루. 갑자기 눈물을 흘림.

44) 니회(離懷): 이회. 이별의 회포.

45) 쳔ᄃᆡ지하(泉臺之下): 천대지하. 저승.

46) ᄉᆞ〃하쳐(私私下處): 사사하처. 사사로이 잡은 하처. 하처는 손님이 길을 가다가 묵는 집을 이름.

윤(尹) 공(公)이 화 도亽(道士)의 말을 딕강(大綱) 젼(傳)호여 왈(曰),

"쇼뎨(小弟)를 영결(永訣)호라 와시니 므슴 길(吉)흔 일이 〃시리오? 다만 실인(室人)[47]이 유신(有娠)호엿더니 반다시 썅싱남ᄋ(雙生男兒)[48]호여 인연(因緣)이 형(兄)의 녀ᄌ(女子)와 하 퇴지 녀ᄌ(女子)의게 잇다 호니 쇼뎨(小弟) 죽은 후(後)라도 이 말을 사뎨(舍弟)의게 젼(傳)호라."

뎡(鄭) 공(公)이 상셔(尚書)의 블길(不吉)흔 말슴을 놀나〃 亽식(辭色)지 아니호고 됴흔 말노 위로(慰勞)호며,

힝(行)호여 슈삼(數三) 일(日) 만의 금국(金國)의 다득

8면

르니,

국왕 호습기[49] ᄇ야흐로 용댱(勇壯)[50]흔 군졸(軍卒)을 모호고 대댱군(大將軍) 알눌춰 만인부뎍지용(萬人不敵之勇)[51]과 풍우(風雨)를 부리는 지죄(才操]) 잇셔 금왕(金王)을 도〃아 텬됴(天朝)를 항거(抗拒)홀 뜻이 급(急)호고 군신(君臣)의 대의(大義)를 출히는 일이[52] 업셔 됴공(朝貢)을 폐(廢)호연 지 오릭니 알눌춰[53] 금왕(金王)의게 헌계(獻計)[54]호딕,

"쇼신(小臣)이 텬샤(天使)의 오는 거슬 드러 텬샤(天使)의 아름다

---

47) 실인(室人): 아내.
48) 썅싱남ᄋ(雙生男兒): 쌍생남아. 쌍둥이 남자아이를 낳음.
49) 습기: [교] 원문에는 없으나 문맥을 고려해 박순호본(1:45)을 따름.
50) 용댱(勇壯): 용장. 용맹하고 굳셈.
51) 만인부뎍지용(萬人不敵之勇): 만인부적지용. 만 사람이 대적하지 못할 정도의 용맹.
52) 는 일이: [교] 원문에는 없으나 문맥을 고려해 박순호본(1:46)을 따라 삽입함.
53) 춰: [교] 원문에는 '뒤'로 되어 있으나 앞의 예를 따라 이와 같이 수정함.
54) 헌계(獻計): 계교를 바침.

오미 드른 말과 굿틀진딕 죽이지 아니흐고, 다만 그 관하(管下)55)를 잡아 가도고 텬샤(天使) 냥인(兩人)만 뎐하(殿下)긔 빅하(拜賀)56)흐라 흐여 아국(我國) 웅당(雄壯)흔 긔세(氣勢)를 뵈고 군병긔갑(軍兵機甲)57)을 둘너 항복(降服)흐믈 지쵹흐여 만일(萬一) 조츨진딕 아됴(我朝) 대신(大臣)을 삼고 일분(一分)이나 블공(不恭)흐미 잇거든 육장(肉醬)을 민들니라."

흐니, 금왕(金王)

9면

이 점두(點頭)흐니 알눌춰58) 즉시(卽時) 군병(軍兵)을 거느려 텬샤(天使)의 오는 길흘 막고져 흐니 승상(丞相) 한침 왈(曰),

"부텬샤(副天使) 아오로 가도고 상샤(上使) 일(一) 인(人)만 남겨 뎐하(殿下)긔 산호빅무(山呼拜舞)59)흐라 흐여 항복(降服)흐미 이시면 부샤(副使) 이하(以下)는 다 샹관(上官)의게 달녀시니 ᄌ연(自然)이 아국(我國) 위세(威勢)를 두려 항(降)흐리이다."

호삼개 왈(曰),

"한 경(卿)의 말이 올흐니 알 댱군(將軍)은 그딕로 흐라."

알눌춰60) 승명(承命)61)흐여 셩(城) 남문(南門) 밧긔 가 텬샤(天使)

의 오는 길흘 막으니 먼니 보건되 냥(兩) 텬샤(天使)의 슈려(秀麗)흔 용화(容華)[62]와 쇄락(灑落)[63]흔 풍광(風光)이 완연(宛然)이 학우션관 (鶴羽仙官)[64]이라. 그 조춘 군관하리(軍官下吏)의 뉘(類ㅣ) 번국(蕃國) 인믈(人物)노 비(比)컨되 쳔빅승(千百勝)[65]이라.

알늇취[66] 말

10면

을 아니흐고 군병(軍兵)으로 겹〃이 에워쌋며 텬샤(天使)의 좌우(左右)로 뫼신 바 군관하리(軍官下吏)를 일제(一齊)히 잡아 함거(檻車)의 가도고 큰 칼과 긴 창(槍)으로 부텬샤(副天使)를 잡아 함거(檻車)의 너흐라 흐니, 윤(尹)·뎡(鄭) 이(二) 공(公)이 추경(此景)[67]을 당(當) 흐여 어히업셔 정셩(正聲)[68] 최왈(責曰),

"여등(汝等)이 비록 이젹(夷狄)의 풍속(風俗)으로 녜의(禮義)를 아 디 못흐나 텬됴(天朝) 대신(大臣)을 이러툿 곤욕(困辱)흐니 네 나라 히 무스(無事)흐믈 어드랴? 호삼개 머리를 보젼(保全)코져 흐거든 여 등(汝等)을 식여 이러치 아니흘디라. 대국(大國) 샤신(使臣)을 문외 (門外)의 나와 맛디 아니흐고 이 므슴 거죄(擧措ㅣ)뇨?"

알늇취[69] 드른 체 아니흐고 부스(副使)를 잡아 함거(檻車)의 너흐 니, 뎡(鄭) 공(公)이 팔쳑댱부(八尺丈夫)로 용녁(勇力)이

---

62) 용화(容華): 빛나는 얼굴.
63) 쇄락(灑落): 기분이나 몸이 상쾌하고 깨끗함.
64) 학우션관(鶴羽仙官): 학우선관. 학(鶴)의 깃옷을 입은 신선.
65) 쳔빅승(千百勝): 천백승. 백배 천배 나음.
66) 취: [교] 원문에는 '쥐'로 되어 있으나 앞의 예를 따라 이와 같이 수정함.
67) 추경(此景): 차경. 이 광경.
68) 정셩(正聲): 정성. 소리를 엄정히 함.
69) 취: [교] 원문에는 '쥐'로 되어 있으나 앞의 예를 따라 이와 같이 수정함.

업지 아니ㅎ딕 외로온 몸으로뼈 오빅(五百) 군ᄉ(軍士)를 엇디 당(當)ㅎ리오. 힘〃이70) 함거(檻車)의 갓치이니 분완통한(憤惋痛恨)71)ㅎ여 노긔(怒氣) 하날을 ᄶㅔ칠 듯ㅎ딕 홀일업셔 윤(尹) 공(公)을 향(向)ㅎ여 웨여72) 왈(曰),

"쇼뎨(小弟) 용녈(庸劣)ㅎ여 이뎍(夷狄)의게 잡힌 빅 되엿거니와 형(兄)은 댱부(丈夫)의 예긔(銳氣)73)를 흔갈ᄀᆞ치 최찰(摧折)74)치 말나."

윤(尹) 공(公)이 미급답(未及答)75)의 표풍취우(飄風驟雨)76)ᄀᆞ치 급(急)히 다르니77), 윤(尹) 공(公)이 ᄌᆞ긔(自己)를 아니 잡아 가ᄂᆞ 거시 발셔 ᄯᅳᆺ이 〃시믈 아라 종용(從容)이 단신(單身)으로 힝(行)ㅎ여 금국(金國) 도셩(都城)의 니르러 금왕(金王)의 궁실(宮室)노 향(向)홀ᄉᆡ, 승상(丞相) 한침의 이히(以下ㅣ) 다 나와 니ᄅᆞ딕,

"텬ᄉᆡ(天使ㅣ) 우리 뎐하(殿下)긔 됴회(朝會)ᄒ려 홀진딕 당〃(堂堂)이 아됴(我朝) 복식(服色)을

ᄒ고 산호빅무(山呼拜舞)홀 거시니 숑됴(宋朝) 옷슬 곳치라."

니르며 금왕(金王)의 츌입(出入)ᄒᄂᆞ 문(門)을 막고 문무신뇨(文武臣僚)의 츌입(出入)ᄒᄂᆞ 문(門)으로 드러가라 ᄒ며 금국(金國) 복식

---

70) 힘〃이: 부질없이.
71) 분완통한(憤惋痛恨): 몹시 분하게 여기고 한스러워함.
72) 웨여: 외쳐.
73) 예긔(銳氣): 예기. 날카로운 기세.
74) 최찰(摧折): 최절. 마음이나 기운이 꺾임.
75) 미급답(未及答): 미처 대답하기 전.
76) 표풍취우(飄風驟雨): 표풍취우. 회오리바람과 소나기.
77) 다르니: 달려가니.

(服色)을 가져와 닙으라 ᄒᆞ니, 윤(尹) 공(公)이 대로(大怒)ᄒᆞ여 됴의
(朝衣)[78]를 ᄎᆞ ᄇᆞ리고 즐왈(叱曰),

"대국(大國) 텬ᄉᆡ(天使ㅣ) 이에 오ᄆᆡ 네 님군이 먼니 나와 됴칙(詔
勅)[79]을 마즈며 텬샤(天使)를 공경(恭敬)ᄒᆞᄂᆞᆫ 거시[80] 번신(蕃臣)[81]의
도리(道理)어ᄂᆞᆯ 간ᄉᆞ(奸邪)ᄒᆞᆫ 말노 나의 ᄠᅳᆺ을 엿고져[82] ᄒᆞ니 여ᄎᆞ(如
此) 완악(頑惡)[83]ᄒᆞ고 능(能)히 신명(神明)이 두렵지 아니랴?"

한침 등(等)이 공을 져히며[84] 어셔 왕(王)긔 됴알(朝謁)[85]ᄒᆞ라 ᄒᆞ
니, 상셔(尚書ㅣ) 잠간(暫間) 지졍여[86] 낭듕(囊中)의 필연(筆硯)을 ᄂᆡ
고 ᄉᆞᄆᆡ 가온ᄃᆡ 조희[87]를 어더 일봉소(一封疏)를 황샹(皇上)긔 올닐
ᄉᆡ, 문댱(文章)은 팔두(八斗)[88]를 기우리고 필법(筆法)은 왕

13면

희지(王羲之)[89]를 묘시(藐視)[90]ᄒᆞ니, 경긱(頃刻)의 쓰기를 맛ᄎᆞᄆᆡ ᄉᆞ
매의 너코 금왕(金王)의 츌입(出入)ᄒᆞᄂᆞᆫ 문(門)을 당(當)ᄒᆞ여 잠미(蠶

---

78) 됴의(朝衣): 조의. 관원(官員)이 평상시에 조정(朝廷)에 나아갈 때 입는 제복(制服).
79) 됴칙(詔勅): 조칙. 임금의 명령을 일반에게 알릴 목적으로 적은 문서.
80) 시: [교] 원문에는 이 글자가 없으나 문맥을 고려해 삽입함.
81) 번신(蕃臣): 오랑캐 나라의 신하.
82) 엿고져: 엿보려.
83) 완악(頑惡): 성질이 억세게 고집스럽고 사나움.
84) 져히며: 위협하며.
85) 됴알(朝謁): 조알. 조회해 알현함.
86) 지졍여: 지체해.
87) 조희: 종이
88) 팔두(八斗): 여덟 말이라는 뜻으로 문장이 뛰어남을 이름. 중국 남조(南朝)의 사령운(謝靈運)이
    삼국시대 위(魏)의 조식(曹植)을 두고 한 말. 즉, "천하의 재주가 한 섬이 있다면 조자건이 여
    덟 말을 점유하고 있고, 내가 한 말을 얻었으며, 천하가 나머지 한 말을 나누어 가졌다. 天下才
    有一石, 曹子建獨占八斗, 我得一斗, 天下共分一斗."라고 함. 『남사(南史)』, <사령운열전(謝靈運
    列傳)>.
89) 왕희지(王羲之): 중국 동진(東晉)의 서예가(307~365)로 자는 일소(逸少)이고 우군 장군(右軍將
    軍)을 지냈으며 해서·행서·초서의 3체를 예술적 완성의 영역까지 끌어올려 서성(書聖)이라고
    불림.
90) 묘시(藐視): 업신여기어 깔봄.

眉)91)를 거스리고 봉안(鳳眼)을 브릅써 문니(門吏)를 즐퇴(叱退)ᄒ니 위풍(威風)이 늠〃(凜凜)ᄒᄂᆫ지라.

문니(門吏) 두려 감(敢)히 막지 못ᄒ고 드려보ᄂᆡ니, 금왕(金王)이 텬샤(天使)의 블공(不恭)ᄒ던 말을 듯고 위엄(威嚴)을 댱(壯)히 버리고 문무신뇨(文武臣僚)를 제〃(齊齊)히 모호고 군병긔갑(軍兵機甲)을 셩(盛)히 베프며 형벌긔구(刑罰器具)를 ᄀᆞ초고 검극(劍戟)92)을 상셜(霜雪)93)ᄀᆞ치 버리고 드러오믈 기다리더니, 윤(尹) 공(公)이 친(親)히 황틱(皇勅)94)을 밧드러 편〃(翩翩)이95) 거러 나아오니 늠〃(凜凜)ᄒᆫ 신댱(身長)의 표일(飄逸)96)ᄒᆫ 풍칙(風采) 일만(一萬) 버들이 츈풍(春風)을 당(當)ᄒ고 금관(金冠)은 월익(月額)97)의 빗겨시니 션풍옥골(仙風玉骨)98)이 니빅(李白)99)의 허랑(虛浪)ᄒᆞᆷ믈 웃ᄂᆞᆫ디라, 쳔고현인군

14면

지(千古賢人君子ㅣ)100)오, 셰딕명현(世代名賢)이라.

호삼개 ᄒᆞᆫ번(-番) 보믹 번연경동(飜然驚動)101)ᄒᆞ여 가부야이 딕졉(待接)ᄒᆞᆯ 뜻이 업ᄉᆞᄃᆡ, 브딕 그 항복(降服)을 바드려 ᄒᄂᆞᆫ 고(故)로

---

91) 잠미(蠶眉): 잠자는 누에 같다는 뜻으로, 길고 굽은 눈썹을 이르는 말. 와잠미(臥蠶眉).
92) 검극(劍戟): 칼과 창.
93) 상셜(霜雪): 상설. 눈과 서리.
94) 황틱(皇勅): 황칙. 황제의 명을 적은 문서.
95) 편〃(翩翩)이: 편편히. 가볍고 날쌔게.
96) 표일(飄逸): 성품이나 기상 따위가 뛰어나게 훌륭함.
97) 월익(月額): 월액. 달처럼 둥근 이마.
98) 션풍옥골(仙風玉骨): 선풍옥골. 살빛이 희고 고결한 신선과 같은 기질이나 풍채.
99) 니빅(李白): 이백. 중국 성당(盛唐) 때의 시인(701~762). 호는 청련(靑蓮)이고 자(字)는 태백(太白)임. 젊어서 여러 나라를 돌아다니고, 뒤에 출사(出仕)하였으나 안녹산의 난으로 유배되는 등 불우한 만년을 보냄. 칠언절구에 특히 뛰어났으며, 이별과 자연을 제재로 한 작품을 많이 남겼음. 시성(詩聖) 두보(杜甫)에 대하여 시선(詩仙)으로 칭하여짐.
100) 쳔고현인군지(千古賢人君子ㅣ): 천고현인군자. 세상에 드문 어진 군자.
101) 번연경동(飜然驚動): 깜짝 놀라 몸을 움직임.

만일102)(萬一) 항(降)치 아니면 무스(無事)히 도라보닉여 숑됴(宋朝) 현신(賢臣)을 온전(穩全)이 잇게 못 흐리라 흐여, 승상(丞相) 한침으로 흐여곰 텬즈(天子) 틱지103)(勅旨)104)를 바다 교위(交椅)105) 우희 노흐라 흐고, 윤(尹) 공(公)을 명(命)흐여 비례(拜禮)흐라 흐니, 윤(尹) 상셰(尚書ㅣ) 틱지(勅旨)를 바다 교위(交椅)의 노흐니 오히려 모옴이 편(便)흐여 즈긔(自己) 죽으믄 대스(大事)로이 아니 넉이는지라. 잠간(暫間) 눈을 드러 보니 검극(劍戟)이 젼후좌우(前後左右)로 삼녈(森列)106)흐고 넙은 곤장(棍杖)과 긴 믹를 흉녕(凶獰)107)흔 군식(軍士ㅣ) 무슈(無數)히 잡앗는디라. 쇠를 달호며 온갖 괴이(怪異)흔 형위(刑威)108)를 베퍼 즈긔(自己)를 구속(懼慄)109)고져 흐는지라, 통완분히(痛惋憤駭)110)흐

15면

여 바로 당(堂)의 오르며 듕계(中階)를 드딕니, 한침 등(等)이 닉두라 막으며 계하(階下)의셔 뎐하(殿下)긔 비례(拜禮)흐라 흐고 잠기 든 군스(軍士)와 쇠를 달호는 군식(軍士ㅣ) 젼후(前後)로 갓가이 오는지라. 공(公)이 개연(慨然) 닝쇼(冷笑) 왈(曰),

"너의 검극(劍戟)과 형벌(刑罰)노 텬됴(天朝) 대신(大臣)을 믹밧고져111) 흐거니와 대댱뷔(大丈夫ㅣ) 가(可)히 이만 위의(威儀)를 두릴

---

102) 일: [교] 원문에는 '히'로 되어 있으나 문맥을 고려해 박순호본(1:49)을 따름.
103) 지: [교] 원문에는 '즈'로 되어 있으나 문맥을 고려해 박순호본(1:49)을 따름.
104) 틱지(勅旨): 칙지. 임금이 내린 명령.
105) 교위(交椅): 교의. 의자.
106) 삼녈(森列): 삼렬. 촘촘하게 늘어서 있음.
107) 흉녕(凶獰): 성질이 흉악하고 사나움.
108) 형위(刑威): 형벌 기구.
109) 구속(懼慄): 구속. 두려워함.
110) 통완분히(痛惋憤駭): 통완분해. 괘씸해 하고 한탄하며 분해 하고 놀람.

소냐? 너희다려 홀 말이 〃시니 밧비 호삼개를 이리 나아오라 ᄒ라."

이ᄢᅵ 금왕(金王)이 농상(龍床)의 뎐좌(殿座)112)ᄒ여 쥬렴(珠簾) ᄉᆞ이로 윤(尹) 텬ᄉᆞ(天使)를 보고 긔특(奇特)이 넉이믈 마지아니ᄒ나 맛ᄎᆞᆷ닉 항복(降服)지 아닌즉 죽이려 홀ᄉᆡ, 시신(侍臣)으로 ᄒ여곰 쥬렴(珠簾)을 놉히 들나 ᄒ고 윤(尹) 상셔(尚書)를 향(向)ᄒ여 왈(曰),

"ᄌᆞ고(自古)로 텬하(天下)ᄂᆞᆫ 비일인지텬하(非一人之天下)오, 텬하인지텬희(天下人之天下ㅣ)

16면

라113) 당〃(堂堂)이 덕(德) 잇ᄂᆞᆫ 딕 도라가ᄂᆞ니, 숑(宋)이 본(本)딕고ᄋᆞ(孤兒)와 과부(寡婦)를 속여 어든 나라114)히라 뎡되(正道ㅣ) 아니오, 이졔 과인(寡人)이 응텬슌인(應天順人)115)ᄒ여 만니강산(萬里江山)을116) 슈ᄒᆞ(手下)의 긔약(期約)ᄒ니, 인심(人心)이 스ᄉᆞ로 흡연(翕然)117)ᄒ여 믈이 동뉴(東流)홈 ᄀᆞᆺ튼지라. 냥금퇵목(良禽擇木)ᄒ고 현신퇵군(賢臣擇君)118)이라 ᄒ니 과인(寡人)이 이제 군(君)의 풍신용

---

111) 믹밧고져: 시험하려.
112) 뎐좌(殿座): 전좌. 임금 등이 정사를 보거나 조하를 받으려고 정전(正殿)이나 편전(便殿)에 나와 앉음.
113) 텬하(天下)ᄂᆞᆫ 비일인지텬하(非一人之天下)오, 텬하인지텬희(天下人之天下ㅣ)라: 천하는 비일인지천하요, 천하인지천하라. 천하는 한 사람의 천하가 아니요 천하 사람의 천하다. 『여씨춘추(呂氏春秋)』, 「맹춘기(孟春紀)」, '귀공(貴公)'에 "천하는 한 사람의 천하가 아니요, 천하의 천하다. 天下非一人之天下也, 天下之天下也."라는 구절이 있음.
114) 고ᄋᆞ(孤兒)와-나라: 고아와 과부를 속여 얻은 나라. 중국 송(宋)나라 태조 조광윤(趙匡胤, 927~976)이 절도사(節度使)로 있을 적에 후주(後周)의 세종(世宗)이 병사해 황태자 시종훈(柴宗訓, 953~968)이 7살에 제위에 오르고 황태후가 섭정을 하자, 반란을 일으켜 공제(恭帝), 즉 시종훈으로부터 황위(皇位)를 선양받아 송나라를 건국한 일을 두고 이른 말임.
115) 응텬슌인(應天順人): 응천순인. 천명에 순응하고 민심을 따름.
116) 을: [교] 원문에는 이 글자가 없으나 문맥을 고려해 박순호본(1:50)을 따름.
117) 흡연(翕然): 일치하고 합한 모양.
118) 냥금퇵목(良禽擇木)ᄒ고 현신퇵군(賢臣擇君): 양금택목하고 현신택군. 좋은 새는 나무를 가리고 어진 신하는 임금을 가림. 『좌전(左傳)』, 「애공(哀公) 12년」에 "좋은 새는 나무를 가려 깃든다. 良禽擇木而棲."라는 구절이 있고, 『삼국연의(三國演義)』에 "좋은 새는 나무를 가려 깃들

화(風神容華)를 보니 결비용인(決非庸人)119)이라. 그ᄃᆡᄂᆞᆫ ᄆᆞ음을 두로혀 블인(不仁)ᄒᆞᆫ 숑국(宋國)을 ᄇᆞ리고 과인(寡人)으로 더브러 스뎨지의(師弟之義)를 ᄆᆡ자 ᄒᆞᆫ가지로 텬하(天下)를 엇ᄂᆞᆫ 날 강산(江山)을 반분(半分)ᄒᆞ리니 엇지 영화(榮華)롭지 아니리오? 군(君)이 비록 숑(宋) 텬ᄌᆞ(天子)를 위(爲)ᄒᆞ여 튱의(忠義)를 빗ᄂᆡ고져 ᄒᆞ나 혈〃단신(子子單身)120)이라 ᄉᆞ싱(死生)이 과인(寡人)의 장악(掌握)121)의 이시니 죵시(終是)122) 굴(屈)치 아니ᄒᆞ면 머리를 동시(東市)123)의 ᄃᆞᆯ고 몸이 육장(肉醬)이 되리니

17면

군(君)은 닉이 싱각ᄒᆞ라.”

공(公)이 ᄎᆞ언(此言)을 드르ᄆᆡ 분긔(憤氣) 빅(百) 댱(丈)이나 놉하 도로혀 ᄎᆞ게 웃기를 마지아니ᄒᆞ다가 금왕(金王)의 낫츨 향(向)ᄒᆞ여 춤124) 밧타 ᄭᅮ지ᄌᆞᄃᆡ,

“번국(蕃國) 역신(逆臣)이 언연(偃然)125)이 농상(龍床)의 비겨 텬됴(天朝) 대신(大臣)을 ᄃᆡ(對)ᄒᆞ여 무도패언(無道悖言)126)을 이ᄃᆡ도록 ᄒᆞᄂᆞ뇨? 금텬ᄌᆞ(今天子ㅣ) 요슌탕무(堯舜湯武)127)의 덕(德)을 니

고, 어진 신하는 주군을 가려 섬긴다. 良禽擇木而棲, 賢臣擇主而事.”라는 구절이 있음.

119) 결비용인(決非庸人): 결코 용렬한 사람이 아님.

120) 혈〃단신(子子單身): 의지할 곳이 없는 외로운 홀몸.

121) 장악(掌握): 손안에 잡아 쥔다는 뜻으로, 무엇을 마음대로 할 수 있게 됨을 이르는 말.

122) 죵시(終是): 종시. 끝내.

123) 동시(東市): 동쪽의 시장. 옛날 중국의 수도 장안(長安)에서 죄인을 처형하던 장소.

124) 춤: 침.

125) 언연(偃然): 거만한 모양.

126) 무도패언(無道悖言): 말이 인간으로서 지켜야 할 도리에 어긋나서 막됨.

127) 요슌탕무(堯舜湯武): 요순탕무. 중국 고대의 임금들. 요와 순 임금은 하(夏)나라 이전의 전설 상의 임금들로 알려져 있고, 탕(湯)임금은 은(殷)나라를 건국하고 무(武)임금은 주(周)나라를 건국한 사람임.

으샤 교홰(敎化ㅣ) 만방(萬邦)의 힝(行)ᄒ니 ᄉ이번국(四夷蕃國)[128]이 귀슌(歸順)치 아니리 업거늘, 홀노 너 극악대흉(極惡大凶)이 텬됴(天朝)를 비방(誹謗)ᄒ고 누년(累年) 됴공(朝貢)을 밧드지 아니ᄒ고 군신(君臣)의 도리(道理)를 폐(廢)ᄒ니 황샹(皇上)이 흥병문죄(興兵問罪)ᄒ실 줄 모로시리오마는, 밍ᄌ(孟子)의 니르신 바 솔토지빈(率土之濱)이 막비왕신(莫非王臣)이오 보텬지희(普天之下ㅣ) 막비왕퇴(莫非王土ㅣ)라[129] ᄉ희만방(四海萬邦)의 잇는 곳이 어ᄂ 사름이 우리 셩듀(聖主)의

18면

빅셩(百姓)이 아니리오. 이러므로 네 목슘을 앗기는 거시 아니라 대국(大國) 정병(精兵)이 니른즉 금국(金國)이 옥셕(玉石)을 블분(不分)ᄒ고 이믜흔 빅셩(百姓)이 어육(魚肉)이 될지라. 셩듀(聖主)의[130] 지극(至極)ᄒ신 덕화(德化)로뼈 싱민(生民)의 도탄(塗炭)[131]을 념녀(念慮)ᄒ샤 날을 보ᄂ샤 틱지(勅旨)를 너희게 젼(傳)ᄒ고 교유(敎諭)ᄒ여 개과쳔션(改過遷善)케 ᄒ라 ᄒ시니, 곳치미 귀(貴)타 ᄒᄆ 셩교(聖敎)의 허(許)ᄒ신 빅라. 네 비록 쳐음 어지〃 못ᄒ나 후(後)의 회과(悔過)ᄒ여 션도(善道)의 나아가면 대국(大國)의 흔갓 깃브미 아니

---

128) ᄉ이번국(四夷蕃國): 사이번국. 사방의 오랑캐 나라. 사이(四夷)는 예전 중국인들이 사방에 있던 민족을 동이(東夷), 서융(西戎), 남만(南蠻), 북적(北狄)으로 통틀어 부른 말.

129) 솔토지빈(率土之濱)이-막비왕퇴(莫非王土ㅣ)라: 솔토지빈이 막비왕신이요, 보천지하 막비왕토라. 땅을 따른 해내(海內)가 왕의 신하 아닌 사람이 없고, 너른 하늘 아래가 왕의 땅 아닌 것이 없다. 『맹자(孟子)』, 「만장(萬章) 상」에 나오는 구절. 원래 『시경(詩經)』, 「소아(小雅)」, <북산(北山)>에 나오는 구절로, 『시경』에는 "溥天之下, 莫非王土, 率土之濱, 莫非王臣."이라 되어 있음.

130) 의: [교] 원문에는 '로'로 되어 있으나 문맥을 고려해 박순호본(1:51)을 따름.

131) 도탄(塗炭): 진구렁에 빠지고 숯불에 탄다는 뜻으로, 몹시 곤궁하여 고통스러운 지경을 이르는 말.

라 네 나라히 큰 복(福)이오 싱녕(生靈)의 도탄(塗炭)을 면(免)홀너니, 이졔 너의 ㅎ는 말과 텬샤(天使)를 딕졉(待接)지 아니ㅎ여 참욕(慘辱)132)을 닐위믄 오히려 둘지오, 셩틱(聖勅)133)을 문외(門外)의 영졉(迎接)지 아니ㅎ고 블경방즈(不敬放恣)134)ㅎ미

19면

여츳(如此)ㅎ니 죄당만식(罪當萬死ㅣ)135)라 텬일지하(天日之下)의 이시미 두립지 아니냐? 네 조고만 검슈(劍樹)136)와 괴이(怪異)흔 거조(擧措)를 좌우(左右)로 버려시나 소조(蕭條)137)ㅎ고 잔픽(孱疲)138)ㅎ기 대국(大國) 직상가(宰相家)만 못흔디라, 져거슬 두려홀 사룸이 어이 이시리오? ㅎ믈며 네 날을 보고 외람(猥濫)흔 의식(意思ㅣ) 삼세쳑동(三歲尺童)139)ㄱ치 다릭고져 ㅎ여 무도지셜(無道之說)140)이 군즈(君子)의 졍시(正視)홀 빅 아니오, 무례망측(無禮罔測)141)ㅎ기 보기 어려온지라. 일신(一身)이 네 셤 아릭 이신들 내 명(命)이 유한(有限)ㅎ니 내 이곳의 와 죽으라 ㅎ여시면 내 스스로 죽을 쓴이라 엇지 너의 더러온 형벌(刑罰)을 바드리오? 대국(大國)은 우리 ㄱ튼 직(者ㅣ) 블가승쉬(不可勝數ㅣ)142)라. 우리 폐ㅎ(陛下)의 미셰(微細)흔 신즈(臣子) 일(一) 인(人) 업시 ㅎ는 거슨 대식(大事ㅣ) 아니어니

---

132) 참욕(慘辱): 참혹한 모욕.
133) 셩틱(聖勅): 성칙. 황제가 내린 명령.
134) 블경방즈(不敬放恣): 불경방자. 공경하지 않고 방자함.
135) 죄당만식(罪當萬死ㅣ): 죄당만사. 죄가 만 번 죽어 마땅함.
136) 검슈(劍樹): 검수. 칼 숲.
137) 소조(蕭條): 고요하고 쓸쓸함.
138) 잔픽(孱疲): 아주 가냘프고 약하여 골골함.
139) 삼세쳑동(三歲尺童): 삼세척동. 세 살 먹은 어린아이.
140) 무도지셜(無道之說): 무도지설. 도리에 어긋난 말.
141) 무례망측(無禮罔測): 무례하고, 정상적인 상태에서 어그러짐.
142) 블가승쉬(不可勝數ㅣ): 불가승수. 이루 헤아릴 수 없음.

와 네 회과(悔過)[143]치 아니ᄒ면 쳔병만미(千兵萬馬ㅣ)

20면

호〃탕〃(浩浩蕩蕩)[144]이 나아와 뎡벌(征伐)ᄒᄂ 즈음은 비록 갑(甲)을 벗고 살기를 도모(圖謀)ᄒ나 네 머리를 보젼(保全)치 못ᄒ리니 가(可)히 금국(金國) 싱녕(生靈)이 블상치 아니랴?"

　말ᄉᆞᆷ이 당〃(堂堂)ᄒ고 ᄉᆞ긔(辭氣)[145] 싁〃쥰졀(--峻截)[146]ᄒ여 츄텬(秋天) ᄀᆞᆮᄐᆞᆫ 긔픔(氣稟)과 명월(明月) ᄀᆞᆮᄐᆞᆫ 용홰(容華ㅣ) 볼ᄉᆞ록 긔이(奇異)ᄒ니, 호삼개 더욱 황홀(恍惚)ᄒ여 졔 신하(臣下)를 삼고져 ᄯᅳᆺ이 급(急)ᄒ니 독형(毒刑)[147]을 ᄒ다가 듯지 아니면 죽이려 ᄒᄂ지라 좌우(左右) 군졸(軍卒)을 명(命)ᄒ여 쳘삭(鐵索)으로 결박(結縛)ᄒ라 ᄒ니, 상셰(尚書ㅣ) 개연(慨然)이 웃고 낭듕(囊中)의 환약(丸藥)을 ᄂᆡ여 입의 너ᄒ니 군졸(軍卒)이 갓가이 오ᄂ지라 공(公)이 봉안(鳳眼)을 브릅ᄯᅳ고 대미(大罵)[148] 왈(曰),

　"이젹(夷狄)의 더러온 군졸(軍卒)이 감(敢)히 텬됴(天朝) 대신(大臣)을 욕(辱)되게 ᄒᄂ다? 맛당이 호삼개를 결박(結縛)

21면

ᄒ라."

　말을 맛츠며 팔흘 드러 군ᄉᆞ(軍士)를 밀치며 죵용(從容)이 셧다가

---

143) 회과(悔過): 잘못을 뉘우침.
144) 호〃탕〃(浩浩蕩蕩): 기세 있고 힘참.
145) ᄉᆞ긔(辭氣): 사기. 말과 얼굴빛을 아울러 이르는 말.
146) 싁〃쥰졀(--峻截): 싁싁쥰졀. 엄숙하고, 매우 위엄이 있고 정중함.
147) 독형(毒刑): 독한 형벌.
148) 대미(大罵): 대매. 크게 꾸짖음.

약(藥)이 목을 넘으믹 피를 토(吐)ᄒ고 구러지니 발셔 운명(殞命)ᄒ 엿ᄂ지라. 시년(時年)이 〃십팔(二十八) 셰(歲)니 추호셕ᄌ(嗟乎惜 哉)149)라, 윤(尹) 니부(吏部) 명쳔공(--公)이여! 문댱덕힝(文章德行)과 청명아망(淸名雅望)150)이 ᄉ류(士類)의 츄앙(推仰)151)ᄒᄂ 빅라 튱졀 (忠節)이 가득ᄒ여 만니타국(萬里他國)의 와 명(命)을 맛ᄎ니,

호삼개 윤(尹) 공(公)을 져히려 ᄒ다가 그 명(命)이 맛ᄎ믈 보믹 눈이 두렷ᄒ여 뎐샹뎐하(殿上殿下)의 슈플 ᄀᆺ튼 신뇨(臣僚)와 모든 군ᄉᆡ(軍士ㅣ) 낫빗츨 곳쳐 눈믈 아니 흘니리 업ᄂ지라. 승상(丞相) 한침이 급(急)히 나리다라 윤(尹) 상셔(尙書)의 시신(屍身)을 슬펴본 즉 임의 홀일업ᄉ지라 눈믈 나리믈152) 씌ᄃᆺ지 못ᄒ니 호삼개를 향 (向)ᄒ여 고왈(告曰),

"뎐ᄉᆞ(天使)의 호일(豪逸)153)ᄒ믈 보고 아국(我國) 신하(臣下)를 삼고져 ᄒ미러니 싱

22면

각 밧 죽으니 이런 경참(驚慘)154)ᄒ 일이 어듸 이시리오? 실(實)노 뎐ᄉᆞ(天使)의 말 ᄀᆺ튀여 듕국(中國) 병미(兵馬ㅣ) ᄒ번(-番) 아국(我 國)을 즛치면155), 종샤(宗社)를 보젼(保全)치 못ᄒ고 뎐히(殿下ㅣ) 용 납(容納)ᄒ ᄯ히 업ᄉ리니 즉긱(卽刻)으로 향안(香案)156)을 빅셜(排

---

149) 추호셕ᄌ(嗟乎惜哉): 차호석재. 아, 안타깝구나.
150) 청명아망(淸名雅望): 청명아망. 맑은 명성과 아름다운 덕망.
151) 츄앙(推仰): 추앙. 높이 받들어 우러러봄.
152) 나리믈: [교] 원문에는 없으나 문맥을 고려해 박순호본(1:54)을 따라 삽입함.
153) 호일(豪逸): 예절이나 사소한 일에 매임이 없이 호방함.
154) 경참(驚慘): 놀라고 참혹함.
155) 즛치면: 함부로 마구 치면.
156) 향안(香案): 제사 때에 향로나 향합(香盒)을 올려놓는 상.

設)ᄒ여 황틱(皇勅)을 밧들고 부텬샤(副天使)를 노화 그룻ᄒ믈 샤죄(謝罪)ᄒ고 누년(累年) 됴공(朝貢)을 출히고 대신(大臣)과 셰ᄌ(世子)를 텬됴(天朝)의 보ᄂᆡ여 죄(罪)를 쳥(請)ᄒ시면, 숑(宋) 텬ᄌ(天子)ᄂᆞ 관홍지군(寬弘之君)[157]이라 가(可)히 뎡벌(征伐)ᄒᄂᆞᆫ 일이 업슬가 ᄒᄂᆞ이다.”

호삼개 범ᄉ(凡事)를 한침의 말딕로 ᄒᄂᆞᆫ지라 뉘웃츠미 잇ᄂᆞᆫ 고(故)로 쯧을 결(決)ᄒ여 텬됴(天朝)를 밧들녀 홀식, 목젼(目前)의 윤(尹) 공(公)의 참ᄉ(慘死)[158]ᄒ믈 경달(驚怛)[159]ᄒ여 브지블각(不知不覺)[160]의 나리다라 시신(屍身)을 붓들고 실셩통곡(失聲慟哭)[161]ᄒ니, 문무신뇨(文武臣僚)들이 다 소릭 나믈 씌둣지 못ᄒ여 크게 슬허ᄒ니

23면

골육(骨肉)의 상ᄉ(喪事) ᄀᆞᆺᄐ니[162], 이ᄂᆞᆫ 그 풍칙용화(風采容華)를 보고 항복(降服)ᄒ며 튱의녈졀(忠義烈節)을 잡아 닙킥(立刻)[163]의 죽으믈 보믹 챵감(愴感)[164]ᄒ믈 마지아니ᄒ니 곡셩(哭聲)이 텬디(天地) 진동(震動)ᄒ더라.

금왕(金王)이 슬허ᄒ기를 마지아니ᄒ다가 날호여 눈믈을 거두고 시신(侍臣)을 명(命)ᄒ여 윤(尹) 상셔(尚書)의 시신(屍身)을 킥관(客

---

157) 관홍지군(寬弘之君): 마음이 너그럽고 큰 임금.
158) 참ᄉ(慘死): 참사. 참혹히 죽음.
159) 경달(驚怛): 놀라고 두려워함.
160) 브지블각(不知不覺): 부지불각. 자신도 알지 못하고 깨닫지 못함.
161) 실셩통곡(失聲慟哭): 실성통곡. 목이 쉬도록 통곡함.
162) 니: [교] 원문에는 ‘믄’으로 되어 있으나 문맥을 고려해 박순호본(1:55)을 따름.
163) 닙킥(立刻): 입각. 바로.
164) 챵감(愴感): 창감. 슬퍼함.

館)으로 옴기라 ᄒ고 부텬사(副天使) 이하(以下)를 다 노ᄒ라 ᄒ며,
졔신(諸臣)을 거ᄂ려 그릇ᄒ믈 샤죄(謝罪)ᄒ고 윤(尹) 샹셔(尚書)의
초샹(初喪)을 출히려 ᄒ더니,

알늌ᄎᆔ165)ᄂᆞᆫ 뎡(鄭) 스도(司徒)와 여러 군관하리(軍官下吏)를 함거
(檻車)의 닉여 바야흐로 누옥(陋獄)166)의 가도며 뎡(鄭) 스도(司徒)를
만단셰언(萬端說言)167)으로 달닉여 옥듕고초(獄中苦楚)를 격지 말고
어셔 항복(降服)ᄒ라 ᄒ니, 뎡(鄭) 스되(司徒ㅣ) 통한(痛恨)ᄒ미 비
(比)ᄒᆯ 딕 업셔 비록 ᄌ긔(自己) 죽을지라도 알늌ᄎᆔ168)를 업

24면

시 ᄒ고 죽고져 ᄒ여 몸이 함거(檻車) 밧글 나믹 슈죡(手足)을 놀니
게 ᄒ여시므로 용긔(勇氣)를 분발(奮發)169)ᄒ여 찬 칼흘 ᄲᅡ혀 알늌
ᄎᆔ170)를 죽이려 ᄒᆯᄉᆡ, 알늌ᄎᆔ171) 무심듕(無心中) 옥문(獄門) 밧긔 셧
더니 표연(飄然)이 옥문(獄門)을 ᄎᆞ 바리고 알늌ᄎᆔ172)의 빅를 급(急)
히 지르니 칼이 비록 크지 아니나 긔특(奇特)ᄒᆫ 보빅라 향(向)ᄒ여
쓰ᄂᆞᆫ 바의 나ᄂᆞᆫ 듯ᄒ더라. 알늌ᄎᆔ173) 만부브당지용(萬夫不當之
勇)174)이 〃시나 뎡(鄭) 스도(司徒) 알기를 ᄒᆞ낫 문ᄉᆞ명공(文士名公)
으로 아라 져를 항거(抗拒)ᄒ여 히(害)치 못ᄒᆯ 줄노 혜아린 빅라, 쳔

---

165) ᄎᆔ: [교] 원문에는 '쥐'로 되어 있으나 앞의 예를 따라 이와 같이 수정함.
166) 누옥(陋獄): 더러운 감옥.
167) 만단셰언(萬端說言): 만단설언. 온갖 날래는 말.
168) ᄎᆔ: [교] 원문에는 '쥐'로 되어 있으나 앞의 예를 따라 이와 같이 수정함.
169) 분발(奮發): 떨쳐 일어남.
170) ᄎᆔ: [교] 원문에는 '쥐'로 되어 있으나 앞의 예를 따라 이와 같이 수정함.
171) ᄎᆔ: [교] 원문에는 '쥐'로 되어 있으나 앞의 예를 따라 이와 같이 수정함.
172) ᄎᆔ: [교] 원문에는 '쥬'로 되어 있으나 앞의 예를 따라 이와 같이 수정함.
173) ᄎᆔ: [교] 원문에는 '치'로 되어 있으나 앞의 예를 따라 이와 같이 수정함.
174) 만부브당지용(萬夫不當之勇): 만부부당지용. 만 명의 남자가 감당하지 못할 용맹.

만싱각(千萬--) 밧 날닌 칼날이 빅의 깁히 쇠줏는지라 알뉼취[175] 그 윽이 신힝법슐(神行法術)[176]도 쓸딕업스니 용밍(勇猛)도 발뵐[177] 길 히 업는지라 흔갓 익고 소릭 진동(震動)ᄒ더니

25면

졈〃(漸漸) 슘을 닉두로지[178] 못ᄒ고 장뷔(臟腑ㅣ) 허여지며[179] 구 러져 죽엄이 빗기고[180] 피 흘너 옥문(獄門) 밧긔 가득흔지라.

뎡(鄭) 공(公)이 쾌활(快活)ᄒ여 하리군관(下吏軍官) 삼십여(三十 餘) 인(人)이 ᄎ〃(次次) 옥문(獄門)을 츠고 나오거늘 거ᄂ리고 윤 (尹) 공(公)을 츠즈가려 ᄒ더니, 홀연(忽然) 음풍(陰風)이 늠〃(凜凜) ᄒ여 미우(眉宇)[181]의 셔리를 씌이고 안광(眼光)이 딩녈(猛烈)ᄒ여 경긱(頃刻)의 사름을 죽일 듯ᄒ니, 옥니(獄吏) 혼블부톄(魂不附 體)[182]ᄒ여 쥐 슘듯 다라나니,

뎡(鄭) 공(公)이 다시 군관(軍官)으로 ᄒ여곰 알뉼취[183]의 머리를 버혀 들니고 삼십여(三十餘) 보(步)는 힝(行)ᄒ더니, 알뉼취[184]의 오 빅(五百) 군졸(軍卒)이 길흘 막아 뉼취[185]의 오기를 기다리다가 그 머리를 보고 대경(大驚)ᄒ여 일시(一時)의 뎡(鄭) 공(公)과 군관(軍 官) 등(等)을 에워

---

175) 취: [교] 원문에는 '치'로 되어 있으나 앞의 예를 따라 이와 같이 수정함.
176) 신힝법슐(神行法術): 신행법술. 귀신이 하는 것 같은 술법.
177) 발뵐: 드러낼.
178) 닉두로지: 내두르지.
179) 허여지며: 살갗이 터져 갈라지며.
180) 빗기고: 가로놓이고.
181) 미우(眉宇): 이마의 눈썹 근처.
182) 혼블부톄(魂不附體): 혼불부체. 넋이 몸에 붙어 있지 않음.
183) 취: [교] 원문에는 '도'로 되어 있으나 앞의 예를 따라 이와 같이 수정함.
184) 취: [교] 원문에는 '도'로 되어 있으나 앞의 예를 따라 이와 같이 수정함.
185) 취: [교] 원문에는 '도'로 되어 있으나 앞의 예를 따라 이와 같이 수정함.

빗고 다시 잡아 금왕(金王)긔 밧치려 ᄒ더니,

믄득 금왕(金王)의 명(命)이 ″셔 상텬샤(上天使) 윤(尹) 공(公)의 시신(屍身)을 긱관(客館)으로 옴기시니 부텬샤(副天使)와 하리(下吏)를 다 긱궁(客宮)으로 들게 ᄒ고 알 댱군(將軍)을 브르신다 ᄒ니, 뎡(鄭) 공(公)이 윤(尹) 상셔(尙書)의 흉문(凶聞)을 듯고 심장(心臟)이 믜ᄂ 듯ᄒ여 댱부(丈夫)의 댱긔(壯氣)나 셜″(屑屑)이186) ᄉ라시믈 면(免)치 못ᄒ니 츠악발비(嗟愕拔臂)187) 왈(曰),

"반일지닉(半日之內)의 발셔 유명(幽明)188)이 다르니 호삼개 흉적(凶賊)이 반득시 윤(尹) 형(兄)을 히(害)ᄒ도다."

언파(言罷)의 알뉼췌189)의 머리를 더져 군관(軍官)으로 크게 웨여 왈(曰),

"너의 알 댱군(將軍)의 머리를 갓다가 금왕(金王)을 주라."

금위댱(禁衛將) 학도승이 금왕(金王)의 명(命)으로 뎡(鄭) 공(公)을 마즈 긱궁(客宮)으로 드리려 왓다가 알뉼췌190)의 머리를

닉치니 혼비빅산(魂飛魄散)ᄒ여 급(急)히 노라와 부텬샤(副天使)의 ᄒ던 말과 알 댱군(將軍)의 오빅(五百) 군졸(軍卒)이 부텬샤(副天使)와 군관(軍官)을 에워빗고 알뉼췌191)의 원슈(怨讐)를 갑흐려 ᄒ더니

---

186) 셜″(屑屑)이: 설설히. 자질구레하게.
187) 츠악발비(嗟愕拔臂): 차악발비. 매우 놀라 팔을 내저음.
188) 유명(幽明): 어두움과 밝음이라는 뜻으로 저승과 이승을 말함.
189) 췌: [교] 원문에는 '도'로 되어 있으나 앞의 예를 따라 이와 같이 수정함.
190) 췌: [교] 원문에는 '도'로 되어 있으나 앞의 예를 따라 이와 같이 수정함.
191) 췌: [교] 원문에는 '도'로 되어 있으나 앞의 예를 따라 이와 같이 수정함.

긱궁(客宮)으로 드리라 ㅎ믈 듯고 아모리 할 줄 몰나 쳐치(處置)ㅎ믈
픔(稟)ㅎ더라 하니, 호삼개 긱궁(客宮)을 쇄소(灑掃)[192]ㅎ고 윤(尹)
상셔(尙書)의 시신(屍身)을 옴기며 부텬시(副天使ㅣ) 긱궁(客宮)으로
들거든 쥬긱(主客)의 녜(禮)로 가 보고 극진(極盡)히 샤죄(謝罪)코져
ㅎ더니, 알눌취[193] 죽어시믈 듯고 츠악경히(嗟愕驚駭)[194]ㅎ여 좌우
(左右)를 도라보아 왈(曰),

"숑됴(宋朝) 샹샤(上使)는 위국뎡튱[195](爲國精忠)이 죽기를 도라감
ス치 ㅎ고, 부샤(副使)는 알눌취[196] ス튼 용댱강밍(勇壯强猛)[197]ㅎ
영웅(英雄)을 셕은 플 버히듯 ㅎ여시니, 텬됴(天朝)의 졔신(諸臣)이
개〃(箇箇)히 비상(非常)ㅎ미 이러ㅎ진딕 만일(萬一)

28면

샹샤(上使)의 원슈(怨讐)를 갑흐려 ㅎ면 아국(我國)이 도륙(屠戮)ㅎ
거시니 이를 장츳(將次ㅅ) 엇디ㅎ리오?"

한침이 딕왈(對曰),

"뎐하(殿下) 이제 친(親)히 나아가샤 부텬샤(副天使)를 마즈 긱궁
(客宮)의 드리샤 샹샤(上使)의 죽으미 우리 탓시 아니믈 니르샤 알눌
취[198] 임의 죽어시니 죄(罪)를 다 눌취[199]의게 밀위샤 부샤(副使) 이
하(以下)를 잡아 오미 대왕(大王)의 쯧이 아니시믈 베프시고 샤죄(謝

---

192) 쇄소(灑掃): 물을 뿌리고 비로 쓺.
193) 취: [교] 원문에는 '되'로 되어 있으나 앞의 예를 따라 이와 같이 수정함.
194) 츠악경히(嗟愕驚駭): 차악경해. 몹시 놀람.
195) 튱: [교] 원문에는 '공'으로 되어 있으나 문맥을 고려해 박순호본(1:57)을 따름.
196) 취: [교] 원문에는 '도'로 되어 있으나 앞의 예를 따라 이와 같이 수정함.
197) 용댱강밍(勇壯强猛): 용장강맹. 용맹하고 굳세며 사나움.
198) 취: [교] 원문에는 '되'로 되어 있으나 앞의 예를 따라 이와 같이 수정함.
199) 취: [교] 원문에는 '도'로 되어 있으나 앞의 예를 따라 이와 같이 수정함.

罪)ᄒ실진디 부식(副使ㅣ) 감동(感動)ᄒ여 굿트여 원슈(怨讐)를 갑흐려 아니ᄒ리이다.”

왕(王)이 올히 넉여 문무됴신(文武朝臣)을 거ᄂ려 부샤(副使)를 마ᄌᆯ식 거륜(車輪)을 ᄀᆞ초아 뎡(鄭) 공(公)의 오르기를 쳥(請)ᄒ여 긱관(客館)으로 드러오니,

뎡(鄭) 공(公)이 만식(萬事ㅣ) 즐겁지 아니ᄒ고 금왕(金王)의 디졉(待接)홈도 깃브지 아니ᄒ

29면

여 윤(尹) 공(公)의 죽으믈 각골통상(刻骨痛傷)[200]ᄒ니, 긱궁(客宮)의 드러와 바로 윤(尹) 공(公)의 시슈(屍首)를 붓들고 방셩대곡(放聲大哭)[201] 왈(曰),

“만니타국(萬里他國)을 ᄒᆞᆫ가지로 왓다가 오날 〃 형(兄)이 뎡튱대졀(精忠大節)노 몸이 맛ᄎ니 쇼뎨(小弟)로 ᄒ여곰 외로이 도라가미 셩듀(聖主)의 기다리시ᄂᆞᆫ 쯧을 엇지ᄒ며 이 슬프믈 엇디ᄒ리오?”

언파(言罷)의 긔운이 엄식(奄塞)[202]ᄒᆞᆯ 듯ᄒ고, 윤(尹) 공(公)의 하리노직(下吏奴子ㅣ)며 군관(軍官) 등(等)이 호텬통곡(呼天慟哭)[203]ᄒ며 익셩(哀聲)이 텬디(天地)를 진동(震動)ᄒ고 초목(草木)이 위비(爲悲)[204]ᄒ니, 금왕(金王)의 군신(君臣)이 다 눈믈을 금(禁)치 못ᄒ여 쳐음 극진(極盡)히 디졉(待接)지 못ᄒᆞᆷ를 뉘웃쳐 뎡(鄭) 공(公)의 긋치기를 쳥(請)ᄒ여 잠간(暫間) 진뎡(鎭靜)ᄒᆞᆫ 후, 금왕(金王)이 좌(座)를

---

200) 각골통상(刻骨痛傷): 뼈에 사무치도록 몹시 슬픔.
201) 방셩대곡(放聲大哭): 방성대곡. 목 놓아 통곡함.
202) 엄식(奄塞): 엄색. 갑자기 막힘.
203) 호텬통곡(呼天慟哭): 호천통곡. 하늘을 보고 부르짖으며 통곡함.
204) 위비(爲悲): 위하여 슬퍼함.

써나 뎡(鄭) 공(公)을 향(向)ᄒ여 굴오ᄃᆡ,

"쇼방(小邦)이 감(敢)히 대

30면

국(大國)을 반(叛)홀 의ᄉᆞ(意思ㅣ) 이시리잇고마ᄂᆞᆫ 본(本)ᄃᆡ ᄯᆞ히 너르지 못ᄒ고 여러 ᄒᆡ 긔황(饑荒)205)ᄒ여 됴공(朝貢)을 밧드지 못ᄒᄆ로 번국(藩國)이 텬됴(天朝)를 셤기지 못ᄒ고, 과인(寡人)이 소활무식(疎闊無識)206)ᄒ여 대댱(大將) 알뉼ᄎᆔ207)의 패악(悖惡)208)ᄒᄆᆯ 금(禁)치 못ᄒ여 텬샤(天使)의 힝도(行途)를 망녕(妄靈)도이 간범(干犯)209)ᄒ여 존공(尊公)을 욕(辱)되게 ᄒ니, 샹텬ᄉᆞ(上天使ㅣ) 튱분(忠憤)210)이 강개(慷慨)ᄒ여 스스로 괴이(怪異)ᄒᆫ 약(藥)을 슴켜 경긱(頃刻) ᄉᆞ이의 셰샹(世上)을 바리시니 과인(寡人)의 죄(罪) 아니나 경참(驚慘)211)ᄒ미 비(比)홀 곳이 업ᄂᆞᆫ디라. 쇼국(小國)이 텬샤(天使)의 니르믈 드르면 먼니 영접(迎接)ᄒ여 황디(皇旨)212)를 공경(恭敬)ᄒ고 쥬긱(主客)의 녜(禮)를 ᄀᆞ초미 맛당ᄒ거늘, 과인(寡人)이 무샹(無狀)213)ᄒ여 군신지의(君臣之義)를 아디 못ᄒ여 녜

---

205) 긔황(饑荒): 기황. 먹을 것이 없어 배를 곯음.
206) 소활무식(疎闊無識): 꼼꼼하지 못하고 어설프며 사리를 모름.
207) ᄎᆔ: [교] 원문에는 '도'로 되어 있으나 앞의 예를 따라 이와 같이 수정함.
208) 패악(悖惡): 사람으로서 마땅히 하여야 할 도리에 어그러지고 흉악함.
209) 간범(干犯): 간섭하여 침범함.
210) 튱분(忠憤): 충분. 충의로 인하여 일어나는 분한 마음.
211) 경참(驚慘): 놀라고 참혹함.
212) 황디(皇旨): 황지. 황제의 명령.
213) 무샹(無狀): 아무렇게나 함부로 행동하여 버릇이 없음.

법(禮法)을 출히지 못ᄒ여 작죄(作罪)ᄒ미 만흔다라. 명공(明公)은 회과ᄌ칙(悔過自責)214)ᄒ믈 ᄉᆡᆼ각ᄒ여 유감(遺憾)ᄒᆫ ᄯᆺ을 머므르디 마르쇼셔.”

뎡(鄭) ᄉᆞ되(司徒ㅣ) 계오 두어 말을 ᄃᆡ답(對答)ᄒ고 다시 윤(尹) 샹서(尚書) 시신(屍身)을 붓들고 방셩대곡(放聲大哭)ᄒ기를 마디아니ᄒ고 그 ᄉᆞ매의 오히려 쇼봉(疏封)215)을 너흔 쳐 두어시니, 뎡(鄭) 공(公)이 ᄂᆡ여 보고 더욱 슬프믈 니긔지 못ᄒ여 도라가 황샹(皇上)긔 올니려 ᄒ여 궤듕(櫃中)의 너코 습념입관(襲殮入棺)216)ᄒᆞᆯᄉᆡ, 초종제절(初終諸節)217)이 다 경ᄉᆞ(京師)의셔 준비(準備)ᄒᆫ 비오, 일믈(一物)도 금국(金國) 거슬 쓰디 아니ᄒ고 슈히 도라가려 ᄒ니,

금왕(金王)이 능(能)히 말뉴(挽留)치 못ᄒ여 다만 됴공(朝貢)을 ᄀᆺ초고 대신(大臣) 삼ᄉᆞ(三四) 인(人)과 셰ᄌ(世子)를 아오로 텬됴(天朝)의 보ᄂᆡ여 셩샹(聖上)긔 쳥죄(請罪)ᄒ고

표문(表文)218)을 올녀 ᄃᆡ〃(代代)로 대국(大國)을 셤겨 다시 방ᄌ(放恣)치 아닐 바를 고(告)ᄒ고 부사(副使)를 셜연(設宴)219)ᄒ여 니별(離別)ᄒ니,

---

214) 회과ᄌ칙(悔過自責): 회과자책. 스스로 잘못을 뉘우침.
215) 쇼봉(疏封): 소봉. 임금에게 올린 글.
216) 습념입관(襲殮入棺): 습렴입관. 초상이 났을 때, 시신(屍身)을 씻긴 뒤 수의를 갈아입혀 베로 싸 묶고 관(棺) 속에 넣음.
217) 초종제절(初終諸節): 초종제절. 초상이 난 뒤부터 졸곡까지 치르는 모든 절차.
218) 표문(表文): 마음에 품은 생각을 적어서 임금에게 올리는 글.
219) 셜연(設宴): 설연. 잔치를 베풂.

뎡(鄭) 스되(司徒ㅣ) 쥰절(峻截)이 믈니치고 금국(金國)을 교유(敎
諭)ᄒᆞ여 추후(此後) 작죄(作罪)치 말나 당부(當付)ᄒᆞ고 녕구(靈柩)를
호힝(護行)ᄒᆞ여 도라오니, 일힝(一行)의 망극(罔極)ᄒᆞᆷ믄 니르도 말고
도듕(道中)의 굿보는 쟤(者ㅣ) 아니 슬허ᄒᆞ리 업더라.

어시(於時)의 윤부(尹府)의셔 상셰(尙書ㅣ) 금국(金國)의 간 지 ᄉᆞ
오(四五) 삭(朔)이 되니 위험지디(危險之地)의 ᄉᆞᆼ(死生)이 엇디 된
고 쥬야(晝夜)로 슬프미 밋치는 바는 조(曹) 부인(夫人)와 태우(大夫)
오 버거는 구패(寇婆ㅣ)되, 태부인(太夫人)과 뉴 시(氏)는 흉문(凶
聞)220)이 더딘 줄을 근심ᄒᆞ여 혹쟈(或者) ᄉᆞ라 도라올가 념녀(念慮)
ᄒᆞ고, 부인(夫人)이 졈〃(漸漸) 만삭(滿朔)ᄒᆞ여 몸을 니긔지 못ᄒᆞᆯ 듯
형용(形容)이 슈패(瘦敗)221)ᄒᆞ고

33면

십일(十一) 삭(朔)이 되도록 분만(分娩)222)ᄒᆞᄂᆞᆫ 일이 업스니 태위(大
夫ㅣ) 근심ᄒᆞ기를 마지아니ᄒᆞ더니,

부인(夫人)이 츄칠월(秋七月) 긔망(旣望)223)을 당224)(當)ᄒᆞ여 노염
(老炎)225)이 지심(至甚)226)ᄒᆞ고 태부인(太夫人)의 보쳐를 닙어 일신
(一身)이 한가(閑暇)ᄒᆞ믈 엇디 못ᄒᆞ다가 츠일(此日)은 신긔(神氣)227)
블안(不安)ᄒᆞ믈 인(因)ᄒᆞ여 위 시(氏) 브르나 드러가디 못ᄒᆞ고 희월

누의 고요히 누어 심식(心思ㅣ) 챵황(恬怳)228)ᄒ니 아으라히229) 금국(金國)을 향(向)ᄒ여 상셔(尙書)의 몸이 엇디 된고 흉장(胸臟)230)이 믜는 ᄃᆞᆺᄒ여 ᄒᆞᆫ 술 물도 마시231)지 아니ᄒ고, 밤을 당(當)ᄒ여 명월(明月)은 만방(萬方)의 붉앗고 만뢰구젹(萬籟俱寂)232)ᄒ니 오직 녀ᄋ(女兒)의 머리를 쓰다듬아 야텬(爺天)233)을 우러〃 비회(悲懷)를 금(禁)치 못ᄒ다가 샤창(紗窓)234)을 의지(依支)ᄒ여 조으더니,

홀연(忽然) 상셰(尙書ㅣ) 부인(夫人)의 손을 잡고

34면

위로(慰勞) 왈(曰),

"텬명(天命)을 능(能)히 버셔나디 못ᄒ여 싱(生)이 슈삭(數朔) 전(前)의 셰샹(世上)을 ᄇᆞ리고 혼빅(魂魄)이 옥쳥궁(玉淸宮)235) 부귀(富貴)를 누리나 ᄌᆞ당(慈堂)의 블회(不孝ㅣ) 비경(非輕)ᄒ고 쳐ᄌᆞ(妻子)의 디통(至痛)을 싱각ᄒᆞ미 참연(慘然)236)ᄒᆞ믈 니긔디 못ᄒᆞᄂᆞ니, 부인(夫人)은 관억(寬抑)ᄒ여 스ᄉ로 보젼(保全)ᄒᆞ쇼셔."

부인(夫人)이 실셩오읍(失聲嗚泣)237)ᄒ니, 상셰(尙書ㅣ) 말녀 왈(曰),

"유명(幽明)이 길히 다르고 즉금(卽今) 님산(臨産)238)ᄒ여시니 대

---

228) 챵황(恬怳): 창황. 놀라거나 다급하여 어찌할 바를 모름.
229) 아으라히: 보기에 아슬아슬할 만큼 높거나 까마득하게 멀리.
230) 흉장(胸臟): 가슴.
231) 시: [교] 원문에는 없으나 문맥을 고려해 박순호본(1:60)을 따라 삽입함.
232) 만뢰구젹(萬籟俱寂): 만뢰구적. 아무 소리도 없이 아주 고요함.
233) 야텬(爺天): 야천. 하느님. 천야(天爺).
234) 샤창(紗窓): 사창. 사붙이나 깁으로 바른 창.
235) 옥쳥궁(玉淸宮): 옥청궁. 도교에서, 천제(天帝)가 살고 있다고 하는 궁.
236) 참연(慘然): 슬퍼하는 모양.
237) 실셩오읍(失聲嗚泣): 실성오읍. 목이 쉬도록 오열하며 욺.
238) 님산(臨産): 해산하려 함.

귀(大貴)홀 남주(男子)를 어더 망극(罔極)혼 심수(心思)를 위로(慰勞)
호라.”

부인(夫人)이 늣기다가 니쳐239) 소릭호니 시녜(侍女 1) 씌오믹 발
셔 계성(鷄聲)이 악〃(喔喔)240)호여 식빅를 고(告)호니 심식(心思 1)
황홀(恍惚)호며 복통(腹痛)이 급(急)호니 시비(侍婢) 밧비 구파(寇婆)
를 쳥(請)호여 구호(救護)호며 태우(大夫)긔 알외여 약(藥)을 년

35면

쇽(連續)호니,

날이 장츳(將次ㅅ) 붉아 홍일(紅日)이 동녕(東嶺)의 오르고져 호믹
부인(夫人)이 옥(玉) 곳튼 빵남(雙男)을 나흐니, 태위(大夫 1) 깃브믹
취미(翠眉)241)의 어릭여시나 상셰(尙書 1) 경수(慶事)를 혼가지로 보
지 못호믈 이둘나 호며 구파(寇婆)다려 신◌(新兒) 보기를 쳥(請)호니,

위 시(氏)의 고식(姑媳)242)은 그 싱남(生男)호믈 듯고 믜오믈 니긔
디 못호나 태우(大夫) 보는 되 의심(疑心)을 두지 아니므로 일시(一
時)의 희월누의 모다 ◌히(兒孩)를 보며 조(曹) 부인(夫人)를 보호(保
護)호는 체호니, 태위(大夫 1) 신싱◌(新生兒)를 보믹 일월(日月)이
쩌러진 둣 산쳔녕긔(山川靈氣)를 모화 귀격(貴格)을 일워시니, 범용
쇽주(凡庸俗子)243)와 다른디라. 태위(大夫 1) 흔번(-番) 보매 희열(喜
悅)호여 왈(曰),

---

239) 니쳐: 줄곧.
240) 악〃(喔喔): 닭이나 새가 우는 소리.
241) 취미(翠眉): 취미. 푸른 눈썹이라는 뜻으로 화장한 여자의 눈썹을 이르는 말. 그러나 여기에서
    는 윤수의 눈썹을 이름.
242) 고식(姑媳): 시어머니와 며느리.
243) 범용쇽주(凡庸俗子): 범용속자. 평범하고 용렬한 일반 사람.

"하날이 오형(吾兄)의 튱녈(忠烈)과 슈〃(嫂嫂)의 슉덕현힝(淑德賢
行)244)을 갑흐샤

36면

이런 냥(兩) 개(箇) 긔린(麒麟)을 닉시도다."

위 시(氏)와 뉴 시(氏)는 신ᄋ(新兒)를 보미 악심(惡心)이 발작(發
作)ᄒ여 믜오미 칼노 지를 듯ᄒ되 사름되오미 흉휼간특(兇譎姦
慝)245)ᄒ여 외견(外見)으로 가장 어딘 빗출 짓는디라, 신ᄋ(新兒)의
비상(非常)ᄒ믈 보고 조(曹) 부인(夫人)긔 치하(致賀)ᄒ며 극진(極盡)
히 구호(救護)ᄒ는 체ᄒ니 태우(大夫)는 의심(疑心)치 아니터라.

뉴 시(氏)를 당부(當付)ᄒ여 셔모(庶母)와 ᄒᆞᆫ가지로 슈〃(嫂嫂)를
구호(救護)ᄒ라 ᄒ고 즉시(卽時) 나오니,

ᄎ일(此日) 졀도ᄉ(節度使)의 쥬문(奏文)이 니르러 샹텬샤(上天使)
윤현이 금국(金國)의 나아가 굴복(屈服)지 아니ᄒ고 ᄌᄉ(自死)246)ᄒ
니, 호삼개 경동(驚動)247)ᄒ여 부텬샤(副天使) 뎡연 등(等)을 쥬긱지
녜(主客之禮)로 딕졉(待接)ᄒ여 됴공(朝貢)을 밧들며 셰ᄌ(世子)와
대신(大臣) 등(等)을 샹샤(上使)의 녕구(靈柩) 오는 딕 ᄒᆞᆫ가지로

37면

온다 ᄒ여 몬져 션셩(先聲)248)이 〃시니,

---

244) 슉덕현힝(淑德賢行): 숙덕현행. 착한 덕행과 어진 행실.
245) 흉휼간특(兇譎姦慝): 음흉하고 간사하며 악독함.
246) ᄌᄉ(自死): 자사. 스스로 죽음.
247) 경동(驚動): 놀라서 움직임.
248) 션셩(先聲): 선성. 미리 보내는 기별.

추일(此日) 샹(上)이 됴회(朝會)를 파(罷)치 아냐 계시다가 쥬문(奏
文)을 드르시고 텬심(天心)이 경악(驚愕)ᄒ샤 뇽뉘(龍淚ㅣ) 어의(御
衣)예 써러지샤 왈(曰),

"윤현의 튱녈(忠烈)노 만니타국(萬里他國)의 그 명(命)이 맛츠니
황텬(皇天)이 딤(朕)의 박덕(薄德)249)을 벌(罰)ᄒ시미라."

ᄒ시며 슬허ᄒ시니 문무빅관(文武百官)이 뉘 아니 슬허ᄒ리오.

샹(上)이 태듕태우(太中大夫) 윤슈를 명초(命招)ᄒ시니, 태위(大夫
ㅣ) 조(曹) 부인(夫人)이 슌산(順産)ᄒ고 썅이(雙兒ㅣ) 비상(非常)ᄒ
믈 대희(大喜)ᄒ나 형댱(兄丈)의 ᄒ가지로 보지 못ᄒ믈 슬허ᄒ다가
황명(皇命)을 좃ᄎ 셜니 입궐(入闕)ᄒ니, 샹(上)이 절도ᄉ(節度使)의
듀문(奏文)을 니르시고 왈(曰),

"경(卿)의 형(兄)을 딤(朕)이 죽인지라. 나라흘 위(爲)ᄒ여 명(命)을
섯ᄎ

38면

니 참졀(慘絶)250)ᄒ믈 어이 ᄎᆷ으리오? 아디 못게라, 경(卿)의 형(兄)
이 ᄋᆞ돌이 잇ᄂ냐?"

태위(大夫ㅣ) 샹교(上敎)를 듯ᄌᆞ오미 흉장(胸臟)이 믜ᄂᆞᆫ ᄃᆺ 망극이
통(罔極哀痛)251)ᄒ미 텬디회싁(天地晦塞)252)ᄒ여 긔운이 엄〃(奄
奄)253)ᄒ고 가슴이 막히여 즉시(卽時) 딕(對)치 못ᄒ고 눈믈이 금포
(錦袍)의 년낙(連落)ᄒ여 브복딕듀(俯伏對奏)254) 왈(曰),

---

249) 박덕(薄德): 부족한 덕.
250) 참졀(慘絶): 참절. 더할 나위 없이 비참함.
251) 망극익통(罔極哀痛): 망극애통. 지극히 슬픔.
252) 텬디회싁(天地晦塞): 천지회색. 천지가 캄캄하게 아주 꽉 막힘.
253) 엄〃(奄奄): 숨이 곧 끊어지려 함.

"신형(臣兄)이 만니타국(萬里他國)의 가 죽스오니 신즈(臣子)의 딕분(職分)을 다하와 셩은(聖恩)을 만분지일(萬分之一)이나 갑스오니 엇디 명(命)을 앗기리잇고마는 명되(命途ㅣ) 궁박(窮迫)하와 즈란 즈식(子息)이 업스와 계오 삼스(三四) 셰(歲) 유녀(幼女)를 두옵고 형슈(兄嫂) 조(曹) 시(氏) 유복뺭남(遺腹雙男)255)을 금일(今日)이야 싱(生)하엿느이다."

샹(上) 왈(曰),

"비록 즈란 우둘이 업스나 이제 뺭즈(雙子)를 나흐니 텬되(天道ㅣ) 유의(有意)하여 튱녈(忠烈)의 종스(宗嗣)256)

39면

를 니으니 만힝(萬幸)치 아니랴? 약믈(藥物)을 보닉여 산모(産母)를 구호(救護)하게 하라."

하시고, 윤(尹) 상셔(尙書)의 상귀(喪柩ㅣ) 오는 날 빅관(百官)으로 마즈라 하시고 윤부(尹府) 태부인(太夫人)긔 녜관(禮官)을 보닉여 관억(寬抑)하믈 니르라 하시니, 윤 태위(大夫ㅣ) 셩은(聖恩)을 황공(惶恐)하여 샤은(謝恩)하고 춍춍(悤悤)257)이 궐문(闕門)을 나 집으로 도라오니,

발셔 녜관(禮官)이 부음(訃音)258)을 젼(傳)하며 교디(敎旨)259)를 니르니,

---

254) 브복딕듀(俯伏對奏): 부복대주. 엎드려 아룀.
255) 유복뺭남(遺腹雙男): 유복쌍남. 아비 없이 태어난 쌍둥이 남자아이.
256) 종스(宗嗣): 종사. 후사.
257) 춍춍(悤悤): 총총. 몹시 급하고 바쁜 모양.
258) 부음(訃音): 사람이 죽었다는 것을 알리는 말이나 글.
259) 교디(敎旨): 교지. 황제가 관리에게 주는 명령서.

이쩌 위 시(氏)는 상셔(尚書)의 흉음(凶音)을 듀야(晝夜) 기다리다가 이 말을 듯고 깃브믈 니긔지 못ᄒᄂᆞ 거즛 눈믈과 우름으로 사람의 〃심(疑心)을 면(免)ᄒ려 ᄒᄂᆞᆫ디라.

튀위260)(大夫ㅣ) 우름을 날회고 조(曹) 부인(夫人) 시녀(侍女)를 당부(當付)ᄒ여 일시(一時)도 써나지 말나 ᄒ고 비로소261) 합개(闔家ㅣ)262) 발상통곡(發喪慟哭)263)ᄒ니 태우(大夫)의 무인

40면

지원(無涯之怨)264)이 일신(一身)을 분쇄(粉碎)265)홈 ᄀᆞ트여 친상(親喪)과 다르디 아니ᄒ며 가듕샹히(家中上下ㅣ) 져마다 호통의곡(號慟哀哭)266)ᄒ여 셜워 아니리 업스되, 오직 위 시(氏) 고식(姑息)과 그 심복(心腹) 슈삼(數三) 개(個) 시비(侍婢) 슬허ᄒᄂᆞᆫ 의ᄉᆡ(意思ㅣ) 업셔 거즛 비통(悲痛)이 〃목(耳目)을 가리오니 뉘 알 니 이시리오.

태우(大夫)는 즈로267) 곡셩(哭聲)이 끗쳐지고 긔운이 엄홀(奄忽)268)홀 ᄃᆞᆺᄒ나 스스로 슬프믈 셔리담고269) 모친(母親)을 위로(慰勞)ᄒ여 듁음(粥飲)270)을 권(勸)ᄒ고 친(親)히 희월누의 니르니,

부인(夫人)이 텬붕디탁(天崩地坼)271)ᄒᄂᆞᆫ 흉음(凶音)을 드르믹 산

후약질(産後弱質)272)이 엇디 슬기를 긔약(期約)ᄒ리오마는, 텬신(天神)이 보호(保護)ᄒ여 비록 깅반(羹飯)273)을 믈니치고 듁음(粥飮)을 나오는 비 업ᄉ나 ᄌ연(自然)이 눈을 금고 인ᄉ(人事)를 아는 둣 모로는 둣 지통이곡(至痛哀哭)274)

41면

ᄒ여 골졀(骨節)을 ᄉ못더니275), 태위(大夫ㅣ) 창외(窓外)의셔 위로(慰勞) 왈(曰),

"흉음(凶音)을 듯ᄌ오미 망극통졀(罔極慟切)276)ᄒ믈 어이 비(比)ᄒ올 곳이 〃시리잇고마는 문운(門運)이 블힝(不幸)ᄒ며 ᄉ싱(死生)이 유명(有命)277)이라 현마 어이ᄒ리잇고? 형댱(兄丈) 님힝부탁(臨行付託)278)을 싱각ᄒ시고 명오 삼(三) 남미(男妹)를 도라보샤 디통(至痛)을 관억(寬抑)ᄒ샤 신으(新兒)를 슬피시면 이는 우리 집 종ᄉ(宗嗣)를 긋지 아니미로소이다. 원(願)컨되 존슈(尊嫂)는 여러 가지로 혜아리샤 쇽졀업시 이통(哀痛)을 과도(過度)히 마르쇼셔."

부인(夫人)이 호텬이곡(呼天哀哭)279)ᄒ여 말이 업ᄉ니 태위(大夫ㅣ) 구파(寇婆)를 향(向)ᄒ여 왈(曰),

"셔모(庶母)는 슬프믈 니ᄌ시고 썅ᄋ(雙兒)를 보호(保護)ᄒ시며 슈〃(嫂嫂)를 써나지 마르쇼셔."

---

272) 산후약질(産後弱質): 해산 후의 약한 봄.
273) 깅반(羹飯): 갱반. 국과 밥을 아울러 이르는 말.
274) 지통이곡(至痛哀哭): 지통애곡. 매우 슬퍼해 슬피 통곡함.
275) ᄉ못더니: 사무치더니.
276) 망극통졀(罔極慟切): 망극통절. 비통함이 끝이 없음.
277) 유명(有命): 운명에 달려 있음.
278) 님힝부탁(臨行付託): 임행부탁. 길을 떠나면서 남긴 부탁.
279) 호텬이곡(呼天哀哭): 호천애곡. 하늘을 보고 부르짖으며 슬피 통곡함.

구패(寇婆]) 심시(心思]) 붕녈(崩裂) 호나 상셔(尙書)를 짜라 죽지 못호고 부

42면

인(夫人)과 썅으(雙兒)를 보호(保護) 호여 밧들기를 태부인(太夫人) 버금으로 호니, 부인(夫人)이 깁히 감샤(感謝) 호며 가듕형셰(家中形勢)를 혜아리미 살 뜻이 업스딕, 상셔(尙書)의 간권(懇勸)280)이 부탁(付託) 호던 바를 져브리지 못호고 즈긔281)(自己) 죽으면 썅으(雙兒)와 명으를 보젼(保全)치 못홀디라, 심스(心思)를 관억(寬抑) 호여 잠연(潛然)282)이 혈누(血淚)를 나리올 쑨이러니,

슈일(數日) 후(後)의 상귀(喪柩]) 문외(門外)의 니르미, 태위(大夫]) 조(曹) 부인(夫人) 산실(産室)을 써나지 못호고 의약(醫藥)을 다스리므로 미리 나아가 맛디 못호고, 강졍(江亭)으로 가 녕구(靈柩)를 마즈 즉시(卽時) 항쥬(杭州) 션산(先山)으로 나려가려 호눈지라.

부인(夫人)이 흔번(-番) 보아 곡별(哭別)283) 호믈 고(告) 호니, 태위(大夫]) 실(實)노뼈 고왈(告曰),

"빈284)연(殯輦)285)을 딕(對) 호시미 오닉붕녈(五內崩裂)286) 호실 쑨이오, 일호(一毫)287) 유익(有益) 흔 일이 업스시고

---

280) 간권(懇勸): 간절히 권함.
281) 긔: [교] 원문에는 이 글자 뒤에 '를'이 있으나 부연으로 보아 삭제함.
282) 잠연(潛然): 조용한 모양.
283) 곡별(哭別): 통곡하며 죽은 이를 영결함.
284) 빈: [교] 원문에는 '빙'으로 되어 있으나 문맥을 고려해 박순호본(1:66)을 따름.
285) 빈연(殯輦): 영구(靈柩)를 실은 수레.
286) 오닉붕녈(五內崩裂): 오내붕렬. 오장이 무너지고 찢어짐.
287) 일호(一毫): 한 가닥의 털이라는 뜻으로, 극히 작은 정도를 이르는 말.

존쉬(尊嫂ㅣ) 분산(分産)ᄒᆞ션 지 삼칠일(三七日)[288]이 넘지 아녀시니 반다시 듕(重)ᄒᆞᆫ 질환(疾患)을 닐위실지라 브졀업시 과체(過涕)[289]치 마르쇼셔.”

부인(夫人)이 다시 쳥(請)치 못ᄒᆞ여 흉금(胸襟)[290]이 편ᄉᆡᆨ(偏塞)[291]ᄒᆞ니 ᄌᆞ로 엄홀(奄忽)ᄒᆞ더라.

태위(大夫ㅣ) 만됴ᄇᆡᆨ뇨(滿朝百寮)로 더브러 문외(門外)의 나가 강졍(江亭) 노복(奴僕)을 분부(分付)ᄒᆞ여 가ᄉᆞ(家事)를 슈리(修理)ᄒᆞ고 ᄌᆞ긔(自己)ᄂᆞᆫ 졔인(諸人) 뉴(類)의셔 삼ᄉᆞ(三四) 리(里)를 압셔 가니, 상귀(喪柩ㅣ) 오ᄂᆞᆫ 바의 븟치이ᄂᆞᆫ 명졍(銘旌)[292]은 츄풍(秋風)의 나븟기고 허다(許多) 위의(威儀)ᄂᆞᆫ 가던 ᄴᅵ로 다르디 아냐 하리군관(下吏軍官)의 뉴(類ㅣ) 다 의구(依舊)히 도라오ᄃᆡ 황명(皇命)으로 ᄒᆡᆼ(行)ᄒᆞ던 바 샹ᄉᆡ(上使ㅣ) 홀노 유명(幽明)이 격(隔)ᄒᆞ여 ᄉᆞ오삭지ᄂᆡ(四五朔之內)의 인ᄉᆡ(人事ㅣ) 변역(變易)[293]ᄒᆞᆯ 줄 ᄯᅳᆺᄒᆞ여시리오.

ᄌᆞ포[294]오ᄉᆞ(紫袍烏紗)[295]로 옥부(玉斧)[296]를 압셰워 거륜(車輪) 가온ᄃᆡ 단졍(端正)이 엄연

---

288) 삼칠일(三七日): 아이가 태어난 후 스물하루 동안. 또는 스물하루가 되는 날. 대개는 이날 금줄을 거둠.

289) 과체(過涕): 과체. 과도히 울며 슬퍼함.

290) 흉금(胸襟): 마음속 깊이 품은 생각.

291) 편ᄉᆡᆨ(偏塞): 편색. 치우치고 막힘.

292) 명졍(銘旌): 명정. 죽은 사람의 관직과 성씨 따위를 석은 기. 일정한 크기의 긴 천에 보통 다홍 바탕에 흰 글씨로 쓰며, 장사 지낼 때 상여 앞에서 들고 간 뒤에 널 위에 펴 묻음.

293) 변역(變易): 바뀜.

294) 포: [교] 원문에는 이 글자가 없으나 문맥을 고려해 박순호본(1:66)을 따라 삽입함.

295) ᄌᆞ포오ᄉᆞ(紫袍烏紗): 자포오사. 자포(紫袍)와 오사모(烏紗帽). 자포는 관복을 입을 때 입던 자색(紫色) 도포이고, 오사모는 관복을 입을 때 머리에 쓰던 검은 사(紗)로 만든 모자임.

296) 옥부(玉斧): 옥으로 된 부월. 부월은 도끼와 같이 만든 것으로, 군령을 어긴 자에 대한 생살권(生殺權)을 상징함.

뎡좌(儼然正坐)[297]ᄒ여 가던 빅 도라오기를 당(當)ᄒ여는 거믄 관
(棺)이 치여(彩輿)[298]의 실녀 힝상귀장(行喪歸葬)[299]ᄒ니 옥골영풍
(玉骨英風)이 쇽졀업고 학녀쳥음(鶴唳淸音)[300]을 어더 드를 길히 업
는디라, ᄯᆞ라갓던 노복(奴僕)의 무리 호텬통곡(呼天慟哭)ᄒ니 추경
(此景)을 당(當)ᄒ여는 셕목간장(石木肝腸)[301]이라도 춤기 어려오니,

이쎄 윤부(尹府) 친쳑(親戚)은 이에 와 기다리ᄂᆞᆫ디라, 상구(喪柩)
를 당(當)ᄒ여 참통(慘痛)[302]ᄒᆞᆷ믈 니긔디 못ᄒᆞ거늘 태위(大夫ㅣ) 크
게 흔 소릭를 지르고 것구러져 엄홀(奄忽)ᄒ니, 모다 구호(救護)ᄒ며
상구(喪柩)를 강졍(江亭)으로 뫼시라 ᄒ니,

태위(大夫ㅣ) 가장 오릭 후(後) 졍신(精神)을 출혀 강졍(江亭)의 드
러오니, 친쳑(親戚)이 발셔 녕구(靈柩)를 실듕(室中)의 뫼셧ᄂᆞᆫ디라.
태위(大夫ㅣ) 바로 관(棺)을 붓들고 통곡(慟哭)ᄒ니 눈믈이 강슈(江
水)를 보틱며 쳐졀(凄切)

흔 곡셩(哭聲)이 산쳔(山川)을 움죽여 반일(半日)을 방셩대곡(放聲大
哭)ᄒ고 지친붕빅(至親朋輩)[303] 녕연(靈筵)[304]을 어로만져 슬피 울

---

297) 엄연뎡좌(儼然正坐): 엄연정좌. 의젓하고 점잖게 단정히 앉음.

298) 치여(彩輿): 채여. 꽃 등으로 화려하게 장식한 상여.

299) 힝상귀장(行喪歸葬): 행상귀장. 다른 고장에서 죽은 사람의 시신(屍身)을 고향으로 옮겨다 장
사 지냄.

300) 학녀쳥음(鶴唳淸音): 학려청음. 학의 울음소리처럼 맑고 청아한 소리.

301) 셕목간장(石木肝腸): 석목간장. 나무나 돌처럼 아무런 감정이 없는 사람.

302) 참통(慘痛): 매우 슬픔.

303) 지친붕빅(至親朋輩): 지친붕배. 가까운 친척과 벗들.

304) 녕연(靈筵): 영연. 죽은 사람의 영궤(靈几)와 그에 딸린 모든 것을 차려 놓는 곳.

미, 그 튱의(忠義)를 감탄(感歎)ᄒ고 위인(爲人)을 앗겨 져마다 눈믈 아니 흘니리 업ᄉ더라.

부ᄉᆞ(副使) 뎡(鄭) 공(公)이 궐하(闕下)의 절ᄒᆞᆯ ᄯᅳᆺ이 급(急)ᄒᆞ되 태우(大夫)를 아니 보지 못ᄒ여 잠간(暫間) 강졍(江亭)의 나려 태우(大夫)의 손을 줍고 피ᄎᆞ(彼此) 일장(一場)을 다시 통곡(慟哭)ᄒ고, 태위(大夫ㅣ) 실셩체읍(失聲涕泣)[305] 왈(曰),

"샤곤(舍昆)[306]과 형(兄)이 ᄒᆞᆫ가지로 금국(金國)으로 향(向)ᄒᆞ엿더니, ᄉᆞ오삭지ᄂᆡ(四五朔之內)의 인ᄉᆡ(人事ㅣ) 이ᄃᆡ도록 변역(變易)ᄒ여 샤빅(舍伯)[307]이 음용(音容)[308]을 ᄀᆞᆷ초와 쇽졀업ᄉᆞᆫ 녕귀(靈柩ㅣ) 도라오니 이 젼(專)혀 쇼뎨(小弟) 집 문운(門運)이 블힝(不幸)ᄒ여 샤빅(舍伯)이 보젼(保全)치 못ᄒᆞ미라. 졀도ᄉᆞ(節度使)의 쥬문(奏文)이 니르러 대강(大綱)을 얼프시 드러시나 원간(元間) 님위지시(臨危之時)[309]의 므ᄉᆞᆫ 말이 〃시

46면

며 금젹(金賊)[310]의 보치는 욕(辱)이나 보지 아니냐?"

뎡(鄭) 공(公)이 가슴을 어로만져 왈(曰),

"말을 ᄒᆞ고져 ᄒᆞ민 알피 어둡고 흉금(胸襟)이 폐식(閉塞)[311]ᄒ니 다 못 ᄒᆞᄂᆞ니 죵용(從容)이 젼(傳)ᄒ려니와, 녕빅(令伯)의 님죵지시(臨終之時)는 보디 못ᄒᆞ엿ᄂᆞ니라, ᄯᅩ흔 아디 못ᄒᆞ되 굿ᄐᆞ여 금젹(金

---

305) 실셩체읍(失聲涕泣): 실성체읍. 목이 쉬도록 눈물을 흘림.
306) 샤곤(舍昆): 사곤. 자기의 형을 겸손하게 이르는 말.
307) 샤빅(舍伯): 사백. 자기의 맏형을 겸손하게 이르는 말.
308) 음용(音容): 음성과 용모를 아울러 이르는 말.
309) 님위지시(臨危之時): 임위지시. 죽을 위기에 처했을 때.
310) 금젹(金賊): 금적. 금나라 도적.
311) 폐식(閉塞): 폐색. 닫혀서 막힘.

賊)의게 보치는 참욕(慘辱)312)은 보지 아니코 스스로 약(藥)을 먹어 명(命)을 맛츳민, 일노뼈 크게 감동(感動)ᄒ고 두려 우리를 다 노화 보닌니라. 그러치 아니면 일ᄒ힝(一行)이 다 어육(魚肉)이 되여실 거시니 상귄(喪柩ㅣ)들 엇지 고국(故國)의 도라오기를 바라리오?"

인(因)ᄒ여 ᄌ긔(自己)ᄂ 알눌취313)의게 잡혀 하리군관(下吏軍官)의 뉘(類ㅣ) 다 함거(檻車)의 들고 윤(尹) 상셰(尚書ㅣ) 단신(單身)으로 드러가 죽으믈 닐너 안쉬(眼水ㅣ) 비 굿ᄐ니 뎡(鄭) 공(公)의 풍화(豊華)314)ᄒᆫ 얼골이 환탈(換奪)315)ᄒ여 ᄉ오(四五)

47면

삭(朔) ᄉ이 신약블승의(身若不勝衣)316)ᄒᆯ 듯ᄒ니, 윤(尹) 공(公)의 기세(棄世)ᄒ믈 슬허ᄒ미 태우(大夫)긔 나리미 업고 태위(大夫ㅣ) 초종제구(初終諸具)317)를 므른디,

"입념제구(入殮諸具)318)ᄂ 다 경ᄉ(京師)의셔 가져간 거스로 뼈시니 금국(金國) 거슨 일호(一毫)도 쁜 거시 업ᄂ니라"

언파(言罷)의 춍〃(悤悤)이 궐하(闕下)로 향(向)ᄒᆯ신 금국(金國) 셰ᄌ(世子)와 대신(大臣)을 거ᄂ려 궐하(闕下)의 다ᄃ르니, 만됴문뮈(滿朝文武ㅣ) 윤(尹) 공(公) 녕연(靈筵)의 울고 뎡(鄭) 공(公)을 마ᄌ 샹(上)긔 고(告)ᄒᆫ디,

---

312) 참욕(慘辱): 참혹한 모욕.
313) 취: [교] 원문에는 '도'로 되어 있으나 앞의 예를 따라 이와 같이 수정함.
314) 풍화(豊華): 풍성하고 화려함.
315) 환탈(換奪): 뼈대를 바꾸어 끼고 태를 바꾸어 쓴다는 뜻으로 모양이 매우 많이 바뀐 것을 이름. 환골탈태(換骨奪胎).
316) 신약블승의(身若不勝衣): 신약불승의. 몸이 옷을 이기지 못할 것 같음.
317) 초종제구(初終諸具): 초종제구. 상례의 처음부터 끝까지 쓰인 모든 물품.
318) 입념제구(入殮諸具): 입렴제구. 시체를 관에 넣는 일 등에 쓰인 모든 물품.

샹(上)이 금국(金國) 세ᄌ(世子)와 대신(大臣)은 밧긔 머믈나 ᄒ시고 뎡(鄭) 공(公)만 인견(引見)ᄒ실 ᄉᆡ, 텬안(天顔)이 함비(含悲)319)ᄒ샤 농누(龍淚)를 나리오시고 거ᄅᆡ(去來)의 인ᄉᆡ(人事ㅣ) 변역(變易)ᄒ여 윤(尹) 상셔(尙書)의 죽으믈 크게 슬허ᄒ시며 금국(金國) 세ᄌ(世子)와 대신(大臣)을 다 죽이고 졍병(精兵)을 니르혀 금국(金國)을 즛질너320) 윤(尹) 공(公)의 원슈(怨讐) 갑기를

48면

의논(議論)ᄒ시니, 뎡(鄭) 공(公)이 윤(尹) 공(公)의 유표(遺表)321)를 드리고 금국(金國) 뎡벌(征伐)ᄒ미 가(可)치 아니믈 고(告)ᄒ니, 샹(上)이 글오ᄉᄃᆡ,

"금국(金國)을 뎡벌(征伐)치 아니나 호삼개 ᄋᆞ들을 죽여 윤(尹) 경(卿)의 한(恨)을 셜(雪)322)ᄒ리라."

ᄒ시고 윤(尹) 상셔(尙書)의 유표(遺表)를 어람(御覽)323)ᄒ시니 대개(大槪) 국가(國家)를 위(爲)ᄒ여 몸이 만니타국(萬里他國)의 와 죽으미 결단(決斷)ᄒ여 호삼기 감동(感動)ᄒ미 이실 거시니 황상(皇上)이 덕화(德化)로 베프샤 신(臣)의 죽은 거슬 금국(金國)의 년좌(連坐)치 마르시고 세ᄌ(世子)와 대신(大臣)을 무ᄉ(無事)히 도라보ᄂᆡ시믈 간듀(懇奏)324)ᄒ고 만(萬) 니(里)의 병혁(兵革)을 니르혀시미 블가(不可)ᄒ믈 ᄀᆞ초 베퍼, 격졀(激切)ᄒ 튱의(忠義)와 군덕(君德)을 돕ᄉ오

---

319) 함비(含悲): 슬픔을 머금음.

320) 즛질너: 무찔러.

321) 유표(遺表): 신하가 죽을 즈음에 임금에게 올리는 글.

322) 셜(雪): 설. 원한을 갚음.

323) 어람(御覽): 임금이 봄을 높여 이르던 말.

324) 간듀(懇奏): 간주. 간절히 아룀.

미 절〃(切切)ᄒ여 그 사ᄅᆷ을 다시 보는 둣 쳡〃(疊疊)325)ᄒᆫ 문한(文翰)은 〃하(銀河)의 근원(根源)이며 쇄락(灑落)326)ᄒᆫ 필체(筆體)ᄂᆞᆫ 쥬옥(珠玉)을 훗튼 둣 지

49면

샹(紙上)의 광치(光彩) 어ᄅᆞ니, 텬안(天顔)이 반기시며 비샹(悲傷)327)ᄒᆞᆷ믈 마지아니시샤 두어 대신(大臣)을 명툐(命招)328)ᄒᆞ샤 윤(尹) 공(公)의 유표(遺表)를 뵈시고 글오ᄉᆞᄃᆡ,

"딤심(朕心)은 금국(金國) 셰ᄌᆞ(世子)와 대신(大臣)을 아오로 죽여 셜한(雪恨)329)코져 ᄒᆞ엿더니 윤(尹) 공(公)의 유푀(遺表ㅣ) 이러틋 ᄒᆞ니 엇지ᄒᆞ리오?"

제신(諸臣)이 다 간왈(諫曰),

"호삼개 군신대의(君臣大義)를 모로고 여러 히 됴공(朝貢)을 밧드지 아니ᄒᆞ옵고 ᄒᆞᆯ믈며 폐해(陛下ㅣ) 윤현으로뼈 져의 무도(無道)ᄒᆞᆫ 죄(罪)를 붉히샤 틱디(勅旨)330)를 나리와 계시거ᄂᆞᆯ 역텬(逆天)ᄒᆞᆫ 죄(罪) 텬ᄉᆞ(天使ㅣ) 몸을 맛기의 니르오니, 그 죄과(罪過)ᄂᆞᆫ 셰ᄌᆞ(世子)와 대신(大臣)을 쥬륙(誅戮)331)ᄒᆞ옵고 금국(金國)을 뎡벌(征伐)ᄒᆞ오미 맛당ᄒᆞ오나 윤현의 죽ᄉᆞ오미 스ᄉᆞ로 튱졀(忠節)을 빗ᄂᆡ오미니, 호삼개 군병(軍兵)을 쓰디 아니ᄒᆞ엿ᅀᅳᆸ고 윤현의 튱셩(忠誠)과 격

---

325) 쳡〃(疊疊): 첩첩. 많이 쌓여 있음.
326) 쇄락(灑落): 기분이나 몸이 상쾌하고 깨끗함.
327) 비샹(悲傷): 마음이 슬프고 쓰라림.
328) 명툐(命招): 명초. 임금의 명으로 신하를 부름.
329) 셜한(雪恨): 설한. 원한을 갚음.
330) 틱디(勅旨): 칙지. 임금이 내린 명령.
331) 쥬륙(誅戮): 주륙. 죄인을 죽임. 또는 죄로 몰아 죽임.

녈(激烈)흔 ᄉ의(辭意)를 조ᄎ 놀나고 감동(感動)ᄒ여 이젹(夷狄)의 무리 회과ᄌ쵝(悔過自責)332)ᄒ올 ᄲᆞᆫ 아니오라 윤현은 그 사ᄅᆞᆷ되오미 범샹(凡常)치 아니ᄒᆞ온 바의 국가동냥지ᄌᆡ(國家棟樑之材)333)라, 죽기를 당(當)ᄒᆞ와 능(能)히 간곡(懇曲)ᄒᆞ온 유푀(遺表ㅣ) 군덕(君德)을 돕ᄉᆞ왓ᄂᆞ니, 유표(遺表)를 져바리시고 흔갓 셜한(雪恨)만 ᄒᆞ실진ᄃᆡ 이ᄂᆞᆫ 윤현의 소ᄉᆞ(疏辭)334)를 져ᄇᆞ리시미라 신(臣) 등(等)의 어린 소견(所見)은 블가(不可)흔가 ᄒᆞᄂᆞ이다.”

샹(上)이 다시곰 분완(憤惋)335)ᄒᆞ샤 쥬져미결(躊躇未決)336)이러시니, 금국(金國) 셰ᄌᆞ(世子)와 대신(大臣)을 아오로 입궐(入闕)ᄒᆞ라 ᄒᆞ시니,

셰ᄌᆡ(世子ㅣ) 대신(大臣)을 거ᄂᆞ려 텬궐(天闕)의 ᄇᆡ샤(拜謝)ᄒᆞ고 국궁(鞠躬)337)ᄒᆞ니 텬안(天顔)의 분긔(憤氣)를 ᄯᅴ이샤 옥음(玉音)이 엄녈(嚴烈)338)ᄒᆞ샤 하교(下敎)339) 왈(曰),

“너 조고만 이젹(夷狄)의 무리 대국(大國) 군신지의(君臣之義) 텬디현격(天地懸隔)ᄒᆞᄆᆞᆯ 아지 못ᄒᆞ고 역

텬무도패셜(逆天無道悖說)340)이 텬ᄉᆡ(天使ㅣ) 분앙(憤怏)341)ᄒᆞᄆᆞᆯ 먹

---

332) 회과ᄌ쵝(悔過自責): 회과자책. 잘못을 뉘우치고 스스로 나무람.
333) 국가동냥지ᄌᆡ(國家棟樑之材): 국가동량지재. 나라를 떠받치는 중대한 일을 맡을 만한 인재.
334) 소ᄉᆞ(疏辭): 소사. 상소한 글.
335) 분완(憤惋): 몹시 분하게 여김.
336) 쥬져미결(躊躇未決): 주저미결. 머뭇거리고 망설여 일을 결정짓지 못함.
337) 국궁(鞠躬): 윗사람이나 위패(位牌) 앞에서 존경하는 뜻으로 몸을 굽힘.
338) 엄녈(嚴烈): 엄렬. 엄격하고 격렬함.
339) 하교(下敎): 임금이 명령을 내림. 또는 그 명령.

음어 죽기의 니르니 너희 등(等)을 다 쥬륙(誅戮)ᄒ고 삼기의 머리를
보젼(保全)치 못홀 줄 아는다?"

세ᄌᆡ(世子ㅣ) 쟉뙤(作罪)342) 태과(太過)ᄒᄆᆡ 만신(滿身)을 ᄯᅥ러 한
츌쳠비(汗出沾背)343)ᄒ니, 듀(奏)홀 바를 아디 못ᄒ고 다만 죽기를
쳥(請)ᄒ고 가져온 표문(表文)을 올니″, 제신(諸臣)이 표(表)를 넑으
니 샹(上)이 드르시ᄆᆡ ᄉᆞ의(辭意) 간곡(懇曲)ᄒ여 몬져 됴공(朝貢)을
폐(廢)ᄒ여 방ᄌᆞ(放恣)ᄒ믈 긔록(記錄)ᄒ고 텬ᄉᆞ(天使)를 ᄃᆡ졉(待接)
지 아냐 역텬무도지뙤(逆天無道之罪)344)와 텬ᄉᆞ(天使)의 튱심(忠心)
이 ᄌᆞᄉᆞ(自死)ᄒ기의 니르믈 당(當)ᄒ와 항복(降服)ᄒ고 무도(無道)
ᄒ 뙤(罪) 블가형언(不可形言)345)이라. 금국(金國)을 능(能)히 교유
(敎諭)ᄒ믈 감동(感動)ᄒ여 ᄌᆞ″손″(子子孫孫)이 대국(大國)을 셤겨
다시 방ᄌᆞ(放恣)치 아닐 바를 ᄀᆞᆺ초 알외엿ᄂᆞ니라. 샹(上)이 쳥파(聽
罷)의 삼개 회션(回善)346)ᄒ

52면

ᄆᆡ 분명(分明)ᄒ디라, 윤(尹) 공(公)의 표(表)를 다시 보시며 타국(他
國)의 니르러 이젹지심(夷狄之心)을 감동(感動)ᄒ게 ᄒ믈 싱각ᄒ시
ᄆᆡ 츄연ᄌᆞ상(惆然自傷)347)ᄒ샤 제신(諸臣)을 도라보샤 왈(曰),

"호삼개 비록 대뙤(大罪)를 지어시나 윤(尹) 경(卿)의 표(表)를 좃

---

340) 역텬무도패셜(逆天無道悖說): 역천무도패설. 천명을 어기고 도리(道理)에 어긋난 못된 말.
341) 분앙(憤怏): 분노하고 원망함.
342) 쟉뙤(作罪): 작죄. 지은 죄.
343) 한츌쳠비(汗出沾背): 한출첨배. 몹시 부끄럽거나 무서워서 흐르는 땀이 등을 적심.
344) 역텬무도지뙤(逆天無道之罪): 역천무도지죄. 천자(天子)에 반역하여 도리를 지키지 못한 죄.
345) 블가형언(不可形言): 불가형언. 말로 형용할 수 없음.
346) 회션(回善): 회선. 착한 사람으로 돌아옴.
347) 츄연ᄌᆞ상(惆然自傷): 추연자상. 슬픈 생각이 들어 심란해짐.

고 져의 회과(悔過)ᄒ믈 샤(赦)ᄒᄂ니 셰ᄌ(世子)와 제 나라 대신(大臣)을 위ᄎ(威次)348)를 주지 말고 도라가게 ᄒ라.”

하시니, 제신(諸臣)이 샹교(上敎)를 쥰힝(遵行)349)ᄒ여 금국인(金國人)을 도라가게 ᄒ니라.

샹(上)이 일을 결단(決斷)ᄒ여 맛ᄎ시믹 비쳑(悲慽)350)ᄒ미 더으시고 더옥 앗기샤 윤현을 츄증(追贈)ᄒ샤 튱무공(忠武公)을 봉(封)ᄒ시고 두 ᄋ들이 ᄌ라거든 즉시(卽時) 입딕(入職)351)ᄒ여 아비 후(後)를 닛게 ᄒ라 ᄒ시고 뇽뉘(龍淚ㅣ) 써러지믈 면(免)치 못ᄒ시니, 만됴제신(滿朝諸臣)이 ᄎ셕칭찬(嗟惜稱讚)352)ᄒ여 윤(尹) 니부(吏部) 앗기믈 마디

53면

아니ᄒ며 그 튱의(忠義)를 감탄(感歎)치 아니리 업더라.

대ᄉ도(大司徒) 뎡(鄭) 공(公)이 알뉼췌353)를 죽여 듕국(中國) 위엄(威嚴)을 빗닉다 ᄒ샤 금평후(--侯)를 봉(封)ᄒ시니, 뎡(鄭) ᄉ되(司徒ㅣ) 진졍고샤(眞情固辭)354)ᄒ딕 샹(上)이 블윤(不允)ᄒ시니 마지못ᄒ여 후쟉(侯爵)을 밧ᄌ오나 일심(一心)의 윤355)(尹) 공(公)을 싱각고 슬허ᄒ더라.

태위(大夫ㅣ) 녜월(禮月)356)이 다ᄃᄅ믹 항쥐(杭州) 명혈(明穴)357)

---

348) 위ᄎ(威次): 위차. 형벌.
349) 쥰힝(遵行): 준행. 전례나 명령 따위를 그대로 좇아서 행함.
350) 비쳑(悲慽): 비척. 슬퍼함.
351) 입딕(入職): 입직. 벼슬을 함.
352) ᄎ셕칭찬(嗟惜稱讚): 차석칭찬. 안타까워하며 칭찬함.
353) 췌: [교] 원문에는 ‘도’로 되어 있으나 앞의 예를 따라 이와 같이 수정함.
354) 진졍고샤(眞情固辭): 진정고사. 진심으로 굳이 사양함.
355) 윤: [교] 원문에는 ‘뎡’으로 되어 있으나 문맥을 고려해 이와 같이 수정함.
356) 녜월(禮月): 예월. 초상(初喪) 뒤에 장사 지내는 달. 천자는 일곱 달, 제후는 다섯 달, 대부(大

을 갈희여 튱무공(忠武公)의 녕궤(靈几)를 안장(安葬)홀식, 샹명(上命)을 인(因)ᄒ여 튱무공(忠武公) 비셕(碑石)을 놉히고 빅ᄒᆡᆼᄉ젹(百行事跡)을 찬양(讚揚)ᄒ여 어셔(御書)로 메여시니358), 튱신(忠臣)의 일홈이 돌 우희 두렷ᄒ여 ᄒᆡᆼ인(行人)이 길흘 머추고 칭찬탄복(稱讚歎服)지 아니리 업더라.

윤(尹) 태위(大夫ㅣ) 형(兄)의 녕구(靈柩)를 디하(地下)의 영결(永訣)을 당(當)ᄒ미 홀〃(忽忽)히359) 넉슬

54면

슬오고 쳐〃(悽悽)히360) 브르지져 늣기ᄂᆞᆫ 소ᄅᆡ 하ᄂᆞᆯ의ᄂᆞᆫ 구름이 머흘고361) ᄯᅳ히ᄂᆞᆫ 강슈(江水ㅣ) 오열(嗚咽)ᄒ며 뫼식362)ᄂᆞᆫ 슬피 우러 곡셩(哭聲)을 응(應)ᄒ고 들 진납이ᄂᆞᆫ 파름ᄒ여 슬프믈 도으니 댱부(丈夫)의 웅심(雄心)이 셜〃(屑屑)이363) ᄉ라지ᄂᆞᆫ 둣, 것ᄎᆞᆫ 플흘 어로만져 일장(一場)을 통곡(慟哭)ᄒ고 목묘(木廟)364)를 뫼셔 경ᄉ(京師)로 도라올식, 일픔ᄌᆡ샹지위(一品宰相之位)로 각읍(各邑)이 진동(震動)ᄒ여 회장(會葬)365)의 부려(富麗)366)ᄒᆞᆫ 위의(威儀) 일노(一路)의 진동(震動)ᄒᄂᆞᆫ디라.

반혼(返魂)367)ᄒ여 경샤(京師)의 니르니, 문외(門外)의 명공거경

夫)는 석 달, 선비는 한 달 안에 지냄.

357) 명혈(明穴): 명당(明堂) 자리가 되는 묏자리.

358) 메여시니: 메웠으니.

359) 홀〃(忽忽)히: 근심스러워 뒤숭숭한 상태로.

360) 쳐〃(悽悽)히: 처처히. 마음이 매우 구슬프게.

361) 머흘고: 험하고.

362) 뫼식: 산 새.

363) 셜〃셜(屑屑)이: 자질구레하게.

364) 목묘(木廟): 죽은 사람의 위패(位牌). 목주(木主).

365) 회장(會葬): 회장. 장례를 지내는 자리에 참여함.

366) 부려(富麗): 풍성하고 화려함.

(名公巨卿)과 녈후황친(列侯皇親)368)의 못는 슈(數)를 혜지 못ᄒ리러
라. 일가친척(一家親戚)과 제우붕당(諸友朋黨)이 시로이 통곡(慟哭)
ᄒ더라.

옥누항의 드러와 목쥬(木主)를 봉안(奉安)369)ᄒ고 합가(闔家)의 망
극이통(罔極哀痛)ᄒ

55면

미 가지록 더으고 조(曹) 부인(夫人)의 궁텬원통(窮天寃痛)370)이 엇
지 모양(模樣)ᄒ여 니르리오.

태우(大夫)와 구파(寇婆)의 셜우미 샹하(上下)치 아니딕 흉패(凶
悖)371)홀손 위 시(氏) 고식(姑媳)의 근심 업시 깃거ᄒ미 형언(形言)
치 못홀디라. 거즛 셜워ᄒᄂ 빗츨 디으니 태우(大夫)는 모친(母親)의
ᄉ오나옴과 뉴 시(氏)의 악심(惡心)을 아디 못ᄒ고 미양 모친(母親)
을 위로(慰勞)ᄒ며 조(曹) 부인(夫人) 밧들기를 지셩(至誠)을 다ᄒ여
소활(疎闊)ᄒ고 쾌대(快大)372)ᄒ 셩졍(性情)이 조(曹) 부인(夫人)긔
밋쳐는 ᄌ상(仔詳)ᄒ고 죵용(從容)ᄒ여, 됴셕식음(朝夕食飲)을 슬피
며 날마다 긔력(氣力)을 므러 졍셩(精誠)으로 슬피며 명ᄋ를 귀듕(貴
重)ᄒ기 ᄌ긔(自己) 냥(兩) 녀(女)의 우히오, 썅ᄋ(雙兒)를 ᄋ듕(愛重)
ᄒ미 비(比)홀 곳이 업스니,

태부인(太夫人)이 뉴 시(氏)로 더브러 조(曹) 부인(夫人) 업시키를

---

367) 반혼(返魂): 장례를 지낸 뒤에 신주(神主)를 집으로 모셔 오는 일. 반우(返虞).
368) 녈후황친(列侯皇親): 열후황친. 뭇 제후와 황제의 친척.
369) 봉안(奉安): 신주(神主)나 화상(畫像)을 받들어 모심.
370) 궁텬원통(窮天寃痛): 궁천원통. 하늘에 사무칠 듯한 원통함.
371) 흉패(凶悖): 흉하고 패악함.
372) 쾌대(快大): 성격이 시원스럽고 배포가 큼.

쇠ᄒ나 태위(大夫ㅣ) ᄌ샹(仔詳)이 슬피니 젼일(前日)과 달나 보쳐기를 ᄆ음과 ᄀᆺ지 못ᄒ고, 오딕 태우(大夫) 못 보는 ᄃᆡ 위 시(氏) 친(親)히 와 조르고 보쳐며 ᄭᅮ지져 샹셰(尚書ㅣ) 참혹(慘酷)히 죽으ᄃᆡ 슬픈 줄을 모로고 날노 음식(飲食)만 먹기를 일삼고 ᄌ긔(自己)를 원망(怨望)ᄒ다 ᄒ여 ᄎ마 못 ᄒᆞᆯ 말과 날노 즐칙(叱責)373)이 비(比)ᄒᆞᆯ ᄃᆡ 업ᄉᄃᆡ, 부인(夫人)이 하ᄒᆡ(河海)로 심디(心地)를 삼고 텬디(天地)로 냥(量)374)을 삼아 셜운 거슬 셔리담고 가군(家君)의 간절(懇切)ᄒᆫ 부탁(付託)과 슉〃(叔叔)의 지극(至極)ᄒᆫ 후의(厚意)를 져ᄇ리지 아니려 뎡(定)ᄒ엿ᄂ니라, 세 낫 유치(幼稚)를 보호(保護)ᄒ기를 일삼고 굿ᄐ여 죽을 ᄯᅳᆺ을 두지 아니므로뼈 위 시(氏)의 험악(險惡)ᄒᆫ 즐칙(叱責)을 됴ᄒᆫ 말 드른 드시 오딕 나죽이 샤

죄(謝罪)ᄒᆞᆯ ᄲᅢᆫ이오, 평싱(平生)의 올ᄒ며 그르믈 변빅(辨白)375)지 아니ᄒ니 위 시(氏) 그 위인(爲人)의 어려오믈 더옥 믜이 넉여 착급(着急)376)히 히(害)코져 ᄒᄃᆡ, 됴ᄒᆫ 모칙(謀策)377)을 엇지 못ᄒ더니,

　금평후(--侯) 뎡(鄭) 공(公)의 부인(夫人)이 싱녀(生女)ᄒ여 긔이(奇異)ᄒ기 ᄒᆡ샹명쥬(海上明珠)378)와 유곡(幽谷)379)의 난최(蘭草ㅣ) 향

---

373) 즐칙(叱責): 질책. 꾸짖어 나무람.
374) 냥(量): 양. 너그러운 마음. 도량.
375) 변빅(辨白): 변백. 옳고 그름을 가려 사리를 밝힘.
376) 착급(着急): 매우 급함.
377) 모칙(謀策): 모책. 어떤 일을 처리하거나 모면할 꾀를 세움. 또는 그 꾀.
378) ᄒᆡ샹명쥬(海上明珠): 해상명주. 바다에서 나온 명주.
379) 유곡(幽谷): 깊은 골짜기.

긔(香氣)를 토(吐)홈 궃트여 빅틱쳔광(百態千光)380)이 흔 곳 무심(無心)히 삼긴 곳이 업고, 금평휘(--侯ㅣ) 도라와 모친(母親)의 안강(安康)ᄒ심과 녀ᄋ(女兒)의 비상(非常)ᄒ미 바란 밧기라 영힝희열(榮幸喜悅)381)ᄒ나 윤(尹) 공(公)의 맛ᄎ믈 일월(日月)이 오릴ᄉ록 닛디 못ᄒ여 슬프미 밋첫ᄂᆞ니라.

일〃(一日)은 옥누항의 와 태우(大夫)로 죵용(從容)이 담화(談話)ᄒ다가 샹셔(尚書)의 썅ᄌ(雙子)를 닉여와 볼ᄉᆡ, 이 블과(不過) 셰샹(世上)을 아란 디 오륙(五六) 삭(朔)

58면

이로딕 셕대(碩大)382)ᄒ기 ᄉ오(四五) 셰(歲)나 흔 ᄋ희(兒孩) 궃고 영치(英彩) 영호(英豪)ᄒ여 츄월(秋月)이 산두(山頭)의 오로고 빅일(白日)이 당텬(當天)흔 ᄃᆞᆺ, 두 ᄋ희(兒孩) 얼골 모양(模樣)이 흔 판(板)의 박은 ᄃᆞᆺ 일호(一毫) 다르미 업셔 농미봉안(龍眉鳳眼)383)과 호치단슌(皓齒丹脣)384)이며 옥면년협(玉面蓮頰)385)이 제〃쇄락(齊齊灑落)386)ᄒ고 영긔동인(英氣動人)387)ᄒ니 뎡(鄭) 공(公)이 흔번(-番) 보미 긔특(奇特)ᄒ믈 니긔지 못ᄒ여 쳑연(慽然)388)이 슬허 이 ᄀᆞᆺᄐᆞᆫ ᄋ들을 보디 못ᄒᆞᆷ믈 탄식(歎息)ᄒ고 칭찬(稱讚)ᄒ믈 마디아니ᄒ며, 그

---

380) 빅틱쳔광(百態千光): 백태천광. 온갖 아름다움을 갖춘 자태.
381) 영힝희열(榮幸喜悅): 영행희열. 다행으로 여기고 기뻐함.
382) 셕대(碩大): 석대. 몸집이 굵고 큼.
383) 농미봉안(龍眉鳳眼): 용미봉안. 용의 눈썹과 봉황의 눈이란 뜻으로, 아름다운 눈을 이르는 말.
384) 호치단슌(皓齒丹脣): 호치단순. 하얀 이와 붉은 입술이란 뜻으로 아름다운 입을 이르는 말.
385) 옥면년협(玉面蓮頰): 옥면연협. 옥처럼 깨끗한 얼굴과 연꽃처럼 흰 뺨이란 뜻으로 아름다운 얼굴을 이르는 말.
386) 제〃쇄락(齊齊灑落): 제제쇄락. 두루 시원스러움.
387) 영긔동인(英氣動人): 영기동인. 빼어난 기상이 사람의 마음을 움직임
388) 쳑연(慽然): 척연. 슬퍼하는 모양.

싱월일시(生月日時)를 므러 공교(工巧)히 주긔(自己) 녀ᄋ(女兒)와 동월동일(同月同日)의 낫는디라 도스(道士)의 말을 윤(尹) 상셰(尙書ㅣ) 니르던 바를 싱각고 믄득 냥(兩) 항(行) 누(淚)를 금(禁)치 못ᄒ여 태우(大夫)다려 왈(曰),

"금국(金國)의 갈 제 형쥐셔 녕빅(令伯)이 화 도스(道士)를 만나 일

59면

야(一夜)를 지닉니 화 도싀(道士ㅣ) 녕빅(令伯)다려 여추〃(如此如此)ᄒ더라 ᄒ고 날다려 그 말을 옴겨 형(兄)의게 니르라 ᄒ거늘 드럿더니, 이제 녕딜(令姪)의 싱월일시(生月日時)를 드르니 쇼녀(小女)와 동월일(同月日)의 낫는지라 하날이 유의(有意)ᄒ여 닉시민가 ᄒᄂ니, 망우(亡友)389)의 ᄯᆺ을 져ᄇ리지 못홀디라 양가(兩家) 주녜(子女ㅣ) 댱셩(長成)ᄒ기를 기다려 혼스(婚事)를 일우리라."

태위(大夫ㅣ) 쳑연탄식(慽然歎息) 왈(曰),

"가형(家兄)이 ᄡᅡᆼ남(雙男)을 싱(生)홀 줄 아라 계시던 거시니 화 도스(道士)의 말이 대개(大槪) 미릭스(未來事)를 아는디라 형(兄)과 하(河) 퇴디 내 집을 ᄇ리디 아니면 쇼데(小弟)야 엇지 니즈리오? 하(河) 형(兄)도 싱녀(生女)ᄒ다 ᄒ되 쇼데(小弟) 흥황(興況)390)이 업셔 이런 말을 아녓더니라."

뎡(鄭) 공(公) 왈(曰),

"쇼데(小弟)는 냥(兩) ᄋ(兒) 듕(中) ᄒ나흘

---

389) 망우(亡友): 죽은 벗.
390) 흥황(興況): 흥취.

셔랑(壻郞)을 삼으리라.”

태위(大夫ㅣ) 츄연함누(惆然含淚)[391]호니 뎡(鄭) 공(公)이 위로(慰勞)호며 명으를 닉여 와 보니, 졈〃(漸漸) 긔려승졀(奇麗勝絶)[392]호여 신댱(身長)이 더 즈란 둣호니 뎡(鄭) 공(公)이 망우(亡友)를 싱각고 친녀(親女)나 다르지 아니호니, 쇼제(小姐ㅣ) 모친(母親)을 일시(一時)도 써나지 아니호더니 뎡(鄭) 공(公)을 보고 붓그려 드러가려 호니 태위(大夫ㅣ) 알패 안쳐 왈(曰),

“금평후(--侯)는 네게 남이 아니라 붓그려 말나.”

호니 쇼제(小姐ㅣ) 이 말을 듯고 답(答)지 아니호더라.

뎡(鄭) 공(公)이 도라간 후(後) 즉시(卽時) 모부인(母夫人)긔 드러오믹 부인(夫人)이 문왈(問曰),

“외헌(外軒)의셔 눌을 본다?”

명이 딕왈(對曰),

“전일(前日)의 뎡(鄭) 수되(司徒ㅣ)라 호고 단니던 손이 와셔 쇼녀(小女)를 블너 보더이다.”

부인(夫人)이 쳑연읍탄(慽然泣嘆)[393]호여 뎡(鄭) 수되(司徒ㅣ) 위험지디(危險之地)의 무

수(無事)히 도라와 봉후고명(封侯誥命)[394]을 바드믈 그윽이 블워호

---

391) 츄연함누(惆然含淚): 추연함루. 슬픈 빛으로 눈물을 머금음.
392) 긔려승졀(奇麗勝絶): 기려승절. 기이하고 화려함이 매우 빼어남.
393) 쳑연읍탄(慽然泣嘆): 척연읍탄. 슬픈 빛으로 울고 탄식함.
394) 봉후고명(封侯誥命): 임금이 공후의 벼슬을 내린 임명장.

더라.

세월(歲月)이 빅구과극(白駒過隙)395)ᄒ여 상셔(尚書)의 삼상(三喪)396)을 맛ᄎᄆ 조(曹) 부인(夫人)의 망극지통(罔極之痛)이 각골(刻骨)397)ᄒ여 됴셕증상(朝夕烝嘗)398)을 긋ᄎ니, 우혈(禹穴)399) 업셔 셜우믈 니긔지 못ᄒ여 ᄒ고 태우(大夫)의 슬픈 한(恨)이 구곡(九曲)400)의 밋쳐 빅화헌의 혼ᄌ 안ᄌ며 눕기를 당(當)ᄒ여 츄연하루(惆然下淚)401)치 아닐 젹이 업스며 조(曹) 부인(夫人) 밧드는 정성(精誠)이 흔갈ᄀᆺ치 감(減)ᄒ는 빅 업스니 부인(夫人)이 감격(感激)ᄒ믈 니긔지 못ᄒ더라.

ᄡᅡᆼ이(雙兒ㅣ) 삼ᄉ(三四) 세(歲)의 니르러 스ᄉ로 유모(乳母)를 믈니치고 태우(大夫)를 ᄯᅡ라 외헌(外軒)의 잇기를 구(求)ᄒ니, 공(公)이 귀듕(貴重)ᄒ는 정(情)이 시〃(時時)로 층가(層加)402)ᄒ여 조(曹) 부인(夫人)긔 ᄋ히(兒孩) 일홈을 픔쳥(稟請)403)ᄒ오미 샹

62면

셔(尚書)의 지어 주믈 인(因)ᄒ여 댱ᄋ(長兒)로뻐 광텬이라 ᄒ고 ᄎᄋ(次兒)로뻐 희텬이라 ᄒ여,

---

395) 빅구과극(白駒過隙): 백구과극. 흰 망아지가 빨리 달리는 것을 문틈으로 본다는 뜻으로, 인생이나 세월이 덧없이 짧음을 이르는 말.
396) 삼상(三喪): 삼년상(三年喪).
397) 각골(刻骨): 뼈에 사무침.
398) 됴셕증상(朝夕烝嘗): 조석증상. 아침저녁으로 올리는 제사. 증상(烝嘗)은 제사(祭祀)를 뜻하는 말로, 증(烝)은 겨울제사를, 상(嘗)은 가을제사를 말함.
399) 우혈(禹穴): 중국 하(夏)나라 우왕(禹王)이 순수(巡狩)하다가 회계산(會稽山)에서 죽어 장사 지낸 곳. 여기에서는 남편 윤현의 목주를 이름.
400) 구곡(九曲): 굽이굽이 서린 창자라는 뜻으로, 깊은 마음속 또는 시름이 쌓인 마음속을 비유적으로 이르는 말. 구곡간장(九曲肝腸).
401) 츄연하루(惆然下淚): 추연하루. 슬픈 빛으로 눈물을 흘림.
402) 층가(層加): 한층 더함.
403) 픔쳥(稟請): 품청. 윗사람이나 관청 따위에 여쭈어 청함.

공(公)이 다리고 외헌(外軒)의 잇셔 밤을 당(當)ᄒ면 좌우(左右)로 포회(抱懷)404)ᄒ여 어로만져 날노 비상특이(非常特異)ᄒ믈 영힝(榮幸)ᄒ니 냥(兩) 이(兒ㅣ) 공(公)을 디(對)ᄒ여 글오디,

"쇼ᄌ(小子) 등(等)이 어미를 ᄯᅡ라 닌가(隣家)의 가면 ᄋᆞ히(兒孩)들이 부모(父母)를 ᄒᆞᆫ가지로 뫼시고 안ᄌᆞ시디 대인(大人)은 엇디 모친(母親)과 ᄒᆞᆫ가지로 가츄405)치 아니ᄒᆞ시고 미양 각〃(各各) 계시니잇고?"

공(公)이 쳥파(聽罷)의 심담(心膽)이 믜ᄂᆞᆫ 듯ᄒᆞ여 ᄉᆞ매를 드러 안슈(眼水)를 거두고 왈(曰),

"나ᄂᆞᆫ 네 부친(父親)이 아니라 ᄌᆞ근아비니 이졔ᄂᆞᆫ 계뷔(季父ㅣ)라 브르라."

냥(兩) 이(兒ㅣ) 악연(愕然)406) 왈(曰),

"그리면 우리 대인(大人)이 어디 계시니잇가?"

태위(大夫ㅣ) 왈(曰),

"어린 ᄋᆞ히(兒孩)ᄂᆞᆫ 이런

63면

말을 아니ᄒᆞᄂᆞ니 즘〃(潛潛)ᄒ고 잇다가 ᄌᆞ란 후(後) 알나."

ᄒᆞᆫ디, 광텬 왈(曰),

"아모리 유인(幼兒ㅣ)들 아비 이시며 업ᄉᆞ믈 뭇지 아니ᄒᆞ리잇가?"

희텬이 지삼(再三) 뭇ᄌᆞ오니 공(公)이 더옥 참연(慘然) 왈(曰),

"너희 부친(父親)이 아니 계시나 내 이시니 아비와 다르미 업ᄂᆞ니라."

---

404) 포회(抱懷): 품에 안음.

405) 가츄: 사랑함.

406) 악연(愕然): 놀라는 모양.

ᄒᆞ고 다른 말노 다ᄅᆡ나 냥(兩) ᄋᆞ(兒ㅣ) 심니(心裏)의 즐기지 아냐 ᄎᆡᆨ(冊)을 가지고 와 글 비호믈 쳥(請)ᄒᆞ니, 공(公)이 미ᄉᆞ(每事)의 슉셩긔이(夙成奇異)407)ᄒᆞ믈 두굿기나 너모 비상(非常)ᄒᆞ니 혹ᄌᆞ(或者) 슈한(壽限)의 ᄒᆡ(害)로올가 두려 ᄭᅮ지져 가ᄅᆞ치지 아니ᄒᆞ고 쥬야(晝夜) 다ᄅᆡ고 잇셔 가ᄉᆞ(家事)를 념녀(念慮)ᄒᆞ여 소활(疎闊)ᄒᆞᆫ 셩졍(性情)을 곳쳐 ᄌᆞ상명텰(仔詳明哲)408)ᄒᆞ믈 쥬(主)ᄒᆞ나 뉴 시(氏)의 ᄉᆞ오나오믈 ᄭᆡᄃᆞᆺ디 못ᄒᆞ니,

태부인(太夫人)과 뉴 시(氏) 쥬ᄉᆞ야탁(晝思夜度)409)ᄒᆞ여 조(曹) 부인(夫人) 모ᄌᆞ녀(母子女)

64면

를 업시키를 계교(計巧)ᄒᆞ나 조(曹) 부인(夫人)과 삼(三) ᄋᆞ(兒)ᄂᆞᆫ 셩인(聖人)이라 과악(過惡)410)을 브릴 길히 업셔 분(憤)을 셔리담아,

셰월(歲月)이 ᄌᆞ로 뒤이겨411) 광텬 형뎨(兄弟) 팔(八) 셰(歲) 되니, 신댱(身長)이 셕대(碩大)ᄒᆞ고 옥모영풍(玉貌英風)이 늠연쇄락(凜然灑落)412)ᄒᆞ여 반악(潘岳)413), 두목지(杜牧之)414)의 풍ᄎᆡ(風采)를 우이 넉이니 진쇽(塵俗)415)의 므드지 아냐 츄슈(秋水) ᄀᆞᆺᄐᆞᆫ 졍신(精神)과

---

407) 슉셩긔이(夙成奇異): 숙성기이. 나이에 비해 성숙하고 행동이 기이함.
408) ᄌᆞ상명텰(仔詳明哲): 자상명철. 성품이 찬찬하고 현명함.
409) 쥬ᄉᆞ야탁(晝思夜度): 주사야탁. 밤낮으로 생각하고 헤아림.
410) 과악(過惡): 허물과 악행.
411) 뒤이겨: 뒤집어져.
412) 늠연쇄락(凜然灑落): 늠름하고 시원스러움.
413) 반악(潘岳): 중국 서진(西晉)의 문인(247~300)으로 자는 안인(安仁), 하남성(河南省) 중모(中牟) 출생. 용모가 아름다워 낙양의 길에 나가면 여자들이 몰려와 그를 향해 과일을 던졌다는 고사가 있음.
414) 두목지(杜牧之): 중국 당(唐)나라 때의 시인인 두목(杜牧, 803~853)으로 목지(牧之)는 그의 자(字). 호는 번천(樊川). 이상은과 더불어 이두(李杜)로 불리며, 작품이 두보(杜甫)와 비슷하다 하여 소두(小杜)로도 불림. 미남으로 유명함.
415) 진쇽(塵俗): 진속. 지저분하고 어지러운 속세.

츄텬(秋天) 又튼 긔상(氣像)이 싁 "ᄒ여 와줌농미(臥蠶龍眉)416)는 강산녕긔(江山靈氣)를 거두어 놉흔 코와 붉은 냥협(兩頰)의 도쥬(桃朱)417) ᄀ튼 단슌(丹脣)이오 빙옥(氷玉) ᄀ튼 호치(皓齒)라.

형뎨(兄弟) 용화풍신(容華風神)이 ᄒᆞᆫ 판(板)의 박은 듯ᄒ나 졈 "(漸漸) ᄌ라믹 셩졍(性情)과 픔질(禀質)418)이 잠간(暫間) 달나 댱공ᄌ(長公子)ᄂᆞ 영웅긔상(英雄氣像)과 호걸지풍(豪傑之風)으로 튱텬댱긔(衝天壯氣)419) 호 "발양(浩浩發揚)420)ᄒ고 농호(龍虎)의 픔격(品格)이오, 츠공ᄌ(次公子)ᄂ

65면

온듕뎡대(穩重正大)421)ᄒ여 셩현군ᄌ(聖賢君子)의 풍(風)이 빈 "(彬彬)422)ᄒ니 린봉긔딜(麟鳳器質)423)이라.

오(五) 셰(歲)로브터 계부(季父)긔 슈흑(修學)ᄒ여 싱이지 "(生而知之)424)ᄒᆞᄂᆞ 툥(聰)이 "셔 ᄒᆞᆫ ᄌ(字)를 드러 열 ᄌ(字)를 통(通)ᄒᆞᄂᆞ다라. 공(公)이 더옥 극ᄋᆡ(極愛)ᄒ나 슈한(壽限)의 힉(害)로올가 ᄒ여 금지(禁止)ᄒ나 공ᄌ(公子) 등(等)이 스스로 흑문(學問)의 의미(意味)를 씬다라 일춰월댱(日就月將)ᄒ여 붓슬 들믹 쳔언(千言)을 닙춰(立就)425)ᄒ고 시(詩)를 디으믹 귀신(鬼神)을 울니ᄂᆞᆫ다라 보ᄂᆞ니 칭

---

416) 와줌농미(臥蠶龍眉): 와잠용미. 누에처럼 길고 굽으며 양쪽 끝이 길게 치올라간 눈썹.
417) 도쥬(桃朱): 도주. 붉은 복숭아꽃.
418) 픔질(禀質): 품질. 타고난 기질.
419) 튱텬댱긔(衝天壯氣): 충천장기. 하늘을 찌를 듯한 굳센 기운.
420) 호 "발양(浩浩發揚): 기운이 넓고 커서 떨쳐 일어남.
421) 온듕뎡대(穩重正大): 온중정대. 성격이 조용하고 침착하며 공명정대함.
422) 빈 "(彬彬): 빛남.
423) 린봉긔딜(麟鳳器質): 인봉기질. 기린이나 봉황처럼 빼어난 기질.
424) 싱이지 "(生而知之): 생이지지. 나면서부터 앎. 『논어(論語)』, 「계씨(季氏)」에 나오는 말.
425) 닙춰(立就): 입취. 곧바로 이룸.

찬갈치(稱讚喝采)426)ᄒ고 공(公)의 귀듕(貴重)ᄒ미 비(比)ᄒᆯ 딕 업셔 ᄆᆞᆷ의 ᄎᆞ공ᄌᆞ(次公子)를 ᄌᆞ긔(自己) 계후(繼後)ᄒ려 ᄒᆞᄃᆡ 아딕 토셜(吐說)427)치 아니ᄒ고,

뉴 시(氏) 향(向)ᄒᆞᆫ 은졍(恩情)이 쑴 ᄀᆞᆺᄐᆞ여 닉당(內堂)의 슉침(宿寢)ᄒ미 일(一) 년(年)의 ᄒᆞᆫ 번(番)도 강인(强忍)ᄒᄂᆞᆫ 비 되여 혹ᄌᆞ(或者) 부인(夫人)

66면

이 슈틱(受胎)ᄒ여 경ᄋᆞ ᄀᆞᆺᄐᆞᆫ ᄋᆞ들이 날가 근심ᄒ니 엇지 일분(一分)이나 싱산(生産)을 바라리오. 위 시(氏) 태우(大夫)의 닉당(內堂) ᄌᆞ최 희소(稀少)ᄒᆞᆷ믈 칙(責)ᄒ더라.

ᄎᆞ셜(且說). 뉴 시(氏)의 댱녀(長女) 경ᄋᆞᄂᆞᆫ 모풍(母風)을 젼쥬(專主)428)ᄒ여 익용(愛容)429)이 졀셰(絶世)ᄒ나 심졍(心情)이 간험요특(奸險妖慝)430)ᄒ더라. 모친(母親)으로 더브러 부친(父親)의 박졍(薄情)431)을 원(怨)ᄒ고 광텬 등(等)을 과익(過愛)432)ᄒᆞᆷ믈 싀긔(猜忌)ᄒ여433) 명ᄋᆞ를 무고(無故)434)히 믜워ᄒ니, 현ᄋᆞᄂᆞᆫ 십(十) 세(歲)라 춍명슉셩(聰明夙成)435)ᄒ며 인ᄌᆞ온냥(仁慈溫良)436)ᄒ여 모친(母親)과 형(兄)의 블인(不仁)ᄒᆞᆷ믈 보면 가장 익둘와 읍간(泣諫)ᄒᆞᆫ즉 뉴 시(氏)

---

426) 칭찬갈치(稱讚喝采): 칭찬갈채. 외치고 박수 치며 칭찬함.
427) 토셜(吐說): 토설. 밝히어 말함.
428) 젼쥬(專主): 전주. 오로지 닮음.
429) 익용(愛容): 애용. 사랑스러운 용모.
430) 간험요특(奸險妖慝): 간악하고 음험하며 요망함.
431) 박졍(薄情): 박정. 인정이 박함.
432) 과익(過愛): 과애. 지나치게 사랑함.
433) ᄒ여: [교] 원문에는 이 글자들이 더 있으나 부연으로 보아 삭제함.
434) 무고(無故): 까닭 없음.
435) 춍명슉셩(聰明夙成): 총명숙성. 총명하고 조숙함.
436) 인ᄌᆞ온냥(仁慈溫良): 인자온량. 성품이 어질고 온화하며 무던함.

쑤짓고 경으로 쯧이 다르고 모음이 각〃(各各)이라 이러므로 현으를
외딕(外待)437) 여 범스(凡事)를 긔이미 만터라.
　광텬 형데(兄弟) 오륙(五六) 세(歲) 되도록 그 부친(父親)

67면

이 만니타국(萬里他國)의 가 별세(別世) 믈 몰낫다가 비로소 계부
(季父)의게 즈셔(仔細)히 알고 지통(至痛)이 뇩아(蓼莪)438)의 밋쳐 형
데(兄弟) 손을 잡고 체읍(涕泣) 여 엄안(嚴顔)439)을 아지 못 믈 극
골(刻骨)이 슬허 더라.
　일〃(一日)은 태위(大夫ㅣ) 긔식(氣色)을 알고 더옥 잔잉 여 슉딜
(叔姪)의 졍(情)이 부즈(父子)의 더어 텬셩(天性)이 엄슉(嚴肅) 딕
냥(兩) 으(兒)의게 다드라는 황홀탐이(恍惚耽愛)440) 니 밤을 당(當)
여는 품어 즈기를 여러 세월(歲月)의 혼갈굿고, 형데441)(兄弟) 혹
문(學問)을 권(勸)치 아냐도 힝실(行實)을 슈련(修鍊) 며 계부(季父)
면젼(面前)을 당(當) 여 즈딜(子姪)의 도리(道理)와 모친(母親)을 밧
드러 동〃쵹〃(洞洞屬屬)442) 니, 셩회(誠孝ㅣ) 봉영집옥지녜(奉盈執
玉之禮)443)를 다 니 노셩댱즈(老成長者)의 이친경댱지도(愛親敬長

---

437) 외딕(外待): 외대. 정성을 들이지 않고 아무렇게나 대접을 함.
438) 뇩아(蓼莪): 육아. 어버이가 이미 돌아가셔서 봉양할 수 없는 효자의 슬픔을 이르는 말. 『시경
　　(詩經)』, <육아(蓼莪)>에서 온 말임.
439) 엄안(嚴顔): 아버지의 얼굴.
440) 황홀탐이(恍惚耽愛): 황홀탐애. 황홀하게 깊이 사랑함.
441) 고, 형데: [교] 원문에는 없으나 문맥을 고려해 삽입함.
442) 동〃쵹〃(洞洞屬屬): 동동촉촉. 공경하고 삼가며 매우 조심스러워함.
443) 봉영집옥지녜(奉盈執玉之禮): 봉영집옥지례. 가득한 그릇을 받들거나 귀한 옥을 잡은 것처럼
　　조심하는 예라는 뜻으로 효자가 제사 지낼 때의 도리를 이르는 말. 『예기(禮記)』, 「제의(祭義)」
　　에 “효자는 옥을 잡은 것처럼 하고 가득한 그릇을 받드는 것처럼 하니 공경하고 조심스럽게
　　행동하기를 마치 이겨 내지 못할 것처럼 하고 장차 잃어버릴 것처럼 한다. 孝子如執玉如奉盈,
　　洞洞屬屬然, 如弗勝如將失之.”라는 구절이 있음.

之道)444)를 다ᄒ니 태위(大夫ㅣ) 더옥 가르칠

68면

거시 업스되,

광텬은 긔운이 하늘을 쎄칠445) 둧 태산(泰山)을 넘쮜며 쳔(千) 인(人)을 압두(壓頭)ᄒ고 만(萬) 인(人)을 묘시(藐視)ᄒ여 일쪽 사름을 아니 나모라ᄂ니 업고, 손오양져(孫吳穰苴)446)의 강용(强勇)447)을 흠모(欽慕)ᄒ며 말마다 삼가고 거름마다 조심(操心)ᄒᄂ 도힝(道行)을 답〃이 아ᄂ디라. 의ᄉ(意思ㅣ) 댱(壯)ᄒ며 긔상(氣像)이 쥰엄(峻嚴)ᄒ여 팔(八) 세(歲) ᄋ동(兒童) ᄀᆺ지 아냐 쳔고(千古)의 희한(稀罕)ᄒ 영웅쥰걸(英雄俊傑)이라. 태위(大夫ㅣ) 광텬의 방일(放逸)448)ᄒ믈 제어(制御)키 어려올가 념녀(念慮)ᄒ되 알패셔는 동용(動容)449)이 안셔(安舒)450)ᄒ고 엄부(嚴父) 셤기는 도(道)를 다ᄒ니 가르칠 거시 업는디라. ᄌ긔(自己) 밋쳐 싱각지 못홀 일을 씩둣게 ᄒ며 신긔(神奇)히 싱각ᄒ니 범ᄉ(凡事)의 슈응(酬應)451)과 셔ᄉ딗쟉(書辭代作)452)이 민

---

444) ᄋ친경댱지도(愛親敬長之道): 애친경장지도. 어버이를 사랑하고 어른을 공경하는 도리.

445) 쎄칠: 꿰뚫을.

446) 손오양져(孫吳穰苴): 손오양저. 중국 춘추전국시대의 병법가인 손무(孫武), 오기(吳起), 사마양저(司馬穰苴)를 아울러 이르는 말. 손무는 중국 춘추시대의 병법가로, 오나라 왕 밑에서 초나라, 진나라를 위압하고 절도와 규율 있는 군사를 양성함. 저서로 병서 『손자(孫子)』가 있음. 오기는 중국 전국시대의 병법가(B.C.440?~B.C.381)로, 증자(曾子)에게 배우고 노(魯)나라, 위(魏)나라에서 벼슬한 뒤에 초(楚)나라에 가서 도왕(悼王)의 재상이 되어 법치적 개혁을 추진하였음. 저서에 병서 『오자(吳子)』가 있음. 사마양저는 중국 춘추시대 제나라의 장군으로, 성은 규(嬀)임. 재상 안영(晏嬰)의 추천으로 등용된 후 공적을 올리자 경공(景公)이 대사마로 임명하고, 이때 사마(司馬)를 씨로 칭하여 사마양저라 불림. 저서에 병서 『사마법』이 있음.

447) 강용(强勇): 굳셈과 용맹.

448) 방일(放逸): 제멋대로 거리낌 없이 방탕함.

449) 동용(動容): 행동과 차림새를 통틀어 이르는 말.

450) 안셔(安舒): 안서. 편안하고 조용함.

451) 슈응(酬應): 수응. 요구에 응함.

452) 셔ᄉ딗쟉(書辭代作): 서사대작. 편지를 대신 씀.

쳡(敏捷)ᄒ여 태우(大夫)의 ᄆ음의 츠고, 죵일(終日)토록 그 허믈을

69면

잡고져 유의(留意)ᄒ나 미딘(未盡)ᄒ 곳이 업고,

  츠공ᄌ(次公子)ᄂ   청검겸퇴(淸儉謙退)453)ᄒ여   공밍안증(孔孟顔曾)454)의 셩흑대도(聖學大道)455)를 쟝(藏)ᄒ고 지조(才操)와 덕(德)을 ᄌ랑치 아냐 희로(喜怒)를 블현어싟(不顯於色)456)ᄒ고 언어(言語)를 경츌(輕出)457)치 아냐 나아가미 것칠458) 드시 ᄒ고, 셰샹ᄉ(世上事)를 아ᄂ 듯 모로ᄂ 듯ᄒ 가온듸나 ᄌ연(自然) 신셩(神聖)ᄒ 픔격(品格)이 쇽셰범뉴(俗世凡類)459)와 닉도(乃倒)460)ᄒ니, 빅힝(百行)이 졍슉(靜肅)ᄒ고 법되(法度ㅣ) 완연(宛然)461)이 대군ᄌ(大君子)의 유풍(遺風)이라. 태위(大夫ㅣ) 언〃(言言)이 일ᄏ라, '내 집을 흥긔(興起)462)ᄒ 대군지(大君子ㅣ)라.' ᄒ며 광련다려 왈(曰),

---

453) 청검겸퇴(淸儉謙退): 청검겸퇴. 청렴하고 검소하며 겸손함.
454) 공밍안증(孔孟顔曾): 공맹안증. 유가(儒家)의 성현(聖賢)들인 공자(孔子), 맹자(孟子), 안자(顔子), 증자(曾子)를 이름. 공자는 공구(孔丘, B.C.551~B.C.479)를 높여 부른 말로, 중국 춘추시대 노나라의 사상가·학자로서 자는 중니(仲尼)임. 인(仁)을 정치와 윤리의 이상으로 하는 도덕주의를 설파하여 덕치 정치를 강조하여 유학의 시조로 추앙받음. 맹자는 맹가(孟軻), B.C.372~B.C.289)를 높여 부른 말로, 중국 전국시대의 사상가로 자는 자여(子輿)·자거(子車)임. 공자의 인(仁) 사상을 발전시켜 '성선설'(性善說)을 주장하였으며, 인의의 정치를 권함. 유학의 정통으로 숭앙되며, '아성(亞聖)'이라 불림. 증자는 증삼(曾參, B.C.505~B.C.436?)을 높여 부른 이름. 중국 춘추시대 노(魯)나라의 유학자. 자는 자여(子輿). 공자의 덕행과 사상을 조술(祖述)하여 공자의 손자인 자사(子思)에게 전함. 효성이 깊은 인물로 유명함. 안자는 중국 춘추시대의 유학자(B.C.521~B.C.490) 안회(顔回)를 높여 부른 이름. 자는 자연(子淵). 공자의 수제자로 학덕이 뛰어났다고 전해짐.
455) 셩흑대노(聖學大道): 성학대도. 성인의 학문과 큰 도리.
456) 블현어싟(不顯於色): 불현어색. 얼굴에 빛을 드러내지 않음.
457) 경츌(輕出): 경출. 경솔하게 말함.
458) 것칠: 걸릴.
459) 쇽셰범뉴(俗世凡類): 속세범류. 세속의 평범한 무리.
460) 닉도(乃倒): 내도. 차이가 큼.
461) 완연(宛然): 뚜렷한 모양.
462) 흥긔(興起): 흥기. 세력이 왕성해짐.

"형(兄)이 아463)을 비홀 거시 아니로디 희텬은 타일(他日) 명경흑
지(明經學者ㅣ)464) 될 거시니 네 쏘 스힝(士行)465)을 희ᄋ(-兒)와 ᄀ치 ᄒ라."

댱공지(長公子ㅣ) 비샤슈명(拜謝受命)ᄒ나 쯧인즉 닉도(乃倒)ᄒ니 셩픔(性稟)을 곳칠 길히 업스디 그 야〃(爺爺)

70면

얼골 모로미 궁텬디통(窮天之痛)466)이 되여 흉억(胸臆)467)의 셜우미
박혀시니 오히려 긔운이 퍽 주러지ᄂᆞᆫ 듯ᄒ디, 텬싱호긔(天生豪氣)468)
라 입의 말이 ᄂᆞ미 흐르ᄂᆞᆫ 듯ᄒ고 소견(所見)을 펴미 쾌달(快達)469)
ᄒ여 쇼〃 녜졀(小小禮節)을 거리끼지 아닛ᄂᆞᆫ 듯ᄒ나 미470)스(每事)의
강명지단(剛明之斷)471)이 〃셔 소활(疏豁)472)ᄒ여 셰쇄지스(細瑣之
事)473)를 알녀 아니ᄒ디 붉으미 여신(如神)ᄒ며 팔(八) 셰(歲) 쇼ᄋ
(小兒)로 측냥(測量)치 못홀 디략(智略)과 특달신이(特達神異)474)ᄒ
미 이시니, 조(曹) 부인(夫人)이 〃(二) 즈(子)의 비상(非常)ᄒ믈 영힝
(榮幸)ᄒ여 문호(門戶)를 흥긔(興起)홀가 바라미 듕(重)ᄒ고,

녀ᄋ이(女兒ㅣ) 졈〃(漸漸) 즈라 십일(十一) 셰(歲)의 밋ᄎ니, 용화긔

---

463) 아: 아우.
464) 명경흑지(明經學者ㅣ): 명경학자. 성인의 학문을 분명히 밝힐 학자.
465) 스힝(士行): 사행. 선비의 행실.
466) 궁텬디통(窮天之痛): 궁천지통. 하늘에 사무칠 듯한 고통.
467) 흉억(胸臆): 가슴.
468) 텬싱호긔(天生豪氣): 천생호기. 타고난 호탕한 기운.
469) 쾌달(快達): 성품이 상쾌하고 활달함.
470) 미: [교] 원문에는 '대'로 되어 있으나 문맥을 고려해 이와 같이 수정함.
471) 강명지단(剛明之斷): 강직하고 분명한 결단.
472) 소활(疏豁): 탁 트여 넓음.
473) 셰쇄지스(細瑣之事): 세쇄지사. 자잘한 일.
474) 특달신이(特達神異): 남달리 사리에 밝고 특별히 재주가 뛰어나며 기이함.

질(容華器質)이 쇄락(灑落)ᄒ여 더옥 긔려(奇麗)475)ᄒᆫ 태도(態度)며 효슌(孝順)476)ᄒᆫ 셩힝(性行)477)이 슉녀(淑女)의 방향(芳香)478)을 흠모(欽慕)ᄒ니,

　부인(夫人)이 ᄌ녜(子女ㅣ) 이러틋 아름다이 ᄌ라

71면

듸 그 부친(父親)이 보디 못ᄒᆷ믈 셜워 쩍〃 청뉘(淸淚ㅣ) 환낙(汍落)479)ᄒ여 옷깃슬 젹시니, 냥(兩) 공ᄌ(公子)와 쇼졔(小姐ㅣ) 모친(母親)의 슬허ᄒ시믈 듸(對)ᄒ면 더옥 촌할(寸割)480)ᄒᆫ 심ᄉ(心思)를 형상(形象)치 못ᄒ나 ᄉ식(辭色)을 화(和)히 ᄒ여 위로(慰勞)ᄒᆷ믈 간졀(懇切)이 ᄒ여, 냥(兩) 공ᄌ(公子)ᄂ 더옥 말숨이 흐르ᄂ 듯 문견(聞見)의 긔담미어(奇談美語)481)를 젼(傳)ᄒ여 비록 만(萬) 가지 소회(所懷) 이시나 광텬의 츈양(春陽) ᄀ튼 화긔(和氣)와 능녀(凌厲)482)ᄒᆫ 담쇠(談笑ㅣ) ᄒᆫ번(-番) 웃기를 면(免)치 못ᄒᆯ 거시오, 희텬의 경운화풍지상(慶雲和風之像)483)과 동일지익(冬日之靄)484)를 당(當)ᄒᆫ즉 인심(人心)이 즐거오며 화평(和平)ᄒ여 근심과 념녀(念慮)를 믈니칠 비라. 부인(夫人)이 냥(兩) ᄌ(子)의 디효(至孝)로 밧드ᄂ 정셩(精誠)을 보면 어엿브며 귀듕(貴重)ᄒ미 비(比)ᄒᆯ 듸 업ᄉ듸 미양 단엄(端嚴)

---

475) 긔려(奇麗): 기려. 기이하고 화려함.
476) 효슌(孝順): 효순. 효성스럽고 순함.
477) 셩힝(性行): 성행. 성품과 행실.
478) 방향(芳香): 꽃다운 향기.
479) 환낙(汍落): 환락. 방울져 떨어짐.
480) 촌할(寸割): 마디마디 찢어짐.
481) 긔담미어(奇談美語): 기담미어. 기이하고 아름다운 이야기.
482) 능녀(凌厲): 능려. 아주 뛰어나게 훌륭함.
483) 경운화풍지상(慶雲和風之像): 상서로운 구름과 화창한 바람과 같은 기상.
484) 동일지익(冬日之靄): 동일지애. 겨울날의 아지랑이.

이 경계(警戒) 왈(曰),

"너의 형

데(兄弟) 세샹(世上)의 나믹 엄안(嚴顏)을 아지 못ᄒ고 훈교(訓敎)를 듯지 못ᄒ여 약(弱)ᄒ 즈모(慈母)와 어진 계부(季父)의 탐익(耽愛)485) 홈만 바드니 두리ᄂ 곳과 거치ᄂ 거시 업셔 ᄒᆼ실(行實)을 삼가지 아니코 유혹(儒學)을 힘쓰지 아니면 경박즈(輕薄子) 되기를 면(免)치 못ᄒ리니, 희련은 오히려 긔운이 나즉ᄒ고 쳐신(處身)이 공검뎡대(恭儉正大)486)ᄒ여 그 ᄆᆞ음이 금옥(金玉)의 견고(堅固)ᄒ미 이시니 념녀(念慮)로오미 업ᄉ딕, 광련은 만히 호방(豪放)ᄒ여 스ᄉ로 긔운을 제어(制御)치 못ᄒ니 여모(汝母)487)의 근심ᄒᄂ 빅라. 모로미 공밍지교(孔孟之敎)를 법측(法則)488)ᄒ여 남이 다 무부지직(無父之子ㅣ)489)나 ᄒᆼ실(行實)이 슉연(肅然)타 ᄒ면 내 엇디 깃브디 아니리오?"

언파(言罷)의 기리 탄식(歎息)ᄒ니 공ᄌ(公子ㅣ) 쳑연(惕然) 직빅슈명(再拜受命)ᄒ고 광련

이 튱텬댱긔(衝天壯氣)를 만히 쥬리잡ᄂ490) 빅로딕 능(能)히 희련의 단엄온듕(端嚴穩重)491)ᄒ기를 밋지 못ᄒ더라.

---

485) 탐익(耽愛): 탐애. 몹시 사랑함.
486) 공검뎡대(恭儉正大): 공검정대. 공손하고 검소하며 공명정대함.
487) 여모(汝母): 너의 어머니.
488) 법측(法則): 법칙. 본받음.
489) 무부지직(無父之子ㅣ): 무부지자. 아비 없는 자식.
490) 쥬리잡ᄂ: 누그러뜨리는.

태우(大夫)의 댱녀(長女) 경으의 시년(時年)이 십삼(十三)의 니르
니, 지용(才容)이 절세(絶世)ᄒ여 홍미(紅梅) 납셜(臘雪)492)을 무릅쓰
고 곤산(崑山)493)의 미옥(美玉)을 공교(工巧)히 다듬아 취ᄉᆰ(彩色)을
메온494) 듯, 별 ᄀᆞ튼 썅안(雙眼)과 쵸월(初月)495) ᄀᆞ튼 아미(蛾眉)496)
ᄎᆞᆼ아(聰雅)497)ᄒᆞᆫ 지졍(才情)498)을 곰초고 도화냥협(桃花兩頰)499)과
단ᄉᆞ잉슌(丹砂櫻脣)500)의 ᄌᆞ틴(姿態) 황홀(恍惚)ᄒ여 견ᄌᆞ(見者)로
ᄒ여곰 ᄉᆞ랑ᄒᆞ믈 니기지 못ᄒᆞᆯ디라. 다만 경으의 ᄒᆞᆫ 조각 심졍(心情)
이 현슉(賢淑)ᄒᆞ믈 엇디 못ᄒ여 은악양션(隱惡佯善)501)ᄒ고 투현질
능(妬賢嫉能)502)ᄒ여 늬외(內外) 가죽지 못ᄒ니, 그 부친(父親) 윤
(尹) 태위(大夫ㅣ) 쫄의 어지〃 못ᄒᆞ믈 아지 못ᄒ나 미양 나모라 ᄒ
여 왈(曰),

　"용모거동(容貌擧動)이 일분(一分)도 우

74면

리 집을 담지 아냣다."

　ᄒ여 ᄋᆡ듕(愛重)503)ᄒᆞ미 현으만 못ᄒ나,

---

491) 단엄온듕(端嚴穩重): 단엄온중. 단정하고 엄숙하며 조용하며 침착함.
492) 납셜(臘雪): 납설. 납일(臘日)에 내리는 눈. 납일은 동지 뒤의 셋째 술일(戌日)로, 이날 조상이
　　　나 종묘, 사직 등에 제사를 지냄.
493) 곤산(崑山): 곤륜산. 옥이 많이 나는 곳으로 유명함.
494) 메온: 채운.
495) 쵸월(初月): 초월. 초승달.
496) 아미(蛾眉): 누에나방의 눈썹이라는 뜻으로, 가늘고 길게 굽어진 아름다운 눈썹을 이르는 말
　　　로 미인의 눈썹을 이름.
497) ᄎᆞᆼ아(聰雅): 총아. 총명하고 슬기로움.
498) 지졍(才情): 재정. 재치 있게 계책을 세우는 생각.
499) 도화냥협(桃花兩頰): 도화양협. 복숭아꽃처럼 붉은 두 뺨.
500) 단ᄉᆞ잉슌(丹砂櫻脣): 단사앵순. 주사(朱砂)와 앵두처럼 붉은 입술.
501) 은악양션(隱惡佯善): 은악양선. 악함을 감추고 겉으로는 착한 것처럼 꾸밈.
502) 투현질능(妬賢嫉能): 어진 사람을 질투하고 능력 있는 사람을 시기함.
503) ᄋᆡ듕(愛重): 애중. 매우 사랑함.

임의 댱셩(長成)ᄒᆞ미 위 시(氏) 가셔(佳壻)504)를 퇵(擇)ᄒᆞ라 지쵹
ᄒᆞ니, 태위(大夫ㅣ) 슈명(受命)ᄒᆞ여 츄밀사(樞密使) 셕화의 뎨삼ᄌᆞ(第
三子) 쥰과 셩친(成親)ᄒᆞ니, 이 곳 개국공신(開國功臣) 셕슈신(石守
信)505)의 손(孫)이러라.

---

504) 가셔(佳壻): 가서. 훌륭한 사위.

505) 셕슈신(石守信): 석수신. 중국 후주(後周)와 송초(宋初)의 무장(武將)으로서 송의 개국공신
    (928~984). 송 태조(太祖) 조광윤(趙匡胤)을 도와 북송(北宋)을 세운 공신으로 금위군(禁衛軍)
    장수를 지냄.

명쥬보월빙(明珠寶月聘) 권디삼(卷之三)

1면

어시(於時)의 윤(尹) 태위(大夫丨) 모명(母命)을 밧드러 경ᄋᆞ를 셩혼(成婚)ᄒᆞᆯ시 츄밀ᄉᆞ(樞密使) 셕화의 뎨삼ᄌᆞ(第三子) 쥰과 친(親)을 일우니 이 곳 개국공신(開國功臣) 대댱군(大將軍) 셕슈신(石守信)의 손(孫)이라. 사름되오미 굉걸뇌락(宏傑磊落)1)ᄒᆞ고 풍신(風神)이 늠연쇄락(凜然灑落)2)ᄒᆞ며 문댱(文章)이 ᄲᅢ혀나고 셩질(性質)이 엄녈셕식(嚴烈--)3)ᄒᆞ니, 태위(大夫丨) ᄯᅳᆺ의 춘 셔랑(壻郎)4)을 어드미 만심흔열(滿心欣悅)5)ᄒᆞ고 셕부(石府)의셔 ᄌᆞ부(子婦)를 보고 그 졀염미모(絶艶美貌)6)를 ᄉᆞ랑ᄒᆞ나,

셕싱(石生)이 윤(尹) 쇼져(小姐)로 더브러 은졍(恩情)이 흡연(洽然)7)치 못하여 쳐음은 오히려 부〃뉸의(夫婦倫義)8)를 폐(廢)치 아니터니, 히 밧고이고 둘이 오라매 졈〃(漸漸) 염고(厭苦)9)ᄒᆞ여 ᄒᆡᆼ노(行

---

1) 굉걸뇌락(宏傑磊落): 기개(氣槪)가 크고 굳세며 도량이 넓어 작은 일에 얽매이지 않음.
2) 늠연쇄락(凜然灑落): 늠름하고 시원스러움.
3) 엄녈셕식(嚴烈--): 엄렬셕셕. 매섭고 엄숙함.
4) 셔랑(壻郎): 서랑. 사위.
5) 만심흔열(滿心欣悅): 마음 가득히 기쁨.
6) 졀염미모(絶艶美貌): 절염미모. 매우 빼어난 미모.
7) 흡연(洽然): 흡족한 모양.
8) 부〃뉸의(夫婦倫義): 부부윤의. 부부의 윤리.
9) 염고(厭苦): 싫어하고 괴롭게 여김.

路)10) 보

2면

둣 ᄒ니, 셕(石) 튜밀(樞密) 부뷔(夫婦]) 칙(責)ᄒ딕 부〃(夫婦) 은졍(恩情)을 능(能)히 강쟉(强作)11)지 못ᄒ고,

윤부(尹府)의셔 쇼져(小姐)를 다려와 신방(新房)을 비셜(排設)ᄒ고 셕싱(石生)을 쳥(請)ᄒ면 셕싱(石生)이 ᄉ양(辭讓)치 아니코 슌〃(順順) 니르러 그 악댱(岳丈)과 광텬 등(等)으로 더브러 외당(外堂)의 머믈고 신방(新房)으로 드러가라 ᄒ면 쇼이딕왈(笑而對曰),

"쇼싱(小生)이 악댱(岳丈)의 동상(東床)12)을 모쳠(冒添)13)ᄒ여 팔구삭지ᄂᆡ(八九朔之內)의 반양지되(潘楊之道])14) 임의 슉진(肅震)15)ᄒ고 희를 밧고앗ᄂᆞᆫ디라. 의앙지졍(依仰之情)16)이 범연(凡然)치 아니ᄒ고, 악댱(岳丈)이 쇼싱(小生)을 ᄉ랑ᄒ시미 지극(至極)ᄒ시니 후의(厚誼)를 감격(感激)ᄒᄂᆞ니 엇디 심곡(心曲)17)을 은닉(隱匿)ᄒ리잇고? 쇼싱(小生)의 나히 계오 삼오(三五)요 실인(室人)이 〃칠(二七)이라, 쳥츈녹발(靑春綠髮)18)이 머러

---

10) 힝노(行路): 행로. 길 가는 사람.

11) 강쟉(强作): 강작. 억지로 함.

12) 동상(東床): 동쪽 평상이라는 뜻으로, '사위'를 달리 이르는 말. 중국 진(晉)나라의 극감(郄鑒)이 사위를 고르는데, 왕도(王導)의 아들 가운데 동쪽 평상 위에서 배를 드러내고 누워 있는 왕희지를 골랐다는 고사에서 유래함.

13) 모쳠(冒添): 모첨. 외람되게 어떤 자리에 끼어 수를 채우게 됨.

14) 반양지되(潘楊之道]): 반(潘)씨와 양(楊)씨 사이의 도리라는 뜻으로, 양쪽 집안이 대대로 혼인을 맺어 온 관계를 말함. 중국 남북조시대 진(晉)나라의 반악(潘岳) 집안이 그의 아내 양씨(楊氏) 집안과 여러 대에 걸쳐 인척의 교분을 맺어 온 데서 유래함. 반악이 생질 양수(楊綏)를 위해 지은 <양중무뢰(楊仲武誄)>에 "반양의 친목 관계, 본래 유래가 있었지. 潘楊之穆, 有自來矣."라고 한 구절이 『문선(文選)』에 전함.

15) 슉진(肅震): 숙진. 공경하고 삼감.

16) 의앙지졍(依仰之情): 의앙지정. 의지해 우러러보는 마음.

17) 심곡(心曲): 여러 가지로 생각하는 마음의 깊은 속.

18) 쳥츈녹발(靑春綠髮): 청춘녹발. 청춘의 검은 머리칼.

시니 긴 세월(歲月)의 화락(和樂)이 무궁(無窮)ᄒᆞ려니와 아직은 고인(古人)의 유취지년(有娶之年)[19]이 아니오, 쇼싱(小生)이 식념(色念)[20]이 ᄉᆞ연(捨然)[21]ᄒᆞ여 부〃(夫婦) 은졍(恩情)을 아디 못ᄒᆞ오니 반ᄃᆞ시 나히 어린 연괴(緣故ㅣ)라, 악댱(岳丈)은 신방동낙(新房同樂)을 권(勸)치 마르쇼셔."

태위(大夫ㅣ) 셕싱(石生)이 댱셩남ᄌᆞ(長成男子)로 부〃(夫婦) ᄉᆞ정(私情)을 모를 빈 아니[22]로ᄃᆡ 반ᄃᆞ시 녀ᄋᆞ(女兒)를 염박(厭薄)[23]ᄒᆞᆷ인 줄 씨ᄃᆞ라 다시 신방(新房)의 드러가라 권(勸)치 아니ᄒᆞ고 ᄌᆞ로 쳥(請)ᄒᆞ여 외헌(外軒)의셔 ᄒᆞᆫ가지로 머믈며 ᄉᆞ랑ᄒᆞᆷ믈 친ᄌᆞ(親子)ᄀᆞᆺ치 ᄒᆞ니, 셕싱(石生)이 그 악댱(岳丈)의 관인댱지(寬仁長者ㅣ)[24]믈 항복(降服)ᄒᆞ여 년긔(年紀) 브뎍(不適)ᄒᆞ나 ᄯᅳᆺ인즉 셔로 맛가쟈[25] 지극(至極)ᄒᆞᆫ 옹셔간(翁壻間)이로ᄃᆡ 그 악모(岳母)를 보면 젼(專)혀 윤(尹) 시(氏)와 ᄀᆞᆺᄐᆞ여 어진 체

ᄒᆞᄂᆞᆫ 거동(擧動)과 ᄂᆡ외(內外) 다른 형상(形狀)이 보기의 분완(憤惋)[26]ᄒᆞᆫ디라, 그윽이 ᄎᆞ셕(嗟惜)[27]ᄒᆞ여 그 ᄌᆞ식(子息)이 십삭틴교(十

---

19) 유취지년(有娶之年): 유취지년. 아내를 맞을 나이.
20) 식념(色念): 색념. 여자 생각.
21) ᄉᆞ연(捨然): 사연. 없어짐.
22) 니: [교] 원문에는 이 글자가 없으나 문맥을 고려해 박순호본(1:81)을 따름.
23) 염박(厭薄): 싫어하고 부족하게 여김.
24) 관인댱지(寬仁長者ㅣ): 관인장자. 너그럽고 어진 어른.
25) 맛가쟈: 알맞아.
26) 분완(憤惋): 몹시 분하게 여김.
27) ᄎᆞ셕(嗟惜): 차석. 탄식하고 안타까워함.

朔胎敎)로 가믈아라 태우(大夫)의 어질므로뼈 그 부인(夫人)과 똘이
블인(不仁)호믈 한(恨)호더라.

뉴 부인(夫人)이 경우를 성혼(成婚)호미 셔랑(壻郞)의 풍치(風彩)
호쥰(豪俊)28)호나 그 안히를 염박(厭薄)호고 그 위인(爲人)이 죵요롭
지29) 못호여 쳐모(妻母) 디졉(待接)이 일분(一分) 졍(情)이 업셔 외헌
(外軒)의 와 여러 날 머믈 젹도 니당(內堂)의 비견(拜見)호믈 쳥(請)
치 아냐 드러오라 호면 얼프시 드러와 계오 슈어(數語)로 문답(問答)
호고 즉시(卽時) 나가니, 크게 소원(所願)의 어긔여 잇둛고 분(憤)호
믈 니긔지 못호며 경이 구가(舅家)의도 드므리 왕니(往來)호고 본부
(本府)의 이셔 셕싱(石生)의 박

5면

디(薄待)를 원망(怨望)호고 슬허 홍뉘(紅淚ㅣ) 뉴미(柳眉)30)를 줌으
니, 위 부인(夫人)이 태우(大夫)를 꾸지져 퇴셔(擇壻)31) 잘못호여시
믈 한(恨)호니 태위(大夫ㅣ) 도로혀 웃고 고왈(告曰),

"부〃(夫婦) 스졍(私情)은 임의(任意)로 못 호옵느니 져히 아딕 최
쇼(最少)훈 우히(兒孩)들이라 쟝니(將來) 나히 추고 혬32)이 나면 주
연(自然) 화락(和樂)호오리니 주위(慈闈)33)는 이런 일의 셩녀(盛
慮)34)를 번거로이 마르쇼셔."

위 시(氏) 심〃블낙(甚深不樂)35)호더라.

---

28) 호쥰(豪俊): 호준. 호방하고 준수함.
29) 죵요롭지: 긴요하지.
30) 뉴미(柳眉): 유미. 버들잎 같은 눈썹이란 뜻으로, 미인의 눈썹을 이르는 말.
31) 퇴셔(擇壻): 택서. 사위를 택함.
32) 혬: 헤아림.
33) 주위(慈闈): 자위. 어머니.
34) 셩녀(盛慮): 성려. 염려를 높여 이르는 말.

일〃(一日)은 위 시(氏) 고식(姑媳)이 상딕(相對)ᄒ여 조(曹) 부인(夫人) 모즈녀(母子女) 업시 ᄒᆯ 계규(計巧)36)를 의논(議曾)ᄒᆯ시, 위 시(氏) 왈(曰),

"엇디ᄒ면 현뷔(賢婦) 긔즈(奇子)를 싱(生)ᄒ여 윤가(尹家) 종통(宗統)을 닛게 ᄒ고 조(曹) 시(氏) 모즈녀(母子女)를 아오로 업시 ᄒᆫ 후(後) 현부(賢婦)로 ᄒ여곰 윤부(尹府) 종부(宗婦)를 삼아 일가(一家)의 듕망(衆望)37)이 온

6면

젼(穩全)케 ᄒ고 십만직산(十萬財産)이 즈손(子孫)으로 ᄒ여곰 난호ᄂᆫ 일이 업게 ᄒ여 부직(父子ㅣ) 안락(安樂)게 ᄒ리오? 노뫼(老母ㅣ) 초년(初年)브터 황 시(氏)의 아릭 거(居)ᄒ여 직실(再室)의 욕(辱)되믈 춤고 황 시(氏) 현을 몬져 나코 노뫼(老母ㅣ) 슈년(數年) 후(後) 슈를 나ᄒ니 션군(先君)의 ᄉ랑이 간격(間隔)지 아니나 종댱(宗長)38)의 듕(重)ᄒ므로뼈 미양 현을 더ᄒ고 일가(一家)의 취듕(取重)39)이 현의 몸의 이시니, 분(憤)ᄒ고 믜오미 친(親)히 칼노 디르고 시브나 능(能)히 ᄆᆞ음과 굿디 못ᄒ다가 션군(先君)과 황 시(氏) 기세(棄世)ᄒ고 현과 슈만 이시니, 슈의 ᄠᅳᆺ이 조곰이나 노모(老母)와 굿흘진딕 현을 발셔 금국(金國)의 가기 젼(前)의 한(恨)을 프러실 거시로딕, 슈의 어리고 탄탕(坦蕩)40)ᄒ기 눈츼를 모로고 딕심(直心)의 쥬변41)

업시 어딜미 현을 엄부(嚴父) 갓치 셤기다가 죽으미 셜워ᄒ기를 효ᄌ(孝子ㅣ) 친상(親喪)을 만남갓치 ᄒ여 간악(奸惡)ᄒ 조(曹) 시(氏)를 날과 갓치 셤기고 광뎐 등(等) ᄉ랑ᄒ미 실(實)노 현이 〃셔도 그딕 도록든 아닐 거시오, 노뫼(老母ㅣ) 뜻을 빗최지 못ᄒ여 이런 말곳 드르면 죽으려 홀 거시니, 다만 우리 고식(姑息)이 졍(情)을 펴고 심담(心膽)이 샹됴(相照)42)ᄒ니, 힘을 다ᄒ고 계교(計巧)를 의논(議論)ᄒ여 조(曹) 시(氏) 모ᄌ(母子)를 아오로 육장(肉醬)을 믿ᄃ라 평싱(平生)의 밋친 분(憤)을 쾌(快)히 ᄒ고, 현뷔(賢婦ㅣ) 블힝(不幸)ᄒ여 ᄋ들을 두지 못ᄒ면 일가(一家)의 아름다온 ᄋ들을 어더 슈의 명녕(螟蛉)43)을 뎡(定)ᄒ면 슈의 ᄋ들이오 나의 손ᄌ(孫子ㅣ)니 황 시(氏)의 쇼싱ᄌ손(小生子孫)

이 업셔지면 엇지 쾌(快)치 아니리오?"

뉴 시(氏) 쳑연탄식(惕然歎息) 딕왈(對曰),

"존고(尊姑)의 가군(家君)을 위(爲)ᄒ신 념녀(念慮)와 쳡(妾)을 이휼(愛恤)44)ᄒ시는 셩덕(盛德)이 가지록 더ᄒ시니 쳡(妾)은45) 긱골감은(刻骨感恩)46)ᄒ여 졍셩(精誠)과 힘을 다ᄒ와 셩교(盛教)를 밧들고져 ᄒ오딕, 일이 ᄆ음과 갓치 되디 아니ᄒ오니 ᄒ갓 심녁(心力)만 허

---

42) 샹됴(相照): 상조. 서로 비춤.
43) 명녕(螟蛉): 명령. 명령은 원래 빛깔이 푸른 나비와 나방의 애벌레를 이름. 나나니라는 곤충이 명령(螟蛉)을 업어 기른다는 뜻으로, 타성(他姓)에서 맞아들인 양자(養子)를 이르는 말.
44) 이휼(愛恤): 애휼, 사랑하고 불쌍히 여김.
45) 은: [교] 원문에는 '을'로 되어 있으나 문맥을 고려해 이와 같이 수정함.
46) 긱골감은(刻骨感恩): 각골감은. 뼈에 사무치도록 은혜에 감격함.

비(虛費)ᄒ올 ᄲᅮᆫ이라. ᄒᆞᆯ며 가군(家君)이 쳡(妾)의 모녀(母女)를 힝노(行路) 보ᄃᆞᆺ ᄒᆞ고 젼(專)혀 쥬(主)ᄒᆞᆫ 비 광텬 형뎨(兄弟)와 조(曹) 시(氏) 모녜(母女ㅣ)라. 경ᄋᆞ를 셩가(成嫁)[47]ᄒᆞ여 셕낭(石郞)의 박ᄃᆡ(薄待) ᄎᆞ악(嗟愕)[48]ᄒᆞᄃᆡ 일분(一分) 잔잉히 넉이는 의ᄉᆡ(意思ㅣ) 업스니 비인졍(非人情)의 굿갑거늘 셕낭(石郞)을 ᄉᆞ랑ᄒᆞ고 경ᄋᆞ를 본(本)ᄃᆡ 믜워ᄒᆞ니 텬하(天下)의 그런 인졍(人情)이 어ᄃᆡ 이시리잇고? 존고(尊姑)긔도 오

9면

히려 조(曹) 시(氏) 모ᄌᆞ(母子) 향(向)ᄒᆞᆫ ᄆᆞ음만 못ᄒᆞ고, 원간(元間) 알기를 조(曹) 시(氏)는 녀듕군ᄌᆞ(女中君子)로 알고 존고(尊姑)는 ᄉᆞ리(事理) 모로는 편(便)으로 치옵ᄂᆞ니[49], 실(實)노 존고(尊姑)를 업슈히 넉이미라. 존괴(尊姑ㅣ) 가군(家君)을 부듕(府中)의 두시고는 아모 일도 ᄆᆞ음으로 못ᄒᆞ실 거시니 국ᄉᆞ(國事)로뼈 먼니 나가게 ᄒᆞ고 거리낄 거시 업시 ᄒᆞᆫ 후(後)의 조(曹) 시(氏) 모ᄌᆞ녀(母子女)를 죽이미 맛당홀가 ᄒᆞᄂᆞ이다.”

위 시(氏) 극악흉패지인(極惡凶悖之人)[50]이나 태우(大夫)는 쩌나고져 아니ᄒᆞ고 상셰(尙書ㅣ) 국ᄉᆞ(國事)로 나가 죽어시미 닉여보ᄂᆡ기 ᄉᆞ외로[51] 넉여 니르ᄃᆡ,

“현이 금국(金國)의 가 맛는 거동(擧動)을 보니 슈는 아모 ᄃᆡ도 가지 말고져 ᄒᆞᄂᆞ니 집의 두고 조(曹) 시(氏) 모ᄌᆞ녀(母子女)를 업시코

---

47) 셩가(成嫁): 성가. 시집보냄.
48) ᄎᆞ악(嗟愕): 차악. 몹시 놀람.
49) 치옵ᄂᆞ니: 인정하니.
50) 극악흉패지인(極惡凶悖之人): 매우 흉악하고 도리를 모르는 사람.
51) ᄉᆞ외로: 꺼림칙하게.

져 ᄒᆞ노라."

뉴 시(氏) 디왈(對曰),

"샹공(相公)이 집의 이신 후(後)

10면

는 쳔빅(千百) 년(年)이라도 존고(尊姑)의 ᄆᆞ음을 펴실 길히 업ᄉᆞ리니 므ᄉᆞᆫ 계교(計巧)로 조(曹) 시(氏) 모ᄌᆞ녀(母子女)를 업시 ᄒᆞᆯ 계교(計巧)를 ᄒᆞ시리잇고? 슉〃(叔叔)은 금국(金國) 위험지디(危險之地)의 가시민 죽어 계시거니와 가군(家君)이야 평안(平安)ᄒᆞᆫ 고을〃 굴희여 가면 엇디 념녀(念慮) 이시리잇고? 아모 길노나 금은(金銀)을 드리고 가군(家君)을 먼니 보닉는 거시 올흘가 ᄒᆞᄂᆞ이다."

위 시(氏) ᄎᆞ언(此言)은 낙죵(諾從)52)치 아니ᄒᆞ여 다만 유〃(儒儒)53)히 다시 의논(議論)ᄒᆞ여 그리 ᄒᆞᄌᆞ ᄒᆞ더라.

화표(話表)54). 션시(先時)의 태우(大夫) 하진의 벼술이 놉하 병부샹셔(兵部尚書) 문연각(文淵閣) 태흑ᄉᆞ(太學士)의 니르니, 긔졀아망(奇節雅望)55)이 일셰(一世)의 츄앙(推仰)56)ᄒᆞ는 빅오, 샹툥(上寵)57)이 늉셩(隆盛)ᄒᆞ샤 만됴(滿朝)의 소ᄉᆞ나니, 하(河) 공(公)이 본(本)디 긔개관인(氣概冠人)58)ᄒᆞ여 군젼(君前)의 소견(所見)을 은닉(隱匿)ᄒᆞ는

---

52) 낙죵(諾從): 낙종. 허락해 좇음.
53) 유〃(儒儒): 모든 일에 딱 잘라 결정을 내리지 못하고 어물어물한 데가 있음.
54) 화표(話表): 단락을 새로 시작할 때 쓰이는 말. 화설(話說).
55) 긔졀아망(奇節雅望): 기절아망. 기이한 절개와 훌륭한 인망.
56) 츄앙(推仰): 추앙. 높이 받들어 우러러봄.
57) 샹툥(上寵): 상총. 임금의 사랑.
58) 긔개관인(氣概冠人): 기개관인. 기개가 사람들 가운데 으뜸임.

일이 업고, 질악(嫉惡)[59]을 여슈(如讐)[60]ᄒ여 ᄉ군지되(事君之道ㅣ)

한(漢) 어ᄉ(御使) 급암(汲黯)[61]과 당상(唐相) 위징[62](魏徵)[63]의 풍

(風)이 〃시니 현ᄌ(賢者)ᄂ 붓좃고[64] 악ᄌ(惡者)ᄂ 만히 쎠려 희(害)

ᄒ기를 도모(圖謀)ᄒ니, 금평후(--侯) 뎡(鄭) ᄉ도(司徒)와 윤(尹) 태

위(大夫ㅣ) 알고 하(河) 상셔(尚書)를 되(對)ᄒ여 너모 강엄(剛嚴)[65]

ᄒ여 사ᄅᆷ의 희(害)를 닙지 말나 ᄒ니, 하(河) 상세(尚書ㅣ) 개연(慨

然)이 웃고 왈(曰),

"댱뷔(丈夫ㅣ) 간인(奸人)의 모희(謀害)를 두려 소견(所見)을 움치

고 군젼(君前)의 아당(阿黨)[66]ᄒᆯ 거시 아니라."

ᄒ니 윤(尹)·뎡(鄭) 이(二) 공(公)이 ᄀᆞ오되,

"사ᄅᆷ이 허믈이 〃시나 과도(過度)히 허믈을 삼아 살육(殺戮)을 권

(勸)ᄒ미 치군요슌(致君堯舜)[67]ᄒᄂ 도리(道理) 아닌가 ᄒ노라."

하(河) 상세(尚書ㅣ) ᄯᅩ흔 웃고 그러히 넉이며 태우(大夫) 윤(尹)

공(公)과 졍의(情誼)[68] 심밀(甚密)[69]ᄒ여,

윤(尹) 상세(尚書ㅣ) 기세(棄世)흔 후(後)로

---

59) 질악(嫉惡): 악을 미워함.
60) 여슈(如讐): 여수. 원수처럼 함.
61) 급암(汲黯): 중국 전한(前漢) 무제(武帝) 때의 간신(諫臣, ?-B.C.112). 자는 장유(長孺). 성정이 엄격하고 직간을 잘하여 무제로부터 '사직(社稷)의 신하'라는 말을 들음.
62) 징: [교] 원문에는 '증'으로 되어 있으나 인명임을 고려해 이와 같이 수정함.
63) 위징(魏徵): 중국 당나라 태종 때의 재상, 학자(580~643). 자는 현성(玄成). 수(隋)나라 말기 혼란기에 이밀(李密)의 군대에 참가하였으나 곧 당고조(唐高祖)에게 귀순하여 고조의 장자를 도움. 황대자 건성이 아우 세민(世民, 후의 太宗)과의 경쟁에서 패하였으나 위징의 인격에 끌린 태종의 부름을 받아 후에 재상이 됨. 직간(直諫)한 신하로 유명함.
64) 붓좃고: 따르고.
65) 강엄(剛嚴): 강직하고 엄격함.
66) 아당(阿黨): 남의 비위를 맞추거나 환심을 사려고 아첨함.
67) 치군요슌(致君堯舜): 치군요순. 임금이 요(堯)임금, 순(舜)임금과 같은 성군(聖君)이 되도록 함.
68) 졍의(情誼): 정의. 서로 사귀어 친하여진 정.
69) 심밀(甚密): 아주 친밀함.

는 태위(大夫 l) 심식(心思 l) 디향(指向)치 못ᄒ니, 하(河) 공(公)이 윤부(尹府)의 아니 가는 날은 태위(大夫 l) 하부(河府)의 가 담화(談話)ᄒ며, 뎡부(鄭府)는 수이 먼 고(故)로 축70)일상죵(逐日相從)71)치 못ᄒ여 뎡(鄭) 공(公)이 슈일(數日)의 흔 번(番)식 윤(尹)·하(河) 냥부(兩府)의 왕ᄂᆡ(往來)ᄒ니, 광텬 등(等)이 졈〃(漸漸) 즈라 크게 비상(非常)ᄒ믈 익경(愛傾)72)ᄒ여 뎡(鄭) 수도(司徒)는 광텬으로 셔랑(壻郎)을 삼고 하(河) 상셔(尚書)는 희텬으로뼈 뎡혼(定婚)ᄒ여 망우(亡友)의 쯧을 져ᄇ리지 아니려 ᄒ더라.

ᅠ하(河) 상셔(尚書)의 부인(夫人) 됴 시(氏) 여러 즈녀(子女)를 싱산(生産)ᄒ여 개〃(箇箇)히 옥슈경화(玉樹瓊花)73) ᄀᆞᆺᄒ니 댱즈(長子) 원경의 즈(字)는 즈건이오74), 츠즈(次子) 원보의75) 즈(字)는 즈상이오, 삼즈(三子) 원상의 즈(字)는 즈76)죵이니, 원경은 십칠(十七) 세(歲)오 원보는 십오(十五) 세(歲)오 원상은 십(十) 세(歲)라. 금츈(今春)의 원경의 곤계(昆季) 뇽방(龍榜)77)의 오르믹 풍치(風彩) 헌앙(軒昂)78)ᄒ

---

70) 축: [교] 원문에는 '츄'로 되어 있으나 문맥을 고려해 이와 같이 수정함.

71) 축일상종(逐日相從): 축일상종. 날마다 서로 따르며 지냄.

72) 익경(愛傾): 애경. 매우 사랑함.

73) 옥슈경화(玉樹瓊花): 옥수경화. 옥 같은 나무와 꽃이라는 뜻으로, 자식들을 가리킬 때 주로 쓰이는 말임.

74) 즈건이오: [교] 원문에는 없으나 문맥을 고려해 이와 같이 삽입함.

75) 츠즈 원보의: [교] 원문에는 '원보오 츠즈'로 되어 있으나 문맥을 고려해 이와 같이 수정함.

76) 즈: [교] 원문에는 없으나 문맥을 고려해 삽입함.

77) 뇽방(龍榜): 용방. 과거급제자 명단을 써 붙인 글.

78) 헌앙(軒昂): 풍채가 좋고 의기가 당당함.

여 관옥승상(冠玉勝像)[79]이어늘 신댱(身長)이 셕대(碩大)ᄒ여 팔쳑댱부(八尺丈夫)의 긔상(氣像)이오, 문한(文翰)[80]이 유여(裕餘)[81]ᄒ여 ᄌ건(子建)[82]의 칠보시(七步詩)[83]와 니빅(李白)[84]의 청평ᄉ(淸平詞)[85]를 안하(眼下)의 묘시(藐視)[86]ᄒ니, 텬통(天寵)[87]이 늉〃(隆隆)[88]ᄒ샤 하(河) 상셔(尚書)의 복녹(福祿)이 둣거오믈 니르시며, 원경으로 시강원(侍講院) 태흑ᄉ(太學士)를 ᄒ이시고, 원보는 한님흑ᄉ(翰林學士)를 ᄒ이시고 원상으로 금문딕ᄉ(金門直士)를 ᄒ이시니, 하싱(河生) 등(等)이 년쇼미직(年少微才)[89]로 블ᄉ(不似)[90]ᄒ믈 ᄉ양(辭讓)ᄒ온디 샹(上)이 블윤(不允)ᄒ시니 마지못ᄒ여 샤은챨직(謝恩察職)[91]홀ᄉ, 경악(經幄)[92]의 근시(近侍)ᄒ여 면졀졍징(面折廷爭)[93]

---

79) 관옥승상(冠玉丞相): 중국 한나라 고조 때의 승상인 진평(陳平)처럼 아름다움. 관옥은 관(冠)의 앞을 꾸미는 옥을 가리키는 말로 남자의 아름다운 얼굴을 가리킴. 진평이 관옥과 같다 하여 이와 같이 불림. 사마천(司馬遷), 『사기(史記)』, 「진승상세가(陳丞相世家)」에 진평이 관옥 같다는 말이 나옴.

80) 문한(文翰): 문필에 관한 일.

81) 유여(裕餘): 모자라지 않고 넉넉함.

82) ᄌ건(子建): 자건. 조식(曹植, 192-232)을 이름. 자건은 조식의 자. 조식은 중국 삼국시대 위나라 조조의 셋째 아들로 문장이 뛰어났음.

83) 칠보시(七步詩): 조식이 지은 시. 형 문제(文帝)가 일곱 걸음을 걷는 사이에 시 한 수를 짓지 못하면 대법(大法)으로 다스리겠다고 하자, 곧바로 칠보시를 지었다 함. "콩을 삶기 위하여 콩대를 태우니, 콩이 가마 속에서 소리 없이 우는구나. 본디 한 뿌리에서 같이 났거늘 서로 괴롭히기가 어찌 이리 심한고. 煮豆燃豆其, 豆在釜中泣. 本是同根生, 相煎何太急." 『세설신어(世說新語)』에 실려 있음.

84) 니빅(李白): 이백. 중국 성당(盛唐) 때의 시인(701-762). 호는 청련(靑蓮)이고 자(字)는 태백(太白). 젊어서 여러 나라를 돌아다니고, 뒤에 출사(出仕)하였으나 안녹산의 난으로 유배되는 등 불우한 만년을 보냄. 시성(詩聖) 두보(杜甫)에 대하여 시선(詩仙)으로 칭하여짐.

85) 청평ᄉ(淸平詞): 청평사. 이백이 지은 사(詞). 당 현종(唐玄宗)이 침향정(沈香亭)에 작약(芍藥)을 심어 놓고 양 귀비(楊貴妃)와 함께 만발한 꽃을 구경하다가 당시 한림학사(翰林學士)였던 이백(李白)을 불러 악부를 짓게 하자 이백이 청평조사(淸平調詞) 3편을 지어 올림. 『양태진외전(楊太眞外傳)』 상(上).

86) 묘시(藐視): 업신여겨 깔봄.

87) 텬통(天寵): 천총. 임금의 총애.

88) 늉〃(隆隆): 융륭. 두터움.

89) 년쇼미직(年少微才): 연소미재. 나이 어리고 재주가 부족함.

90) 블ᄉ(不似): 불사. 알맞지 않음.

이 간관(諫官)의 풍(風)이 가쥭ᄒ여 쇼인간당(小人奸黨)94)이 하(河)공(公) 부ᄌ(父子)를 믜워 희(害)홀 긔틀을 엿보더라.

하(河) 공(公)이 간당(奸黨)의 ᄰ리를 모로지 아니ᄒ딕 텬셩(天性)을 곳치지 못ᄒ고, 하싱(河生) 등(等)이 부

14면

풍(父風)을 니어 쳥명긔졀(淸明奇節)95)이 가쥭ᄒ니, 원경은 니부시랑(吏部侍郎) 님96)경의 녀를 취(娶)ᄒ니 님 시(氏) 셩힝(性行)이 온슌(溫順)ᄒ고 식광(色光)이 슈려(秀麗)ᄒ며 ᄉ덕(四德)97)이 가쥭ᄒ니, 효봉구고(孝奉舅姑)98)와 승슌군ᄌ(承順君子)99)ᄒ여 ᄉ〃(事事)의 진션진미(盡善盡美)100)ᄒ니 구괴(舅姑ㅣ) ᄉ랑ᄒ고 혹식(學士ㅣ) 듕대(重待)101)ᄒ미 가부압지 아니ᄒ더라. 원보 등(等)을 취실(娶室)ᄒ여 ᄌ미(滋味)를 보고져 ᄒ여 퇴부(擇婦)ᄒᄂ 념녀(念慮) 방하(放下)102)치 못ᄒ니, 명공지렬(名公宰列)103)의 유녀ᄌ(有女子)ᄂ 닷토아 구혼(求婚)ᄒ딕 공(公)이 허(許)치 아니ᄒ더라.

---

91) 샤은찰직(謝恩察職): 사은찰직. 은혜에 감사하고 맡은 관직을 살핌.

92) 경악(經幄): 임금이 학문이나 기술을 강론·연마하고 더불어 신하들과 국정을 협의하던 일. 경연(經筵).

93) 면졀졍ᄌ(面折廷爭): 면절정쟁. 임금 앞에서 의리에 입각하여 적극적으로 직간(直諫)을 하며 쟁론함. 중국 전한의 재상 왕릉(王陵)에게 당시 좌승상 진평(陳平)과 강후(絳侯) 주발(周勃)이 한 말. 사마천, 『사기(史記)』, 「여태후본기(呂太后本紀)」.

94) 쇼인간당(小人奸黨): 소인간당. 소인과 간악한 무리.

95) 쳥명긔졀(淸明奇節): 청명기절. 맑은 명망과 기이한 절개.

96) 님: [교] 원문에는 '원'으로 되어 있으나 문맥을 고려해 이와 같이 수정함.

97) ᄉ덕(四德): 사덕. 여자가 갖추어야 할 네 가지 덕. 마음씨[婦德], 말씨[婦言], 맵시[婦容], 솜씨[婦功]를 이름.

98) 효봉구고(孝奉舅姑): 시부모를 효성스럽게 모심.

99) 승슌군ᄌ(承順君子): 승순군자. 남편의 명령을 순순히 좇음.

100) 진션진미(盡善盡美): 진선진미. 착하고 아름다운 행실을 다함.

101) 듕대(重待): 중대. 소중히 대우함.

102) 방하(放下): 마음을 놓음.

103) 명공지렬(名公宰列): 명공재열. 이름난 재상들.

상셰(尚書ㅣ) 김 귀비(貴妃)의 아비 김탁[104]의 방즈무긔(放恣無忌)[105]ᄒ믈 탑젼(榻前)의 쥬(奏)ᄒ니 언ᄉ(言辭ㅣ) 쥰졀(峻截)[106]ᄒ니, 샹(上)이 김 국구(國舅)를 일(一) 년(年) 월봉(月俸)을 거두시고 엄칙(嚴責)[107]ᄒ여 계신지라. 국귀(國舅ㅣ) 져의 블법지뢰(不法之罪)를 하(河) 상셰(尚書ㅣ) 듀달(奏達)[108]ᄒ믈 졀치부심(切齒腐心)[109]ᄒ여 간당(奸黨)을 쳐결(締結)[110]ᄒ니, 황샹(皇上)

15면

의 죵뎨(從弟) 초왕(-王)이 하(河) 샹셰(尚書ㅣ) 어ᄉ(御使)로 이실 제 초왕(-王)의 참남(僭濫)[111]ᄒ 샤치(奢侈)를 알외엿던 고(故)로, 초왕(-王)이 역시(亦是) 분완(憤惋)ᄒ여 김탁과 동심(同心)ᄒ여 안흐로 귀비(貴妃)를 쵹(嗾)[112]ᄒ고 밧그로 간당(奸黨)을 쳐결(締結)ᄒ니 엇지 계교(計巧)를 일우지 못ᄒ리오. 참언(讒言)[113]이 니음ᄎ[114] 하(河) 공(公)이 블궤지심(不軌之心)[115]을 두엇다 ᄒᄃ 고지듯디 아니시더니, 귀비(貴妃) 요언(妖言)으로 참쇼(讒訴)ᄒ니 샹(上)이 괴이(怪異)히 아르시ᄃ 아른 체 아니시니,

츠시(此時) 하람(河南)·하븍(河北)이 어즈러워 쳐〃(處處)의 도젹

(盜賊)이 니러나고 시졀(時節)이 긔황(饑荒)116)ᄒ니 샹(上)이 근심ᄒ
시ᄂᆞ니라. 하(河) 공(公)이 ᄌᆞ원츌ᄉᆞ(自願出使)117)ᄒᆞ믈 청(請)ᄒ니,
샹(上)이 윤허(允許)ᄒᆞ샤 은영(恩榮)으로뻐 냥(兩) 지(地)의 보ᄂᆡ시니,
　샹셰(尚書ㅣ) 븨샤(拜辭)ᄒ고 집을 ᄯᅥ날ᄉᆡ, 원상·원보 냥(兩) ᄌᆞ
(子)의 혼취(婚娶)를 못 ᄒ고 원경을 당부(當付) 왈(曰),
　"블

과(不過) 일(一) 년(年)이 될 거시니 ᄌᆞ모(慈母)와 제뎨(諸弟)로 더브
러 됴히 이시라."
　ᄒ고,
　"원상의 혼인(婚姻)을 구(求)ᄒ리 이셔도 내 도라오기를 기다리
라."
　ᄒᆞᆨᄉᆞ(學士) 등(等)이 십(十) 니(里) 밧긔 나와 야〃(爺爺)를 빅별
(拜別)ᄒ고 슬프믈 니긔지 못ᄒ나 원경은 ᄉᆞᄉᆡᆨ(辭色)을 화(和)히 ᄒ
고 국ᄉᆞ(國事)를 션치(善治)ᄒᆞ샤 슈히 도라오시믈 청(請)ᄒ니, 공(公)
이 역시(亦是) 심회(心懷) 블호(不好)ᄒ여 원광의 머리를 쓰다듬아
유ᄒᆞᆨ(儒學)을 힘쓰라 ᄒ고 ᄯᅩ 삼(三) ᄌᆞ(子)의 손을 잡아 왈(曰),
　"여뷔(汝父ㅣ) 너희를 ᄯᅥ나미 결연(缺然)118)ᄒ나 오라면 일(一) 년
(年)이오, 쉬 오면 팔구(八九) 삭(朔)이라 엇디 이딕도록 슬허ᄒᄂ
뇨?"
　ᄒᆞᆨᄉᆞ(學士) 등(等)이 비읍(悲泣) 딕왈(對曰),

---

116) 긔황(饑荒): 기황. 먹을 것이 없어 배를 곯음.
117) ᄌᆞ원츌ᄉᆞ(自願出使): 자원출사. 어사로 나가기를 자원함.
118) 결연(缺然): 비어 있는 듯함.

“히ᄋ(孩兒) 등(等)이 싱셰지후(生世之後)로 대인(大人) 슬하(膝下)를 쩌나미 쳐음이라 능(能)히 춤지 못ᄒ리로소이다.”

공(公)이 직삼(再三) 당

17면

부(當付)ᄒ고,

“윤(尹)·뎡(鄭) 냥(兩) 공(公)긔 즈로 빈현(拜見)ᄒ여 즈딜(子姪) ᄀᆺ치 ᄒ라.”

훅ᄉ(學士) 등(等)이 직빈슈명(再拜受命)ᄒ고 니별(離別)ᄒ니 부즈(父子) 오(五) 인(人)의 정(情)이 의〃(依依)[119]ᄒ더라.

공(公)이 믈혁(-革)[120]을 두로혀니,

훅ᄉ(學士) 등(等)이 훌연[121]ᄒ믈 니긔지 못ᄒ나 훌일업셔 도라와 모친(母親)긔 뵈옵고 관ᄉ(官事) 여가(餘暇)의 윤(尹)·뎡(鄭) 이(二) 공(公)긔 즈로 빈현(拜見)ᄒ니, 냥(兩) 공(公)이 상희[122] 그 위인(爲人)을 ᄉ랑ᄒ여 익딕(愛待)[123]ᄒ미 지친(至親) ᄀᆺ더라.

어시(於時)의 하(河) 공(公)이 하람(河南) 슌무ᄉ(巡撫使)로 간 지 ᄉ오(四五) 삭(朔)의 도젹(盜賊)이 화(化)ᄒ여 냥민(良民)이 되고 일경(一境)이 하(河) 공(公)의 덕화(德化)를 앙복(仰服)[124]ᄒ더라.

쇼문(所聞)이 경샤(京師)의 들니미 초왕(-王)과 김탁 등(等)이 더옥 믜이 넉여 하가(河家)를 어육(魚肉)고져 참간(讒間)[125]이 긋지 아냐

---

119) 의〃(依依): 헤어지기 섭섭한 모양.
120) 믈혁(-革): 말혁. 말고삐.
121) 훌연: 서운함.
122) 상희: 늘.
123) 익딕(愛待): 애대. 사랑으로 대우함.
124) 앙복(仰服): 우러러보아 복종함.
125) 참간(讒間): 참소하고 이간하는 말.

하진이126) 하람(河南)의 가 크게 인심(人心)을 어더 대군(大軍)을 모
라 범경(犯境)127)홀 쯧

18면

이 잇다 ᄒ며 원경 등(等)이 흉ᄉ(凶事)를 쇠흔다 ᄒ되 샹(上)이 쳥
이블문(聽而不聞)128)ᄒ시니,

　김탁이 착급(着急)129)ᄒ여 원경 등(等) 삼(三) 인(人) 입번(入
番)130)흔 날의 개용단(改容丹)131)을 삼켜 원경이 되고 환ᄌ(宦者) 주
셕·오하로 원보·원상이 되어 다 비슈(匕首)를 씌고 샹(上)이 취침
(就寢)ᄒ신 쩍를 타 소릭ᄒ고 다라드러 희(害)코져 ᄒᄂ 형상(形狀)
을 사름이 다 보게 ᄒ니, 샹(上)이 무심듕(無心中) 대경(大驚)ᄒ샤 급
(急)히 보시믹 이 믄득 하가(河家) 삼(三) 형데(兄弟)라. 슉딕환ᄌ(宿
直宦者)132)로 잡으라 ᄒ시니 환시(宦侍) 경황(驚惶)ᄒ여 밋쳐 손을
놀니지 못ᄒ여셔 나ᄂ 듯시 다라나니,

　텬뇌(天怒ㅣ) 딘쳡(震疊)133)ᄒ샤 밤이 식기를 밋쳐 기다리지 못ᄒ
시고 급(急)히 셜국(設鞫)134)ᄒ여 원경 등(等)을 엄문(嚴問)ᄒ실식,
금위관(禁衛官)과 딕슉관원(直宿官員)135)이 일제(一齊)이 모히고 흑
ᄉ(學士) 등(等) 삼(三) 인(人)을 나릭(拿來)136)ᄒ니,

---

126) 이: [교] 원문에는 이 글자가 없으나 문맥을 고려해 삽입함.
127) 범경(犯境): 국경을 침범함.
128) 청이블문(聽而不聞): 청이불문. 들어도 못 들은 척함.
129) 착급(着急): 매우 급함.
130) 입번(入番): 관아에 들어가 차례로 숙직함.
131) 개용단(改容丹): 먹으면 자신이 원하는 사람의 얼굴이 되도록 하는 환약.
132) 슉딕환ᄌ(宿直宦者): 숙직환자. 숙직하는 내시.
133) 딘쳡(震疊): 진첩. 존귀한 사람이 몹시 성을 내어 그치지 아니함.
134) 셜국(設鞫): 설국. 죄인을 심문하는 국청을 설치함.
135) 딕슉관원(直宿官員): 직숙관원. 숙직하는 관리.
136) 나릭(拿來): 나래. 죄인을 잡아 옴.

흑亽(學士) 등(等)이 입번(入番)ᄒ여 잠이 깁헛다가 나명(拿命)[137]이 급(急)ᄒ고, 궐졍대화(闕廷大禍)를 드르나 빅옥무하(白玉無瑕)[138]ᄒ니 ᄆ음이 안연즈약(晏然自若)[139]ᄒ되 오딕 금문딕亽(金門直士) 원상이 십삼(十三) 유이(幼兒ㅣ)라, 경황망극(驚惶罔極)[140]ᄒ여 앙텬(仰天) 탄왈(嘆曰),

"야텬(爺天)[141]이 됴림(照臨)[142]ᄒ시고 셩신(星辰)이 버러시니 아등(我等)의 지원극통(至冤極痛)[143]을 슬피시고 하문(河門)이 망멸(亡滅)[144]케 마르쇼셔."

언미필(言未畢)[145]의 위亽(衛士ㅣ) 계셜속박(繫絏束縛)[146]ᄒ여 상젼(上前)의 니르니, 발셔 형위(刑威)[147]를 베플고 삼(三) 인(人)을 뎐하(殿下)의 꿀니고 샹(上)이 문왈(問曰),

"여뷔(汝父ㅣ) 션됴(先朝)의 등과(登科)ᄒ여 홍은(鴻恩)[148]을 닙습고 딤(朕)이 툥우(寵遇)[149]ᄒ미 만됴(滿朝)의 소亽나고 여등(汝等)이 등과(登科) 칠팔(七八) 삭(朔)의 딤(朕)이 亽랑ᄒ미 부즈(父子) ᄀᆞᆺ거ᄂᆞᆯ 여뷔(汝父ㅣ) 하람(河南) 병마(兵馬)를 거두어 범경(犯境)코져 ᄒ다 ᄒ여도 딤(朕)이 밋지 아녓더니, 너희 야반(夜半)의 칼을 씨고 딤

---

137) 나명(拿命): 잡으라는 명령.
138) 빅옥무하(白玉無瑕): 백옥무하. 백옥처럼 아무런 티나 흠이 없음.
139) 안연즈약(晏然自若): 안연자약. 평안한 모습으로 태연자약함.
140) 경황망극(驚惶罔極): 놀라고 두려운 마음이 끝이 없음.
141) 야텬(爺天): 야천. 하느님.
142) 됴림(照臨): 조림. 위에서 내려다봄.
143) 지원극통(至冤極痛): 지극한 원통함.
144) 망멸(亡滅): 망해 없어짐.
145) 언미필(言未畢): 말이 끝나지 않음.
146) 계셜속박(繫絏束縛): 계설속박. 죄인을 오랏줄로 결박함.
147) 형위(刑威): 형벌을 가하는 위엄.
148) 홍은(鴻恩): 임금의 큰 은혜.
149) 툥우(寵遇): 총우. 사랑하여 특별히 대우함.

(朕)을 히(害)코져 ㅎ니 츠(此)는 만

20면

고무쌍(萬古無雙)흔 역적(逆賊)이라 엇디 다시 므를 거시 이시리오마는 아지 못게라, 여부(汝父)의 식이미냐, 여등(汝等)이 스스로 힝(行)ㅎ미냐?"

원경이 샹교(上敎)를 듯줍고 개연(慨然)이 듀왈(奏曰),

"신(臣)의 집이 셰딕(世代)로 국은(國恩)을 닙스와 관면(冠冕)150)이 슝고(崇高)151)ㅎ고 신(臣)의 아비 이칠(二七)의 션됴(先朝)의 몽은(蒙恩)152)ㅎ와 냥됴(兩朝) 셩은(聖恩)을 닙스와 하날이 좁고 짜히 엿튼디라. 슉야우구(夙夜憂懼)153)ㅎ와 국은(國恩)을 갑스올 바를 아지 못ㅎ오니, 비록 사룸의게 믜이믈 밧줍고 폐해(陛下ㅣ) 직간(直諫)을 깃거 아니실디라도 소견(所見)을 굽히지 못ㅎ와 보과습유(補過拾遺)154)의 스군보국(事君報國)155)ㅎ오미 신즈(臣子)의 딕분(職分)을 다ㅎ고져 ㅎ오며 신(臣) 등(等) 삼(三) 형뎨(兄弟) 년쇼부직(年少不才)로 외람(猥濫)이 셩듀(聖主)의 대은(大恩)이 일신(一身)의 넘씨와 샤이브득(辭而不得)156)ㅎ옵고 찰임힝공(察任行公)157)ㅎ오나 일야(日夜)의 손

---

150) 관면(冠冕): 갓과 면류관이라는 뜻으로, 벼슬아치를 비유적으로 이르는 말.
151) 슝고(崇高): 숭고. 높고 고상함.
152) 몽은(蒙恩): 은혜를 입음.
153) 슉야우구(夙夜憂懼): 숙야우구. 이른 아침부터 저녁 늦게까지 근심하고 두려워함.
154) 보과습유(補過拾遺): 임금의 잘못을 바로잡아 고치게 함.
155) 스군보국(事君報國): 사군보국. 임금을 섬기고 나라의 은혜에 보답함.
156) 샤이브득(辭而不得): 사이부득. 사양하나 뜻을 얻지 못함.
157) 찰임힝공(察任行公): 찰임행공. 맡은 일을 살펴 공무를 행함.

복(損福)[158] 홀가 두리오미 우튱(愚忠)[159]이 쇄신보국(碎身報國)[160] 고져 ᄒᆞ옵더니, 금야(今夜) 망극(罔極)ᄒᆞ온 은디(恩旨)[161]를 듯ᄌᆞ오니 골경심한(骨驚心寒)[162]ᄒᆞ와 듀(奏)홀 비 업습거니와 신(臣) 등(等)이 비록 대역지심(大逆之心)[163]이 잇ᄉᆞ오나 반ᄃᆞ시 쥬밀(周密)[164]이 ᄒᆞ여 경솔(輕率)치 아니ᄒᆞ오리니 셩듀(聖主)의 일월지명(日月之明)으로 엇지 술피지 못ᄒᆞ시ᄂᆞ니잇고? 신(臣) 등(等)이 항우(項羽)[165]의 녀력(膂力)[166]이 잇고, 형가(荊軻)[167], 섭졍(聶政)[168]의 날ᄂᆡ미 이시나 감(敢)히 디엄(至嚴)ᄒᆞᆫ[169] 용상(龍床) 하(下)의 집검돌입(執劍突入)[170]ᄒᆞ리잇고? 당(黨)을 체결(締結)ᄒᆞ미 업시 삼(三) 형뎨(兄弟) 잡힐 바는 삼셰유ᄋᆞ(三歲幼兒)라도 아올 비오, 더옥 신뷔(臣父ㅣ) 하람(河南)을 슌무(巡撫)ᄒᆞ와 인심(人心)을 딘졍(鎭定)ᄒᆞ고 빅셩(百姓)을

---

158) 손복(損福): 복이 없어짐.
159) 우튱(愚忠): 우충. 어리석고 고지식한 충성심이라는 뜻으로, 임금에게 신하가 자기의 충성심을 낮추어 이르는 말.
160) 쇄신보국(碎身報國): 몸을 빻아 나라의 은혜를 갚음.
161) 은디(恩旨): 은지. 임금의 명령.
162) 골경심한(骨驚心寒): 몹시 놀라 뼈가 놀라고 마음이 서늘한 듯함.
163) 대역지심(大逆之心): 나라에 반역하려는 마음.
164) 쥬밀(周密): 주밀. 허술한 구석이 없고 세밀함.
165) 항우(項羽): 중국 진(秦)나라 말기의 무장(B.C.232-B.C.202). 이름은 적(籍)이고 우는 자(字)임. 숙부 항량(項梁)과 함께 군사를 일으켜 유방(劉邦)과 협력하여 진나라를 멸망시키고 스스로 시초(西楚)의 패욍(霸王)이 됨. 그 후 유빙과 패퀀을 다두다가 해하(垓下)에서 포위되어 자살함. 힘이 세기로 유명함. 사마천, 『사기』, 「항우본기(項羽本紀)」.
166) 녀력(膂力): 여력. 육체적으로 억누르는 힘.
167) 형가(荊軻): 중국 전국시대의 자객(?-B.C.227). 위나라 사람으로, 연나라 태자인 단(丹)의 부탁(付託)을 받고 진시황을 암살하려 하였으나 실패하고 죽임을 당함. 사마천, 『사기』, <자객열전(刺客列傳)>.
168) 섭정(聶政): 섭정. 중국 전국시대 제(齊)나라의 협객. 한(韓)의 애후(哀侯)를 섬기던 엄중자(嚴仲子)가 재상 협루(俠累)와 사이가 나빠 백정이던 섭정을 찾아 협루를 죽여 달라고 하나 섭정은 어머니를 봉양해야 하므로 청을 들어 줄 수 없다 함. 그후 자신의 어머니가 죽자 엄중자를 찾아가 협루를 죽여 주겠다고 해 협루를 죽이고 자신의 눈알을 빼고 창자를 드러내 자결함. 사마천, 『사기』, <자객열전(刺客列傳)>.
169) ᄒᆞᆫ: [교] 원문에는 이 글자가 없으나 문맥을 고려해 삽입함.
170) 집검돌입(執劍突入): 칼을 잡고 갑자기 뛰어듦.

안무(按撫)ᄒᆞ민, 일노뼈 블궤지심(不軌之心)을 둔다 ᄒᆞᆯ딘디 나라흘
위(爲)ᄒᆞ여 명슈듁빅(名垂竹帛)171)ᄒᆞᆯ 지(者ㅣ) 업ᄉᆞ오리니 셩샹(聖
上) 일월지광(日月之光)으로

22면

쇼인(小人)을 미더 실덕(失德)ᄒᆞ실 바를 이ᄃᆞᆯ와 ᄒᆞᄂᆞ이다.”
　한님ᄒᆞᆨᄉᆞ(翰林學士) 하원뵈 니어 듀왈(奏曰),
　“신(臣) 등(等)이 망극(罔極)ᄒᆞᆫ 되명(罪名)을 므릅뼈 이미ᄒᆞ온 아비
블궤(不軌)의 ᄯᅳᆺ을 두엇다 ᄒᆞ오니 ᄒᆞᆫ갓 신(臣) 등(等) 부ᄌᆞ(父子)와
일문(一門) 어육(魚肉)을 슬허ᄒᆞ올 ᄲᅵᆫ 아니라, 다만 셩샹(聖上)의 일
월지명(日月之明)을 가리와 간인(奸人)의 작변(作變)이 여ᄎᆞ(如此)ᄒᆞ
와 폐하(陛下)의 실덕(失德)이 여ᄎᆞ(如此)ᄒᆞ시니172), 신(臣) 등(等)이
경악(經幄)의 근시(近侍)ᄒᆞᆫ 비오, 신(臣) 등(等) 삼(三) 인(人)이 각〃
(各各) 입딕(入直)ᄒᆞ여 잠이 깁헛ᄉᆞᆸᄂᆞᆫ 고(故)로 폐하(陛下)의 뇽탑(龍
榻)의 돌입(突入)ᄒᆞ다 ᄒᆞ시니, ᄎᆞ(此)ᄂᆞᆫ 벅〃이173) 니미망냥(魑魅魍
魎)174)의 됴화(造化ㅣ)라. 폐해(陛下ㅣ) 만일(萬一) 뎍실(適實)이 아
ᄅᆞ시고져 ᄒᆞ실진디 시강원(侍講院)과 한님원(翰林院)이며 금문(禁門)
의 입번제신(入番諸臣)175)을 브르샤 신(臣) 등(等)의 움즉인 일이 잇
ᄂᆞᆫ가 하문(下問)176)ᄒᆞ실딘디 닙긱(立刻)177)의 아르시리이다.”

---

171) 명슈듁빅(名垂竹帛): 명수죽백. 이름이 죽간(竹簡)과 비단에 드리운다는 뜻으로, 이름이 역사
　　에 길이 빛남을 이르는 말.
172) 이 여ᄎᆞᄒᆞ시니: [교] 원문에는 ‘이라’로 되어 있으나 문맥을 고려해 박순호본(1:90)을 따름.
173) 벅〃이: 반드시.
174) 이미망냥(魑魅魍魎): 이매망량. 온갖 도깨비.
175) 입번제신(入番諸臣): 입번제신. 번을 선 신하들.
176) 하문(下問): 윗사람이 아랫사람에게 물음.
177) 닙긱(立刻): 입각. 바로.

금문딕스(金門直士) 하원

상이 강개(慷慨) 부복(俯伏) 듀왈(奏曰),

"신(臣)은 나히 이륙(二六)을 갓 너머 셰스(世事)를 아지 못ᄒ오ᄃᆡ 어려셔부터 아비 튱효(忠孝)를 닐너 ᄌ식(子息) 경계(警戒)ᄒ미 반졈(半點) 비의(非義)와 블법(不法)을 용납(容納)지 아닛는 ᄇᆡ오, 신(臣) 등(等)이 텬셩(天性)이 지극(至極) 용우(庸愚)178)ᄒ오나 대역부도(大逆不道)의 일은 ᄎᆞ마 듯지 못ᄒ는 ᄇᆡ니 엇디 몸소 ᄒᆡᆼ(行)ᄒ오며 십삼 쇼ᄋᆡ(十三小兒ㅣ) ᄆᆞ슨 용녁(勇力)으로 집검범샹(執劍犯上)179)ᄒᆞᆯ 의ᄉᆞ(意思ㅣ) 이시리잇고? 신(臣) 등(等)이 다만 쥬륙지화(誅戮之禍)180)를 셜워ᄒ오미 아니라 폐하(陛下)의 일월지명(日月之明)이 어두오시믈 한심(寒心)ᄒ옵고 아ᄅᆡ로 신부(臣父)의 젹심단튱(赤心丹忠)181)으로써 믄득 대역(大逆)의 일홈을 익들와 ᄒᄂ이다."

샹(上)이 삼(三) 인(人)의 말을 드르시고 즉시(卽時) 세 곳 입번졔신(入番諸臣)을 브르샤 삼(三) 인(人)의 거취(居就)를 므르신ᄃᆡ 여츌일구(如出一口)182)히 촌보(寸步)183)도 움죽이지 아니므로

뼈 고(告)ᄒᆞᄃᆡ,

---

178) 용우(庸愚): 용렬하고 어리석음.
179) 집검범샹(執劍犯上): 집검범상. 칼을 잡고 임금을 죽이려 함.
180) 쥬륙지화(誅戮之禍): 주륙지화. 다 죽임을 당하는 재앙.
181) 젹심단튱(赤心丹忠): 적심단충. 거짓 없는 참된 마음과, 마음에서 우러나오는 참된 충성.
182) 여츌일구(如出一口): 여출일구. 마치 한 입에서 나온 듯함.
183) 촌보(寸步): 아주 작은 걸음.

샹(上)이 듕논(衆論)의 일구(一口) 흠과 평일(平日) 하(河) 공(公)의
관일뎡튱(貫日精忠)184)을 깁히 툥우(寵遇)ᄒ시나 작야ᄉ(昨夜事)를
친견(親見)ᄒ신 비라, 원경 등(等)의 발명(發明)은 예ᄉ(例事ㅣ)라 ᄒ
샤 삼(三) 인(人)을 엄형국문(嚴刑鞫問)185)ᄒ실ᄉ 미마다 고찰(考察)
ᄒ샤 블궤지ᄉ(不軌之事)186)를 다 고(告)ᄒ라 ᄒ시나 삼(三) 인(人)이
구셜(口舌)이 무익(無益)ᄒ믈 씌ᄃ라 말을 아니코 일시(一時)의 님형
(臨刑)187)ᄒᆯᄉ, 혹ᄉ(學士)와 한님(翰林)은 됴흔 일ᄀᆺ치 블변안ᄉ(不
變顏色)ᄒ되 원상은 참형(慘刑)188)을 님(臨)ᄒ여 옥(玉) ᄀᆺ튼 얼골이
춘 지 ᄀᆺᄐ여 뉴셩(流星)189) ᄀᆺ튼 봉안(鳳眼)190)을 쓰디 아니ᄒ여 싱
인(生人)의 거동(擧動)이 업ᄉ니, 일(一) 칙191)를 다 못ᄒ여셔 흔 소
리 탄셩(歎聲)으로조ᄎ 명(命)이 진(盡)ᄒ니 비부비뷔(悲夫悲夫ㅣ)며
츠의츠의(嗟矣嗟矣)192)라. 십삼(十三) 셰(歲) 쳐신(處身)ᄒ미 흔 조각
허믈이 업시193) 엄형디하(嚴刑之下)의 맛ᄎ니 엇지 참혹(慘酷)지

25면

아니리오.

혹ᄉ(學士) 형뎨(兄弟) 임의 흔 칙를 바닷더니 삼뎨(三弟)의 참ᄉ

---

184) 관일뎡튱(貫日精忠): 관일정충. 해를 꿰뚫을 만큼 순수하고 한결같은 충성.
185) 엄형국문(嚴刑鞫問): 가혹한 형벌로 심문함.
186) 블궤지ᄉ(不軌之事): 불궤지사. 반역을 꾀한 일.
187) 님형(臨刑): 임형. 형벌에 임함.
188) 참형(慘刑): 참혹한 형벌.
189) 뉴셩(流星): 유성. 흐르는 별.
190) 봉안(鳳眼): 봉황의 눈같이 가늘고 길며 눈초리가 위로 째지고 붉은 기운이 있는 눈.
191) 칙: 매질. 죄인을 신문할 때 공포감을 주어 자백을 강요할 목적으로 한바탕 가하는 매질. 또
　 는 그러한 매질의 횟수를 세는 단위.
192) 비부비뷔(悲夫悲夫ㅣ)며 츠의츠의(嗟矣嗟矣): 비부비부며 차의차의. 슬프고 슬프며, 안타깝고
　 안타깝구나.
193) 시: [교] 원문에는 '이'로 되어 있으나 문맥을 고려해 박순호본(1:92)을 따름.

(慘死)ㅎ믈 보미 오닉촌할(五內寸割)194)ㅎ고 텬디(天地) 어두195)온지라 흔가지로 엄홀(奄忽)196)ㅎ니, 샹(上)이 ᄎ경(此景)197)을 당(當)ㅎ시미 그 뇌(罪)를 의논(議論)홀진딕 천ᄉ유경(千死猶輕)198)이오 만ᄉ무셕(萬死無惜)199)이로딕 삼(三) 인(人)의 풍신직화(風神才華)200)로 졍하뇌쉬(庭下罪囚ㅣ)201) 되여 신톄(身體) 젹혈(赤血) 등(中)의 잠겨시믈 보시미, 친문(親問)ㅎ시믈 아니쏘이202) 넉이샤, 원상의 시신(屍身)을 닉여주라 ㅎ시고 흑ᄉ(學士) 등(等)을 하옥(下獄)ㅎ라 ㅎ시니 날이 발셔 붉고,

만됴문뮈(滿朝文武ㅣ) 텬문(天門)의 됴회(朝會)홀ᄉ| 나졸(邏卒)203)이 하(河) 딕ᄉ(直士)의 시신(屍身)을 붓드러 닉고 흑ᄉ(學士)와 한님(翰林)을 구호(救護)ㅎ여 대리시(大理寺)204)의 가도미,

초왕(-王)과 김탁이 일을 일워 짖치 이실지라, 샹(上)이 다ᄉ리기를 긋치고 하옥(下獄)ㅎ시

26면

믈 블열(不悅)ㅎ여 데일독약(第一毒藥)을 ᄎ(茶)의 타 나졸(邏卒)을 주어 왈(曰),

"하(河) 흑ᄉ(學士) 등(等)이 일시(一時) 운건(運蹇)205)ㅎ여 대리시

---

194) 오닉촌할(五內寸割): 오내촌할. 오장이 마디마디 끊어짐.
195) 두: [교] 원문에는 이 글자가 없으나 문맥을 고려해 삽입함.
196) 엄홀(奄忽): 기운이 막혀 숨이 끊어질 듯함.
197) ᄎ경(此景): 차경. 이 광경.
198) 천ᄉ유경(千死猶輕): 천사유경. 천 번 죽어도 오히려 가벼움.
199) 만ᄉ무셕(萬死無惜): 만사무석. 만 번 죽어도 아까운 마음이 없음.
200) 풍신직화(風神才華): 풍신재화. 아름다운 풍채와 빛나는 재주.
201) 졍하뇌쉬(庭下罪囚ㅣ): 정하죄수. 조정의 죄수.
202) 아니쏘이: 비위가 상하게.
203) 나졸(邏卒): 밤에 궁중과 장안 안팎을 순찰하던 군졸.
204) 대리시(大理寺): 형옥(刑獄)을 맡아보던 관아.

(大理寺)의 샌져시나 이미ᄒ미 빅옥(白玉) ᄀ투니 오라지 아냐 신셜
(伸雪)206)ᄒ리니, 여등(汝等)을 이 ᄎ(茶)로뼈 맛지ᄂ니 하(河) 혹ᄉ
(學士) 등(等)의 마른 목을 적시게 ᄒ라."

　옥니(獄吏) 등(等)이 지우하천(至愚下賤)207)이나 혹ᄉ(學士) 등(等)
의 위인(爲人)을 앗겨 눈믈을 흘니다가 ᄎ언(此言)을 듯고 진짓말208)
만 넉여 형데(兄弟)를 쪄먹여 ᄒ 그르슬 다 먹이니, 현〃(顯現)이209)
못 견듸ᄂ 빅 업시 쟝뷔(臟腑ㅣ) 슫허지며 늇믹(六脈)210)이 다 상(傷)
ᄒ여 엄연이211) 세샹(世上)을 바리니 통의통ᄌ(痛矣痛哉)212)라! 혹ᄌ
(或者) 고금(古今)의 원ᄉ(寃死)213)ᄒ니 ᄒ나둘이 아니나 엇지 ᄎ(此)
삼(三)　인(人)ᄀ치　일야지간(一夜之間)의　비명참ᄉ(非命慘死)214)ᄒ
ᄌ(者ㅣ) 이시리오. 통

27면

호셕ᄌ(痛乎惜哉)며 ᄎ호익ᄌ(嗟乎哀哉)215)라! 그 부형(父兄)으로 니
르지 말고 우연(偶然)ᄒ 타인(他人)이라도 눈믈 나믈 면(免)치 못ᄒ
리러라.

　옥니(獄吏), 혹ᄉ(學士) 등(等)의 년쇼귀골(年少貴骨)노 듕형(重刑)

---

205) 운건(運蹇): 운수가 막힘.
206) 신셜(伸雪): 신설. 가슴에 맺힌 원한을 풀어 버리고 창피스러운 일을 씻어 버림.
207) 지우하천(至愚下賤): 지우하천. 지극히 어리석은 하층의 천한 사람들.
208) 진짓말: 참말.
209) 현〃(顯現)이: 현현히. 환히 드러나게.
210) 늇믹(六脈): 육맥. 한의학에서 말하는 여섯 가지 맥박으로, 부(浮), 침(沈), 지(遲), 삭(數), 허
　　(虛), 실(實)의 맥을 이름.
211) 엄연이: 갑자기.
212) 통의통ᄌ(痛矣痛哉): 통의통재. 가슴 아프고 가슴 아프구나.
213) 원ᄉ(寃死): 원사. 원통하게 죽음.
214) 비명참ᄉ(非命慘死): 비명참사. 죽을 때가 아닌데 참혹하게 죽음.
215) 통호셕ᄌ(痛乎惜哉)며 ᄎ호익ᄌ(嗟乎哀哉): 통호석재며 차호애재. 가슴 아프고 안타까우며 아
　　쉽고 슬프구나.

을 바드미 죽은 줄 알고 추(茶)의 독약(毒藥)을 먹고 죽은 줄은 모로고 즉시(卽時) 죽어시믈 고(告)ᄒ니,

샹(上)이 ᄇ야ᄒ로 됴회(朝會)를 님(臨)ᄒ샤 원경 등(等)의 작야ᄉ(昨夜事)를 니르시고 분연(憤然)ᄒ믈 니긔지 못ᄒ신ᄃᆡ, 만됴(滿朝ㅣ) 경악(驚愕)ᄒ여 하(河) 공(公)의 딕절(直節)을 써리던 ᄌ(者)ᄂ 참혹(慘酷)히 녁이ᄂ 빗치 업셔 말을 아니ᄒ되, 하(河) 공(公) 부ᄌ(父子)의 튱의(忠義)를 아ᄂ ᄌ(者)ᄂ 참절경희(慘絕驚駭)216)ᄒ여 일시(一時)의 쥬(奏)ᄒ여 성샹(聖上) 쳐치(處置) 너모 쥰급(峻急)217)ᄒ샤 성명지덕(聖明之德)의 전일(前日)과 다르시믈 쥬(奏)ᄒ더니, 믄득 원경 등(等)의 믈고(物故)218)ᄒ믈 고(告)ᄒ니, 샹(上)이 제

28면

신(諸臣)의 듀ᄉ(奏辭)로조ᄎ 만히 후회(後悔)ᄒ실 ᄎ(次) 냥인(兩人)의 믈고(物故)ᄒ믈 드르시고 가장 경참(驚慘)219)히 녁이샤 왈(曰),

"원경 등(等)의 뙤(罪) 쥬륙(誅戮)의 가(可)ᄒ나 다시 종용(從容)히 쳐치(處置)코져 ᄒ엿더니 엇지 그리 급(急)히 맛츠뇨?"

ᄒ시고,

하(河) 공(公) 나릐ᄉ(拿來事)를 의논(議論)ᄒ시니 승상(丞相) 조슌이 하진의 튱녈(忠烈)을 힘뼈 간(諫)ᄒ여 죄명(罪名)이 익민ᄒ믈 굿초 쥬(奏)ᄒ니, 금평후(--侯) 뎡(鄭) 공(公)과 태듕태우(太中大夫) 윤쉬 출반주(出班奏)220) 왈(曰),

---

216) 참절경희(慘絕驚駭): 참절경해. 매우 슬퍼하고 놀람.
217) 쥰급(峻急): 준급. 너무 심하고 급함.
218) 믈고(物故): 물고. 죄를 지은 사람이 죽음. 또는 죄를 지은 사람을 죽임.
219) 경참(驚慘): 놀라고 슬퍼함.
220) 츌반주(出班奏): 출반주. 여러 신하 가운데 특별히 혼자 나아가 임금에게 아룀.

"신(臣) 등(等)이 하진으로 문경지의(勿頸之義)221)라 그 위인(爲人)을 즈셔(仔細)히 아옵ᄂᆞ니, 튱셩(忠誠)이 관일(貫日)222)ᄒᆞ고 딕긔(直氣)223) 남과 다르온 고(故)로 국가(國家)를 위(爲)ᄒᆞᄆᆡ ᄉᆞ〃(私事)를 도라보지 아니코 질악(嫉惡)을 여슈(如讐)ᄒᆞᄂᆞᆫ 고(故)로, 셩샹(聖上)의 친현신원쇼인(親賢臣遠小人)224)ᄒᆞ시믈 알외여 일호(一毫) 반ᄉᆞ(反事)225)를 용납(容納)지 아니ᄒᆞ오니, 대개(大槪) 너모

29면

녈일쥰엄(烈日峻嚴)226)ᄒᆞ여 간당(奸黨)227) 등(等)의 믜이믈 바드미 가(可)히 뭇지 아냐 알 거시228)로ᄃᆡ, 셩샹(聖上)의 일월지명(日月之明)으로 튱냥(忠良)229)을 무죄(無罪)히 맛출 줄 실시녀외(實是慮外)230)라. 신(臣) 등(等)이 하진을 위(爲)ᄒᆞ여 놀나미 아니라 셩샹(聖上) 실덕(失德)이 〃의 밋ᄎᆞ시믈 실(實)노 익들와 ᄒᆞ옵ᄂᆞ니 하원경 등(等) 셰 낫 명현(名賢)을 앗가이 맛ᄎᆞ시니 엇디 국가(國家) 블힝(不幸)이 아니며 원경 등(等)의 참ᄉᆞ(慘死)ᄒᆞᄆᆡ 측은(惻隱)치 아니리잇

---

221) 문경지의(勿頸之義): 친구를 위해 목을 베어 줄 정도의 친한 사귐. 중국 전국시대 조(趙)나라 염파(廉頗)와 인상여(藺相如)의 고사. 인상여(藺相如)가 진(秦)나라에 가 화씨벽(和氏璧) 문제를 잘 처리하고 돌아와 상경(上卿)이 되자, 장군 염파(廉頗)는 자신이 인상여보다 오랫동안 큰 공을 세웠으나 인상여가 자기보다 높은 지위에 앉았다 하며 인상여를 욕하고 다님. 인상여가 이에 대해 대응하지 않자 제자들이 그 까닭을 물으니, 두 사람이 다투면 국가가 위태로 워지고 진(秦)나라에만 유리하게 되므로 대응하지 않은 것이었다 하니 염파가 그 말을 전해 듣고 가시나무로 만든 매를 지고 인상여의 집에 찾아가 사과하고 문경지교를 맺음. 사마천, 『사기(史記)』, <염파인상여열전(廉頗藺相如列傳)>.
222) 관일(貫日): 해를 꿰뚫음.
223) 딕긔(直氣): 직기. 강직한 절개와 의기.
224) 친현신원쇼인(親賢臣遠小人): 친현신원소인. 어진 신하를 가까이하고 간사한 사람을 멀리함.
225) 반ᄉᆞ(反事): 반사. 상식에 반하는 일.
226) 녈일쥰엄(烈日峻嚴): 열일준엄. 한낮의 뜨거운 해처럼 매섭고 엄격함.
227) 간당(奸黨): 간악한 무리.
228) 시: [교] 원문에는 이 글자가 없으나 문맥을 고려해 삽입함.
229) 튱냥(忠良): 충량. 충성스럽고 어진 신하.
230) 실시녀외(實是慮外): 실시여외. 진실로 생각 밖임.

고? 이제 하진을 나릭(拿來)홀 바를 의논(議論)ᄒ시니, 신(臣) 등(等)이 쟉딕(爵職)을 드리고 하진의 일명(一命)을 ᄉ 뼈 폐하(陛下)의 호싱지덕(好生之德)231)을 돕ᄉ오리이다. 신(臣) 등(等)이 슈블튱무샹(雖不忠無狀)232)이오나 하진이 평일(平日) 힝ᄉ(行使 ㅣ) 만일(萬一) 일호(一毫)나 의심(疑心)되미233) 이실진딕 셩명지하(聖明之下)의 허언(虛言)을 듀달(奏達)ᄒ와

30면

호역지뢰(護逆之罪)234)를 면(免)치 못ᄒ올지라. 하진의 역모지ᄉ(逆謀之事 ㅣ) 젹실(的實)235)ᄒ올진딕 신(臣) 등(等)이 쏘흔 뢰(罪)를 당(當)ᄒ리이다.”

말ᄉᆷ이 강개격졀(慷慨激切)236)ᄒ여 튱현(忠賢)이 화(禍)의 쩌러지믈 참연비졀(慘然悲絶)237)ᄒ니 샹(上)이 유예미결(猶豫未決)238)ᄒ샤 침음냥구(沈吟良久)의 굴오ᄉ딕,

“경(卿) 등(等)이 하진을 녁구(力救)239)ᄒ니 딤(朕)이 쏘흔 그 반심(叛心)을 보지 못ᄒ엿거니와 원경 등(等) 역신(逆臣)이 집검돌입(執劍突入)ᄒ여 시군(弑君)240)홀 쯧이 소연(昭然)241)ᄒ디라 ᄎ(此)는 만고(萬古)의 드믄 역젹(逆賊)이라. 하진이 비록 뎡튱대졀(精忠大節)이

---

231) 호싱지덕(好生之德): 호생지덕. 사형에 처할 죄인을 특사하여 살려 주는 제왕의 덕.
232) 슈블튱무샹(雖不忠無狀): 수불충무상. 비록 충성스럽지 못하고 사리에 어두우나.
233) 미: [교] 원문에는 이 글자가 없으나 문맥을 고려해 삽입함.
234) 호역지뢰(護逆之罪): 호역지죄. 반역 죄인을 두호(斗護)한 죄.
235) 젹실(的實): 적실. 틀림이 없이 확실함.
236) 강개격졀(慷慨激切): 강개격절. 의롭지 못한 것을 보고 의기가 격렬히 북받쳐 원통하고 슬픔.
237) 참연비졀(慘然悲絶): 참연비절. 몹시 슬퍼함.
238) 유예미결(猶豫未決): 머뭇거리며 결정하지 못함.
239) 녁구(力救): 역구. 힘써 구함.
240) 시군(弑君): 임금을 죽임.
241) 소연(昭然): 분명한 모양.

잇다 호나 삼역(三逆)242)의 년좌(連坐)를 면(免)치 못홀 거시오, 딤
(朕)이 쏘흔 하진 부즈(父子)를 져바리미 업거놀 하젹(河賊)243)이 〃
제 감(敢)히 하람군(河南軍)을 모라 황셩(皇城)을 범(犯)코져 흔다 호
니, 일관(一貫)244)이 통히245)(痛駭)

31면

흔지라, 가(可)히 역텬젹즈(逆天賊子)246)를 버혀 후인(後人)을 증계
(懲戒)호리라.

호시니 뎡(鄭)·윤(尹) 이(二) 공(二)이 우(又) 쥬왈(奏曰),

"셩샹(聖上)이 비록 흉역(凶逆)을 친찰(親察)247)호시미 계시나 츠
(此)는 반두시 니믹망냥(魑魅魍魎)이 원경 등(等)을 히(害)호려 믹골
(埋骨)을 비러 셩심(聖心)을 격동(激動)호미라. 원경 등(等)은 결단
(決斷)코 그럴 니(理) 업亽오니 져의 죽음도 셩듀(聖主)의 참덕(慙
德)248)이어늘 엇지 하진의게 년좌(連坐)호시리잇고?"

샹(上)이 쳥츠(聽此)의 옥식(玉色)이 변이(變易)호샤 왈(曰),

"경(卿) 등(等)이 원경 등(等)을 져러툿 두호(斗護)249)호여 딤(朕)
의 친견(親見)흔 바를 니믹망냥(魑魅魍魎)이라 밀위니 평일(平日) 밋
던 비 아니로다."

냥(兩) 공(公)이 샹(上)의 진노(震怒)호시믈 보오나 츄호(秋毫)250)

---

242) 삼역(三逆): 세 사람의 역적. 하진의 세 아들 하원경, 하원보, 하원상을 이름.
243) 하젹(河賊): 하씨 역적.
244) 일관(一貫): 한결같음.
245) 히: [교] 원문에는 이 뒤에 이 글자가 더 있으나 부연으로 보아 삭제함.
246) 역텬젹즈(逆天賊子): 역천적자. 천자에게 반역한 도적.
247) 친찰(親察): 친히 살핌.
248) 참덕(慙德): 부끄러운 덕.
249) 두호(斗護): 남을 두둔하여 보호함.
250) 츄호(秋毫): 추호. 가을철에 털갈이하여 새로 돋아난 짐승의 가는 털로, 매우 적거나 조금인

구쇽(拘束)지 아냐 원경 등(等)의 무뙤(無罪)홈과 하진의 튱녈(忠烈)
을 닷토아 굴(屈)치 아

32면

니〃 텬심(天心)이 블예(不豫)²⁵¹⁾ᄒ샤 파됴(罷朝)ᄒ시니,

이(二) 공(公)이 홀일업셔 믈너나 원경 등(等)의 시신(屍身)을 추주
방셩대곡(放聲大哭)²⁵²⁾ᄒ니, 비뤼(悲淚ㅣ) 쳔(千) 항(行)이라. 원경
등(等)의 시신(屍身)을 아직 닉여 주시나 명(命)이 업스니 윤(尹)·뎡
(鄭) 냥(兩) 공(公)이 더옥 참통비졀(慘痛悲絶)²⁵³⁾ᄒ더라.

니부샹셔(吏部尚書) 김후ᄂᆞ 김탁의 댱지(長子ㅣ)라. 윤(尹) 샹셔
(尚書) 망(亡)ᄒ 후(後) 니부텬관(吏部天官)의 거(居)ᄒ여 용인지졍
(用人之政)²⁵⁴⁾이 무상(無狀)²⁵⁵⁾ᄒ여 ᄉ졍(私情)으로 당뉴(黨類)를 쓰
며, 현인군즈(賢人君子)을 무고(無故)이 뮈워ᄒ니 ᄒ물며²⁵⁶⁾ 하(河)
공(公)이 기부(其父)를 침노(侵擄)²⁵⁷⁾ᄒ엿거든 욕살지심(欲殺之
心)²⁵⁸⁾이 업스리오. 원경 등(等) 죽이믈 타 하가(河家)를 업시 ᄒ려
ᄒ고 초왕(-王)으로 합녁(合力)ᄒ니,

셔로 의논(議論)ᄒ고 파조(罷朝) 후(後) 즉시(卽時) 쳥딕(請對)²⁵⁹⁾
ᄒ온딕 상(上)이 인견(引見)ᄒ실시 김후와 초왕(-王)이 주(奏)ᄒ딕,

것을 비유적으로 이르는 말.

251) 블예(不豫): 불예. 임금의 마음이 편치 않음.

252) 방셩대곡(放聲大哭): 방성대곡. 목 놓아 통곡함.

253) 참통비졀(慘痛悲絶): 참통비절. 몹시 슬퍼함.

254) 용인지졍(用人之政): 용인지정. 사람을 쓰는 정치.

255) 무상(無狀): 아무렇게나 함부로 행동하여 버릇이 없음.

256) 현인군즈을 무고이 뮈워ᄒ니 ᄒ물며: [교] 원문에는 없으나 문맥을 고려해 박순호본(1:95)을
따라 삽입함.

257) 침노(侵擄): 성가시게 달라붙어 손해를 끼치거나 해침.

258) 욕살지심(欲殺之心): 죽이고 싶어 하는 마음.

259) 쳥딕(請對): 청대. 신하가 급한 일이 있을 때 임금에게 뵙기를 청하던 일.

하진이 지금(只今) 하남(河南) 군병(軍兵)을 거두어 황셩(皇城)을 엿
보고 원경 등(等)이 비록 죽어시나 닉응(內應)ᄒ여 그 여당(與黨)260)
이 무수(無數)ᄒ니 국가(國家) 위틱(危殆)ᄒ믈 고(告)ᄒ고,

"하진이 밋쳐 방비(防備)치 못ᄒ여셔 나릭(拿來)ᄒ고 그 집을 어림
군(御臨軍)261)으로 에워쓰 스름이 왕닉(往來)치 못ᄒ게 ᄒ옵고, 진의
필즈(畢子) 원광이 십(十) 셰(歲)로딕 그 상뫼(相貌ㅣ) 비상(非常)ᄒ
여 융준농안(隆準龍顔)262)이 의연(毅然)이263) 제왕(帝王)의 긔상(氣
像)이오, 신즈(臣子)의 상뫼(相貌ㅣ) 아니라 ᄒ믹 하진이 크게 올히
녁여 젼(專)혀 광을 위(爲)ᄒ여 흥병(興兵)흔다 ᄒ니 원광을 밧비 잡
아 엄수(嚴囚)264)ᄒ소셔."

ᄒ니, 상(上)이 비록 명셩(明聖)ᄒ시나 참간(讒間)이 예부터 현인
(賢人)을 흠졍(陷穽)의 너흐니 증모(曾母)의 투져(投杼)265)ᄒ시믈 엇
지 면(免)ᄒ리오. 즉시(卽時) 원광을 딕리시(大理寺)의 가도라 ᄒ시
고 하남(河南)의 위스(衛士)을 발(發)ᄒ여 하진을 나릭(拿來)ᄒ라 ᄒ
시니, 김후 등(等)이 쏘 주왈(奏曰),

"원경 등(等)이 비록 죽어시나 그 흉역(凶逆)의266) 머리을 동시(東

---

260) 여당(與黨): 함께하는 무리.

261) 어림군(御臨軍): 임금을 호위하는 군대.

262) 융준농안(隆準龍顔): 융준용안. 우뚝 솟은 왼쪽 이마와 둥글게 솟구친 눈썹뼈로, 제왕의 모습
    을 이르는 말. 중국 한나라 고조(高祖)의 모습을 형용한 말에서 유래함. 사마천, 『사기』, 「고
    조본기(高祖本紀)」.

263) 의연(毅然)이: 의지가 굳세어서 끄떡없이.

264) 엄수(嚴囚): 엄히 가둠.

265) 증모(曾母)의 투져(投杼): 증모의 투저. 증자의 어머니가 베틀의 북을 내던짐. 『전국책(戰國策)』,
    「진책(秦策) 이(二)」에 나오는 이야기. 어느 날 증자의 어머니가 베를 짜고 있는데 어떤 사람이
    와서 '증자가 사람을 죽였다'고 하자 증자의 어머니는 '내 아들이 사람을 죽였을 리 없다'고
    말하고 태연히 베를 짬. 잠시 후 또 다른 사람이 달려와서 같은 말을 했으나 증자의 어머니는
    여전히 태연하게 베를 짬. 그러나 한 사람이 또 와서 같은 말을 하자 증자의 어머니는 두려워
    베를 짜던 북을 내던지고 담을 넘어 달려가 보았다고 함. 이는 증삼과 동명이인인 사람의 일
    을 사람들이 잘못 알고 전한 것인데 증자와 같은 현인의 어머니도 계속해서 같은 말을 들으
    면 이에 현혹될 수밖에 없었다는 고사임.

266) 의: [교] 박순호본(1:96)에는 '이'로 되어 있으나 문맥을 고려해 이와 같이 수정함.

市)의 달고 수족267)(手足)을 니쳐(離處)ᄒ염 즉ᄒ니이다.”

상(上)이 의윤(依允)ᄒ시니 나졸(邏卒)이 양인(兩人)의 신쳬(身體)을 닉여 참(斬)ᄒ려 ᄒᆞ되268),

뎡(鄭)·윤(尹) 냥(兩) 공(公)이 일반명뉴(一班名流)269) 삼십여(三十餘) 인(人)으로 더브러 궐하(闕下)의 쳥딕(請對)270)ᄒ니 샹(上)이 인견(引見)ᄒ실ᄉᆡ, 윤(尹)·뎡(鄭) 이(二) 공(公)이 옥계(玉階)의

33면

머리를 두다려 하진의 원억(冤抑)271)을 쥬(奏)ᄒ고 원경 등(等)이 임의 죽엇거늘 그 머리를 버히시미 셩쥬(聖主)의 실덕(失德)이믈 녁징고간(力爭苦諫)272)ᄒ여 왈(曰),

“하진이 진실(眞實)노 반(叛)ᄒᆯ진딕 위ᄉᆡ(衛士ㅣ) 가도 젼지(傳旨)273)를 좃지 아니코 위관(衛官)을 죽이고 황셩(皇城)을 범(犯)ᄒᆞᆯ 거시니 연죽(然則) 신(臣) 등(等)이 ᄒᆞᆫ가지로 쥬륙(誅戮)을 바드리이다.”

샹(上)이 ᄎᆞ(此) 냥인(兩人)을 지극(至極) 툥우274)(寵遇)275)ᄒ시ᄂᆞᆫ 바로 쥬ᄉᆡ(奏辭ㅣ) 이러툿 간졀(懇切)ᄒ여 원경 등(等) 시신(屍身)을 참(斬)치 마르시믈 녁징고간(力爭苦諫)ᄒᆞ미 당(當)ᄒ여는 가장 블예(不豫)276)ᄒ샤 왈(曰),

---

267) 족: [교] 박순호본(1:96)에는 ‘졸’로 되어 있으나 문맥을 고려해 이와 같이 수정함.

268) 셔로 의논하고-참ᄒ려 ᄒᆞ되: [교] 원문에는 이 부분이 없으나 문맥을 고려해 박순호본(1:95-96)을 따라 삽입함. 참고로 장서각본2에도 이 부분이 있음.(2:69-71)

269) 일반명뉴(一班名流): 일반명류. 졋 번째 반열의 이름 있는 인사.

270) 쳥딕(請對): 청대. 신하가 급한 일이 있을 때에 임금에게 뵙기를 청함.

271) 원억(冤抑): 원통하고 억울함.

272) 녁징고간(力爭苦諫): 역쟁고간. 다투어 간절히 간함.

273) 젼지(傳旨): 전지. 임금의 명령.

274) 툥우: [교] 원문에는 이 글자들이 없으나 문맥을 고려해 삽입함.

275) 툥우(寵遇): 총우. 사랑하여 특별히 대우함.

276) 블예(不豫): 불예. 임금 등이 기뻐하지 않음.

"경(卿) 등(等)의 젼일(前日) 튱셩(忠誠)으로뻐 대역(大逆) 두호(斗護)ᄒ미 이러퉁 ᄒᄆᆯ 쯧ᄒ지 아냣도다. 원경 등(等)이 딤(朕)의 농상(龍床) 하(下)의 발검돌입(拔劍突入)이 만고흉역(萬古凶逆)277)이라 므어슬 앗겨 이디도록 ᄒᄂ뇨?"

뎡(鄭)·윤(尹) 이(二) 공(公)이 디쥬(對奏) 왈(曰),

"원경

34면

등(等)의 대역(大逆)이 셩샹(聖上)의 니르시ᄂ 바 ᄀᆺ즈올진디 신(臣) 등(等)이 ᄒᆫ가지로 쥬륙(誅戮)을 쳥(請)ᄒ올 거오디 결단(決斷)코 그럴 니(理) 업습고 ᄯᅩ 간뉴(奸類)를 남달리 피(避)ᄒ므로 전후(前後) 사름의게 만히 믜인지라 하가(河家)를 믜워ᄒ리 셩샹(聖上)을 속여 변형(變形)ᄒᄂ 약(藥)을 삼켜 거죄(擧措ㅣ) 여ᄎ(如此)턴가 ᄒ옵ᄂ니, 시쇽(時俗)의 요되(妖道ㅣ)278) 이셔 괴이(怪異)ᄒᆫ 약뉴(藥類)를 삼켜 사름의 얼골을 밧고ᄂ 단약(丹藥)을 믿ᄃ라 파라 듕가(重價)279)를 취(取)ᄒ다 ᄒ오니, 신(臣) 등(等)의 쇼견(所見)은 이러ᄒ와 원경 등(等)을 칭원(稱寃)280)ᄒ옵ᄂ니 폐하(陛下)ᄂ 그 시신(屍身)을 온젼(穩全)이 ᄂ여 주샤 신(臣) 등(等)이 당(當)ᄒ와 시톄(屍體)를 입념(入殮)281)ᄒ엿다가 하진이 만일(萬一) 셩디(聖旨)를 슌슈(順受)282)치 아나 하람(河南)의셔 작변(作變)ᄒ미 이신즉 신(臣) 등(等)의 머리를 버

---

277) 만고흉역(萬古凶逆): 세상에 드문 흉악한 반역자.
278) 요되(妖道ㅣ): 요망한 도사.
279) 듕가(重價): 중가. 많은 돈.
280) 칭원(稱寃): 원통함을 일컬음.
281) 입념(入殮): 입렴. 시체를 관(棺)에 넣음.
282) 슌슈(順受): 순수. 순순히 받아들임.

혀 호역

35면

지죄(護逆之罪)[283]를 뎡(正)히 ᄒᆞ시고 원경 등(等)을 부관참시(剖棺斬屍)[284]ᄒᆞ오셔도 늦지 아니시리이다.”

샹(上)이 냥(兩) 공(公)의 녁쥉고간(力爭苦諫)으로조ᄎ 원경 등(等) 시슈(屍首)ᄂᆞᆫ 참(斬)치 말나 ᄒᆞ시고 하가(河家)를 쥬야(晝夜)에 위ᄲᅡ고 원광을 다시 잡아 가도라 ᄒᆞ시니,

이(二) 공(公)이 다시 닷토미 블가(不可)ᄒᆞ여 제(諸) 명뉴(名流)로 더브러 믈너나 혹ᄉ(學士) 등(等) 시슈(屍首)를 ᄎᆞᆽ 입념(入殮)ᄒᆞ려 ᄒᆞᆯᄉᆡ, 나졸(邏卒)이 바야흐로 참(斬)ᄒᆞ려 ᄒᆞ다가 셩디(聖旨) 급(急)히 나리미 시신(屍身)을 냥(兩) 공(公)을 맛지더라.

어시(於時)의 하부(河府)의셔 됴 부인(夫人)이 삼(三) ᄌᆞ(子ㅣ) 입번(入番)ᄒᆞ니 심회(心懷) 젼ᄌᆞ(前者)와 달나 여ᄎᆔ여광(如醉如狂)[285]ᄒᆞ며 혹ᄉ(學士) 부인(夫人) 님 시(氏)와 녀ᄋᆞ(女兒) 영쥬로 더브러 밤을 지닐ᄉᆡ, 홀연(忽然) 눈믈을 금(禁)치 못ᄒᆞ여 닐오ᄃᆡ,

“금일(今日) 내 심ᄉᆞ(心思ㅣ) 지향(指向) 업셔, 밤을 당(當)ᄒᆞ나 ᄒᆞᆫ 졈(點) 조으

36면

름이 업셔 밋쳐날 ᄃᆞᆺᄒᆞ니 엇디 이리 괴이(怪異)ᄒᆞ뇨?”

---

283) 호역지죄(護逆之罪): 반역자를 비호한 죄.
284) 부관참시(剖棺斬屍): 죽은 뒤에 큰 죄가 드러난 사람을 극형에 처하던 일. 무덤을 파고 관을 꺼내어 시체를 베거나 목을 잘라 거리에 내걺.
285) 여ᄎᆔ여광(如醉如狂): 여취여광. 술에 취한 듯하고 미친 듯함.

님 쇼제(小姐ㅣ) 쳑연(慽然) 딕왈(對曰),

"쇼쳡(小妾)이 역시(亦是) 회푀(懷抱ㅣ) 어즈러오니 연고(緣故) 업시 괴이(怪異)ᄒᆞ이다."

영쥬 쇼제(小姐ㅣ) 모친(母親)과 님 쇼져(小姐)를 위로(慰勞)ᄒᆞ여 날이 붉기의 니르도록 줌을 못 즛더니,

흑ᄉᆞ(學士) 등(等)의 하리(下吏) 밧긔 와 원광 공ᄌᆞ(公子)긔 흑ᄉᆞ(學士) 등(等)의 참변(慘變)을 고(告)ᄒᆞ고 딕ᄉᆞ(直士)는 발셔 맛ᄎᆞ시믈 고(告)ᄒᆞ니, 공ᄌᆞ(公子ㅣ) 놀나오미 쳥텬(靑天)의 벽녁(霹靂)이 일신(一身)을 분쇄(粉碎)286)ᄒᆞᄂᆞᆫ 듯 망극통원(罔極痛寃)287)이 일월(日月)이 회ᄉᆡᆨ(晦塞)288)ᄒᆞ고 텬디(天地) 함벽(咸闢)289)ᄒᆞᄂᆞᆫ 듯 손으로 가슴을 치고 ᄒᆞᆫ 소리 쟝통(長慟)290)의 피를 토(吐)ᄒᆞ고 업더지니, 시노셔동ᄇᆡ(侍奴書童輩) 밧비 붓드러 구호(救護)ᄒᆞ며 ᄎᆞ〃(次次) 젼(傳)ᄒᆞ여 닉당(內堂)의 니르니 합문(闔門)291) 샹하(上下)의 경황망극(驚惶罔極)292)ᄒᆞ미 텬디(天地) 어두어 셜운 줄도 ᄭᆡᄃᆞᆺ디 못ᄒᆞ여, 부

37면

인(夫人)은 ᄒᆞᆫ 말을 못 ᄒᆞ고 칼흘 ᄲᅢ혀 가삼을 지르려 ᄒᆞ니, 님 쇼져(小姐)와 영쥬 급(急)히 칼흘 앗고 모녀고식(母女姑媳)이 셔로 호텬통곡(呼天慟哭)293)ᄒᆞ더니, 원광이 인ᄉᆞ(人事)를 출혀 드러와 모친(母

---

286) 분쇄(粉碎): 잘게 부스러뜨림.
287) 망극통원(罔極痛寃): 끝없는 원통함.
288) 회ᄉᆡᆨ(晦塞): 회색. 밝았던 것이 캄캄하게 아주 꽉 막힘.
289) 함벽(咸闢): 다 닫힘.
290) 쟝통(長慟): 장통. 길이 통곡함.
291) 합문(闔門): 온 집안.
292) 경황망극(驚惶罔極): 몹시 놀라고 두려워함.
293) 호텬통곡(呼天慟哭): 호천통곡. 하늘을 우러러 부르짖으며 목 놓아 욺.

親)과 슈미(嫂妹)[294]의 우름을 긋치쇼셔 ᄒ고 ᄯ 굴오ᄃᆡ,

"화변(禍變)이 블측(不測)[295]흔 곳의 잇셔 흔갓 삼형(三兄)의 참망(慘亡)[296]흠만 아니라 빅시(伯氏)와 듕시(仲氏) 흉화(凶禍)의 샌졋고, 대인(大人)이 망극지참(罔極之慘)[297]을 인(因)ᄒ여 위틱(危殆)홀 거시니 문회(門戶ㅣ) 망멸(亡滅)ᄒ기 슈유(須臾)의 급(急)ᄒ니 ᄉ긔(事機)[298]를 보아 ᄉ싱(死生)을 결(決)ᄒ려니와 피창(彼蒼)[299]이 ᄎᆞ마 엇디 지원극통(至冤極痛)을 슬피지 아니시ᄂᆞ니잇고? ᄌ위(慈闈)와 슈〃(嫂嫂)ᄂᆞᆫ 관억(寬抑)[300]ᄒ샤 일이 되여 가믈 보쇼셔. 쇼ᄌ(小子)ᄂᆞᆫ 삼형(三兄)의 시신(屍身)을 ᄎᆞᄌ라 가ᄂᆞ이

38면

다."

부인(夫人)이 가슴을 허위여[301] 피 나고 머리를 두다려 씌여지기의 밋쳐 원상을 브르고 혼졀(昏絶)ᄒ니, 공직(公子ㅣ) 슈미(嫂妹)로 더브러 구호(救護)ᄒ미 황〃(遑遑)[302]ᄒ여 즉시(卽時) 시신(屍身)을 ᄎᆞᄌ라 가지 못ᄒ여 노복(奴僕)의 무리와 셔동(書童)을 보늬여 딕ᄉ(直士)의 시신(屍身)을 ᄎᆞᄌ라 ᄒ더니,

믄득 혹ᄉ(學士)와 한님(翰林)의 흉음(凶音)을 ᄯ 드르니 부인(夫人)이 잠간(暫間) 졍신(精神)을 출혓다가 ᄎᆞᄉ(此事)를 듯고 죽으려

---

294) 슈미(嫂妹): 수매. 형수와 누이.
295) 블측(不測): 불측. 헤아릴 수 없음.
296) 참망(慘亡): 참혹하게 죽음.
297) 망극지참(罔極之慘): 끝없이 비참하고 끔찍한 재앙.
298) ᄉ긔(事機): 사기. 일의 기미.
299) 피창(彼蒼): 저 푸른 하늘.
300) 관억(寬抑): 격한 감정이나 분노를 너그럽게 억제함.
301) 허위여: 손톱이나 날카로운 물건 따위로 긁어 파. 허비어.
302) 황〃(遑遑): 갈팡질팡 어쩔 줄 모르게 급함.

ᄒᆞᄂᆞᆫ디라. 공ᄌᆞ(公子) 남ᄆᆡ(男妹) 흔마디 우름을 발(發)치 못ᄒᆞ고 모친(母親)을 븟드러 구호(救護)ᄒᆞ니, 님 시(氏) 존고(尊姑)를 뫼셔 ᄎᆞᄉᆞ(此事)를 듯고 셔연(徐然)이[303] 니러 쟝외(帳外)의 나와 춧던 옥쟝도(玉粧刀)를 ᄲᅡ혀 ᄌᆞ문(自刎)[304]ᄒᆞ니, 가듕(家中)이 다 어두어 님 쇼져(小姐) 죽으믈 아디 못ᄒᆞ엿더니 ᄎᆞ회(嗟乎ㅣ)라, 님 시(氏) 이팔

39면

청츈(二八靑春)의 신월(新月)이 두렷ᄒᆞ고, 슈퇴(水澤)의 홍년(紅蓮)이 셩개(盛開)ᄒᆞᄂᆞᆫ 용화(容華)로 부녀ᄉᆞ덕(婦女四德)[305]이 일무쇼흠(一無小欠)[306]이어늘, 홀노 그 명(命)이 박(薄)ᄒᆞ고 슈(壽ㅣ) 단(短)ᄒᆞ여 셩혼(成婚) 삼(三) ᄌᆡ(載)의 일(一) 졈(點) 골육(骨肉)을 두지 못ᄒᆞ고 가부(家夫)의 참망(慘亡)ᄒᆞᄆᆞ로 ᄌᆞ문이ᄉᆞ(自刎而死)[307]ᄒᆞ여 뒤흘 좃ᄎᆞ니 녈〃(烈烈)ᄒᆞᆫ 졀의(節義)ᄂᆞᆫ 고인(古人)을 압두(壓頭)[308]ᄒᆞ나 하가(河家) 참변(慘變)이 〃ᄃᆡ도록 ᄒᆞ여 삼(三) ᄌᆞ(子)와[309] 통뷔(冢婦ㅣ)[310] 일일지ᄂᆡ(一日之內)의 맛출 줄 알니오.

영쥐 모친(母親)을 구호(救護)ᄒᆞ다가 님 시(氏) 간 곳 업ᄉᆞ믈 보고 원광을 보아 왈(曰),

"져졔(姐姐ㅣ) 어듸 가시뇨?"

공ᄌᆞ(公子ㅣ) 경왈(驚曰),

---

303) 셔연(徐然)이: 서연히. 천천히.
304) ᄌᆞ문(自刎): 자문. 스스로 목을 찌름.
305) 부녀ᄉᆞ덕(婦女四德): 부녀사덕. 부녀자가 지녀야 할 네 가지 덕. 마음씨[婦德], 말씨[婦言], 맵시[婦容], 솜씨[婦功]를 이름.
306) 일무쇼흠(一無小欠): 일무소흠. 한 가지 작은 흠도 없음.
307) ᄌᆞ문이ᄉᆞ(自刎而死): 자문이사. 스스로 자신의 목을 찔러 죽음.
308) 압두(壓頭): 상대편을 누르고 첫째 자리를 차지함.
309) 와: [교] 원문에는 이 글자가 없으나 문맥을 고려해 박순호본(1:100)을 따름.
310) 통뷔(冢婦ㅣ): 총부. 종자(宗子)나 종손(宗孫)의 아내. 곧 종가(宗家)의 맏며느리.

“쇼미(小妹) 잠간(暫間) 슈〃(嫂嫂)를 어더 보라.”

영쥐 니러 쟝외(帳外)의 나오미 님 시(氏) 구러졋거늘, 엄홀(奄忽)[311]혼가 붓드러 보니 셩혈(腥血)[312]이 님니(淋漓)[313]ᄒ고 삼촌검(三寸劍)이 빗기 질녀 임의 졀명(絶命)[314]ᄒ엿ᄂ디라 슈족(手足)이 어름 굿고 옥

40면

면(玉面)이 비록 변(變)치 아녀시나 임의 혼빅(魂魄)이 상(喪)[315]ᄒᆫ 시신(屍身)이라. 영쥐 비록 슉셩(夙成)ᄒ나 나힌즉 구(九) 세(歲)라 사름이 〃러툿 죽ᄂᆫ 거슬 어이 보아시리오. 경악참비(驚愕慘悲)[316]ᄒ여 ᄒᆫ 소ᄅ를 지르고 업더지니,

부인(夫人) 모직(母子ㅣ) 밧비 니르러 이 경상(景狀)[317]을 보니 텬디간(天地間)의 다시 업ᄉᆯ지라. 부인(夫人)이 ᄇ야흐로 못 죽어 한(恨)ᄒ더니 님 시(氏) 발셔 맛ᄎ니 방셩호곡(放聲號哭) 왈(曰),

“현부(賢婦)ᄂᆫ 결단(決斷)이 쾌(快)ᄒ여 녈졀(烈節)이 두렷ᄒ나 나ᄂᆫ 현부(賢婦)의 쾌(快)ᄒ믈 ᄯᆯ오지 못ᄒᄆ로 이디도록 셜우믈 겻그니 엇디 흉완(凶頑)[318]치 아니리오?”

공직(公子ㅣ) 모친(母親)의 우름을 긋치시게 ᄒ고 쇼미(小妹)를 구(救)ᄒ여 니러 안즈미 셔로 말이 나지 아냐 혼빅(魂魄)이 비월(飛

---

311) 엄홀(奄忽): 매우 급작스럽게 정신을 잃음.
312) 셩혈(腥血): 성혈. 비린내가 나는 피.
313) 님니(淋漓): 임리. 피, 땀, 물 따위의 액체가 흘러 흥건함.
314) 졀명(絶命): 절명. 목숨이 끊어짐.
315) 상(喪): 사라짐.
316) 경악참비(驚愕慘悲): 몹시 놀라고 슬퍼함.
317) 경상(景狀): 좋지 못한 모습.
318) 흉완(凶頑): 흉하고 모짊.

越)319)ᄒ니 아모리 ᄒᆞᆯ 줄을 아지 못ᄒ더니, 위시(衛士ㅣ)

41면

니르러 공ᄌᆞ(公子)를 나오라 ᄒ고 어림군(御臨軍)이 겹〃이 ᄡᆞ니, 공
ᄌᆞ(公子ㅣ) 창황(倉黃)320)이 모친(母親)긔 하딕(下直) 왈(曰),

"쇼ᄌᆞ(小子)를 마ᄌᆞ 잡히ᄂᆞᆫ 거시 하가(河家)를 맛츠려 ᄒ오미나 삼
(三) 형(兄)의 맛춤도 고금텬디(古今天地)의 업슨 지원극통(至冤極痛)
이어늘, 쇼ᄌᆞ(小子ㅣ) 마ᄌᆞ 죽을 니(理) 어이 잇ᄉᆞ오며 대인(大人)의
관일지튱(貫日之忠)321)이 일월(日月)노 징광(爭光)322)ᄒ리니 신명(神
明)이 ᄒᆞᆫ번(-番) 슬피시미 이실디라. ᄌᆞ정(慈庭)은 죵ᄂᆡ(從乃)323) 시
말(始末)을 다 보시고 ᄉᆞᄉᆡᆼ(死生)을 결(決)ᄒ시미 늣지 아니ᄒ오리니
ᄆᆞ음을 구지 잡으시고 지통(至痛)을 모로ᄂᆞᆫ ᄃᆞ시 ᄒᆞ샤 일이 되여 가
믈 보시고 급(急)히 셔도지 마르쇼셔."

도라 영쥬다려 왈(曰),

"슈〃(嫂嫂)ᄂᆞᆫ 님 시랑(侍郎)이 습념(襲殮)324)ᄒᆞᆯ 거시니 삼위(三位)
형댱(兄丈)은 노복(奴僕) 등(等)과 셔슉325)(庶叔)이 정셩(精誠)으로
ᄒ리니 쇼ᄆᆡ(小妹)ᄂᆞᆫ 오직 모친(母親)을 보호(保護)ᄒ여 결말(結末)
을 보라."

부

---

319) 비월(飛越): 정신이 아뜩하도록 높이 날아올라 혼미함.
320) 창황(倉黃): 허둥지둥 당황하는 모양.
321) 관일지튱(貫日之忠): 관일지충. 해를 꿰뚫을 만한 충성.
322) 징광(爭光): 쟁광. 빛을 다툼.
323) 죵ᄂᆡ(從乃): 종내. 끝내.
324) 습념(襲殮): 습렴. 시신을 씻긴 뒤 수의를 갈아입히고 염포로 묶는 일.
325) 과 셔슉: [교] 원문에는 '셔동 등'으로 되어 있으나 문맥을 고려해 박순호본(1:101)을 따름.

인(夫人)과 호곡(號哭)ᄒ여 셔로 붓들고 긔운이 막힐 둧ᄒ니, 공ᄌ(公子ㅣ) 지삼(再三) 비러 나죵을 보쇼셔 홀식, 위관(衛官)이 지쵹ᄒ니 공ᄌ(公子ㅣ) 다시 말을 못 ᄒ고 나와 잡혀 가니,

부인(夫人)이 죽기를 ᄌ분(自分)326)ᄒ여 칼과 노흘 가져 ᄌᆽ쳐 셜우믈 모로고져 ᄒ니, 영쥐 시녀(侍女)로 더브러 모친(母親)을 붓드러 혈읍익걸(血泣哀乞) 왈(曰),

"나죵을 보고 결단(決斷)ᄒ셔도 늦지 아니시려든 이딕도록 급(急)히 구르시ᄂ니잇고?"

부인(夫人)이 통곡(慟哭) 왈(曰),

"죵말(終末)을 볼 거시 어이 〃시리오? 삼(三) ᄌ(子ㅣ) 일시(一時)의 망(亡)ᄒ고 필ᄋ(畢兒)를 마ᄌ 잡아가시니 반둑시 죽일디라 이런 망극참통(罔極慘痛)327)을 보고 일신(一時ㄴ)들 살니오? 네 출하리 약(藥)과 칼흘 가져 날노뼈 이런 참경(慘景)328)을 보디 말게 ᄒ고 녀도 ᄯᅩᄒᆫ 죽으미 올커늘 엇지 날다려 살나 ᄒᄂ

뇨?"

영쥐 비읍(悲泣) 왈(曰),

"하날이 엇지 오가(吾家)를 멸망(滅亡)케 ᄒ시리잇고? ᄉ형(四兄)329)은 닙신(立身)치 아닌 몸이라 므슨 죽이리잇고? 대인(大人)이

---

326) ᄌ분(自分): 자분. 스스로 헤아리거나 앎.
327) 망극참통(罔極慘痛): 슬픈 감정이 끝없음.
328) 참경(慘景): 참혹한 광경.
329) ᄉ형(四兄): 사형. 넷째 오라버니.

참화(慘禍)330)를 바드실진디 우리 모녜(母女ㅣ) 흔가지로 죽어 망극(罔極)흔 화(禍)를 보디 아니려니와 아딕 일이 아모리 될 줄 모로오니 즈레 긋츨 거시 아니〃이다."

부인(夫人)이 일신(一身)을 브디이져 피 나도록 상(傷)ㅎ니 영쥐 등시비(衆侍婢)331)로 더브러 븟들고 안즈 촌쟝(寸腸)332)이 스라지믈 씌둧지 못ㅎ더라.

츠셜(且說). 뎡(鄭)·윤(尹) 냥(兩) 공(公)이 원경 등(等) 삼(三) 인(人)의 참스(慘死)ㅎ믈 츠악경비(嗟愕驚悲)333)ㅎ여 시슈(屍首)를 츠즈 의금관곽(衣衾棺槨)334)을 굿초아 념습(殮襲)ㅎ려 홀식, 하(河) 공(公)의 셔죵뎨(庶從弟) 하운과 노복(奴僕) 등(等)이 니르러 통곡(慟哭)ㅎ믈 긋치지 아니ㅎ니 이(二) 공(公)이 안슈(眼水)를 금(禁)치 못ㅎ여 왈(曰),

"즈건335)336) 등(等) 삼(三) 형뎨(兄弟) 일

44면

야지니(一夜之內)의 참화(慘禍)의 써러져 이리 될 줄이야 몽미(夢寐)의나 쯧ㅎ여시리오? 도시(都是) 하(河) 형(兄)의 가운(家運)이 망극(罔極)ㅎ미라 츠후(此後)나 무스(無事)키를 바르느니 무익(無益)히 슬허ㅎ나 밋츨 비 업는디라. 다만 됴 부인(夫人)의 각골(刻骨) 셜워

---

330) 참화(慘禍): 참혹한 재앙.
331) 듕시비(衆侍婢): 중시비. 뭇 시비.
332) 촌쟝(寸腸): 촌장. 마디마디의 창자.
333) 츠악경비(嗟愕驚悲): 차악경비. 매우 놀라고 슬픔.
334) 의금관곽(衣衾棺槨): 상례(喪禮)에서 습렴(襲殮)과 입관(入棺) 때 망자(亡者)를 위해 사용하는 옷과 이불, 관(棺) 따위.
335) 건: [교] 원문에는 '안'으로 되어 있으나 앞의 예를 따라 이와 같이 수정함.
336) 즈건: 하원경의 자(字).

호시는 듕(中) 원광을 마즈 잡혀 보뉘고 모음을 뎡(定)치 못호시리
니, 아등(我等)이 비록 무상(無狀)호나 죽기를 도라보지 아니호고 극
녁(極力)호나 일이 아모리 될 줄 모르니 부인녀즈(夫人女子)의 모음
이 프러 싱각호시기 어려오니, 하싱(河生)은 도라가 퇵듕(宅中)을 직
희여 샹하인심(上下人心)을 진뎡(鎭靜)호고 부인(夫人)긔 아등(我等)
의 말숨을 고(告)호여 '과상(過傷)337)치 마르시고 결말(結末)을 보쇼
셔.' 호라. 즈안 등(等)의 초종입념지졀(初終入殮之節)338)은 우리 졍
셩(精誠)을 다호리니 군(君)의 념녀(念慮)홀 빅 아니라."

하운이 톄읍(涕泣) 빅

45면

샤(拜謝) 왈(曰),

"냥위(兩位) 상공(相公)의 하시(河氏)를 긍념(矜念)339)호시미 이
ズ토샤 디원극통(至冤極痛)340)을 슬피시니 츠(此)눈 망극지은(罔極
之恩)이라 쇼싱(小生)이 도라가 부인(夫人)긔 은혜(恩惠)를 고(告)호
고 교령(敎令)341)디로 집을 직희리이다."

뎡(鄭)·윤(尹) 이(二) 공(公)이 츄연(惆然) 탄왈(嘆曰),

"아등(我等)이 하(河) 형(兄)으로 더브러 졍의(情誼) 관포(管鮑)342)

---

337) 과상(過傷): 지나치게 슬퍼함.
338) 초종입념지졀(初終入殮之節): 초종입렴지졀. 상례(喪禮)에서 초상이 난 때로부터 습렴(襲殮),
    입관, 장례에 이르기까지의 절차.
339) 긍념(矜念): 애처롭게 여겨 보살펴 주는 마음.
340) 디원극통(至冤極痛): 지원극통. 지극히 원통함.
341) 교령(敎令): 가르침과 명령.
342) 관포(管鮑): 관중(管仲, ?~B.C.645)과 포숙아(鮑叔牙, ?~?). 관중은 중국 춘추시대 제(齊)나라의
    재상으로 이름은 이오(夷吾). 환공(桓公)이 즉위할 무렵 환공의 형인 규(糾)의 편에 섰다가 패
    전하여 노(魯)나라로 망명하였는데, 당시 환공을 모시고 있던 친구 포숙아의 진언(進言)으로
    환공에게 기용되어 환공을 중원(中原)의 패자(霸者)로 만드는 데 일조함. 관중과 포숙아는 잇
    속을 차리지 않은 사귐으로 유명하여 이로부터 관포지교(管鮑之交)라는 말이 나옴. 사마천, 『

의 비기니, 셔로 환난(患難)의 괄시(恝視)343)ᄒ리오? 아등(我等)은 삼
(三) 인(人)의 시슈(屍首)를 입념(入殮)ᄒ여 문외(門外) 햐쳐(下處)344)
를 어더다가 셩복(成服)345)ᄒ게 ᄒ리니 군(君)은 도라가라."

운이 ᄇᆡ샤슈명(拜謝受命)ᄒ고 가거늘,

뎡(鄭)·윤(尹) 냥(兩) 공(公)이 상의(相議) 왈(曰),

"원경 등(等)이 일분(一分)이나 유죄(有罪)면 아등(我等)이 호역지
죄(護逆之罪)를 당(當)ᄒ려니와 그 슈신셥ᄒᆡᆼ(修身攝行)346)이 빙옥(氷
玉) ᄀᆞᆺᄐᆞᄆᆞᆯ 아ᄂᆞ니, 비록 타인(他人)이 아등(我等)을 호역(護逆)347)ᄒ
다 니ᄅᆞᆫ들 므슨 븟그러오미 이시리오? 맛당이 금슈(錦繡)로 입념(入
殮)ᄒ여 초상지절(初喪之節)의 퇴

46면

지로 ᄒ여곰 보지 못ᄒᆞᆫ 참원(慘寃)348)을 ᄒ나히나 위로(慰勞)ᄒ리
라."

ᄒ고,

삼ᄉᆞ일(三四日)을 집의 가지 아니코 식반(食盤)을 믈니쳐 흐르ᄂᆞᆫ
술노ᄡᅥ 목을 젹시며 삼(三) 혹ᄉᆞ(學士)의 참혹(慘酷)히 맛ᄎᆞᄆᆞᆯ 통상
(痛傷)ᄒᆞ미 일가친쳑(一家親戚)의 다르미 업ᄂᆞᆫ지라. 습념입관(襲殮入
棺)을 다 친집(親執)349)ᄒ여 문외(門外)로 나가 삼(三) 인(人)의 녕구

사기(史記)』, <관안열전(管晏列傳)>.
343) 괄시(恝視): 업신여겨 하찮게 대함.
344) 햐쳐(下處): 하처. 손님이 길을 가다가 임시 머무는 집.
345) 셩복(成服): 성복. 초상이 나서 상인(喪人)들이 처음으로 상복(喪服)을 입는 일. 보통 입관(入
棺)을 마친 후에 입음.
346) 슈신셥ᄒᆡᆼ(修身攝行): 수신섭행. 몸을 닦고 행실을 가다듬음.
347) 호역(護逆): 역적을 비호함.
348) 참원(慘寃): 참혹한 원통함.
349) 친집(親執): 친히 장례를 맡음.

(靈柩)를 햐쳐(下處)의 머므르고 하부(河府) 근신(勤信)350) 흔 노복(奴
僕)으로 상측(喪側)을 직희오고,

하운은 나와 셩복(成服)ᄒ딕 하(河) 공(公)과 원광이 셩복(成服)을
못 ᄒ므로 후일(後日) 다시 모다 복졔(服制)를 출히기를 원(願)ᄒ니
ᄉᄌ(死者)ᄂ 이의(已矣)351)오 하(河) 공(公)과 공ᄌ(公子)의 무ᄉ(無
事)키를 튝원(祝願)ᄒ더라.

윤(尹)·뎡(鄭) 이(二) 공(公)이 녕구(靈柩)를 안둔(安屯)352)하고 바
로 하부(河府)로 오니 군병(軍兵)이 겹〃이 에워ᄡᄂ디라 냥(兩) 공
(公) 왈(曰),

"우리ᄂ 이 집을 단니미 지친(至親) ᄀᄐ니

47면

군샹(君上)도 아르시ᄂ 빈라 여등(汝等)은 막지 말나."

군ᄉ(軍士ㅣ) 뎡(鄭)·윤(尹) 냥(兩) 공(公)의 샹툥(上寵)과 덕망(德
望)을 닉이 아ᄂ디라 감(敢)히 막지 아니ᄒ더라.

이(二) 공(公)이 외당(外堂)의 니르니 님 시랑(侍郎)이 녀ᄋ(女兒)
를 입관(入棺)ᄒ고 관(棺)을 두다려 통곡(慟哭)ᄒᄂ디라. 냥(兩) 공
(公)이 님 공(公)을 쳥(請)ᄒ여 치위(致慰)353)ᄒᆞ식, 시랑(侍郎)이 다른
ᄌ녀(子女)ᄂ 셩혼(成婚)치 못ᄒ고 녀ᄋ(女兒)를 쳐음으로 셩가(成嫁)
ᄒ여 계오 삼(三) ᄌ(載)의 셔랑(壻郎) 삼(三) 형뎨(兄弟) 참망(慘亡)
ᄒ고, 녀ᄋ(女兒ㅣ) ᄌ문필ᄉ(自刎必死)354)ᄒᆞ믈 통상비졀(痛傷悲

---

350) 근신(勤信): 부지런하고 믿음직함.
351) 이의(已矣): 이미 끝남.
352) 안둔(安屯): 편안히 둔침.
353) 치위(致慰): 위로함.
354) ᄌ문필ᄉ(自刎必死): 자문필사. 스스로 목을 찔러 죽음.

絶)355)ᄒ여 흉장(胸臟)이 ᄢᅵᆨ는 듯ᄒ니, 계오 하부(河府) ᄲᅥᆫ 거슬 헤치고 드러와 녀ᄋ(女兒)를 습념입관(襲殮入棺)ᄒ고 흑ᄉ(學士) 등(等) 삼(三) 인(人)은 윤(尹)·뎡(鄭) 이(二) 공(公)이 진심(盡心)356)ᄒ여 치상(治喪)ᄒ기를 맛고 이의 니르믈 보미 그 신의(信義)를 감탄(感歎)ᄒ여 눈믈을 흘니고 칭샤(稱謝)ᄒ믈 마지아니 〃 냥(兩) 공(公)이 츄연(惆然) 왈(曰),

"ᄌ건357) 형뎨(兄弟)

48면

시신(屍身)을 거두믈 형(兄)이 엇지 쇼뎨(小弟) 등(等)의게 칭샤(稱謝)ᄒ리오? 다만 하가(河家) 화란(禍亂)이 아모 지경(地境)의 갈 줄 아디 못ᄒ니 참악(慘愕)358)ᄒᆫ 심ᄉ(心思)를 ᄎᆷ지 못ᄒ리로다."

드〃여 시녀(侍女) 등(等)을 블너 부인(夫人) 긔력(氣力)과 쇼져(小姐) 소식(消息)을 뭇고 부인(夫人)긔 젼어(傳語) 왈(曰),

"쇼싱(小生) 등(等)이 존슈(尊嫂)긔 말ᄉᆷ을 고(告)ᄒ미 미안(未安)ᄒ오나 참화(慘禍)를 당(當)ᄒ와 밋쳐 녜의(禮義)를 출히지 못ᄒ옵고 참변(慘變)을 싱각ᄒ오미 오뉘붕졀(五內崩絶)359)ᄒ믈 ᄢᅵᆺ듯지 못ᄒ옵ᄂᆞ니 존슈(尊嫂)ᄂ 힝(幸)혀 괴이(怪異)히 넉이지 마르쇼셔. ᄌ건360) 등(等)의 참ᄉ(慘死)ᄂᆞᆫ 므ᄉᆫ 말ᄉᆷ을 알외리잇고? 하날이 무심(無心)ᄒ시고 신명(神明)이 블찰(不察)ᄒ믈 통한(痛恨)361)ᄒ옵ᄂᆞ니, ᄉᄌ

---

355) 통상비졀(痛傷悲絶): 통상비절. 매우 슬퍼함.
356) 진심(盡心): 마음을 다함.
357) 건: [교] 원문에는 '안'으로 되어 있으나 앞의 예를 따라 이와 같이 수정함.
358) 참악(慘愕): 참혹하고 놀람.
359) 오뉘붕졀(五內崩絶): 오내붕절. 오장이 무너지고 끊어짐.
360) 건: [교] 원문에는 '안'으로 되어 있으나 앞의 예를 따라 이와 같이 수정함.
361) 통한(痛恨): 몹시 한스러워함.

(死者)는 이의(已矣)라 슬허ᄒ여 밋츨 길히 업스니 이졔는 퇴지 형(兄)의 부ᄌ(父子)나 무ᄉ(無事)키를 ᄇ라는 비라. 원광이 취리(就理)362)

49면

ᄉ오일(四五日)의 국문(鞫問)ᄒᄂ 일이 업고 하람(河南)의 위ᄉ(衛士ㅣ) 가시나 됴졍(朝廷) 의논(議論)이 하(河) 형(兄)의 튱졀(忠節)을 져마다 칭원(稱宽)363)ᄒ여 갈구(竭救)364)ᄒᆯ 쯧이 〃시니 간당(奸黨)이 간듸로365) 현인(賢人)을 다 뭇지르지 못ᄒ오리니 존슈(尊嫂)ᄂ 궁텬지통(窮天之痛)366)을 춤으시고 죵ᄂ(終乃) 시말(始末)을 보샤 ᄉ싱(死生)을 가ᄇ야이 마르시고 쇼져(小姐)의 어린 나히 상(喪)ᄒ믈 념녀(念慮)ᄒ쇼셔."

　됴 부인(夫人)이 쥬야(晝夜) 죽기를 ᄌ분(自分)ᄒ던 가온듸나 삼(三) ᄌ(子)의 신톄(身體)를 완젼(完全)ᄒ미 윤(尹)·뎡(鄭) 이(二) 공(公)의 산히대은(山海大恩)367)이라 습념입관(襲殮入棺)을 극진(極盡)히 ᄒ고 ᄲᆫ 거슬 헤치고 드러와 이러틋 므르믈 감은극골(感恩刻骨)368)ᄒ여 읍혈회답(泣血回答) 왈(曰),

　"가운(家運)이 흉참망극(凶慘罔極)ᄒ여 쳔고(千古)의 드믄 화란(禍亂)을 블의(不意)예 당(當)ᄒ여 문회(門戶ㅣ) 망멸(亡滅)ᄒ미 누란(累卵)369) ᄀᆺᄐ여 삼(三) ᄋ(兒)를 참통(慘痛)이 맛고 식뷔(息婦ㅣ)

---

362) 취리(就理): 취리. 죄인이 심리를 받음.
363) 칭원(稱宽): 원통함을 일컬음.
364) 갈구(竭救): 힘을 다해 구함.
365) 간듸로: 마음대로.
366) 궁텬지통(窮天之痛): 궁천지통. 하늘에 사무치는 고통이나 설움.
367) 산히대은(山海大恩): 산해대은. 태산과 바다처럼 큰 은혜.
368) 감은극골(感恩刻骨): 감은각골. 은혜에 감동한 것이 뼈에 사무침.

ᄌ문이ᄉ(自刎而死)ᄒ니 이 경계(境界)ᄂᆞᆫ 셕목(石木)이라도 춤지 못
ᄒᆞᆯ 비로디, 쳡(妾)이 명완무지(命頑無知)370)ᄒᆞ와 ᄉᆞ오일(四五日)을
지닌 비라 텬디(天地)의 ᄌᆞ옥ᄒᆞᆫ 원억지통(冤抑之痛)371)을 어이 다 형
상(形狀)ᄒᆞ리잇고? 삼(三) ᄌᆞ(子)의 신톄(身體)를 완젼(完全)ᄒᆞ고 습
념(襲殮)ᄒᆞ믄 냥위(兩位) 샹공(相公)의 산ᄒᆡ대은(山海大恩)이라 쇄신
분골(碎身粉骨)372)ᄒᆞ나 다 갑습지 못ᄒᆞ리로소이다. 원광은 십일(十
日) 셰(歲) 치ᄋᆡ(稚兒ㅣ)라 누옥(陋獄)373)의 오릭 견딀 니(理) 업ᄉᆞ니
슬기를 긔필(期必)치 못ᄒᆞᆯ 거시오, 위ᄉᆞ(衛士ㅣ) 하람(河南)의 발(發)
ᄒᆞ미 오라지 아냐 샹경(上京)ᄒᆞ오리니 만일(萬一) 흉참(凶慘)ᄒᆞᆫ 일이
잇거든 쳡(妾)으로 ᄒᆞ여곰 몬져 알게 ᄒᆞ시믈 쳥(請)ᄒᆞᄂᆞ이다. 위험
(危險)ᄒᆞᆫ 곳의 님(臨)ᄒᆞ샤 친문(親問)ᄒᆞ시ᄂᆞᆫ 후의(厚意)를 더옥 감은
(感恩)ᄒᆞᄂᆞ이다.”

이(二) 공(公)이 몸을 굽혀 듯기를 다ᄒᆞ미 튱근(忠勤)374)ᄒᆞᆫ 양낭
(養娘) ᄉᆞ오(四五) 인(人)

을 블러 부인(夫人)과 쇼져(小姐)를 보호(保護)ᄒᆞ여 듁음(粥飮)을 나
오시게 ᄒᆞ라 ᄒᆞ고 남노녀복(男奴女僕)375)을 다 블너 니르디,

---

369) 누란(累卵): 쌓인 계란.
370) 명완무지(命頑無知): 목숨이 질기고 무식함.
371) 원억지통(冤抑之痛): 원통하고 억울한 고통.
372) 쇄신분골(碎身粉骨): 몸이 부서지고 뼈가 가루가 됨.
373) 누옥(陋獄): 더러운 감옥.
374) 튱근(忠勤): 충근. 충성스럽고 부지런함.
375) 남노녀복(男奴女僕): 남노여복. 남녀 종들.

"너희 노애(老爺ㅣ) 슈슌(數旬) 후(後) 올나오실 거시오, 말죵(末終)의 상공(相公)과 공ᄌᆞ(公子)ᄂᆞᆫ 무ᄉᆞ(無事)히 날 거시니 비ᄌᆞ(婢子) 등(等)은 안흘 직희오고 노ᄌᆞ(奴子) 등(等)은 밧글 직희여 요란(擾亂)ᄒᆞ고 방ᄌᆞ(放恣)ᄒᆞ미 업게 ᄒᆞ라."

비복(婢僕) 등(等)이 지우하쳔(至愚下賤)[376]이나 냥(兩) 공(公)의 은덕(恩德)을 감튝(感祝)ᄒᆞ여 눈믈을 드리워 슈명(受命)ᄒᆞ더라.

이(二) 공(公)이 각ㅅ(各各) 허여져 본부(本府)로 도라갈ᄉᆡ, 삼(三)인(人)의 녕구(靈柩)를 노복(奴僕) 등(等)으로 직희여 부듕(府中)을 셔 나지 말나 당부(當付)ᄒᆞ니 하운이 ㅅ(二) 공(公)의 명(命)ᄃᆡ로 ᄒᆞ더라.

윤(尹) 공(公)이 집의 도라와 모젼(母前)의 ᄉᆞ오일(四五日) 존후(尊候)를 뭇ᄌᆞᆸ고 조(曹) 부인(夫人) 긔운을 뭇ᄌᆞ온 후(後) 외헌(外軒)의 나와 광슈(廣袖)[377]로 낫츨 덥고 누어 비회(悲懷)

52면

를 억제(抑制)치 못ᄒᆞ여 원광을 맛ᄂᆞᆫ 날이면 현ᄋᆞ를 폐륜지인(廢倫之人)[378]을 삼을지라 ᄌᆞ긔(自己) 두 낫 ᄯᆞᆯ을 두어 댱녀(長女)ᄂᆞᆫ 셕싱(石生)의 졈ㅅ(漸漸) 박ᄃᆡ(薄待)ᄒᆞ미 면목블견(面目不見)[379]ᄒᆞ고 ᄎᆞ녀(次女)ᄂᆞᆫ 셔랑(壻郎) 될 사름이 대리시(大理寺) 죄인(罪人)이 되여 ᄉᆞ싱(死生)을 미뎡(未定)[380]ᄒᆞ고, 하가(河家) 화란(禍亂)이 친옹(親翁)의 살기를 긔필(期必)치 못ᄒᆞ리니 ᄒᆞᆫ갓 붕우지의(朋友之義)ᄲᆞᆫ 아니라 녀ᄋᆞ(女兒)의 일싱(一生)이 하가(河家)의 달녀시니 엇지 될고

---

376) 지우하쳔(至愚下賤): 지우하천. 지극히 어리석은 하층의 천민.
377) 광슈(廣袖): 광수. 넓은 소매.
378) 폐륜지인(廢倫之人): 인륜(人倫)을 폐한 사람.
379) 면목블견(面目不見): 면목불견. 차마 대면해 볼 수 없음.
380) 미뎡(未定): 미정. 정해지지 않음.

근심이 미우(眉宇)를 펴지 못ᄒ니, 광텬 등(等) 냥(兩) 공ᄌ(公子ㅣ)
좌우(左右)로 뫼셔 역시(亦是) 하가(河家)를 위(爲)ᄒ여 념녀(念慮)ᄒ
믈 마지아니ᄒ더니,

져녁문안(--問安)을 당(當)ᄒ여 경희뎐의 뫼히니 태위(大夫ㅣ) 탄
왈(嘆曰),

“현ᄋ의 팔ᄌ(八字ㅣ) 길(吉)ᄒ면 하원광이 ᄉ디(死地)를 버셔나렷
마ᄂ 긔필(期必)치 못ᄒ니 졀박(切迫)ᄒ 념녜(念慮ㅣ) 비(比)

53면

ᄒ 곳이 업도다.”

뉴 시(氏) 낫출 붉히고 굴오디,

“현ᄋᄂ 화듕왕(花中王)이오 옥듕박옥(玉中璞玉)381)이라 셩ᄒ긔딜
(性行器質)이 고왕금ᄂᆡ(古往今來)의 독보(獨步)ᄒ니, 명공(明公)의 형
셰(形勢)로 ᄉ회를 어디 가 못 어더 화가여ᄉᆡᆼ(禍家餘生)382)으로 무ᄉ
(無事)ᄒ리라 ᄒ들 ᄎ마 엇디 결혼(結婚)코져 의ᄉᆡ(意思ㅣ) 나리오?
쳡(妾)이 일ᄉᆡᆼ(一生) 다리고 잇셔도 하가(河家)의ᄂ 보ᄂᆡ디 못ᄒ리로
소이다.”

공(公)이 바야흐로 심ᄉᆡ(心思ㅣ) 난(亂)ᄒ디 ᄎ언(此言)을 드르니
평ᄉᆡᆼ(平生) 부녀(婦女)의 당돌(唐突)ᄒ믈 믜이 넉이고 대ᄉ(大事)의
말ᄒᄂ 양ᄒᄂ 줄 가장 괘심이 넉이ᄂ지라 블승통한(不勝痛恨)383)ᄒ
여 노목(怒目)을 빗기 ᄶᅥ 쑤러질 ᄃᆞ시 보며 닝쇼(冷笑) 왈(曰),

“내 비록 용녈(庸劣)ᄒ나 부인(夫人)의 가부(家夫ㅣ)오 현ᄋ의 아

---

381) 옥듕박옥(玉中璞玉): 옥중박옥. 옥 중에서 아직 다듬지 않은 천연 그대로의 순수한 옥.
382) 화가여ᄉᆡᆼ(禍家餘生): 화가여생. 재앙을 당한 집안에서 남은 목숨.
383) 블승통한(不勝痛恨): 불승통한. 몹시 한스러움을 이기지 못함.

비라. 대亽(大事)를

54면

내 임의(任意)로 듀댱(主掌)384)홀 거시어늘 엇지 간예(干與)ᄒ여 다
언(多言)ᄒᄂ뇨? 그딕 비록 현ᄋ를 다리고 잇고져 아니ᄒ여도 하원
광이 죽은즉 폐륜지인(廢倫之人)이 어딕로 가리오? 즈연(自然) 부모
(父母) 슬하(膝下)를 직희리니 공교(工巧)로온 언참(言讖)385)을 말나.
내 죽은즉 그딕 즈힝(恣行)386)ᄒ려니와 내 ᄉ라신즉 임의(任意)로 못
ᄒ리라."

분긔(憤氣)로 인(因)ᄒ여 성음(聲音)이 싁 〃 ᄒ고 안싁(顔色)이 쥰
녈(峻烈)387)ᄒ여 븍풍(北風)이 놉핫ᄂ딕 상셜(霜雪)이 ᄲ리ᄂ 듯ᄒ
니, 뉴 시(氏) 본(本)딕 은악양션(隱惡佯善)388)ᄒ여 가부(家夫)의게
블공(不恭)ᄒ 말을 아니키로 공(公)의 성졍(性情)이 엄숙(嚴肅)ᄒ딕
셔로 졍힐(爭詰)389)ᄒᄂ 일이 업더니 금일(今日) 본셩(本性)을 직희
지 못ᄒ여 참화(慘禍)의 ᄲ진 하가(河家)를 위(爲)ᄒ여 옥(玉) ᄀᄐ
녀ᄋ(女兒)를 가연이390) 폐륜(廢倫)홀 ᄯ

55면

을 두믈 골돌개탄(鶻突慨歎)391)ᄒ여 눈믈을 ᄲ려 왈(曰),

---

384) 듀댱(主掌): 주장. 어떤 일을 책임지고 맡음.
385) 언참(言讖): 미래의 사실을 꼭 맞추어 예언하는 말.
386) 즈힝(恣行): 자행. 제멋대로 해 나감.
387) 쥰녈(峻烈): 준열. 매우 엄하고 매서움.
388) 은악양션(隱惡佯善): 은악양선. 악한 마음을 감추고 겉으로는 착한 척함.
389) 졍힐(爭詰): 쟁힐. 서로 다투어 힐난함.
390) 가연이: 선뜻.
391) 골돌개탄(鶻突慨歎): 의혹이 풀리지 않아 개탄함.

"명공(明公)이 원닉(元來) 텬눈즈익(天倫慈愛)392) 남과 ᄀᆞᆺ지 못ᄒᆞ여 경ᄋᆞ를 성가(成嫁)393)ᄒᆞ미 셕낭(石郎)의 박딕(薄待)를 엇게 ᄒᆞ고, 현ᄋᆞ를 대역(大逆)의 집과 뎡혼(定婚)ᄒᆞ여시나 일시(一時) 희언(戲言)을 유신(有信)ᄒᆞᆫ 체ᄒᆞ시고 공연(空然)이 하가(河家)를 위(爲)ᄒᆞ여 ᄌᆞ식(子息)을 폐륜지인(廢倫之人)을 삼고져 ᄒᆞ시니 쳡(妾)의 모녜(母女ㅣ) 출하리 ᄒᆞᆫ 칼히 죽어 명공(明公)의 ᄆᆞ음을 쾌(快)케 ᄒᆞ리라."

공(公)이 분연대로(憤然大怒) 왈(曰),

"내 엇지 텬눈즈익(天倫慈愛) 브죡(不足)ᄒᆞ리오마는 실(實)노 냥(兩) 익(兒ㅣ) 그딕의 쇼싱(小生)이믈 깃거 아니ᄒᆞ노라. 힝(幸)혀 모습(母襲)394)을 홀진딕 블힝(不幸)이 젹지 아니〃 죽으나 놀납지 아니리니 임의(任意)로 ᄒᆞ라. 셕낭(石郎)의 박딕(薄待)ᄒᆞᄂᆞᆫ 거슬 므ᄉᆞᆫ 념치(廉恥)로 후딕(厚待)395)ᄒᆞ라 ᄒᆞ리오?

그딕 언ᄉᆞ(言辭ㅣ) 능녀(凌厲)396)ᄒᆞ니 엇지 권(勸)치 못ᄒᆞᄂᆞ뇨? 현ᄋᆞ를 폐륜지인(廢倫之人)이 되면 나도 보기 슬흐니 그딕 죽이기ᄂᆞᆫ ᄒᆞ려니와 그딕 도부쉬(刀斧手ㅣ)397) 아니〃 능(能)히 사ᄅᆞᆷ을 손으로 죽이려 ᄒᆞᄂᆞ뇨? 수갈(蛇蝎)의 모질기와 일희398)예 ᄉᆞ오나오믈 가져시니 당면(當面)399)ᄒᆞ여 말ᄒᆞ기 괴롭고 심홰(心火ㅣ) 나ᄂᆞᆫ지라, 실(實)

---

392) 텬눈즈익(天倫慈愛): 천륜자애. 인륜상 가지는 자애로움. 여기에서는 아버지 윤수가 딸들에게 지니는 자애로움을 가리킴.
393) 성가(成嫁): 성가. 시집을 보냄.
394) 모습(母襲): 어머니를 닮음.
395) 후딕(厚待): 후대. 두텁게 대우함.
396) 능녀(凌厲): 능려. 아주 뛰어나게 훌륭함.
397) 도부쉬(刀斧手ㅣ): 도부수. 큰 칼과 큰 도끼로 무장한 군사.
398) 일희: 이리.
399) 당면(當面): 얼굴을 마주함.

노 나의 마음을 어즈러이고 괴독지언(怪毒之言)[400]을 이궂치 ᄒ다가
는 무슨 일을 닉고 긋치리니 잠〃(潛潛)코 이시라."

언필(言畢)의 ᄉ매를 쩔치고 밧그로 나가니,

뉴 시(氏) 울며 태우(大夫)를 원망(怨望)ᄒᄂᆞ디라 태부인(太夫人)
이 말녀 왈(曰),

"하개(河家ㅣ) 아딕 멸망(滅亡)치 아녓고 죵ᄂᆡ(終乃)를 보아 현ᄋᆞ
를 타쳐(他處)의 셩가(成嫁)홀지라 너모 급(急)히 구지 말고 ᄉ긔(事
機)를 술펴 현ᄋᆞ의 일싱(一生)

57면

이 쾌(快)케 ᄒ리니 현부(賢婦)는 념녀(念慮)치 말나."

뉴 시(氏) 쳬읍(涕泣) 디왈(對曰),

"존고(尊姑)의 셩덕(盛德)으로 쳡(妾)의 모녜(母女ㅣ) 이 가듕(家
中)의 머므ᄂᆞ 빅라. 가군(家君)의 ᄆᆞ음은 실(實)노 쳡(妾)의 모녀(母
女)를 가ᄂᆡ(家內)의 업과져 ᄒ여 원슈(怨讐) ᄀᆞᆺ치 넉이니 부〃부녀간
(夫婦父女間) 이러ᄒ고 므슨 화긔(和氣)[401] 이시리잇고?"

태부인(太夫人)이 위로(慰勞) 왈(曰),

"이 ᄋᆞ희(兒孩) 셩졍(性情)이 본(本)딕 죵요롭지 못ᄒ고 잔곡졀(-曲
折)[402]이 업ᄂᆞ디라, 부녀(婦女)의 ᄉ졍(事情)을 몰나 괴롭거니와 엇
지 ᄌᆞ식(子息)을 원슈(怨讐) ᄀᆞᆺ치 넉이며 그딕를 업과져 ᄒ리오? 아직
하가(河家)를 위(爲)ᄒ여 져리ᄒ나 하개(河家ㅣ) 멸(滅)ᄒ면 녀ᄋᆞ(女
兒)를 폐륜(廢倫)치 못홀 거시오, 노뫼(老母ㅣ) 현ᄋᆞ를 위(爲)ᄒ여 셩

---

400) 괴독지언(怪毒之言): 괴이하고 독한 말.
401) 화긔(和氣): 화기. 온화한 기운.
402) 잔곡졀(-曲折): 잔곡절. 자잘한 생각.

혼(成婚)을 직쵹ᄒ리니 그딕ᄂᆞᆫ 믈녀(勿慮)ᄒ라.”

뉴 시(氏) 이듬고 분(憤)ᄒ나 고뫼(姑母 1) 이러틋 니르니 홀일업셔 말을

58면

아니ᄒ고, 현ᄋᆞᄂᆞᆫ 년긔(年紀) 십(十) 세(歲) 너머시니 만ᄉᆞ(萬事 1) 슉셩(夙成)ᄒ지라, 그윽이 모친(母親)의 거동(擧動)을 보믹 ᄌᆞ긔(自己) 졀힝(節行)을 희지을가 한심(寒心)ᄒᄆᆞᆯ 니긔지 못ᄒᄃᆡ 썅안(雙眼)을 낫초아 믁연단좌(黙然端坐 1)러라.

윤(尹) 공(公)이 뎡(鄭) 공(公)으로 상의(相議)ᄒ여 하(河) 공(公)을 구(救)코져 ᄒᄃᆡ 계괴(計巧 1) 업고 간뫼(奸謀 1)403) 블측(不測)ᄒ니 싱의(生意)치 못ᄒ고 텬도(天道)의 슌환(循環)ᄒ기만 바라더라.

위ᄉᆞ(衛士 1) 하람(河南)의 가 하(河) 공(公)을 잡을ᄉᆡ, 빅셩(百姓) 등(等)이 공(公)의 덕화(德化)를 감은(感恩)ᄒ다가 ᄎᆞ경(此景)을 보고 아니 슬허ᄒ리 업더라.

공(公)이 하람(河南)을 평뎡(平定)ᄒ고 ᄇᆞ야흐로 하븍(河北)을 향(向)코져 ᄒ더니, 나명(拿命)404)을 듯고 개연이 몸을 미여 올ᄉᆡ, 삼(三) ᄌᆞ(子)의 죽으믈 위관(衛官)이 젼(傳)치 아냣더니, 경샤(京師)의 온 후(後)야 삼(三) ᄌᆞ(子)의 참부(慘訃)405)

---

403) 간뫼(奸謀 1): 간사한 꾀.
404) 나명(拿命): 죄인을 잡아 오라는 명령.
405) 참부(慘訃): 참혹히 죽은 사실을 알림.

를 젼(傳)ㅎᄂᆞᆫ디라 공(公)이 쳘구금심(鐵軀金心)406)이나 엇지 골졀(骨節)이 녹지 아니리오. ᄌᆞ긔(自己) 죄슈(罪囚)로 올나오며 호곡(號哭)ㅎᄆᆡ 블가(不可)ㅎ여 ᄆᆞ음을 구지 잡고 일셩(一聲)을 브동(不動)ㅎ여 궐하(闕下)의 다ᄃᆞ르니,

위ᄉᆞ(衛士ㅣ) 하진 나ᄅᆡ(拿來)407)ㅎ믈 듀(奏)ㅎᄃᆡ, 샹(上)이 맛춤 슈삼(數三) 일(日) 블예(不豫)408)ㅎ샤 즉시(卽時) 다스리지 못ㅎ시고 대리시(大理寺)의 나리오라 ㅎ시니,

나졸(邏卒)이 공(公)을 가도니 원광의 가도인 ᄃᆡ와 ᄉᆞ이 머니 부ᄌᆞ(父子ㅣ) 샹면(相面)ㅎ믈 엇지 못ㅎ니라.

뎡(鄭)·윤(尹) 이(二) 공(公)이 하(河) 공(公)의 오믈 듯고 더옥 착급(着急)409)ㅎᄃᆡ 구(救)ᄒᆞᆯ 모칙(謀策)410)이 업셔 우민(憂悶)ㅎ더라.

ᄌᆡ셜(再說). 뎡(鄭) 공ᄌᆞ(公子) 텬흥의 년(年)이 십삼(十三)의 니르니, 풍뉴(風流ㅣ)411) 슈려동탕(秀麗動蕩)412)ㅎ여 농미봉안(龍眉鳳眼)413)과 호비쥬슌(虎鼻朱脣)414)이 츌뉴발췌(出類拔萃)415)ㅎ고 박학다ᄌᆡ(博學多才)ㅎ여 문댱(文章)은 니두(李杜)416)를 묘시(藐視)417)

---

406) 쳘구금심(鐵軀金心): 철구금심. 철과 같은 몸과 쇠와 같은 마음.
407) 나ᄅᆡ(拿來): 나래. 죄인을 잡아 옴.
408) 블예(不豫): 불예. 임금의 건강이 좋지 않음.
409) 착급(着急): 매우 급함.
410) 모칙(謀策): 모책. 꾀와 계책.
411) 풍뉴(風流ㅣ): 풍류. 풍채.
412) 슈려동탕(秀麗動蕩): 수려동탕. 빼어나게 아름답고 시원하게 잘생김.
413) 농미봉안(龍眉鳳眼): 용미봉안. 양쪽 끝이 길게 치올라 가는 모양의 눈썹과 봉황의 눈같이 가늘고 길며 눈초리가 위로 째지고 붉은 기운이 있는 눈.
414) 호비쥬슌(虎鼻朱脣): 호비주순. 호랑이의 코와 붉은 입술.
415) 츌뉴발췌(出類拔萃): 출류발췌. 여럿 가운데서 뛰어남.
416) 니두(李杜): 이두. 이백(李白, 701-762)과 두보(杜甫, 712-770)를 아울러 이르는 말. 모두 중국 성당(盛唐) 때의 시인. 중국의 최고 시인들로 꼽히며 이백은 시선(詩仙)으로, 두보는 시성(詩聖)으로 칭하여짐.
417) 묘시(藐視): 업신여기어 깔봄.

ᄒ고 필법(筆法)은 종왕(鍾王)⁴¹⁸⁾을 압두(壓頭)ᄒ며, 겸(兼)ᄒ여 샹통텬문(上通天文)⁴¹⁹⁾ᄒ고 하달디리(下達地理)⁴²⁰⁾ᄒ여 손오병법(孫吳兵法)⁴²¹⁾을 무블통지(無不通知)⁴²²⁾ᄒ며 졔셰안민지ᄎᆡᆨ(濟世安民之策)⁴²³⁾이 잇고 튱텬댱긔(衝天壯氣)⁴²⁴⁾ 발월(發越)⁴²⁵⁾ᄒ여 온듕단믁(穩重端默)⁴²⁶⁾ᄒ미 젹으니 금평휘(--侯ㅣ) ᄆᆡ양 엄(嚴)히 잡죄더니,

일〃(一日)은 부젼(父前)의 뭇ᄌᆞ오ᄃᆡ,

"하(河) 년슉(緣叔)⁴²⁷⁾을 ᄒᆡ(害)코져 ᄒᄂᆞ니 뉘니잇고?"

공(公)이 ᄀᆞᆯ오ᄃᆡ,

"굿ᄐᆞ여 아뮈 줄 모로ᄃᆡ 니부샹셔(吏部尚書) 김후 등(等)이 원경 등(等)의 시슈(屍首) 참(斬)ᄒᆞᆷ믈 쳥(請)ᄒᆞ니 젼일(前日)의 하(河) 형(兄)이 김탁의 탐남블법지ᄉᆞ(貪濫不法之事)⁴²⁸⁾를 논ᄒᆡᆨ(論劾)⁴²⁹⁾ᄒ미

---

418) 종왕(鍾王): 종왕. 종요(鍾繇)와 왕희지(王羲之). 종요는 중국 삼국시대 위(魏)나라의 대신·서예가(151-230). 자는 원상(元常). 조조를 도운 공으로 위나라 건국 후 태위(太尉)가 됨. 해서(楷書)에 뛰어나 후세에 종법(鍾法)으로 일컬어짐. 왕희지는 중국 동진(東晉)의 서예가(307-365)로 자는 일소(逸少)이고 우군 장군(右軍將軍)을 지냈으며 해서·행서·초서의 3체를 예술적 완성의 영역까지 끌어올려 서성(書聖)이라고 불림.

419) 샹통텬문(上通天文): 상통천문. 위로는 천문에 통달함. 천문은 우주와 천체의 온갖 현상과 그에 내재된 법칙성.

420) 하달디리(下達地理): 하달지리. 아래로는 땅의 이치에 통달함.

421) 손오병법(孫吳兵法): 중국 춘추전국시대의 병법가인 손무(孫武, B.C.545경~B.C.470경)와 오기(吳起, ?-B.C.381)의 병법. 손무는 중국 춘추시대의 병법가로, 자는 장경(長卿)임. 오나라 왕 밑에서 초나라, 진나라를 위압하고 절도와 규율 있는 군사를 양성함. 저서로 병서『손자(孫子)』가 있음. 오기는 중국 전국시대의 병법가로, 증자(曾子)에게 배우고 노(魯)나라, 위(魏)나라에서 벼슬한 뒤에 초(楚)나라에 가서 도왕(悼王)의 재상이 되어 법치적 개혁을 추진하였음. 저서에 병서『오자(吳子)』가 있음.

422) 무블통지(無不通知): 무불통지. 통달해 알지 못하는 것이 없음.

423) 졔셰안민지ᄎᆡᆨ(濟世安民之策): 제세안민지책. 세상을 구제하고 백성을 평안하게 할 계책.

424) 튱텬댱긔(衝天壯氣): 충천장기. 하늘을 찌를 듯한 굳센 기운.

425) 발월(發越): 용모가 깨끗하고 훤칠함.

426) 온듕단믁(穩重端默): 온중단묵. 성격이 조용하고 침착하며 단엄하고 말수가 적음.

427) 년슉(緣叔): 연숙. 아저씨라고 부를 만한 친지.

428) 탐남블법지ᄉᆞ(貪濫不法之事): 탐람불법지사. 탐욕에 끝이 없어 저지른 불법적인 일.

429) 논ᄒᆡᆨ(論劾): 논핵. 잘못이나 죄과를 논하여 꾸짖음.

잇는 고(故)로 혐극(嫌隙)430)이 되어 퇴지를 죽이고져 ᄒᆞᄂᆞᆫ가 ᄒᆞ노라.”

공ᄌᆞ(公子ㅣ) 다시 뭇ᄌᆞ오ᄃᆡ,

“원간(元間) 김후의 집이 어ᄃᆡ니잇가?”

공(公)이 무심(無心)히 닐너 왈(曰),

“도셩(都城) 십ᄌᆞ각(十字閣) 거리의 웃듬 고루댱각(高樓粧閣)431)이 져의 집이니라.”

공ᄌᆞ(公子ㅣ)

61면

듯ᄌᆞ올 만ᄒᆞ고,

물너나432) ᄎᆞ뎨(次弟) 닌흥다려 왈(曰),

“내 잠간(暫間) 혼졍(昏定) 후(後) 단녀올 ᄃᆡ 이시니 셔동(書童)을 다리고 이시라.”

ᄎᆞ공ᄌᆞ(次公子ㅣ) 가는 ᄃᆡ를 므른ᄃᆡ 텬흥이 쇼왈(笑曰),

“닌가(隣家)의 가 야화(夜話)ᄒᆞ고 오리니 대인(大人)이 모로시게 ᄒᆞ라.”

ᄒᆞ고, 셩(城)을 너머가니 슌라군(巡邏軍)이 곳″마다 이시나 공ᄌᆞ(公子ㅣ) 힝뵈(行步ㅣ) 훌″433)ᄒᆞ고 쳐신(處身)이 신능(神凌)434)ᄒᆞ니 아모도 모로더라.

김후의 집으로 가니 문누(門樓)의 ‘김 상셔(尙書) 챵현궁(--宮)’이

---

430) 혐극(嫌隙): 서로 꺼리고 싫어하여 생긴 틈.
431) 고루댱각(高樓粧閣): 고루장각. 높고 아름다운 집.
432) 물너나: [교] 원문에는 없으나 문맥을 고려해 박순호본(2:9)을 따라 삽입함.
433) 훌″: 가벼운 모양.
434) 신능(神凌): 신릉. 신명하고 능란함.

라 뎟더라. 공저(公子ㅣ) 의긔(義氣)를 발(發)호여 하(河) 공(公)을 스디(死地)의 구(救)호려 호눈디라, 두로 도라보니 댱원(牆垣)435)이 층아(嵯峨)436)훈딕 뉴리(琉璃)를 밀친437) 둧호고 띡 삼경(三更)이니 만뇌구젹(萬籟俱寂)438)호디라.

공저(公子ㅣ) 몸을 소샤 담을 넘으니 층〃(次次) 댱원(牆垣)과 문(門)이 잇눈디라. 공저(公子ㅣ) 무인디경(無人之境) ᄀᆞ치 드러가니, 김휘 외당(外堂)

62면

의셔 ᄌᆞ되 광활(廣闊)호 집의 금슈포장(錦繡鋪帳)439)을 민드라 지웟거눌, 댱(帳)을 들고 드러가니 슉딕셔동(宿直書童) 스오(四五) 인(人)이 잠이 깁헛고 김후는 상상(床上)의셔 비셩(鼻聲)440)이 우레 ᄀᆞᆺ거눌 공저(公子ㅣ) 블승분노(不勝忿怒)441)호여 즉직(卽刻)의 죽이고 시브딕 살인(殺人)을 간딕로 호여 ᄌᆞ취기화(自取其禍)442)를 호리오 호고, 눈을 드러 살핀즉 벽상(壁上)의 텰편(鐵鞭)이 걸녓거눌 손의 쥐고 금〃(錦衾)을 헤치고 그 머리를 눌너 안ᄌᆞ 텰편(鐵鞭)으로 힘을 다호여 두다리니, 김휘 놀나 씩민 알프기 죽을 둧호고 갑〃호미 터질 둧호니 능(能)히 소리를 못 호거눌 공저(公子ㅣ) 그 등의 안ᄌᆞ 슈죄(數罪)443) 왈(曰),

---

435) 댱원(牆垣): 장원. 담.
436) 층아(嵯峨): 차아. 높이 솟아 아득함.
437) 밀친: 깎아놓은.
438) 만뇌구젹(萬籟俱寂): 만뢰구적. 밤이 깊어 아무런 소리도 없이 아주 고요함.
439) 금슈포장(錦繡鋪帳): 금수포장. 비단을 늘어놓은 휘장.
440) 비셩(鼻聲): 비성. 코 고는 소리.
441) 블승분노(不勝忿怒): 불승분노. 분노를 이기지 못함.
442) ᄌᆞ취기화(自取其禍): 자취기화. 스스로 그 재앙을 취함.
443) 슈죄(數罪): 수죄. 죄를 하나하나 따짐.

"간흉젹ᄌ(奸凶賊子ㅣ)444)야, 네 뢰상(罪狀)을 드러 보라. 네 박덕
브ᄌ(薄德不才)445)로 외람(猥濫)이 니부텬관(吏部天官) 쟉녹(爵祿)이
과의(過矣)446)어늘 죡(足)ᄒᆞᆫ 줄 모로고 현ᄉ(賢士)를 져바리며 간당
(奸黨)

63면

을 나와447), 용인치정(用人治政)448)이 무상(無狀)449)ᄒᆞ여 비록 ᄌ덕
(才德)이 가ᄌ나450) 네게 믜오니ᄂᆞᆫ 벼슬의 〃망(擬望)451)치 아니ᄒᆞ
고, ᄌ죄(才操ㅣ) 젹고 비혼 거시 업슬디라도 다만 너의게 아당(阿
黨)452)ᄒᆞ여 네 ᄯᅳᆺ을 맛초면 쳔거(薦擧)ᄒᆞ기를 못 밋츨 ᄃᆞᆺᄒᆞ여 악뉴
(惡類)와 간당(奸黨)을 쳐결(締結)ᄒᆞ여 현인(賢人)을 긍극(窮極)히 모
ᄒᆡ(謀害)ᄒᆞ니 이러ᄒᆞ고 텬앙(天殃)453)이 업지 못ᄒᆞᆯ디라. 그르믈 ᄭᅴᄃᆞ
라 ᄌ금(自今) 이후(以後)나 개과쳔션(改過遷善)ᄒᆞ면 가(可)히 샤(赦)
ᄒᆞ려니와 하딘 ᄀᆞᆺ튼 튱냥현신(忠良賢臣)454)을 모살(謀殺)455)코져 ᄒᆞ
며 원경 등(等)을 모ᄒᆡ(謀害)ᄒᆞ여 죽이고 오히려 브죡(不足)ᄒᆞ여 시
슈(屍首) 참(斬)ᄒᆞ기를 쳥(請)하여 셩듀(聖主)의 티화(治化)456)를 그
르게 ᄒᆞ미 젼(專)혀 너 간젹(奸賊)의 뢰(罪)라. 만일(萬一) 네 하진을

444) 간흉젹ᄌ(奸凶賊子ㅣ)· 간흉저자. 간사하고 흉악한 도저눈.
445) 박덕브ᄌ(薄德不才): 박덕부재. 덕이 부족하고 재주가 없음.
446) 과의(過矣): 지나침.
447) 나와· 추천해.
448) 용인치정(用人治政): 용인치정. 사람을 쓰고 정사를 다스림.
449) 무상(無狀): 사리에 밝지 못함.
450) 가ᄌ나· 갖추었으나.
451) 〃망(擬望): 벼슬 후보자를 임금에게 추천함.
452) 아당(阿黨): 남의 비위를 맞추거나 환심을 사려고 다랍게 아첨함.
453) 텬앙(天殃): 천앙. 하늘이 내리는 재앙.
454) 튱냥현신(忠良賢臣): 충량현신. 충성스럽고 어진 신하.
455) 모살(謀殺): 죽이려 모의함.
456) 티화(治化): 치화. 어진 정치로 백성을 다스려 인도함.

술오지 아니ᄒ고 셩듀(聖主)의 참덕(慙德)457)을 숨을진듸 흔칼노 네 머리를 참(斬)ᄒ

64면

고 집을 믓지르리라.”

김휘 댱어호치(長於豪侈)458)ᄒ고 싱어부귀(生於富貴)459)ᄒ여 풍한셔열(風寒暑熱)460)의 신긔(神氣) 잠간(暫間) 블평(不平)ᄒ여도 각별(恪別)이 티료(治療)ᄒ고 남달니 압흔 거슬 못 견듸여 ᄒ더니, 쳔만(千萬) 긔약(期約)지 아닌 듕벌(重罰)을 만나 셩혈(腥血)이 님니(淋漓)ᄒ니, 그 인세(人世)를 분간(分揀)치 아니ᄒ고 힝식(行使ㅣ) 본(本)듸 블미(不美)ᄒ민 텬신(天神)이 벌(罰)을 주시민가 겁(怯)ᄒ고 두려 쏭을 흘니고 고개를 그덕여 익걸(哀乞) 왈(曰),

“죄상(罪狀)을 아옵ᄂ니 텬신(天神)은 셩덕(盛德)을 드리워 일명(一命)을 빌니시면 개과쳔션(改過遷善)ᄒ여 용인치졍(用人治政)의 공의(公義)461)를 잡아 ᄉ졍(私情)을 먼니ᄒ고 하딘을 아모려나 ᄉ도록 ᄒ리니 그만ᄒ여 샤(赦)ᄒ쇼셔.”

공지(公子ㅣ) 혜오듸,

‘이놈이 결단(決斷)코 하(河) 공(公)을 모희(謀害)ᄒ여시니 즈시 알니라.’

ᄒ고, 가지록 미이 쳐

---

457) 참덕(慙德): 부끄러운 덕.
458) 댱어호치(長於豪侈): 장어호치. 화려하고 사치스러운 집에서 자람.
459) 싱어부귀(生於富貴): 생어부귀. 부유하고 귀한 집에서 태어남.
460) 풍한셔열(風寒暑熱): 풍한서열. 바람과 추위, 심한 더위.
461) 공의(公義): 공변된 의리.

왈(曰),

"악시(惡事ㅣ) 텬졍(天廷)의 빗최고 디부(地府)의 올나시니 므를 비 업거니와 네 만일(萬一) 모음을 곳쳐 션도(善道)의 나아갈진딕 젼〃악ᄉ(前前惡事)를 뉘웃츠리니 므슴 일이 더옥 뉘웃브뇨?"

김휘 왈(曰),

"졍신(精神)이 황홀(恍惚)ᄒ니 치기를 긋치시면 고(告)ᄒ리이다."

공ᄌ(公子ㅣ) 잠간(暫間) 긋쳐 왈(曰),

"하원경 등(等) 희(害)ᄒ기를 네 츠마 엇지 ᄒ다?"

김휘 딕왈(對曰),

"엇지 ᄉ오나온 줄 모로리잇고마는 하진이 가친(家親)의 허믈을 텬졍(天廷)의 듀달(奏達)462)ᄒ여 일(一) 년(年) 월봉(月俸)을 거두시고 엄칙(嚴責)463)ᄒ시니 통한(痛恨)이 밋쳐 홀 제, 하딘이 어ᄉ(御史)로 잇셔 초왕(-王)을 논ᄒᆡᆨ(論劾)ᄒᄆᆡ 셩상(聖上)이 그릇 넉이시니 하딘을 믜워ᄒᄆᆡ 골돌ᄒ여 하가(河家)를 뭇지르고져 ᄒᄆᆡ, 하원상 등(等)이 입번(入番)ᄒᆫ 씩를 타 초왕(-王)이 환관(宦官) 주셕·오하로464)

더브러 개용단(改容丹)을 삼켜 원상 등(等)의 모양(模樣)이 되어 발검(拔劍)ᄒ고 농상(龍床) 하(下)의 나아가 혼동465)ᄒ고 원상 등(等)을 죽여시니 실(實)노 못ᄒᆞᆯ 일을 ᄒ엿ᄂ이다."

---

462) 듀달(奏達): 주달. 임금에게 아룀.
463) 엄칙(嚴責): 엄책. 엄히 꾸짖음.
464) 주셕, 오하로: [교] 원문에는 '두셕과 오담으로'라 되어 있으나 앞의 예를 따라 이와 같이 수정함.
465) 혼동: 큰 소리로 꾸짖거나 소란스럽게 재촉함.

공지(公子ㅣ) 텰편(鐵鞭)으로 그 등을 울혀466) 왈(曰),

"일졍(一定)467) 쟉죄(作罪)쌘 아냐 극악(極惡)을 다 아느니 즉시 고(告)ᄒ라.

휘 울며 왈(曰),

"용인치졍(用人治政)의 무상(無狀)ᄒ믄 텬신(天神)이 아르시는 비니 다시 고(告)치 아니커니와, 원상은 비명원ᄉ(非命寃死)468)ᄒ고 원경·원보는 일ᄎ(一次)를 마ᄌ시나 죽든 아니ᄒ거늘 가친(家親)과 초왕(-王)이 옥니(獄吏)다려 이리이리 니르고 술의 독(毒)을 타 주니 옥니(獄吏) 등(等)은 모로고 먹이니 즉ᄉ(卽死)ᄒ니이다."

공지(公子ㅣ) 일〃(一一)히 복초(服招)469)를 바드미 십분(十分) 통히(痛駭)ᄒ지라, 죽이고져 시브딕 참고 요하(腰下)의 칼흘 ᄲᅡᇰ혀 그 장가락(長--)470)을 버혀 낭듕(囊中)의 너흐며

67면

후리쳐471) 누이고 입의 ᄶᅩ을 누고 ᄭᅮ지져 왈(曰),

"나는 하날의 잇지 아니ᄒ고 ᄯᅡ희도 잇지 아녀 운슈간(雲水間)472)의 잇거니와, 네 이런 경계(境界)를 지닉고 다시 현인(賢人)을 모히(謀害)ᄒ진딕 죽엄을 만단(萬端)473)의 닉고 여부(汝父)가지 육장(肉醬)을 믠둘니〃 조심(操心)ᄒ라."

---

466) 울혀: 울리게 해.
467) 일졍(一定): 일정. 반드시.
468) 비명원ᄉ(非命寃死): 비명원사. 죽을 때가 아닌데 원통하게 죽음.
469) 복초(服招): 문초를 받고 순순히 죄상을 털어놓음.
470) 장가락(長--): 가운뎃손가락.
471) 후리쳐: 팽개쳐.
472) 운슈간(雲水間): 운수간. 구름이나 물 사이. 정처 없이 떠돌아다니는 것을 이름.
473) 만단(萬端): 만 조각.

셜파(說罷)의 니러나니 슉딕셔동(宿直書童)이 끼여 보고 썰며 흔 구셕의 우구리고 안줏거늘 공직(公子ㅣ) 발노 박츠 왈(曰),

"네 항것474) 놈의 되샹(罪狀)이 만수무셕(萬死無惜)475)이라 즉금(卽今) 긔졀(氣絶)ㅎ여시니 끼거든 구호(救護)ㅎ고 아직 후리쳐 두라."

언파(言罷)의 문(門)을 밀치고 훌〃476)이 쟝원(牆垣)과 문(門)을 너머가니 밤이 오히려 식지 아녓는지라.

흔거름의 취운산의 도라와 집의 니르니, 츠공직(次公子ㅣ) 오히려 주지 아니ㅎ고 기다리다가 마즈 왈(曰),

"형댱(兄丈)이 가시는 곳

68면

을 니르지 아니ㅎ고 가시니 의아(疑訝)ㅎ되 급(急)히 가시민 뭇줍지 못ㅎ고 기다리더니 어딕를 가 계시더니잇고?"

댱공직(長公子ㅣ) 대쇼(大笑)ㅎ고 낭듕(囊中)으로셔 사름의 손가락을 닉여 뵈며 왈(曰),

"내 이거술 버히라 갓더니라."

츠공직(次公子ㅣ) 경악(驚愕)ㅎ여 왈(曰),

"이 엇진 일이니잇고?"

댱공직(長公子ㅣ) 호〃(浩浩)477)히 웃고 김후의 집의 가 그놈을 슬토록 타둔(打臀)478)ㅎ고 똥을 누어시믈 니르고, 원샹 등(等)의 참혹(慘酷)히 죽음과 초왕(-王) 등(等)의 모히(謀害) 닙으믈 츠셕비열

---

474) 항것: 주인.
475) 만수무셕(萬死無惜): 만사무석. 만 번 죽어도 아까운 것이 없음.
476) 훌〃: 가벼운 모양.
477) 호〃(浩浩): 기세 있는 모양.
478) 타둔(打臀): 볼기를 침.

(嗟惜悲咽)479) 왈(曰),

"이쩌는 김후의 말이 그러홀지라도 내 십여(十餘) 세(歲) 동치(童稱)로 남의 일의 가로맛타480) 신원(伸寃)481)ᄒ여 주려 ᄒ나 형셰(形勢) 되지 못홀지라 그 손가락을 버혀 와 후일(後日) 증험(證驗)482)을 삼고져 ᄒ노라".

닌흥이 졍ᄉᆡᆨ(正色) 디왈(對曰),

"형댱(兄丈)의 ᄒᆡᆼᄉᆞ(行使ㅣ) 싱

69면

각 밧기라, 가(可)히 댱부(丈夫)의 쾌ᄉᆞ(快事ㅣ)라 ᄒ려니와 그러나 일이 졍대(正大)치 아냐 무인심야(無人深夜)의 위고ᄌᆡ상(位高宰相)483)을 그딕도록 ᄒ미 온듕(穩重)치 못ᄒ여 취화(取禍)484)ᄒ기 쉬오니 ᄎᆞ후(此後) ᄒᆡᆼ신쳐ᄉᆞ(行身處事ㅣ)485) 종용(從容)ᄒ믈 취(取)ᄒ쇼셔."

텬흥이 쇼왈(笑曰),

"내 종용(從容)치 못ᄒ믈 알오딕 하(河) 공(公)을 구(救)홀 도리(道理) 업셔 김후를 경동(驚動)ᄒ면 요ᄒᆡᆼ(僥倖) 다시 ᄒᆡ(害)ᄒ미 업슬가 ᄒ미라. 대인(大人)이 아르시면 ᄎᆡᆨ(責)ᄒ시리니 고(告)치 말나."

닌흥이 웃고 눕고져 ᄒ더니, 원촌(遠村)의 계셩(鷄聲)이 들니거ᄂᆞᆯ 일공ᄌᆞ(一公子ㅣ) 쇼왈(笑曰),

"삼십(三十) 니(里)를 왕ᄂᆡ(往來)ᄒ여 흉인(凶人)을 다ᄉᆞ리노라 ᄒ

---

479) ᄎᆞ셕비열(嗟惜悲咽): 차석비열. 탄식하고 슬퍼하며 오열함.
480) 가로맛타: 참견해.
481) 신원(伸寃): 원통함을 풀어 줌.
482) 증험(證驗): 증거로 삼을 만한 경험.
483) 위고ᄌᆡ상(位高宰相): 위고재상. 지위가 높은 재상.
484) 취화(取禍): 취화. 재앙을 얻음.
485) ᄒᆡᆼ신쳐ᄉᆞ(行身處事ㅣ): 행신처사. 세상을 살아가는 데 가져야 할 몸가짐이나 행동.

니 밤이 다 갓도다.”

츠공ᄌ(次公子ㅣ) 웃고 ᄒᆞᆫ가지로 소세(梳洗)ᄒᆞ고 신셩(晨省)ᄒᆞ니,

뎡(鄭) 공(公)이 ᄋᆞᄌᆞ(兒子)의 작용(作用)은 모로고 하(河) 공(公) 위(爲)ᄒᆞᆫ 념녜(念慮ㅣ) 비길 ᄃᆡ 업셔 탄왈(嘆曰),

“내

70면

일즉 허심(許心)[486]ᄒᆞ여 동긔(同氣) ᄀᆞᆺ튼 붕우(朋友)ᄂᆞᆫ 하(河) 퇴지와 윤(尹) 명강 형뎨(兄弟)러니, 금국(金國)의 가 문강의 참ᄉᆞ(慘死)ᄒᆞ믈 보고 골육상변(骨肉喪變)[487]으로 다르지 아니타가 셰월(歲月)이 오라미 ᄌᆞ연(自然) 닛치이미 되엿더니, 당금(當今) 하(河) 퇴지의 화변(禍變)이 쥬야(晝夜) 밋친 병(病)이 되나 구(救)ᄒᆞᆯ 길이 업ᄉᆞ니 엇지 참졀(慘絶)[488]치 아니리오?”

일공ᄌ(一公子ㅣ) 김후의 말을 고(告)코져 ᄒᆞ나 칙(責)ᄒᆞᆯ가 두려 발구(發口)[489]치 못ᄒᆞ고 김휘 하(河) 공(公)을 구(救)ᄒᆞᆯ가 그윽이 기다리더라.

어시(於時)의 김휘 반싱반ᄉ(半生半死)[490]ᄒᆞ엿다가 스ᄉᆞ로 씨여ᄂᆞ 셔동비(書童輩) 닉당(內堂)의 알외더라.

---

486) 허심(許心): 마음을 허여함.
487) 골육상변(骨肉喪變): 부자, 형제 등 육친의 상사(喪事).
488) 참졀(慘絶): 참절. 매우 슬픔.
489) 발구(發口): 입에서 말을 꺼냄.
490) 반싱반ᄉ(半生半死): 반생반사. 거의 죽게 되어 죽을지 살지 모를 지경에 이름.

주요 인물

구파: 윤현과 윤수의 서모. 승상 구준의 서매(庶妹).

김탁: 임금의 장인. 김 귀비의 아버지. 초왕과 결탁해 하진 부자를
　　　모함함.

김후: 김탁의 첫째아들. 이부천관.

석준: 개국공신 석수신의 손자. 추밀사 석화의 셋째아들. 윤경아의
　　　남편.

순 태부인: 정연의 어머니.

위 부인: 윤수의 친어머니. 유 씨의 시어머니.

유 부인: 이부상서 유환의 딸. 윤수의 아내. 시어머니 위 부인, 딸
　　　　　윤경아와 함께 윤명아, 윤광천, 윤희천 형제를 죽이려 함.

윤경아: 윤수와 유 씨의 첫째딸. 석준의 아내.

윤광천: 윤현의 쌍둥이 아들 중 첫째. 어머니는 조 부인. 자는 사원.

윤수: 윤 노공의 후실 위 부인 소생. 자는 명강. 윤현의 이복동생.
　　　아들이 없어 윤현의 아들 윤희천을 양자로 들임. 아내는 유
　　　부인. 딸은 윤경아, 윤현아. 태중태우.

윤현: 윤 노공의 전실 황 부인 소생. 명천 선생. 자는 문강. 아내는
　　　조 부인. 윤광천과 윤희천의 아버지. 윤수의 형. 금국에 사
　　　신으로 갔다가 자결함. 홍문관 태학사 이부상서 금자광록태
　　　우. 죽은 후에 충무공으로 추증됨.

윤현아: 윤수와 유 씨의 둘째딸.

윤희천: 윤현의 쌍둥이 아들 중 둘째. 어머니는 조 부인. 윤수의 계후로 들어가 양조모 위 부인과 양모 유 부인의 박대를 받음. 자는 사빈.

정연: 윤현과 하진의 친구. 자는 윤보. 대사도. 금평후.

조 부인: 개국공신 조빈의 딸. 윤현의 아내. 윤광천과 윤희천의 어머니.

조 씨: 하진의 아내.

진 씨: 정연의 아내.

초왕: 임금의 종제(從弟). 김탁과 결탁해 하진 부자를 모함함.

하원경: 하진과 조 씨 사이의 큰아들. 자는 자건. 아내는 이부시랑 임경의 딸. 초왕, 김탁의 모함을 받아 반역죄로 옥에 갇혀 있다가 독살당함.

하원광: 하진과 조 씨 사이의 넷째아들.

하원보: 하진과 조 씨 사이의 둘째아들. 자는 자상. 초왕, 김탁의 모함을 받아 반역죄로 옥에 갇혀 있다가 독살당함.

하원상: 하진과 조 씨 사이의 셋째아들. 자는 자종. 초왕, 김탁의 모함을 받아 반역죄로 매를 맞다가 죽음.

하진: 윤현과 정연의 친구. 자는 퇴지. 어사태우. 병부상서 문연각 태학사.

화천: 윤현의 벗. 도사. 항주 사람. 어릴 때 윤현과 항주에서 이웃해 살며 친구가 됨. 천태산 아래 진청 도사에게서 배움. 자는 연지.

역자 해제

1. 머리말

<명주보월빙>은 18~19세기에 창작되었을 것으로 추정되는 고전 대하소설이다. 작가는 알려져 있지 않으나 다른 대하소설과 마찬가지로 사대부가 여성의 창작으로 추정된다. 후편인 <윤하정삼문취록>과 연작 관계에 있는 소설로,[1] 100권 100책(권78 결)의 장편 거질이다. <윤하정삼문취록>의 105권 105책(권15, 권33, 권39 결)과 합하면 205권 205책에 달한다. 고전소설 중 가장 긴 작품이 한국학중앙연구원에 소장된 180권 180책의 <완월회맹연>인데, 연작까지 아울러서 보면 <명주보월빙> 연작이 가장 길다고 하겠다.

이 작품은 중국 송나라를 배경으로 윤씨, 하씨, 정씨 세 집안 인물들의 이야기를 중심으로 서사가 전개된다. 이 가운데 특히 윤씨 집안이 주축이 되는바, 입양한 종통(宗統)과 그를 제거해 종통의 자리를 빼앗으려는 세력의 갈등이 중심축을 이루고 있다. 여기에 남편의 다른 아내를 죽여 자신의 지위를 확고히 하려는 여성인물이 다수 등장한다. 또한 주인공을 시기하는 남성인물의 행위가 더해져 서사가

---

[1] 이들 작품과 한국학중앙연구원에 30권 30책의 완질로 소장된 <엄씨효문청행록>의 관계에 대해서는 연구자에 따라 이견이 있으나, 필자는 <엄씨효문청행록>은 <윤하정삼문취록>의 파생작으로 보는 입장이다. 연작은 전편의 인물, 배경 등이 후편에도 이어질 때 부르는 이름이라 할 수 있는데, <엄씨효문청행록>은 그와 달리 <윤하정삼문취록>에 단편적으로 등장하는 엄씨 집안을 따로 떼어 본격적인 서사물로 구성한 작품이기 때문이다.

다채롭게 전개된다. 결국 유교 이념의 승리로 귀결되지만 그에 이르기까지 전개되는 서사는 독자들에게 긴장감과 흥미를 부여하기에 충분하다.

2. 제명(題名)

'명주보월빙(明珠寶月聘)'이라는 제목은 '명주와 보월패(寶月佩)의 빙물(聘物)'이라는 뜻이다. 명주는 야명주(夜明珠)로서 어두운 데서도 빛이 나는 구슬이고, 보월패는 허리나 가슴에 차던 달 모양의 패옥(佩玉)이다. 모두 여성들이 쓰던 물건들로, 이것들을 남성 가문에서 빙물, 즉 혼인을 약속한 여성 가문에게 주는 예물로 삼았다는 말이다.

명주와 보월패는 원래 윤씨, 하씨, 정씨 집안의 1대 인물들인 윤현, 하진, 정연이 남강에 뱃놀이를 갔다가 적룡에게서 받은 물건들로, 윤현은 명주 네 낱을, 하진과 정연은 '빙물'이라고 써진 보월패를 받는다. 이전에 윤현은 꿈에 선관이 나타나 나중에 명주를 얻게 될 것이니 그것들을 빙물로 삼으라고 들은 바가 있으므로 꿈과 현실이 부합한 것을 기이하게 여긴다. 이 보물들을 받은 세 사람은 이것이 상서로운 물건들이므로 나중에 아들들의 빙물로 삼겠다 한다. 실제로 이 보물들은 후에 세 집안 아들들의 빙물로 사용된다.

<명주보월빙>의 제목에는 이처럼 세 집안 사람들의 혼인 관계를 드러내며 작품의 내용을 포괄하는 소재가 들어가 있다. 대하소설 중에는 <이씨세대록>이나 <유씨삼대록>[2]처럼 역사기록인지 혼동될 정도로 단순한 제명이 있는가 하면 완월루에서 만나 잔치하며 맹세

---

2) 각기 '이씨 집안 여러 세대의 기록', '유씨 집안 세 세대의 기록'이라는 뜻이다.

를 한다는 뜻의 <완월회맹연>, 두 팔찌를 가진 사람이 기이하게 만
난다는 뜻의 <쌍천기봉>, 옥원앙을 지닌 사람들이 기이하게 두 번
만난다는 뜻의 <옥원재합기연> 등 주로 혼인 관계를 암시하며 작품
의 내용을 짐작하게 하는 제명도 있는데 <명주보월빙>은 이중 후자
에 속한다.

3. 이본

<명주보월빙>의 이본은 현재 4종이 전한다. 이 저서에서 저본으로
이용한 장서각본 100권 100책을 비롯하여 박순호본 36권 36책, 정병
설본 1권 1책 낙질본, 장서각본2[3] 2권 1책 낙질본[4]이 그것이다.

본격적인 이본 연구는 뒤로 미루고 이 자리에서는 각 이본에 대해
간략히 소개하려 한다. 장서각본은 유려한 궁체로 필사되어 있는데 다
만 그 필사자와 필사연대는 알 수 없다. 권78이 빠진 이본인바, 해당
권은 박순호본의 권28에 해당되어 누락된 내용을 보충할 수 있다.[5]

박순호 교수 소장본은 1912년부터 1914년부터 필사된 것으로 이
중 권1부터 권14까지는 68세의 조창룡이라는 인물이 군산에서 필사
했다. 현전하는 이본 가운데 유일한 완본이라는 점에서 의미가 있다.
장서각본과 비교했을 때 박순호본에는 누락된 부분이 상당하지만,
역으로 장서각본에도 누락된 부분이 적지 않고 어휘 단위에서 박순
호본에 정확한 부분이 꽤 있어 둘 중 어느 본이 선본(善本)이라고
단정짓기는 어렵다.

---

3) 해제자가 임의로 명명한 것이다.
4) 이 이본은 기존 연구에서는 소개되지 않았고, 본 해제에서 처음으로 소개하는 이본이다.
5) 특별한 언급이 없는 한, 이본과 관련된 내용은 다음의 글을 참조했다. 유인선, 「<명주보월빙>
   연작 연구-운명관과 초월계의 성격을 중심으로-」, 서울대학교 박사학위논문, 2021.

정병설 교수 소장본은 유인선 교수가 처음 소개하였는데 권43만 있는 낙질본이다.

장서각본2는 이 자리에서 처음 소개하는 이본이므로 상대적으로 자세하게 소개하려 한다. 2권 1책으로서, 표제는 "明珠寶月錄"이고 권수제는 "명쥬보월빙"이며 전체 213면이다. 권1은 108면까지 있고 권2는 105면이다. 표지에 "辛亥至月下澣"이라 써져 있어 신해년 11월 하순에 필사 내지 장정을 했음을 알 수 있다. 이때 신해년은 1911년 또는 1851년으로 추정된다. 말미에는 후기가 있다.6) 이를 보면 필사자가 저본으로 사용한 이본도 낙질본임을 추측할 수 있고, 이러한 형식의 〈명주보월빙〉 낙질본들이 적지 않게 있었을 가능성을 유추할 수 있다.

어휘나 문장을 보면 장서각본이나 박순호본과는 다른 저본을 사용했음을 알 수 있다. 장서각본에는 없는 부분이 꽤 있고,7) 장서각본에 비해 표현이 풍부하다. 독특한 면은 필사자가 낙장(落張)이나 낙줄(落) 사실을 표기했다는 점이다.8) 장서각본2의 필사자가 참고한 저본에 원래 빠져 있었는지, 아니면 필사자가 의도적으로 누락시

---

6) "明珠宝月錄 終 츠칙 셜화 보음 즉흥긔로 등셔흥여시나 흥괴망질노 낙졈 낙즈 만흐니 보시느니 눌너 겨지흥쇼셔 여러 권 칙이라 쏫시 업스니 만 번 익답고 이 쏫슬 어듸셔 어더볼고 소이로다"

7) 두 가지 예를 들면 다음과 같다.
　"즉시 나오니 차일 결도수의"(장 2:36); "즉시 나오니 이향이 코흘 거스리고 경운이 희월누롤 둘너 산〇의 빗치 애〃흥니 즈연 아라보이는디라 신익 그이흔 줄 아로 더옥 깃거흥더라 초일 결도수의"(장2 2:6)
　"혈누를 나리올 쓴이러니 슈일 후의 샹귀"(장 2:42); "누어 혈뉘 거츤 즈리을 적실 쑨이니 구파 논 셔부 몰 모르는 스람갓치 부인을 위로흥며 쌍으롤 어라만져 셰숭의 일졈 골육이 업시 쳔년 조과흥나니도 잇시니 부인은 십육 년 동쥬의 오소겨롤 두시고 이런 옥동이 쌍으로 나니 윤문을 흥흘디라 무어슬 겨듸도록 과샹흥시느뇨 부인니 쌍으롤 볼수록 그 부친의 아직 못흥믈 각골익샹흥더라 슈일 후 샹셔의 샹구"(장2 2:13)

8) "제신니 간흥야 낙즁 차셕칭츈흥여"(장2 2:20) 이 부분은 장서각본 기준으로 3면 정도가 빠져 있다.
　"부졀업다 흥고 낙쥴 부인니 슈퇴흥야 경오"(장2 2:30) 장서각본 기준으로 3면 정도가 빠져 있어 낙줄이 아니라 낙장이라 해도 무방하다.

컸는지는 분명하지 없다. 장서각본에는 없으나 장서각본2와 박순호본에는 있는 부분도 있다. 김후 등이 임금에게 하진 등을 참소하는 부분이 장서각본(권3)에는 없으나 박순호본(1:95-96)과 장서각본2(2:69-71)에는 있는 것이다.[9]

참고로 장서각본과 장서각본2, 박순호본의 분권 양상을 보면 다음과 같다.

장서각본	장서각본2	박순호본
권1, 69면 끝	권1, 81면	권1, 41면
권2, 32면	권1, 108면 끝	권1, 60면
권2, 74면 끝	권2, 38면	권1, 80면
권3, 46면	권2, 73면	권1, 103면 끝
권3, 70면 끝	권2, 102면	권2, 15-16면[10]
권4, 4면	권2, 106면 끝	권2, 18면

각 이본의 분권 부분이 모두 동일하지 않다. 또 각권의 분량 면에서 박순호본이 가장 많고, 장서각본2, 장서각본 순으로 적어짐을 알 수 있다.

이상으로 네 종의 이본을 간략히 살펴보았다. 이본의 본격적인 비교는 여기에서 구체적으로 제시하지 않은 정병설본까지 포함해 어휘나 문장, 단락, 단위담 단위 등을 기준으로 할 필요가 있다.

---

9) 각 이본의 비교는 향후에 본격적으로 할 필요가 있다.
10) "흐회을 분셕흐라"는 어구가 있어 분권의 표지는 장서각본과 다르지만, 내용적으로는 분권 부분이 동일함을 알 수 있다.

4. 서사 구성과 모티프

<명주보월빙>은 윤하정 세 집안의 이야기가 번갈아가며 서술되어
있는데, 각 집안별로 2대[11] 혹은 3대까지의 인물들의 이야기가 서사
의 축을 이루고 있다. 즉 윤씨 집안은 1대인 윤현, 윤수와 2대인 윤
희천, 윤광천, 윤명아의 이야기가, 정씨 집안은 1대인 순 부인과 2대
인 정연, 3대인 정천흥, 정혜주의 이야기[12]가, 하씨 집안은 1대인 하
진과 2대인 하원광의 이야기가 주축이 되어 있다.

세 집안 중에서도 윤씨 집안이 가장 비중[13]이 크고 그 다음으로
정씨 집안이며, 가장 비중이 낮은 집안은 하씨 집안이다. 각 집안에
서 가장 비중이 큰 인물은 윤씨 집안에서는 윤희천이고 정씨 집안에
서는 정천흥이며 하씨 집안에서는 하원광이다. 모두 실질적으로 2대
에 해당하는 인물들이다. 이중에서도 <명주보월빙>의 양대 주인공
은 윤희천과 정천흥이며, 두 사람 중에서도 윤희천이 더 큰 비중을
지니고 있다. 윤희천의 효성이 작품에 핍진하고 지속적으로 등장해
그 양조모 위 부인과 양모 유 부인을 감화하고 있는데, 이것이 작품
을 관통하고 있는 가장 중요한 축이기 때문이다.

<명주보월빙>은 윤씨 집안의 이야기를 중심으로 사이사이에 하씨
와 정씨 집안의 이야기가 서술되는 구조로 되어 있다. 즉 윤씨 집안-
정씨 집안-윤씨 집안-하씨 집안의 방식이다. 물론 정씨 집안에서도
반동인물인 문양 공주를 중심으로 갈등이 적지 않게 일어나고 있어

---

11) 여기에서 1대라 칭하는 인물들은 서사에 본격적으로 등장하는 인물을 의미한다. 따라서 이름
　　만 존재하는 윤씨 집안의 윤 공은 1대라 하기 어렵다. 다만 비중은 미미하지만 집안의 어른
　　역할을 하는 정씨 집안의 순 부인은 형식적으로 1대에서 제외하기 어려운 면이 있다.
12) 이 해제에서 1대를 순 부인으로 설정하기는 하였으나 2대인 정연이 윤씨나 하씨 집안의 1대인
　　윤현, 윤수, 하진과 벗으로 등장한다는 점에서 실질적인 1대는 정연이라 해도 무방하다고 본다.
13) 비중은 분량의 측면과 서사에서 차지하는 중요도를 모두 감안한 것이다.

정씨 집안을 축으로 다른 집안이 교차 서술되는 부분이 있기는 하다.14) 그러나 대부분의 서사는 윤씨 집안을 중심으로 교차 서술되고 있다.

이러한 서사 구성은 작가가 애초에 세 집안의 비중에 차이가 나도록 설정했다는 점에서 예상할 수 있는 방식이다. 만일 세 집안의 비중이 대등하게 설정되어 있다면 세 집안의 서사가 어느 한쪽에 치우침이 없이 번갈아 서술되었을 것이다. 비중에 차이가 난 것은 또한 윤씨 집안의 갈등을 핵심적으로 설정했다는 점에서도 기인한다. <명주보월빙>은 종통과 비종통의 대결이 핵심인바 그것이 윤씨 집안에서 벌어지고 있다.

이러한 서사 구성 방식은 다른 대하소설과 변별되는 지점이다. 예를 들어, <쌍천기봉>에서는 이씨 집안의 이야기가 중심이 되어 있고 역사적 사건이 서사의 축으로 설정되어 있다. 역사적 배경을 후면에 두고 이씨 집안 인물들의 부부 갈등, 부자 갈등 등 다양한 이야기가 구성되어 있는 방식이다. 그 후편인 <이씨세대록>은 <쌍천기봉>과 달리 부부 갈등이 중심이 되어 인물별로 병렬적으로 구성되어 있다. 다만 이 경우에도 이씨 집안의 이야기가 중심이 되어 있는 점은 전편과 같다.

앞의 두 편은 연작 관계로 되어 있지만 서사 구성 방식은 다른데, <명주보월빙>은 또 이 두 편과 다르다. 이는 <쌍천기봉> 연작과 달리 <명주보월빙>은 여러 가문이 중심적인 가문으로 설정되어 있다는 점이, 서로 차이가 나게 하는 가장 큰 요인으로 보인다. 또한 갈등의 종류가 <명주보월빙>은 종통 갈등을 축으로 하여 서사가 전개

---

14) 예를 들어 권53부터 권56까지는 정씨 집안-하씨 집안-정씨 집안-윤씨 집안의 순으로 교차되어 있다.

되는 점도 차이가 나게 하는 요인이다. 역사적 배경을 배경에 두고 남녀 간의 애정과 그들의 갈등을 중시한 <쌍천기봉>이나 집안 내에서의 부부 갈등을 중심으로 한 <이씨세대록>과는 차이가 있는 것이다. 이처럼 같은 대하소설이라 해도 서사 구성 방식은 작품별로 차이가 있다.

<명주보월빙>의 모티프는 작품의 분량에 걸맞게 매우 다양하게 등장한다. 이중 가장 먼저 나오며 중요하게 설정된 것은 신물(信物) 모티프다. 대하소설에서 신물 모티프는 남녀가 각각 결혼의 징표로 간직한 물건을 두고 벌어지는 이야기이다. 이 작품의 제명에 보이는 '명주(明珠)'와 '보월(寶月)'이 바로 신물에 해당한다. 윤현, 윤수 형제와 그 벗들인 정연, 하진이 남강에 뱃놀이를 갔다가 용에게서 명주 네 낱과 보월을 얻어 각기 자식이 생기면 신물로 삼자고 하는데, 자식들이 장성한 후에 그 신물은 믿음의 징표로서의 기능을 한다. 온갖 고초를 겪으면서도 신물을 끝내 지켜 결혼 상대에게 주는 것이다.

요약 모티프도 서사에서 중요한 기능을 한다. 원하는 얼굴로 바뀌게 하는 개용단, 정신을 흐리게 하는 미혼단이나 도봉잠 등은 반동 인물들이 주로 사용하는 요약으로서, 상대를 모함하거나 자신의 뜻을 성취하려 할 때 사용한다. 예를 들어 유 부인이 양자인 윤희천을 모함하려 할 때, 자기 남편인 윤수에게 미혼단을 먹여 윤수의 정신을 흐리게 해 윤희천에 대한 윤수의 사랑이 없어지게 한다.

앵혈(鶯血) 모티프 역시 다른 대하소설에서와 마찬가지로 <명주보월빙>에서도 중요하게 등장한다. 앵혈은 도마뱀에게 주사(朱砂)를 먹인 후 말려 빻아 물에 탄 것인데, 여자의 팔에 찍으면 남자와 성관계를 맺은 후에야 없어진다. 윤현 형제와 친구들이 모여서 윤현의 딸 명아는 정연의 아들 천흥과, 윤수의 딸 현아는 하진의 넷째아들

원광과 정혼시키기로 하고, 명아의 팔에는 시아버지가 될 정연이, 현아의 팔에는 또한 그 시아버지가 될 하진이 앵혈에 붓을 찍어 쓰는 장면이 등장한다.(권1) 이외에 위 부인이 명아의 앵혈이 없어진 걸 보고 기뻐하지 않으나 겉으로는 기쁜 척하는 장면도 있다.(권10) 앵혈은 순결과 동일시되는데, 앵혈 모티프는 여성에게 순결을 강요하던 봉건 시대의 이데올로기가 서사화한 것이다.

이외에 미인도 모티프[15] 등 다양한 모티프가 있는데 그중에서 초월 모티프도 서사에서 중요한 기능을 한다. 주인공들이 어려움에 처할 때 등장하는 화 도사는 초월적 인물이고, 그에 맞서 반동인물을 돕는 신묘랑도 초월적 인물이다. 유 부인 죄를 뉘우치게 되는 결정적 요인은 천경(天鏡)을 통해 자신의 악행과 광천 형제의 효행을 보면서부터이다. 이때의 천경은 초월적 물건이다.

5. 갈등

<명주보월빙>에서 갈등은 세 집안에서 서로 다르게 설정되어 있다. 즉 윤씨 집안에서는 종통(宗統)과 비종통(非宗統) 의 갈등이, 정씨 집안에서는 처처 갈등이, 하씨 집안에서는 부부 갈등과 외적 갈등이 대표적으로 드러나 있다. 비중은 위에서 언급했듯이 윤씨, 정씨, 하씨 순이다.

윤씨 집안에서 종통 계열에 있는 사람은 윤현을 비롯하여 그 아내 조 부인, 윤현과 조 부인의 자식인 윤광천, 윤희천, 윤명아와 그 배

---

15) 미인도 모티프는 호방형 남성주동인물이 미인도를 보고 미인도에 그려진 여인을 사모하는데 그 여인은 실제로 존재하는 여인으로서 후에 그 남성인물의 배우자가 된다는 모티프이다. 예를 들어 윤광천이 미인도를 보고 그림 속의 여인을 흠모하자, 그의 벗 정천홍이 주선해 미인도 속 주인공인 진성염을 윤광천과 혼인하게 하는 것을 들 수 있다.(권16)

우자들이다. 이 가운데 윤희천이 비종통 계열인 윤수의 양자로 입양된다. 비종통 계열에 있는 사람은 윤현의 동생인 윤수를 비롯하여 그 어머니인 위 부인과 아내인 유 부인, 딸인 윤경아, 윤현아다. 이 중에서 반동인물로서 종통 계열의 인물들을 죽이려는 사람은 위 부인, 유 부인과 윤경아다.

위·유 부인이 종통 계열을 해치려는 장면들은 처절하다시피 하다. 윤광천과 윤희천에게 하인들이나 하는 천역(賤役)을 시키고, 그들을 때리는 일은 다반사다. 조 부인과 그 자식들에게 밥을 제대로 주지 않는 일이 허다하고 그들을 독약으로 죽이려 하기도 한다. 윤광천의 아내인 정혜주와 윤희천의 아내인 하영주 역시 위·유 부인의 표적이 되어 죽을 고비를 여러 번 넘는다.

이러한 갈등은 주도적 반동인물인 유 부인이 천경(天鏡)을 통해 윤광천 형제의 효성을 보고 뉘우칠 때까지 작품의 주요 갈등으로 전면화해 있다.(권73) 거울은 대개 자신의 모습을 비추는 도구이지만, 여기에서는 다른 이들의 행위를 보여주는 용도로 쓰이고 있다. 자신의 잘못을 반추하는 기능을 하고 있는 것이다. 유 부인이 윤광천 형제의 효성에 의해 잘못을 뉘우친다는 설정은 유교 이념 중의 하나인 효의 이데올로기적 기능을 드러낸다. 효는 자신을 죽이려는 악인도 감회시킬 정도의 힘을 지니고 있음을 보여 준다. 이를 통해 대하소설의 주된 독자로 추정되는 사대부가 여성은 자신이 어려서부터 교육받은 유교 윤리의 힘을 확인하게 된다.

종통 갈등은 조선 후기에 내면화하려 한 종법제(宗法制)의 일면을 보여 주는 것이다. 원래 중국 주나라에서 쓰이던 종법제는 임병 양란을 전후해 조선에서 강화되었다. 집안의 종통을 중시하는 이 제도는 혈연보다는 명분을 강조한다. 집안에 아들이 없어 친척의 자식을 양자로 들인 후에 친자가 생기더라도 종통은 이미 들인 양자에게 돌아간다. 조선 후기에는 이러한 일로 소송이 벌어지기까지 했는데, <명주보월빙>에서 종통 갈등은 이러한 사회적 모습을 일정하게 반영하고 있다. 다만 <명주보월빙>은 양자를 들인 후에 친자가 생겨 갈등을 빚는 <완월회맹연>과는 달리 비종통 계열이 양자를 비롯해 종통 계열의 씨를 말리려 한다는 점에서 특이하다.

정씨 집안에서는 호방형 인물인 정천흥이 주인공인데 그 아내들 중 한 명인 문양 공주가 다른 아내들을 죽이려 하는 처처16) 갈등이 드러나 있다. 문양 공주는 정천흥을 우연히 보고 반해 사혼(賜婚)으로 정천흥과 혼인하는 인물이다. 정천흥은 문양 공주의 그러한 행위가 음란한 것으로 보고 겉으로는 친한 척하나 속으로는 경멸한다. 이에 문양 공주는 정천흥에게서 애정을 독점하기 위해 정천흥의 다른 아내들인 윤명아 등을 다양한 방법으로 죽이려 한다. 문양 공주가 정씨 집안에 사혼으로 들어온 권17부터 윤명아 등 네 동렬과 그 자식들의 정성에 회과하는 권89까지 문양 공주의 서사는 지속된다.

문양 공주의 반동 행위는 기실 정천흥의 박대로부터 기인한 바 크다. 그리고 정천흥이 문양 공주를 박대하게 된 근저에는 당대 여성에게만 강요되던 정절 이데올로기가 깔려 있다. 여성이 남성에게 반하지 않을 이유가 없지만 정천흥과 소설 속 인물들은 문양 공주의 그러한 '반함'을 발칙한 것으로 상정하고 있다. 문양 공주는 이러한 이유 때문에 시가에 들어갈 때부터 남편인 정천흥에게서 박대를 받고 이 때문에 소외감을 가지게 된 것이다.

---

16) 조선 시대에 다처는 태종 13년(1413)에 중혼 금지령이 내려지면서 공식적으로 금지되고 대신 첩을 두는 것은 허용되었으나 소설에서는 다처의 모습이 공공연하게 보인다. <구운몽>이 그 대표적 예다.

문양 공주의 반동 행위는 또한 당대 가부장제의 질곡을 상징적으로 보여 주는 표지이다. 정천흥에게는 문양 공주 외에 네 명의 처가 더 있다. 원천적으로 애정을 독점할 수 없는 구조다. 이 때문에 문양 공주는 다른 네 명의 처를 다 죽이면 자신이 정천흥을 독점할 수 있다고 '착각'한다. 게다가 정천흥은 문양 공주 외의 아내들에게는 잘해 준다. 여러 아내17)를 둘 수 있는 가부장제에서 가장의 애정이 고르지 않을 때 일어나는 현실이 문양 공주의 반동 행위를 통해 잘 드러나 있다.

윤명아의 격고등문으로 위·유 부인과 문양 공주의 반동 행위가 낱낱이 밝혀지기는 하지만(권60), 근본적으로 문양 공주의 회과에는 윤명아 등 동렬의 우애가 큰 영향을 끼쳤음을 서술자는 제시하고 있다. 윤명아의 격고등문이 법적인 해결이라면 윤명아 등의 우애를 통한 회과는 이념적 해결이다. 윤광천 형제가 유교 이념인 효도를 통해 유 부인을 감화했다면, 윤명아 등 동렬은 우애를 통해 상대를 감화함으로써 유교 이념의 우위를 보여 주고 있다.

하씨 집안은 외적 갈등도 있지만 하원광과 윤현아의 부부 갈등을 대표적인 갈등으로 꼽을 수 있다. 먼저 외적 갈등을 보면, 김탁과 초왕이, 직언을 서슴지 않아 임금 앞에서 자신들을 비난한 하진과 그 아들들을 모함해 하진 부자가 여적으로 몰려 아들 삼 형제가 죽고 화진은 귀양을 가게 되는 내용이다. 작품 초반부에 나오는 갈등으로, 이후 죽은 삼 형제는 하진 집안에 환생하여 세 아들의 역할을 대신한다.

하원광과 윤현아의 부부 갈등은 하원광이 구몽숙의 계교에 속아

---

17) 여러 아내는 첩을 포함한다. 고전소설에서는 현실의 첩을 처로 치환하여 처처 갈등의 구조로 보여 주는 예가 흔하다.

아내 윤현아를 간부(奸婦)로 오해하는 데서 비롯한다. 후에 하원광이 비로소 윤현아의 현숙함을 알게 되어 오해가 풀린다(권10-권48). 하원광은 하씨 집안 사 형제 중에 죽지 않고 살아남은 유일한 자식이다. 하씨 집안에서 주인공의 역할을 하는바, 다만 정천흥이 아내 윤명아의 부정(不貞)을 의심하지 않는 것과는 달리 하원광은 윤현아를 의심함으로써 갈등이 야기된다. 윤씨나 정씨 집안의 갈등에 비해 상대적으로 비중이 작게 설정되어 있다.

<명주보월빙>에서는 위에서 살핀 바와 같이 집안별로 대표적인 갈등을 각각 다르게 설정해 놓음으로써 당대 상층 사대부 가문에서 벌어질 수 있는 다양한 양상을 알 수 있도록 하였다. 종통과 비종통 사이, 아내들 사이, 부부 사이의 갈등은 충분히 극화할 수 있는 소재다. <명주보월빙>에서는 그것을 유교 이념의 승리라는 교조적인 주제의식을 보여 주면서 흥미롭게 서술하고 있다.

6. 맺음말

<명주보월빙>이 산생된 것으로 추정되는 18~19세기는 한편으로는 기존의 성리학적 유교 이념을 완강히 지키면서 그 우위를 칭송하는 반면에, 다른 한편에서는 실학 등이 등장하여 봉건 사회를 지양하고 새로운 시대로 나아가려 한 과도기적 시기였다. 박지원의 소설들이 후자의 모습을 반영하고 있다면, <명주보월빙>은 전자의 모습을 보여 주고 있다.

<명주보월빙>이 성리학적 이념의 우위를 표면적으로 보여 주고 있지만, 그 이면을 보면 상황은 그리 녹록지 않다. 종통과 비종통의 다툼을 통해 종법제가 정착되는 시기의 단면을 드러내면서도 그 제

도가 당대인들에게 가한 고통스러운 모습이 잘 드러나 있다. 또한 아내에게는 여러 남편이 허락되지 않는 반면에, 남편에게만 여러 아내가 허락된 제도하에서 남편에게 소외받았을 때 느끼는 아내의 심정이 여실히 드러나 있다. 아내에게 순결이 강요되던 시기에 남편이 아내의 순결을 의심하는 순간 아내가 맞이하는 운명 역시 고스란히 이 작품에 반영되어 있다. 서술자는 의도하지 않았겠지만, 가부장제의 질곡이 이처럼 이 작품에 잘 드러나 있다.

서술자는 각 집안의 이야기를 윤씨 집안 위주로 서술하면서도 다른 집안의 상황을 적절히 배치함으로써 서사의 짜임새를 잘 구축하고 있다. 서술자는 갈등 위주의 서사를 전개함으로써 내용적으로 독자에게 흥미를 부여하고 있다면, 각 이야기를 이처럼 촘촘하고 짜임새 있게 배치함으로써 독자들에게 또 다른 재미를 부여하고 있다.

장시광

서울대 강사, 아주대 강의교수 등을 거쳐 현재 경상국립대학교 국어국문학과 교수로 재직 중이다. 논문으로 「대하소설의 여성반동인물 연구」(박사학위논문), 「여성영웅소설에 나타난 여화위남의 의미」, 「대하소설 갈등담의 구조 시론」, 「운명과 초월의 서사」 등이 있고, 저서로 『한국 고전소설과 여성인물』이 있으며, 번역서로 『조선시대 동성혼 이야기 방한림전』, 『여성영웅소설 홍계월전』, 『심청전: 눈먼 아비 홀로 두고 어딜 간단 말이냐』, 『팔찌의 인연: 쌍천기봉 1-9』, 『이씨 집안 이야기: 이씨세대록 1-13』 등이 있다.

명주와 보월의 인연
명주보월빙 1

초판인쇄 2025년 10월 27일
초판발행 2025년 10월 27일

지 은 이 장시광
펴 낸 이 채종준
펴 낸 곳 한국학술정보㈜
주   소 경기도 파주시 회동길 230(문발동)
전   화 031) 908-3181(대표)
팩   스 031) 908-3189
투고문의 ksibook1@kstudy.com
등   록 제일산-115호(2000. 6. 19)

ISBN   979-11-7457-234-9 04810
       979-11-7457-233-2 04810 (set)